Leif Davidsen

Die Wahrheit stirbt zuletzt

Roman

Aus dem Dänischen von
Anne-Bitt Gerecke

Deutscher Taschenbuch Verlag

Von Leif Davidsen
sind im Deutschen Taschenbuch Verlag erschienen:
Die guten Schwestern (20873)
Der Feind im Spiegel (21088)
Der Augenblick der Wahrheit (21208)
Der Russe aus Nizza (21263)

Deutsche Erstausgabe 2012
Deutscher Taschenbuch Verlag GmbH & Co. KG, München

Titel der dänischen Originalausgabe: ›Min broders vogter‹
(Lindhardt og Ringhof, Kopenhagen 2010, vermittelt von
Leonhardt & Høier Literary Agency, Kopenhagen)

Umschlagkonzept: Balk & Brumshagen
Umschlaggestaltung: Wildes Blut, Atelier für Gestaltung,
Stephanie Weischer unter Verwendung eines Fotos von
plainpicture/Arcangel
Gesetzt aus der Stempel Garamond
Gesamtherstellung: Druckerei C. H. Beck, Nördlingen
Gedruckt auf säurefreiem, chlorfrei gebleichtem Papier
Printed in Germany · ISBN 978-3-423-21400-1

Die Geschichte ist ein Gemeinschaftsacker,
auf dem jeder sein Heu ernten kann.

Spanisches Sprichwort
zitiert nach dem Historiker Antony Beevor

Prolog

Alle sind gekommen. Der Ministerpräsident, der amerikanische Botschafter, der neue Vorstand, ausgewählte Journalisten, die gesamte Familie – und das alles mir zu Ehren. Natürlich auch meine aktuelle, sehr viel jüngere Ehefrau, die mit ihren achtundfünfzig Jahren versucht, wie achtundvierzig auszusehen, meine beiden Exehefrauen, die wie ich inzwischen alt sind, meine Kinder und viele Enkel und Urenkel. Ich sitze in meinem Rollstuhl und nicke allen freundlich zu, während ich an meine einzige wahre Liebe denke, an Irina, die ich vor mir sehe, als wäre es gestern gewesen, dass wir einander begegneten, und nicht bereits im Jahr 1937.

In der Lautstärke, die die Leute alten Menschen gegenüber anschlagen, berichten sie mir, dass die Königin in Kürze kommen werde, um mir den Dannebrog-Orden zu verleihen. Ich habe ihn selbstverständlich schon früher einmal erhalten. Der jetzige wird mit jeder Menge Eichenlaub umkränzt sein. Gut möglich, dass es auch ein anderer Orden ist. Ich habe nicht richtig zugehört. Ich habe genickt und meiner Dankbarkeit Ausdruck verliehen, dass Ihre Majestät persönlich erscheinen wird. Etwas ganz Besonderes. Außerhalb des Protokolls. Aufgrund meiner besonderen gesellschaftlichen Stellung. Sie wird hier in meinem großen, duftenden Sommergarten vorbeischauen und meinem weltberühmten Chor lauschen, dem *Mads Meyer Chor*, den ich mein halbes Leben lang finanziert habe, und vielleicht überrascht sein, dass er drei alte Lieder aus dem Spanischen Bürgerkrieg und einen Tango aus Buenos Aires singen wird. Ein Wunsch, mit dem ich den

Dirigenten in Aufregung versetzt habe, denn wo sollte er bloß die Noten herbekommen, und warum das Ganze? Aber da ich die Musik bezahle, kann ich sie auch bestimmen. Ich habe selbst viele, viele Jahre im Chor gesungen, aber als ich kein Vertrauen mehr in meine Stimme hatte, habe ich aufgehört.

Ich bin sehr alt und möchte am liebsten sterben, aber stattdessen sitze ich hier und nicke wohlwollend und höre mir die Reden an über meinen großen Einsatz gegen die Deutschen und für die dänische Wirtschaft und unser Land. Sie wissen nicht, dass all dies auf einem Verbrechen gründet und dass ich schon immer vorhatte, die wahre Geschichte zu erzählen, bevor ich sterbe.

Und jetzt ist es also so weit.

In Argentinien, Spanien und in Stalins Russland habe ich Menschen getötet. In Argentinien, um meine Haut zu retten, als mein Schwanz mich mal wieder in Schwierigkeiten gebracht hatte. In Spanien war es wohl vor allem um meines persönlichen Vorteils willen, und in Russland ging es um Irina. Doch dafür zeichnet man mich nicht aus. Den Orden mit Schleife und Sternchen darauf bekomme ich für mein Wirken während des Krieges, und das, was sie für Mut halten, war in Wirklichkeit die Wut über die Ungerechtigkeit des Lebens. Im Einsatz für unser Vaterland habe ich eine große Zahl dänischer Landesverräter und zwei Deutsche umgebracht. Ich war der kaltblütigste Denunziantenliquidator in den Reihen der Widerstandsbewegung. Sie nannten mich den »Mann ohne Furcht«. Und tatsächlich hätte es mir nichts ausgemacht zu sterben, weil der Gedanke an meinen Bruder mich quälte, so wie er mich noch heute in meinen Träumen quält. Ich hatte keine Angst vor dem Tod, weil ich im Jenseits mit Irina wiedervereint sein würde wie die Liebenden von Teruel.

Meine Verdienste während des Krieges machen mich zu einem Helden, weil Mord eben doch nicht Mord ist, auch wenn die Bibel und die Schule uns das weismachen wollen.

Alle, die ich kenne, sind heute an meiner Seite, und dennoch vermisse ich besonders meinen Bruder, der beseelt und klug war und an das Gute im Menschen glaubte, und fast genauso sehr vermisse ich meine Schwester. Ihr wurde vor vielen Jahren ein gnädiger Tod zuteil, als ihr Herz plötzlich aufhörte zu schlagen. Und dann ist da noch die unmögliche, verzehrende Sehnsucht nach Irina.

Mein Bruder war hübsch und zart und rechtschaffen, er war Künstler und ein Idealist, der an eine Sache glaubte. Er war ein Mensch ohne Falsch – oder wurde er vielleicht einfach nicht alt genug, um es bis dahin zu bringen? Er war davon überzeugt, etwas bewirken zu können. Er war bereit, für das Gute und das, was er für die Wahrheit hielt, sowohl zu töten als auch zu sterben.

Sein Schicksal ist das Schicksal des 20. Jahrhunderts. Während dieses Jahrhunderts wuchs der Blutdurst unter dem Deckmantel der vorpreschenden Ideologien und enthüllte die wahre Natur des Menschen.

Viele Menschen haben sich an diesem schönen dänischen Junitag versammelt, um meinen Geburtstag zu feiern. Sie wollen den Dinosaurier noch einmal sehen, bevor es zu spät ist. Sie schnattern aufgeregt wie die Gänse darüber, dass Ihre Majestät mir persönlich geschrieben hat, und sie ahnen nicht, dass ich, wenn dieser Tag zu Ende geht, nicht mehr unter ihnen sein werde. Ich denke sehnsüchtig an den Revolver, der in meiner Schreibtischschublade liegt. Er wartet auf mich. Er hat schon seit Albacete und Cartagena auf mich gewartet, wo er mich auf meiner Reise durchs Verderben und zu Wohlstand begleitet hat.

Er war treu und zuverlässig. Er hat immer funktioniert. Ich habe ihn aus Argentinien mitgebracht, und ich habe ihn auch in Spanien und im eisig kalten Moskau dabeigehabt. Ein Smith & Wesson Trommelrevolver aus dem

Jahr 1908. Einen besseren hat es nie wieder gegeben. Es ist nur recht und billig, dass der Revolver, den ich benutzt habe, um Landesverräter zu liquidieren, auch meinem Leben ein Ende setzt.

Ich nicke und schaue mich um und weiß, was sie denken. Sie überlegen, was ich in meinem Testament verfügt habe, denn sie wissen, dass meine Tage gezählt sind. Aber sie brauchen sich keine Gedanken zu machen. Ich sorge für sie alle. *Meyer Industries* ist ein stabiles, weltweites Unternehmen. Finanzkrisen können kommen und gehen. Ich habe mein Unternehmen nach der altmodischen Devise geführt, dass am Ende des Tages immer eine Krone mehr in der Kasse sein sollte als am Morgen. Von Spekulationen habe ich immer die Finger gelassen, und ich habe mich auch nie von den leichtfüßigen Sirenen der Gier verführen lassen. Ich bin nie den Versprechungen schmeichlerischer Bankdirektoren erlegen, die mich mit günstigen Krediten und verführerischen Kapitalfonds locken wollten.

Trotzdem bin ich ein Lügner. Im Angesicht des Todes will ich der Wahrheit Genüge tun.

Ich hinterlasse eine gut gehende dänische Firma mit dem Ruf, wohltätig zu sein, Einwanderer in Dänemark zu beschäftigen und den Mitarbeitern der ausländischen Niederlassungen auf allen Ebenen anständige Arbeitsbedingungen zu bieten. Ich habe den »Mads Meyer Fonds« gegründet, der sich kulturell engagiert, ich habe die schönen städtischen Plätze bezahlt, wenn der öffentlichen Hand das Geld fehlte, und ich habe Tausenden begabter junger Dänen einen Auslandsaufenthalt ermöglicht und einen Wunschausbildungsplatz verschafft. Neue kulturelle Einrichtungen tragen den Namen Meyer, und die Ausbildung an einigen der besten Konservatorien der Welt wird durch Stipendien des »Mads Meyer Fonds« ermöglicht. Ich bin ein Menschenfreund gewesen, und mein Revers quillt über von den Verdienstorden dankbarer Länder.

Man könnte meine Wohltätigkeit für eine Art Ablass halten, allerdings für einen, der den Menschen Freude gemacht hat, der mir aber vermutlich nicht Zutritt zum Paradies verschaffen wird.

Ich werde viel Geld hinterlassen.

Wenn ich nachher gezwungen sein werde, einige Worte mit meiner noch immer festen Baritonstimme zu sprechen, die nur ganz leicht zittert von der Beanspruchung über die vielen Jahre, werde ich mich mit einem Hauch von Sarkasmus an die Banalitäten halten und die Torheiten der Gegenwart aufs Korn nehmen, denn dafür bin ich berühmt, wenn nicht gar berüchtigt.

Die andere Geschichte werden sie lesen können, wenn Henry, mein Anwalt, meinen Nachlass freigibt. Ich habe die letzten Jahre meines Lebens darauf verwendet, meine Geschichte zu erzählen. Sie liegt, auf eine CD-ROM gebrannt, in einem geheimen Bankschließfach. Außerdem habe ich sie in den Cyberspace hinausgeschickt und sie auf einer verschlüsselten Domain abgelegt, die nur Henry kennt.

Meine Hinterbliebenen werden die Geschichte nicht ausradieren können, auch wenn sie es bestimmt versuchen werden. Selbst Henry weiß nicht, dass ich eines meiner begabtesten Enkelkinder, den kleinen Karl, der mir so sehr ähnelt, dass ich mich in ihm spiegeln kann, darum gebeten habe, meine Datei so zu programmieren, dass sie in genau neunzig Tagen an einen großen Verlag und zwei Zeitungen verschickt wird.

Ich erinnere mich an fast alles. Zumindest an all das, was es wert ist, erinnert zu werden. Ich sitze hier in meinem Rollstuhl und betrachte die Gartengesellschaft und antworte den Menschen höflich, die mit einem Lächeln auf den Lippen und erhobener Stimme kommen, um mir zu gratulieren, aber ich bin nicht anwesend.

Ich bin aus Dänemark abgehauen, musste aber dorthin

zurückflüchten, als mir in Argentinien der Boden unter den Füßen zu heiß wurde. Ich bin 1912 geboren – in dem Jahr, in dem die Titanic den Eisberg rammte und unterging und das erste Dieselschiff von B&W in Richtung Großbritannien in See stach. Ich stamme aus einer fernen Zeit, die die meisten schon vergessen haben und um die sie sich nicht scheren, an die ich mich aber so überaus deutlich erinnere.

Ich sehe den jungen Mann, der ich einmal war, als wäre es gestern gewesen. Ich sehe meinen Bruder vor mir. Ich sehe meine Schwester, als stünde sie gerade an meiner Seite. Ich sehe Irina. Ich sehe Joe Mercer, und natürlich sehe ich Svend vor meinem inneren Auge, meinen Kameraden aus Kriegstagen, möge Gott seiner kommunistischen Seele gnädig sein. Ich erinnere mich an mein enormes Selbstvertrauen und meine Arroganz. Ich war davon überzeugt, dass die Welt mir gehörte und dass die anderen Menschen in die Welt gesetzt worden waren, um meine Bedürfnisse zu befriedigen.

Ich sehe die jüngere Ausgabe von Magnus Meyer vor mir, sehe, wie er in der Stadt seiner Kindheit aufwacht, gerade mal fünfundzwanzig Jahre alt, aber fest davon überzeugt, über eine große Lebenserfahrung zu verfügen. Die Erlebnisse in Argentinien hatten ihn geprägt, aber durch seine Rückkehr spielte das Leben ihm andere Karten in die Hände, als er erwartet hatte.

Ich bin heute ein allseits geachteter Bürger, aber das ist nur eine Verkleidung. Ich werde mein Pfund Fleisch an den Teufel zahlen. Das ist nur gerecht. Trotzdem bitte ich Gott um Vergebung, jedoch ohne Hoffnung, erhört zu werden. Ich habe meine Geschichte erzählt. Mehr gibt es nicht zu sagen. Es war so, wie ich es in Erinnerung habe, und mein Gedächtnis ist gut. Ich habe Briefe und Tagebücher aufgehoben. Ich habe wichtige Papiere und Aufzeichnungen aufgehoben. Ich habe im Laufe der Jahre einiges Geld darauf verwendet, die Schlüsselfiguren ausfindig zu machen, und ich habe Ermittler in die Archive geschickt.

Ich möchte nicht, dass es nach meinem Tod zu langwierigen juristischen Auseinandersetzungen kommt, daher habe ich die Geschichte so erzählt, dass sie zum Teil als Fiktion gelesen werden kann.

Es ist vielleicht nicht die ganze Wahrheit, aber es ist meine Wahrheit und Magnus Meyers unwiderrufliches Testament.

1. Teil

Jütland, im Spätsommer 1937

Da sprach der HERR zu Kain:
Wo ist dein Bruder Abel?
Er sprach: Ich weiß nicht;
soll ich meines Bruders Hüter sein?

1. Buch Mose

I

Es ist ein außergewöhnlich warmer und schöner Spätsommertag Ende August 1937, als Magnus Meyer in der Stadt seiner Kindheit aufwacht. Er ist am Tag zuvor angekommen und hat im Hotel Dania übernachtet. Nach dem Frühstück steht er auf dem Marktplatz und atmet den Spätsommerduft ein, schwer und sinnlich und dennoch zart und kühl nach den heißen Jahren in Argentinien. Er erlaubt es sich, ein wenig stehen zu bleiben und die Umgebung auf sich wirken zu lassen. Die Stadt erscheint ihm vertraut und fremd zugleich. Er hört die klappernden Hufe der Pferde, die den Milchwagen ziehen, riecht den Koks, der für den nächsten Winter eingelagert wird, und sieht, wie das Dienstmädchen in der Wohnung über der Bank das Fenster öffnet und es eifrig zu putzen beginnt, während sie ein ihm unbekanntes Lied singt. Es ist eine kleine Stadt. Die Passanten grüßen einander freundlich, während sie an den schmucken Fassaden der kleinen Geschäfte vorübergehen. Er ist guter Dinge, obenauf und bereit, dieses kleine Stückchen Erde zurückzuerobern, es ganz und gar in seine Seele und seinen Körper aufzunehmen und diesen Morgen in seiner alten Stadt einfach nur zu genießen, bevor er am See entlang in Richtung Kuranstalt spaziert.

Es ist ein ganzes Stück Weg, aber das Wetter ist so herrlich, und ihm ist klar, dass er sich von den tristen Dänen mit ihren Depressionen, der grauen Arbeitskleidung und den speckigen Schiebermützen oder altmodischen Filzhüten abhebt. Er ist ein Flaneur, und das gefällt ihm. Er geht sehr aufrecht in seinem hellen, perfekt sitzenden

Anzug, den der Schneider in der kleinen, staubigen Seitengasse in Buenos Aires für ihn genäht hat. An den Füßen trägt er die eleganten italienischen Schuhe, die er auf der Fifth Avenue in New York gekauft hat, und auf dem Kopf den hellen Panamahut, exakt auf die Weise ins Gesicht gezogen, wie ein Dandy aus Übersee einen eleganten Hut eben trägt. Er nimmt den Duft seines Rasierwassers wahr, der sich so angenehm mit dem davonschwebenden Rauch der kubanischen Morgenzigarre vermischt, und er bemerkt mit Freude die Blicke, die die Frauen ihm zuwerfen, denen er unterwegs begegnet.

Hier kommt ein junger Mann von Welt, ein Reisender, ein Mensch, mit dem das Leben es gut meint, ein Mann ohne Sorgen in einer Zeit, in der alle sich Sorgen machen. Hier kommt ein Mann, der in die Kleinstadt zurückkehrt, klüger, reicher und selbstsicherer als die, die zurückgeblieben sind und nun ein bürgerliches Leben mit Ehefrau und Kindern führen oder in den langen Arbeitslosenschlangen stehen und warten. Ob ihn irgendwer wiedererkennt? Er bezweifelt es. Seine Physiognomie kann er natürlich nicht leugnen – die ist auch gar nicht so übel, wie ihm schon diverse Frauen bestätigt haben –, aber sein Körper ist heute kräftiger und besser in Form, der schmale helle Schnurbart verleiht seinem Gesicht Charakter, aber es ist vor allem die Art, wie er sich gibt, wie er steht, wie er sich bewegt, die ihm eine andere, selbstsicherere Ausstrahlung verleiht.

Das hat er von Inés gelernt. »Du bist nicht der, der du bist, du bist der, der zu sein du dich entscheidest«, hatte sie gesagt, und er erinnert sich an ihre zarten kleinen Brüste und den weichen Mund, der ihn küsste. Er hätte nie gedacht, dass Sex so ungezwungen sein konnte. Ohne Schuldgefühle, der reine Genuss. Stunden gemeinsamer Befriedigung und des Vergnügens aneinander.

An all das denkt er, während er im Sonnenschein spazieren geht. An die Last, die die Menschen in seiner Heimatstadt zu tragen haben. An ihr ewiges Kreisen um Schuld und Sühne. Daran, dass die Scham geradezu aus den kleinen Häuschen herauswabert. Sie wissen nicht, denkt er, dass der eigene Körper für so viel Freude und Wonne geschaffen ist.

»Jetzt bewegst du dich endlich genauso gut und selbstsicher und macho, wie du aussiehst«, hatte Inés einige Tage, nachdem sie ihn verführt hatte, zu ihm gesagt. »Deine Seele ist nicht länger in einem Gefängnis eingesperrt, sondern sie hat jetzt ihren Platz in deinem Körper gefunden.«

Er erinnert sich daran, wie seine Füße die Erde plötzlich auf ganz neue Weise berührten und wie die Töne in seinem Kopf ihm das Gefühl gaben zu fliegen, und nachts hatte er aufgehört, vom Chefarzt zu träumen.

Der junge Mann, der am Tag zuvor im Hotel Dania seinen Koffer aufs Zimmer getragen hat, heißt Jens und ist der Sohn von Schuhmacher-Hans, daran erinnert er sich. Er war zwei Klassen unter ihm. Es hatte nicht das geringste Anzeichen eines Wiedererkennens gegeben. Dass sie einmal auf demselben Schulhof in derselben Stadt gespielt haben sollen, erscheint ihm vollkommen unvorstellbar.

Er hat niemandem Bescheid gesagt, dass er zurückkommen wird. Er weigert sich, die Worte »nach Hause« zu benutzen. Er ist eigentlich nicht bereit, seinem Vater zu begegnen, auch wenn es sich wohl kaum vermeiden lässt.

Marie hatte ihm geschrieben, und mit ihr will er zuerst sprechen. Ihr Brief hatte ihn in New York erreicht. Sie wusste natürlich, dass er aus Argentinien weggezogen war. Geflohen wäre wohl das treffendere Wort. Marie ist die Einzige, der er seine wechselnden Adressen mitgeteilt hat, mit der strengen Auflage, sie nicht an den Chefarzt weiterzugeben.

Er hatte Argentinien verlassen müssen. Don Pedros Arme waren zu lang gewesen. Meyer wollte nicht heiraten. Dolores hätte nicht mit ihrem Bruder sprechen und dieser hätte ihn niemals aufsuchen dürfen. Er hatte nicht anders handeln können, denn es hatte er oder der Bruder geheißen. Don Pedro hätte seinen Sohn nicht schicken sollen, er und Magnus hätten eine Lösung finden können. Sie respektierten einander. Der Bruder hasste ihn, obwohl sie ursprünglich beste Freunde gewesen waren. Aber dann war Neid ins Spiel gekommen. Dem Bruder gefiel es nicht, dass Don Pedro nur mühsam verbergen konnte, dass er lieber Magnus als Sohn und Erben gehabt hätte als den trägen Sohn, den seine Frau ihm geboren hatte.

Beim Gedanken daran fängt Magnus beinahe an zu schwitzen, obwohl der dänische Sonnenschein mild und trocken ist. Er sieht das Blut vor seinem inneren Auge und den erstaunten Blick von Dolores' Bruder, als die Kugel mit einem dumpfen Knall seine Brust trifft. Danach hatten Don Pedro und Meyer keine Wahl mehr.

Er schwitzt doch nicht. Er ist Wärme gewöhnt. Es ist zwar ein sonniger Tag, aber er genießt die darunter liegende Kühle, die von den Wolken mit einer ersten Ahnung von Herbst herrührt, die ihn am See entlang zur Kuranstalt begleiten. Er macht einen Bogen um die Pferdeäpfel und die Schlaglöcher und achtet auf die wenigen Autos, die durch die Straßen rumpeln, bis er den Stadtkern verlassen hat und die Kurklinik sieht, die zugleich sein Geburtshaus ist.

Sie liegt so da, wie er sie in Erinnerung hat, umgeben von den großen Buchen. Das Laub ist graugrün und staubig und immer noch dicht. Das große weiße Haus, das für die Patienten Hoffnung ausstrahlt, lässt sein Herz für einen Moment schneller schlagen. Was sie für ein Krankenhaus halten, ist in Wahrheit ein Gefängnis. Ein Ort, an dem die physische Bestrafung hart, aber auszuhalten gewesen war, die kalte seelische Tortur dagegen weitaus schlimmer und eine permanente Mahnung, von dort zu fliehen, sobald sich die Möglichkeit dazu ergab.

Er bleibt einen Moment stehen, raucht eine Zigarette, versucht, die Erinnerungen von sich fernzuhalten, wirft den Zigarettenstummel weg und geht auf das Eingangstor zu.

In der dunklen Empfangshalle des Haupteingangs ist es kühl, als der Pförtner, der neu ist und ihn daher auch nicht erkennt, die Oberschwester herbeiruft.

»Guten Tag, Fräulein Jørgensen«, sagt Magnus.

»Guten Tag, Magnus Meyer. Sie sind also in der Stadt.«

Fräulein Jørgensen hat ihn fünf Jahre lang nicht gesehen, aber sie hebt nur ein wenig die buschigen Augenbrauen und sagt nach der förmlichen Begrüßung und einer kleinen, verlegenen Pause, dass Fräulein Marie bei dem überaus herrlichen Wetter mit einer Gruppe Kurgäste draußen im Freiluftbad sei. Und der junge Mads, ja, das sei eine andere Geschichte … An dieser Stelle spürt er eine Andeutung von Unsicherheit, vielleicht auch Angst angesichts der schwierigen Zeiten, aber ihre Selbstbeherrschung ist wirklich bewundernswert. Sie reicht ihm nicht die Hand, und sie lächelt nicht. Einem ungezogenen Bengel reicht man nicht die Hand.

Auch wenn sie es zu verbergen versucht, kann er in ihrem Blick die Frage erkennen, die zu stellen sie zu autoritätshörig und wohlerzogen ist. Warum ist der verlorene Sohn zurückgekehrt? Was will er hier? Wird der Unfrieden nun wieder Einzug halten? Wird die Harmonie, die für die Heilung von physischen und psychischen Schäden so wichtig ist, nun wieder gestört werden? Sie wird es seinem Vater berichten, sobald sie dazu Gelegenheit hat.

Der Chefarzt und sie arbeiten seit bald dreißig Jahren zusammen. Sie ist groß und schlank, flachbrüstig und hat ein ausgeprägtes Habichtgesicht, das nicht gerade schöner wird durch das Kopftuch, mit dem sie ihr grau meliertes

Haar bedeckt. Sie ist die Oberschwester und rechte Hand des Vaters, und sie unterstützt ihn dabei, das Kurbad mit der militärischen Präzision zu führen, die dem pedantischen Wesen des Chefarztes entspricht. Sie riecht wie üblich nach Schwefel und Karbol, nach Heilschlamm und Elektrotherapie, ein Geruch, der untrennbar mit seiner Kinderzeit verbunden ist und der ihn überall auf der Welt in das gefürchtete Land seiner Kindheit zurückbefördert, sobald er auch nur auf eine dieser Ingredienzien stößt.

Sie betrachtet ihn. Ist vielleicht ein bisschen überrascht, dass er durchaus vorzeigbar aussieht in seinem hellen Sommeranzug mit dem Seidenschlips, den er in New York gekauft hat, kurz bevor er mit dem Schiff nach Europa abgereist ist. Der Schlips sitzt gerade, und er hat sich gründlich rasiert. Sie schaut seine Kleidung an, die eleganter ist als die der meisten Leute im krisengeschüttelten Dänemark, und den Hut, den er wohlerzogen in der Hand hält. Er bemerkt, dass ihr gegen ihren Willen gefällt, was sie da sieht, aber dass sie gleichzeitig wünscht, er möge aus ihrem Blickfeld verschwinden, weil sie sich an all die Konflikte und das Chaos erinnert, das er verursacht hat. Der Bengel hat die Genialität seines Vaters eigentlich nie verstanden. Ebenso wenig hat er verstanden, dass Genialität ihren Preis hat, den die weniger Begabten eben zu zahlen haben.

»Ich wohne im Dania«, sagt Magnus. »Würden Sie das bitte meinem Vater ausrichten?«

»Wie Sie wünschen. Aber in den nächsten Stunden ist der Herr Chefarzt mit seinen Patienten beschäftigt. Doktor Krause aus Hamburg begleitet ihn dabei«, antwortet sie, ohne dass diese Aussage für ihn einen Sinn ergibt. Aber wenigstens siezt sie ihn. Wenn er sich recht erinnert, ist es das erste Mal, dass sie das tut. Schließlich war sie es, die ihm die Windeln gewechselt hat, und dass er das nie vergessen dürfe, hat sie ihn seitdem beständig ermahnt.

Es ist warm, aber sie schwitzt nicht unter dem langen weißen Kleid mit der blauen, gestärkten Schürze. Stille und eine kühle Effektivität umgeben sie. Vormittags bekommen die Patienten und Kurgäste viele verschiedene medizinische Behandlungen und Anwendungen, die der Vater entwickelt hat. Anwendungen, die eine Mischung sind aus Elektrotherapie, Solebädern, Heilkräutern und geheimen Heilverfahren, die die Qualen der Gicht beseitigen können, die ein zu gutes Leben verursacht hat. Ein Aufenthalt im Sanatorium des Vaters ist bei den Wohlhabenden im ganzen Land begehrt, aber er nimmt auch gern die weniger Betuchten auf, wenn ihre Krankheiten ein ausreichendes Maß an Komplexität aufweisen – einer der Lieblingsausdrücke des Chefarztes, wie Magnus sich erinnert.

Er hat einige Patienten auf den Liegestühlen im Garten beim Sonnenbaden beobachtet, und er kann sie förmlich vor sich sehen, wie sie in den diversen Behandlungsräumen des Sanatoriums warme Bäder nehmen, in nach Schwefel riechenden Schlamm eingepackt sind oder mit ionisiertem Wasser behandelt werden. Aber die einzigen Geräusche, die er hört, sind das Summen der Insekten im Garten und die leichten Schritte eines Paars schneller Holzschuhe auf dem Linoleumboden eines langen Flurs.

»Fräulein Jørgensen, wissen Sie, wo ich meine Schwester finde?«

Sie sieht ihn erneut einen Augenblick lang an, bevor sie antwortet: »Wie ich bereits sagte: Sie ist mit einer Gruppe Patienten zum neuen Badebecken im Gehölz Tinnet Krat gefahren. Der Herr Chefarzt erforscht das Badewasser, das aus der Quelle des Gudenå stammt und frei von jeglicher Art von Verunreinigung ist. Der Herr Chefarzt untersucht den möglichen Einfluss dieses Badewassers auf die Behandlung von Psoriasis.«

Er erkennt die Worte des Chefarztes in diesem Vortrag

wieder, sagt aber bloß: »Ich kann Ihnen gerade nicht folgen …«

Sie sieht ihn mit dem Blick an, vor dem er sich als Kind so gefürchtet hat. Ein Blick voller Verachtung für die geringe Intelligenz anderer Menschen. Nur die des Chefarztes kann sich mit der ihren messen.

»Nein, das können Sie wohl nicht. Es liegt, wie gesagt, an der Quelle des Gudenå. Gut fünfzig Kilometer von hier, in Richtung Süden. Das Fräulein ist gleich nach dem Frühstück mit Chauffeur Klausen im Patientenbus aufgebrochen. Es ist ziemlich weit von hier, aber die Wissenschaft verlangt eben Opfer.«

»An der Quelle des Gudenå?«

»Das sagte ich bereits. Und wenn Sie mich jetzt bitte entschuldigen würden. Es ist Zeit, einige der Anwendungen zu beenden. Ich werde dem Herrn Chefarzt Ihre Grüße ausrichten.«

Er setzt seinen Hut auf, nickt seinem Schatten zu, geht zur Haltestelle, an der Kurts Kraftdroschke abfährt, und bittet darum, zu jener Badestelle gefahren zu werden, die sich an der Quelle des Gudenå befindet. Droschken-Kurt selbst ist unterwegs, aber seine Frau Signe nickt erstaunt, als sie ihn sieht und möglicherweise wiedererkennt und einen anderen Chauffeur herbeibeordert, der dem Herrn mitteilt, dass es sich um eine weite Fahrt handle, die daher nicht ganz billig sei. Der Chauffeur ist untersetzt und hat unter seiner abgewetzten Schiebermütze große Flecken im Gesicht. Meyer nickt nur und ist nicht der Ansicht, dass er ihn über die unendlichen Entfernungen in der Pampa und über das Konto in New York aufklären muss, auf dem sich sein Gewinn aus Argentinien und sein ansehnlicher New Yorker Lohn befinden. Das Auto ist ein gepflegter Studebaker, groß und geräumig, sodass Magnus seine langen Beine auf der Rückbank ausstrecken kann.

Die dänische Landschaft erstreckt sich sanft und hügelig vor ihm, die Felder sind abgeerntet und mehrere von ihnen bereits umgepflügt. Trotzdem sieht alles grün und üppig aus. Überall sind Pferdegespanne vor Pflügen oder Eggen im Einsatz. Die Bauern ziehen ihre Mützen zum Gruß und starren dem feinen Auto hinterher, das mit einem eleganten Herrn auf dem Rücksitz an ihnen vorbeifährt. Die Störche sind schon weitergezogen und die Stare finden sich gerade zu einem Schwarm zusammen, und wieder kommt Magnus in den Sinn, wie gering die Entfernungen hier sind und wie malerisch die Landschaft ist.

Er muss an die großen, offenen Weiten Argentiniens denken, an die feuchten Berge oben im Norden und an das hitzige, stinkende Leben im Slum von Buenos Aires, und so betrachtet er mit leichter Herablassung sein Vaterland mit den gewundenen Straßen, kleinen Häusern und der Ordnung, die selbst bei den ärmsten Menschen zu herrschen scheint. Es ist doch etwas dran an dem alten Lied. Er summt »Hier, wo der Weg einen Bogen schlägt«, was der Chauffeur, der einer der wenigen seines Metiers zu sein scheint, der kein Gespräch anfangen will, mit einem Lächeln quittiert.

Zum ersten Mal empfindet Magnus eine unmittelbare Freude, wieder zu Hause zu sein. Zu Hause? Ist Dänemark wirklich sein Zuhause? Dieses kleine, geizige Bauernland, in dem der Ministerpräsident aussieht wie der Weihnachtsmann, was vielleicht durchaus passend ist, weil das Land die weltweite Krise auf eine erstaunlich gemütliche Weise meistert. Man macht es sich im Verborgenen gemütlich. Jeder kümmert sich um seine eigenen Angelegenheiten, und es scheint, als existiere die Welt da draußen nicht. Man wird die Krise schon irgendwie bewältigen. Das hat man immer getan. Es gibt keinen Grund zur Klage. Es liegt ohnehin alles in Gottes Hand, und man ist nicht auf der Welt, um sich zu beklagen.

Da unten im Süden tobt der Krieg. Ein ferner Bruderkrieg, der ihn nach Hause zurückgerufen hat, weil er in seiner eigenen Familie Wirklichkeit geworden ist. Es geht um das Herz der Familie, um den Herzschlag selbst. Die Zeit steht für einen Augenblick still. Es ist, als würde er für einen Moment wieder zum Kind und hörte seine Mutter zum Abendessen rufen. Dieser Erinnerungsfetzen taucht in ihm auf, als er eine Frau, die ein langes Kleid und ein geblümtes Kopftuch trägt, die Hand heben und ein kleines Mädchen rufen sieht. Das Lächeln des Mädchens ist groß und strahlend, aber dann verschwindet es aus seinem Blickfeld, als das Auto um die nächste Kurve fährt.

Es hätte seine Mutter sein können, die da gerufen hat. Und das kleine Mädchen hätte Marie sein können mit ihrem hübschen Lächeln und ihrem Vertrauen in die ganze Welt. Die Erinnerung ist so stark, dass er für einen Moment nicht weiß, ob er wach ist oder träumt. Er nimmt seinen Hut ab, wischt sich über die Stirn und begreift nicht, wo diese plötzliche Angst herkommt.

Der Chauffeur setzt ihn ein Stück von der Badestelle entfernt ab und nimmt sich eine Zeitung, als Magnus ihn bittet, dort auf ihn zu warten, ehe er den kleinen Hügel hinaufgeht.

Bei dem schönen Wetter sind viele Menschen unterwegs. Ihre schwarzen Fahrräder stehen aufgereiht da wie Soldaten. Einen Moment lang bleibt er stehen, überrascht von dem Anblick, der sich ihm auf den Hügeln zwischen dem Gudenå und der Quelle des Skjernå darbietet. Er blickt auf ungefähr dreihundert Menschen hinunter, die sich an den fünf Badebecken in der grünen, hügeligen Landschaft tummeln.

Bei einem Mann in einem kleinen Pavillon, der Kaffee und Eis anbietet, muss er eine Krone bezahlen, bevor er die Treppe zur Badestelle hinuntergehen darf. Neben dem

Badebecken hat man eine einfache Rutschbahn aus abgehobelten Kiefernholzbrettern errichtet, auf der die Kinder auf gewaschenen Düngersäcken hinuntersausen, die aufgestapelt am Fuße der Rutsche liegen, und vor Vergnügen kreischen. Magnus bleibt einen Augenblick auf der Treppe stehen und betrachtet die Szenerie.

Es gibt vier runde Becken und ein viereckiges, an dem ein Sprungbrett angebracht ist. Er sieht, wie junge Männer, offensichtlich Knechte, in großen, flatternden Badehosen versuchen, den Mädchen mit allerlei Faxen und Sprüngen zu imponieren, die das Wasser über den Beckenrand schwappen lassen. Ihre weißen Oberkörper leuchten grell in der Sonne und stehen in Kontrast zu ihren braunen Armen, die während der Feldarbeit der Sonne ausgesetzt sind. Mütter und Kinder vergnügen sich in einem kleineren Becken, in dem sie herumplantschen. Die Patienten des Chefarztes scheinen sich im eigentlichen Schwimmbecken aufzuhalten.

Magnus muss an die Bewässerungsanlage auf Don Pedros Rinderfarm denken. Es scheint sich hier um dasselbe Prinzip zu handeln. Das Wasser aus der Quelle des Gudenå wird mithilfe eines Hebesystems in ein oder zwei Becken auf dem Hügel hinaufgepumpt. Dort wird es von der Sonne erwärmt, bevor es in die Badebecken eingespeist wird. Ein einfaches, aber wirkungsvolles System, das Magnus fasziniert. Er hat zwar keine reguläre Ausbildung genossen, aber das Ingenieurwesen interessiert ihn sehr. Er weiß, dass er ein Talent hat, technische Probleme zu durchdringen und andere, überraschende Lösungen zu finden. Dieses Talent hat er in Argentinien entdeckt, wo man nicht nach der Ausbildung fragt, sondern danach geht, was ein junger Mann kann.

Der Wasserdruck ist so stark, dass damit auch noch einige hübsche kleine Springbrunnen betrieben werden können, die zugleich als Trinkfontänen dienen. Zwischen den Fontänen steht eine kleine Sonnenuhr. Dort entdeckt er zwischen all den Badenden und Sonnenanbetern seine ein Jahr ältere Schwester Marie.

Sie ist nicht zu übersehen, hübsch, groß und schlank und von einer Lebhaftigkeit, die in Wahrheit nur Fassade ist, denn ihr Gemüt verdunkelt sich leicht. Es zeuge von einem Hang zum Depressiven, wie der Vater zu sagen pflegt. Ihre latente Schwermut entwickelte sich nach dem Tod der Mutter, die 1929 einer schweren Grippeerkrankung erlag, der selbst der Chefarzt machtlos gegenüberstand. Nach dem Tod der Gemahlin wurde seine kühle Distanz endgültig zur Kälte. Er verdrängte seinen Schmerz mit der mechanischen Effektivität, die die übergewichtigen Damen so anzieht, weil sie spüren, dass sie auf höchsten wissenschaftlichen Erkenntnissen basiert.

Maries Haare sind dunkelblond, und sie hat sie von ihrer hohen, geraden Stirn aus nach hinten gekämmt, sodass sie, der Mode entsprechend, in weichen Locken auf ihren weißen Kragen fallen. Er sieht die schlichte Haarspange, mit der sie ihre Haare festgesteckt hat. Aus Schminke hat sie sich noch nie viel gemacht. Sie trägt ihre Uniform. Den langen weißen Rock und die Hemdbluse, die trotz des warmen Spätsommertages bis oben zugeknöpft ist und am Kragen von der Anstecknadel des Dänischen Krankenschwesternbundes zusammengehalten wird. Sie hat ihn noch nicht bemerkt, er kann sie also ungestört betrachten.

Sie hat sich nicht verändert in den fünf Jahren, die er weg gewesen ist. Diese fünf Jahre scheinen, zumindest aus einiger Entfernung betrachtet, spurlos an ihr vorübergegangen zu sein. Es geht nach wie vor eine erotische Anziehungskraft von ihr aus, derer sie sich nicht bewusst ist, denkt er, schiebt diesen Gedanken jedoch schnell beiseite. So etwas denkt man nicht über seine Schwester, aber er begreift nicht, warum sie noch immer nicht verheiratet ist angesichts dieser leidenschaftlichen Flamme, die doch ganz offensichtlich nur darauf wartet, entfacht zu werden. Vielleicht ist sie ja auch gar nicht mehr allein. Was weiß er schon? Sie hat nichts von einem Geliebten oder Mann geschrieben in dem Brief, den er von ihr bekommen hat und der der Grund dafür ist, dass er jetzt hier in der Sonne steht und sie betrachtet.

Sie wird siebenundzwanzig Jahre alt, aber sie hat ganz und gar nichts Damenhaftes an sich, fällt ihm auf. Sie macht ein paar schnelle, leichte Schritte, um einen übergewichtigen Herrn besser im Blick zu behalten, der Schwierigkeiten hat, aus dem mittleren Becken auszusteigen.

Sie hat wohl keinen Grund gesehen, etwas über sich zu schreiben, schließlich ging es doch um Mads. Ihr Brief ist geschäftsmäßig, fast kühl und eine Bitte um Hilfe. Er kennt sie. »Deine Dich immer liebende Schwester«, so hat sie ihn unterzeichnet. Ist sie das? Ist er ihr geliebter kleiner Bruder? Und was ist mit dem Nesthäkchen Mads, das sie beide bedingungslos liebten, als sie Kinder waren?

Magnus zündet sich eine Zigarette an, und seine Uhr reflektiert das Sonnenlicht. Marie dreht sich um, lächelt ihn an und kommt mit ihren federnden Tänzerinnenschritten auf ihn zu. Dann bleibt sie stehen und hält sich die Hand wie einen Schirm vor die Stirn, als wolle sie sicher gehen, dass es auch wirklich Magnus ist, der auf der steilen Treppe steht und zu ihr hinunterschaut. Er nimmt seinen Hut ab und winkt mit ihm, und sie lächelt noch immer, als er schnell zu ihr hinuntergeht.

2

Magnus Meyer spürt den Körper seiner Schwester, und dieses Gefühl ist ungewohnt für ihn, aber auch für sie. Sie kommen aus einer Familie, in der Körperkontakt nicht üblich ist, schon gar nicht in der Öffentlichkeit. Sie begrüßen sich mit einem kurzen Kuss, und im nächsten Augenblick stehen sie sich schon wieder wie zwei Fremde im Sonnenschein gegenüber. Magnus kommt es vor, als befinde er sich unter einer Käseglocke, aus der alle Geräusche ausgeschlossen sind. Die Badenden scheinen in einem verschleierten Licht zu verharren, als stünden sie Modell für ein Sommergemälde. Doch dieses unwirkliche Gefühl hält nur einen Moment an.

Marie löst die beklommene Stimmung auf, als sie sagt: »Ich habe dich rauchen sehen. Gibst du mir eine ab?«

»Ich wusste gar nicht, dass du rauchst.«

»Es gibt, glaube ich, eine Menge Dinge, die du nicht von mir weißt. Fünf Jahre sind eine lange Zeit.«

Sie hat eine helle Stimme. Bei Familienfeierlichkeiten oder in der Kirche bittet man sie meist zu singen, aber sie tut es ungern. Oder tat es ungern? Was weiß er schon von ihr? Innerhalb von fünf Jahren hat er vier Briefe von ihr bekommen, Briefe voller Alltäglichkeiten, abgesehen von dem letzten, in dem sie ihre Verzweiflung und Hilflosigkeit nicht verbergen konnte oder wollte. Das war kein gewöhnlicher Brief, sondern ein Hilferuf. Er trägt ihn bei sich, spürt ihn in der Innentasche seines Sakkos brennen. Er holt sein Zigarettenetui hervor und reicht ihr eine Zigarette, nimmt sich ebenfalls eine und gibt ihnen beiden Feuer. Sie raucht ein wenig unsicher, findet er, aber sie atmet den Rauch trotz allem geübt bis tief in die Lungen ein und schließt einen Moment lang genussvoll die Augen. Ein Krümel Tabak klebt an ihrer Lippe.

Sie tritt einen Schritt zurück und schaut ihn mit ihrem Große-Schwester-Blick an: »Virginia, nicht wahr?«

Er nickt.

»Du bist ein richtiger Mann geworden, kleiner Bruder. Du siehst so erwachsen aus.« Sie lächelt mädchenhaft und berührt mit einer vorsichtigen Handbewegung seinen Schnurrbart.

Er lächelt ebenfalls und nimmt ihre Hand in seine. »Du siehst aus wie immer.«

Sie zieht ihre Hand zurück und nimmt einen Zug von der Zigarette, bevor sie sagt: »Wie gesagt. Es gibt vieles, was du nicht von mir weißt. Hast du schon mit Vater gesprochen?«

»Noch nicht. Der Herr Chefarzt ist mit seinen Patienten beschäftigt. Ich habe Fräulein Jørgensen getroffen.«

»Das kann ich mir vorstellen.«

»Der Herr Chefarzt ist mit seinen Patienten beschäftigt«, wiederholt er und fährt fort: »Und er ist in Begleitung eines Doktor Krause, glaube ich.«

»Ach ja. Vaters kleiner Nationalsozialist aus Hamburg.«

»Hat der Herr Chefarzt tatsächlich eine politische Haltung gefunden, die seiner Mentalität entspricht?«

»Komm, Bruder, lass uns nicht wieder damit anfangen«, sagt sie schärfer, als sie es wohl beabsichtigt hat, und um den Missklang zu beseitigen, nimmt sie ihm scherzend den Hut vom Kopf: »Hut ab vor deiner Schwester. Und nein, Vater und Fräulein Jørgensen interessieren sich nur sehr für Doktor Krauses Theorien über rassebedingte Krankheitsverläufe. Für die stärkere Widerstandskraft, die einige Rassen gegenüber bestimmten Krankheiten aufweisen und andere nicht. Das mit den Rassen ist ja ein ganz großes Thema da unten im Süden. Hast du auf deinen Reisen nichts davon mitbekommen?«

Er lächelt, als er ihren ironischen Unterton bemerkt, und sagt: »Doch. In anderen Ländern gibt es auch Zeitungen. Das Stampfen der vorrückenden Stiefel in Deutschland ist auch auf der anderen Seite des Atlantiks vernommen worden.«

»Wann bist du gekommen?«, fragt sie.

Die Sonne brennt auf sein kurz geschnittenes Haar mit dem akkurat gezogenen Scheitel. Ihre Augen sind grünlicher als die blauen Augen von Magnus. Mads hat dieselbe Augenfarbe und dasselbe dunkelblonde Haar wie seine Schwester, ein Erbe der Mutter, während Magnus' Haare heller sind, so wie die des Vaters, bevor die Mutter erkrankte und starb. Das Haar des Chefarztes war in weniger als einem Jahr vollkommen weiß geworden. Marie hat gleichmäßige Züge, einen schmalen, wohlgeformten Mund und sehr weiße Zähne, und sie lächelt oft und gern, so, wie sie es jetzt tut, aber das Lächeln erlischt schnell, als er sagt: »Gestern. Ich wohne im Dania.«

»Es ist besser, du ziehst zu uns nach Hause. Du hättest anrufen können. Wir hätten gestern schon miteinander sprechen können. Ich habe so lange auf dich gewartet.« Noch immer hält sie seinen Hut in der Hand, und sie reicht ihn ihm ein wenig verwirrt.

»Wir werden sehen«, sagt er und folgt ihrem Blick, der zu den badenden Menschen hinübergleitet, die zu ahnen scheinen, dass sie gerade den letzten Sommertag erleben.

Es gibt so viele ungesagte Worte zwischen Bruder und Schwester. Wir stammen aus einer Familie, in der die entscheidenden Dinge nie zur Sprache kommen, weil wir es nicht wagen, einander die Wahrheit zu sagen, denkt er. Nur Mads ist anders, war schon immer anders. Er hat gesagt, was er dachte, ohne Rücksicht auf die Konsequenzen. Die Kälte, die ihr Zuhause seit dem Tod der Mutter geprägt hat, hat seine Seele nicht erstarren lassen, aber wie mag es ihm in den letzten fünf Jahren ergangen sein? Im Alter zwischen sechzehn und einundzwanzig Jahren kann ein junger Mann sich sehr verändern.

»Am besten, du ziehst nach Hause«, wiederholt sie und blickt auf ihre Zigarette. »Es nimmt Vater sehr mit. Er versucht, es zu verbergen, aber es gelingt ihm nicht. Es würde auch merkwürdig wirken, wenn du im Hotel wohnst.«

»Das ist vermutlich das eigentliche Problem.«

»Hör auf, so verbittert zu sein, Magnus. Das ist jetzt nicht der richtige Zeitpunkt dafür.« Sie sieht zu Boden, und er folgt ihrem Blick. Das Gras ist gelb und verbrannt, und als könnte sie seine Gedanken lesen, versucht sie möglichst beiläufig, die Verlegenheit zu überspielen, von der ihre Begegnung bisher geprägt ist – eine Begegnung, die nicht so abgelaufen ist, wie man sich ein Wiedersehen nach so langer Zeit eigentlich vorstellt. »Wir haben wirklich fantastisches Erntewetter gehabt«, sagt sie.

Er lächelt und ergreift wieder sanft ihre Hand: »Okay, Schwesterherz. Schauen wir mal.«

Sie lächelt zurück, etwas angestrengt: »Okay! Was soll das denn jetzt? Kannst du kein Dänisch mehr?«

»Okay ist so etwas wie alright, nur ein bisschen anders.«

»Alright. Wie amerikanisch du klingst. Ich dachte, du bist die meiste Zeit in Argentinien gewesen.«

»Zwei Jahre in den Staaten, gut drei Jahre in Argentinien. Es ist so schön, dich wiederzusehen«, sagt er.

»Ich freue mich auch. Sehr sogar. Ich habe dich vermisst. Vier Briefe in fünf Jahren, Magnus. Behandelt man seine Familie so? Mads war am Boden zerstört, als du weggegangen bist. Du hast sein Herz in tausend Stücke geschlagen.«

»Ich konnte nicht anders.«

»Trotzdem«, erwidert sie nur und lässt seine Hand los,

sieht sich um und wirft ihren Zigarettenstummel weg, bevor sie anmutig in ihren praktischen, flachen Schuhen mit den breiten Schnallen auf dem Absatz kehrtmacht und zum Beckenrand hinunterruft, dass der Bus in einer halben Stunde abfahre. Ihre Stimme ist durchdringend trotz ihres Lächelns. Er sieht, wie die Patienten mittleren Alters beinahe synchron die Hand heben zum Zeichen, dass sie den Befehl vernommen haben. Das Geräusch spritzenden Wassers und ein übertriebener Schrei unten vom Quellbecken dringen zu ihnen herauf und vermischen sich mit dem plötzlichen Weinen eines Kindes, das sich erschreckt hat.

Sie dreht sich um und fragt: »Wie ist Argentinien? Wie ist die große weite Welt? Wird man vom Reisen so ansehnlich? Du bist ja ein richtiger Herr geworden. Du musst so viel zu erzählen haben.«

Er lacht über sie und mit ihr, und es kommt ihm vor, als wärme die Sonne sie auf einmal auf eine andere Weise, und die Stimmen der Badenden erscheinen ihm heller und fröhlicher, weil er sehen kann, dass sie ebenfalls froh ist. Froh, dass er zurückgekommen ist. Froh, dass sie nicht mehr allein ist. Froh, weil er ihr immer geholfen und ihre Partei ergriffen hat. Er zerstört diese Stimmung, indem er sagt: »Warum ist er weggegangen?«

»Nicht jetzt.«

»Und dann auch noch in den Krieg. Ausgerechnet er. Mads konnte doch keiner Fliege etwas zuleide tun. Er hat Gedichte geschrieben und war so empfindsam und hat so schnell angefangen zu weinen. Kannst du dich nicht daran erinnern? Er hat so gelitten, wenn in der Familie oder in der Schule auch nur das kleinste bisschen Sorge oder Angst herrschte. Das ergibt alles keinen Sinn. So sehr verändert ein Mensch sich nicht in so kurzer Zeit.«

»Wir müssen über all das und vieles andere sprechen, aber nicht hier. Ich bin für die Patienten verantwortlich.

Ich kann jetzt nicht darüber nachdenken.« Ihre Stimme wird immer leiser, aber es ist zu spät, sie wendet sich ab und senkt den Kopf.

Er dreht sie zu sich um und zieht sie an sich. Sie wehrt sich erst ein wenig, gibt dann aber rasch nach, und er umarmt sie, spürt ihre Tränen. Sie verbirgt ihr Gesicht an seiner Schulter. Er sieht das Schwimmbecken weiter unten, wo die Patienten erstaunt und ein wenig erschreckt zu ihrer kleinen Florence Nightingale hinüberschauen, die ihnen den Rücken zugewandt hat und von einem fremden Mann umarmt wird. Der korpulente Mann in dem dunklen Ganzkörperbadeanzug macht Anstalten, aus dem Becken zu klettern und zu ihnen zu eilen, aber Magnus winkt ab, indem er ein paar Mal den Hut schwenkt und ihm und den anderen ein beruhigendes Lächeln zuwirft, das signalisieren soll, dass alles in Ordnung ist.

Marie windet sich los, schluchzt noch einmal kurz und wischt sich dann die Tränen mit einem weißen Taschentuch ab, das sie in ihrer Rocktasche stecken hat. Sie putzt sich die Nase, und aus der anderen Rocktasche zieht sie einen Umschlag, den sie ihm wortlos reicht. Magnus spürt ein Ziehen in der Magengegend, als er die schöne Schrift sieht, die Mads fast vom ersten Schultag an gehabt hat, und liest:

4. März 1937

Meine geliebte Schwester Marie,

wenn Du diese Zeilen liest, werde ich schon fort sein. Bitte sei nicht allzu traurig, sondern versuche, mich zu verstehen. Es ist nicht so wie bei Magnus, dass ich von zu Hause fliehe oder vor mir selbst, so, wie er es getan hat. Auch wenn er mein Bruder ist, finde ich, er hat sich feige verhalten, einfach so abzuhauen. Aber ich habe ihm längst verziehen. Es ist fünf Jahre her, und vielleicht stimmt es, dass die Zeit alle Wunden heilt. Heute weiß ich, dass er nicht so sehr vor Vater geflohen ist als vielmehr vor sich selbst …

Aber ich fliehe nicht vor irgendetwas. Ich breche erhobenen Hauptes auf zu etwas, das größer ist als ich selbst. Ich kann nicht länger schweigend zusehen, wie die Ungerechtigkeit die Gerechtigkeit niederwalzt und wie die Unschuldigen den Kugeln der Tyrannen zum Opfer fallen. Gerade wir, die wir ein gutes Leben führen, haben die Pflicht, an die Menschen zu denken, mit denen das Schicksal es nicht so gut meint.

In Spanien findet ein Kampf statt, der für uns alle von Bedeutung ist. Davon bin ich überzeugt. Du weißt, dass ich den Kriegsverlauf vom ersten Tag an aufmerksam und mit wachsendem Entsetzen verfolgt habe und dass mein Herz für die legal gewählte Republik schlägt. Ich kann nicht länger im beschaulichen Dänemark bleiben und tatenlos zusehen. Es reicht nicht aus, Petitionen an die Presse zu schicken. Dänemark und auch andere Länder lassen das freie, kämpfende Spanien mit ihrer heuchlerischen Nicht-Interventionspolitik aufs Schändlichste im Stich, während Deutschland und Italien die faschistischen Aufständischen mit Waffen versorgen. Unser eigenes Parlament hat neulich das Seine dazu beigetragen, indem es dem verachtenswürdigen Verbot, nach Spanien zu reisen, zugestimmt hat. Nur Stalins Sowjetunion zeigt Rückgrat und handelt moralisch integer, indem es Spanien unterstützt.

Trotz der Heuchelei unserer Regierungen strömen junge Männer aus Europa und Amerika zu den Internationalen Brigaden nach Spanien. Ich kann nicht anders, als den Griffel gegen das Gewehr einzutauschen. Ich empfinde es als meine Pflicht, zusammen mit gleichgesinnten Kameraden vor den Toren Madrids »No pasarán« anzustimmen. Ich weiß, Du wirst denken, das sei gegen meine Natur. Ich weiß, dass Du und Magnus immer der Meinung wart, dass der verwöhnte Nachzügler nichts als ein süßer kleiner Junge ist, der weinen muss, sobald er einen Schmetterling gegen die Fensterscheibe fliegen sieht.

Vielleicht bin ich das auch, aber ich bitte Dich darum, mich zu verstehen, wenn ich Dir sage, dass ich meine Ansichten auf die denkbar härteste Weise in die Tat umsetze, auch wenn mir meine Arbeit als Dichter nach wie vor viel bedeutet. Vielleicht bin ich nicht mutig, aber ich muss und werde meine Angst überwinden, und ich bete darum, dass ich in der entscheidenden Stunde des Kampfes nicht aufgeben werde.

Meine liebe Schwester, Du musst Dir keine Sorgen machen. Ich werde Dir schreiben. Ich möchte Dich bitten, Vater von meinem Entschluss zu unterrichten. Ich weiß, dass er mich nicht verstehen wird. Er wird mich wahrscheinlich verstoßen und meinen Namen nie wieder in den Mund nehmen, so, wie er auch Magnus nie wieder erwähnt hat. Damit kann ich leben, solange Du mich verstehst und mir auch weiterhin zugetan bist, meine liebe Marie. Du musst für uns beide in Dänemark stark sein.

Wenn Du diese Zeilen liest, befinde ich mich bereits auf einem Schiff, das von Esbjerg aus nach Frankreich fährt. Ich bin mit zwei guten Freunden unterwegs. Meine Gedanken fliegen durch die Luft, und ich bin sicher, dass sie Dich in der Heimat erreichen und dass Du sie wie die zarte Berührung eines Engelsflügels spüren wirst. Sei stark und mutig, Marie, wie ich es von Dir kenne, dann werde ich versuchen, es ebenfalls zu sein.

Dein Dich immer liebender Bruder
Mads

Magnus reicht ihr den Brief. Sie faltet ihn sorgfältig zusammen und steckt ihn in den Umschlag zurück. Sie schauen einander nicht an.

»Er hat nur gesagt, er wolle für ein paar Tage zu einer Freundin nach Aalborg fahren.«

»Er ist alt genug.«

»Er ist noch nicht mündig, und es ist verboten, was er da macht.«

»Findet der Herr Chefarzt.«

»Was ja auch stimmt, aber das ist noch das geringste Problem.«

»Er hat mir nie geschrieben«, sagt Magnus und hält ihr das zerkratzte Zigarettenetui hin, aber als sie den Kopf schüttelt, nimmt auch er sich keine weitere Zigarette.

»Er war furchtbar enttäuscht, Magnus.«

»Ich habe ihm geschrieben.«

Sie sieht ihn überrascht an. »Davon hat er mir nichts gesagt.«

»Es spielt auch keine Rolle. Er ist ein Narr. Ein idealistischer Narr. Man soll nicht die Kriege anderer führen wollen. Die eigenen Schlachten sind mehr als genug für einen Mann.«

Ihr Blick wird durchdringender, und auch ihre Stimme hat plötzlich eine ganz andere Intensität: »Ich kann nicht aufhören, daran zu denken, dass unser kleiner Mads da unten mitten im Krieg ist. Er ist so krank gewesen, Magnus. Wie ich dir bereits geschrieben habe, hat er Typhus gehabt. Ich glaube, er ist inzwischen wieder gesund. Vor einer Woche kam wieder ein Brief von ihm. Er muss an die Front zurück. Unser kleiner Mads! Zurück an die Front? Das geht doch nicht. Du musst ihn nach Hause zurückholen, ob er will oder nicht. Ich kann den Gedanken nicht ertragen, dass er sterben könnte.«

Es ist eine lange Rede, und er sieht, wie ihr wieder die

Tränen in die Augen steigen. »Beruhige dich, Schwesterherz. Es wird schon alles gut gehen.«

»Nein. Das wird es nicht. Bitte hol ihn nach Hause zurück. Du bist doch so viel in der Welt herumgekommen. Du bist der Einzige, der es schaffen kann. Du bist stark und mutig. Ich werde Angst um dich haben, aber nicht diese alles verschlingende Angst. Du kannst es schaffen. Bitte sorge dafür, dass unser kleiner Bruder wieder nach Hause kommt. Ja, Magnus?« Sie ergreift seine Hände, und es ist ihr gleichgültig, dass alle sie anschauen.

Er blickt in ihre grünen Augen. Er hat sich doch längst entschieden, also warum sagt er es ihr nicht einfach? Magnus behält seine Gefühle, Gedanken und Pläne instinktiv für sich. Nur so kann man überleben. Stattdessen sagt er: »Ich habe einen von Droschken-Kurts Wagen gemietet. Fahr mit mir zusammen zurück, dann können wir in Ruhe darüber reden.«

»Das kann ich doch nicht machen. Ich bin für die Patienten verantwortlich. Ich muss mit ihnen zusammen im Patientenbus zurückfahren. Hör bitte zu, was ich sage, Magnus. Kannst du mir, Herrgott noch mal, nicht einfach versprechen, dass du ihn zurückholst? Ich kann den Gedanken nicht ertragen, dass er da unten ist, dass er möglicherweise schon tot ist, während du und ich hier in der Sonne stehen.«

»Ich werde es tun. Ich werde nach Spanien reisen und ihn fragen, ob er mit zurückwill. Aber was, wenn er nicht will?«, sagt er und ist überrascht von der Endgültigkeit seiner Aussage.

Sie wischt sich die Tränen ab und lacht: »Natürlich wird er das wollen, Magnus. Mads vergöttert dich. Das weißt du doch. Er hat immer getan, was du gesagt hast. Er ist in den Krieg gezogen, weil du uns verlassen hast. Er …« Sie hält inne, als sie sieht, dass sie ihn verletzt hat.

»Es ist also meine Schuld?«

»Nein. Das habe ich nicht gemeint. Nein, natürlich nicht, aber du hast ihm das Herz gebrochen.«

»Das klang in seinem Brief aber ganz anders«, sagt er.

»Ja, das stimmt.«

»Mads glaubt an das Gute im Menschen«, sagt Magnus.

»Ich weiß nicht, woran Mads glaubt, aber ich weiß, dass er zu jung ist, um zu sterben. Und du hast mir soeben versprochen, ihn zurückzuholen. Damit machst du mich sehr glücklich. Ich sage Vater Bescheid, dass du heute zum Abendessen kommst. Sagen wir um sieben Uhr? Du kannst auch gern schon eher kommen, wenn du magst. Und du wohnst dann auch zu Hause, ja?«

Er lächelt nur, und sie sieht ihn unsicher an, und erst als er nickt, dreht sie sich um und geht mit schnellen Schritten zum Becken hinunter, um wie eine Entenmutter alle Patienten wieder einzusammeln. Sie dreht sich einige Male um und wirft ihm ein Lächeln zu. Auf einmal hat ihr Gang eine Leichtigkeit, die ihn verlegen macht, weil er so leichtfertig ein Versprechen gegeben hat.

Magnus Meyer zündet sich eine neue Zigarette an und geht in Richtung Treppe, ohne sich noch einmal umzusehen.

3

Sie sitzen an dem großen braunen Tisch im Salon, der Chefarzt an dem einen Tischende, Fräulein Jørgensen wie üblich an dem anderen. Sie hat diesen Platz zwei Jahre nach dem Tod der Mutter eingenommen. Fräulein Jørgensen hat einen neuen langen Rock an und eine hochgeschlossene beigefarbene Bluse, die über der Brust unvorteilhaft in Falten gelegt ist. Ihr Deutsch ist nicht sonderlich gut, aber sie hat bei Tisch nie viel gesprochen, sie hat bloß dagesessen, die anderen betrachtet und mit ihrem Blick ihr Urteil verkündet. Marie sitzt als Tischdame von Doktor Helmut Krause an der einen Längsseite des Tisches, während Magnus allein auf der anderen Seite platziert ist.

Er muss sich eingestehen, dass er nervös war, als er im Taxi vom Hotel zum Sanatorium und zur großen weißen Villa seiner Kindheit fuhr. Er hat den Chefarzt fünf Jahre lang nicht gesehen. Das ist der eine Grund, aber da ist noch ein anderer. Er kann nicht vergessen, dass der Vater mit blutender Nase und geschwollenem Auge auf dem Boden lag, als er ihn zuletzt sah.

Marie ist eine kluge Frau. Sie hat mit dem Vater zusammen auf ihn gewartet. Als Magnus aus dem Wagen stieg, spürte er, dass sie in der Abenddämmerung gemeinsam direkt hinter der Eingangstür standen und auf ihn warteten. Kaum hatte er geklingelt, öffneten sie die Tür. Normalerweise machte das Hausmädchen auf. Der Vater sah ihn lange an, als er mit seinem Koffer eintrat, den er in der Halle auf den Boden stellte. Sie standen da, als wären sie Figuren in einem erstarrten Tableau, bis Marie drei Schritte auf ihn zumachte, ihn aufs Kinn küsste und sagte: »Willkommen daheim, Magnus.«

Der Vater streckte ihm die Hand entgegen, Magnus ergriff sie, und so standen sie für einen Moment da, der ihnen zugleich sehr lang und sehr kurz vorkam. »Herzlich willkommen in meinem Haus, Magnus«, sagte der Chefarzt, als das Schweigen lange genug wie eine schwere Decke über der Halle gelegen hatte, und als er die Hand seines Sohnes losließ, ergänzte er: »Frau Madsen hat dir dein altes Zimmer hergerichtet.«

Das war alles. Das Unausgesprochene würde für immer unausgesprochen bleiben.

Das weiße Damasttischtuch bedeckt den dunklen Mahagonitisch, die düstere Farbe der geschwungenen Tischbeine passt zu der Stimmung, die Marie leicht angestrengt zu heben versucht, indem sie betont heiter von der kindlichen Freude der Patienten beim Besuch des Badesees am Tinnet Krat erzählt. Ihr Deutsch ist tadellos. Magnus merkt, dass seines etwas eingerostet, aber dennoch ganz brauchbar ist. Der Chefarzt hatte Deutschland stets als die wichtigste und zivilisierteste Nation Europas angesehen und dafür gesorgt, dass seine Kinder von klein auf die Sprache Goethes und Schillers erlernten. Meyer erinnert sich an verschiedene Deutschlehrer, aber vor allem an Angela, die für zwei Jahre zu ihnen ins Haus gezogen war, als er zwölf Jahre alt war. Sie war so schön und anziehend gewesen, und er war sehr verliebt in sie.

Marie sieht frisch und hübsch aus in ihrer Abendkleidung, die sowohl von ihrem guten Geschmack als auch von ihrem Modebewusstsein zeugt, denkt Magnus und betrachtet seine große Schwester. Er weiß, dass sie hier keine großen Einkaufsmöglichkeiten hat und auch nicht oft nach Kopenhagen kommt, aber sie hat schon immer das Talent gehabt, im Katalog von Daells Warenhaus genau das Passende zu finden. Sie hat sich für ein schlichtes, langes Kleid aus feinster grauer Seide entschieden und ihre Haare mit einer hübschen Spange hochgesteckt, die er ihr, wie er sich plötzlich erinnert, zu ihrem achtzehnten Geburtstag geschenkt hat. Sie hat Make-up aufgelegt und lässt den sonst so tristen Tisch erstrahlen.

Magnus hat sich für den dunkelgrauen Anzug mit dem italienischen Schnitt entschieden, der so gut zu seinem blauen Schlips mit dem roten Muster passt. Er blickt zum Vater hinüber, der mit seinem deutschen Gast über einige der Patienten des heutigen Tages spricht. Der Vater trägt den nachtblauen Anzug, abends wie immer zusammen mit dem feinen dunklen Schlips und dem weißen Hemd. Er sitzt sehr gerade auf seinem Stuhl, und sein Anblick jagt Magnus auf einmal einen Schrecken ein, aber nicht, weil er noch immer Angst vor ihm hat.

Der Vater hat eine Narbe direkt neben dem linken Auge, wo er ihn vor fünf Jahren mit dem Ring an seiner rechten Hand traf, ehe er fortging und sich schwor, nie wieder zurückzukehren. Die sichtbare Narbe wird nie mehr verschwinden. Aber wie sieht es mit den seelischen Narben aus? Wie so vieles andere werden sie in das Schweigen eingehüllt werden, das schon immer das bevorzugte Schutzschild und die wirkungsvollste Angriffswaffe des Chefarztes gewesen ist. Magnus wird von einem leichten Schaudern erfasst, weil er sich selbst so deutlich im Chefarzt wiedererkennt.

Für einen Moment meint er, sich selbst in fünfunddreißig Jahren wie in einem Spiegel zu sehen. Sie haben dasselbe charakteristische lange Gesicht mit der hohen, ebenmäßigen Stirn und dem kräftigen Haar, das mit einem Scheitel zur Seite gekämmt ist. Sie haben dieselben wohlgeformten, aber großen Ohren und ein Lächeln, das den beinahe brutalen Ausdruck ihrer Gesichter abmildert und sie geradezu einnehmend und heiter wirken lässt. Marie nannte ihn »kleines Doppelgesicht«, wenn sie als Kinder

Indianer spielten, erinnert Magnus sich. Und vor allem – das wird Magnus an dieser Tafel bewusst – haben sowohl er als auch der Vater diese klaren blauen Augen, von denen Dolores sagte, sie würden zu einem eiskalten Bergsee, wenn er wütend sei. Ich bin das Ebenbild meines Vaters, denkt Magnus. Wenn ich ihn bestrafe, bestrafe ich mich selbst.

Die Vorspeise rettet ihn. Es gibt Hühnersuppe, gefolgt von Huhn mit Spargel und einer Zitronencreme zum Dessert. Für Magnus hört sich das sehr exotisch an. Und es wird sicher auch eigenartig schal und ungewürzt schmecken im Vergleich zu den großen Rindersteaks und den scharfen roten Chilibohnen, an die er gewöhnt ist, oder zu den guten italienischen Gerichten in seinem New Yorker Stadtviertel. Wie wenig wissen die Dänen doch über das Essen anderer Länder. Weil Doktor Krause zu Gast ist, hat der Vater einen Wein heraufgeholt. Es ist ein Wein aus Süddeutschland, süß und schwer. Magnus weiß, dass Frau Madsen nach wie vor das Essen für die Familie zubereitet. Er hat bei der alten Köchin vorbeigeschaut, die sich sehr, sehr gefreut hat, ihn wiederzusehen. Als Kind hat er viele Stunden bei ihr in der großen Küche zugebracht. Sie ist seit über dreißig Jahren bei der Familie beschäftigt.

Das Hausmädchen ist neu. Er glaubt sich zu erinnern, dass sie Karla heißt und nicht viel älter als siebzehn oder achtzehn ist, klein und rundlich mit braunen, schönen Augen. Sie kommt mit der Suppenterrine herein, Marie nimmt sie ihr ab und verteilt die Suppe. Magnus kann nicht anders, als immer wieder zu Karla hinüberzusehen. Sie sieht zum Anbeißen aus, denkt er und stellt sich ihren weichen Körper unter der schwarzen Uniform mit der weißen, gestärkten Schürze vor. Er hat die unverhohlenen Blicke, die sie ihm zugeworfen hat, sehr wohl wahrgenommen. Er wirkt wie ein fremder, exotischer Vogel in dieser Gesellschaft. Er sieht ihr an, dass sie von ihm und seinen Erlebnissen in der großen weiten Welt fasziniert ist. Sie erinnert ihn an seine letzte italienische Freundin in New York. Seine Träumereien werden unterbrochen, als Doktor Krause ihm offensichtlich bereits zum zweiten Mal die Frage stellt:

»Und Sie, Herr Meyer? Wie ich höre, haben Sie sich viele Jahre auf der anderen Seite des Atlantiks aufgehalten. In Argentinien, wenn ich mich recht entsinne?«

»Das ist korrekt. Und in den USA.«

»Aha. Amerika. Das Land der Depression und der Neger. Darf man fragen, was Sie im fernen Ausland gemacht haben?« Krause sieht Meyer interessiert an. Er hat kleine, eng stehende Augen in einem runden, beinahe kindlichen Gesicht. Seine Stirn ist niedrig und kahl, er hat einen Haarkranz wie ein Mönch und sieht aus wie ein freundlicher Troll. Aus seinen Nasenlöchern und den Ohren wachsen kleine Haare, und wenn er kaut oder schluckt, hüpft sein Adamsapfel auf und ab. Die Frage wirkt eigentlich unschuldig, aber Meyer vermutet, dass der gute Deutsche im Auftrag des Chefarztes fragt, der sich niemals dazu herablassen würde, ihn direkt danach zu fragen, was er in den letzten Jahren gemacht hat.

Magnus überlegt einen Moment, entschließt sich dann aber, zumindest teilweise ehrlich zu antworten, auch Marie zuliebe. Später kann er ihr dann immer noch die ganze Geschichte erzählen. Er legt seinen Löffel beiseite. Die Suppe ist gut und würzig, aber ohne jenen Pfiff, den er zu schätzen gelernt hat. Er antwortet – und die deutsche Sprache fällt ihm erstaunlich leicht: »Ich habe in den großen Schlachtereien in Chicago angefangen, dann habe ich eine Zeit lang bei der Eisenbahn in Oregon und auf einer Ranch in Texas gearbeitet. Ich habe einen Viehzüchter kennengelernt, der mich nach Argentinien mitgenommen hat, wo sein Bruder eine Ranch hat. Dort habe ich fast drei Jahre lang gearbeitet, zuletzt als Vorarbeiter. Danach habe ich in New York gelebt.«

Krause isst schlürfend seine Suppe. »Sehr interessant, junger Mann. Und wie haben Sie die Depression erlebt?«

»Sie hat viele Menschen schwer getroffen, aber für diejenigen, die sich aufs Geldverdienen verstehen, hat sie durchaus auch ihr Gutes.«

»Und wohl auch für Sie. Das scheint man Ihnen ansehen zu können.«

»Ich kann nicht klagen.«

»Und was haben Sie in New York gemacht? Besonders viel Vieh gibt es dort ja vermutlich nicht.« Er lacht glucksend vor sich hin und erntet dafür ein Lächeln von Marie, und selbst die Mundwinkel des Chefarztes bewegen sich ein wenig nach oben. Fräulein Jørgensen schaut auf ihren Suppenlöffel, den sie ruhig in der Hand hält. Sie isst die Suppe mit kleinen, disziplinierten Schlucken.

Auch Magnus muss ein wenig lächeln: »Nein. Da haben Sie recht, Doktor Krause. In New York war ich der Leibwächter eines Mannes, der Salvatore Giacomo heißt. Er ist ein Mann mit sehr viel Geld und ebenso vielen Feinden.«

Er spürt die Blicke des Chefarztes und von Marie, aber er sieht keinen Anlass, die Sache weiter auszuführen. Er ist ihnen keine Rechenschaft darüber schuldig, womit Giacomo sich beschäftigt oder wie viel er ihm dafür bezahlt hat, von ihm beschützt zu werden. Giacomo hatte ihm sogar einen Bonus gezahlt, weil er den Mord an seinem Sohn verhindert hatte. Magnus versucht, nicht daran zu denken, was Giacomo mit dem gedungenen Mörder machte, nachdem Magnus ihn mit dem Totschläger niedergeschlagen hatte, den er in den USA zusätzlich zu seinem Revolver immer bei sich trug. Giacomo legte sogar noch etwas drauf, weil Meyer den Feind nicht erschossen hatte. Als er ihn erst auf die Schulter und danach in den

Nacken geschlagen hatte, sodass er umgefallen war wie ein Getreidesack, hatte er nur das Rasen des Adrenalins in seinem heftig pochenden Puls wahrgenommen. Er versucht, nicht daran zu denken, was mit dem jungen Sizilianer passierte, als dieser das Bewusstsein wiedererlangte.

»Aha. Und nun sind Sie hier. Nun sind Sie nach Hause zurückgekehrt.« Krause sieht ihn interessiert an. Er hält seine Gabel in die Luft, lässt sie jedoch sinken, als er bemerkt, dass sie auf Meyer zeigt.

»Wie Sie sehen.«

»Werden Sie wieder auf Reisen gehen? Sie verspüren vermutlich nach wie vor diesen jugendlichen Reisedrang? Mir erging es ebenso, als ich jung war und die bayerischen Hügel hinauf- und den schönen Rhein entlangwanderte. Ich habe im Harz den Brocken bestiegen, der im Nebel lag, wie ich mich noch deutlich erinnere, und habe damals voll innerer Übereinstimmung die heiteren Worte des großen Dichters Heine gelesen: ›Viele Steine, müde Beine, Aussicht keine, Heinrich Heine.‹« Es ist ein merkwürdig glucksendes, schnatterndes Lachen, das er vor Freude über seine lustige Gesprächseinlage plötzlich ertönen lässt. Die Tischgesellschaft lächelt pflichtschuldig, und Krause sagt: »Nun ja. Wollen Sie also wieder in die Welt hinaus, oder besinnen Sie sich jetzt auf ein ruhiges Leben mit Ehefrau und Kind? Es ist schließlich unsere Pflicht, irgendwann die Verantwortung für eine Familie zu übernehmen.«

»Wir werden sehen«, sagt Magnus.

Marie nickt Karla zu, die die Teller abträgt. Sie riecht ganz leicht nach Zimt, findet Magnus, als sie sich über ihn beugt, um seinen Teller und seinen Löffel mitzunehmen. Ihre Brust berührt beinahe seine Wange. Sie richtet sich auf, und der Chefarzt sagt in seinem trockenen, wissenschaftlichen Ton: »Verehrter Herr Kollege, meine Tochter lebt bei mir, und dafür muss ein Vater dankbar sein, wenn seine Söhne einen Hang zum Weglaufen haben.«

»Vater …«, sagt Marie.

»Das ist kein Vorwurf, Marie. Es ist nur die Feststellung, dass meine Söhne nicht den Pfad der Pflicht beschreiten, sondern ihre eigenen Wege gehen.«

»Das trifft auf Ihren jüngsten Sohn doch weitaus mehr zu als auf seinen älteren Bruder, wenn Sie mir diese Bemerkung gestatten«, sagt Doktor Krause und hält inne, als er die Wolke bemerkt, die über das Gesicht des Chefarztes zieht.

»Ja, da haben Sie recht. Er hat nicht nur mich im Stich gelassen, sondern auch die Ideale verraten, nach denen er erzogen worden ist.«

»Was meinst du damit?«, fragt Magnus und ignoriert Maries warnenden Blick.

»Dass er von zu Hause weggelaufen ist, um sich mit Kommunisten, Klosterschändern, Kirchenbrennern und anderen zusammenzutun, die sich gegen die Gesellschaft und die anständigen Leute auflehnen. Außerdem verstößt er gegen dänisches Gesetz. Ein Verbrechen ist ein Verbrechen. Das lässt sich nicht beschönigen.«

»Franco hat sich gegen die legal gewählte Republik aufgelehnt. Er und seine Faschisten sind die Gesellschaftsumstürzler.«

»Du kannst jetzt das Hauptgericht servieren, liebe Karla«, sagt Marie. Karla steht in der Ecke und versteht kein Wort, aber an der leisen Aggressivität der Stimmen erkennt sie, dass sich Unfrieden hinter den deutschen Sätzen verbirgt. Meyers Stimme ist ebenso gedämpft wie die des Chefarztes, aber trotzdem befürchtet Marie eine Explosion.

Der Chefarzt sieht Magnus stumm an und sagt nach einer Weile in merkwürdig resigniertem Ton: »Warum müssen wir Dänen denn in die Weltpolitik hineingezogen werden? Warum, Magnus? Das führt doch zu nichts. Es nützt uns mehr, uns hier um unsere eigenen Angelegenheiten zu kümmern, unser Leben anständig und tätig zu verbringen und uns nicht in irgendwelche Abenteuer zu stürzen.«

»Nein. Und das tun wir ja auch nicht. Was ist es denn, was die Politiker in Dänemark und anderswo feige beschlossen haben? Nicht zu intervenieren, während Italien und Deutschland Franco ganz unverhohlen unterstützen.«

»Das ist vermutlich das Beste. Dass wir uns aus dem Ganzen heraushalten. Was sollen wir mit diesem Unfrieden? Ich wusste im Übrigen gar nicht, dass die Welt dich überhaupt interessiert.«

»Die Welt ist jetzt nun mal in unsere Mitte gerückt, nicht wahr?«, sagt Magnus.

»Ja. Und wozu das alles? Hier in Dänemark ist uns am besten damit gedient, wenn wir uns aus der Welt raushalten.«

Meyer sieht ihn an. Er kann nicht anders, als Mitleid mit seinem Vater zu empfinden. Der Chefarzt versucht ganz offensichtlich, seine Trauer zu verbergen, aber Magnus kann in seinen Augen mühelos den Schmerz erkennen – ja, sogar auf seinem ganzen Gesicht.

Marie sieht diesen Schmerz ebenfalls. Ihre Augen sind feucht, als sie auf Dänisch sagt: »Magnus hat versprochen, Mads nach Hause zurückzuholen, hörst du, Vater? Alles wird gut werden. Jetzt ist Magnus nach Hause zurückgekehrt, und er wird uns bestimmt auch Mads wieder zurückbringen. Nicht wahr, Magnus?« Sie schaut von einem zum anderen.

Magnus nickt, während der Chefarzt wegschaut.

Doktor Krause rettet die Situation für ihn. Er blickt von Marie zu Magnus und sagt in einem Deutsch, das nur so schmettert: »Wir haben dem großen General Franco zu danken. Er und seine mutigen Helfer setzen ihr Leben aufs Spiel, um ihr Vaterland von den jüdischen, kommunistischen Verbrechern zu befreien. Als deutscher Nationalsozialist bin ich stolz darauf, dass mein Führer sich entschieden hat, einen so großen Mann wie Franco zu unterstützen.«

»Ist es etwa die Bombardierung Guernicas Ende April, der Tod jener unschuldigen Menschen also, die an einem schönen Morgen wie üblich auf den Markt gingen, um dort von deutschen Stukas niedergeschossen zu werden, an die Sie denken und auf die Sie so stolz sind, Doktor Krause?«, fragt Magnus. Seine Stimme ist nach wie vor ruhig, aber Marie kennt ihn und weiß, dass er wütend ist und sich nur zusammennimmt – vielleicht ist Krause sich dessen ebenfalls bewusst.

Krause sieht ihn an, sein Adamsapfel bewegt sich auf und ab, als er einmal kurz schluckt, bevor er antwortet: »Ach, junger Mann. Lassen Sie uns nicht streiten. Das ist doch bolschewistische Propaganda. Diese baskische Stadt war der Hauptsitz kommunistischer Banditen. Unsere tapferen Flieger haben nur ihre Pflicht getan, wie der Führer es ihnen befohlen hat. Sie werden sehen. Die Geschichte wird zeigen, dass ich recht habe.«

Marie sagt schnell: »So, jetzt kommt der Hauptgang. Wie schön.«

Aber es ist Fräulein Jørgensen, der es gelingt, die unangenehme Situation zu beenden, bevor sie sich zu einem handfesten Streit entwickelt, als sie in langsamem, aber korrektem Deutsch spricht, als habe sie den Satz lange einstudiert und als sei nun der richtige Zeitpunkt gekommen, ihn zu Gehör zu bringen: »Doktor Krause, *bitte*. Darf ich Sie um Ihre Meinung zu dem Patienten mit dem rezidivierenden Magengeschwür bitten, den Sie heute untersucht haben. Vielleicht wissen Sie es nicht, aber dieser Mann hat jüdisches Blut in seinen Adern. Kann das einer der Gründe für seine schwachen Abwehrkräfte sein?«

Krause richtet sich auf seinem Stuhl auf, und sein rundes Gesicht scheint zu strahlen. Magnus hört nur mit halbem Ohr zu und betrachtet stattdessen den Chefarzt, der sich erstaunlicherweise ebenfalls in einer anderen Welt zu befinden scheint. Oder vielleicht hat er Krauses Vortrag über die Überlegenheit der arischen Rasse auch schon so oft gehört, dass er ihn einfach nicht mehr interessiert.

Zum ersten Mal wird Magnus bewusst, dass sein Vater sterblich ist. Unter der harten Schale meint er einen zerbrechlichen Körper wahrzunehmen, der sich durch bloße Willenskraft am Leben hält. Wie Magnus isst auch der Vater nur wenig. Das Essen schmeckt eigentlich nicht schlecht, aber es schmeckt leider nach nichts anderem als ein wenig Salz und Pfeffer. In diesem Essen steckt keinerlei Tango oder Salsa, denkt er. Die kleinen Spargelstückchen in der weißen Soße, die mehligen, weichen Kartoffeln und das faserige Hühnerfleisch. Er hatte diese Mischung ganz vergessen und findet sie seltsam. Den Vater dagegen scheint eher die Nahrungsaufnahme als solche Überwindung zu kosten. Er hält sich nur am Leben, weil er seine Patienten nicht im Stich lassen will, denkt Magnus. Diskret wirft er auch einen Blick auf Krauses mahlenden Kiefer und seinen hüpfenden Adamsapfel, während dieser mit gutem Appetit isst und gleichzeitig von seinen Studien der verschiedenen Rassen berichtet. Krause verleiht seiner Hoffnung Ausdruck, in Zukunft die Unterschiede und die Mängel der niederen Rassen auch in praktischer Hinsicht erforschen zu können, um sie dann wissenschaftlich zu dokumentieren.

Meyer hat große Lust, ihn zu unterbrechen und zu fragen, wie es denn bloß passieren konnte, dass die überlegenen arischen Läufer des geliebten Führers im vergangenen Jahr bei den Olympischen Spielen in Berlin vom Neger Jesse Owens mit einem so gewaltigen Abstand auf die Plätze verwiesen wurden. Aber er hat nicht die Kraft dazu. Er schaut zum Chefarzt hinüber, der zustimmend nickt und einen kleinen Bissen von seinem Essen nimmt, und zu Marie, die sich, wie er unschwer erkennen kann, beherrschen muss, um nicht wütend zu werden, und die nur aufgrund ihrer guten Erziehung davon Abstand nimmt, Krause zu unterbrechen. Fräulein Jørgensen nickt eifrig vor sich hin wie ein trinkendes Huhn. Sie ist mit Doktor Krauses weisen Worten sehr einverstanden und fühlt sich darin bestätigt, dass in Deutschland wahrlich eine neue und segensreiche Ordnung Einzug gehalten hat.

4

Es ist Nacht, und die Luft ist kühl. Magnus Meyer steht auf der Terrasse und raucht eine Zigarre, und er meint zu spüren, wie sich die Kälte oben am sternenklaren Himmelszelt bereit macht, langsam auf die Erde hinabzuschweben und sich wie ein Eisteppich über das Land zu legen. Der Herbst naht mit Riesenschritten. Verfall und Verwesung lauern überall.

Er muss hinaus. Krause hat dem guten Cognac des Chefarztes etwas zu sehr zugesprochen, und sein noch immer andauernder verworrener Vortrag über die arische Rasse und die Genialität des Führers geht Meyer auf die Nerven. Es ärgert ihn, dass sowohl der Chefarzt als auch Fräulein Jørgensen von den vermeintlichen Segnungen der neuen Weltordnung fasziniert zu sein scheinen. Die Depression, die in einem großen Teil der Welt herrscht, führt dazu, dass die Menschen nach den einfachen Lösungen greifen. Der Mensch will erlöst werden, koste es, was es wolle, denkt er und betrachtet die rote Glut der Zigarre.

Seine Gedanken wandern zu seinem kleinen Bruder, der vielleicht in diesem Moment in seinem Schützengraben zum selben Himmel aufschaut und nach denselben Sternbildern Ausschau hält. Er war es gewesen, der dem kleinen Mads die verschiedenen Sternbilder erklärt hatte. Vielleicht liegt Mads jetzt in Spanien in der nächtlichen Dunkelheit und schaut zum Polarstern hinauf und damit zugleich in Richtung Heimat. Vielleicht denkt er in diesem Augenblick an seinen großen Bruder. Vielleicht.

Magnus vermisst seinen kleinen Bruder so sehr, dass es beinahe wehtut. Natürlich hat er in den vergangenen fünf

Jahren an ihn gedacht, aber eher sporadisch. Die Gedanken an Mads waren oft durch einen Duft ausgelöst worden, der einen Erinnerungsstrom in Gang gesetzt hatte. Durch den Duft von warmer Milch oder ebenso häufig von Karbol oder Schwefel, Äther oder den eigenartigen, strengen Geruch, der beim Bestrahlen entsteht.

Im New Yorker Stadtteil Harlem gab es eine Frau, die nach Zimt und Honig duftete, und immer wenn er nach dem Sex mit ihr im Bett lag, musste er daran denken, wie der kleine Mads Milchreis gegessen hatte. Er fand diese Erinnerung auf eine merkwürdige Weise unmoralisch und bedrängend, aber sie tauchte immer wieder auf, ob er wollte oder nicht. Magnus würde jederzeit unumwunden zugeben, dass er eher selten an Mads und Marie gedacht hat und dass diese Gedanken ihn auch nicht allzu tief berührt haben. Hier im Herbstdunkel, in dem das Sanatorium wie ein stilles, gestrandetes Schiff vor ihm liegt, weiß er, dass er in jenen Jahren, in denen er sich von einem unreifen Jungen zu einem Mann entwickelte, am meisten an sich selbst gedacht hat, an sein eigenes Überleben, an seine Gelüste und Bedürfnisse.

Der Zigarrenrauch scheint in der Luft stillzustehen. Er schaut zum Sanatorium hinüber und stellt sich vor, dass die Patienten dort in ihren Zimmern schlafen und wie sich die unsichtbaren Duftfäden, die Reste der heilenden Chemikalien und obskuren Kräutermischungen, in den langen, dunklen Korridoren zu dichten Bändern verweben, die niemand sieht. Man meint, die Düfte wären weg, sobald man die Deckel wieder sorgfältig auf die Gläser und Flaschen geschraubt hat, Magnus dagegen stellt sich die Düfte als lebende Organismen vor, die im Schutze der Dunkelheit durch die kleinsten Ritzen dringen.

Als Kind hatte er sich unter der Treppe versteckt, die zur Villa hinaufführt, wenn der Vater mal wieder mit dem

Kleiderbügel hinter ihm her gewesen war, und hatte komplizierte Mordpläne geschmiedet, während er sich vorstellte, wie Gespenster lautlos über den Linoleumboden schwebten, die Korridore entlang, weiße oder graue Gestalten, die im Nachtdunkel stumme Schreie ausstießen. Er hatte sich vorgestellt, wie sie sich im großen, in Zigarrenduft gehüllten Büro seines Vaters versammelten und ihn langsam strangulierten, sodass am Ende nur noch der entsetzte Schrei des Vaters zu hören war.

Es schaudert Magnus. Unter der Treppe, wo sich das Herbstlaub anzusammeln pflegte, hatte es nach Verwesung und Tod gerochen. Er sieht, wie an einem der Fenster des Sanatoriums für einen Moment eine Gestalt auftaucht, um dann genauso plötzlich wieder zu verschwinden. Der Anblick der beinahe durchsichtigen Frauengestalt lässt Magnus frösteln, und für einen Augenblick fällt er in seinen Kinderglauben an das Übernatürliche zurück. Er weiß, dass es sicher nur die Nachtschwester war, die vielleicht seinen glühenden Zigarrenstummel im Dunkeln gesehen hat, aber das dämpft keineswegs die Furcht, die auf einmal sein Herz erfüllt. Er spürt den Wein und die beiden großen Gläser Cognac, die er viel zu schnell getrunken hat. Er hört Schritte hinter sich, spürt eine Hand auf seiner Schulter und zuckt zusammen.

»Entschuldige. Habe ich dich erschreckt?«, fragt Marie und zieht ihre Hand zurück.

»Nein, Schwesterherz. Oder doch. Ich war in Gedanken.«

»Und die waren nicht schön?«

»Können sie das in diesem Haus überhaupt sein? Kannst du dich noch daran erinnern, wie er mich bestraft hat? Mit Ohrfeigen. Mit denen konnte man leben. Dann gab es noch den Bügel. Der war schlimmer, aber man hat ihn ebenfalls überlebt. Die eigentliche Strafe kam danach. Eine Woche Schweigen. Zwei Wochen Schweigen. Eine

Kälte, die einen großen See in einer heißen Wüste zu Eis erstarren lassen könnte. Wir Menschen sind wie Herdentiere. Das Schlimmste, was man uns antun kann, ist, uns von der Herde zu isolieren.«

Sie steht da, ohne etwas zu sagen. Sie hat sich eine hübsch gemusterte Stola über die Schultern gelegt und zieht an einer Zigarette. »Für Verbitterung ist jetzt nicht der richtige Zeitpunkt«, sagt sie, und ihre Stimme klingt dünn und schwach.

Er dreht sich zu ihr um und schaut sie an: »In den USA gibt es eine merkwürdige christliche Sekte, die sich Amish People nennt. Ich habe sie im Staat Pennsylvania erlebt. Sie leben so, wie ihre Vorfahren es bereits vor dreihundert Jahren getan haben. Sie benutzen nur Pferde und keine Automobile, sie haben keine Telefone oder Radios wie die meisten anderen Amerikaner, in ihren Häusern haben sie keinen Strom. Sie beackern die Erde auf dieselbe Weise wie ihre Vorfahren. Sie sind sehr gläubig. Sie sind gegen Krieg und Gewalt und erheben niemals die Hand gegen ihren Nächsten. Ihre Lebensweise soll möglichst einfach sein. Auf Amerikanisch heißt das ›plain‹. Wenn ein Mitglied ihrer Sekte die gemeinsamen Regeln und Gesetze bricht, wird es ›shunned‹, das bedeutet isoliert. Niemand darf dann mit dir sprechen, in der Kirche oder am Frühstückstisch darf niemand neben dir sitzen. Du bist einsam und allein zwischen all den anderen. Das kann Menschen in den Wahnsinn treiben. Selbstmord ist eine Sünde, aber dennoch gibt es Menschen, die sich dafür entscheiden, um diese Form der Isolation nicht ertragen zu müssen. Als ich davon hörte, habe ich sie sofort verstanden.«

Sie sagt nichts, hakt sich aber bei ihm ein und lässt ihn fortfahren.

»Kannst du dich nicht daran erinnern, wie raffiniert er war? Ich habe den ganzen Unsinn und die verbotenen Sachen gemacht, und weil er wusste, wie viel Mads und du mir bedeutet, hat er sowohl euch als auch mich bestraft, indem er euch verboten hat, mit mir zu spielen, als wir klein waren, oder mit mir zu sprechen, als wir größer waren. Ich erinnere mich noch gut an meine Wut und meine Ohnmacht, aber auch daran, wie ich mich selbst verabscheut habe. Es hat Mads und dir in vielerlei Hinsicht mehr wehgetan als mir. Ich habe mich an die Prügel gewöhnt, aber ich habe mich nie daran gewöhnt, euch so unglücklich zu sehen.«

Sie drückt seinen Arm, und er kann mehr spüren als sehen, dass sie weint. Sie erinnert sich noch genauso gut daran wie er. Sie ist es nicht gewohnt, dass er seine Gefühle offen ausspricht. Sie spürt seinen Schmerz und seine unterdrückte Wut und seine Verbitterung, die ihn wie Salzsäure zerfressen. Er tut ihr damit erneut weh.

Magnus legt den Arm um sie und zieht sie zu sich heran.

»Du musst die Vergangenheit ruhen lassen«, sagt sie, und ihre Stimme ist noch dünner und klingt so fern, als käme sie tief aus dem Inneren ihrer Seele. »Ich bitte dich ja nicht darum, Vater zu vergeben, ich bitte dich nur darum, Mads nach Hause zurückzuholen.«

»Ich werde es auf jeden Fall versuchen. Aber ich tue es nicht Vater zuliebe. Wenn er Höllenqualen leidet, weil er seine beiden Söhne verloren hat – jetzt auch den, den er immer vorgezogen hat –, dann wäre mir sehr danach zumute, sofort wieder nach Amerika zurückzukehren. Dort ist mein Zuhause. Das weiß ich jetzt. Ich tue es auch nicht dir zuliebe, Marie. Und auch nicht um Mads' willen. Ich tue es für mich selbst. Ich tue es, weil ich mir einbilde, ich könnte einen Teil der Schuld abtragen, die ich empfinde, weil ich dir und Mads – und früher auch Mutter – so wehgetan habe.«

»Magnus, jetzt hör doch endlich auf …«, sagt sie flehend, aber er fährt in demselben nüchternen, beinahe harten Tonfall fort: »Marie, du sollst mich nicht zum

Helden stilisieren. Ich werde wie versprochen nach Spanien reisen und versuchen, unseren kleinen Bruder dazu zu bewegen, mit dem Wahnsinn aufzuhören, in den er sich da gestürzt hat. Aber nicht, weil ich ein guter Mensch bin. Es ist eine rein egoistische Tat, damit ich nachts wieder besser schlafen kann.«

Sie zieht ihren Arm zurück und wirft die Zigarette auf den Kies vor der großen Freitreppe, die zur Villa hinaufführt.

Magnus schaut zu den erleuchteten Fenstern des Sanatoriums hinüber und spürt, wie sein Herz heftig schlägt und das Blut in seinen Schläfen pocht. Die Zigarre schmeckt plötzlich muffig und bitter. Er legt sie auf den Rand des Blumenkübels, in dem ein paar Sommerblumen bereits kapituliert und sich auf die dunkle Jahreszeit eingestellt haben.

Sie fasst ihn am Ärmel seines Sakkos, sanft und doch fest, stellt sich leicht auf die Zehenspitzen und küsst ihn schnell und flüchtig auf den Mund. »Danke, Magnus. Du bist viel zu hart dir selbst gegenüber. Du bist mein Held, da kannst du sagen, was du willst. Du hast überhaupt keinen Grund, so streng mit dir zu sein«, sagt sie mit einem Lächeln, und die Stimmung ist jetzt deutlich besser.

In unaufgeregtem und fröhlichem Ton erwidert Magnus: »Schwesterherz. Dein kleiner Bruder sollte nicht dein Held sein. Warum suchst du dir nicht einen jungen Mann, der dein großer Held sein darf?«

»Die, die ich gern hätte, wollen mich nicht. Und die, die mich wollen, will ich nicht.«

»Die Männer in Dänemark haben wirklich keinen Geschmack. Hat es denn je einen gegeben?«

»Es geht dich eigentlich nichts an, Bruderherz. Aber ja, es hat einige gegeben, aber keinen bestimmten. Und jetzt möchte ich gern, dass du mich nach drinnen begleitest, denn mir ist kalt.«

»Die jungen Männer in diesem Land sind wirklich nicht gescheit, dass sie ein so wunderbares Mädchen wie dich frei herumlaufen lassen.«

»Und was, wenn ich selbst es vorziehe, frei herumzulaufen, wie du es nennst? Es gefällt mir nicht, was mit den Frauen passiert, wenn sie heiraten. Ich sehe es bei meinen Freundinnen. Lebhafte, intelligente Frauen verschwinden zwischen Kindern und Kindergeschnatter, werden tantenhaft und sind nur noch Schatten ihrer selbst. Oder vielleicht eher die Schatten ihrer Männer. Und das Schlimmste daran ist: Sie bemerken es nicht einmal selbst.«

»Okay.«

»Du und dein Okay. Ich habe es nicht so eilig damit zu heiraten. Jetzt lass uns ins Haus gehen. Oder warte noch einen Moment. Was ist denn mit dir? Warum bist du nicht verheiratet? Warum wird es als befremdlich angesehen, wenn eine Frau sich dafür entscheidet, Junggeselle zu bleiben, wenn man es so nennen will? Warum ist sie dann eine arme, einsame alte Jungfer, während ein alleinstehender Mann einfach ein freier Gentleman ist? Ich bin frei. Ich komme allein zurecht. Kein Mann soll über mich bestimmen.«

»Okay, Schwesterherz. Nichts für ungut.«

Ihre Stimme hat hart geklungen, aber jetzt lächelt sie und wechselt das Thema: »Lass uns ins Haus gehen. Vater will dir vorschlagen, dass du dich mit Redakteur Brodersen von der Landeszeitung in Verbindung setzt. Sie kennen sich aus der Loge. Brodersen ist bereit, dir ein Beglaubigungsschreiben auszustellen, dass du in Spanien als Auslandskorrespondent für seine Zeitung tätig bist.«

»Soll ich jetzt etwa Journalist werden?«

»Du musst doch einen offiziellen Grund haben, nach Spanien zu reisen. Du darfst auf keinen Fall als Freiwilliger in den Krieg ziehen. Und Journalisten haben nun mal das Recht, ihre Nase in die Angelegenheiten anderer Leute zu stecken, nicht wahr?«

Er steht einen Moment schweigend da. »Das ist eigentlich eine gute Idee«, sagt er. »Das ist sogar eine richtig gute Idee.«

»Ja. Es war, ehrlich gesagt, meine Idee. Aber es geht alles leichter, wenn Vater denkt, es sei seine gewesen. Also habe ich dafür gesorgt, dass er kurz vor dem Abendessen auf diese gute Idee gekommen ist.« Sie lacht, als sie seinen Gesichtsausdruck sieht, und fährt fort: »Ich habe auch noch etwas anderes getan …«

Er sieht, dass sie zögert und wegschaut, aber sie hat noch immer ein Lächeln auf den Lippen. »Ja, Schwesterherz?«

»Brodersens Zeitung ist konservativ eingestellt. Sie berichten dort nicht allzu viel über Spanien und ergreifen meist Partei für Franco, wenn sie überhaupt darüber schreiben. Aber die von der Arbeiterzeitung kennen sich richtig gut aus. Das ist die Zeitung der Kommunisten, aber das spielt keine Rolle. Vater wäre es natürlich am liebsten, wenn alle Kommunisten erschossen würden. Er ist der Meinung, sie hätten Mads angelockt wie die Rattenfänger. Es gibt hier in der Stadt einen Mann namens Svend Poulsen. Er ist Redakteur bei der Arbeiterzeitung und außerdem Mitglied der kommunistischen Partei, und in Spanien ist er auch schon gewesen. Er wurde verwundet, als Franco in den ersten Kriegsmonaten mit seiner Offensive gegen Madrid begonnen hat. Er war einer der Ersten, die sich freiwillig gemeldet haben. Svend Poulsen würde sich gern mit dir unterhalten.«

»Na, da hast du ja wirklich gut zu tun gehabt, Marie. Und dann auch noch ein Kommunist. Ich muss schon sagen.«

Sie lächelt und gibt ihm einen Klaps. »Jetzt hör auf mit dem Unsinn.«

»Ich wusste nicht, dass Mads Kommunist geworden ist.«

»Mads ist Dichter und Idealist.«

»Er ist ein Fantast.«

»Er ist unser kleiner Bruder, und von daher ist es vollkommen gleichgültig, was er ist. Um es kurz zu machen, Svend Poulsen weiß viel über den Bürgerkrieg da unten.«

»Und das tust du auch?«

»Ich weiß jedenfalls mehr als die meisten. Von dem Zeitpunkt an, als Mads dorthin aufgebrochen ist, habe ich den Kriegsverlauf verfolgt. Ich weiß, wie die Fronten sich verändert haben, wie die Angriffe verlaufen sind und dass es nicht besonders gut aussieht.«

»Für wen?«

»Für die Richtigen, Magnus. Für die Richtigen. Für die, mit denen Mads sich zusammengetan hat.«

Er schaut sie an und lächelt. »Wann hast du mit diesem Svend Poulsen gesprochen?«

»Das ist schon eine Weile her.«

»Eben. Du warst dir ziemlich sicher, dass ich nach Hause kommen und tun würde, was du willst, nicht wahr, große Schwester?«

Sie stellt sich wieder auf die Zehenspitzen und küsst ihn, diesmal auf die Wange, bevor sie sich umdreht, zur Tür geht und sagt: »Du bist mein Held. Und richtige Helden tun, was zu tun ist, wenn man sie um Hilfe bittet, oder? Ich habe doch gesagt, dass du nicht so hart zu dir selbst sein sollst. Du willst es nicht zugeben, aber du bist ein guter Mensch, Magnus.«

5

Redakteur Brodersen tritt ganz anders auf, als Magnus es sich vorgestellt hat, und das Aussehen des Redakteurs überrascht ihn ebenfalls. Er hat erwartet, dass der Leiter der großen, konservativen Zeitung der Stadt ein kräftiger, älterer Herr sei, aber Brodersen wirkt lebhaft und jugendlich. Er empfängt Meyer in seinem Eckbüro, in dem es nach Zigarrenrauch und Koks aus dem Kachelofen in der Zimmerecke riecht.

Eine Frau in einem mausgrauen Kostüm zeigt ihm den Weg. Ihre kurzen Haare sind mit einer braunen Spange zurückgesteckt. Sie sieht ihn nicht an, als sie ihm mitteilt, dass der Herr Redakteur nun Zeit für ihn habe und ihn in seinem Büro erwarte, sondern deutet nur auf die doppelte Flügeltür, deren eine Seite halb geöffnet ist. Dann kehrt sie an ihren kleinen Schreibtisch zurück, auf dem ein schwarzes Telefon und eine große Schreibmaschine stehen. Im Inneren des Gebäudes, wo die Journalisten untergebracht sind, hört Meyer Schreibmaschinen klappern. Im unteren Teil des Hauses ist ein Rumpeln zu hören, vermutlich weil die Rotationspresse soeben in Betrieb genommen wurde. Die Mittagspause ist vorbei und die Nachmittagsausgabe der Zeitung in Arbeit.

Der Regen prasselt gegen die Sprossenfenster und hat Herbstkälte mitgebracht. Als Meyer eintritt, sitzt Brodersen hinter einem breiten dunkelbraunen Schreibtisch, ein kleiner, agiler Mann, der einen dunklen Anzug mit passender Weste und einen dunkelblauen Schlips trägt, den er so eng geknotet hat, dass der Hemdkragen ihm den Hals abzuschnüren scheint. Er ist fast weißhaarig und hat weiße Augenbrauen in einem langen Gesicht, das kindlich wirkt, obwohl er mindestens fünfundvierzig Jahre alt sein muss – ein Gesicht, das aussieht, als sei es noch nie mit Rasierschaum und Rasiermesser in Berührung gekommen. Seine Stimme ist ebenso hell wie sein Äußeres, und seine Bewegungen haben beinahe etwas Feminines, was Magnus an die Strichjungen aus dem Slum in Buenos Aires denken lässt, auch wenn ihm der Vergleich unpassend erscheint.

Ein unbekannter Herr mit Weste und goldener Uhr hängt neben König Christian X. an der Wand und scheint das Geschehen ein wenig von oben herab zu betrachten. An der anderen Wand stehen hohe Regale mit in Leder gebundenen Büchern, die niemals eine Menschenhand berührt zu haben scheint, davor ein kleiner Sofatisch und zwei bequeme Sessel. Ein weiterer Stuhl steht gegenüber vom Schreibtisch. Seine Rückenlehne ist nicht ganz so hoch wie die des Schreibtischstuhls, aus dem der Redakteur sich nun erhebt.

Brodersens Händedruck ist kurz und fest. Er lächelt, aber Magnus kann nicht erkennen, ob das Lächeln auch seine blassen Augen erreicht. Brodersen legt seine schmale Brille auf die aufgeschlagene Zeitung des Tages, wobei sich der Geruch von frischer Druckerschwärze mit dem der Zigarre im Aschenbecher vermischt, erhebt sich und geht mit ausgestreckter Hand um den Schreibtisch herum. Er deutet auf den Stuhl vor dem Schreibtisch und sagt: »Guten Tag, Magnus Meyer. Entschuldigen Sie, wenn ich das so sage, aber Sie sind ein richtig erwachsener Mann geworden. Vor sieben Jahren habe ich Sie einmal kurz gesehen, als ich neu in die Stadt gekommen bin und die Zeitung hier übernommen habe. Nehmen Sie doch bitte Platz. Eine Zigarre?«

Magnus lehnt dankend ab, setzt sich und hält stattdessen sein Zigarettenetui fragend in die Luft. Brodersen schüttelt leicht den Kopf und gibt Magnus Feuer, setzt sich auf seinen Schreibtischstuhl mit der hohen Lehne und greift nach der Zigarre im Aschenbecher. Sie ist ausgegangen, was er leicht verwundert zur Kenntnis nimmt. Dann legt er sie mit einer energischen Bewegung zur Seite und sagt mit seiner hellen Stimme: »Ja. Damals waren Sie nur ein großer und – entschuldigen Sie bitte – etwas ruchloser Bengel. Die Welt hat Ihnen gutgetan, wie man sieht. Sie waren in Argentinien und den USA, nicht wahr?«

»Das stimmt.«

»Sehr interessant. Darf man fragen, was Sie dort gemacht haben?«

»Dies und das. Ich habe längere Zeit auf verschiedenen Rinderranches in Texas und Argentinien gearbeitet.«

»Das klingt spannend. Auch für meine Leser. Argentinien ist sehr weit weg, sehr exotisch. Uns allen fremd. Könnten Sie sich vorstellen, für die Zeitung einen Bericht über Ihre Reisen zu schreiben? Gegen ein anständiges Honorar, versteht sich.«

»Ich fürchte, dafür fehlt mir die Zeit.«

»Vielleicht können Sie einem meiner Mitarbeiter stattdessen ein Interview geben? Der verlorene Sohn kehrt in seine Heimatstadt zurück und so weiter.«

»Das wird sich im Moment leider nicht einrichten lassen.«

»Verstehe. Ihr Vater sagte mir bereits, dass Sie vermutlich nicht wollen.«

»Ich glaube auch nicht, dass ich etwas Besonderes zu erzählen hätte.«

»Das hätten Sie gewiss, aber lassen wir das jetzt. Darf ich Ihnen ein Glas Portwein oder Sherry anbieten? Oder vielleicht einen Whisky Soda?«

»Nein, danke. Ich möchte im Moment nichts.«

Brodersen sieht ihn mit seinen blassen Augen an. Irgendwo da drin versteckt sich ein neckendes Lächeln, denkt Magnus, dem es schwerfällt, den kleinen, schnell sprechenden Mann einzuschätzen, der jetzt sagt: »Ich kenne Ihren Vater seit sieben Jahren. Ich hatte das Glück, ihn kennenzulernen, kurz nachdem ich in die Stadt kam. Ich möchte Ihnen sagen, dass ich ihn sehr schätze und ihn inzwischen als einen engen Freund betrachte.«

Magnus sagt nichts.

Brodersen fährt fort: »Anders gesagt, werde ich natürlich alles tun, um Ihrem Vater zu helfen.«

»Das ist sehr nett von Ihnen.«

»Und damit auch Ihnen, obwohl mir Ihr Vorhaben äußerst riskant erscheint.«

»Ich bin so einiges gewöhnt.«

»Ich weiß, aber ein Bürgerkrieg ist etwas Spezielles. Außerdem hat Ihr Bruder sich freiwillig gemeldet und damit gegen geltendes dänisches Recht verstoßen. Daher gehe ich davon aus, dass er aus großer persönlicher Überzeugung gehandelt hat. Vielleicht sogar aus kommunistischer Überzeugung. Wer sagt also, dass er überhaupt mit Ihnen nach Hause zurückkehren möchte?«

Magnus nimmt einen Zug von seiner Zigarette und wartet einen Moment, ehe er den Rauch durch die Nasenlöcher entweichen lässt und mit einem leichten Husten antwortet: »Niemand. Aber ich gehe trotzdem davon aus.«

»Wenn er sich einfach mit Ihnen zusammen davonmacht, dann ist das Desertion …«

»Ja?«

»Dafür wird man im Krieg erschossen.«

»Ich lasse mir etwas einfallen. Ich bekomme ihn schon irgendwie mit nach Hause.«

»Aha. Und warum sind Sie sich da so sicher, wenn ich fragen darf?«

»Mads ist mein kleiner Bruder.«

»Und das reicht als Erklärung aus?«

»Zumindest für mich.«

»Und für Ihren Vater?«

»Das müssen Sie den Herrn Chefarzt fragen«, antwortet Magnus und drückt seine Zigarette mit kleinen, heftigen Stößen aus.

Brodersen lehnt sich in seinem Stuhl zurück. Der Regen prasselt heftig gegen das Fenster, und aus dem Kachelofen ist ein lauter Knall über das leise, bullernde Geräusch aus dem Inneren des Gebäudes hinweg zu hören. Als säße ein großer, knurrender Troll im Keller, denkt Magnus.

Brodersen betrachtet ihn. »Teilen Sie die Ansichten Ihres Bruders?«, fragt er dann und hebt seine bleichen Augenbrauen.

»Ich habe seit mehr als fünf Jahren nicht mit meinem Bruder gesprochen. Damals war er fünfzehn. Ich kenne die Ansichten meines Bruders nicht.«

»Er kämpft für die Kommunisten und Seite an Seite mit ihnen.«

Magnus beugt sich vor und reicht Brodersen das Zigarettenetui, der sich diesmal eine Zigarette nimmt und ihnen beiden Feuer gibt.

»Sehr aromatisch. Echter Virginia-Tabak, direkt von Ort und Stelle, nehme ich an?« Brodersen schließt die Augen halb und zieht genüsslich an der Zigarette. Er hält sie etwas affektiert und sagt: »Wir von der Zeitung sind offiziell neutral, sympathisieren aber mit General Franco, das gebe ich gern zu. Obwohl wir alles versucht haben, konnten wir leider nicht verhindern, dass Dänemark spanische Flüchtlingskinder aufnehmen muss, aber wir unterstützen den Beschluss der dänischen Regierung voll und ganz, sich der Nicht-Interventionspolitik anzuschließen. In dem Punkt sind wir ganz auf der Linie von Ministerpräsident Stauning und Außenminister Munch. Die Großmächte dürfen sich nicht einmischen und müssen die Spanier ihre Angelegenheiten unter sich ausmachen lassen.«

»Gilt das auch für Deutschland und Italien?«

»Selbstverständlich. Ebenso wie es, wie ich in meinen Leitartikeln betont habe, für Stalin und seine dänischen Mitläufer gilt, die leider zusammen mit anderen irregeleiteten jungen Menschen zu diesen unglückseligen und von den Kommunisten dominierten Internationalen Brigaden in den Süden ziehen. Man hat mir berichtet, dass bereits eine große Zahl Dänen dorthin aufgebrochen ist und dass ihnen noch weitere folgen werden.«

»Aber es ist doch Franco, der den Aufstand gegen die legal gewählte Republik angezettelt hat. Ich wusste gar nicht, dass die Konservativen Anhänger des Aufbegehrens gegen die bestehende Ordnung sind.«

»Das sind wir natürlich auch nicht, aber in Spanien gab es keine Ordnung. Dort herrschten Anarchie, Gewalt und Gesetzlosigkeit, von Stalin gesteuert und finanziert. Das musste natürlich gestoppt werden. Es handelt sich um eine gefährliche Seuche, die jegliche vernünftige Ordnung in Europa bedroht. Sehen Sie das denn nicht so? Oder teilen Sie doch die Ansichten Ihres Bruders?« Der Redakteur sieht ihn fragend an, als könne er Magnus durch die Wiederholung aus der Reserve locken.

»Ich kenne die Ansichten meines Bruders nicht. Sie sind auch vollkommen unerheblich. Ich will Mads einfach nur nach Hause zurückholen. Politik interessiert mich nicht. Ich habe kein sonderliches Vertrauen in Politiker wo auch immer auf der Welt. In Argentinien wechseln sich zwei politische Gruppierungen damit ab, immer wieder neue grässliche Diktatoren zu stellen. Alle vernünftigen Leute dort haben es aufgegeben, sich einzumischen.«

»In dem Punkt sind wir uns vollkommen einig. Bedenken Sie nur, wie es bei uns zugeht. Bei den Wahlen letztes Jahr haben über vierzig Prozent der Dänen für Stauning und seine Genossen gestimmt. Sie, Herr Meyer, haben sich im Ausland aufgehalten, daher wissen Sie nicht, was für eine Farce das war. Die Menschen haben sich von der banalen Parole ›Stauning oder Chaos‹ verführen lassen. Zum Glück sind die Sozialdemokraten hierzulande keine reinen Bolschewiken, aber sie lassen sich zu sehr von Außenminister Munchs pazifistischer Linkspartei leiten, die dabei ist, dieses Land zu entwaffnen und so unsere Flanken in diesen gefährlichen Zeiten schutzlos zu präsentieren. Ich habe mehrere Leitartikel zu diesem Thema verfasst, aber außerhalb der vernünftigen Kreise interessiert das niemanden, obwohl meine Artikel mehrfach in Teilen der Hauptstadtpresse zitiert wurden. Manchmal kommt man wirklich nicht umhin, wie einer unserer großen Pastoren zu denken, der so zutreffend gesagt hat, dass es die Menschen auch nicht weiter scheren würde, wenn die parlamentarische Demokratie bald feierlich aufgebahrt daläge. Die Zeiten erfordern eine feste Hand und nicht dieses ganze leere Gerede. Herr Hitler geht in Deutschland zu weit, aber er sagt und tut viele richtige Dinge, von denen wir einiges lernen könnten. Aber lernen, das wollen wir ja nicht in diesem Land.«

»Davon bin ich überzeugt, aber im Moment geht es um meinen Bruder. Mein Vater meint, es wäre am besten, wenn ich mich als Journalist akkreditieren ließe.«

Brodersen richtet sich in seinem Stuhl auf. Er spielt an einem Bogen Papier herum, der in der schwarzen Schreibmaschine eingespannt ist. Auf dem Bogen stehen bereits einige Zeilen. Vielleicht ein Entwurf für den morgigen Leitartikel? Magnus kann Brodersen ansehen, dass er erstaunt und etwas verärgert darüber ist, dass Meyer sich nicht auf eine politische Diskussion mit ihm einlässt. Hinter seinem harmlosen Äußeren ist Brodersen ein Manipulator, denkt Magnus. Ein politischer Dompteur, der alle, die ihm über den Weg laufen, in den richtigen Kästen untergebracht wissen will. Er hat Offenheit und Dankbarkeit von Magnus erwartet, der ihm jedoch nur höfliche Kühle entgegenbringt. Magnus kann Brodersens unterdrückten Ärger deutlich spüren, als er sagt: »Ja. Sowohl Ihr Vater als auch Ihre reizende Schwester haben mich heute Vormittag bereits angerufen. Ich halte es für eine ausgezeichnete Idee, bei der ich Sie gern unterstütze. Wir haben eigentlich weder die finanziellen Mittel noch ein genuines Interesse, einen Korrespondenten nach Spanien zu schicken. Von daher hätte ich im Gegenzug gern ein oder zwei Artikel von Ihnen.«

»Aber ich bin doch kein Journalist.«

»Sie sind in der Welt herumgekommen. Sie können Ihre Augen und Ohren offenhalten. Einer von unseren hiesigen Redakteuren geht die Texte dann durch und bereitet sie für die Zeitung auf. Und es wäre wirklich ein Gewinn für das führende Blatt der Stadt, Augenzeugenberichte aus Spanien zu erhalten. Sie könnten das dringend benötigte Korrektiv zur Propaganda in der Arbeiterzeitung liefern.«

»Ich weiß nicht. Ich habe keine Erfahrung als Journalist.«

»Außerdem ist es wichtig für Ihre Tarnung.«

»Wie meinen Sie das?«

»Man wird Sie wie alle Journalisten und andere Leute, die Fragen stellen, unter die Lupe nehmen. Sie könnten als Spion erschossen werden, ist Ihnen das klar? Schließlich sind Sie in Wirklichkeit ja tatsächlich als eine Art Agent unterwegs.«

»Ich verstehe nicht …«

»Wenn Sie sich auf der Seite der Nationalisten aufhalten, wird man Sie verdächtigen, militärische oder andere Informationen ausspionieren zu wollen. Ihr Bruder kämpft ja für die andere Seite. Und wenn Sie sich bei den Roten aufhalten, könnten die Sie ebenfalls verdächtigen,

Ihren Bruder zum Desertieren anstiften zu wollen. Sie werden sich in einer ziemlich gefährlichen Situation befinden, Herr Meyer. Ihre Tarnung ist wichtig. Sie müssen Ihre Rolle spielen. Ihre Artikel aus Madrid beispielsweise schicken Sie vom Hauptpostamt oder vom Telegrafenamt ab. Es fällt auf, wenn Sie nie Artikel in die Heimat schicken. Verstehen Sie, was ich sage?«

»Ja, selbstverständlich.«

»Ausgezeichnet, dann haben wir also eine Abmachung.«

»Ich will es gern versuchen.«

»Schreiben Sie einfach, was Sie sehen und erleben.«

»Und was, wenn das nicht zur politischen Ausrichtung Ihres Blattes passt?«

»Darüber müssen Sie sich nicht den Kopf zerbrechen. So denke ich nicht. Ich werde drucken, was Sie schreiben, solange es sich dabei um eine anständige Reportage handelt. Sie dürfen auch gern ein oder zwei Berichte über kulturelle Themen schreiben. Ich bin mir sicher, es wird Ihnen Spaß machen, wenn Sie erst einmal auf den Geschmack gekommen sind.«

»Vielleicht.«

»Ausgezeichnet. Ich habe mir erlaubt, einige Dokumente vorzubereiten, die Ihre Akkreditierungen beglaubigen. Ihr Vater und vor allem Ihre Schwester scheinen es sehr eilig zu haben, Sie loszuschicken. Als fürchteten sie, jeden Tag könnten schlechte Neuigkeiten eintreffen.«

»Das ist leider nicht auszuschließen.«

»Nein. Das ist es nicht. Schauen Sie mal.«

Brodersen legt zwei Bögen Papier vor Meyer auf den Tisch. Es handelt sich um dickes Papier von guter Qualität. Auf dem einen steht auf Dänisch, Englisch und Spanisch, dass Magnus Meyer als Journalist für die Landeszeitung tätig sei sowie für etwas, das Brodersen die »nationale Nachrichtenagentur« genannt hat, und dass man hoffe, man werde ihm als Nonkombattanten die erforderliche Hilfe und Unterstützung zuteilwerden lassen. Das andere Dokument, das ebenfalls mit mehreren Stempeln versehen ist, ist eine Bankgarantie von einem der örtlichen Geldinstitute, mit deren Hilfe Meyer bei internationalen Banken Geld abheben kann, insgesamt bis zu zwanzigtausend Kronen. Eine enorm große Summe, denkt Meyer.

Brodersen betrachtet ihn, während er liest, und als Magnus die Papiere beiseitelegt, sagt er: »Das ist eine ordentliche Summe, für die ich normalerweise nicht so ohne Weiteres eine Bankgarantie ausstellen lassen könnte, ohne Schwierigkeiten mit unserer Buchhaltung zu bekommen. Aber Ihr Vater bürgt dafür.«

»Die brauche ich nicht.«

»Doch. Das tun Sie. Alle Korrespondenten sind mit einer solchen Bankgarantie unterwegs. Was Sie damit machen, ist Ihre Sache und die des Chefarztes, aber Sie müssen sie dabeihaben. Und noch einmal: Seien Sie sich auf Schritt und Tritt Ihrer Tarnung bewusst. Sie müssen denken wie ein Journalist, dann benehmen Sie sich auch wie einer. Sie mögen über eigenes Geld verfügen, aber zusammen mit den Akkreditierungen ist die Bankgarantie Ihr Beweis dafür, dass Sie für eine seriöse Nachrichtenagentur arbeiten. Das ist unerlässlich. Und in einer Kriegssituation ist es besonders unerlässlich.«

»Woher wissen Sie das alles? Ich hätte nicht gedacht, dass man als Redakteur bei einer Provinzzeitung über Kriegserfahrung verfügt.«

Brodersen lehnt sich im Stuhl zurück, faltet die Hände im Nacken und guckt an die Decke. Sein Blick geht in die Ferne, als tauche er für einen Augenblick in die Nebel der Erinnerungen ein. Magnus lässt ihn seinen Gedanken nachhängen. Draußen hat der Wind offensichtlich gedreht. Das Prasseln des Regens gegen die Fensterscheiben hat für einen Moment aufgehört, doch dann dreht der

Wind erneut, und das rhythmische Peitschen des Regens gegen das Glas kehrt zurück.

Brodersen meldet sich ebenfalls zurück: »Während des russischen Bürgerkrieges war ich fast zwei Jahre lang als Korrespondent für die Nationalzeitung tätig. Ich kenne den Bruderkrieg, Herr Meyer. Er ist schlimmer als jeder andere Krieg. Der Bruderkrieg fördert bei allen Beteiligten eine ungeheuere Brutalität zutage. Denken Sie nur an die Ermordungen während des amerikanischen Bürgerkrieges. Es passiert mir immer noch, dass ich nachts aufwache und an die Gräuel denken muss, die ich in Russland miterlebt habe. Die Roten waren schlimm, doch die Weißen nicht minder. Wenn man die Kosaken einmal ihre Säbel hat benutzen sehen, dann vergisst man das nie mehr. Wenn ich Berichte über den Spanischen Bürgerkrieg lese, habe ich die Sorge, dass das Ausmaß der Brutalität auf beiden Seiten einfach entsetzlich ist.«

Er lässt die Arme sinken, legt sie vor sich auf den Tisch und blickt Magnus jetzt direkt in die Augen: »Das ist der Grund dafür, Herr Meyer«, sagt er leise, »warum ich noch einmal betonen möchte, dass Sie die ganze Zeit an Ihre Tarnung denken müssen. Sie dürfen die Gefahr nicht unterschätzen, der Sie sich aussetzen. Man kann Sie sehr leicht für einen Spion halten – vielleicht für ein zögerliches, unschuldiges Exemplar dieser Gattung, aber trotz allem für einen Spion. Und im Krieg werden Spione auf der Stelle erschossen.«

6

Magnus Meyer schläft in seinem alten Bett in seinem ehemaligen Kinderzimmer und hat Albträume. Das Bett ist das Einzige, was noch von seiner Zeit in der großen Villa übrig ist. Sein Körper erinnert sich noch an jeden Hubbel und jede Falte in der alten Matratze. Das große, helle Zimmer dient jetzt als Gästezimmer mit einem Kleiderschrank und einem Waschtisch mit einer Kanne aus weißem Blech unter einem langen Spiegel. Auf dem Boden neben dem Tisch steht ein Nachttopf, obwohl sich an beiden Enden des Flures je eines der drei Badezimmer des Hauses befindet.

Seine Plakate von Entdeckungsreisenden im Dschungel und die Weltkarte sind verschwunden. Sein alter Schreibtisch mit den vielen Schubladen und dem Geheimfach ist ebenfalls verschwunden. Ebenso die Kommode, in der er die merkwürdigen Steine, seltsamen Zweige, Skelettteile von Tieren und Vögeln, den versteinerten Igel, den Fuchsschädel und andere geheimnisvolle Sachen versteckt hat, die er als Junge bei seinen Streifzügen in den Wäldern oder an den Seen und am Fluss gefunden hat. Und auch das dunkle Regal, in dem er seine wenigen Bücher aufbewahrt hat, ist weg.

Im Traum steht alles wieder an seinem Platz, aber das Zimmer ist auf einmal doppelt so groß. Dolores liegt nackt im Bett, und er sieht sich selbst, wie er dasteht und sie betrachtet. Sie sagt etwas, aber ihre Stimme dringt nicht bis zu ihm vor. Ihre Brustwarzen ragen in die Luft, und sie legt eine Hand in ihren Schritt und lässt ihren Zeigefinger hinein- und hinausgleiten. Er hat eine Erektion und will zu ihr hingehen, aber er kann sich nicht bewegen. Sein Körper ist wie gelähmt. Mit der anderen Hand winkt sie ihm zu, und endlich lässt die Lähmung nach. Er macht einen Schritt nach vorn, aber im selben Moment verwandelt Dolores sich in Santiago, der aus dem Bett aufsteht, vollständig bekleidet und mit geladenem Revolver. Wie in Zeitlupe bewegt Santiagos Finger den Abzug nach hinten. Magnus greift verzweifelt nach seinem eigenen Revolver, aber er ist nackt und unbewaffnet. Der Abzug ist jetzt am Anschlag, und das Projektil verlässt den Pistolenlauf, von einem Feuerblitz umgeben, und nähert sich langsam seinem geöffneten Mund, dem ein lautloser Schrei entweicht.

Magnus liegt schweißgebadet im Bett. Der Regen hat aufgehört. Durch das Fenster kann er den Wind in den großen Buchen rauschen hören. Er steht auf. Unter seinem weiten Nachthemd ist er nackt. Er zieht seine Leinenhose an, sucht seine Zigaretten, zündet sich eine an und nimmt einen tiefen Zug. Er spürt sein Herz heftig schlagen. Er öffnet das Fenster, schaut zu dem in Dunkelheit liegenden Sanatorium hinüber und hofft, die Nachtschwester möge dort mit ihrer Lampe vorbeigehen, damit er sich nicht so furchtbar allein auf der Welt fühlen muss. Kälte schlägt ihm entgegen und lässt den Schweiß auf seiner Brust förmlich gefrieren, gleichzeitig schwitzt er unter den Achseln.

Das Abendessen hat lange gedauert und ist beinahe identisch wie das am Abend zuvor verlaufen. Marie und er haben ein wenig miteinander geredet, Doktor Krause und der Chefarzt haben wieder über die unzähligen Leiden und die infrage kommenden Heilmethoden für diverse namenlose Patienten diskutiert. Magnus ist früh auf sein Zimmer gegangen. Für einen Moment hat er es bereut, dass er Marie nachgegeben hat und in die Villa umgezogen ist, aber nicht »nach Hause«, wie sie es genannt hat. Er hat am Fenster gesessen, Whisky getrunken und

Zigaretten geraucht und hat seinen Erinnerungen nachgehangen.

Es brachte ihn fast zum Weinen, dass es ihm so schwerfiel, sich die Gesichtszüge seiner Mutter ins Gedächtnis zu rufen, während der scharfe Blick des Vaters unter der hohen Stirn wie Drachenaugen durch die Nacht zu leuchten schien. Im Laufe des Tages traf er den Vater zweimal, aber es kam nie zu einer Konfrontation. Sie bewegten sich umeinander wie die zwei Fremden, die sie einander immer gewesen waren. Früher war die lauernde Gewalt seine treue Begleiterin, heute eine erzwungene Höflichkeit. Sie vermieden es, sich allein mit dem anderen in einem Zimmer aufzuhalten, und erstickten auf diese Weise jede mögliche Auseinandersetzung im Keim.

Magnus wirft den Zigarettenstummel aus dem Fenster und stellt seine kleine Reisetasche auf das Bett. Sie ist braun und abgewetzt und hat zwei kräftige Schnallen, die er jetzt öffnet. Er nimmt den Revolver heraus, schiebt die Trommel mit sicherem Griff zur Seite und überprüft instinktiv, dass er nicht geladen ist. Der Revolver ist schwarz. Da Magnus dafür sorgt, dass er immer gut gereinigt und geölt ist, gleitet die Trommel, in der sechs Patronen Platz haben, jetzt mühelos zur Seite.

Smith & Wesson hat den perfekten Revolver geschaffen, denkt er, und dass dieser Revolver einen Menschen getötet hat. Zwar nicht kaltblütig, doch höchst bewusst. Er drückt den kalten Lauf gegen seine heiße Stirn und bleibt einen Moment so stehen, bevor er den Revolver in die Tasche zurücklegt.

Dann geht er in das Zimmer am Ende des Flurs, das einmal Mads gehört hat und das immer noch Mads' Zimmer genannt wird.

Im Haus ist es fast ganz still. Es ist ein altes Haus, das schon immer seine eigenen, seltsamen Geräusche gemacht hat, ein Knarren hier, dort ein Balken, der sich senkt, ein

Seufzen des Windes, das sich in einem verborgenen Winkel fortsetzt. Das Schlafzimmer des Vaters befindet sich ein Stockwerk tiefer, dort hatte die Mutter ebenfalls ein Zimmer, in dem sie ab und zu saß und nähte oder las. Doktor Krause ist in der Gästewohnung im Sanatorium untergebracht, während Marie am anderen Ende des Wohnhauses in einem großen Eckzimmer mit eigenem Balkon schläft.

Ohne hinzuschauen, lässt er seine Hand über den schwarzen Lichtschalter gleiten und macht die Deckenlampe an. Das Zimmer wirkt, als sei Mads nur kurz spazieren gegangen oder übernachte bei einem Freund. Hier sind die Erinnerungsstücke nicht weggeräumt worden. Alles steht noch genauso da, wie Mads es zurückgelassen hat, und strahlt die Überzeugung aus, dass er in Kürze zurückkehren wird.

Magnus geht durch das Zimmer und berührt vorsichtig die Sachen seines kleinen Bruders: den Schreibtisch mit der grünen Schreibtischunterlage und der kleinen Reiseschreibmaschine, die das junge Schriftstellertalent zu seinem fünfzehnten Geburtstag bekommen hat, den Füllfederhalter, die Kommode, auf der ein Foto der drei Geschwister steht. Es wurde vor sechs Jahren aufgenommen, erinnert er sich. Arm in Arm stehen sie vor einem ruhigen Meer, das sich endlos weit zu erstrecken scheint, Marie im Badeanzug in der Mitte. Magnus und Mads haben Badehosen an. Alle drei lachen in die Kamera.

Magnus geht im Zimmer umher und bekommt allmählich wieder seine Atmung unter Kontrolle. Er öffnet den Kleiderschrank. Er ist mehr als halb voll, aber ihm fallen vor allem die nackten Kleiderbügel ins Auge. In den Kommodenschubladen liegt ebenfalls noch jede Menge Kleidung. Das Bett ist mit der blauen Tagesdecke zugedeckt. An der Wand hängen ein Ölgemälde von einer Wüste und ein Schwarzweißfoto, das Mads von einer Winterlandschaft an einer Flussbiegung gemacht und selbst entwickelt und vergrößert hat. Fotografieren war einmal Mads' große Leidenschaft, erinnert Magnus sich und geht zum Schreibtisch zurück.

Er zieht die oberste Schublade heraus und findet dort mehrere Schreibhefte. Er öffnet das oberste und sieht Mads' ordentliche, beinahe kalligrafische Schrift. Trotzdem scheinen die Worte nur so herauszufließen, als er langsam die Seiten mit den Notizen und den Gedichtentwürfen umblättert. Er liest hier und dort ein wenig herum:

Der Tod wird reiten heut Nacht / über Spaniens rote Höhen / der Tod wird ernten heut Nacht / und ruhig werd ich mitgehen / grob beraubt er meinen Sinn / im Wüstenwind verloren ich bin / der Tod wird kommen heut Nacht / doch leichte Beute er mit mir nicht macht.

An anderer Stelle heißt es ohne Reim:

Ich werde heut Nacht im Regen gehen / ich werde fortgehen von dir / nicht aus Trotz / sondern voll Angst vor dem Neuen / ich habe dich heute gesehen / weiß strahlt' dein Haar in der Sonne / das Frühjahr umglänzte dich / ich sah's als der arme Bettler / der ich bin / ich werde dich verlassen heut Nacht / ich bin zu elend / um an deiner Seite zu gehen / zu nichtswürdig gar / um mit dem Tod zu reiten.

Magnus klappt das Heft zu und legt es so vorsichtig auf den Tisch, als wäre es aus feinstem Porzellan. Plötzlich nimmt er eine Bewegung wahr. Er spürt sie fast mehr, als dass er sie hört, und dreht sich um. Es ist Marie. Sie steht in einem langen Morgenmantel in der Tür. Sie trägt die Haare offen und sieht sehr schön und verletzlich aus.

»Kannst du auch nicht schlafen?«, fragt sie leise, beinahe flüsternd, und kommt ins Zimmer.

»Ich bin aufgewacht. Ich habe schlecht geträumt.«

»Manchmal, wenn ich nicht schlafen kann, gehe ich

hierher, setze mich auf die Bettkante oder an seinen Tisch und lese seine Gedichte. Dann scheint es fast, als könnte ich ihn spüren. Wir haben oft hier gesessen und geredet. Er saß am Tisch und ich auf seinem Bett, und er hat von seinen Träumen erzählt, oder wir haben ein bisschen über dich geredet oder darüber, in wen wir gerade verliebt sind. Ich vermisse ihn so furchtbar.«

Er hält ihr das Zigarettenetui hin.

»Komm, wir gehen in mein Zimmer«, sagt sie und nimmt eine Zigarette.

Maries Zimmer ist groß. Durch das gekippte Fenster ist deutlich das Geräusch der zischelnden Buchen zu hören. Es ist ein feminin eingerichtetes Zimmer mit einem breiten Bett, dessen aufgeschlagene Bettdecke noch immer Wärme verströmt. Marie hat ebenfalls einen Schreibtisch, einen Kleiderschrank und eine Kommode. Die eine Zimmerecke hat sie mit einem kleinen Teetisch und zwei bequemen Chesterfieldsesseln mit zwei klassischen Stehlampen daneben eingerichtet. Dort kann sie nähen oder lesen, denkt er. Auf dem Tischchen liegt ein Roman mit einem Lesezeichen sowie ein Luftpostumschlag neben einem Aschenbecher mit einem einzelnen Zigarettenstummel.

Er gibt ihr und sich Feuer, und während er auf den Umschlag deutet, fragt er: »Ist der von Mads?«

»Ja. Er ist heute mit der Post gekommen. Diesmal ist er nur kurz unterwegs gewesen. Normalerweise braucht die Post aus Spanien sehr lange.«

»Darf ich den Brief lesen?«

»Selbstverständlich. Es steht nicht die Wahrheit drin, sondern das, von dem er glaubt, dass ich es gern hören möchte.«

»Das muss doch nicht unbedingt so sein.«

»Es ist aber so. Jetzt lies erst einmal diese Zeilen, danach zeige ich dir eine Geschichte von Mads. Er sagt, es handele sich dabei um Fiktion, aber in diesem Fall ist Literatur wohl wahrhaftiger als die sogenannten echten Briefe oder das, was in den verschiedenen Zeitungen zu lesen ist.«

»Woher hast du die Geschichte?«

»Von Svend Poulsen. Das ist der, den du in einigen Tagen treffen wirst, wenn er aus Kopenhagen zurück ist. Er ist in Spanien gewesen und war auch bei den Kämpfen um Madrid dabei, wie ich dir bereits erzählt habe. Er wurde verletzt und daraufhin nach Hause zurückgeschickt. Mads hat ihm den Text geschickt, aber Svend kann ihn in der Arbeiterzeitung nicht veröffentlichen. Ich glaube nicht, dass er überhaupt irgendwo veröffentlicht werden kann. Ich glaube auch nicht, dass Mads wollte, dass ich den Text zu sehen bekomme.«

Sie drückt ihre Zigarette aus, nimmt den Umschlag und zieht den Brief heraus, hält ihn einen Moment in der Hand und sagt: »Svend möchte dir gern helfen.«

»Warum eigentlich? Es kann doch nicht in seinem Interesse sein, dass ich einen seiner Kameraden aus dem großen Krieg zurückhole, oder? Schließlich nehme ich damit seinem Heer einen Soldaten weg.«

»Auf einen mehr oder weniger kommt es nicht an. Er will dir jedenfalls gern helfen. Seine Motive dafür können dir doch eigentlich egal sein. Jetzt lies erst einmal, Magnus.«

Er nimmt den Brief und liest:

Spanien, Juli 1937

Liebe Schwester,

vielen Dank für die Stiefel. Sie passen perfekt und sind viel besser als die Espadrilles, die man hier sonst bekommt. Ich habe meine Krankheit ziemlich gut überstanden, jeden-

falls verglichen mit den anderen. Ein paar Kameraden haben den Typhus nicht überlebt, und einige andere liegen noch immer im Krankenhaus. Die verfluchten Läuse verbreiten diese infame Krankheit, und ich muss Vater dafür danken, dass er uns beigebracht hat, immer auf Reinlichkeit zu achten. Es ist schwer, diesem Teufelsgewürm zu entkommen beziehungsweise es wieder loszuwerden, aber ich tue mein Bestes. Ich kann Dir diesmal nicht so ausführlich schreiben, denn wir können die Post heute noch mitschicken. Nach den schweren Kämpfen sind wir jetzt noch etwa dreißig Skandinavier hier bei Thälmann, die Hälfte davon sind Dänen. Wir sind nicht weit von …«

Magnus schaut auf. Es folgen einige Zentimeter weißes Papier, wo die Zensur vermutlich eingegriffen hat. Jedenfalls kann er Spuren von Tinte auf dem Weiß erahnen.

Marie nickt und raucht nervös: »Seine alten Stiefel sind gestohlen worden, und dann hatte er nur noch diese spanischen Stofflatschen. Daher habe ich ihm neue Stiefel geschickt. Ich bin froh, dass sie tatsächlich bei ihm angekommen sind. Solide Stiefel. Die anderen haben sie ihm gestohlen, während er schlief. Stell dir das mal vor. Ist das internationale Solidarität? Einander die Stiefel zu stehlen?«

»Was sie da wohl zensiert haben?«

»So ist das jedes Mal. Er darf nicht schreiben, wo er sich aufhält. Es muss irgendwelche Dänen geben, die die Briefe lesen, bevor sie losgeschickt werden. So habe ich es mir zumindest erklärt, aber jetzt lies weiter. Es ist ganz kurz.«

»Was meint er denn mit Thälmann?«

»Das ist sein Bataillon. Die Internationalen Brigaden sind in Bataillone aufgeteilt. Viele Dänen und andere Skandinavier kämpfen in dem, das nach Thälmann benannt ist. Aber jetzt lies endlich, Magnus.«

Er liest:

»... vor drei Tagen kamen wir von der Front zurück. Wir haben harte Tage hinter uns, die Faschisten hätten uns beinahe besiegt, aber wir haben ihnen dann doch standgehalten. Einige meiner guten Kameraden mussten leider daran glauben. Krieg ist ein übles Geschäft, Schwesterherz, aber ich habe trotzdem das Gefühl, dass wir das Richtige tun. Heute weiß ich, dass die ganze Welt eine einzige Front ist – für und gegen das herrliche Leben, das die Menschen führen könnten. Das versuche ich auch den Kameraden klarzumachen, denn wir sind leider nicht immer einer Meinung in unserer gemeinsamen Front gegen den Faschismus. Aber wenn es uns nicht gelingt zusammenzuhalten, dann gewinnen mit Sicherheit die Faschisten. Das Leben ist groß, Schwesterherz – es ist das Größte, aber es verliert seine Bedeutung, wenn man nicht für das kämpft, was einem etwas bedeutet. Das Leben bleibt nur dann etwas Kostbares, wenn man bereit ist, das größte Opfer dafür zu bringen, dass alle Menschen anständig leben können. Ich weiß, dass es schwer ist für Dich und andere, die mich gernhaben, aber ich bin mir sicher, dass Du mich verstehst.

Ich hoffe, es geht Dir gut. Vermutlich wird es in Dänemark schon langsam Herbst, wenn Du diesen Brief bekommst. Hier ist es noch immer sehr, sehr warm, aber die Alten sagen, dass es richtig kalt werden kann in Spanien. Wir wohnen in einigen vornehmen alten Villen, deren Besitzer geflohen sind oder vertrieben wurden, und gehen dreimal am Tag in die Kirche. Aber nicht etwa, weil Dein kleiner Bruder plötzlich gläubig geworden wäre, sondern weil die hiesige Kirche wie alle anderen auch jetzt als Speisesaal dient. Der Suppentopf steht jeden Tag auf dem Altar. Die Suppe essen wir zusammen mit Erbsen und Brot, und oft gibt es Wein dazu. Wir können also nicht klagen über die Verpflegung hier. Kaffee bekommen wir auch fast jeden Tag, sonst werden wir Dänen nämlich ungehalten. Das haben sie inzwischen gelernt. Unsere schwedischen Kameraden sind da gelassener, aber wir wollen unseren Kaffee haben.

Küsse für Dich und alle, die ich gernhabe. Du kannst auch Vater gern von mir grüßen, wenn Du meinst, dass mein Gruß es wert ist. Wenn Du die Möglichkeit hast, schick mir gern etwas Tabak oder Seife. Schokolade ist hier auch immer sehr willkommen.

Schreib einfach wie immer an Mads Meyer, S. R. I. Plaza del Altozano, A. V. 11. Albacete, Spanien.

Dein Dich liebender Bruder Mads

»Er raucht jetzt auch«, sagt Marie.

»Deswegen müssen wir uns, glaube ich, keine Sorgen machen.«

Sie lacht halbherzig und verschränkt die Arme vor der Brust: »Nein. Er ist nur auf einmal so erwachsen geworden.«

»Er ist ein Narr von bald einundzwanzig Jahren.«

»Magnus!«

»Das ist er.«

»Vielleicht ist er einfach ein Idealist, der mehr an andere als an sich selbst denkt.« Sie wendet sich halb von ihm ab, die Arme weiterhin vor der Brust verschränkt.

»Genau. Das ist es ja, was ich meine.«

»Vielleicht hast du recht, aber ich bin auch ein bisschen stolz darauf, dass er etwas tut und nicht einfach nur zusieht. Viel zu viele sehen einfach nur zu. Wir tun es. Frankreich und England tun es. Hitler kann machen, was er will. Er marschiert in andere Länder ein, und bedenke nur, wie sie die Juden behandeln. Niemand außer Stalin unterstützt die legal gewählte Regierung in Spanien, während die Faschisten von Hitler und Mussolini so viele Waffen bekommen, wie sie wollen. Das ist falsch. Nur Menschen wie Mads unternehmen etwas dagegen.«

»Trotzdem soll ich Mads nach Hause zurückholen? Das ist es doch, was du willst, oder?«

Sie lässt die Arme sinken, dann senkt sie den Kopf und scheint eine Niederlage eingestehen zu müssen, die sie sich lieber erspart hätte: »Im Unterschied zu Mads bin ich keine Idealistin. Ich bin eine egoistische große Schwester, die am liebsten möchte, dass ihre beiden Brüder zu Hause und in Sicherheit sind. Ich denke nur an mich, Magnus. Ich möchte Mads einfach nur aus diesem Krieg herausholen.«

»Das ist mir allemal lieber als die Idealisten. Erst versuchen sie es mit Bitten, aber wenn darauf niemand hört, holen sie die Bajonette heraus.«

»Wie philosophisch. Und wie zynisch. Wird man so in Amerika? Sollen wir Menschen etwa frei von Ideen sein? Frei von Idealen? Ohne den Glauben daran, dass es etwas gibt, das größer ist als wir selbst. Als unser eigenes kleines Ego? Ist es eine derart leere Welt, die du dir wünschst, Magnus?«

»Du wolltest mir noch eine andere Geschichte zeigen. Die wahre?«

Sie betrachtet ihn eine Weile. Er lächelt sie an, sagt aber nichts, und sie gibt auf: »Ja. Vielleicht die wahre. Was weiß ich? Es ist eine Art Novelle, die Mads da geschrieben hat, aber sie handelt von ihm selbst. Aber was weißt du eigentlich über den Krieg da unten?«

»Das, was ich in den Zeitungen darüber lese.«

»Da steht ja nicht besonders viel drin, ich werde dir also zuerst ein wenig darüber erzählen.«

Ihre Wangen glühen trotz der Kühle, die aus dem stillen Garten hereindringt. Jetzt ist sie wieder ganz die energische junge Frau, denkt er, als sie zwei Landkarten aus einer Schublade holt, eine von Europa und eine von Spanien, und sie beide auf ihrem Schreibtisch ausbreitet. Als sie auf die Karten deutet und zu erklären beginnt, erinnert ihre Stimme Magnus für einen Moment an eine Deutschlehrerin aus dem Gymnasium, die er eigentlich längst vergessen hat. Er hört zu, betrachtet aber gleichzeitig auch seine große Schwester und muss innerlich über ihren Eifer und ihre Anteilnahme an einer Welt lächeln, die sie nur interessiert, weil ihr geliebter kleiner Bruder ein Teil davon ist.

»Schau mal, hier«, sagt sie und zeichnet mit ihrem Zeigefinger die Route nach. »Mads und seine beiden Kameraden sind in Esbjerg mit dem Schiff aufgebrochen. Dorthin sind sie mit dem Zug gefahren, und sie mussten ganz schön auf der Hut sein. Die Konservative Jugend und einige der konservativen Journalisten warten nur darauf, die Freiwilligen an die Polizei auszuliefern, sobald sie mit dem Zug aus Kopenhagen in Esbjerg ankommen. Die Zeitungen berichten immer wieder darüber. Mads hat das Linienschiff A. P. Bernstorff nach Antwerpen genommen, von dort aus ist er mit dem Zug weiter nach Le Havre und Paris gefahren. Ihre Leute in Kopenhagen hatten ihnen eine Adresse mitgegeben. Place de Combat numéro neuf, die hatten sie schon zu Hause auswendig gelernt. Dort wurden sie dann von den Leuten der Komintern in Empfang genommen. Inzwischen ist das Ganze sehr gut organisiert, Magnus. Nicht mehr so wie am Anfang, als alles eher chaotisch ablief. Du weißt doch, was die Komintern ist, oder?« Sie schaut zu ihm auf.

»Kommunisten«, sagt er bloß. Er reicht ihr das Etui und zündet ihr dann die Zigarette an.

»Ja. Das stimmt schon, aber nicht bloß Kommunisten. Sie werden natürlich von Stalin kontrolliert, aber heute sind die Leute von der Komintern für die gesamte Organisation der Freiwilligen in Spanien zuständig. Sie unterstützen den Volksfrontgedanken. Alle sollen gemeinsam gegen den Faschismus kämpfen. Die Komintern ist eine internationale Organisation, die von der Sowjetunion geleitet wird, aber Mads ist ja kein Kommunist, nicht wahr?«

»Nein. Er ist bloß ein Narr.«

»Jetzt hör auf damit, Magnus. Das macht mich nur traurig.«

»Okay.«

»Du und dein Okay. Jetzt hör mir zu. Mads hat aus Kopenhagen ein Codewort mitbekommen. Es lautete: ›Ich soll schön von Aage grüßen.‹ Den Satz hat er dann im Rekrutierungsbüro in Paris aufgesagt, woraufhin er ein bisschen Geld und einige Essensmarken und eine Zugfahrkarte bis zur spanischen Grenze bekam. Und dann wurde es richtig hart, hat er mir geschrieben. Mitten in der stockfinsteren Nacht sind sie – eine große Gruppe Männer aus vielen verschiedenen Ländern – über die Pyrenäen gewandert. Sie hatten spanische Führer dabei, die die Gegend kennen, aber es war ein sehr schwieriges Gelände, und sie mussten viele, viele Stunden wandern. Fast zwanzig Stunden, schrieb er. Drei Männer sind unterwegs ums Leben gekommen. Zwei sind in eine Schlucht gestürzt, der dritte ist ertrunken, als sie einen reißenden Fluss überqueren mussten. Sie waren sehr hungrig und durstig. Alles, was man ihnen mitgegeben hatte, war ein wenig Schokolade, Brot und etwas Wasser. Aber sie haben es trotz allem über die Berge geschafft, Mads und die anderen. Ein paar Tage lang haben sie in einem Ort namens Figueras in einer alten Maurenburg gewohnt, danach wurden sie nach Barcelona geschickt, wo Mads an einer Parade teilnahm und von den Einwohnern der Stadt bejubelt wurde, bevor es nach Albacete weiterging, das weiter südlich liegt. Dort haben sie ihm Waffen und eine Art Uniform gegeben, einen blauen Overall, den sie ›mono‹ nennen, zwei Trinkbecher, einen für Wasser und einen für Cognac. Stell dir das mal vor, für Cognac. Einen Beutel mit Essen haben sie auch noch bekommen sowie Munition und ein bisschen militärisches Training, und schon ging es los an die Front. Ist das nicht unglaublich? Unser Mads. ›Und dann ab an die Front‹, hat er in einem seiner ersten Briefe geschrieben. Als würde er mir eine Ferienpostkarte aus Hvide Sande schicken. ›Hallo, Schwesterherz. Hier ist es schön. Ich gehe jetzt an den Strand.‹«

Magnus nimmt sie in den Arm und wartet, bis sie fertig ist mit Weinen. Er nimmt ihr die Zigarette aus der Hand, drückt sie und seine eigene aus. Als Marie aufgehört hat zu weinen, lässt er sie einen Moment zur Ruhe kommen. Sie dreht sich um und verlässt das Zimmer, und er hört, wie die Badezimmertür leise zufällt. Er geht in sein Zimmer, holt die Whiskyflasche und zwei Gläser. Marie kommt zurück, er schenkt ihr ein, reicht ihr das Glas, und sie trinkt einen kleinen Schluck. Er sieht sie an, sie nimmt einen weiteren Schluck und verzieht ein wenig den Mund.

»Danke«, sagt sie und dreht sich zur Spanienkarte auf dem Tisch um. »Jetzt hätte ich gern eine Zigarette.«

»Du musst mir nicht noch mehr von den Ereignissen da unten berichten«, sagt er und gibt ihr Feuer, aber sie ignoriert ihn und zeigt auf die Karte.

»Hier ist Albacete. Dort befindet sich das Hauptquartier der Internationalen Brigaden. Ich zeichne dir den Frontverlauf mit Bleistift ein. Wie du sehen kannst, läuft es gar nicht so schlecht für sie, auch wenn die Republik unter Druck steht. Madrid hält nach wie vor stand. Es hat Offensiven gegeben, an denen die Freiwilligen beteiligt waren, und nicht nur Rückzugsgefechte. Und an anderen Frontabschnitten hat man den Vormarsch der Faschisten stoppen können. Hörst du zu, Magnus?«

Er folgt ihren Ausführungen nur mit halbem Ohr. Sie sind kompliziert und voller Details über große und kleine Gefechte. Er hat den Eindruck, dass das alles ihrem

Wunschdenken entspricht. Sie verfügt über genaue Kenntnisse ferner Frontabschnitte und kleiner spanischer Dörfer, über die der Krieg hinweggerollt ist, aber sie sieht jeden Meter, den die Republik erobert hat, als einen endgültigen Sieg an und jeden Verlust an Boden nur als einen vorübergehenden Rückschlag. So, wie er die Karte interpretiert, ist die Republik bereits dem Untergang geweiht.

Francos nationalistische Aufständische haben den Großteil des Landes unter Kontrolle. Die Hauptstadt Madrid wird verbissen verteidigt, aber für ihn sieht es so aus, als ob es nur eine Frage der Zeit ist, bis Franco die Nordküste ebenfalls unter seine Kontrolle bringt, und dann bleiben der Republik nur noch die Gebiete östlich von Madrid. Von der Spitze von Gibraltar bis zur Biskaya werden die Aufständischen den Großteil des Landes und einige der wichtigsten Industriegebiete erobern, und es wird nicht lange dauern, bis sie die Soldaten der Republik ins Mittelmeer hinausdrängen. Bald wird Franco nicht mehr an zwei Fronten Krieg führen müssen. Das wird der Anfang vom Ende sein. Magnus wird schlagartig klar, dass ihm nicht mehr viel Zeit bleibt. Für Mads ist der Sand in der Sanduhr bald durchgelaufen.

Marie richtet sich auf, zieht an ihrer Zigarette und stützt die andere Hand in die Hüfte, wobei sie den Rücken durchdrückt. »Ich glaube daran, dass es gelingen kann, die Faschisten zu stoppen. Ich will daran glauben.«

»Du bist schon merkwürdig, Schwesterherz. Du setzt dich mit großer Leidenschaft und großem Wissen mit dem Krieg auseinander, aber gleichzeitig ist es doch eine sehr persönliche Angelegenheit, nicht wahr?«

»Wie meinst du das?«

»Das weißt du doch. Es geht dir doch nur darum, dass Mads nach Hause zurückkommt, aber du bist dir nicht sicher, ob er das auch will, und deshalb tust du so, als könne er zum Sieg der Republik beitragen. Du verfolgst das alles so intensiv, weil du auf diese Weise vermeiden kannst, an Mads als deinen geliebten Bruder zu denken. So ist er nur ein tapferer Soldat unter vielen in einem gerechten Krieg.«

Er sieht, dass seine Äußerung sie enttäuscht und wütend macht, kann es aber nicht lassen und fährt mit einer Stimme fort, die spöttischer klingt, als er es eigentlich beabsichtigt hat: »Siehst du das denn nicht? Mads kämpft auf der Seite der Verlierer. Sie haben keine Chance gegen die Deutschen und die Italiener und Francos Marokkaner und die Fremdenlegion. Siehst du das denn wirklich nicht? Leute wie Mads gegen gut ausgebildete, professionelle Soldaten! Das ist doch nur eine Frage der Zeit. Es ist eine sinnlose Verschwendung von Menschenleben.«

Sie trinkt einen Schluck von ihrem Whisky und verschluckt sich daran. Er will ihr auf den Rücken klopfen, aber sie windet sich los, dreht den Kopf weg und hustet ein paar Mal.

»Das Einfachste im Leben, Magnus«, sagt sie, als sie ihre Stimme weitgehend wieder unter Kontrolle hat. »Das Einfachste und Bequemste ist es, nur an sich selbst zu denken. Das hast du schon immer gut gekonnt. Und jetzt möchte ich mich gern schlafen legen.«

»Du kannst die Flasche behalten.«

»Nein, danke. Du brauchst sie vielleicht noch, wenn du liest, was Mads geschrieben hat.« Sie reicht ihm einen kleinen Stapel dicht beschriebener Seiten zusammen mit der Whiskyflasche.

»Gute Nacht, Schwesterherz«, sagt er und verlässt das Zimmer. Marie schließt ohne ein Wort die Tür hinter ihm.

7

Der Deserteur und die badende Frau

Von Mads Meyer

Arturo lag zwischen Bertil und mir, als sich die drei deutschen Bombenflugzeuge im Tiefflug näherten. Das Brummen, das zu einem gewaltigen Lärm anschwoll, als sie über uns hinwegflogen, riss mich aus meinem kurzen, unruhigen Schlaf. Die Morgensonne blitzte in den Cockpitscheiben auf, und sie glitten so tief über uns hinweg, dass wir die Gesichter der Piloten erkennen konnten. Sie sahen uns aber nicht und schwebten schnell über den Olivenhain davon. Trotzdem machte Arturo in die Hosen, und der Gestank stach mir in die Nase, als ich mein Gesicht zu spät in den roten Kies steckte. Bertil fluchte auf Schwedisch und rammte dem kleinen Spanier die Faust gegen die Schulter, woraufhin der zu schluchzen begann. Bertil war ein groß gewachsener, magerer Mann Mitte zwanzig mit großen, knochigen Händen, und die Knochen an der einen Hand leuchteten weiß, als er sein Gewehr mit festem Griff packte. Die andere Faust schlug auf Arturos Schulter ein, während er diesen zur Hölle wünschte.

Bertil kam aus Kiruna ganz oben im Norden von Schweden und hatte sich als Freiwilliger gemeldet, weil er es satthatte, arbeitslos zu sein, und weil er Väterchen Stalin mochte. Er war seit der Verteidigung Madrids dabei gewesen, daher hielt ich mich an ihn.

Arturo hatten wir am Tag zuvor aufgesammelt, als wir

vom Rest der Kompanie isoliert worden waren. Er stammte aus einer der spanischen Heeresabteilungen und hatte eine der neuen khakifarbenen Uniformen an, die wir jetzt alle tragen. Er hatte sein Gewehr bei sich, von daher nahmen wir nicht an, dass er desertieren wollte. Er war wahrscheinlich einfach nur verloren gegangen, so wie wir auch. Bertil konnte ein bisschen Spanisch, aber jedes Mal, wenn er versuchte, ein Gespräch mit Arturo zu führen, fing dieser an zu weinen. Er war ein kleiner Mann, sicher nur wenig älter als Bertil, aber er sah aus wie vierzig mit seinem mageren, ängstlichen Gesicht. Er war einberufen worden, hatte sich also nicht freiwillig gemeldet.

Zwei Tage zuvor waren wir bei gleißendem Sonnenschein zusammen mit den anderen aus unserem Bataillon und ein paar Kompanien aus dem stehenden spanischen Heer die Hänge hinauf vorgerückt. Wir bildeten die äußerste Flanke des koordinierten Angriffs, den wir im Morgengrauen begonnen hatten. Francos italienische Hilfstruppen waren vor uns geflohen. Ihre Toten und Verletzten lagen hier und da in der Landschaft herum.

Der Gestank von Scheiße schlug uns aus durchlöcherten Gedärmen entgegen, als wir zwischen den Leichen umherliefen und die Schreie und Hilferufe der Verwundeten ignorierten. Wir erreichten die Kuppe des Hügels und konnten die gesamte Gegend überblicken, die sich im Hitzedunst seltsam schön vor uns erstreckte. Wir sahen den grauen Pulverdampf, den Rauch von angesengten Olivenbäumen und drei Panzer, die in Brand geschossen worden waren. Die italienischen Soldaten ließen alles stehen und liegen. Sie liefen davon, so schnell sie konnten, während wir in Stellung gingen und mit allem, was uns zur Verfügung stand, fluchend und schreiend auf die Flüchtenden schossen.

Unterhalb des Hügels lag ein kleines Dorf, das bereits in Schutt und Asche gelegt worden war. Aus einem abge-

brannten Haus rochen zwei Ziegenkadaver wie verkohlte Braten. Sie waren ganz schwarz, lagen auf dem Rücken und hatten alle viere in die Luft gestreckt. Hinter einem anderen zerbombten Haus schrie ein Pferd, dessen eines Bein von einer Kugel zertrümmert worden war. Unter dem Pferd lag ein junger italienischer Soldat mit einem schmalen dunkelbraunen Schnurrbart. Er hatte seinen Helm verloren, und ein Bein klemmte unter dem schreienden Pferd fest, während das andere in einem merkwürdigen Winkel emporragte und blutverschmiert war. Er war kurz davor, das Bewusstsein zu verlieren, und schaute uns mit fernen dunklen Augen aus einem bleichen Gesicht an, während er vor sich hin murmelte, als bete er.

Bertil hatte sich von einem Faschistenoffizier, der zusammen mit zwei einfachen Soldaten tot in einem Straßengraben lag, eine Pistole genommen. Es war eine Beretta mit vollem Magazin. Er zog sie aus seiner Tasche und schoss zuerst das Pferd in die Stirn und anschließend dem Soldaten zwischen die Augen. Dann zogen wir mit vor Durst und Übelkeit zugeschnürter Kehle weiter.

Es war erfreulich gewesen vorzurücken, aber die Freude war nur von kurzer Dauer. Franco setzte die Marokkaner und die Fremdenlegion ein. Sie trieben einen Keil zwischen uns, und plötzlich geriet alles in Auflösung. Bertil und ich wurden von den anderen getrennt, und später fand uns dann Arturo, oder wir fanden ihn. Bertil sagte, es wäre am besten, wenn wir uns die Nacht über im Olivenhain versteckten, und das taten wir dann auch. Wir teilten uns das Wasser in der Feldflasche ein, aßen das letzte trockene Brot, tranken einen Schluck Cognac und versuchten zu schlafen, aber Arturo schluchzte die ganze Zeit vor sich hin.

Die deutschen Flugzeuge glitten über uns hinweg, und wir hörten, wie sie ein ganzes Stück von uns entfernt ihre Bomben abwarfen. Bertil fluchte auf Schwedisch vor sich hin, und auch wenn ich nicht alles verstand, war mir doch klar, was gemeint war. Die Front war über uns hinweggezogen, und die Faschisten lagen zwischen uns und der Brigade. Wir konnten die Artillerie in der Ferne hören, ein dumpfes Grollen, das über die Höhenzüge heranrollte, daher war es schwierig einzuschätzen, von wo aus sie gerade schossen.

Ich hörte den Panzer vor den beiden anderen. Es waren sogar mehr als einer. Bertil packte Arturo an der Gurgel und starrte ihn einfach nur an, damit der Spanier den Mund hielt. Arturos Augen waren schreckgeweitet, als stünde er dem Teufel persönlich gegenüber. Er roch immer noch schlecht, aber er hatte keine Gelegenheit gehabt, sich zu säubern.

Es waren zwei deutsche Panzer und eine kleine Infanteriegruppe. Francos Marokkaner rückten zusammen mit den neuen Panzern MK, die die Faschisten jetzt von Hitler bekamen, in disziplinierter Formation vor. Bertil und ich luden unsere Gewehre durch, während Arturo nur sein Gesicht in den Staub bohrte, aber sie bogen rechts von uns ab, verschwanden den Hügel hinauf und kamen auf der anderen Seite wieder hinunter. Vielleicht waren sie ebenfalls von ihrer Haupteinheit getrennt worden. Sie kümmerten sich nicht um die Toten, die am Fuße des Hügels lagen. Die Geier machten sich zur Landung bereit, sobald die kleine Gruppe weg war.

Bertil sagte, dass es eigentlich am besten wäre, den ganzen Tag über im Olivenhain zu bleiben, aber das ließ sich nicht machen. Wir hatten nichts mehr zu essen und zu trinken, und die Sonne brannte so stark, dass es sich anfühlte, als lägen wir in einem Backofen. Am späteren Nachmittag beschlossen wir, an dem entlang, was wir für den Frontverlauf hielten, in Richtung Süden zu gehen. Arturo hatte sich ein wenig gesäubert, aber er stank noch immer, daher ließen wir ihn hinten gehen. Bertil ging an der Spitze.

Es war eine endlos weite Landschaft mit versprengten Olivenhainen, die wie dunkle Muttermale auf der gelben und roten Erde verteilt waren. Spanien wirkte so groß und leer, dass man förmlich darin verschwand, und so gewaltig, dass man sich wie einer der letzten Menschen auf Erden fühlte. Es war brennend heiß, und das Gewehr und die Patronentasche wurden schwerer und schwerer. Bertil musste Arturo ein paarmal mit seinen großen, knochigen Händen drohen, weil der kleine Spanier sein Gewehr und seine Patronentasche wegwerfen wollte. Er tat mir auf einmal leid, daher nahm ich seine Handgranaten und trug sie zusammen mit meinen. Zuerst konnten wir die Artillerie noch in der Ferne hören, aber je weiter wir in Richtung Süden gelangten, desto schwächer wurde das dumpfe Dröhnen.

Wir wussten nicht genau, wo wir uns befanden. Irgendwann wurden die Höhenzüge flacher, und wir gingen durch niedriges Gestrüpp, das grau vom Staub war. Der Staub setzte sich auf unangenehme Weise in der Kehle fest und verteilte sich unter der khakifarbenen Uniform, sodass es überall juckte. Vor uns sahen wir große Geier schweben, aber erst als wir einen kleinen Felsvorsprung passiert hatten, der an einen Adlerschnabel erinnerte, entdeckten wir die vier Leichen.

Weder Arturo noch ich ertrugen es, sie anzusehen. Die Geier und vielleicht noch andere Tiere hatten sich während der vergangenen Nacht an ihnen zu schaffen gemacht. Von den Gesichtern war nichts mehr übrig, das man hätte erkennen können. Ich wandte mich ab und hockte mich mit dem Rücken zu den Toten hin. Bertil ging zu ihnen hinüber, kam kurz darauf zurück und sagte, es sehe so aus, als wären sie von einem Flugzeug aus erschossen worden. Eigentlich hätten wir sie begraben müssen, aber dazu war auch er nicht in der Lage. Er stand mit drei Feldflaschen in der Hand da und reichte uns je eine. Sie waren halb voll mit lauwarmem Wasser, aber es schmeckte uns trotzdem. Bertil hatte auch noch zwei Apfelsinen und etwas trockenes Brot gefunden, das in einer Metallschachtel gelegen hatte. Wir weichten es in etwas Wasser und Cognac ein, der sich in einer vierten Feldflasche befand, die Bertil ebenfalls bei den Toten gefunden hatte.

Wir setzten uns ein Stück von den Leichen und den Fliegen entfernt hin und aßen und tranken. Die Toten hatten auch Tabak und eines von den Sturmfeuerzeugen bei sich gehabt, die sonst so schwer zu bekommen waren. Als es dunkel wurde, waren weder Mond noch Sterne zu sehen, an denen wir uns hätten orientieren können. Wir kamen zu einem Olivenhain, und Bertil übernahm die erste Wache. Es war sehr schwierig, in den Schlaf zu finden. Die Nervosität hielt einen wach. Es ist ein Gefühl, als ob der ganze Körper juckt, und beim geringsten Geräusch oder der kleinsten Bewegung wacht man wieder auf.

Am nächsten Morgen tranken wir ein wenig Wasser, bevor wir in Richtung Süden durch die leere, schöne Landschaft weitergingen. Als die Sonne am höchsten stand, machten wir eine kleine Pause und zogen, nachdem wir den letzten Rest Wasser getrunken hatten, weiter. Am späten Nachmittag, als die Sonne schon tief im Westen stand, entdeckten wir ein Dorf am Fuße eines langen Abhangs. Am Rande der Gemeindewiese grasten einige Ziegen. Ein Hirte saß, auf seinen Stock gestützt, auf einem Stein, seinen Futterbeutel hatte er über die Schulter gehängt. Er schaute nicht zu uns herüber. Er hatte eine zerschlissene graue Jacke und eine Hose mit bauschigen Beinen an und trug eine Schiebermütze, die er sich über die Augen gezogen hatte. Sein Gesicht sah faltig und verbraucht aus.

Das Dorf bestand aus einem Haufen grauweißer Häuser, die sich um eine kleine Kirche drängten, in der es offensichtlich gebrannt hatte. Auf dem Friedhof waren mehrere Grabsteine umgestürzt, in der Kirchenmauer be-

fanden sich Einschusslöcher. An einer Stelle war die Feldsteinmauer von Granaten oder besonders explosiven Kugeln ganz zu Schutt verwandelt worden.

Wir waren so hungrig und durstig, dass wir unsere Angst überwanden und zum Dorf hinuntergingen. Der Hirte entdeckte uns, ging zu einem der Häuser und klopfte an. Ein dicker Mann kam heraus. Er hatte wohl eine Siesta gehalten, denn er schob seine Hosenträger mit einer langen, trägen Bewegung nach oben, bevor er seine Augen mit der Hand vor der Sonne schützte und in unsere Richtung spähte. Er drehte sich in der Türöffnung um. Kurz darauf kam eine schwarz gekleidete Frau mittleren Alters mit einem Ledersack in der Hand heraus. Als Bertil sein Gewehr sicherte, tat ich es ihm gleich. Wir streckten die rechte Faust in die Höhe, und zögernd machte der Mann mit den Hosenträgern dieselbe Geste.

In dem Ledersack war kaltes, klares Wasser. Ich trank als Letzter in langen Schlucken, während Bertil versuchte, mit dem Mann mit den Hosenträgern zu reden, und Arturo sich mit seiner verschreckten Stimme einmischte. Der Mann mit den Hosenträgern hatte ein breites Gesicht mit einem schmalen Schnurrbart, der bis zu einem merkwürdig aussehenden Kinn herunterreichte. Seine Augen waren braun und lebhaft, und man sah, dass er gern lachte. Aber er hatte auch etwas Gefährliches an sich – ein Schatten von Brutalität lag auf ihm wie auf fast allen Männern im Krieg. Aber da war noch etwas anderes. Er wirkte, als trage er eine Schuld oder ein Geheimnis mit sich herum. Er schaute uns nie direkt in die Augen. Seine Frau in dem schwarzen Kleid, falls sie das überhaupt war, schaute ebenfalls weg. Der Hirte stand ein Stück von uns entfernt und stützte sich auf seinen Stab. Weiter unten auf der schmalen, staubigen Straße tauchten noch einige andere Frauen zusammen mit einem einzelnen alten Mann auf, der nur noch ein Bein hatte. Bertil drehte sich zu mir um und sagte mit einem Lächeln, der Mann sei der Vorsitzende des Arbeiterkomitees, das jetzt das Dorf regiere.

Viel zu regieren gab es allerdings nicht, wie wir bald feststellten. Von den mehreren hundert Menschen, die hier früher gelebt hatten, waren nur noch vierzig übrig. Ich hatte nur Augen für ein paar Hühner, die umherliefen und in der Erde scharrten. Sie würden sich gut in einer Suppe machen, aber Bertil beharrte darauf, dass wir Brigadisten die Zivilbevölkerung nicht bestahlen. Trotzdem lief mir beim Gedanken an die Suppe, die man aus so einem Huhn kochen könnte, das Wasser im Munde zusammen, und ich musste an die Hühnerbrühe, gefolgt von Huhn in Spargel denken, die es zu Hause immer gab.

Im Dorf hielten sich noch zwei weitere Brigademitglieder auf. Zu unserer Überraschung war eines von ihnen eine Frau, das andere ein Politkommissar aus dem Edgar-André-Bataillon. Er kam wie Bertil aus Schweden und hieß Olaf. Ein Schuss in den Oberschenkel hatte seinen Knochen zerschmettert. Seine graue Hose war ganz steif von dem getrockneten Blut. Er trug die bevorzugte Uniform der Politkommissare, eine schwarze Lederjacke und ein dunkles Barett, das auf seinem Schoß lag. Sein helles Haar war fettig und schien an seiner Kopfhaut festzukleben. Er war zweiundzwanzig Jahre alt. Er trug auch die Waffe bei sich, die den politischen Offizieren unverkennbar ihren Status und ihre Macht verlieh: eine wuchtige 9-mm-Automatikpistole.

Bertil kannte ihn nicht, aber sie begrüßten einander überschwänglich. So war das nun mal. Traf man einen Landsmann, dann freute man sich und holte erst einmal den Tabak heraus.

Die Frau war Deutsche und hieß Ute. Sie gehörte als Dolmetscherin und Berichterstatterin zu einer der Brigaden. Bertil meinte später, sie arbeite als Agentin für die Komintern oder eine der richtig geheimen Organisatio-

nen, die den Russen unterstanden. Sie hatte ein merkwürdiges Gesicht, es war nicht hübsch, aber dennoch anziehend, weil es so charakterstark aussah mit der hohen Stirn, dem vollen Mund und den intensiven hellblauen Augen, die weit auseinanderstanden. Sie trug ihr blondes Haar mit den weichen Wellen kurz geschnitten, und ihre Haut war so hell, als würde die sengende Sonne sie niemals erreichen. Sie war um die dreißig, und in dem blauen Overall wirkte ihre Figur rundlich und beinahe klobig.

Als sie lächelte, war es, als breche die Sonne an einem dunklen Tag hervor. Sie sprach ein schnelles Spanisch, aber ich antwortete auf Deutsch, denn das hatte ich sie mit dem Kommissar sprechen hören. Ich sah, dass er starke Schmerzen haben musste. Er versuchte, sie mithilfe von Cognac in Schach zu halten.

Ich war kein Freund der Kommissare. Die schwedischen oder dänischen waren nicht so schlimm wie die deutschen, für die Disziplin das Allerwichtigste war, aber sie waren alle miteinander Kommunisten und predigten das, was die Chefs ihnen vorgaben. In den Soldatenbüchern der Freiwilligen wurde bei dem Punkt Parteizugehörigkeit immer nur Antifaschist angegeben, aber es waren die Kommunisten, die das Kommando hatten. Das war wohl auch nur recht und billig. Schließlich unterstützte die Sowjetunion uns mit Geld und Waffen und beriet uns auch sonst in allen Fragen.

Ute hatte eine tiefe, weiche Stimme. Sie erzählte, dass sie ursprünglich zu viert unterwegs gewesen seien. Vor ein paar Tagen hätten sie dann jedoch zwei Mann losgeschickt, um Hilfe zu holen und eine Transportmöglichkeit für Olaf zu organisieren.

Sie hatten Olafs Bett vor dem aufgebaut, was einmal der Altar gewesen war. Das Bett sah aus, als stamme es aus einem ärmlichen Schlafzimmer. Die Matratze war alt und zerschlissen und sank in der Mitte ein. Die Hälfte der

Kirchenbänke war nicht mehr da. Und die übrigen wiesen deutliche Brandspuren auf. Der Brand hatte den ganzen Raum verwüstet. Auf dem Boden lag Stroh. Zwei Fenster waren zerstört. Die Wände waren schwarz vom Ruß. Es roch nach Blut und Exkrementen.

Ich ging nach draußen. Ute begleitete mich, während Bertil sich zu Olaf setzte, um sich mit ihm auf Schwedisch zu unterhalten. Arturo war in einer Ecke auf dem Stroh eingeschlafen. Selbst im Schlaf wimmerte er vor sich hin. Ute sagte, wir könnten damit rechnen, dass es im Laufe des Abends weiße Bohnen in Öl und vielleicht sogar ein bisschen Ziegenfleisch gebe, wenn wir Glück hätten. Und vielleicht auch Kaffee. Auf jeden Fall Wein. Ich war hungrig, aber wie so oft war der bohrende Hunger schon vorbei und existierte nur noch als eine Leere im Magen, gegen die Tabak half.

Wir setzten uns draußen hin. Ich drehte zwei Zigaretten, reichte ihr eine und zündete beide mit dem Feuerzeug an. Sie schaute auf ihre nackten Füße, die in den Schuhen mit den Sohlen aus Hanffasern steckten, die die Spanier Alpargatas nennen.

Die Frau in Schwarz kam mit dem Wassersack und einem Ledersack mit frischem Wein zu uns herüber. Sie war doch nicht so alt, wie ich zuerst gedacht hatte, aber die Augen in ihrem gräulich blassen Gesicht waren leblos. Sie bekreuzigte sich vor dem kleinen Glockenturm und ging ins Haus zurück. Es war sehr warm, und die Insekten waren deutlich zu hören. Das Dorf und die Hügel dahinter flimmerten im Hitzedunst. Der Hirte trieb seine Ziegen aus dem Dorf und auf einen Höhenzug zu. Ute sagte, die Frau bekreuzige sich jedes Mal, wenn sie am Glockenturm vorbeigehe, weil er heimgesucht sei. Wir rauchten und tranken abwechselnd von dem jungen Wein.

Einige Zeit später stand Ute auf und sagte, sie müsse

sich jetzt waschen. Ich blieb noch ein wenig sitzen, trank von dem Wein und rauchte. Ich konnte die weißen, gewässerten Bohnen riechen, die irgendwo in der Nähe gekocht wurden. Sie würden von dem Öl triefen, das für die Mägen der Skandinavier so schwer verdaulich war, mir aber nicht allzu viel ausmachte. Nach einer Weile erhob ich mich und ging los, um Ute zu suchen.

Sie badete hinter einem verfallenen Haus, wo sie eine alte Blechbadewanne aufgestellt hatte. Ich vermutete, dass sie sie bereits morgens mit Wasser füllte, damit die Sonne es im Laufe des Tages erwärmte. Ich stand ein wenig abseits. Ein Stück weiter rechts hinter einer eingestürzten Mauer sah ich Arturo hervorlugen. Die Tränen liefen ihm über die Wangen und hinterließen zwei Striche auf seinem staubigen Gesicht.

Ute erhob sich, und das Wasser rann ihren nackten Körper hinunter. Die Abendsonne spiegelte sich in den Wassertropfen auf ihrer sehr weißen Haut. Sie stand mir halb zugewandt da und ließ einen Waschlappen langsam über ihre großen, schweren Brüste gleiten. Sie hatte runde Pobacken und feine, helle Schamhaare. Ich versuchte gar nicht erst, mich vor ihr zu verstecken. Sie drehte sich ganz zu mir um und lächelte, während sie mit dem Waschlappen ungeniert ihren weichen Bauch und ihren Schritt liebkoste. Dann wandte sie mir den Rücken zu, und ich hörte sie singen. Es war ein deutsches Wiegenlied, das mein Kindermädchen auch immer gesungen hatte. Arturos Gesicht verschwand. Ich bezweifelte auf einmal, dass ich ihn überhaupt gesehen hatte, vielleicht war sein verschmiertes Gesicht bloß eine von Müdigkeit und Hunger hervorgerufene Einbildung gewesen.

Ich betrachtete Ute in der Abendsonne und dachte daran, wie es wohl sein würde, sie zu lieben, und daran, dass das Leben doch etwas sehr Eigentümliches und Unvorhersehbares war.

Am nächsten Morgen kamen Mitglieder der Brigade in einem eroberten italienischen Lastwagen, um den schwedischen Politkommissar zu evakuieren. Es waren ein deutscher Politkommissar, der Günther hieß, zwei Österreicher und zwei Spanier. Natürlich nahmen sie auch Ute, Bertil und mich mit.

Ich saß zusammen mit einem der Österreicher neben Ute auf der offenen Ladefläche, sodass ich ihren Oberschenkel durch den groben Uniformstoff hindurch spüren konnte. Aber sie hatte nur Augen für Olaf. Sie hielt ihm abwechselnd die Hand und fütterte ihn mit Cognac. Sein zertrümmertes Bein verbreitete einen scheußlichen Gestank. Er hatte hohes Fieber und murmelte ständig vor sich hin. Es war irgendein unverständliches Gerede auf Schwedisch über Goldmünzen und Schätze aus dem untergegangenen Reich der Azteken. Seine Stirn war schweißnass, und er stöhnte oft vor Schmerz, wenn der Lastwagen auf dem schmalen Hohlweg über irgendetwas hinwegrumpelte oder in ein Schlagloch geriet.

Bertil saß uns gegenüber neben Kommissar Günther und einem der Spanier. Bertil schaute erst mich und dann Olaf an und schüttelte ratlos den Kopf. Olaf lag zwischen uns auf dem Bett aus der Kirche. Nur Arturo fehlte, er war in der Nacht zuvor abgehauen.

Arturo war nicht weit gekommen. Er lag in einem Straßengraben knappe fünf Kilometer vom Dorf entfernt. Die Kameraden, die gekommen seien, um uns abzuholen, hätten ihn erschossen, berichtete Günther. Er habe weder seine Waffe noch einen Passierschein bei sich gehabt, und eine vernünftige Erklärung habe er ihnen auch nicht liefern können. Arturo lag auf dem Rücken und guckte in den blauen spanischen Himmel. Seine Augen waren geöffnet, und sein Mund sah noch immer aus, als weine er. Auf seiner Brust hatte man mit Arturos Taschenmesser ein blassgraues Stück Stoff befestigt.

Kommissar Günther hatte mit großen schwarzen Buchstaben das Wort »Deserteur« daraufgeschrieben. Wir fuhren an ihm vorbei, ohne anzuhalten. Ute stimmte das deutsche Wiegenlied an. Ihre Stimme bebte, aber sicher nur, weil der Lastwagen schlecht gefedert war und über die löchrige Straße hinwegrumpelte.

8

Svend Poulsen läuft vor der Redaktion der Arbeiterzeitung in der Nørregade auf und ab wie ein Tier im Käfig, als Magnus und Marie am nächsten Tag wie verabredet zu ihm kommen. Seine dunkelbraune Reisetasche steht vor der Tür. Es ist ein schöner Frühherbsttag, an dem eine bleiche Sonne durch die hohen Wolken scheint und ein klares Licht verströmt, das wie durch Watte gefiltert wirkt. Die schmale, kopfsteingepflasterte Gasse, in der die Redaktion und das Büro der Kommunistischen Partei liegen, riecht nach Pferdemist und dem undefinierbaren Gestank von Armut, den Magnus neuerdings mit seiner Heimatstadt verbindet.

Er kann sich nicht daran erinnern, dass die Stadt schon so gerochen hat, als er noch dort lebte. Die Krise macht die Menschen verzagt, und der Armutsgeruch steckt in ihrer zerschlissenen, billigen Kleidung. Die Häuser sind klein und scheinen sich wegzuducken, als schämten sie sich. In seinem feinen grauen Tweedanzug, dem hellen Hemd und dem diskreten Schlips wirkt Magnus hier fehl am Platz. An den Füßen trägt er seine festen amerikanisch-italienischen Schuhe. Marie hat einen langen Rock an und eine adrette Hemdbluse sowie flaches, vernünftiges Schuhwerk. Sie muss später noch zur Arbeit.

Magnus hat kaum ein Auge zugetan. Er hat sich noch immer nicht von der Geschichte seines kleinen Bruders erholt, aber beim Frühstück haben sie nicht darüber gesprochen. Der Chefarzt hat wie üblich ein weich gekochtes Ei und eine Scheibe Schwarzbrot mit Käse gegessen, ein Glas Milch und zwei Tassen schwarzen Kaffee getrunken und dabei die konservative Morgenzeitung gelesen.

Magnus hatte um Haferbrei gebeten, bekam ihn aber kaum hinunter, als der Teller mit einem Klecks Butter und Zucker vor ihm stand, vom Hausmädchen mit einer kurzen Berührung vor ihn hingestellt. Er ließ die Butter ein wenig schmelzen, bevor er einen Löffel von dem Brei nahm. Der erste war noch kein Problem, aber der zweite schien in seinem Mund immer mehr zu werden. Was für ein sonderbarer Einfall, eine Reise zurück in die Kindheit machen zu wollen. Stattdessen hatte er dann Kaffee getrunken und Zigaretten geraucht und an die Geschichte aus Spanien gedacht, obwohl er eigentlich wenig Lust hatte, sich noch länger damit zu beschäftigen.

Svend Poulsen beendet sein rastloses Umherwandern, als er sie erblickt. Marie überrascht Magnus damit, dass sie zu Svend Poulsen hingeht, ihn umarmt und ihn mitten auf den Mund küsst. Magnus sieht, wie sie ihre Zunge vor seinen Augen gierig in Poulsens Mund steckt. Poulsen erstarrt für einen Moment, erwidert ihren Kuss dann aber kurz. Marie lässt Poulsen los und tritt einen Schritt zur Seite. Sie ignoriert die Blicke, die die beiden Frauen ihr zuwerfen, die gerade aus dem Trikotagegeschäft schräg gegenüber der Redaktion kommen. Es sind grobschlächtige, gedrungene Frauen in armseliger Kleidung. Die eine hat einen schwächlich aussehenden Jungen an der Hand.

Svend Poulsen ist ein großer, magerer Mann, dem der rechte Unterarm fehlt. Der Ärmel seiner grauen Jacke aus grobem Stoff ist mit Nadeln an dem halben Arm befestigt. Er hat eine schwarze Hose an, breite Schuhe mit trittsicheren Sohlen und eine einfache dunkle Schiebermütze. Unter der Schiebermütze schaut kräftiges schwarzes Haar hervor. Er ist braun gebrannt und hat überraschend weiße Zähne, dafür dass er in einem Land lebt, in dem man den meisten Menschen seiner sozialen Klasse am liebsten ein neues Gebiss zur Konfirmation schenken würde. Magnus ist fasziniert von seinen Augen. Sie leuchten sehr grün und intensiv unter seiner hohen, geraden Stirn und blicken ohne Scham oder Ehrerbietung direkt in seine eigenen hinein, als Poulsen ihm die linke Hand reicht und fest zufasst, auch wenn sein Händedruck etwas unbeholfen wirkt.

»Es freut mich, Maries Bruder kennenzulernen«, sagt Poulsen. »Ich habe so viel von Ihnen gehört. Und damit meine ich viel Gutes.« Seine Stimme ist tief und lässt nur einen ganz leichten Dialekt erkennen. Er ist jünger, als Magnus zuerst vermutet hat, vielleicht Ende zwanzig, aber sein genaues Alter ist schwer zu schätzen.

»Danke, gleichfalls!«, erwidert Magnus und versucht, den Blick seiner Schwester zu erhaschen, doch sie sieht weg. Er weiß nicht, ob sie erwartet hat, dass er über ihren öffentlichen Kuss entsetzt sein würde, aber das ist er nicht. Am meisten überrascht ihn, dass es ihr so wichtig zu sein scheint, ihm zu zeigen, dass sie mit der Arbeiterklasse intim ist.

Als ob Klassen irgendeine Bedeutung für ihn hätten. In Argentinien spielten sie durchaus eine Rolle, aber eine andere als hier, und in den USA kann ein Mann es bis ganz nach oben schaffen, wenn er nur bereit ist anzupacken. Er ist den altmodischen Klassengedanken der Europäer leid. Stattdessen ist er ein Anhänger der Ideale der amerikanischen Unabhängigkeitserklärung, der zufolge der Schöpfer alle Menschen gleich erschaffen hat und somit alle das gleiche Recht haben, nach Glückseligkeit zu streben. Die alte Welt ist eben die alte Welt. Und die neue Welt ist genau deshalb die neue Welt, weil sie nicht an den veralteten Normen festhält, die der Chefarzt mit seinem ganzen Wesen zu verkörpern scheint. In den USA zählt Geld mehr als die Familie und soziales Erbe. Es kann schon sein, dass neues Geld weniger vornehm ist als altes, aber neues Geld verschafft einem dennoch den Zugang zu den richtigen Kreisen.

»Sollen wir nicht hineingehen, Svend?«, fragt Marie.

Svend schüttelt den Kopf, als gebe es da etwas, das er einfach nicht versteht. »Das können wir nicht«, sagt er. »Sie haben das Schloss ausgewechselt. Ich komme nicht hinein.«

»Was sagst du da? Du kommst nicht in deine eigene Redaktion? Und dein Büro, was ist damit?«

»Es muss passiert sein, während ich in Kopenhagen war. Ich bin von der Partei ausgeschlossen und von meinem Redakteursposten gefeuert worden. Sie behaupten, ich sei Trotzkist. Und Kontrarevolutionär. Ich bin jetzt ein Klassenverräter, den sie anscheinend für so etwas wie den dänischen Anführer des Trotzkismus halten.« Er zeigt kopfschüttelnd auf ein kleines, zweistöckiges Haus. Hinter den Fenstern sind zwei Gesichter zu erahnen, die sich zurückziehen, als sie alle drei nach oben starren.

In einem Wirtshaus in der Nähe erfahren Magnus und Marie mehr von der Geschichte. Es ist ein kleines Lokal mit nur wenigen Tischen und noch weniger Gästen so früh am Vormittag. Auf den Tischen liegen blau karierte Decken, die Stühle sind abgewetzt, und es riecht nach altem Tabak, verschüttetem Bier und verlorenen Seelen. Ein kleiner, sehr korpulenter Mann mit schwarzen Hosenträgern und einer speckigen Schürze serviert Marie einen Kaffee und den Männern ein Bier. Magnus hat das deutliche Gefühl, dass der Wirt Marie und Svend kennt. Svend trägt einen Ehering, bemerkt Magnus, er sieht aber auch, wie sehr Svend von Marie bezaubert ist und wie gern er sie hat. Vor allem aber scheint er über seinen Parteiausschluss so erschüttert zu sein, als habe ihn jemand seines Lebensinhaltes beraubt.

Svend Poulsen war zu einem Treffen mit der obersten Führung der Kommunistischen Partei nach Kopenhagen beordert worden. Er nahm an, es würde um Routinefragen gehen, um eine Neuausrichtung der Spanienpolitik, die Svends Spezialgebiet war, aber stattdessen fand er sich vor dem Parteigericht wieder, das ihn des parteischädigenden Verhaltens und des Trotzkismus beschuldigte.

»In Moskau führen sie große Schauprozesse gegen Stalins Gegner. Beinahe jeden Tag kann man in den Zeitungen von entsprechenden Urteilsverkündungen und aufsehenerregenden Geständnissen lesen. Und auch fast täglich steht dort etwas über Hinrichtungen der Feinde Stalins. Fast allen wird vorgeworfen, Verfechter der Ideen Trotzkis zu sein, die noch immer fortleben, obwohl Stalin Trotzki bereits vor knapp zehn Jahren ins Exil getrieben hat«, erklärt Svend.

Sie rauchen alle drei Meyers Zigaretten, während Marie und Magnus Poulsens Geschichte zuhören.

Er habe versucht, sich zu verteidigen, aber die Parteispitze habe ihm nicht zuhören wollen. Die Entscheidung sei längst gefallen gewesen. Er wurde mit sofortiger Wirkung entlassen, und sein Beschäftigungsverhältnis als Parteifunktionär und Redakteur wurde aufgelöst. Sie nahmen keine Rücksicht darauf, dass er eine Frau und zwei kleine Kinder hat und dass die Arbeitslosenquote bei beinahe zwanzig Prozent liegt.

Magnus blickt zu Marie hinüber, als Svend über seine Frau und seine Kinder spricht, aber ihr Gesichtsausdruck verrät nichts.

Worin sein Vergehen bestanden habe? Dass er bei einer lokalen Parteiversammlung kritisiert habe, dass die Komintern und die Führung der Volksfront in Spanien den notwendigen Kampf gegen die Anarchisten und andere Renegaten und Klassenverräter mit allen Mitteln eingeleitet hatten. Außerdem habe er es gewagt, auf einer Parteiversammlung anzumerken, dass die Waffen, die die Sowjetunion so uneigennützig zur Verfügung stelle, von schlechter Qualität seien. Es fehle an guten Gewehren und Munition, die zu den gelieferten Handfeuerwaffen passe. Die Sowjetunion schicke veraltetes militärisches Material, das es in keiner Weise mit den Waffen der Nationalsozialisten aufnehmen könne. Das koste Menschenleben, und es könne auch den Sieg kosten, hatte er gesagt.

Svend Poulsen schüttelt den Kopf. »Meine Überzeugung ist, dass man im Kampf gegen den Faschismus zusammenhalten soll, statt einander zu bekämpfen. Ich bin – ich meine, war – Parteimitglied, aber in meinem Wehrpass stand wie bei allen anderen auch nur: Antifaschist. Wir hatten keine richtigen Offiziere. Wir waren Kameraden im gemeinsamen Kampf der Brigaden. Inzwischen haben sie Offiziere mit Rangabzeichen, die Grußpflicht und militärische Disziplin eingeführt. Von den Kameraden dort unten höre ich, dass es Zank und Streit und Schlägereien gibt. Wir erhalten schlechte Waffen. Das weiß ich. Ich habe es bei einer Parteiversammlung erwähnt, weil ich den Kameraden erklären wollte, warum der Krieg für uns nicht so erfolgreich verläuft, und weil ich ihnen erzählen wollte, wie tapfer die Freiwilligen gegen Francos professionelle Legionäre und Regulares kämpfen.«

Er hebt seinen halben Arm und fährt fort: »Das Gewehr ist in meinen Händen explodiert. Das passiert viel zu oft. Sie schicken uns das falsche Kaliber. Kommunist zu sein heißt doch zum Teufel noch mal nicht, die Wahrheit zu leugnen!«

»Kommunist zu sein bedeutet dasselbe wie die Zugehörigkeit zu jeder anderen Religion. Es bedeutet, die Wahrheit nach den Kriterien auszuwählen, die der jeweilige Gott aufstellt. Andere Wahrheiten sind Ketzerei, und dann wird man auf dem Scheiterhaufen verbrannt.« Magnus sieht Svend an, aber der blickt zu Marie hinüber, die ihren Kaffee mit kleinen, femininen Schlucken trinkt.

»Wir haben keinen Gott«, sagt er.

»Ihr habt Stalin. Das ist doch wohl dasselbe. Wenn man gegen die Gesetze und Dogmen der Kirche verstößt, wird man exkommuniziert. Wenn ihr gegen Stalins Dogmen verstoßt, werdet ihr aus dem kommunistischen Weltentempel ausgeschlossen. Das macht doch keinen Unterschied.«

»Ich habe jetzt wirklich keine Lust, über Politik zu diskutieren. Schon erstaunlich, denn seit ich vierzehn Jahre alt war, habe ich nichts anderes getan, als über Politik zu diskutieren.« Svend lacht. Er hat ein fröhliches Lachen, das ansteckt, und Magnus und Marie müssen beide lächeln.

Marie legt ihre Hand auf seinen heilen Arm: »Was willst du jetzt machen, Svend?«

»Versuchen, eine neue Arbeit zu finden, aber das ist natürlich nicht so leicht mit nur einem Arm. Ein bisschen was werden wir wohl von der Fürsorge bekommen. Und Ingeborg arbeitet ja auch immer mal wieder. Vielleicht werde ich auch das Buch schreiben, das ich schon länger im Kopf habe, über die Kameraden und Spanien. Meine Schreibhand funktioniert ja nach wie vor einwandfrei.«

Er zieht seinen linken Arm aus Maries Hand, hebt ihn in die Höhe und sagt, vielleicht an Magnus gerichtet: »Ich bin Linkshänder. Mit der linken Hand kann ich am besten und am schönsten schreiben, aber in der Schule habe ich immer eins auf die Finger bekommen, wenn ich nicht mit der rechten Hand geschrieben habe. Ich hatte einen Lehrer, der mir den linken Arm auf den Rücken gebunden hat, als ich schreiben lernen sollte. Da ist es doch so etwas wie Ironie des Schicksals, dass mir der Krieg die rechte Hand geraubt hat. Abtippen lassen kann ich es dann ja immer noch.« Er blickt erst auf seinen fehlenden rechten Unterarm, dann auf seinen unversehrten linken Arm und legt diesen auf den Tisch, als wisse er nicht, wohin damit.

»Vielleicht kann ich ja auch …« Marie schafft es nicht, den Satz zu vollenden, denn Svend Poulsen unterbricht sie.

»Nein. Das kannst du nicht«, sagt er mit Nachdruck in der Stimme, wobei sein Dialekt auf einmal deutlicher zu hören ist. »Ich habe immer selbst für mich gesorgt. Wir werden schon zurechtkommen.«

Marie sieht verletzt aus und zieht ihre Hand zurück, die sie gerade auf Poulsens Linke legen wollte. Magnus bietet ihnen erneut Zigaretten an und bestellt zwei weitere Flaschen Bier. Marie nimmt eine Limonade. Sie muss bald zum Dienst.

»Was haben Sie für eine Ausbildung?«, fragt Magnus, als der dicke Wirt ihnen die beiden Flaschen Bier und eine Zitronenlimonade gebracht hat.

»Können wir uns nicht einfach duzen?«

»Was für eine Ausbildung hast du?«

»Als Zwölfjähriger habe ich eine Lehre als Küfer angefangen, habe aber, sobald ich mit der Ausbildung fertig war, als Matrose angeheuert. Ich bin zur See gefahren, bis ich einundzwanzig war, dann habe ich geheiratet.«

»Das ist doch vermutlich noch nicht alles?«

»Nein. Ich wurde Mitglied der Partei, die mich auf verschiedenste Weise ausgebildet hat. Ich habe richtig lesen gelernt. Ich habe schreiben gelernt. Ich habe gelernt, meinen Kopf zu gebrauchen, von dem alle sagen, ich hätte das Glück gehabt, mit einem gut funktionierenden geboren zu werden. Ich habe etwa ein Jahr lang verschiedene Kurse in Kopenhagen besucht, und ein weiteres Jahr lang war ich in Moskau auf der Parteischule.«

»Dann hast du also in Russland gelebt?«

Svend Poulsens intelligentes Gesicht hellt sich auf. »Ja.«

»Und wie war es dort?«

»Als schaue man in die Zukunft. Die Armut setzt den Menschen überall zu, aber in Russland gibt es Hoffnung, weil sie ein vollkommen neues Land errichten. Einen ganz neuen Ort für die Menschen. Sie arbeiten für eine

Zukunft, in der Armut und Ungerechtigkeit verschwinden werden.«

»Und daran glaubst du noch immer?«

»Ja, daran glaube ich. Selbstverständlich glaube ich an den Sozialismus.«

»Trotz Schauprozessen und Hinrichtungen und willkürlichen Verhaftungen in Moskau und in Spanien und, nicht zu vergessen, trotz deiner eigenen Situation?«

»Woran sollte ich sonst glauben, wenn nicht daran, dass es möglich ist, gemeinsam eine andere und gerechtere Welt aufzubauen? Das wäre doch ein sinnloses Leben. Woran glaubst du?«

»Ich bin nicht religiös, ich glaube an mich selbst.«

»Das klingt ganz schön armselig.«

»Es klingt rational.«

»So hast du jedenfalls weniger zu verlieren.«

Schweigend sitzen sie um den Tisch. Das Gespräch verläuft anders als geplant. Eigentlich sollte Poulsen Magnus Informationen über Spanien geben und darüber, wie er am einfachsten Kontakt zu Mads aufnehmen könnte. Die unverhohlene Affäre zwischen Marie und Svend lässt Magnus doch nicht so kalt, wie er zuerst gedacht hat, sondern verärgert ihn regelrecht. Das ist nicht Liebe. Er kennt seine Schwester. Sie tut es aus Berechnung und sicher auch zu ihrem sexuellen Vergnügen. In der Art, wie Svend Marie ansieht, erkennt er ein Hingerissensein von ihrem Aussehen und unbewusst wohl auch von ihrer Klasse. Er ärgert sich über sich selbst. Er hat den Verlauf des Gesprächs nicht unter Kontrolle gehabt. Es ist an der Zeit, es wieder in die richtigen Bahnen zu lenken.

Sie schicken Marie zur Arbeit, bitten den Wirt, auf Poulsens Reisetasche aufzupassen, und machen einen Spaziergang zum See hinunter und weiter am Fluss entlang. Sie gehen in dem freundlichen Sonnenlicht nebeneinanderher. Die Kühe sind noch immer zum Grasen auf der Weide, und in einiger Entfernung zieht ein Pferdegespann eine Egge. Die aufmunternden Rufe des Bauern dringen stoßweise mit dem leichten Wind zu ihnen herüber. Möwen schweben wie eine weiße Wolke über dem landwirtschaftlichen Gerät. Das Laub der Bäume changiert in graugrünen Farben. Zwei Elstern jagen hinter einem hellen Raubvogel her, der vor irgendetwas auf der Flucht ist. Der Fluss schlängelt sich in weichen Kurven durch die Landschaft, die Magnus an eine Postkarte erinnert, so idyllisch liegt sie hier vor ihm.

Man kann gut mit Poulsen reden. Magnus überlegt, warum sie sich auf Anhieb so gut verstehen. Vielleicht, weil Magnus die letzten fünf Jahre zusammen mit Arbeitern verbracht hat, während Svend Poulsen zwar der Arbeiterklasse entstammt, sich inzwischen aber mit intellektuellem Gepäck ausgerüstet hat. Vielleicht ist es auch wegen des Krieges. Der Krieg verändert die Menschen. Es kommt ihm auf jeden Fall so vor, als kennten sie einander schon lange.

Poulsen erkundigt sich nach seinen Reisen und danach, ob Magnus etwas über das amerikanische kommunistische Milieu wisse, aber Magnus weiß nur, dass die Kommunisten in Amerika oft Freiwild sind. Sie werden nicht für patriotische Bürger gehalten, sondern für Stalins Handlanger. Meyer berichtet, dass es harte Arbeitskämpfe gebe und dass die Krise die Menschen schmerzhaft treffe. Er habe die umherziehenden »hobos« gesehen, die auf die Güterzüge aufspringen, und die vielen Armen in New York und Chicago, aber allmählich gehe es wieder aufwärts, scheine ihm. Roosevelt, der neue Präsident, habe einen New Deal durchgesetzt, der vielen Menschen zu Arbeit verholfen hat. Es würden Straßen und Brücken gebaut. In Amerika entstehe ein neuer Optimismus. Das Land werde sicher wieder auf die Beine kommen, sagt er.

Poulsen ist der Meinung, nur die Weltrevolution könne die Ungerechtigkeiten und die Ausbeutung der arbeitenden Bevölkerung beseitigen, aber Magnus lässt sich nicht auf diese Diskussion ein. Stattdessen erzählt er, dass es sich in Argentinien ganz anders verhalte, wo jeder Versuch kommunistischer Agitation von der Polizei und dem Militär gnadenlos niedergeschlagen werde.

Nach kurzer Zeit fangen sie an, über Bücher zu sprechen, die sie beide gelesen haben, weil sie bemerkt haben, dass sie dieselben Autoren mögen und die meisten von ihnen Amerikaner sind. Die Nummer eins auf ihrer gemeinsamen Liste ist Upton Sinclair, und sie sind beide John-Steinbeck-Leser. Jack London, den Magnus sehr mag, findet Poulsen zu individualistisch und bürgerlich, auch wenn er Magnus zustimmen muss, dass er gut schreibt. Beide schätzen Ernest Hemingway sehr, den Poulsen nicht nur gelesen, sondern in Madrid sogar getroffen und mit ihm gesprochen hat. Der große amerikanische Autor hat Poulsen einen Flachmann mit sehr gutem Whisky gereicht. Nimm einen Schluck, Kamerad, hat er gesagt.

Sie sitzen auf einem umgestürzten Baum, der einem fernen Sturm zum Opfer gefallen sein muss und der jetzt eine natürliche Bank am Flussufer bildet. Das Wasser fließt ruhig dahin. Magnus sieht, wie es sich ein wenig kräuselt, als ein Lachs oder eine Forelle nach einem Insekt schnappt. Es ist still und riecht nach Spätsommer und dem beginnenden Verwelken des frühen Herbstes. Ein weißer Schmetterling flattert über dem braunen Wasser und verschwindet zwischen zwei Holundersträuchern.

Magnus fragt: »Wie hat die Novelle meines kleinen Bruders es durch die Zensur geschafft?«

»Das hat sie gar nicht. Ein Kamerad hat sie mitgebracht. Der Typhus hatte ihn so schwer erwischt, dass er nach Hause geschickt wurde.«

»Hattest du vor, sie abzudrucken?«

»Das geht nicht. Niemand würde sie abdrucken.«

Meyer bietet ihm eine Zigarette an, und sie rauchen, bevor er fragt: »Warum hast du sie Marie gegeben?«

»Ich weiß es nicht.«

»Was ist denn das für eine Antwort?«

»Die wahre. Ich weiß es nicht. Ich hatte den Brief von Mads morgens bekommen und seine Geschichte mehrmals gelesen. Alles war auf einmal wieder da. Marie kam am späten Vormittag, wie sie es oft tut, und nachdem wir, du weißt schon …«

»Uns geliebt hatten?«

»So kann man es natürlich nennen. ›Herumgehurt‹ wäre wohl genauso zutreffend, entschuldige, wenn ich das so sage, aber so muss man es wohl nennen, oder?« Er sieht Magnus an, der nicht bereit ist, ihm aus der peinlichen Situation herauszuhelfen, in die er sich selbst hineinmanövriert hat. Er dreht den Kopf zur Seite und schnipst seine Zigarette ins Wasser. Poulsen nimmt einen tiefen Zug, hält seinen Zigarettenstummel aber weiterhin in der Hand und fährt fort: »Ich habe einfach nur gedacht: Sie soll wissen, wie es ist, und dann bin ich aufgestanden und habe ihr die Erzählung gegeben. Sie hat sie gelesen und angefangen zu weinen, und dann hat sie mich ins Gesicht geschlagen und noch mehr geweint. Dann wollte sie noch einmal mit mir schlafen. Danach hat sie wieder geweint. Ich hätte es wohl nicht tun sollen.«

Magnus will ihm noch immer nicht zu Hilfe kommen. Er will ihn nicht trösten, und er will ihn nicht verurteilen. Er will Poulsen nicht aus dem moralischen Dilemma befreien, in dem er gefangen ist. Er will sich nicht in das komplizierte Verhältnis hineinziehen lassen, das zwischen Marie und Svend besteht. Es ist eine Liebesbeziehung, die zum Tode verurteilt ist. Sie hat vom ersten Tag an von geborgter Zeit gelebt.

Poulsen steht auf und dreht Magnus halb den Rücken zu und sagt: »Ich weiß nicht, ob ich deine Schwester liebe.

Manchmal glaube ich, dass ich es tue. Ich weiß nur, dass ich sie begehre, wie ich noch nie zuvor eine Frau begehrt habe.«

»Anscheinend hat Marie immer diese Wirkung auf Männer«, sagt Magnus und fährt mit derselben Grausamkeit fort: »Wenigstens bist du klug genug, Begehren nicht mit Liebe zu verwechseln.«

»Nicht immer.«

»Dann wird es irgendwann wehtun.«

»Aber es hat mir auch gutgetan. Sollen wir zurückgehen? Jetzt gebe ich ein Bier aus.« Er wirft seinen Zigarettenstummel in den Fluss.

Magnus sieht, wie eine Stromschnelle den Stummel erfasst und ihn herumwirbelt, bis er kurz freikommt, dann wieder an der Stromschnelle hängen bleibt, erneut im Kreis gedreht wird und aus Magnus' Gesichtsfeld verschwindet.

Sie gehen schweigend in Richtung Stadt zurück. Als sie die Spitze des Kirchturms sehen können, fängt Poulsen wieder an zu sprechen. Er erzählt Magnus, dass er nach Aalborg ziehen werde, wo seine Frau und seine Kinder leben. Magnus ist klar, dass das Poulsens Art ist, deutlich zu machen, dass er das Gespräch von vorhin bitte nicht überbewerten möge. Magnus weiß nicht, ob er ihm glauben soll. Poulsen ist ein Mann, der aussortiert wurde und der jetzt im Fluss herumtreibt wie ein Zigarettenstummel. Er hat seinen Kompass verloren und muss jetzt auf eigenen Füßen stehen, aber das sagt Magnus nicht zu ihm. Er hört zu, ohne das Gehörte zu kommentieren.

Poulsen hat in einer Zweizimmerwohnung über der Redaktion der Arbeiterzeitung gewohnt. Als er aus Spanien zurückgekehrt ist, haben sie hier in der Stadt einen neuen Redakteur gesucht, und die Partei hat ihn hierher geschickt. Es sollte von vornherein nur für begrenzte Zeit sein, aber es sollte natürlich nicht auf diese Weise enden.

Er ist immer dahin gegangen, wo die Partei ihn hinbeordert hat, ob nach Russland oder in eine Provinzstadt, in der er eine Abteilung der Partei organisieren oder die tägliche Agitation leiten sollte. Ingeborg, seine Frau, ist daran gewöhnt, dass er häufig nicht da ist. Es ist, wie mit einem Seemann verheiratet zu sein.

Poulsen hat manchmal ein schlechtes Gewissen, dass er seine Kinder so selten sieht. Die beiden Jungen sind fünf und sieben Jahre alt. Sie kennen ihren Vater kaum, muss er zugeben. Er erzählt Magnus nicht besonders viel über Ingeborg. Sie haben sich bei einem Ball kennengelernt. Sie begleitete einen Parteigenossen, war aber selbst nicht Parteimitglied. Sie wurden ein Paar, und als sie schwanger wurde, haben sie standesamtlich geheiratet. Die Partei hat ihnen geholfen, eine Genossenschaftswohnung zu bekommen. Wegen der Kinder wollte sie ihn nicht nach Russland begleiten. Ihr Vater ist Prokurist in einer Firma im Aalborger Hafen, ihre Mutter arbeitet nicht, sondern hilft ihrer Tochter, daher bleibt Ingeborg in der Stadt.

Poulsen spricht ganz offen. Er liebt sie nicht, und er ist sich auch nicht sicher, ob sie ihn noch liebt. Sie sind gute Freunde. Sie haben auch schon überlegt, sich scheiden zu lassen, aber er will auf jeden Fall für seine Kinder aufkommen. Er will nach Aalborg reisen und sehen, was passiert, denn hier in der Stadt hat er kein Dach mehr über dem Kopf. Er glaubt nicht, dass ihre Ehe halten wird. Er weiß nicht mehr, woran er glauben kann und woran nicht. Er hat ja immer getan, was die Partei von ihm verlangt hat. Zeig mir einen Weg auf, und ich werde diesen Weg treu beschreiten. Ob er mich nun nach Moskau führt oder nach Aalborg.

»Oder nach Spanien?«, fragt Magnus.

»Oder nach Spanien«, antwortet Poulsen und greift mit seiner Linken nach seinem rechten Armstummel, und Meyer empfindet erstaunlich große Sympathie für ihn.

»Und jetzt wirst du dorthin reisen, Magnus. Es ist ein schlimmes Land. Es kommt mir so vor, als seien die Spanier in den Tod verliebt. Deswegen haben sie wahrscheinlich auch den Stierkampf erfunden. Die Regierung hat ihn verboten, aber es gibt ihn dennoch. Und überall schreiben oder skandieren sie ›viva la muerte‹ bis in alle Ewigkeit. Jetzt kann ich es ja sagen: Mir war ganz übel von all den Ermordungen. Unsere Seite hat Priester ermordet und alle, von denen wir glaubten, sie seien Faschisten oder Mitläufer. Die Gegenseite ist auch nicht besser. Sie ist sogar noch schlimmer, wenn sich so etwas noch steigern lässt. Der Blutrausch aufseiten der Regierung wurde nach den ersten wilden Wochen beendet, aber aufseiten der Nationalisten wird er noch immer fortgesetzt. Sie erschießen alle, gegen die sie auch nur das geringste Misstrauen hegen. Dieses Volk liebt den Tod. Und es ist unwissend, Magnus. Die Hälfte der Bevölkerung kann weder lesen noch schreiben. Die Armut ist so groß, dass es wehtut. Die ganze Sauerei tut weh. Pass auf dich auf da unten. Wenn sie auch nur den geringsten Verdacht haben, du könntest ein Spion sein, dann erschießen sie dich.«

Er fasst Meyer am Arm und schaut ihm in die Augen und sagt mit einer Stimme, die beinahe zittert: »Deswegen möchte ich, dass Mads zurückkommt. Er ist zu anständig. Er ist ein Dichter. Es kann ein großer Autor aus ihm werden. Er ist viel zu jung und viel zu gut, um in diesem Dreck umzukommen. Zuerst wollte ich euch helfen, weil Marie mich darum bat, aber jetzt nicht mehr. Jetzt mache ich es genauso sehr um meiner selbst willen. Verstehst du, was ich sage?«

»Ja, Svend. Ich verstehe, was du sagst. Du hoffst und glaubst, wenn du Mads retten kannst, dann kannst du damit auch deine eigene verlorene Seele erlösen. Aber diese Rechnung geht selten auf. Das Leben ist keine Gleichung, für die man den Wahrheitsbeweis führen kann.«

2. Teil

Spanien, Herbst und Winter 1937

The Spanish Civil War was the happiest period of our lives. We were truly happy for when people died it seemed as though their death was justified and important. For they died for something that they believed in and that was going to happen.

Ernest Hemingway im Vorwort zu
Gustav Reglers Buch ›The Great Crusade‹

9

Svend fuhr nach Aalborg, und Magnus und Marie taten, als wäre er nichts als eine sonderbare Parenthese in ihrem Leben gewesen. Abends traf Magnus Marie im großen Garten des Sanatoriums. Sie stand unter der Blutbuche und rauchte eine Zigarette nach der anderen. Am zweiten Abend regnete es, aber sie blieb trotzdem draußen stehen. Unter den fast nackten Bäumen sah sie aus wie eine dunkle und dennoch leuchtende Geisterfee.

Magnus kümmerte sich um seine Fahrkarten und Papiere. Er packte seine braune Lederreisetasche und eine Schultertasche und stieg in den Zug in Richtung Süden und fuhr nach Deutschland. Marie hatte ihm einen Kuss gegeben. Der Chefarzt hatte ihm förmlich die Hand gereicht, sie fest gedrückt und gesagt: »Möge Gott dich beschützen und Mads und dich unversehrt nach Hause bringen.«

Es war das erste Mal, dass der Vater den Namen seines jüngsten Sohnes erwähnte. Magnus hatte ihm in die Augen geblickt und kurz überlegt, etwas zu sagen, es dann aber doch gelassen. Es gab zu viele ungesagte Worte zwischen ihnen, als dass es möglich wäre, mit einem einzigen Satz eine Brücke über jenen Abgrund des Misstrauens zu schlagen, das das eigentliche Fundament ihrer Beziehung ausmachte.

Im Zug, der jetzt durch die flache Landschaft in Richtung Paris fährt, hört er Svends angenehme Stimme so deutlich vor seinem inneren Ohr, als säße er ihm gegenüber im Abteil: »Wir haben die Dichter auf unserer Seite. Von ihnen hören wir natürlich viel. Sie sind des Wortes mächtig. Und es sind die Richtigen, die zu uns halten. Hemingway, Malraux, Nexø, der große Russe Ilja Ehrenburg. Ihre Propaganda hat eine große Bedeutung, auch wenn sie die schädliche Nicht-Interventionspolitik, die Dänemark und die großen Westmächte vertreten, bisher nicht abwenden konnten. Wir brauchen Waffen. Wir brauchen moderne Waffen. Es gibt auch Dichter und Intellektuelle, die in den Schützengräben kämpfen, Magnus. Dein kleiner Bruder ist einer von ihnen, anständige Menschen. Daran besteht kein Zweifel. Aber es sind Arbeiter aus Europa und den USA, die den Großteil der Internationalen Brigaden ausmachen. Ganz gewöhnliche Arbeiter aus den Fabriken und Minen. Sie sind es, die die Kugeln abbekommen, aber den Dichtern wird die allgemeine Aufmerksamkeit zuteil. Wir befinden uns in einer weltumspannenden Krise. Das weißt du. Es ist schrecklich, aber die Krise beschert uns gute Kämpfer in Spanien. Man ist es leid, jung und untätig zu sein. Dann schon lieber auf nach Spanien an die Front.«

Magnus hört seine ruhige Stimme mit dem großen Wortschatz, die irgendwie gar nicht zu seinem Äußeren passt, zu seiner abgetragenen Kleidung, seiner Schiebermütze und seiner einen groben Hand mit den breiten Fingernägeln.

Er schließt seinen einarmigen Freund immer mehr ins Herz. Er vertraut ihm intuitiv und kann sich nicht erklären, wie das kommt. Normalerweise wahrt er immer einen gewissen Abstand zu anderen Menschen, aber in diesem Fall entscheidet er sich dafür, zuzuhören und Svends Ausführungen beinahe blind zu akzeptieren, solange sie mit dem Zustand im bürgerkriegsgeplagten Spanien zu tun haben. Vielleicht weil Svend seine einzige direkte Verbindung zu Mads ist. Vielleicht weil er sich nach einem Freund und Vertrauten sehnt.

Magnus erinnert sich an das, was Svend bei ihrem Spaziergang am Fluss sagte, als Magnus beiläufig erwähnte, dass er als Kind an diesem Fluss gespielt habe: »Ich kann mich nicht erinnern, was Spielen bedeutet. Ich habe als Siebenjähriger angefangen zu arbeiten, und das Schlimmste ist, dass meine Kinder wahrscheinlich dasselbe tun werden.« Er hatte es ohne Verbitterung gesagt, nur mit Resignation in der Stimme. Weil seine Kirche ihn im Stich gelassen hat?

Im Zug dreht und wendet Magnus seine Worte. Warum interessiert er sich so sehr für die Lage eines einzelnen Arbeiters? Wenn man sich eng an andere Menschen bindet, mündet das mit allergrößter Wahrscheinlichkeit in eine Katastrophe. Davon war er zumindest früher einmal überzeugt. Er kommt zu keinem Ergebnis und schiebt diese Gedanken beiseite, weil sie mal wieder die unangenehme Angewohnheit haben, sich aufzudrängen, am frühen Morgen oder wenn er so wie jetzt untätig in einem Zugabteil sitzt.

Stattdessen erinnert er sich an Svends Worte über die furchteinflößenden Feinde, gegen die Mads und die anderen antreten müssen.

Die Schlimmsten sind die sogenannten »Regulares«, das sind professionelle marokkanische Soldaten, die Franco aus den Militärlagern in Nordafrika mitgebracht hat. Sie schreien wie die Verrückten, wenn sie zum Angriff übergehen, und sie kennen keine Gnade gegenüber den Verwundeten. Beinahe ebenso gefürchtet ist die spanische Fremdenlegion, deren Grausamkeit der der Marokkaner durchaus gleichkommt. Sie besteht größtenteils aus Spaniern, häufig sind es frühere Kriminelle und andere brutale Teufel, sagt Svend. Dann gibt es noch Francos italienische Hilfstruppen, die nicht so mutig sind, wie sie selbst glauben, und schließlich noch die kalten deutschen Einheiten, insbesondere die Legion Condor, deren Bombenflugzeuge selbst den tapfersten Brigadisten wahre Todesangst einjagen. Gewöhnliche spanische Soldaten sind ebenfalls unter ihnen, aber viele kämpfen nur halbherzig mit. Sie sind wehrpflichtig ebenso wie die Wehrpflichtigen der Republikaner und würden sich dem Ganzen am liebsten entziehen. Ihnen geht es vor allem darum, möglichst bald in ihre staubigen Dörfer mit den verfallenen Lehmhäusern und der trostlosen Armut zurückzukehren.

Aufseiten der Republik steht ihnen ein bunt gemischter Haufen zersplitterter Heereskräfte gegenüber. Es gibt das stehende Heer, das im Wesentlichen aus Wehrpflichtigen besteht. Die sowjetischen Berater versuchen, sie zu disziplinieren. Daneben gibt es die vielen unterschiedlichen Milizgruppen, die Anarchisten und die Syndikalisten, die jetzt unter der Führung der Sowjets von der Republik bekämpft werden. Die Republik verwendet beinahe genauso viel Energie auf ihre internen Streitereien und Auseinandersetzungen wie auf den Kampf gegen den Feind. Ihre Streitigkeiten spiegeln die Zersplitterung der gesamten kommunistischen Bewegung wider, über die die Sowjetunion mithilfe der Komintern die Oberherrschaft erlangen will.

Eine zerstrittene Kirche hatte Magnus gesagt, und Svend hatte ihm widerwillig zustimmen müssen.

Und dann gibt es da noch die Internationalen Brigaden, die ebenfalls von Zersplitterung betroffen sind, da die deutschen Freiwilligen Disziplin fordern, während es den übrigen Mitgliedern darum geht, eine militärische Kraft ohne Hierarchien zu bleiben, in der man als Kameraden agiert und nicht als Offiziere und untergeordnete Soldaten.

Es habe angefangen wie ein Traum, hatte Svend gesagt, ein idealistischer Traum, aber dafür sei jetzt kein Platz mehr. Wenn man den Krieg gewinnen wolle, seien militärische und politische Disziplin erforderlich. Das muss auch Svend zugeben. Eine Sache erstaunt ihn sehr. Er wiederholt mehrmals, dass er nicht verstehe, warum die jungen Russen nicht als Freiwillige bei den Brigaden mitkämpften. Es gebe sowjetische Berater, aber keine Freiwilligen. Stalin sei dagegen. Das kann Svend nicht verstehen. Sie könnten ihre Reihen doch wunderbar mit motivierten Arbeitern aus der neuen sozialistischen Nation verstärken.

Er will es nicht hören, wenn Magnus mit dem Zynismus der Realpolitik kontert. Svend hält an der Vorstellung fest, die sowjetischen Truppen würden im Gleichschritt an die Front marschieren, »Die Internationale« singen und damit das Kriegsglück ein für alle Mal zu ihren Gunsten wenden.

Er hört Svends Stimme durch den monotonen Rhythmus der Räder auf den französischen Schienen hindurch: »Es ist ein Wunder, dass wir überhaupt so lange standgehalten haben. Wir brauchen dringend vernünftige Waffen. Die spanische Regierung hat ihr ganzes Gold nach Moskau geschickt, damit wir in Frankreich und Großbritannien Waffen kaufen können, und ein bisschen militärisches Material bekommen wir ja auch, aber aufgrund der Blockade, die man gegen uns verhängt hat, nicht genug. Wir bekommen, Stalin sei gedankt, einiges von der Sowjetunion, aber das reicht nicht. Und die Qualität entspricht nicht dem, was die Deutschen schicken, muss ich leider sagen.«

»Was hat es mit diesem spanischen Gold auf sich?«, hatte Magnus gefragt, und Svend hatte weggeguckt und gesagt: »Es kursieren so viele Gerüchte. Es heißt, zu Beginn des Krieges habe die Regierung in Madrid das gesamte spanische Gold, das in der Nationalbank in Madrid lag, nach Cartagena gebracht, das als der sicherste Hafen der Republik gilt. Von dort wurde es nach Odessa verschifft und weiter nach Moskau. Das war im September letzten Jahres. Man fürchtete, Franco sei kurz davor, Madrid zu erobern, und zugleich hatte man Angst davor, die

Anarchisten könnten die Nationalbank stürmen. Überall herrschte Chaos.«

»Um wie viel Geld ging es dabei?«

»Auch darüber kursieren die wildesten Gerüchte, Magnus. Viele, viele Kisten voll mit Gold und Silber. Darüber spricht man nicht gern. Die Propaganda möchte es natürlich lieber so darstellen, als unterstütze Stalin den Kampf ganz uneigennützig. Als handele es sich dabei um internationale Solidarität.«

»Tausende? So viele?«

»Das behaupten zumindest einige. Ich weiß es nicht. Jetzt befindet sich das meiste davon jedenfalls in Moskau. Es ist doch höhere Gerechtigkeit, dass das Geld jetzt in einem Land gelandet ist, in dem die Arbeiter an der Macht sind.«

Er sitzt in seinem Abteil und denkt an Svends Worte und daran, dass die Dinge selten so sind, wie sie an der Oberfläche zu sein scheinen. Es verbirgt sich immer noch etwas anderes darunter, irgendwelche Zweideutigkeiten und Geheimnisse. Die eine Wahrheit gibt es nicht. Jede Seite hat ihre Kehrseite. Und Gerechtigkeit gibt es auch nicht. Er denkt über seine Grundüberzeugung nach, dass das Leben eine einzige Kette von Zufällen ist, in die die Menschen verwickelt werden. Doch dann muss er über seine eigene Überheblichkeit lachen. Wirft er hier nicht mit bloßen Behauptungen um sich, während er so tut, als handele es sich dabei um ewige Wahrheiten?

10

Magnus Meyer landet am späten Nachmittag in Valencia. Ihm dröhnt der Kopf von dem gewaltigen Lärm des in Deutschland gebauten Propellerflugzeuges, das ihn von Paris via Toulouse über das Mittelmeer nach Valencia gebracht hat.

Als sie das Meer überquerten und an der spanischen Küste entlangflogen, hatte sein Herz, wie das der anderen Passagiere vermutlich auch, schneller geschlagen. Alle wussten, dass die Luftwaffe der Nationalisten viel stärker war als die der Republik und dass unzählige zivile Maschinen bereits abgeschossen worden waren. Es war in jeder Hinsicht ein Krieg ohne Regeln.

Das Meer hatte blau und einladend unter ihm gelegen. Er konnte sehen, wie zwei graue Kriegsschiffe fünf Frachtschiffe in Richtung Cartagena eskortierten, das, wie er inzwischen wusste, der wichtigste Hafen der Republik an der Ostküste war. Die Stadt war mehrfach von der deutschen Legion Condor bombardiert worden, diente aber nach wie vor als logistischer Knotenpunkt. Dort kam der Großteil der sowjetischen Waffen an, die Stalin der bedrängten legal gewählten Regierung schickte, die gerade Gefahr lief, endgültig von Francos Aufständischen besiegt zu werden.

Er empfand große Erleichterung, als er Valencia immer deutlicher erkennen konnte, erst das Flussdelta vor den gelben und roten Dächern der Stadt und dann das Land, eine ausgedehnte Ebene mit diesigen Bergen im Hintergrund. Er blickte auf grüne Felder, staubgrauen Sand und rostfarbene Erde hinunter. Der Fluss schlängelte sich vom

Landesinneren bis zum Meer. Sie flogen tief über eine Militärkolonne hinweg, die nur langsam vorwärtskroch. In der Mitte der Straße fuhren Lastwagen und Artillerie, die von Pferden gezogen wurde, links und rechts davon marschierten Soldaten.

Eine seltsame Mischung aus Spannung und Freude erfüllte ihn, weil er jetzt endlich in das Land kam, an das er so oft gedacht hatte. Er hatte sich damals nach Argentinien aufgemacht, weil er sich keinen weiter von der Heimat entfernten Ort vorstellen konnte, aber als Kind hatte er oft von Spanien geträumt. Er kannte es nur aus Erzählungen, es war ihm wie das genaue Gegenteil des flachen, langweiligen Dänemark vorgekommen. In seinen Träumen war es eine Kakophonie von Farben und Gerüchen, starken Männern und geheimnisvollen Frauen, großen Bergen und reißenden Flüssen, stolzen Stieren und kräftigem Rotwein.

Im Flugzeug hatte er mit leisem Staunen an sein früheres Ich gedacht, an die kindliche Naivität und die vermeintliche Vorhersehbarkeit seines Lebens, doch dann war auf einmal das Bild seines kleinen Bruders vor seinem inneren Auge aufgetaucht, und eine plötzliche Angst hatte ihn ergriffen.

Trotz der Jahreszeit ist es noch warm, als er zusammen mit den anderen Passagieren, überwiegend Presseleuten aus Frankreich und den USA, zum Flughafengebäude hinübergeht. Zwei der insgesamt zwölf Passagiere halten sich etwas abseits. Sie sprechen Spanisch, und Magnus vermutet, dass sie Waffenhändler sind, die im Auftrag der Republik in Frankreich auf dem Schwarzmarkt Waffen gekauft haben. Er erfreut sich am Klang der spanischen Sprache. Es ist ein anderes Spanisch, als sie in Argentinien sprechen, aber er hat keine Schwierigkeiten, zu verstehen, was der Passbeamte sagt. Er trägt eine ungepflegte Uniform, sein Hemdkragen ist nicht richtig zugeknöpft, und er hat Flecken auf der Hose. In seinem Gürtel steckt eine Pistole. Er schaut sich Meyers Pass, seine Akkreditierungen und Stempel an und sagt: »Willkommen im kämpfenden Spanien.« Er stinkt nach Schweiß, Tabak und Knoblauch.

Neben Magnus steht ein großer Mann. Er hat breite Schultern und schwarze Haare, die von der Stirn aus gerade nach hinten gekämmt sind. Ein schwarzer Schnurrbart wölbt sich über eine schmale Oberlippe und einen vorstehenden Unterkiefer. Sein Kopf ist groß und viereckig. Die schweren Schultern bilden ein Gegengewicht zum beginnenden Bauchansatz. Er trägt ein offenes Hemd, eine dunkle Leinenhose und eine Jacke, wie Magnus sie von den Cowboys im Westen der USA kennt, und an den Füßen helle, weiche Stiefel. Er fächelt sich einen Moment lang mit einem breitkrempigen Hut Luft zu, bevor er diesen wieder auf den Kopf setzt.

Der Mann, allem Anschein nach Amerikaner, spricht kein Spanisch. Der Passbeamte nimmt seinen Pass und reicht ihn einem Mann in Zivil mit gedrungenem Oberkörper und einer weißen Narbe auf der gebräunten Wange. Ein Stück hinter ihm steht ein weiterer Mann in Zivil. Er ist wohlproportioniert und trägt einen hellen Anzug, sein Hemdkragen ist geöffnet. Nachdem er den Pass des Amerikaners studiert hat, gibt er ihn dem gedrungenen Mann zurück. Magnus bleibt stehen.

Der Gedrungene sagt auf Spanisch: »Willkommen zurück, Señor Mercer. Sie haben einen Stempel aus Malaga in Ihrem Pass. Was haben Sie denn dort auf der anderen Seite gemacht?«

Mercer antwortet auf Englisch, dass er kein Spanisch spreche. Der Mann im hellen Anzug wiederholt die Frage auf Deutsch mit einem starken slawischen Akzent. Mercer blickt hilfesuchend zu Magnus herüber, der auf Spanisch sagt, dass der amerikanische Gentleman weder Spanisch noch Deutsch verstehe, und fragt, ob er vielleicht behilflich sein könne.

Das kann er, alle sind höflich, und dennoch spürt Magnus, dass unter der freundlichen Oberfläche ein Misstrauen lauert, das die Stimmung jederzeit kippen lassen kann. Der Amerikaner holt einen Brief aus seiner Schultertasche hervor. Er ist auf Spanisch, stammt von dem amerikanischen Komitee, das Gelder für den Kampf der Republikaner sammelt, und besagt, dass der Aufenthalt auf der Seite der Faschisten in Malaga von höchster Stelle sanktioniert und Teil des Propagandakampfes gewesen sei. Der Amerikaner hat einen weiteren Brief bei sich, von Ernest Hemingway unterschrieben, der darum bittet, Joseph Mercer in jeder Hinsicht zu unterstützen.

Der Passbeamte und der gedrungene Spanier sind auf einmal die Freundlichkeit in Person, während der Mann im hellen Anzug kühl und geschäftsmäßig bleibt. Er verlangt auch Meyers Papiere und studiert sie gründlich, bevor er sie ihm zurückgibt.

»Danke. Und mit wem habe ich soeben das Vergnügen gehabt?«, fragt Magnus auf Spanisch. Die Augen im schmalen Gesicht des Mannes sind sehr blass.

»Kamerad Stepanowitsch, vom SIM.«

»Komintern?«

»Nenn es, wie du willst, Kamerad Meyer. Willkommen in Spanien. Ich hoffe, du wirst deinen Lesern die Wahrheit erzählen.«

Der Amerikaner steckt seine Papiere in die Stofftasche zurück, lächelt Magnus an und bedankt sich. Er hat sehr weiße Zähne in seinem viereckigen Gesicht. »Joe Mercer«, sagt er und reicht Magnus die Hand.

»Magnus Meyer.«

»Ich bin Reporter für die ›Daily News‹«, fährt Mercer fort.

»Dann sind wir Kollegen. Ich arbeite als Journalist in Dänemark.«

»Freut mich, dich kennenzulernen. Hast du schon ein Hotelzimmer in dieser schönen Stadt?«

»Nein.«

»Dann komm mit. Es ist schwierig, hier ein Zimmer zu bekommen, aber man hat mir eine private Unterkunft empfohlen. Unsere Dollars werden uns schon ein gutes Zimmer beschaffen.«

In Valencia wimmelt es nur so von Menschen. Vor den Bäckereien, den Schlachtereien und anderen Lebensmittelgeschäften stehen die Leute Schlange. Meistens sind es schwarz gekleidete Frauen. Sie haben müde, zerfurchte Gesichter, und sie warten geduldig. Die Bars sind voller Männer. Magnus sieht durch die geöffneten Türen, wie sie kleine Gläser mit Rotwein oder Moscatel in sich hineinschütten. Auf den Straßen begegnen ihnen Soldaten in den neuen Uniformen der Republik. Sie sehen plump aus, findet Magnus. Die Uniform besteht aus grobem Khakistoff und ist mit einem Gürtel und einem Schulterriemen versehen. Viele Soldaten haben ihren Brotbeutel mit Teller, Becher und Besteck neben zwei Feldflaschen am Gürtel hängen, und sie tragen alte russische oder tschechische Gewehre bei sich. Ihre Gesichter sind sehr jung, und sie sprechen vor allem Spanisch, aber auch Deutsch, Französisch und Englisch sind zu hören.

Joe Mercer hat einen Karren herangewinkt, der von einem müden Maultier gezogen wird. Für eine Peseta bringt der Maultiertreiber sie über den Fluss ins Zentrum. Auf dem Weg in die Stadt sehen sie große Plakate, die vom kommenden Sieg sprechen und dazu aufrufen, auf Spione und Fünfte-Kolonne-Leute zu achten. Magnus liest »Venceremos« und »No Pasarán«. »Wir werden siegen« und »Sie werden nicht durchkommen« steht in großen Buchstaben auf den farbenfrohen, mannshohen Plakaten. Auf anderen Plakaten ist von der Revolution die Rede und von der großen und gerechten Zukunft der Republik.

»Wohltönende Worte, für die jeden Tag Menschen sterben«, sagt Mercer ruhig. »So ist es auf beiden Seiten. Worte, die töten.«

»Und was ist mit unseren Worten?«

»Wir behaupten natürlich, sie würden die Wahrheit ans Licht bringen, aber sie gießen nur Öl ins Feuer. Ohne Worte kein Krieg. Wir sagen, wir kämpfen für die Gerechtigkeit. Die Faschisten behaupten, sie führen einen Kreuzzug gegen Heiden und Kommunisten. Und was verbirgt sich hinter all diesen Worten? Nichts.«

»Das ist aber eine äußerst zynische Sicht aufs Leben.«

Mercer grinst und sagt, während der Kutscher sein Maultier antreibt: »Das ist unser Metier, Meyer. Aus Worten bist du gemacht, zu Worten sollst du werden, und aus Worten sollst du wiederauferstehen.«

Die Wohnung mit den Gästezimmern liegt am zentralen Marktplatz, der Plaza Castelar. Auf der Plaza befindet sich eine große Landkarte von Spanien. Das Gebiet der Faschisten ist schwarz markiert, das der Republik rot. Die schwarze Farbe hat das Baskenland überschwemmt, und die Frontlinie verläuft jetzt bei Teruel, Saragossa und Huesca. Es hat den Anschein, als breite sich die vorherrschende schwarze Farbe rasch weiter aus. Joe Mercer sagt, nach dem Fall des Baskenlandes rechne man jetzt mit Offensiven an der Aragonien-Front. Madrid sei noch immer belagert, die Republik in Bedrängnis.

Menschengewimmel auch auf der Plaza, Pferde und kleine, zweirädrige Karren, die von Eseln gezogen werden, bewegen sich kreuz und quer über den Platz und wirbeln Staub auf. Die Plakate sprechen von Sieg und Fortschritt, von Widerstand und ewigem Kampf. Die Plaza ist groß, und man sieht, dass sie bombardiert worden ist. An einer

Ecke steht nur noch die Ruine eines Hauses. Vor dem Eingang zu einem offiziell wirkenden Gebäude liegen Sandsäcke. Auf dem flachen Dach stehen zwei Luftabwehrkanonen, die ebenfalls durch Sandsäcke geschützt sind. Die Fahne der Republik flattert über der Uhr des Gebäudes. Die Bäume auf der Plaza sind wie ein Spiegelbild der gesamten verkrüppelten und zernarbten Stadt.

Mercer zündet sich eine Zigarette an, zeigt auf das offiziell aussehende Gebäude, und bevor er seine kleine Reisetasche hochhebt, sagt er: »Da drin saß die Regierung, aber die ist nach Barcelona abgehauen.«

Zwei bewaffnete Männer in schwarzen Uniformen gehen an ihnen vorbei und starren sie an, als wären sie potenzielle Spione.

»Guardia Asaltos«, sagt Mercer mit seinem starken amerikanischen Akzent. »Kommunistische Sturmtruppen. Ungehobelte Kerle, die die neuesten Waffen bekommen, damit sie Anarchisten, Trotzkisten und andere innere Feinde überwältigen können. Darauf verwenden sie bald mehr Energie als darauf, gegen die Faschisten zu kämpfen. Aber vor diesen Teufeln musst du dich in Acht nehmen. Es heißt, sie hätten Gefangenenlager mit Folterkammern und allem Drum und Dran in Katalonien.«

»In der Presse liest man aber nichts darüber. Schon gar nicht in der, die mit der Republik sympathisiert.«

»Das ist eine alte Wahrheit, Meyer. Dass die Wahrheit im Krieg zuerst stirbt. Vor allem im Bürgerkrieg. Wir dürfen den Kampf um die Herzen in der Heimat nicht verlieren. Wir brauchen ihre Unterstützung.«

»Wir?«

»Fuck, nenn sie, wie du willst. Die Republik. Die Guten. Die Richtigen. Mit den Faschisten kann ich jedenfalls nichts anfangen. Du etwa?«

»Nein, aber ich habe nicht das Gefühl, so involviert zu sein, dass ich mich auf eine Seite schlagen müsste.« Magnus sieht Joe an. Er weiß nicht genau, wie er den Amerikaner einschätzen soll, dessen Aussagen gern von einem Lächeln oder einem kurzen Lachen begleitet werden. So als meine er das, was er gerade sagt, gar nicht ernst.

»Hier unten wirst du involviert, ob du willst oder nicht. Außerdem haben wir die besten Autoren und die beste Musik, während Franco leider die besten Soldaten hat. Komm, wir gehen jetzt in unsere Unterkunft. Es kann sein, dass wir uns ein Zimmer teilen müssen, aber das bekommen wir schon hin. Kannst du die Adresse hier lesen?«

Joe Mercer reicht ihm ein Stück Papier mit einer Adresse, das Magnus einem Mann in einer gepflegten, ordentlich gebügelten Uniform zeigt, der gerade an ihnen vorbeigeht. Der Uniformierte deutet auf die andere Seite der Plaza und verabschiedet sich mit einem militärischen Gruß.

An der Plaza liegt auch das Post- und Telegrafenamt, das von vier Soldaten bewacht wird, die sich mit ihren Maschinengewehren hinter einer Barrikade aus Sandsäcken in Stellung gebracht haben. Mehrere der umliegenden Häuser haben Einschusslöcher. In den Straßencafés sitzen Menschen und trinken Kaffee und Brandy. Über den Tischen hängt Tabakdunst. Aus einem Tanzlokal sind pulsierende Jazzrhythmen zu hören. Viele der Männer tragen Uniform, aber es sind auch junge Frauen und Männer in Zivil unter den Gästen, Presseleute oder Schwarzmarkthändler, sagt Mercer.

»Nichts bringt die Hormone so in Wallung wie der Krieg«, erklärt er mit seinem amerikanischen Grinsen, während sie die Plaza überqueren. »Wenn man weiß, dass man morgen schon tot sein kann, kann man heute genauso gut herumvögeln. Der Krieg ist nicht besonders förderlich für die Sexualmoral.«

»Oder vielleicht gerade«, sagt Meyer.

Joe Mercer grinst wieder und findet, dass Meyer wirklich ein netter Kerl ist. Er riecht nach dem Whisky, den er aus einem Flachmann trinkt, und er bietet Magnus ebenfalls davon an, der aber dankend ablehnt.

Die Zeit ist wie Sand zwischen seinen Fingern. Sie vergeht viel zu schnell, und Magnus sieht Mads immer wieder auf dem roten Sand liegen, der noch röter wird von all dem Blut, das aus ihm heraussickert. Die Zeit lastet so schwer auf Meyers Brustkorb, dass es sich anfühlt, als würde die gesamte Luft aus seinen Lungen gepresst. Er kann nicht einfach warten, bis er Mads irgendwann findet.

Die Wohnung ist das dritte Haus in einer Seitenstraße der Plaza. Die Frau, der sie gehört, ist ganz in Schwarz gekleidet, sie hat ein schmales, verlebtes Gesicht, und ihr Alter ist schwer zu schätzen. Sie können jeder ein eigenes Zimmer bekommen, da ein französischer Gentleman soeben nach Madrid abgereist ist. Magnus verhandelt mit der Frau über den Preis. Er findet ihn überzogen für ein schmales Bett, eine Waschschüssel auf einem wackeligen Tischchen und einen Nachttopf unter dem Bett, aber die Zimmer sind sauber, Laken und Decken frei von Läusen. Das Badezimmer müssen sie sich mit drei anderen Mietern teilen. Joe Mercer sagt, das sei schon in Ordnung.

Die Frau stopft Mercers Pesetas in ihre Schürzentasche. Sie erzählt, dass ihr Mann an der Front im Baskenland gefallen sei. Sie habe zwei Söhne. Der eine kämpfe oben im Norden für die Republik, der andere sei als Wehrpflichtiger in Francos Truppen bei Madrid stationiert. Ihr Sohn habe das Pech gehabt, in Malaga zu sein, als die Stadt fiel, und sei sofort eingezogen worden. »So sieht ein Bruderkrieg aus, Señor«, sagt sie und stopft auch Meyers Geld in ihre Schürzentasche, bevor sie sich schnell bekreuzigt. »Für einen Duro am Tag kann es meinen Söhnen passieren, dass sie sich gegenseitig erschießen. Fünf Pesetas für einen Brudermord. Möge Gott ihnen beiden gnädig sein. Mögen sie einander niemals an der Front begegnen. Möge der Krieg bald ein Ende haben.«

Valencia ist eine seltsame Stadt, in der man alles bekommt, wenn man nur genug Geld hat, während andere bitterarm herumlaufen und Kinder vor den teuersten Restaurants und Hotels betteln. Magnus liebt das Essen hier und probiert ständig neue Gerichte aus. Er wechselt Geld und lädt Joe Mercer in der Nähe des Hafens auf der anderen Seite des Flusses zum Mittagessen ein. Er hat dort ein kleines Restaurant entdeckt, das ein Mann zusammen mit seiner Frau und seiner Tochter betreibt, der ein Bein fehlt. Er hat auch einen Sohn, der aufs Meer hinausfährt und ihn mit frischen Fischen versorgt, einen Neffen, der Bauer ist und ihm Gemüse und Reis beschafft, und einen Onkel, der bei der Stadtverwaltung beschäftigt ist und dafür sorgt, dass die Behörden ein Auge zudrücken.

Es gibt nur ein halbes Dutzend Tische ohne Tischdecken, das Besteck ist aus Blech, und das Essen wird in großen Eisenpfannen über einem offenen Grill zubereitet. Aber das Essen schmeckt fantastisch. Zur Vorspeise serviert man ihnen einen Salat, anschließend ein gehaltvolles Gericht, das die Einheimischen »Paella« nennen. Der Reis ist gelb vom Safran und mit Schalentieren und Fisch angerichtet. Es ist eines der leckersten Gerichte, das Magnus je gegessen hat. Er empfindet eine kindliche Freude, weil er dieses Restaurant entdeckt hat und weil Mercer seine Freude über diese schmackhafte Mahlzeit teilt. Sie bekommen frisches Brot dazu, das sonst so schwer aufzutreiben ist, aber hier backt die Hausherrin selbst. Sie trinken einen goldenen, fruchtigen Weißwein zum Essen.

Vier Männer mittleren Alters sitzen in Begleitung von vier sehr jungen Frauen in einer Ecke des Gartens und ignorieren die beiden Ausländer. Für die Jahreszeit ist es sehr mild, der Wind weht eine salzige Brise vom Meer zu ihnen herüber und lässt die hohen Palmen im Gastgarten sanft rauschen.

»Es schmeckt fantastisch«, sagt Joe Mercer. »Man kann natürlich in Chicago oder Paris in den teuersten Restaurants mit arroganten Oberkellnern, gestärkten weißen Damasttischtüchern und Silberbesteck in Reih und Glied essen gehen, aber wenn man wirklich hungrig ist, gibt es nichts Besseres als eine einfache Mahlzeit wie diese.«

»Man fühlt sich hier auf einmal ganz weit weg vom Krieg.«

»In diesem Land ist der Krieg nie weit weg.«

»Warum bist du zurückgekommen?«

»Das ist mein Beruf.«

»Das kann man leicht sagen.«

»Der Krieg ist wie Drogen oder Frauen oder Alkohol. Man wird abhängig davon, wenn man erst einmal damit in Berührung gekommen ist.«

»Dann bist du also ein Kriegssüchtiger.«

»Du wirst auch einer werden. Der Krieg sorgt dafür, dass man sich so verdammt lebendig fühlt.«

»Solange man es noch ist.«

»Genau. Man hat so höllische Angst, dass man sich beinahe in die Hosen macht, und dann will man nichts anderes, als die ganze Nacht saufen und vögeln. Weil das Blut so in Wallung ist. Man fühlt sich verflucht lebendig und ist froh, dass man es nicht selbst ist, der da draußen an der Front als Leiche herumliegt. Das wirst du auch noch erleben.«

»Das glaube ich nicht. Ich will so schnell wie möglich wieder zurück.«

»Okay. Es geht mich ja nichts an, aber wenn du darüber reden willst, dann …«

»Vielleicht ein anderes Mal«, sagt Magnus, greift nach seinem Weinglas und leert es mit langen Schlucken. Er hebt den Arm, um eine weitere Flasche Wein zu bestellen.

»Die Männer da am Flughafen, Joe, vom SIM. Wer waren die?«

Mercer leert ebenfalls sein Glas, bevor er antwortet: »Der SIM ist ein neuer militärischer Nachrichtendienst. Die Kommunisten haben dort das Sagen, und er hat den Ruf, sehr effektiv zu sein und aus richtig scharfen Hunden zu bestehen, deren Aufgabe es ist, diejenigen unschädlich zu machen, die sie ›Fünfte-Kolonne-Leute‹ nennen.«

»Was sind das für Leute?«

»Spione, Überläufer, Saboteure, Verräter und Trotzkisten, also im Grunde alle, die nicht Kommunisten oder Komintern-Leute sind.« Mercer lacht, aber seine Augen bleiben ernst.

»Das sind ja nicht gerade wenige.«

»Nein. Die Republik frisst ihre eigenen Kinder. Der SIM wurde vor nicht allzu langer Zeit ins Leben gerufen, als die Regierung Negrin von Valencia nach Barcelona umgezogen ist. Barcelona ist voll von Milizsoldaten und anderen Anarchisten, man muss ihnen also etwas entgegensetzen. Mit Entschlossenheit, wie sie es nennen. Kamerad Stalin und Moskau schwingen jetzt den Taktstock.«

»Okay. Und wofür steht SIM?

»Ich kann kein Spanisch, aber es bedeutet so etwas wie militärischer Nachrichtendienst.«

»SIM. Servicio de Investigación Militar?«

»Das klingt richtig. Der SIM dient der Zentralisierung des Widerstandes gegen die Faschisten, aber damit natürlich auch der Zentralisierung der Macht. Wo hast du so gut Spanisch gelernt?«, fragt Mercer unvermittelt, als betrachte er das andere Thema als erschöpfend behandelt oder als zu riskant, um in einem offenen Hof unter Palmen darüber zu sprechen.

»In Argentinien«, antwortet Magnus und erzählt ein wenig vom Leben als Gaucho in der Prärie, aber nichts davon, dass er Hals über Kopf geflohen war, weil er jemanden hatte töten müssen. Das hat er tief in seinem Inneren vergraben, darüber will er mit niemandem sprechen.

Mercer erzählt von seinem Leben als Reporter in den USA und in China. Er ist achtundzwanzig Jahre alt und war schon einmal verheiratet. Wenn er mal kein Journalist mehr ist, will er einen verdammt guten Roman schreiben und richtig reich werden. Das meiste davon sagt er mit seinem breiten amerikanischen Grinsen, sodass Magnus sich nicht immer darüber im Klaren ist, was davon wirklich ernst gemeint ist, aber er genießt die Gesellschaft dieses unkomplizierten Amerikaners.

Man bringt ihnen Kaffee und Cognac, und sie rauchen Zigaretten. Auf einmal schaut Joe ihn mit ernsten Augen an, beugt sich über den Tisch und sagt etwas, das Magnus sofort an Svend Poulsen erinnert: »Magnus, dieses Land ist besessen vom Tod. Es ist kein Wunder, dass die Spanier den Stierkampf erfunden haben, der ein ritualisiertes Spiel mit dem Tod ist. Man muss anständig sterben, sagen sie. Man muss ehrenhaft sterben, sagen sie. Was ist das bloß für ein Unsinn. Die Faschisten rufen: ›Lang lebe der Tod!‹ – und rücken vor. Die Miliz und die Heereseinheiten der Republik rufen: ›Tod den Faschisten!‹ – und rennen mitten hinein ins Maschinengewehrfeuer. Der Großteil des Fußvolkes kann weder lesen noch schreiben, aber sie können den Tod anrufen, als wäre er das Begehrenswerteste auf der Welt. Ehre und Schande und der Sensenmann gehören in diesem Land zusammen. Während der ersten Wochen im Sommer '36 erfasste sie ein wahrer Blutrausch. Sie ermordeten wahllos Zivilgardisten, Gutsbesitzer, Priester und Nonnen. Sie brannten Kirchen und Klöster nieder. Im Grunde verstehe ich sie sogar. Endlich konnte die Unterschicht sich gegen die Quälgeister wehren, die so lange die Macht über sie hatten, aber es war verdammt scheußlich, es mit anzusehen. Der Blutrausch verebbte irgendwann. Die Regierung bekam die Lage besser unter Kontrolle, aber der Totentanz geht weiter, und die Faschisten sind viel besser organisiert. Wie du weißt, war ich gerade in Malaga …«

Mercer hält inne und zündet sich eine neue Zigarette an. Magnus macht dem Hausherrn, der sowohl der Koch als auch der Kellner ist, ein Zeichen. Er kommt mit der Cognacflasche und schenkt ihnen nach. Magnus zündet sich ebenfalls eine Zigarette an.

»Malaga ist eine schöne Stadt am Meer«, fährt Joe fort, »mit malerischen Palmen, sehr eleganten Häusern, atemberaubenden Frauen und den feinsten Sandstränden, die du dir vorstellen kannst. Selbstverständlich gibt es dort auch eine Stierkampfarena. Der Gouverneur hat uns mit dorthin genommen. Wir haben in der Loge gesessen, in der die vornehmen Leute sitzen, wenn sie zum Stierkampf gehen. Er sagte, ich solle zusehen, wie der Gerechtigkeit Genüge getan werde, und darüber berichten, damit die Welt endlich verstehe, dass den Feinden des Kreuzes keine Gnade zuteilwerde. Hundertsieben Männer zogen in die Arena ein. Die jüngsten von ihnen waren gerade mal fünfzehn oder sechzehn Jahre alt, die ältesten vielleicht sechzig. Sie stellten sie in Zehnerreihen jeweils zehn Soldaten gegenüber. Peng. Nicht alle wurden von den Kugeln getroffen, und schon gar nicht tödlich, aber den Rest erledigten die Soldaten dann mit Messern oder Bajonetten. Die Faschisten verstehen sich verdammt gut auf den Umgang mit dem Messer. Sie schrien wie die Verrückten, und es stank nach Blut und Scheiße. Einige riefen ›Lang lebe die Freiheit!‹ und ›Ihr seid verfluchte Faschisten ohne Eier in der Hose!‹, aber die meisten heulten vor Angst. Der gelbe Sand färbte sich rot. Zwei der Männer seien Homos, behauptete der Gouverneur. Wie der jämmerliche Dichter Lorca, der ebenfalls seine gerechte Strafe erhalten habe. Die beiden wurden in den Sand gelegt und in den Arsch geschossen. Es dauerte schrecklich lange, bis sie tatsächlich starben. Der Gouverneur war sehr stolz auf dieses Spektakel. Es finde jeden Tag um halb fünf statt, sagte er. Ich sei auch am nächsten Tag wieder herzlich willkommen. Aber das war nicht das Schlimmste. Weißt du, was das Schlimmste war?«

Magnus schüttelt den Kopf.

»Fuck, Mann. Dass der Gouverneur darauf bestand, mit mir darüber zu diskutieren, ob Mozart oder Beethoven der größte Komponist sei, den es je gegeben habe. Außerdem hat er eine ganze Reihe von Opern aufgezählt, zu denen er meine Meinung hören wollte. Und all das, während unten im Sand die Hinrichtungen stattfanden. Der Gouverneur beliebte, es folgendermaßen auszudrücken: ›Darum geht es in diesem Kampf – um die Rückkehr der Zivilisation in unser Vaterland.‹«

Mercer trinkt die Hälfte seines Cognacs und schüttelt den Kopf, als falle es ihm schwer, seine eigene Geschichte zu verstehen.

»Und hast du darüber berichtet?«

»Natürlich habe ich es getan. Mein Redakteur hat den Namen des Gouverneurs entfernt und mir die blutigsten Adjektive rausgestrichen, der Hund, aber die Schilderung war, glaube ich, trotzdem plastisch genug.«

»Dann hast du in Malaga also erreicht, was du wolltest.«

»Das war eigentlich nicht das, was ich wollte.«

»Okay, was weiß denn ich.«

Mercer sieht ihn an: »Du bist wirklich nicht übel, Magnus. Wir sind auf dem besten Wege, Freunde zu werden. Vielleicht erzähle ich es dir eines Tages, aber jetzt ist es noch zu früh. Und vielleicht verrätst du mir eines Tages, was wirklich auf deiner Agenda steht. Aber noch ist es einfach zu früh, dass wir einander unsere Herzen öffnen, meinst du nicht? Trotzdem vielen Dank für die Einladung zum Essen. Es war einfach großartig«, sagt Joe und sieht Magnus mit seinen intensiven, geheimnisvollen Augen an.

Ein paar Tage später begleitet Magnus Joe Mercer zum Post- und Telegrafenamt. Das weißgelbe Gebäude ist erst 1922 errichtet worden, aber bereits von den Kämpfen gezeichnet, die hier am 18. Juli 1936 stattgefunden haben, als der Aufstand begann. Die Uhr in der Mitte des Turms auf dem Postamt ist stehen geblieben. Einer der Statuen auf dem Dach fehlt der Kopf.

Mercer und Meyer gehen an den Wachposten vorbei und treten in ein kühles Dunkel, in dem die Postbeamten hinter vergitterten Schaltern sitzen. Joe Mercer weiß, was er zu tun hat, und Magnus tut so, als wisse er es auch, während er in Wirklichkeit beobachtet, wie Mercer seinen Artikel an die Zeitung in Chicago telegrafiert.

An einem langen Tresen sitzen vier Männer und zwei Frauen. Vor zweien von ihnen steht auf einem handgeschriebenen Schild »Englisch«. Vor den beiden anderen Männern stehen die Schilder »Französisch« und »Russisch«. Auf den weißen Schildern vor den Frauen steht »Skandinavisch«. Italienisch und Deutsch braucht man hier nicht. Es ist unmöglich, von dieser Seite aus Berichte über den Krieg an die beiden Nationen zu schicken, in denen die Faschisten an der Macht sind.

Er betrachtet die skandinavischen Frauen, sie sind beide dunkelblond und tragen graue, unvorteilhafte Uniformen. Sie rauchen und sprechen Norwegisch, hört er, während er gleichzeitig versucht, Joe Mercers Diskussion mit einem der Zensoren mitzuverfolgen, der offensichtlich einen Abschnitt streichen will, in dem es um eine Festnahme geht, die Joe beobachtet hat: Eine Gruppe der Guardia Asaltos hatte drei Milizsoldaten festgenommen, die aus Barcelona nach Valencia gekommen waren, weil sie hofften, hier Unterstützung zu erhalten, um in Katalonien überleben zu können. Sie hatten Joe von Kämpfen zwischen den verschiedenen republikanischen Fraktionen in der Stadt berichtet.

Die Frauen drehen sich rasch um, als sie die lauten Stimmen hören, verlieren aber schnell das Interesse und setzen ihre Unterhaltung fort. Magnus weiß nicht, warum, aber er hat keine Lust, sich als Däne zu erkennen zu geben. Die Frauen reden über einen Mann, den sie offenbar beide kennen. Sie nennen ihn einen Mistkerl. Die Frauen haben etwas Zerbrechliches an sich, als bekämen sie zu wenig zu essen, aber zugleich liegt eine Härte in ihren Augen und ihrer gesamten Mimik, die Magnus abstößt. Sie bemerken, dass er zu ihnen hinüberschaut, und eine von ihnen sagt auf Norwegisch: »Können wir dir helfen, Kamerad?«

Magnus zuckt fragend mit den Schultern und deutet mit einem Kopfnicken an, dass er auf den großen Amerikaner wartet, woraufhin die Frauen mit ihrem Gespräch fortfahren.

»Fuck them all«, sagt Joe, geht mit seinen abgestempelten Papieren zur Kasse und bezahlt. Dann reicht er die beiden Bögen, auf denen ein Abschnitt mit Rot durchgestrichen ist, einem Spanier, der ebenfalls Pesetas von ihm entgegennimmt, bevor er sich umdreht und Mercers Text zu telegrafieren beginnt. Währenddessen hört Magnus, wie ein britischer Journalist mit den Zensoren zu diskutieren beginnt. Mercer erhält seine Bögen zusammen mit einer Quittung zurück, die ebenfalls ordnungsgemäß abgestempelt ist.

»Komm, Magnus. Die können mich mal am Arsch lecken, aber stoppen können sie mich nicht. Ich habe eine längere Version mit der Post geschickt, jetzt kann ich nur hoffen, dass sie durchkommt. Lass uns essen gehen und uns danach betrinken.«

Das tun sie. Sie essen zuerst ein großes Stück Lammfleisch mit weißen Bohnen, die in Olivenöl schwimmen, und trinken jeder eine Flasche säuerlichen Rotwein, anschließend ziehen sie von Bar zu Bar und trinken Cognac. Magnus kann sich nicht richtig erinnern, worüber sie bis spät in die Nacht gesprochen haben. Am Ende ist Joe Mercer jedenfalls sehr betrunken. Er verträgt zwar eine Menge, trinkt aber definitiv zu viel, während Magnus rechtzeitig aufgehört hat. Magnus merkt, dass er selbst auch ein wenig angetrunken ist, aber er wird trotzdem auf keinen Fall vergessen, was er gerade über das spanische Gold erfahren hat. Und auf einmal begreift er, was möglicherweise Joe Mercers wahre Mission ist.

11

Magnus ist aufgefallen, dass Joe trotz seines Gewichts weniger Alkohol verträgt als er selbst, was dazu führt, dass er sehr viel redet. Magnus weiß bereits, dass Joe als Sohn eines Chicagoer Bankdirektors behütet aufgewachsen ist, dass Joes Frau eine »bitch« war und dass er gern wieder heiraten würde. Magnus denkt, dass eine behütete Kindheit den Menschen viel zu großes Zutrauen in ihre Mitmenschen einflößt. Vertrauen ist gefährlich, findet er. Schon als Kind schenkt man seinen Eltern Vertrauen, und wozu führt das? Zu Bestrafung und Betrug. Man schenkt einer Frau sein Vertrauen, die lässt einen im Stich, und dann sitzt man allein da mit seinem Schmerz. Man hat einen Freund, den umzubringen man gezwungen ist, nur weil dieser Freund sich dafür entschieden hat, die Ehre seiner Schwester zu verteidigen, obwohl er damit die Freundschaft verrät. Mit Ausnahme seiner Schwester Marie vertraut er keinem Menschen. Mads war noch ein Junge, als Magnus von zu Hause abgehauen ist.

Er lauscht Joe Mercers Geschichte, die dieser ihm leise und leicht nuschelnd, aber dennoch zusammenhängend in dem niedrigen Raum der verrauchten Bodega erzählt, in dem sie von betrunkenen jungen Männern in Uniform und müden Prostituierten umgeben sind, über deren verlebte Gesichtszüge nicht einmal das gedämpfte Licht einen tröstenden Schleier legen kann. Draußen regnet es – der erste Regen, den er in Spanien erlebt. Er kam ganz plötzlich aus schwarzen Wolken, die vom Meer herübergezogen waren, und sie hören den Donner wie ferne, grollende Kanonenschüsse über den Lärm des Wirtshauses hinweg.

Gleich zu Beginn des Krieges rückten Francos marokkanische Truppen und seine Fremdenlegion nach Madrid vor. Sie brachten bereits Kampferfahrung aus den Kolonialkriegen in Nordafrika mit. Die Republik kämpfte darum, eine vernünftige Verteidigung auf die Beine zu stellen, während sich überall in Spanien Generäle und Zivilgardisten dem Putsch anschlossen. Die Regierung sah keinen anderen Ausweg, als die Gewerkschaften und die Parteien und politischen Gruppierungen des linken Spektrums zu bewaffnen.

Anarchistische Milizen tauchten auf und verstaatlichten den Grund und Boden der Gutsbesitzer und die Fabriken der Kapitalisten. Spanien befand sich in einer Revolution. Wer würde Madrid erobern? Die Faschisten? Oder würde die Hauptstadt sich der Anarchie der Milizen ergeben müssen? Das war die große Frage, der sich die legal gewählte Volksfrontregierung zu Beginn des Herbstes 1936 stellen musste.

Die Republik benötigte dringend Waffen. Frankreich und Großbritannien wollten diese nur gegen Barbezahlung liefern, und auch das nur ungern. Es gelang der Republik, in Frankreich einige Waffen zu kaufen, die Spanien mit Gold bezahlte, aber es wurde bereits an der Nicht-Interventionspolitik gefeilt, sodass der Waffenexport bald gestoppt wurde. Die Faschisten bekamen Männer und Waffen aus Mussolinis Italien und Hitlers Deutschland. Nur Stalins Sowjetunion war bereit, den loyalen spanischen Heereseinheiten und den freiwilligen Brigaden, die sich jetzt bildeten, Waffen zu liefern. Aber auch Stalin wollte Geld für seine Waffen, für seine technischen Geräte und die politischen und militärischen Ratgeber. Und die spanische Regierung hatte ein Vermögen im Keller der Nationalbank in Madrid liegen. Dort befand sich nämlich das spanische Gold.

Magnus erinnert sich auf einmal an das, was Svend Poulsen ihm in Dänemark über dasselbe Thema erzählt hat. Er hätte Svend besser zuhören sollen.

»Magnus«, nuschelt Mercer, »du kannst dir gar nicht vorstellen, wie viel Gold das war. Spanien hat die viertgrößten Goldreserven der Welt. Die Konquistadoren plünderten und beraubten Lateinamerika mehrere Jahrhunderte lang. Und was für ein Gold! Nicht nur langweilige Goldbarren, sondern alle möglichen Wertgegenstände: Münzen, Dukaten, Schmuck, Trinkbecher, Vasen, das, was man ›Sovereigns‹ nennt, Gold- und Silbermünzen in allen Größen. Unglaubliche Azteken- und Inkaschätze. Eine Goldsammlung, die nicht nur wertvoll ist, weil es sich dabei um Gold handelt, Kamerad. Nein. Ihr Wert ist noch viel größer, weil es zugleich eine Sammlung von Kunstschätzen ist.

Die Regierung war also verständlicherweise nervös. Gelänge es Franco, das Gold zu stehlen, könnte die Regierung einpacken. Nähmen die Anarchisten die Nationalbank ein, wäre nicht vorherzusehen, was sie mit dem Gold machen würden. Anarchisten sind von Natur aus unberechenbar. Das war der Beginn der Operation Wüstenschiff.«

Mercer leert sein Glas, sieht Magnus mit glasigen Augen an und fährt fort: »Im September 1936 hörte der neue Premierminister Largo Caballero Gerüchte, die Anarchisten wollten die Nationalbank stürmen. Er befahl seinem Finanzminister, die Goldreserven der Bank an einen sichereren Ort zu verlegen. Bereits wenige Tage später wurden die Goldreserven unter strengster Geheimhaltung auf Eisenbahnwaggons verladen. Das war eine große Herausforderung. Das Gold und auch die Silberreserven wurden in zehntausend Kisten gepackt und in die sicherste Stadt auf republikanischer Seite geschickt: nach Cartagena, das am Mittelmeer liegt und das Hauptquartier der spanischen Flotte ist. Der Zug wurde von bewaffneten spanischen

Wächtern und Männern vom NKWD begleitet, Stalins Geheimdienst. Ein Russe hat die ganze Aktion geleitet, aber man hatte ihm falsche Papiere besorgt, die besagten, er sei Mr Blackstone von der Bank of America. Ein Viertel der Kisten wurde sofort auf ein Frachtschiff verladen, das in Richtung Marseille aufbrach. Am 25. Oktober wurde der Rest – insgesamt siebentausendachthundert Kisten – auf ein anderes Frachtschiff verladen, das nach Odessa in der Ukraine fuhr. Von dort aus wurden die Kisten mit dem Zug nach Moskau weitertransportiert, wo sie von Repräsentanten der spanischen und russischen Regierung in Empfang genommen wurden. Alles in allem handelte es sich dabei um fünfhundertzehn Tonnen Gold und Silber. Seitdem wurden damit die sowjetischen Waffenlieferungen bezahlt. End of story. Vielleicht. Vielleicht auch nicht.«

Joes Blick ist der eines Schuljungen, der bereut, eine etwas zu abenteuerliche Geschichte erzählt zu haben. In den progressiven Zeitungen Dänemarks und Spaniens war zu lesen, dass die Sowjetunion Spanien uneigennützig im Kampf gegen den Faschismus unterstützt. Magnus erwägt, eine der vielen Fragen zu stellen, die sich ihm aufdrängen, nippt stattdessen aber an seinem Brandy und wartet auf die Fortsetzung.

»Ein Teil fehlte. Um genau zu sein, fehlten zweiundfünfzig Kilogramm seltene portugiesische Goldmünzen, deren Wert viel, viel höher ist als ihr reiner Goldwert. Sie waren ein Teil der insgesamt dreihundertachtzehn Kilo portugiesischer Münzen, die in Madrid eingepackt wurden. Außerdem fehlte eine Kiste mit Golddukaten, die noch einmal etwa fünfzig Kilo ausmachte. Bei einem Gesamtgewicht von fünfhundertzehn Tonnen klingt das vielleicht vernachlässigenswert, aber glaub mir, Magnus, diese hundertzwei Kilo stellen ein verfluchtes Vermögen dar.

Sie haben es erst in Moskau bemerkt. Den Russen ist es gar nicht aufgefallen, aber den Spaniern. Sie haben jedoch nichts gesagt und sich entschlossen, das Problem mit nach Hause zu nehmen, um die Angelegenheit dort diskret zu untersuchen. Wer steckte dahinter? Die Republik war in Bedrängnis, daher wollte man einen Skandal und noch mehr interne Streitigkeiten vermeiden, als es ohnehin schon gab, also …«

»Wo ist es?«, fragt Magnus und spürt seinen Puls schneller schlagen.

»Das ist genau die Frage, mein Freund. Wo ist es?«

»Du weißt es.«

»Ich weiß es beinahe. «

»Deshalb warst du in Malaga. Auf der anderen Seite, drüben bei den Faschisten.«

Mercer grinst und dreht den Kopf zur Seite, dann schaut er Meyer wieder in die Augen. Sein Blick ist trotz seiner Trunkenheit berechnend. »Du bist ein schlaues Kerlchen, Magnus.«

»Warum erzählst du mir das alles?«

»Ich brauche Hilfe. Ich brauche jemanden, der Spanisch spricht und auf den ich mich verlassen kann. Jemanden, dem es ebenso wie mir scheißegal ist, wer diesen Krieg gewinnt. Ich brauche jemanden, der in erster Linie an sich selbst denkt.«

»Und das tue ich?«

»In erster Linie schon, glaube ich, aber wohl auch noch an etwas anderes.«

»Ich bin hier, um meinen kleinen Bruder zu finden und ihn nach Hause zurückzuholen«, gibt Magnus zu.

»So etwas habe ich mir schon gedacht. Das ist Beihilfe zur Desertion. Dafür wird man erschossen.«

»Mein Bruder ist als Freiwilliger hier.«

»Sie werden ihn und dich trotzdem erschießen.« Mercer erhebt sein Glas. »Und, was sagst du? Bist du dabei?

Sonst vergiss das alles einfach ganz schnell wieder und hak es als das Geschwätz eines Besoffenen ab.«

»Ich muss meinen Bruder finden.«

»Das eine muss das andere doch nicht ausschließen.«

»Und wie teilen wir dann?«

Mercer muss lachen: »Die Frage habe ich erwartet. Halbe-halbe. Das ist nur fair. Es ist so viel, dass wir es uns viele Jahre lang gut gehen lassen können.«

Magnus lehnt sich zurück und leert sein Glas. Ihm schwirrt der Kopf, aber er fühlt sich eher euphorisch als betrunken. Er nimmt das Adrenalin als einen angenehmen Rausch wahr. »Ich bin dabei«, sagt er. »Was wolltest du in Malaga? Auf der anderen Seite?«

Mercer zündet sich eine neue Zigarette an: »Vor ein paar Monaten habe ich einem armen Schwedisch-Amerikaner namens Olaf geholfen, einen letzten Brief an seine Liebste und an seine Eltern drüben in den Staaten zu schreiben. Die Wunde an seinem Bein hatte sich mit dem kalten Brand infiziert, er hatte Fieber und was weiß ich noch alles und zitterte so, dass er nicht einmal einen Bleistift halten konnte. Er redete sehr wirr, aber so viel habe ich doch verstanden, dass er seinen Dienst zusammen mit zwei Spaniern tat, die den Goldtransport eskortiert hatten. Der eine, Pedro, ist abgehauen und wurde erschossen, als er versuchte, auf die andere Seite zu gelangen, der Idiot. Der andere, der Manuel hieß, vertraute sich Olaf an und erzählte ihm, dass sie zusammen mit zwei anderen Soldaten den Befehl erhalten hatten, zwei Kisten aus dem Hafengebiet in einen schwarzen, geschlossenen Wagen zu laden, der von einem Russen und einem Spanier in Zivil gefahren wurde. Die Fahrer sprachen Englisch miteinander. Man hatte die Soldaten wissen lassen, dass man sie erschießen würde, sollten sie je auch nur ein Sterbenswörtchen darüber verlieren. Manuel und Pedro fürchteten um ihr Leben, als sie mitbekamen, dass die beiden anderen Soldaten, die an der Aktion beteiligt gewesen waren, zwei Tage später tot aufgefunden wurden. Man hatte sie stranguliert und im Hafen von Cartagena ins Wasser geworfen. Daraufhin war Pedro abgehauen, während Manuel bei einer der Internationalen Brigaden Zuflucht gesucht hatte, weil er hoffte, dass die Auftragsmörder ihn dort nicht erwischen würden. Das taten sie dann doch, aber vorher hatte er noch Gelegenheit, Olaf seine Geschichte zu erzählen. Olaf war sein Politkommissar und hatte etwas von einem Beichtvater, dem die Menschen sich gern anvertrauen. So wie dir.«

Mercer beugt sich über den Tisch. Er wirkt nicht mehr ganz so betrunken, und Magnus überlegt, ob das Ganze womöglich nur gespielt ist, um ihn herumzukriegen. Falls das der Fall sein sollte, ist Joes Plan aufgegangen, denn er ist vollkommen in den Bann geschlagen von der Geschichte, die Joe jetzt weitererzählt.

»Olaf starb, möge Gott seiner Seele gnädig sein, und dann habe ich angefangen, ein bisschen rumzuschnüffeln. Darin bin ich gut. Mein Vater und unser Verleger haben viele Verbindungen, ich kann also eine ganze Menge Quellen anzapfen. Ich habe einen Onkel, der für das amerikanische Justizministerium arbeitet und gute Kontakte zu seinen spanischen Kollegen hat. Er kannte ausgerechnet den Kollegen, der die Untersuchung des Vorfalls mit den beiden verschwundenen Goldkisten geleitet hat. Die Zeiten sind hart, und für ein paar anständige Dollars war er gern bereit, mir behilflich zu sein. Es gibt nicht besonders viele spanische Beamte, die Englisch sprechen, also hat er mir die Namen der Männer gegeben, die am Transport beteiligt waren und die Englisch können. Es waren nur zwei. Der eine von ihnen ist bereits tot. Klingt fast nach einer ansteckenden Krankheit, was? Der andere ist mit einem Stapel Geheimpapiere, die er für wertvoll genug hielt, um sich ein friedliches Leben hinter der Front zu erkaufen, nach Malaga abgehauen. Er war also ein Verräter und wurde in Abwesenheit zum Tode verurteilt. Er war wohl davon ausgegangen, bis zum Ende des Krieges in Malaga auszuharren und anschließend seine beiden Goldkisten abzuholen. Aber so spielt das Leben nun mal nicht. Seine neuen Freunde wollten sicher gehen, dass er kein Doppelagent war. Daher unterzogen sie ihn zur Sicherheit einem Verhör dritten Grades, dem sein Herz leider nicht standgehalten hat.«

»Und das hat dir der Gouverneur erzählt?«

»Er hat es nicht direkt gesagt, aber er hat mir erzählt, wenn der Krieg zu Ende sei, könne zumindest ein Teil des spanischen Goldes, das Stalin gestohlen habe, ins Vaterland zurückkehren. Weil es das Vaterland nie verlassen habe, sondern sich noch immer in Cartagena befinde. Wo genau, das wisse er auch nicht. Leider. Er ist ein sadistisches Schwein, das Mozart liebt, aber er ist ehrlich. Das kann er sich leisten bei all dem Geld, das seine Familie besitzt.«

»Soweit ich weiß, ist Cartagena eine ziemlich große Stadt.«

»Mit deinen Spanischkenntnissen können wir zumindest die erste Hürde problemlos nehmen.«

»In welchem Umfang bist du eigentlich als Spion für die USA tätig?«

»Was meinst du denn damit?«

»Falls wir das Gold finden, gibt es dann noch einen Dritten, mit dem wir es teilen müssen?«

»Ich bin Freelancer. Es ist eine reine Privatangelegenheit, eine Sache zwischen dir und mir.«

»Zwischen zwei Dieben?«

»Wer sollte den Diebstahl schon der Polizei melden? Schließlich wurde das Diebesgut schon einmal gestohlen und existiert eigentlich gar nicht mehr. Offiziell ist das Gold in Russland. Diejenigen, die die Wahrheit kennen, sind eigentlich alle tot. Herrgott noch mal, Mann. Es geht hier gerade mal um hundertzwei Kilo von insgesamt fünfhundertzehn Tonnen. Aufs Ganze gesehen ist das doch fast gar nichts.«

»Das sagst du so. Aber du hast natürlich recht. Abgesehen von dir sind also alle tot?«

»Und abgesehen von dir, Magnus.«

»Es stand nämlich in einer der spanischen Zeitungen, Joe.«

»Was stand da?«

»Das Schicksal des Gouverneurs. Sie haben es als Sieg für die Republik gefeiert. Er wurde mit einer Kugel im Kopf tot aufgefunden – eindeutig eine Liquidierung. Ich habe nicht weiter darüber nachgedacht, als ich den Artikel gelesen habe, aber jetzt erhält er auf einmal eine andere Bedeutung, nicht wahr?«

Joes Gesichtsausdruck wird plötzlich hart. Es wirkt, als falle die Betrunkenheit von ihm ab und ein anderer Ausdruck komme zum Vorschein. »Das spielt doch überhaupt keine Rolle für unseren Plan, Meyer. Und es geht dich außerdem nichts an. Ich will einfach nur wissen, ob du dabei bist oder nicht.«

Magnus hält Joes Blick stand. Sie sitzen eine Weile da und taxieren einander. Magnus senkt zuerst den Blick, dann nimmt er sein Glas und sagt: »Lass uns auf unsere Zusammenarbeit anstoßen.«

»Salud«, sagt Joe und schaut weg.

»Aber ich muss trotzdem zuerst meinen Bruder finden.«

»Wenn es sein muss.«

»Ja, es muss sein. Ich habe es meiner Schwester versprochen.«

Am nächsten Tag lässt Magnus das Gespräch noch einmal in Gedanken Revue passieren, während er seinen Kater mit Wasser und einer kalten Gemüsesuppe zu kurieren versucht, die die Spanier Gazpacho nennen und die er inzwischen schätzen gelernt hat. Er hält die wesentlichen Punkte in seinem Notizbuch fest. Die Geschichte ergibt Sinn, aber trotzdem traut er Joe nicht richtig über den Weg. In einem Punkt ist er sich nämlich vollkommen sicher, dass Joe Mercer lügt.

Er glaubt nicht, dass Joe als freier Mitarbeiter für den amerikanischen Geheimdienst tätig ist. Er glaubt, dass Joe vielmehr hauptberuflich als Agent arbeitet, und zwar entweder für die Amerikaner oder für die Franzosen, mit denen die USA eng zusammenarbeiten. Joe spricht zwar kein Spanisch, aber Magnus hat ihn fließend Französisch sprechen hören. Er ist sich sicher, dass Joe weit mehr in Geheimdienstaktivitäten involviert ist, als er ihm gegenüber zugegeben hat.

Magnus ist davon überzeugt, dass das Gold wirklich existiert, aber er ist sich nicht sicher, ob Joe ihm die Wahrheit gesagt hat, als es darum ging, wie er davon erfahren hat. Selbstverständlich will Magnus seinen Bruder finden, aber er benutzt ihn auch als Vorwand. Die Suche nach Mads noch einige Tage fortzusetzen verschafft ihm zugleich die Möglichkeit, seinen neuen Partner genauer zu beobachten und herauszufinden, wie dieser Agent und Journalist Joe Mercer eigentlich einzuschätzen ist.

12

Endlich hat Magnus Meyer Glück. Ein paar Tage nach dem Gespräch mit Joe begegnet er zufällig drei dänischen Freiwilligen, die seinen Bruder kennen und bis vor Kurzem mit ihm zusammen waren. Sie stehen vor einer kleinen Bar in der Calle Mayor, sind ziemlich betrunken und unterhalten sich laut auf Dänisch, wie schlecht sie hier behandelt würden, weil sie nicht die Ausrüstung und die Unterstützung bekämen, die sie benötigten. Sie beschweren sich über ihre neuen deutschen Offiziere und darüber, dass die Verpflegung an der Front so schlecht ist. Sie erhalten fünf Pesetas pro Tag als Sold, und nach mehreren Wochen an der Front haben sie gerade erst ihren Lohn ausbezahlt bekommen. Jetzt wollen sie den Großteil versaufen und den Rest im Bordell lassen, bevor sie wieder an die Front geschickt werden.

Magnus stellt sich ihnen vor und gibt eine Runde aus. Nach dem, was er von ihnen erfährt, ist davon auszugehen, dass Kamerad Mads Meyer immer noch in Albacete ist, wo sie gerade herkommen. Aber sie haben keine Ahnung, ob er in der Stadt bleiben oder was sonst mit ihm passieren wird. Hier sei alles sehr unvorhersehbar. Die Brigaden trainierten in den Dörfern in der näheren Umgebung. Mads sei ein tapferer Kämpfer und daher in eine der Spezialeinheiten aufgenommen worden. Mads werde bestimmt sehr froh sein, seinen Bruder wiederzusehen. Davon sind sie überzeugt. Man freue sich immer sehr, von der Familie zu hören. Und dann auch noch persönlich. Besser könne es doch gar nicht sein, sagt einer der drei, ein großer Schmied aus Jütland von gerade mal neunzehn Jahren.

Magnus ist froh, dass sie wissen, wer Mads ist, und sich darüber freuen, seinen großen Bruder kennenzulernen, und er ist erleichtert darüber, dass man ihm nicht mit dem überall vorherrschenden Misstrauen begegnet.

Joe Mercer möchte ihn nach Albacete begleiten. Er wolle über die amerikanischen Freiwilligen schreiben, sagt er. Aber Magnus hat das Gefühl, dass es Joe vielmehr darum geht, in der Nähe seines neuen Partners zu bleiben.

Sie legen zusammen und mieten sich einen Wagen mit Chauffeur. Der Krieg treibt die Preise in die Höhe, aber Magnus verhandelt so lange mit dem Mann mittleren Alters, bis der ihnen einen vernünftigen Preis macht. Der Mann besitzt einen großen Wagen, einen eleganten Hispano-Suiza aus dem Jahre 1921, den er aus Barcelona hierher gebracht und offensichtlich in seinen Privatbesitz überführt hat.

Der Wagen ist schwarz und hat ein schwarzes, holzverkleidetes Steuerrad, weiche graue Ledersitze und einen starken Achtzylindermotor. Die Autoreifen scheinen in gutem Zustand zu sein, und der Motor lässt ein vertrauenerweckendes Brummen ertönen, als er nach ein paar Mal Kurbeln anspringt. An der Seite ist ein gut erhaltenes Reserverad befestigt. In Barcelona habe der Wagen einem Fabrikbesitzer gehört, der am dritten Tag der Revolution erschossen worden sei, erzählt ihnen der Chauffeur, der Juan Montero heißt. Er scheint das teure Auto sorgfältig zu pflegen und zu warten. Auch das Faltdach ist gut in Schuss, und da nach dem Regen die Luft wieder trocken und klar und der Himmel blau und wolkenlos ist, lässt Juan Montero das Dach offen. Er lebe von den Presseleuten, sagt er. Huren und Chauffeuren beschere der Krieg ein gutes Geschäft, sagt Joe.

Montero hat eine zusätzliche Tonne mit Benzin besorgt, die er hinten auf dem Wagen befestigt hat. Magnus hat Brot, Wurst und einen stark riechenden Ziegenkäse gekauft, außerdem Tomaten, etwas Olivenöl, zwei Ledersäcke mit kräftigem Rotwein und zwei Säcke klares Wasser sowie einen Beutel Apfelsinen.

Es sind knapp zweihundert Kilometer bis Albacete, und da die Fahrt den ganzen Tag dauern wird, brechen sie frühmorgens auf, als die Sonne nur als dünner Streifen am Horizont zu erahnen ist und die morgendliche Kühle davon zeugt, dass der kurze Herbst nun ernsthaft seinem Ende entgegengeht. Montero lenkt den Wagen in Richtung Süden und fährt aus Valencias trister Kriegsarmut heraus und die staubige Landstraße entlang nach Albacete in der Region La Mancha.

Mercer ist ein angenehmer Reisebegleiter während der langen Fahrt, bei der der Staub durch alle Ritzen hereindringt. Sie sprechen nicht über ihre neue Partnerschaft, sondern vor allem über Mercer und sein Verhältnis zu Spanien. Er ist mehrmals an der Front gewesen und hat zusammen mit den Soldaten in den Schützengräben gelegen. Es ist gut möglich, dass er Geheimagent ist, aber er achtet sorgfältig auf seine Tarnung als Journalist. Auch wenn er behauptet, es sei ihm gleichgültig, wer den Krieg gewinne, kann er seine Sympathie für die republikanische Seite nicht verbergen.

Magnus muss ihm recht geben. Ihm geht es genauso. Er will sich nicht hineinziehen lassen, aber seine Sympathie gilt der Republik, und wenn es nur aus dem Grund ist, dass Mads für sie kämpft. Er hofft trotz allem, dass Franco am Ende besiegt wird, und verleiht dieser Hoffnung auch Ausdruck.

Mercer stimmt ihm zu, aber er ist Pessimist. Er fürchtet, die interne Zersplitterung könne den Untergang der Republik bedeuten. Er sagt, er sei weit davon entfernt, ein Kommunist zu sein, aber die Kommunisten hätten recht: Ohne Disziplin gehe es nicht. Mercer hat nicht viel übrig für die Milizen mit ihren blauen Overalls, roten Halstüchern und kecken Baretts, für ihre hochtrabenden Worte und ihren dummdreisten Mut.

Zweimal müssen sie an Straßensperren anhalten. Ihre Papiere sind in Ordnung, und dank der Dokumente und Meyers fließendem Spanisch lässt man sie ohne Probleme passieren. Zuerst fahren sie durch Gebiete, in denen Zitrusfrüchte angebaut werden. Die Apfelsinen leuchten gelb in den grünen Bäumen. Sie kommen nur langsam voran, weil der Chauffeur die ganze Zeit auf Eselkarren oder Maultiere Rücksicht nehmen muss, die mit den gelben Früchten beladen sind. Das große Auto überwindet mühelos eine niedrige Bergkette, auf der sie eine Kolonne marschierender Soldaten überholen, die ihren rechten Arm mit zur Faust geballter Hand zum Gruß erhebt.

Unten auf der anderen Seite wirkt die Landschaft vertrocknet und kaum nutzbar. Sie sieht aus wie eine Wüste, und in der kaum vorhandenen Vegetation liegen große, kantige Felsstücke. Außer ihnen sind hier nur Militärtransporte in der Gegenrichtung unterwegs, deren Wagen in Wolken weißlichen Staubs gehüllt sind, wenn sie an ihnen vorbeifahren. Sie trinken den Wein und das Wasser aus den Ledersäcken, in denen die Getränke kühl bleiben, und Magnus genießt den inzwischen lauen Wind auf seinem Gesicht, wenn sie dort, wo kein störender Staub aufgewirbelt wird, mit offenem Dach fahren. Sie kommen durch Gebiete, in denen früher einmal Landwirtschaft betrieben wurde, jetzt aber nur wenige Menschen auf den weiten Feldern zu sehen sind. Die kleinen Dörfer wirken verlassen und menschenleer. Niedrige graue Häuser tauchen aus dem Nichts auf, verrammelt und abweisend. Wo sind die Menschen? Einmal sehen sie einen Mann, der mit einem dünnen Stock auf einen mageren Esel einschlägt, um ihn dazu zu bewegen, einen mit Gras beladenen Karren zu ziehen. Der Esel rührt sich jedoch nicht vom Fleck. Die Kreatur dreht bloß den Kopf nach ihnen um und sieht ihnen hinterher, bis sie aus ihrem Blickfeld verschwinden, als sie um eine Kurve biegen und langsam die gewundene Straße hinauffahren.

Gegen Mittag erreichen sie die etwas größere Stadt Requena. Dort ist der Verkehr vollkommen zum Erliegen gekommen, da Lastwagen, von Pferden gezogene Artillerie und Tausende von marschierenden Soldaten ein gewaltiges Verkehrschaos verursachen, das die überforderte Verkehrspolizei vergeblich aufzulösen versucht. Aus den Bars und Restaurants strömt der Geruch von Knoblauch und Wein und vermischt sich mit dem Gestank von Dieselqualm und Pferdemist.

»Die Republik bereitet eine Offensive vor«, sagt Joe Mercer und fächelt sich mit seinem Hut Luft zu. Die Sonne steht hoch am Himmel und lässt die Temperatur allmählich ansteigen. »Was wir hier sehen, sind die regulären spanischen Truppen. Ich bin mir sicher, dass sie auf dem Weg gen Norden sind.«

Magnus schaut sich um und hört die lauten spanischen Kommandorufe. An einer Ecke der staubigen Provinzhauptstraße stehen vier der neuen T26-Panzer aus der Sowjetunion neben drei Lastwagen, die jeweils eine Kanone ziehen. Ein Maulesel ist vor einen kleinen Wagen gespannt, auf dem sich ein schweres Maschinengewehr befindet. Ebenfalls ein russisches Fabrikat. Vielleicht bekommt die Republik jetzt doch noch moderne Waffen.

Er hört ein lautes Heulen und sieht ein Pferd in die Knie gehen, das ein weiteres schweres Maschinengewehr auf einem Karren gezogen hat. Das eine Vorderbein des Pferdes sieht ganz verdreht aus. Der Kutscher springt ab, befreit das Pferd von seinem Zaumzeug, tritt einen Schritt zurück, lädt sein Gewehr und schießt das Pferd in den Kopf. Der Schuss hallt laut wider, und ein leiser Schreck scheint die Soldaten zu erfassen. Wenn sie nicht gerade ängstliche Blicke zum blauen Himmel hinaufwerfen, um zu sehen, ob die Luftwaffe der Faschisten auf dem Weg ist, marschieren sie mit starr nach vorn gerichteten Köpfen, den Blick auf den Kameraden vor ihnen geheftet. Drei Männer springen von einem Küchenwagen ab und beginnen sofort damit, das tote Pferd mitten auf der Straße zu zerlegen. Über den Gestank von Menschenexkrementen und Schweiß hinweg riecht Meyer das Blut und den Darminhalt des Pferdes.

Juan Montero manövriert seinen Wagen um das tote Pferd herum, in eine Seitenstraße hinein und von dort aus zurück auf die Hauptstraße, wo die Infanterie ihnen in Einerkolonnen langsam entgegenkommt. Nach einigen hundert Metern müssen sie wieder anhalten, um einer weiteren Lastwagenkolonne Platz zu machen. Sie kommen gerade vor einer kleinen Plaza zum Stehen, als plötzlich eine Frauenstimme ertönt: »Joe! Hallo, Joe. Was machst du denn hier?«

Die Stimme gehört einer zierlichen Frau, die am Rande der Plaza steht. Magnus ist ganz in den Bann geschlagen von ihrem Anblick. Sie ist schlank und hat lange Beine, kurz geschnittenes, braun gelocktes Haar und helle blaue Augen in einem feinen, schmalen Gesicht mit einem lächelnden roten Mund. Obwohl sie eine weite khakifarbene Hose und ein Herrenhemd trägt, kann er ihren schönen, wohlgeformten Körper unter der männlichen Kleidung erahnen. Sie ist vermutlich etwa in seinem Alter. Ein kleiner Rucksack lehnt an ihrem Bein, sie hat eine Leica-Kamera um den Hals und eine Tasche über der Schulter hängen. Sie hebt den Rucksack auf, läuft mit leichten Schritten zu ihnen herüber und stellt sich auf das Trittbrett des Wagens. Sie hat eine bezaubernde sinnliche Ausstrahlung, die ihr nicht bewusst zu sein scheint, wodurch sie noch verführerischer wirkt.

Joe erhebt sich im Wagen und sagt, nachdem sie sich wie echte Spanier auf die Wangen geküsst haben: »Irina, mein Schatz. Was zum Teufel macht meine kleine Lieblingsbolschewikin denn in diesem Kaff?«

Sie hebt die Kamera in die Höhe: »Ich mache meine Arbeit. Und wo wollt ihr hin?«

»Nach Albacete.«

»Fantastisch. Da will ich auch hin. Was hältst du davon, einer jungen Dame eine Mitfahrgelegenheit anzubieten?«

»Selbstverständlich, meine Schöne.«

Magnus betrachtet beide neugierig. Irina spricht Englisch etwas langsam und mit russischem Akzent, aber korrekt. Sie springt vom Trittbrett, damit Mercer die Tür öffnen kann, wirft Montero ein »Hola compañero« zu und setzt sich so hin, dass sie Magnus und Joe gegenüber und mit dem Rücken zur Fahrtrichtung sitzt.

»Darf ich dir Magnus Meyer, meinen Kollegen und Freund, vorstellen? Und das ist Irina Schapatowa aus dem Reiche Stalins, meine russische Kollegin, leider nur Freundin und noch immer nicht Geliebte. Sie macht Fotos vom gerechten Kampf.«

Sie reicht ihm die Hand. Magnus blickt in ihre klaren hellblauen Augen und sieht das neckende Lächeln, das in ihnen liegt. Er glaubt nicht an Liebe auf den ersten Blick, aber er kann die unwillkürliche Anziehung, die er gegenüber dieser russischen Fotografin empfindet, nicht rational erklären. Er fühlt sich stark und schwach zugleich und noch dazu verlegen. Er hat Lust, die weichen Lippen zu küssen, zwischen denen die Zigarette steckt, die Mercer ihr angezündet hat, und er hat Lust, ihren zarten Körper in seine Arme zu schließen. Es sieht ihm eigentlich gar nicht ähnlich, sich wie ein schüchterner Schuljunge zu fühlen, nur weil ihm eine attraktive Frau gegenübersitzt.

Während Montero das Auto an einem Lastwagen, der mit gebrochener Hinterachse liegen geblieben ist, vorbeimanövriert und weiter die Landstraße entlangfährt, sprechen Joe und Irina über den Krieg und Madrid, das sie vor einigen Tagen verlassen hat. Sie haben viele gemeinsame Bekannte, die Namen wirbeln nur so durch die Luft. Irina hat erst vor Kurzem Nordahl Grieg für eine russische Literaturzeitschrift fotografiert. Sie hat auch eine Reportage über die Kommunistin, Parteiführerin und Agitatorin namens La Passionara gemacht, die sie beide kennen. Sie tauschen Anekdoten über Bars, Hotels und Restaurants aus und über die noch immer anhaltenden Bombenangriffe. Ihr Gespräch plätschert so leicht und elegant dahin, dass Magnus innerlich vor kindlicher Eifersucht bebt. Der flirtende Ton zwischen ihnen gefällt ihm gar nicht. Sie kennen einander eindeutig viel zu gut und plaudern völlig unbeschwert miteinander. Irinas Englisch klingt ein bisschen nach britischem Internat. Erfahren spritzt sie sich den Weinstrahl aus dem Ledersack in den Mund und reicht ihn an Magnus weiter, der ebenfalls daraus trinkt, dabei aber ein paar Tropfen verschüttet.

Sie lacht: »Es ist gar nicht so leicht, wie es aussieht, Herr Meyer.«

»Nenn mich doch einfach Magnus.«

»Magnus? Das ist ja ein lustiger Name. Wo kommt der Herr denn her?«

»Aus Dänemark.«

»Dänemark? Das ist ein kleines Land.«

»Von der Fläche her ja. Von seinem Selbstverständnis her ist es dagegen ein sehr großes Land.«

»Ist das wirklich so?«

»Ja. Das ist es. Du sprichst ein sehr gepflegtes Englisch. Wo hast du es gelernt?«

»In London. Als ich ein junges Mädchen war, habe ich mit meinen Eltern einige Jahre in London gelebt.«

Mercer mischt sich ein: »Irinas Vater ist eine ganz große Nummer in Moskau.«

»Er war Diplomat, und jetzt dient er nach Kräften in Moskau der Revolution, Joe. In meinem Land gibt es keine Klassen mehr. Wir schaffen eine neue Gesellschaft. So, wie sie es hier auch versuchen.«

Magnus fällt auf, dass sie wegschaut, als sie das sagt, und es kommt ihm so vor, als lege sich ein Schatten auf ihre Augen, ein Schleier der Besorgnis, der ihren Glanz dämpft.

Mercer sagt: »Natürlich, Baby. Das wissen wir doch. Was willst du denn in Albacete?«

»Dasselbe wie ihr. Der Rote Stern möchte eine Bilderserie vom Alltag der Brigadisten in der Stadt haben, bevor sie an die Front geschickt werden.«

»Heroische, solidarische junge Männer, die mit erhobenem Haupt und geradem sozialistischem Rücken gegen die Faschisten in den Krieg ziehen. Die nicht betrunken sind und niemals ins Bordell gehen.«

»Du musst dich gar nicht darüber lustig machen, Joe. Jeder von uns hat hier seine Rolle zu spielen.«

»Natürlich, Baby. Natürlich.«

Montero hat den Wagen inzwischen um alle Hindernisse herumgesteuert, und sie fahren jetzt bergauf. Magnus kann in der Ferne die Berge sehen, deren Steigung hier allmählich beginnt. Der Weg schlängelt sich in weichen Kurven dahin, und die Landschaft hat wieder ihren Charakter verändert. Jetzt fahren sie an Kiefern und anderen Nadelbäumen vorbei, dazwischen sieht er ab und zu grünes Gras und fühlt sich an norwegische Bergwiesen erinnert. Mercer lehnt den Kopf nach hinten und zieht sich den Hut über die Augen.

Magnus sieht Irina an, die ihm ein kleines Lächeln schenkt. Magnus macht eine einladende Geste mit der Hand, als habe er die schöne Gegend für sie bestellt, und sagt, ohne darüber nachzudenken, auf Spanisch: »Ich bin vollkommen erstaunt und beeindruckt von der Schönheit dieses gequälten Landes. Die Landschaft scheint sich permanent zu verändern und wie das Licht immer wieder einen ganz anderen Charakter anzunehmen.«

Irina antwortet ihm in derselben Sprache, was ihn sehr freut. So haben sie eine gemeinsame Sprache, an der Mercer nicht teilhat: »Dieses Land ist schön und grausam. Brutal und freundlich zugleich. Die Spanier sind wunderbare Menschen, und gleichzeitig sind sie in der Lage, unvorstellbare Gewalttaten zu verüben. Wenn die Revolution gesiegt hat, kann es hier wirklich herrlich werden. Die Leute können lesen und schreiben lernen – auch die Arbeiter und die Kinder der Landbevölkerung. Dieses Land hat alle Möglichkeiten, wenn der Krieg erst einmal vorbei ist und der Sozialismus kommt. Dann kann hier eine ganz neue und gerechte Gesellschaft aufgebaut werden.«

»Das scheint mir ein eher langfristiges Projekt zu sein.«

»Bist du etwa genauso zynisch wie Joe?«

»Vermutlich. Aber du bist es nicht?«

»Wenn man die Hoffnung sterben lässt, tötet man auch seine Menschlichkeit.«

»Du sprichst gut Spanisch.«

»Ich habe es an der Universität in Moskau gelernt und später auch hier im Land. Und wo hast du Spanisch gelernt«

»In Argentinien.«

»Argentinien! Darüber möchte ich mehr wissen.«

Bereitwillig fängt er an zu erzählen, während der Wagen langsam die Berge hinauffährt. Die Luft ist im Laufe des Vormittags wärmer geworden, aber als sie höher hinaufkommen, sinkt die Temperatur wieder. Magnus schildert Irina wie ein fröhlicher Schuljunge das Leben in der Pampa, die Eleganz sowohl der Frauen als auch der Männer in Buenos Aires und die heftigen, abenteuerlichen und furchteinflößenden Gewitterstürme, die er in anderen Gegenden des großen Landes erlebt hat, in glühenden Farben.

Er wundert sich im Stillen darüber, dass er sich so sehnlich wünscht, Eindruck auf die russische Dame zu machen, und dass ihm dies gelingen könnte, indem er ausgerechnet das Leben in Argentinien in eindrucksvollen, impressionistischen Farben malt. Natürlich ist sie schön, aber es gibt viele schöne Frauen auf der Welt, und so außergewöhnlich hübsch ist sie nun auch wieder nicht, versucht er sich einzureden.

Er erkundigt sich nach ihrem Leben in Russland, und sie erzählt, dass in Moskau, wo ihr Vater eine große Wohnung in einem neuen Gebäude besitze, das Kamerad Stalin im Zentrum errichtet habe, bald der erste Schnee fallen werde. Das Gebäude liege am Moskwa-Fluss gegenüber vom Kreml und sei nur eines von vielen Beispielen für den Eifer, mit welchem das Volk eine neue Gesellschaft errichte. Irinas Spanisch ist sehr sicher und fließend, und ihre Aussprache klingt so, wie Magnus sie von den Spaniern kennt. Sie spricht viel besser Spanisch als Englisch.

»Es passieren so viele großartige Dinge in meinem Land, Magnus. Ich fühle mich unglaublich privilegiert, dass ich am Aufbau des Sozialismus teilhaben darf.«

»Aber es passieren doch auch noch ganz andere Dinge, oder?«

»Welche?«

»Ich habe über die vielen Menschen gelesen, die hingerichtet werden.«

»Bürgerliche Propaganda.«

»Es wird also niemand hingerichtet?«

»Nur Trotzkisten und andere Verräter. Die Revolution hat viele Feinde und muss sich gegen sie verteidigen.«

Wieder scheint sich ein Schleier über den Glanz in ihren Augen zu legen, und er bereut, sich überhaupt auf eine politische Diskussion eingelassen zu haben. Die inneren Verhältnisse in ihrem Land gehen ihn nichts an, und während er ihr eine Zigarette anbietet und anzündet, beeilt er sich, möglichst beiläufig zu fragen: »Vermisst du den Schnee?«

Sie lacht und atmet den Rauch durch die Nase aus. Als

sie lacht, strahlen sowohl ihr Gesicht als auch ihre Augen wieder. Ihre Unterlippe ist ein wenig dicker als die Oberlippe, sodass ihr Mund die Form eines kleinen Herzens hat. »In Spanien gibt es auch Schnee, aber ich glaube, ich weiß, was du meinst. Ich bin seit über einem Jahr nicht mehr zu Hause gewesen, Magnus. Ich war schon hier, als im Februar vor einem Jahr die Wahl stattfand. Im Mai '36 war ich für einen kurzen Besuch zu Hause, danach bin ich gleich hierher zurückgekehrt. Ich liebe Spanien. Ich liebe das Licht auf den verschiedenen Landschaften, die Art, wie es sich die ganze Zeit verändert, den Wein und die Menschen und das Klima hier im Süden. Ich hoffe, einmal hier leben zu können, wenn der Krieg erst gewonnen ist. Es gibt so viele Motive hier, die ich fotografieren, vielleicht auch malen möchte. Die Menschen. Die Landschaften. Die kleinen Dörfer. In Andalusien sind sie ganz, ganz weiß. Da musst du unbedingt einmal hinfahren.«

Er mag es, wenn sie sich so ereifert. Die Locken kringeln sich wild um ihren Kopf, ihre Augen leuchten, und ihr Mund lächelt auf eine Weise, die ihn auch in sexueller Hinsicht erregt.

Sie lacht ihn an: »Aber Moskau ist im Winter auch sehr schön, wenn alles mit Schnee bedeckt ist und man durch die Stadt geht und rote Wangen bekommt und davon träumt, mit seinem Verehrer im Dreispänner umherzufahren.«

»Hast du denn einen?«

»Ich habe hoffentlich viele, Magnus. Oder findest du mich etwa hässlich?«

Er merkt zu seinem Entsetzen, dass er rot wird, und zu seinem noch größeren Entsetzen, dass sie es bemerkt und lachen muss. »Nein. Natürlich nicht …«

»Ich bin ja nicht so fein angezogen wie deine eleganten Damen in Buenos Aires. Solche Kleider habe ich nicht.«

»Du siehst auch so sehr schön aus. Das war es auch gar nicht, was ich meinte.«

»Was meintest du denn?«

»Bist du verheiratet?«

»Nein.«

»Bist du verlobt?«

»Das gibt es bei uns nicht mehr, Magnus. Das war nur in früheren Zeiten üblich. Das ist etwas für die Grafen und Gräfinnen in Tolstojs Romanen.«

»Dann bist du also nicht verlobt?«

»Nein«, lacht sie. »Ich habe viele Verehrer, aber keinen bestimmten, dem ich den Vorzug gebe. Du kannst dich also gern in die Schlange einreihen.«

Er sieht sie verblüfft an: »Wie meinst du das?«

»Wenn es dich wirklich interessiert, wirst du es schon noch herausfinden.«

Sie knufft Joe in die Seite und fährt auf Englisch fort: »Lass uns ein Lied für Magnus singen. Komm schon, Joe, wach auf.«

Mercer schiebt den Hut aus dem Gesicht und sagt: »Ich habe nicht geschlafen. Wie soll man auch schlafen, wenn ihr auf Spanisch herumschnattert wie zwei Kindergartenkinder? Okay. Lass uns den Brigaden huldigen, Irina. Adelante!«

Sie beginnen zu singen. Irina gibt den Ton vor, und obwohl Joe kein Spanisch spricht, kann er den Text des populären Liedes über die 15. Brigade offensichtlich auswendig. Ihre Stimmen passen gut zusammen, Irinas schöne Kontraaltstimme und Joes klassischer Tenor. Für einen Moment fühlt sich Magnus in den Kirchenchor seiner Heimatstadt zurückversetzt, in dem er sowohl vor als auch nach seinem Stimmbruch gesungen hat. Marie hat sehr schön, aber nur ungern gesungen. Magnus dagegen hat das Singen geliebt. Ebenso Mads. Der Chefarzt hat natürlich nicht gesungen. Er meinte, diese Begabung müssten sie von ihrer Mutter geerbt haben.

Nach einigen Strophen kann er in den einfachen Refrain des Kampfliedes mit den wiederkehrenden Versen einstimmen:

Luchamos contra los moros
Rumba la rumba la rumba la
Luchamos contra los moros
Rumba la rumba la rumba la
Mercenarios y fascistas.
Ay Manuela! Ay Manuela!
Ay Carmela! Ay Carmela!

Selbst Juan Montero wird hinter seinem Steuerrad von der guten Stimmung angesteckt und singt den Refrain mit, während er den Wagen durch die Kurven die Hänge hinauflenkt. Magnus hat eine gut ausgebildete Baritonstimme, und Irina und Joe haben noch mehr Lieder auf Lager. Mercer lässt seinen Flachmann mit Whisky kreisen, und nach jedem Lied trinken sie einen Schluck. Montero nimmt gern etwas von dem Wein, aber keinen Whisky.

Es herrscht eine fröhliche Ausflugsstimmung im Auto, und Magnus kann den Blick einfach nicht von Irina abwenden. Vielleicht lässt er sich auch deswegen nicht lange überreden, als sie ein weiteres spanisches Revolutionslied mit einem rhythmischen Klatschen beendet und sagt: »Du hast doch eine schöne Stimme, Magnus. Bitte sing uns einen Tango vor – einen aus Argentinien. Die klingen so wunderschön und wehmütig.«

»Für mich klingen die eher nach Sex«, sagt Mercer.

»Das auch, Joe. Das auch. Komm schon, Magnus.«

»Ich bin mir nicht sicher, ob ich einen auswendig kann.«

»Natürlich kannst du das. So, wie du singst. Sing ihn für mich.«

Magnus lehnt sich zurück, schließt die Augen halb und fängt an zu singen, während er Inés, seine erste argentinische Geliebte, nackt auf dem Bett vor sich liegen sieht.

Sie hat ihm zuerst beigebracht, die argentinischen canciones zu singen, und dann, Tango zu tanzen. Jedes Mal, wenn er danach in einer Tanzbar mit einer anderen Frau auf der Tanzfläche landete, hatte sich unweigerlich Inés' nackter, sinnlicher Körper als inneres Bild aufgedrängt, weil sie meistens nackt und glücklich miteinander getanzt hatten, bevor und nachdem sie einander geliebt hatten. Ihre Leidenschaft schien nicht von dieser Welt zu sein.

Wieder sieht er Inés vor seinem inneren Auge, aber dann verschwindet ihr Gesicht, und stattdessen blickt er in Irinas Augen, die ihn mit einem verträumten Lächeln ansehen, während sie ihre Zigarette raucht. Sie sind voller Leben und Licht. Während er den Tango singt, der von seinem geliebten Buenos Aires handelt, versucht er, Irina zu verstehen zu geben, dass es sein unverhofftes und überwältigendes Verliebtsein in sie ist, das er mit dem schleppenden, erotischen Rhythmus des Tangos zum Ausdruck bringen will.

Als er fertig ist, klatschen Joe und Irina begeistert, und sie legt für einen Augenblick ihre Hand auf sein Knie. Der Flachmann macht wieder die Runde, bevor sie sich in ihren Sitzen zurücklehnen und einander zufrieden anschauen. Sie sind jung und lebendig, und trotz der Gräuel um sie herum empfinden sie das Dasein als ein märchenhaftes Abenteuer.

Als die Sonne ihren höchsten Stand erreicht hat, halten sie irgendwo am Rande der flachen Landschaft der Mancha ihre Siesta und teilen ihr Essen mit Juan Montero, der nicht viel sagt, aber höflich dankend eine Scheibe Brot, ein Stück Wurst und ein Eckchen Käse entgegennimmt und etwas beiseitetritt. Er isst schnell, als ob er lange nichts zu essen bekommen habe, legt sich dann unter einen Olivenbaum und zieht sich den Hut ins Gesicht.

Mercer hat ein scharfes Taschenmesser hervorgeholt, mit dem er das Brot zerschneiden will, aber Irina nimmt ihm das Messer ab und durchstößt damit die harte Kruste. Sie träufelt langsam etwas Olivenöl auf die eine Hälfte des Brotes und legt Tomate, Käse und Wurst darauf, dann klappt sie die andere Hälfte darüber und reicht Magnus das Sandwich. Für Joe und sich richtet sie auch solche Brote an. Sie essen alle drei mit unverkennbarem Genuss und einem gewissen Erstaunen darüber, wie gut diese einfache Mahlzeit zusammen mit dem kräftigen Wein mundet. Der Käse schmeckt ebenso würzig, wie er riecht, und das Brot ist knusprig und köstlich, wenn auch ein wenig trocken. Mercers Kiefer malmt, und wenn er den Mund öffnet, leuchten seine Zähne weiß in der Sonne. Irina bereitet noch ein Sandwich zu, und sie bringen Joe das spanische Sprichwort bei: »Wenn man Hunger hat, kann ein Brot gar nicht zu trocken sein.«

»Wein, Käse und Brot, viel mehr braucht man doch nicht«, sagt Irina und schaut glücklich lächelnd von einem zum anderen.

Magnus ist trotzdem etwas angespannt. Ihm gehen so viele Dinge durch den Kopf. Auf einmal hört er Flugzeuglärm in weiter Entfernung. Montero wacht auf und späht zum Horizont, wo man das Flugzeug als kleinen Punkt erkennen kann. Er holt ein Fernglas aus dem Handschuhfach. Montero hat den Wagen unter den Bäumen abgestellt und eine Plane darübergebreitet, damit er aus der Luft nicht so leicht zu sehen ist.

»Es ist eines von unseren«, sagt er. »Das kann ich hören, außerdem fliegen die Faschisten meistens in Dreierformationen. Es ist eines von unseren, Señor Meyer, da bin ich mir sicher. Wir können uns also entspannen und in aller Ruhe unsere Siesta genießen. Albacete läuft uns nicht davon.«

Irina geht pinkeln. Als sie zurückkommt, schläft Joe und schnarcht leise vor sich hin. Magnus liegt unter einem Olivenbaum und ist satt und schläfrig. Irina lässt sich neben ihm nieder, ihre Tasche legt sie sich als Kissen unter den Kopf. Sie seufzt wohlig. Er schaut auf ihre zarten Brüste, die rosige Haut neben ihren kleinen Ohren und auf ihren schlanken Bauch, der sich hebt und senkt. Sie sieht lächelnd zu ihm herüber und schläft dann so plötzlich ein wie ein kleines Kind. Sie dreht sich im Schlaf auf die Seite, dabei landet ihr Kopf auf seiner Schulter, und ihr Arm streicht über seinen Brustkorb. Er spürt ihre Brust an seinem Körper und sein eigenes Herz, das heftig schlägt, und er liegt mucksmäuschenstill und kämpft gegen den Schlaf an, weil er das Gefühl ihrer Nähe auskosten will, aber dann löst sich alles auf und wird dunkel.

Als er aufwacht, liegt sie auf dem Bauch, hat die Ellbogen aufgestützt und schaut ihn an. Sie streicht ihm die Haare aus der Stirn, die ihm wie üblich über die Augen gerutscht sind, und sagt auf Spanisch: »Wenn du schläfst, siehst du aus wie ein kleiner Junge. Weißt du das? Wie so ein süßer, unschuldiger Kleiner.«

»Ein kleiner Junge bin ich mit Sicherheit nicht.«

»Aber unschuldig?«

»Wer ist das schon?«

»Hast du denn viele Verehrerinnen?«

»Bin ich nicht derjenige, der um die Damen werben sollte?«

»Du bist, glaube ich, ein ganz schöner Charmeur, Magnus. Hast du gut geschlafen?«

»Ja. Und du?«

Sie nickt, und während sie ihre Hand kurz über seinen schmalen Schnurrbart und weiter über sein Kinn gleiten lässt, sagt sie: »Du hast nicht besonders viel Bartwuchs. Das gefällt mir. Du solltest dir nur diesen albernen Schnurrbart abrasieren. Gibst du mir eine Zigarette?«

Eigentlich möchte er nicht. Denn das bedeutet, dass er sich hinsetzen muss. Er möchte einfach nur das Gefühl ihrer zarten Hand auf seinem Gesicht bewahren, aber er richtet sich natürlich auf und zündet ihnen beiden eine Zigarette an.

»Was schreibst du, Magnus? Schreibst du die Wahrheit?«

»Was ist denn die Wahrheit?«

»Eben. Deshalb frage ich dich.«

»Es gibt vermutlich mehr als eine, meinst du nicht?«

Ein Schatten huscht über ihr helles Gesicht, als sie sagt: »Ich glaube eigentlich nicht an Worte. Ich glaube eher an Bilder. Die lügen nicht. Früher wollte ich Schriftstellerin werden, aber jetzt nicht mehr. Willst du Schriftsteller werden?«

»Nein, aber mein kleiner Bruder. Der ist es wohl schon. Er ist ein guter Dichter.«

»Ah, Lyrik. Das ist etwas anderes. Gute Gedichte sind wunderschön. Sie sprechen das Herz an, nicht den Verstand. In Russland haben wir ganz hervorragende Dichter, und wir lieben sie. Lebt dein kleiner Bruder in Dänemark?«

»Er ist hier in Spanien, vielleicht in Albacete. Er ist bei den Brigaden.«

»Dann ist er also Kommunist?«

»Mein Bruder ist Idealist. Ich glaube nicht, dass er Mitglied irgendeiner Partei ist. Bist du in einer Partei?«

»Ja, natürlich. Sonst könnte ich kaum hier sein.«

»Und die Fotos machen, die die Partei von dir verlangt?«

»Nicht nur.«

»Bilder können genauso manipuliert werden wie alles andere.«

»Meine nicht. Ich weiß, dass einige Fotografen sich die Leute so hinstellen, wie sie sie haben wollen, sie bestimmte Dinge tun lassen, Situationen inszenieren. Sie entschuldigen das damit, dass es der Sache diene, aber ich finde das trotzdem falsch. Man kann sich gegen meine Bilder entscheiden, aber man kann sie nicht verändern«, sagt sie, aber er hat das Gefühl, dass sie ihren Worten selbst nicht ganz glaubt, und sie schaut weg.

Er möchte, dass sie sich ihm wieder zuwendet: »Und du? Hast du Geschwister?«

»Ich habe einen älteren Bruder. Er ist Offizier beim Heer. Es ist lange her, dass ich ihn zuletzt gesehen habe.« Ihre Stimme klingt etwas brüchig und heiser.

»Dein Vater ist Diplomat. Und was macht deine Mutter?«

»Ich habe sie verloren.«

»Das tut mir leid.«

»Es ist schon viele Jahre her. Sie hat Tuberkulose gehabt.«

»Das ist eine furchtbare Krankheit.«

»Ja, das ist sie.«

»Und sonst? Sind die Familien in der Sowjetunion groß?«

Sie sieht ihn an und sagt, ohne zu lächeln: »Manche ja. Meine nicht. Ich hatte einen Onkel, aber den treffe ich nicht mehr. Und meine Tante auch nicht.«

»Was willst du damit sagen?«

»Du bist ganz schön neugierig, Magnus. Sie sind irgendwo in Sibirien. In einem Lager, aber darüber möchte ich jetzt nicht sprechen. Es ist nicht immer ganz einfach.«

Sie wendet den Kopf ab, wirft ihren Zigarettenstummel weg, steht schnell auf und versetzt dem schlafenden Mercer einen leichten Tritt mit dem Fuß: »Arriba, Schlafmütze. Wir müssen weiter.«

Sie fahren los, aber die Stimmung ist nicht mehr dieselbe. Es herrscht Schweigen im Wagen, der jetzt durch die flache Steppe fährt, die sich bis nach Albacete erstreckt, das irgendwo vor ihnen im glühenden Sonnenschein in der gelb gesprenkelten Landschaft liegt. Montero wirkt ebenfalls angespannt. Er mag die flache Hochebene der

Mancha nicht, auf der die Flugzeuge der Faschisten ihn und seinen schönen schwarzen Privatwagen so leicht erwischen können.

Endlich sehen sie die Stadt als einen merkwürdigen Haufen Steine in der gelben Steppe am Horizont auftauchen, wo der aufziehende Abendwind den Staub tanzen lässt. Sie fahren an zwei Dörfern vorbei, die verlassen zu sein scheinen. Auf den Feldern sind an mehreren Stellen die Reste von Getreide oder Heu zu sehen, die zwar gebündelt, aber nie eingefahren worden sind. Sie sehen Kirchtürme über der grauen Stadt aufragen, die ihre Farbe ebenso verändert wie die flache Steppe, als sie sich dem Stadtrand nähern. Die Landstraße sieht aus wie mit dem Lineal gezogen, und es herrscht überhaupt kein Verkehr. Sie fahren die leere Straße entlang, während die Sonne allmählich untergeht, und Magnus beschleicht das seltsame und beängstigende Gefühl, dass sie durch ein Meer aus getrocknetem Blut fahren, das die ganze Erde bedeckt.

13

Albacete macht auf Magnus den Eindruck einer hässlichen, dreckigen Provinzstadt mit schmalen, kopfsteingepflasterten Straßen und kleinen, geduckten Häusern aus grauweißem Lehm. Die Seitenstraßen sind staubig, und er nimmt an, dass sie schlammig werden, sobald der Winterregen kommt. Die Häuser, die etwas besser in Schuss sind, sind beige oder grau und haben dunkle Fensterläden. Die größeren Bürgerhäuser im Zentrum haben schön geschwungene Balkone mit schwarzen Schmiedeeisengittern. Er vermutet, dass hinter den verrammelten Fenstern das Bürgertum sehnsüchtig auf die Ankunft der Faschisten wartet, um endlich die Rückkehr der natürlichen Ordnung feiern zu können. Mercer hat erzählt, dass Albacete zunächst aufseiten Francos gekämpft habe, aber von der Arbeitermiliz erobert worden sei, sobald man diese mit Waffen ausgestattet habe.

Überall sieht er Männer, die Messer und anderes Besteck verkaufen. Irina erzählt, dass die Herstellung von Schneidewerkzeugen der größte Industriezweig der Stadt sei. Die Stadt wirkt zugeknöpft und unnahbar trotz des Gewimmels von Soldaten, die überall herumlaufen und deren Stimmen die Luft mit vielen verschiedenen europäischen Sprachen erfüllen. Es stinkt aus den offenen Kloaken. Die Schäden, die bei den Luftangriffen auf Albacete entstanden sind, sind deutlich zu sehen. Vor den wenigen Geschäften, die Lebensmittel verkaufen, stehen die Leute Schlange. Joe und Magnus verjagen einige widerliche Köter, die im Müll nach Nahrung suchen, mit Fußtritten. An einer Straßenecke liegt ein großer Hundekadaver, an dem die Maden sich bereits gütlich tun.

Sie haben sich zusammen mit Irina nicht weit von der Plaza Altozano absetzen lassen, weil sie davon ausgehen, im Gran Hotel, einem der größeren Hotels der Stadt, Zimmer zu bekommen. Irina nickt, sagt aber nichts. Es wirkt, als ziehe sie sich langsam von den beiden Männern zurück. Genauso schleichend entsteht ein sowohl physischer als auch mentaler Abstand zwischen ihnen, spürt Magnus. Montero kennt ein billigeres Hotel, wo er auch das Auto sicher unterstellen kann. Sie wollen ihn gern noch ein paar Tage behalten, womit er einverstanden ist, solange sie eine Kaution bei ihm hinterlegen, sagt er und schaut vielsagend gen Himmel. Sie verstehen, was er meint, als sie die Mauerstücke und die rußgeschwärzten Häuser sehen, die bei früheren Luftangriffen eingestürzt sind. Die Löcher in den Häuserreihen erinnern Magnus an Zahnlücken in einem verfaulten Gebiss.

Aus den Kneipen und Cafés an der Hauptstraße sind Flüche zu hören, und der Geruch von schwarzem Tabak, billigem Wein und ungewaschenen Körpern strömt ihnen von dort entgegen. Die Militärpolizei der Guardia Asaltos marschiert in Vierergruppen durch die Straßen. An einer Ecke entsteht eine Schlägerei zwischen zwei betrunkenen Männern, die mit Knüppelschlägen auseinandergebracht werden müssen. Sie fluchen auf Flämisch und beschweren sich über die Schläge, werden aber nicht abgeführt.

Mercer schüttelt den Kopf und geht in einem Bogen um die Militärpolizei herum. Er ist groß wie ein Dampfer und trennt die Menschen vor sich, als wären sie kleine Wellen auf einem Meer. Irina und Magnus gehen hinter ihm her, ohne miteinander zu sprechen.

Er besorgt ihnen Zimmer in dem großen Hotel am Rande der zentralen Plaza. Trotz der Sandsäcke vor einem offiziell aussehenden Gebäude, das von drei Soldaten mit den schwarzen Uniformen der Guardia Asaltos bewacht wird, hat ein Café seine Tische und Stühle auf die Plaza gestellt. Eine Gruppe uniformierter Männer sitzt an einem Tisch und trinkt Kaffee. In der Mitte der Plaza stehen einige zerzauste Palmen mit verwelkten Blättern um einen ausgetrockneten Springbrunnen herum.

Das Hotel ist erstaunlich schön und sauber. Für Irina ist dort bereits ein Zimmer reserviert. Davon hatte sie ihnen nichts gesagt. Die meisten Hotelgäste sind hochrangige spanische Offiziere sowie eine kleine Gruppe russischer Berater, bei denen Irina sich später melden soll, wie sie sagt. Magnus sieht sie in ihr Zimmer gehen, das neben seinem liegt, und er spürt eine seltsame Leere, als sie die Tür schließt und auf einmal verschwunden ist.

»Lass uns einen Drink nehmen, Magnus«, sagt Joe und sieht ihn mit einem leicht spöttischen Blick an. Joes Zimmer liegt ein Stück weiter den Gang hinunter. Magnus hat eigentlich keine Lust, und der große Amerikaner geht ihm auf einmal fürchterlich auf die Nerven, aber er überlegt einen Augenblick, ob er trotzdem mitgehen soll. Alkohol könnte das Mittel der Wahl sein, um den Schmerz zu betäuben und die Leere in seinem Inneren auszufüllen.

»Später. Ich will erst einmal ein Bad nehmen. An der Rezeption haben sie gesagt, dass es hier warmes Wasser gibt«, sagt er stattdessen.

»Dann sehen wir uns später.«

»Das wird sich wohl kaum vermeiden lassen.«

Das Wasser ist eine Wohltat, und das Duschen fühlt sich eigentümlich erotisch an, weil er in Irinas Badezimmer nebenan ebenfalls das Wasser rauschen hört. Es kostet extra, ein eigenes Bad zu haben, in dem es für ein paar Stunden am Tag warmes Wasser gibt, aber es ist das Geld wert, denkt er, als er sich die Haare einseift. Hinterher rasiert er sich gründlich. Er überlegt einen Moment, dann seift er auch seinen Schnurrbart ein und entfernt ihn mit zwei langen Zügen seines Rasiermessers. Er steht einen Augenblick still vor dem Spiegel und betrachtet sein nacktes Gesicht.

Er meint, Irina singen zu hören, aber vielleicht bildet er es sich auch nur ein. Er trocknet sich ab und stellt sich nackt an das halb offene Fenster und genießt es, den kühlen Wind auf der Haut zu spüren, während er auf die Plaza hinunterschaut. Auf einmal hört er, wie es an Irinas Tür klopft. Sie sagt auf Spanisch: »Einen Augenblick bitte«, dann hört er, wie eine schneidende Stimme irgendetwas auf Russisch sagt und wie Irina in derselben Sprache antwortet.

Magnus zieht seinen hellen Anzug und ein dunkles Hemd an, aber keine Krawatte, denn die scheinen auf der republikanischen Seite geradezu verboten zu sein, und seine bequemen Stiefel. Er legt seine schmutzige Wäsche auf einen Haufen, damit er das Zimmermädchen später bitten kann, sie für ihn zu waschen. Während er sich anzieht, hört er laute Stimmen aus dem Nebenzimmer. Die Wände sind eigentlich ziemlich dick, aber die Stimmen dringen durch Irinas halb offenes Fenster nach draußen. Er wünschte, er könnte verstehen, worüber sie sprechen. Es klingt ernst. Er hört vor allem die beiden tiefen Männerstimmen und zwischendurch immer wieder Irina, die so klingt, als versuche sie, sich zu verteidigen. Sie antwortet ihnen mit einer Stimme, die eine Oktave nach oben gerutscht ist, und er kann hören, dass sie wütend ist. Eines der russischen Wörter versteht er. Njet. Sie wiederholt es mehrmals. Njet, faucht sie, und die Männer verlassen das Zimmer. Die Tür fällt laut hinter ihnen ins Schloss.

Magnus geht auf den Flur hinaus. Er ist leer. Er bleibt einen Augenblick vor Irinas Tür stehen, legt ein Ohr an die Tür, hört aber nichts. Er klopft an und hört sie etwas auf Russisch sagen. Ihre Stimme klingt seltsam. Er klopft noch einmal und sagt auf Spanisch: »Irina. Ich bin's, Magnus. Ist alles in Ordnung?«

»Magnus. Es ist gerade etwas ungünstig.«

»Ich will nur sicher sein, dass bei dir alles in Ordnung ist.«

»Das ist es.«

»Dann mach bitte die Tür auf, Irina.«

»Geh jetzt bitte, Magnus.«

»Ich fange auf der Stelle an, eine Serenade zu singen, wenn du mir nicht die Tür aufmachst.«

»Jetzt geh schon, du Spinner.«

Er stimmt einen argentinischen Tango an, aber er kommt nur bis zur vierten Strophe, dann öffnet sie ihm die Tür.

»Magnus. Jetzt hör doch mit dem kindischen Kram auf.«

Ihre Augen sind ebenso feucht wie ihre Haare, die sich um ihren Kopf locken. In dem Dämmerlicht, das durch das große Zimmerfenster hereinfällt, sieht ihr Gesicht jung und zerbrechlich aus. Sie sieht ihn an und fährt liebkosend mit dem Zeigefinger ihrer rechten Hand über seine Oberlippe. Er nimmt vor allem das Erotische dieser Berührung wahr, und um seine Verlegenheit zu verbergen, geht er an ihr vorbei ins Zimmer, das genauso eingerichtet ist wie sein eigenes, nur spiegelverkehrt. Auch hier gibt es ein Doppelbett, einen Schrank mit einem Spiegel, einen Schreibtisch und einen Stuhl mit einer hohen Rückenlehne, einen Sessel auf einem dunkel gemusterten Teppich, der zu den dunklen Wänden passt. Die beiden Lampen im Zimmer sind angeschaltet, und er nimmt den feuchten Dampf aus dem Badezimmer wahr.

»Immer herein mit dir, Kamerad«, sagt Irina. »Er steht dir aber wirklich gut. Der fehlende Schnurrbart, meine ich.«

»Danke.« Er dreht sich um und fragt: »Wer waren die beiden russischen Herren? Ich konnte sie ziemlich deutlich hören.«

»Bekannte. Hast du eine Zigarette für mich, Magnus?«

Er zieht sein Päckchen hervor. Sein Vorrat ist bald aufgebraucht, er wird also in absehbarer Zeit auf dem Schwarzmarkt vorbeischauen müssen. Er zündet ihnen beiden eine Zigarette an. Sie geht zum Fenster hinüber und steht mit dem Rücken zu ihm da. Sie hat sich eine saubere Hose und ein helles Hemd angezogen. Die neue Hose sitzt enger als ihre weite, robustere Reisehose. Sie hat einen geraden Rücken und einen schönen Hintern, denkt er. Viele Frauen haben nicht den richtigen Hintern für die Hosen, in denen sie hier unten herumlaufen, denkt er weiter und betrachtet ihre schlanke Taille, in der die Hose von einem schmalen Gürtel zusammengehalten wird. Ihre nackten Füße sind klein und mädchenhaft, und er würde Irina am liebsten in den Arm nehmen und sie vor allen erdenklichen Gefahren beschützen.

Sie schaut aus dem Fenster und zuckt resigniert mit den Achseln und sagt, um ihrer beider Befangenheit zu überspielen: »Es geht um eine meiner Kameras. Sie ist kaputt. Ich kann sie nicht öffnen. Es ist meine beste Kamera.«

»Kann ich sie mal sehen?«

»Du bist also nicht nur Journalist und Cowboy, sondern auch noch Fotomechaniker?«

»Wer weiß. Darf ich mal sehen?«

Sie dreht sich um und zeigt auf den Schreibtisch. Die schwarze Leica liegt neben einer russischen Kamera, deren Marke er nicht kennt. Er nimmt die Leica und hält sie ins Licht. »Ist da ein Film drin?«

»Ja. Er ist noch nicht voll. Ich habe mich nicht getraut, ihn vorzuspulen.«

»Es ist der Schließmechanismus, der sich verhakt hat. Das kann ich reparieren.«

Er holt sein kleines rotes Taschenmesser hervor und klappt den Schraubenzieher heraus. Wie er sieht, sitzt eine winzige Schraube ein wenig schief und klemmt, sodass man das Gehäuse der Kamera nicht öffnen kann, ohne Gewalt anzuwenden. Vorsichtig löst er die Schraube, achtet aber darauf, dass das Gehäuse geschlossen bleibt.

»Jetzt kannst du sie öffnen, aber du solltest lieber …«

»Meinen Dunkelkammerbeutel benutzen? Natürlich. Du bist ja wirklich ein Fotomechaniker.«

Sie holt einen schwarzen Beutel aus ihrer Tasche, legt die Kamera hinein, macht ihn zu und holt mit geübten Bewegungen den Film heraus. Sie reicht ihm die Kamera. Er zieht die Schraube fest und justiert die Aufhängung, die ein wenig verzogen zu sein scheint. Er öffnet und schließt die Kamera ein paar Mal, bevor er sie ihr gibt und sein Taschenmesser zusammenklappt.

»Danke. Was für ein raffiniertes Messer du da hast. Darf ich es mal sehen?«

Er zeigt ihr die verschiedenen Funktionen des Taschenmessers – zwei Messer, einen Schraubenzieher, eine kleine Feile, einen Dosenöffner, eine kleine Schere – und betrachtet ihr interessiertes und lebhaftes Gesicht, während sie sein Taschenmesser bewundert. Er bemerkt, dass sie sich darüber im Klaren ist, dass er sie ansieht. Sie wird ein bisschen rot.

»Es ist wirklich sehr praktisch. Woher hast du es?«

»Ich habe es in New York von einem Schweizer bekommen, dem ich einen Gefallen getan habe. Die jungen Männer bekommen alle so ein Messer, wenn sie beim Schweizer Militär anfangen. Es ist rot, damit sie es im Schnee leicht wiederfinden, falls sie es verlieren.«

Wie ein kleines Kind, das sich für ein neues Spielzeug begeistert, klappt sie vorsichtig die verschiedenen Werkzeuge des Schweizer Messers wieder ein, ehe sie es ihm gibt und sagt: »Wirklich praktisch. Wie kann ich mich bei dir revanchieren?«

»Indem du dich von mir zum Abendessen einladen lässt.«

»Ich weiß nicht …«

»Komm schon, Irina. Auf die Weise kannst du dich bei mir bedanken.«

»Indem ich mich einladen lasse?«

»Genau.«

»Dann gib mir noch fünf Minuten.«

Er nickt zufrieden und denkt, dass er ihr alle Zeit der Welt gäbe, wenn das ihr Wunsch wäre.

Sie essen in einem kleinen Restaurant, das hinter dem Hotel liegt. Ein höflicher Mann in einem schwarzen Anzug in der in Brauntönen gehaltenen Empfangshalle des Hotels hat es ihnen empfohlen. Vielleicht sind es Verwandte von ihm, die das Restaurant betreiben, denn das Essen – eine Gemüsesuppe, gefolgt von einem großen Stück Lammschulter mit weißen Bohnen – schmeckt nicht besonders gut. Aber sie sind hungrig, der Wein ist kräftig, und sie trinken reichlich davon. Besonders Irina spricht dem Wein zu. Sie wirkt nicht betrunken, aber Magnus kann an ihrem Spanisch hören, dass der Wein eine gewisse Wirkung entfaltet.

Zuerst sprechen sie über den Krieg, das allgegenwärtige Thema, aber dann fragt er sie erneut: »Wer waren die beiden Männer, Irina?«

Sie sieht ihn mit leicht geröteten Augen an, lächelt und nimmt eine Zigarette von ihm an: »Ach, Magnus, Magnus, Magnus. Du bist ein gefährlicher Mann. Du bist wie einer dieser katholischen Priester, denen man alles erzählt. Denen man alles beichtet. Du hast so gute Manieren, aber du bist ein gefährlicher Mann, Magnus.«

»Wer waren die?«

»Was weißt du über mein Land, die Union der Sozialistischen Sowjetrepubliken? Das erste sozialistische Land, in dem wir den Sozialismus aufbauen, in dem wir den Kommunismus erschaffen. Was weißt du darüber?«

»Das, was du mir erzählst. Und dass Josef Stalin dort mit harter Hand regiert ...«

»Kamerad Stalin ist der größte Führer seit Lenin.«

»Und der brutalste.«

»Wo man hobelt, da fallen Späne.«

»Wenn du das sagst.«

»Wir sind umgeben von Feinden. Es erfordert Stärke und Mut, das umzusetzen, was Stalin vorhat. Wir dürfen nicht wanken. Es ist wie hier in Spanien. Wenn wir wanken, gewinnen die Faschisten. Wir müssen auf der Hut sein vor Fünfte-Kolonne-Leuten, vor Agitatoren und Trotzkisten, vor den heimlichen Faschisten und anderen, die es darauf abgesehen haben, die Revolution außer Kraft zu setzen, nicht wahr, Magnus? Verstehst du das nicht?«

»Du bemühst dich gerade, vor allem dich selbst davon zu überzeugen, habe ich recht?«

Sie leert ihr Glas. Magnus schenkt ihr nach und macht dem Wirt ein Zeichen, er möge ihnen eine weitere Flasche bringen. In einer Ecke sitzen drei spanische Offiziere und sprechen leise miteinander. Sie schauen immer wieder zu ihrem Tisch herüber, aber es ist wohl vor allem Irinas Schönheit, die ihre Aufmerksamkeit auf sich zieht. In einer anderen Ecke sind zwei spanische Schwarzmarkthändler damit beschäftigt, sich nach dem Essen ordentlich zu betrinken.

Irinas Stimme ist eindringlich, aber sie spricht betont leise, und es wirkt, als sei sie es gewöhnt, vorsichtig zu sprechen. »Wir müssen auf der Hut sein. Deswegen haben wir unsere Organe, verstehst du?«

»Organe?«

»Die Staatssicherheitsdienste natürlich. Das NKWD. Die neue Tscheka. Schwert und Schild der Partei, wie sie in der Lubjanka sagen.« Sie betrachtet ihre Zigarette, als würde sie erst jetzt bemerken, dass sie sie in der Hand hält. Sie nimmt einen Zug und lässt den Rauch langsam durch die Nasenlöcher entweichen, bevor sie sich über den Tisch lehnt und sagt: »Ich weiß nicht, warum ich dir das alles erzähle. Ich bin wahrscheinlich schon zu lange nicht mehr in der Heimat gewesen. Ich fühle mich vermutlich durch meinen Vater und meinen Idealismus zu behütet. Ich will an die Revolution und an den Sozialismus glauben. Ja, das will ich. Sonst ist das Ganze doch sinnlos. Es ist anders als bei meiner Großmutter. Die hatte ihren Gott. Ich habe meine Großmutter geliebt, meine süße Babuschka, aber für Babuschka waren die Bolschewiken der Antichrist, weil sie die Kirchen geschlossen haben. Sie hat gesagt, sie habe mich taufen lassen. Kannst du dir das vorstellen, Magnus? Mich, die nicht an Gott glauben will. Aber ich habe sie geliebt.

Ich sehe sie vor mir in der Datscha meiner Eltern, die in der Nähe des Flusses außerhalb von Moskau im Wald lag. Ein schönes, kleines Holzhaus mit einem großen Garten, in dem meine Mutter und meine Großmutter, als sie noch lebten, Gemüse und Blumen anpflanzten und für uns Kinder Saft einkochten. In meiner Erinnerung hat im Sommer immer die Sonne geschienen, und die Winter waren herrlich mit Schnee und klarem Frostwetter. Babuschka trug immer einen langen Rock, eine Bluse, ein Halstuch und ein geblümtes Kopftuch, das sie sich um ihre grauen Haare gebunden hatte. Sie kannte so viele Märchen von Trollen und Zwergen, von geheimnisvollen Elfen und Feen mit hohlem Rücken. Von Väterchen Frost und der kleinen Schneejungfrau, die so fürchterlich gefroren hat.

Ihre Familie stammte oben aus dem Norden, aus Karelien. Sie liebte Tee mit Marmelade und Kuchen mit Zuckerguss. Klingt das nicht seltsam? Selbst als sie fast keine Zähne mehr hatte, liebte sie den harten Sandkuchen, den meine Mutter immer gebacken hat. Ich sehe sie immer noch vor mir, wie sie den Kuchen, den sie in den Tee mit der roten, selbstgekochten Marmelade stippt, nicht kaut, sondern nach und nach zwischen Ober- und Unterkiefer zerdrückt. Und mein Vater und meine Mutter sind fröhlich – oder fast immer fröhlich. Und mein Bruder ist auch da, und er ist stark und frech und ärgert seine kleine Schwester, aber vor der Großmutter hat er Respekt. Und dann ist da noch die Sonne. Die warme Sonne über den Birken und der Fluss, der so blau ist wie die allerblauesten Augen.«

Er lässt sie ihren Gedanken nachhängen. Sie ist ganz versunken im Land der Erinnerungen, in dem er sich selbst auch so gern verliert, wenn er nicht aufpasst. Sie schüttelt so sehr den Kopf, dass ihre Locken beben, sieht ihn mit ihren hellen blauen Augen an, lächelt ein wenig traurig, trinkt einen Schluck Wein und fährt fort: »Sie kannte so viele Märchen, meine Großmutter. Eines davon handelt von einem kleinen Troll, der Osip heißt. Magst du Märchen, Magnus? Soll ich es dir erzählen?«

Er nickt, sie trinkt noch einen Schluck Wein, und ihr Blick wird wieder fern, als sie zu erzählen beginnt.

»Es war einmal ein kleiner Troll, der hieß Osip und lebte mit seiner Familie in dem Land, das die Trolle ihr Eigen nennen und in dem sie herrschen. Es liegt weit draußen im Wald irgendwo zwischen dem aufgehenden Mond und der untergehenden Sonne. Osip konnte Dinge, die die anderen Trolle nicht konnten, und wurde gehänselt und war unbeliebt, weil er anders war. Osip konnte nämlich Lieder erfinden, die so schön waren, dass die Tiere des Waldes anfingen zu tanzen, sobald er sie auf der kleinen Flöte spielte, die er aus einem Holunderzweig geschnitzt hatte. Die Vögel stimmten sofort in das Lied ein, und selbst der Wolf heulte so herzzerreißend über den gefrorenen Schnee hinweg, dass der Bär und der Hirsch stehen blieben, um Osips Musik zu lauschen.

Einige der Trolle liebten Osips Musik. Seine Lieder waren ungewöhnlich, manche von ihnen so heiter, dass man Lust bekam, im Schein des Vollmonds zu tanzen.

Andere wiederum klangen so traurig, dass man nicht anders konnte, als zu weinen. Aber es war ein wohltuendes Weinen, das die Seele reinigte, sodass es einem hinterher viel besser ging. Die meisten Trolle im Wald fanden jedoch, dass Osips Musik hässlich und gar nicht trollartig sei. Trollmusik habe so zu klingen, wie sie schon seit Trollgedenken klinge. Daher wollten sie Osips Musik im Trollreich verbieten lassen. Aber der Rat der Weisen Trolle, der das Trollreich regierte, war nicht bereit, Osips Musik zu verbieten, auch wenn er sie ebenfalls eigenwillig und wenig trollartig fand. Aber, sagten die Weisen Trolle, es muss Platz für jede Art von Musik geben, auch für die, die Osip spielt.

Und so lebte Osip viele Winter und Sommer lang glücklich im Wald und ließ seine Holunderflöte fröhlich oder traurig ertönen, so wie ihm zumute war. Die alten, verstockten Trolle gaben jedoch nicht auf. Sie fingen an, darüber zu reden – erst nur vereinzelt und hinter seinem Rücken, später dann immer vernehmlicher –, dass Osips Lieder sich geradezu menschlich anhörten, und das war das schlimmste Schmähwort im Trollreich.

Vor allem zwei Trolle setzten alles daran, Osips Musik zu unterbinden. Der eine hieß Baba, der andere Buba. Baba und Buba waren klein und gedrungen und hatten so viele kleine Warzen im Gesicht, dass sie mehrfach als schönstes Trollpaar im ganzen Wald ausgezeichnet worden waren. Sie predigten immer das Gleiche: Musik sei etwas für zu Hause und dürfe die öffentliche Ordnung nicht stören. Alles, was keine richtige Trollmusik sei, müsse sofort verboten werden. Und im Übrigen seien sie der Meinung, dass Osips Musik zu menschlich für anständige Trolle sei. Es beunruhigte Baba und Buba nämlich – im Interesse der Gemeinschaft selbstverständlich –, dass immer mehr Trolle Gefallen daran fanden, zu Osips Holunderflötenliedern zu tanzen und sich an ihnen zu erfreuen.

Baba und Buba waren sich natürlich darüber im Klaren, dass sie sich etwas Besonderes einfallen lassen mussten, um den Rat der Weisen Trolle davon zu überzeugen, dass man Osips Musik zum Schweigen bringen musste, und so fingen sie an, über ihn zu flüstern und zu tuscheln, und als das nichts half, erfanden sie einen Troll, den sie Bibu nannten.

Bibu war ein außergewöhnlicher Troll, der in die Welt hinauszog und im Reich der Menschen so manches mitbekam. Er war ein geheimer Troll, der im Schatten lebte und alles sah. Er wusste davon zu berichten, dass die Menschen zu Osips Musik tanzten. Das erzählten sie den Weisen Trollen, die darüber sehr erschüttert waren. Sie waren so erschüttert, dass sie nicht einmal mit Bibu persönlich sprechen wollten, sondern die erlogene Geschichte für bare Münze nahmen und Osip untersagten, auf seiner Flöte zu spielen. Keiner der anderen Trolle wagte es, sich einzumischen, und so ergriff niemand Osips Partei, auch die nicht, die seine Musik liebten. Kein Troll wollte sich der Gefahr aussetzen, als menschlich beschimpft zu werden.

Mit Tränen in den Augen musste Osip zusehen, wie sie seine Flöte in der Mitte durchbrachen. Er schnitzte sich eine neue, aber die zertraten sie mit den Füßen. Als er sich eine dritte Flöte schnitzen wollte, war es endgültig vorbei mit dem Verständnis für seine Menschenideen, und er wurde aus dem Trollreich ausgestoßen. Für Trolle ist das die schlimmste Strafe, denn jeder weiß, dass Trolle außerhalb der Gemeinschaft nicht überleben können. Sie siechen dahin und werden unglücklich. Auch Osip konnte die Einsamkeit nicht ertragen. Er schnitzte die letzte Flöte seines Lebens aus einem großen und prächtigen Holunderzweig, dann hackte er ein Loch in die Eisdecke des Flusses und ließ sich von den Fluten des eiskalten Wassers verschlingen. Das ist die Geschichte von Osip.«

Sie hat wieder feuchte Augen, und Magnus streckt seinen Arm über den Tisch und ergreift ihre Hand und darf sie einige Minuten halten, bevor sie sie wieder zurückzieht und sich von ihm eine weitere Zigarette anzünden lässt. Er sagt nichts, und sie scheint ihr gemeinsames Schweigen zu genießen.

»Babuschka hat immer gesagt, man höre den Klang von Osips klagender Flöte, wenn das Eis bei klirrendem Frost anfängt zu singen, und es seien Osips Tränen, die einem auf den Finger tropfen, wenn man ein Loch in den Holunderzweig ritzt und der weiße Saft austritt.«

»Das ist eine schöne und tragische Geschichte. Wie die deines Landes.«

»Wie die meines Vaterlandes, ja.«

»Aber als Kind hast du sie noch nicht zu hören bekommen, oder?«

»Nein. Babuschka hat sie mir erzählt, als ich schon älter war. Sie hat gesagt, bevor sie sterbe, wolle sie mir noch ein letztes Märchen mit auf den Weg geben.«

Irina macht eine Pause, ehe sie fortfährt: »Die beiden Männer in meinem Zimmer gehören zu einem der Organe. Sie sind in die Welt gesetzt worden, um die Feinde der Revolution aufzuspüren und zu bestrafen. Es gibt viele von ihnen, aber ich gehöre nicht dazu.«

»Was will das NKWD dann von dir?«

»Sie wollen mich zu ihrem Bibu machen, aber das will ich nicht. Dann kehre ich lieber nach Moskau zurück.«

»Das ist keine gute Idee.«

»Mag sein, aber es liegt letzten Endes nicht in meiner Hand.«

»Ich habe dich doch gerade erst kennengelernt.«

Sie lächelt über das ganze Gesicht, und das Lächeln mündet schließlich in ihr helles Lachen. »Magnus. Jetzt aber mal langsam. Wir sind doch zwei erwachsene Menschen.«

»Das Leben ist viel zu kurz, um sich erwachsen zu benehmen.«

»Ich will einfach kein Bibu sein. Ich will es nicht, da können sie schreien und toben und mir drohen, so viel sie wollen.«

»Und wer ist der Osip in der realen Geschichte?«

»Das kann ich dir nicht sagen, aber es ist jemand, den ich sehr schätze. Ich werde gegenüber den Organen kein schlechtes Wort über ihn verlieren. Ich werde ihn nicht beschuldigen. Er ist weder Trotzkist noch Faschist. Er ist weder als Spion für Franco noch für die Amerikaner tätig. Er liebt Kamerad Stalin und die Revolution. Es sind einfach nur Gerüchte, die über ihn verbreitet werden. Es sind nur Baba und Buba, die über ihn flüstern und tuscheln. Aber, wie man neuerdings in Moskau zu sagen pflegt, wo Rauch ist, ist auch Feuer, nicht wahr, Magnus?«

»Jedenfalls gestehen sie reihenweise, sobald sie vor Gericht gestellt werden.«

»Vielen Dank für die Einladung, Magnus. Und dafür, dass du mir zugehört hast. Wie Kamerad Stalin sagt: Man kann kein Omelett zubereiten, ohne Eier zu zerschlagen. Ich werde an meinen Vater schreiben, der den großen Führer persönlich kennt. Noch aus der Zeit vor der Revolution. Wenn Stalin erst informiert ist, wird sich das Missverständnis aufklären, und wir können alle gemeinsam weiter voranschreiten.«

14

Früh am nächsten Morgen machen Magnus und Joe sich auf den Weg, um das Hauptquartier der Internationalen Brigaden zu suchen. Es ist ein dunkler Morgen mit großen schwarzen Wolken, die von der Steppe her über die Stadt hinwegziehen und das Licht zu ersticken drohen. Magnus nimmt den leichten, kühlen Wind auf ganz neue Weise auf seiner glatten Oberlippe wahr. Als er sich heute Morgen rasiert hat, hat er wieder eine Weile vor dem Spiegel gestanden und sein nacktes, verletzliches Gesicht betrachtet.

Mercer sieht ihn an, seine Augen sind rot geädert: »Das steht dir, Mann. Du siehst zwar ein bisschen jung aus damit, aber immer noch besser als dieser schmale helle Strich, den du bisher vorzuweisen hattest.«

»Halt die Klappe, Joe«, sagt Magnus ohne besonderen Nachdruck. Er spürt immer noch Irinas Zeigefinger auf seiner Haut. Heute Morgen, als sie sich vor der Tür zum Frühstücksraum trafen. Schnell wie ein Taschenspieler hat sie ihn noch einmal über seine Oberlippe gleiten lassen und auf Spanisch wiederholt, dass es ihm wirklich gut stehe. Zwei Russen hatten sie aus dem Frühstücksraum mit einem Gesichtsausdruck angestarrt, den er als Missfallen deutete. Einen von ihnen erkannte Meyer als Kamerad Stepanowitsch vom Flughafen in Valencia wieder. Der andere war ein etwas dickerer Mann, der die gleiche schwarze, halblange Lederjacke wie Stepanowitsch und eine Leninmütze trug.

Er denkt an Irina und daran, wie er sie zum Hotel zurückbegleitet und vor ihrer Zimmertür einen keuschen

Kuss aufs Kinn bekommen hat und dass er so lächerlich glücklich gewesen ist wie ein Schuljunge, der seine Angebetete nach dem jährlichen Abschlussball im Haus der Handelskammer nach Hause begleiten darf.

Er ist ganz in Gedanken versunken, als Joe Mercer mit lauter Stimme offensichtlich zum wiederholten Male sagt: »Aber natürlich, mein Freund. Ich werde selbstverständlich den Mund halten, und bis nächstes Jahr um diese Zeit ist er bestimmt wieder nachgewachsen.« Er streicht sich über seinen eigenen dichten Schnurrbart.

»Sehr witzig. Sollten wir uns jetzt nicht auf die Suche nach diesen Brigadisten machen?«

»Das sollten wir.« Mercer wirft einen Blick über seine Schulter. »Ich wollte nur schnell sehen, ob deine Tschekisten heute mit von der Partie sind.«

»Hast du sie beim Frühstück gesehen?«

»Ich habe gehört, wie sie gestern nach dir gefragt haben.«

»In welcher Sprache?«

»Vermutlich in einer, die ich verstehe, nicht wahr, Magnus?«

»Verfluchte Teufel.«

»Das sind sie in der Tat, also nimm dich vor ihnen in Acht, und lass uns nach dem Weg zu unseren kämpfenden Brüdern fragen.«

Zunächst werden sie von einem einbeinigen Messerverkäufer, der seine große Auswahl an Messern in einer Lederschürze mit vielen Taschen vor seinem Bauch hängen hat, in die falsche Richtung geschickt. Er deutet in die Richtung eines kleinen Hügels. Wie die meisten anderen wirkt er mitgenommen und arm, er hat ein unrasiertes, müdes Gesicht, trägt eine dünne Jacke und eine weite Hose und an seinem verbliebenen Fuß einen Stoffschuh mit Hanfsohle. Er stützt sich auf ein Paar Krücken. Er verkauft auch Schwarzmarktzigaretten, und sie kaufen ihm beide einige Päckchen ab.

Joe und Magnus gelangen schließlich zur Stierkampfarena der Stadt, vor der ziemlich viele junge Männer mit Ranzen oder zerschlissenen Koffern in Grüppchen herumstehen. Der gelbe Anstrich des Gebäudes, das am Rande des eigentlichen Stadtkerns liegt, blättert an verschiedenen Stellen ab. Magnus bewundert trotzdem die feinen Ornamente, die roten Eingangstore und die Mühe, die man auf die obersten Mauerabschlüsse verwendet hat, die ihn an die Befestigungsanlage einer alten Ritterburg denken lassen. »Was für ein schönes Gebäude«, sagt er zu Joe, der zustimmend nickt.

Sie müssen warten, bis eine Gruppe von etwa vierzig Rekruten durch das Haupttor marschiert ist. Sie singen in verschiedenen Sprachen »Die Internationale«, und sie singen besser, als sie marschieren. Einige von ihnen scheinen immer wieder aus dem Tritt zu kommen. An der Mauer hängen noch einige Stierkampfplakate aus der Zeit vor dem Krieg. Sie sind vergilbt, aber Magnus liest dort etwas über sechs prächtige und tapfere Stiere, die am Sonntag um siebzehn Uhr getötet würden, sofern Gott und das Wetter es zuließen. Die Namen der Stierkämpfer sagen ihm nichts. »Ich wüsste zu gerne, wo diese prächtigen Stiere sich jetzt befinden«, sagt er eher zu sich selbst.

Mercer bleibt stehen, betrachtet das Plakat und antwortet: »Die sind allesamt aufgegessen worden. Sobald der Krieg begonnen hat, war es aus mit dem Stierkampf. Außerdem sind die besten Stierkämpfer seltsamerweise fast alle Faschisten.«

»Das ist doch nicht so verwunderlich. Sie haben Grund und Boden, große Stücke Ackerland, oder sie sind abhängig von den Gutsbesitzern, die den Großteil des Grund und Bodens hier unten besitzen. Was hier zurzeit stattfindet, ist doch zugleich ein Krieg um Land.«

»Zum Teufel noch mal, Magnus. Jetzt klingst du wie ein richtiger Kommunist.«

»In Argentinien ist es dasselbe. Einige wenige besitzen das Land, auf dem die Massen von Sonnenaufgang bis Sonnenuntergang für einen Hungerlohn schuften. ›Sol al sol y pagan un duro‹, wie sie hier sagen.«

Mercer zieht an dem Plakat, das trotz der ausgeblichenen Farben im Halbschatten zu leuchten scheint, und versucht, es von der Mauer abzureißen. »Falsche Reklame. Lass uns hineingehen«, sagt er und zündet sich eine Zigarette an. Ein Mann kommt heraus und ruft erst auf Deutsch und dann auf Englisch, man möge sich zu einer Gruppe zusammenfinden und in die Arena gehen.

In der eigentlichen Arena liegt ein großer Haufen Kleidung im graugelben Sand. Die Zuschauerreihen sind leer, aber ein alter Mann, der nur noch einen Arm hat, erzählt ihnen, dass die Kleidung den Freiwilligen gehöre, die heute mit dem Zug angekommen sind. Sie seien ärztlich untersucht und in die Truppe aufgenommen seien. Sie haben sie gerade hinausmarschieren sehen, als wären sie Meister in »el arte de torear«. Magnus bedankt sich bei dem alten Mann, dem die ganze obere Zahnreihe fehlt sowie drei Zähne im Unterkiefer, und reicht ihm eine Zigarette, die er mit einem Streichholz anzündet, das er an der geriffelten Sohle seiner flachen Schuhe entflammt. Der alte Mann bleibt bei ihnen stehen, und Magnus gibt ihm noch eine Zigarette, die er sich hinter das Ohr steckt. Dann bekommt er noch eine für das andere Ohr und sagt, das hier sei nicht das Hauptquartier, falls sie das suchten, und deutet auf die Stadt hinunter.

»Die alte Kaserne der Zivilgarde, compañeros. Da findet ihr die Ausländer. Aber seid vorsichtig. Die Geister mögen diesen Ort. Da gibt es genügend Blut für alle.« Er spuckt mit seinem beinahe zahnlosen Mund und macht mit seiner rechten Hand das Teufelszeichen und deutet damit auf sie, sodass es Magnus kalt den Rücken hinunterläuft.

»Was zum Teufel hat er denn damit gemeint?«, fragt er und übersetzt Joe, was der Alte gesagt hat.

Kopfschüttelnd erwidert Mercer: »Dieses Land ist voll von Verrückten. Vor dem Krieg war die Zivilgarde in den quadratischen Gebäuden untergebracht. Wie in den meisten anderen Orten hat sich die Zivilgarde auch in Albacete gegen die legal gewählte Republik erhoben, aber nach schweren Kämpfen übernahm die Arbeitermiliz Ende Juli 1936 die Herrschaft. Die überlebenden Zivilgardisten ergaben sich, aber es lag noch immer Blutdurst in der Luft, sodass die Miliz auf die weiße Fahne gepfiffen und den ganzen Haufen erschossen hat, inklusive Frauen und Kinder. Ich weiß nicht, ob du das weißt, aber in Spanien sind die Lager der Zivilgarde wie kleine Dörfer, in denen die Gardisten mit ihren Familien wohnen. Alles war voller Blut, sodass niemand mehr die Gebäude nutzen wollte, bis vor etwa einem Jahr einige gründliche deutsche Kommunisten alles sauber machten und den Ort als Hauptquartier der Internationalen Brigaden herrichteten. Platz genug gab es dort ja und funktionierende Telefone und Räume sowohl für Büros als auch zum Wohnen. Es musste einfach nur gründlich sauber gemacht werden.«

Von außen wirkt das Kasernengebäude zunächst wie ein großer Wohnblock, aber es sind mehrere Gebäude, die wie bei einem amerikanischen Fort um einen großen Hof gruppiert sind. Es gibt nur ein Tor, durch das man in den Hof hineingelangt. Über dem Tor steht der Leitspruch der Zivilgarde: »Por la Patria«, aber die verblassten Buchstaben sind von Einschusslöchern umgeben.

Für das Vaterland, denkt Magnus. Aber welches Vaterland und wie definiert man Vaterland? Ist es dort, wo man geboren ist, oder ist es dort, wo man sich zu Hause fühlt. Er tut sich schwer mit der hochtrabenden Rhetorik, die die Leute verwenden, sobald sie vom Vaterland und der nationalen Pflicht sprechen. Er hat den Eindruck, dass diese Worte immer in einem großen Blutvergießen enden. Man hält sich für besser als die anderen, und deswegen müssen sie sterben. Er denkt an Irina und ihr sozialistisches Vaterland, das wieder etwas ganz Eigenes ist. Früher einmal hat man von Russland gesprochen, aber jetzt ist es ein ganz anderes Land, wem gilt also ihre Vaterlandsliebe: dem alten Russland, dem sie entstammt, oder der neuen Sowjetunion, an die sie jetzt glaubt? Ihm ist natürlich nicht entgangen, dass sie die Augen vor den Ungeheuerlichkeiten in der Sowjetunion verschließt, über die man in den Zeitungen liest. Und was ist mit den Dichtern des alten Russland, die ebenjenes Russland preisen, mit dem die neue Sowjetunion jetzt so hart ins Gericht geht. Kann man eine Idee mehr lieben als ein Land, oder liebt man bloß die Vorstellung von einem Land?

Die Deutschen verwenden das Wort »Heimat« in einem geradezu religiösen Sinne. Ihr Kindermädchen bekam immer einen ganz verklärten Blick, wenn es vom Leben auf dem Dorf da unten im Süden erzählte. Oder vielleicht ist es der Traum von einem Leben, das es niemals gegeben hat. Wenn Magnus an seine Heimatstadt denkt, würde er seinen Schmerz am liebsten laut herausbrüllen oder die ganze Stadt dem Erdboden gleichmachen. Und jeden Tag sterben Menschen, weil sie an ein Land oder eine Idee glauben.

In Wirklichkeit ist es doch viel vernünftiger und ehrenhafter, wie die kriminelle Familie in New York über ihr Territorium herrscht. Ihr Augenmerk gilt allein der engsten Familie sowie den Alliierten der Familie, denkt er, ohne seine Argumentation erfolgreich zu Ende führen zu können. Daher schiebt er sie lieber wieder beiseite, denn auch in New York geht man problemlos vom Gespräch zur Gewalt über, sobald jemand die Interessen der Familie infrage zu stellen wagt. Darin besteht also kein Unterschied. Wäre er in der Lage, für sein Land zu töten? Hier in Spanien würde er mit einem entschiedenen Nein antworten, wenn sie ihm diese Frage stellten. Er schüttelt den Kopf, und Mercer sieht ihn fragend an, bekommt aber keine Erklärung.

Mercer ist auf der Suche nach Mitgliedern der 15. Brigade, in der viele amerikanische Staatsbürger ihren Dienst tun, während Magnus sich zur skandinavischen Abteilung durchfragt. Sie verabreden, dass sie sich später im Café gegenüber von ihrem Hotel treffen wollen.

Magnus sagt es nicht, hofft aber, Irina später im Hotel anzutreffen und sie mitnehmen zu können. Er spürt ein heftiges Verlangen nach ihr, andererseits geht es ihm bei fast allen halbwegs attraktiven Frauen so. Aber diesmal ist es anders. Irina trägt Geheimnisse mit sich herum, die ebenso mysteriös sind wie ihr großes, rätselhaftes Land. Er kann den Gedanken nicht ertragen, dass sie aus seinem Leben wieder verschwinden könnte. Vor seinem inneren Auge sieht er ihr schönes, lebendiges Gesicht, das in seiner Lebhaftigkeit eigentlich unrussisch ist, und fühlt sich wie ein unbeholfener Schuljunge, der angestrengt über einen Weg nachdenkt, wie er mit der Angebeteten aus der ersten Reihe im Klassenzimmer Kontakt aufnehmen könnte.

In den langen Gängen herrscht ein reges Kommen und Gehen, und hinter den halb geöffneten Türen hört er das Klackern von Schreibmaschinen. Hier arbeiten mehr Frauen, als er erwartet hat. In einem großen Raum mit niedriger Decke sind acht Frauen damit beschäftigt, Briefe und Päckchen zu sortieren. Er weiß, dass Albacete der Ort ist, an dem die Freiwilligen gemustert, ärztlich behandelt und in den Lazaretts und Krankenhäusern zusammengeflickt werden, und er erinnert sich daran, dass Albacete auch die Adresse war, die Mads in seinen Briefen angegeben hatte. Er vermutet, dass die Briefe hier zunächst sortiert und von der Zensur gelesen werden, bevor sie dem Roten Kreuz ausgehändigt werden.

Die Briefe liegen in großen Haufen auf einem langen Tisch und werden dort fein säuberlich zu Stapeln sortiert. An den Wänden stehen große Aktenordner, in denen die Frauen nachschlagen, ehe sie einen Brief auf einen der Stapel legen. Auf anderen Tischen liegen Päckchen in unterschiedlichen Größen mit Briefmarken aus vielen verschiedenen Ländern. Die Frauen beachten ihn nicht, aber als er lächelt, kommt eine dünne Frau in einem hellgrauen Uniformrock und einer dunklen Bluse zu ihm herüber. Auf den ersten Blick hält er sie eher für vierzig als für dreißig, aber er bemerkt schnell, dass er ihr damit unrecht tut. Es ist die Erschöpfung in ihrem Gesicht, die sie älter erscheinen lässt.

»Kann ich Ihnen weiterhelfen?«, fragt sie freundlich, aber zögerlich auf Spanisch. Ihre Augen sehen müde aus.

»Die skandinavische Abteilung. Wo finde ich die?«

»Sind Sie Däne oder vielleicht Schwede?«, fragt sie auf Dänisch.

»Däne. Mein Name ist Magnus Meyer. Ich bin Journalist. Guten Tag.« Er reicht ihr die Hand, und sie drückt sie kurz und kraftlos.

»Tove Hansen. Eigentlich Büroangestellte. Jetzt in der Post- und Zensurabteilung beschäftigt. Du hast nicht zufällig etwas zu rauchen dabei?«

Er reicht ihr eine Zigarette und zündet sie mit seinem Feuerzeug an, das Tove Hansen mit einer Mischung aus Begehren und Neid ansieht.

»Du bist wohl gerade erst angekommen?«, fragt sie.

»Es ist noch nicht lange her. Und Sie?«

»Hier unten sind alle per Du. Ich bin schon eine ganze Weile hier.«

Ihr Blick wird fern. Sie raucht langsam und mit halb geschlossenen Augen, ehe sie fortfährt: »Danke für die Zigarette. Du musst einmal quer über den Kasernenhof und dann in die Tür rein, auf der die römische Ziffer zehn steht. Da findest du die Skandinavier. Die meisten sind bei Thälmann.«

Er bedankt sich und schenkt ihr das restliche Zigarettenpäckchen.

Ihre Augen leuchten für einen Moment auf, und sie stopft das Päckchen schnell in ihre Rocktasche. »Vielen Dank. Es wäre schön, ein paar Neuigkeiten aus der Heimat zu hören.«

»Vielleicht sehen wir uns später?«

»Quien sabe? Wer weiß? Wie man hier sagt.« Sie lächelt und sieht auf einmal jünger aus, auch wenn ihr im Unterkiefer ein Zahn fehlt. Ihr Gesicht ist schmal und ihr Körper so dünn, als bekäme sie nicht genug zu essen. »Morgen ist ein neuer Tag«, sagt sie.

»Mañana será mejor«, sagt er und zieht seinen imaginären Hut.

»Das hast du aber schnell gelernt, Meyer, wenn du wirklich gerade erst angekommen bist. Dass morgen alles besser wird. Einmal quer über den Hof. Römisch zehn. Du kannst es nicht verfehlen.«

Magnus verfehlt es nicht, aber dort hilft ihm niemand weiter. Im Gegenteil, er trifft auf einen abweisenden und unwirschen Mann, der sich als Gerhardt Pandrup, Politkommissar des Thälmann-Bataillons, vorstellt.

Pandrups Büro ist klein, und die Wände sind nackt und weiß. An der Wand hinter dem Schreibtisch muss früher einmal ein Kruzifix gehangen haben. Magnus vermutet, dass sich in diesem Raum zuvor das Büro des Unterbefehlshabers der Zivilgarde befunden hat. Auf dem Schreibtisch, auf dem die Flagge der Republik an einer Miniaturfahnenstange gehisst ist, steht ein schwarzes Telefon. Gerhardt Pandrup dürfte etwa dreißig Jahre alt sein und hält sich sehr gerade. Er trägt eine graugrüne Uniform mit Gürtel und Schulterriemen, an seinem Gürtel ist ein geschlossenes Pistolenhalfter befestigt. Über der Stuhllehne hängt eine dunkelbraune, abgewetzte lange Lederjacke. Er steht hinter dem Schreibtischstuhl und bittet Magnus nicht, Platz zu nehmen. Seine Worte sind einigermaßen höflich, aber sein Tonfall ist kalt und abweisend.

»Es ist vollkommen ausgeschlossen, dass Sie diese Informationen bekommen«, wiederholt Pandrup, nachdem er den Pass und die Akkreditierungsunterlagen sowie den auf Dänisch abgefassten Brief studiert hat, aus dem hervorgeht, dass Magnus Mads' großer Bruder sei und dass er ihm Nachrichten rein privater Natur überbringen wolle. Pandrup gibt Magnus die Papiere zurück, der sie wieder in seine Schultertasche steckt, in der er ganz unten in einem geschlossenen Fach auch seinen Revolver aufbewahrt.

»Wir sprechen hier über meinen Bruder.«

»Das bezweifle ich auch gar nicht. Sie können Ihrem Bruder gern schreiben, und wir sorgen dann dafür, dass er Ihren Brief bckommt ...«

»Der erst einmal von wer weiß wie vielen Leuten gelesen wird.«

»Eine notwendige Maßnahme, um zu verhindern, dass der Feind an Informationen herankommt.«

»Es handelt sich um eine rein private Angelegenheit.«

»Das glaube ich Ihnen gern, aber Ihr Bruder ist in einer wichtigen Mission für die Republik unterwegs. Ich kann Ihnen leider nicht sagen, welche das ist und wo genau er sich befindet. Das müssen Sie doch verstehen.«

»Dann kennen Sie meinen Bruder also?«

»Selbstverständlich kenne ich Kamerad Meyer. Er ist ein mutiger und tapferer Soldat und hat eine gesunde und ideologisch richtige Einstellung zu unserem Kampf.«

»Ich möchte gern mit ihm sprechen.«

»Das lässt sich leider nicht einrichten. Zurzeit jedenfalls nicht.«

»Können Sie meinem Bruder dann wenigstens Bescheid geben, dass ich hier im Land bin?«

»Vielleicht, aber ich kann es Ihnen nicht versprechen.«

»Aber warum denn nicht?«

»Ihr Bruder ist an etwas beteiligt, das weit größer ist als jede Familienangelegenheit. Darüber ist er sich im Klaren, denn sonst hätte er sich nicht freiwillig für das gemeldet, was er jetzt nun mal tut.«

»Sagen Sie ihm einfach, dass ich nach Spanien gekommen bin.«

»Wir werden sehen. Ich habe mich noch um einige andere, wichtigere Dinge zu kümmern. Ich begleite Sie zur Tür.«

»Ich finde allein hinaus.«

»Ausgezeichnet. Und wenn Sie etwas über das Bataillon schreiben wollen, dann helfen ich oder meine Kollegen Ihnen gern weiter. Der Krieg an der Propagandafront ist wichtig. Dessen sind wir uns bewusst.«

»Das werde ich mir merken.« Magnus geht, ohne Pandrup zum Abschied die Hand zu reichen.

Er steht im Kasernenhof. Von einer Seite her zieht ihm der Geruch von Pferdestall in die Nase, und er hört den vertrauten Klang von Pferdehufen auf Stroh. Plötzlich vermisst er es zu reiten. Er muss an die Morgenstunden in Argentinien denken, als sie bei Sonnenaufgang ausritten und die Hufe der Pferde zarte Muster in den Morgentau zeichneten.

Zwei Männer schleppen Strohballen an ihm vorbei und grüßen nickend. Über den weißen Gebäuden hängt eine bleiche Sonne und wirft ein gespenstisches Licht auf die Dächer. Er hört einen Vogel schreien, in weiter Ferne kläfft ein Hund, und schon bald stimmen weitere mit ein. Er zündet sich eine Zigarette an und geht über den alten Kasernenhof. Er spürt Kommissar Pandrups Blick im Nacken, aber als er sich umdreht, ist die Tür mit der römischen Zehn geschlossen.

Im Postraum, in dem jetzt nur noch vier Frauen arbeiten, brennt Licht. Eine der Frauen ist Tove Hansen. Er schaut sich erneut um. Da ist niemand. Ein Mann in Uniform geht grußlos an ihm vorbei. Magnus räuspert sich, Tove Hansen lächelt und winkt ihn zu sich.

»Ich habe gleich Schluss. Vielleicht geben Sie eine Tasse Kaffee aus? Ich kenne ein ausgezeichnetes Café.«

Sind sie nicht per Du? Das hat sie vielleicht schon wieder vergessen, oder vielleicht erinnert er sie auch einfach an die Konventionen der Heimat. »Wenn wir Brüderschaft trinken, gebe ich ein Mittagessen aus.«

»Dazu sagt man nicht Nein. Zu einer warmen Mahlzeit sagt hier niemand Nein.«

»Für den Fall also, dass du in diesem Loch ein Restaurant kennst?«

»Das tue ich, Magnus Meyer.«

»Dann warte ich auf dich.«

»Ach, ich kann ruhig schon Schluss machen«, sagt sie, hebt die Stimme und sagt auf Spanisch zu den drei anderen Frauen: »Auf Wiedersehen, Kameraden.«

Sie schauen kurz von den Posthaufen auf und sagen »adios«, dann kehren sie schnell zu ihrer Sortierarbeit zurück, die langwierig ist, weil sie bei jedem Brief die Soldatenunterlagen in den vielen Aktenordnern zurate ziehen müssen.

Magnus und Tove Hansen gehen in Richtung Zentrum. Aus einer Kirche sind laute Männerstimmen zu hören, die offensichtlich darüber diskutieren, was sie abends unternehmen sollen. Die Wolken hängen schwarz über der Stadt, die sich auf der Hochebene zu verkriechen scheint. Ein Plakat mahnt, auf Spione und andere Faschisten achtzugeben. Ein anderes verspricht, dass »der Sieg unser« sei, und ein drittes in denselben prächtigen roten Farben behauptet, dass die Faschisten niemals siegen.

Tove Hansen hat ein wenig Lippenstift aufgelegt und sich die Haare gekämmt, aber sie sieht trotzdem ungepflegt und müde aus, findet Magnus, der auf einmal Mitleid mit ihr hat. Sie geht schnellen Schrittes und erzählt in ihrem langsamen jütischen Dialekt von ihrem Leben und warum sie hier gelandet ist, während sie routiniert einen der Messerverkäufer abwimmelt. Sie ist erst siebenundzwanzig Jahre alt. Während ihres Spaziergangs zum Restaurant erfährt er einen Teil ihrer Geschichte, den Rest dann während des Mittagessens.

Sie wollte etwas erleben und wurde Mitglied der Kommunistischen Partei, weil ihr Verlobter es ebenfalls war und sie zu den ersten Treffen mitnahm. Dann kam ein Mann aus Spanien, der sie dazu aufforderte, sich freiwillig zu melden und die legal gewählte Regierung zu unterstützen. Er sprach mit so viel Wärme und Überzeugungskraft davon, dass nur zu reden nicht weiterhelfe, dass jetzt gehandelt werden müsse, wenn man verhindern wolle, dass der Faschismus zuerst in Spanien und später vielleicht auch in Dänemark siege. Es hatte sich so selbstverständlich angefühlt. Dem Faschismus musste hier und jetzt Einhalt geboten werden, ehe er ganz Europa überschwemmte. Poul – so hieß ihr Verlobter – hatte zum wiederholten Male seine Arbeit verloren und schlug sich mit Gelegenheitsarbeiten durch. Es gab mit anderen Worten nichts, was sie daheim in Randers gehalten hätte, also machten sie sich auf den Weg, überquerten zusammen mit anderen Freiwilligen die Pyrenäen und landeten schließlich in Barcelona.

Tove erhielt sogar eine kurze militärische Grundausbildung, dann wurde ihr ein altes tschechisches Gewehr in die Hand gedrückt, und sie verbrachte drei Wochen an der Front in Aragonien, wo es aber zu keinen nennenswerten Kampfhandlungen kam. Sie schaffte es, gerade mal vier Schüsse abzugeben, ohne jemanden dabei zu verletzen. Sie und Poul waren Teil einer Volksfront, hatten sich aber einer anarchistisch eingestellten katalanischen Arbeitermiliz angeschlossen, die jedoch bald darauf mit der Komintern und der Partei aneinandergeriet. Daraufhin trat Poul den Brigaden bei.

Die Kommunistische Parteiführung sah es ohnehin lieber, dass ihre Mitglieder sich den disziplinierten und organisierten Internationalen Brigaden anschlossen. Als die Regierung gleichzeitig Frauen das Verbot erteilte, Waffen zu tragen und gemeinsam mit den Männern zu kämpfen, reiste sie mit Poul nach Albacete und bekam die Anstellung als Zensorin und Mädchen für alles im Büro der administrativen Leitung der Internationalen Brigaden. Sie kann von Haus aus ein bisschen Englisch und die anderen skandinavischen Sprachen und hat sich auch Spanisch ganz passabel angeeignet.

»Poul ist bei Madrid gefallen«, sagt sie tonlos. »Sie sagen, er wurde in den Kopf getroffen und war sofort tot. Das Restaurant hier ist nicht schlecht, wenn auch ein wenig teuer.«

Es ist ein kleines Restaurant in der Calle de Feria. Der Kellner, ein kleiner Mann mit einem sehr runden Gesicht und einem dünnen Schnurrbart, hat sich ein Geschirrtuch als Schürze umgebunden. An seiner linken Hand fehlen drei Finger. In seinem Restaurant gibt es etwa ein halbes Dutzend Tische. Magnus und Tove sind früh dran, und so sind sie die ersten Gäste.

Auf den zerkratzten, aber sauberen Tischen liegen keine Tischdecken. Sie setzen sich an einen Tisch mit zwei Tellern, Besteck und vier Gläsern. Der Wirt kommt und stellt eine Flasche Rotwein ohne Etikett auf den Tisch und eine durchsichtige Flasche mit Wasser, dabei sagt er: »Ich habe sopa de fideos und Huhn mit Bohnen im Angebot. Brot gibt es nicht, aber Pudding zum Nachtisch, und Kaffee gibt es auch.«

»Das nehmen wir«, sagt Magnus und schenkt ihnen beiden Wein ein, während er sich weiter die Geschichte von Tove und Poul anhört. Sie erzählt ihm noch mehr von ihrer kurzen gemeinsamen Zeit in Spanien und von ihrem harten Leben in Dänemark. Sie wiederholt mehrmals, so als müsse sie sich selbst immer wieder daran erinnern, dass er bei Jarama gefallen und dass ihm ein gnädiger Tod zuteilgeworden sei.

Die Suppe wird ihnen sofort serviert. Es ist eine klare Hühnerbouillon, auf deren Oberfläche viele verlockende Fettaugen schwimmen, und an den dünnen Nudeln, denen die Suppe ihren Namen verdankt, hat der Koch ebenfalls nicht gespart. Danach kommt das halbe gegrillte Hähnchen, das ziemlich trocken und zweifellos mehr Hahn als Hähnchen ist. Dazu gibt es weiße Bohnen. Magnus lässt die Hälfte seines Essens stehen und trinkt dafür den größeren Teil des Weines, während Tove seinen Teller nimmt und ohne jede Scheu seine Reste aufisst. Er kann ihr ansehen, dass sie wie so viele andere häufig hungrig ins Bett gehen muss. Sie isst sowohl ihren eigenen als auch seinen Pudding und raucht eine seiner Zigaretten, während sie einen starken Kaffee und Brandy serviert bekommen.

Sie lächelt ihn an und sagt: »Ich glaube immer noch an den Sieg. Das tue ich wirklich. Jeden Morgen, wenn ich aufwache, sage ich mir, dass ich daran glauben will. Ich will nicht, dass Poul umsonst gestorben ist. Aber es ist nicht immer leicht, daran zu glauben, dass das Gute siegen wird. Das ist einer der Nachteile daran, wenn man dort arbeitet, wo ich arbeite. Ich bin viel zu gut darüber informiert, wie es läuft.«

»Es läuft also nicht so gut?«

Sie sieht weg: »Ich darf nicht über das sprechen, was ich weiß. Wir sollen uns vor Spionen in Acht nehmen.«

»Glaubst du etwa, dass ich ein Spion bin?«

»Nein. Das glaube ich nicht. Vielen Dank für die Einladung, Magnus. Es hat wunderbar geschmeckt. Du bist ein sympathischer Mann.«

»Keine Ursache. Das ist doch nicht der Rede wert.«

»Oh, doch. Das ist es.«

Er sagt: »Tove, ich habe über eine Sache nachgedacht. Da du bei der Post arbeitest und wir Landsleute sind, könnte es doch sein, dass du mit der Post meines Bruders zu tun hast. Er heißt Mads mit Vornamen.«

»Mads Meyer? Ich habe mir schon fast gedacht, dass er dein Bruder ist. Meyer ist ja kein ganz gewöhnlicher dänischer Name. Es ist schon erstaunlich, wie klein die Welt ist. Wir haben heute zwei Briefe an deinen Bruder von der Zensur zurückbekommen, die ich gleich an ihn weitergeleitet habe. Und was für ein Zufall, dass du jetzt hier bist, während er gerade dort ist, schließlich könnte er sich auch an so vielen anderen Orten ganz weit von hier entfernt aufhalten.«

»Wo ist er denn genau?«

»In Madrigueras. Das ist ein Dorf ungefähr dreißig Kilometer nördlich von Albacete. Die Internationalen werden dort ausgebildet, bevor sie an die Front geschickt werden. Und man kommt auch dorthin, bevor man an andere Orte weitergeschickt wird.«

» Bist du dir ganz sicher?«

»Natürlich. Ein schwedischer Kamerad hat die Briefe für deinen Bruder mitgenommen. Wir Postschwestern wissen mehr darüber, wo sich jemand aufhält, als die meisten Generäle. Wir haben eine sehr verantwortungsvolle Aufgabe. Wir sorgen dafür, dass die Briefe und Päckchen überallhin gebracht werden. An alle Fronten. In die Krankenhäuser. In die Ausbildungslager. Zu allen Adressaten, ganz gleich, welchen Rang sie haben. Es ist ungeheuer wichtig für die allgemeine Moral, dass die kämpfenden Kameraden mit Neuigkeiten aus der Heimat versorgt werden. Das wird hier sehr ernst genommen. Daher trifft es uns sehr, wenn man uns beschuldigt, Tabak oder Schokolade aus den Päckchen zu stehlen. Das verletzt uns. Wir tun unser Bestes. Können wir gehen? Ich muss zurück zur Arbeit.«

15

Einige Tage später macht sich Magnus auf den Weg nach Madrigueras. Es ist ein merkwürdiges Dorf, das, so scheint es, von den meisten seiner ursprünglichen Bewohner verlassen wurde. Außer dem Bäcker, dem Metzger und dem Schmied sind nur noch die Männer und Frauen dageblieben, die die Rekruten in den diversen Bars und Cafés bedienen, in denen junge Männer aus aller Herren Länder Alkohol trinken und reden und auf der Suche nach Frauen sind, wenn sie gerade nicht trainieren müssen. Sie sind in den verlassenen Häusern oder Scheunen westlich des Dorfes untergebracht.

In den anderen Dörfern der Gegend trainieren ebenfalls junge Männer in neu eingerichteten Kompanien, die die Internationalen Brigaden mit spanischen Staatsbürgern ergänzen sollen. Kompanien mit idealistischen, tapferen, aber nicht ausgebildeten Freiwilligen werden nun zu regulären Heereseinheiten umgebildet. Jetzt hat der Wahnsinn Methode, geht es Magnus durch den Kopf. Das ist vermutlich auch notwendig, aber vielleicht ist es schon zu spät.

Die Straßen des Dorfes sind schmal, und die Häuser mit den schwarzen Gittern vor den Fenstern sind niedrig, und ihre Fensterläden sind verschlossen. Ein kräftiger Wind bläst trockenen Staub durch die nicht asphaltierten Straßen. Eine blassgelbe Steinkirche mit einem roten Dach, das auf der einen Seite rußgeschwärzt ist, liegt schräg gegenüber des Cafés. Der Duft von fettigem Essen dringt aus dem Raum hinter der geöffneten schweren Kirchentür, als er aus Juan Monteros großem Wagen aussteigt und zum Café hinübergeht. Die Kirche wird offenbar als Feldküche und Versammlungsraum genutzt. Hier bläuen die Politkommissare den Rekruten jeden Abend ein, wofür sie kämpfen und wer der Feind ist. Magnus weiß, dass auch an der ideologischen Front immer härtere Geschütze aufgefahren werden.

Joe Mercer war damit einverstanden, dass Magnus den Wagen benutzte, solange er versprach, ihn nicht in Albacete sitzen zu lassen. Außerdem sollten sie bald nach Cartagena aufbrechen, hatte Mercer gesagt. Er selbst wollte für einige Tage nach Madrid reisen, um dort »jemanden« zu treffen. Sobald er wieder in Albacete wäre, müssten sie aber dringend weiterreisen. Er sah müde und angestrengt aus und wollte nicht erzählen, mit wem er gesprochen hatte oder ob er einen Brief oder ein Telegramm erhalten hatte, aber er war nervös und angespannt, als sie heute Morgen miteinander sprachen.

Die Fahrt nach Madrigueras führte Magnus durch eine flache, langweilige Landschaft, die vertrocknet und unfruchtbar dalag und in der nichts zu sehen war als ab und zu ein verlassenes und verfallenes Feldsteinhaus. Er hatte den Eindruck, dass hier früher einmal Landwirtschaft betrieben wurde, aber das musste lange her sein. In der Ferne konnte man niedrige, in Dunst gehüllte Berge erkennen. Das Wetter ließ nun ernsthaft den Herbst oder einen frühen Winter erahnen, auch wenn es hier wohl nie richtig kalt wurde. Montero hatte das Faltdach des Wagens geöffnet, und die Luft fühlte sich klar und frisch und sehr angenehm an. Magnus hatte seine Reitjacke und die Stiefel aus Argentinien angezogen. Er hatte den Revolver in seine Schultertasche gesteckt, die er sich mit dem Riemen über der Brust umgehängt hatte.

Während der Fahrt dachte er außer an Mads auch immer wieder an Irina und überlegte, wie er sich ihr gegenüber verhalten sollte. Er dachte an ihre Worte und an die

Angst, die er in ihren hellen, schönen Augen gesehen hatte. Augen, die so schnell von Heiterkeit zu Niedergeschlagenheit wechseln konnten. Es gab in der Tat genug Anlass zur Sorge. Irinas Geschichte war erschreckend. Wenn das mächtige NKWD erst einmal beschlossen hatte, dass sie eine Verräterin war, würde sie Mühe haben, es vom Gegenteil zu überzeugen. Selbst ihr Vater würde sie dann kaum vor einer Anklage als Volksfeindin bewahren können. Und war der Vater selbst überhaupt sicher? War überhaupt irgendjemand außer dem großen Stalin höchstselbst davor sicher, angeklagt, gefoltert und verurteilt zu werden, wenn er erst einmal das übliche Geständnis abgelegt hatte?

Er glaubt keineswegs alles, was die Zeitungen über die Prozesse in Moskau berichten, aber er ist überzeugt, dass man unweigerlich über den Haufen gefahren wird, wenn man es wagt, sich Stalins Dampfwalze in den Weg zu stellen. Das Ganze hat nichts mit Gerechtigkeit zu tun, sondern ist ausschließlich eine Frage des Glücks. Denn was geschieht eigentlich daheim in ihrem Russland? Er weiß es nicht. Weiß sie es? Sie verbirgt etwas vor ihm. Er hat versucht, es herauszubekommen, aber sie hat ihm nicht antworten wollen. Es gebe ausreichend Gründe, nicht gerade in Hochstimmung zu sein, hat sie gesagt. Nehme er die Neuigkeiten von der Front denn gar nicht zur Kenntnis? An den meisten Frontabschnitten laufe es nicht gut. Die Republik müsse bald zum Angriff übergehen, sonst sei ihr Todesurteil besiegelt. Darin musste er ihr natürlich zustimmen, aber er glaubt nicht, dass das der Grund für ihre Niedergeschlagenheit und die Angst ist, die sie mit aller Macht zu bekämpfen und vor ihm zu verbergen sucht.

Die Spekulationen galoppierten wild in seinem Kopf umher, während Montero sie durch die verlassene Landschaft fuhr, bis das Dorf, nur dreißig Kilometer von Albacete entfernt, wie ein merkwürdiger Haufen Steine und vergilbte Ziegel im Staub vor ihnen auftauchte und ziemlich unbewohnt aussah.

Er hat das Geräusch schon über das ruhige Brummen des Motors hinweg gehört, bevor er die Männer schließlich sieht, als Montero an einem großen Exerzierplatz anhält, auf dem mehrere Hundert junge Männer auf Spanisch angeschrien werden. Sie müssen unzählige Male über den Platz marschieren, sich umdrehen, auf den Boden werfen, ihre Gewehre präsentieren und sich wieder in den Staub legen, nur um sich dann erneut in Reih und Glied aufzustellen. Von den weiter entfernten, grün gesprenkelten Berghängen tönen Gewehrsalven wie von einem Schießstand zu ihnen herüber.

Er ist ausgestiegen und hat ein paar Zigaretten geraucht, bis der Befehl zum »Rührt euch« und zur Pause erteilt wird. Die Soldaten setzen sich in den Staub und holen ihren Tabak heraus. Magnus fragt laut auf Dänisch, ob hier vielleicht ein Landsmann von ihm anzutreffen sei, und ein jungenhafter Kerl mit Sommersprossen, der eine viel zu große Jacke und eine schwarze Schiebermütze trägt, schlurft zu ihm herüber und nimmt eine Zigarette von ihm an. Er erzählt Magnus, dass er seinen Bruder möglicherweise in Pedros Café finden könne, in dem sich die Skandinavier oft träfen. Es liege schräg gegenüber der Kirche, in der er Mads eventuell auch antreffen könne, aber wenn er am Ausbildungslager teilnehme, sitze er in der Pause meistens bei Pedro.

»Er gehört zu den Geheimen in Pozo Rubio«, sagt der junge Däne mit einem schiefen Grinsen. Aber natürlich kenne er Mads. Mads habe neulich Gedichte vorgetragen, als sie einen Kameradschafts- und Kulturabend veranstalteten. Sowohl eigene Gedichte als auch welche von anderen Dichtern. Es sei sehr beeindruckend gewesen. Mads sei ein toller Kerl.

Jetzt steht Magnus in der Türöffnung und schaut in das Café, in dem sich vielleicht ein halbes Dutzend Tische befinden, von denen etwa die Hälfte besetzt ist. Ganz hinten in dem verrauchten Raum sitzen vier Männer, auf deren Tisch eine fast leere Weinflasche steht. Magnus betritt das Café und macht einen Schritt nach links, aber niemand scheint ihn in dem bläulich wogenden Licht zu beachten. So kann er einen Moment stehen bleiben und seinen kleinen Bruder betrachten, der sich laut auf Deutsch unterhält. Magnus erkennt darin den vertrauten Tonfall ihres Kindermädchens wieder.

Er sieht Mads an und versucht, in dem mageren, aber zugleich energischen und erwachsenen jungen Mann, der mit dem Gesicht zur Tür sitzt und anscheinend gerade seine Meinung mit einer Geste der rechten Hand unterstreicht, den fünfzehnjährigen Jungen wiederzuerkennen, den er vor mehr als fünf Jahren verlassen hat. Mads' Züge sind so zart, dass sie fast feminin wirken, und der natürliche Fall seines weichen dunkelblonden Haares umrahmt seine hohe, gerade Stirn, die ihn seinem Vater wie aus dem Gesicht geschnitten aussehen lässt. Er hat die unschuldigsten braunen Augen mit langen Wimpern und einen Mund, der offensichtlich gern lächelt. Er hat noch immer kaum Bartwuchs. Seine Ohren sind wohlgeformt und liegen eng an seinem schmalen Kopf an. Er scheint immer noch einen halben Kopf kleiner zu sein als Magnus, aber er wirkt kräftiger als früher.

Er sieht aus wie immer und doch irgendwie verändert. Sein schmaler Körper wirkt drahtig, er scheint aus nichts als Sehnen und Muskeln zu bestehen. Er trägt ein khakifarbenes Hemd, dessen Ärmel er bis zur Mitte seines Bizeps hochgekrempelt hat. Die beiden oberen Hemdknöpfe sind geöffnet, und er hat ein rotes Tuch locker um den Hals gebunden. Über der Stuhllehne hängt eine schwarze Jacke, und weil Mads den Stuhl ein Stuck nach hinten geschoben hat, kann Magnus den Schaft einer Pistole an seinem breiten Gürtel erkennen. Pistolen oder Revolver sind nicht so leicht zu bekommen und werden in der Regel nur an die Politkommissare ausgehändigt. Mads muss also eine wichtige Position innehaben, es sei denn, es handelt sich dabei um Kriegsbeute.

Der Geräuschpegel im Café ist hoch, aber Magnus versteht trotzdem einzelne Sätze, in denen Mads Wörter wie »Sieg«, »Sozialismus«, »Freiheit« und »gerechter Kampf« ein ums andere Mal zu wiederholen scheint. Links von Mads sitzt ein großer, knochiger Mann, der sein Weinglas so festhält, dass es ganz in seiner Hand verschwindet, raucht und nachsichtig den Kopf schüttelt. Der dritte Mann scheint nicht zu verstehen, was Mads sagt, während der vierte ihm antwortet und noch einmal wiederholt, das Allerwichtigste sei Disziplin. Magnus hört, dass er Deutscher ist. Einer der vielen deutschen Kommunisten oder Sozialdemokraten, die vor Hitler ins Exil geflohen sind und die im Thälmann-Bataillon kämpfen.

Er betrachtet seinen kleinen Bruder, und ihm wird ganz warm ums Herz. Er wünscht, Marie wäre hier oder er könnte zumindest das Bild von Mads einfrieren und es durch die Luft zu ihr nach Hause transportieren, sodass sie ihren kleinen Bruder genau in diesem Augenblick sehen könnte und wüsste, dass er gesund und munter ist und höchst präsent in diesem einfachen spanischen Café.

Er bleibt auf seinem Platz stehen und wartet geduldig. Jetzt bemerkt Mads anscheinend, dass er beobachtet, sogar angestarrt wird. Er schaut auf und blickt in Magnus' Augen, und die Zigarette in seiner Hand scheint für einen Moment in der Luft stillzustehen. Es erinnert an ein Bild, das genau jene Sekunde festhält, bevor der Lärm wieder losbricht. Jetzt schiebt Mads seinen Stuhl ganz zurück und steht auf.

Magnus macht einen Schritt nach vorn und bleibt abwartend stehen. Mads geht um den Tisch herum auf ihn zu, während der große, knochige Mann verwundert zusieht. Vielleicht hat er ihre Ähnlichkeit bemerkt, denn trotz aller Unterschiede ähneln sie einander, auch wenn Mads eine Leichtigkeit und Anmut besitzt, die ihre gemeinsame Mutter Magnus nicht vererbt hat.

Mads bleibt vor ihm stehen, und so verharren sie für einen Moment. Dann breitet er die Arme aus, zieht seinen großen Bruder an sich und umarmt ihn. Magnus spürt, wie stark er ist. Sie halten einander eine Weile im Arm, bevor Mads ihn loslässt, einen Schritt zurücktritt und mit einer leisen, aber tiefen und männlichen Stimme sagt, die vollkommen anders klingt als die Jungenstimme, die Magnus in Erinnerung hat: »Das gibt's doch gar nicht, Magnus. Ich dachte, ich sehe ein Gespenst!«

»Nein. Ich bin ziemlich echt, Bruderherz.«

»Das bist du wohl, aber trotzdem … Was zum Teufel machst du hier?«

»Du bist ein richtiger Mann geworden.«

»Es ist ja auch schon lange her, dass du von zu Hause abgehauen bist.« Mads scheint die Härte seiner Entgegnung zu bereuen, denn er fährt rasch fort: »Du siehst aus wie immer. Du hast dich gar nicht verändert. Es kommt mir ganz unwirklich vor, aber es ist natürlich sehr schön, dich zu sehen. Du hattest mir doch nicht geschrieben, oder? Was machst du hier? Hast du dich als Freiwilliger gemeldet? «

»Nein. Ich soll dir viele liebe Grüße von Marie bestellen. Sie vermisst dich ganz fürchterlich.«

»Dann bist du also zu Hause gewesen?«

»Ja, das bin ich.«

»Sollst du mich auch von Vater grüßen?«

»Ja, das soll ich. Von Gott und Vater.«

»Das ist wohl dasselbe, bloß in umgekehrter Reihenfolge.«

Sie müssen beide lachen, küssen sich auf die Wangen und klopfen einander auf den Rücken wie zwei fröhliche Schuljungen, die einander nach unendlich langen Sommerferien endlich wiedersehen.

Mads zieht Magnus an seinen Tisch und stellt ihm die drei Männer vor. Magnus versteht weder den Namen des Deutschen noch den des dritten Mannes, der offenbar Belgier ist, aber der große Knochige steht auf, gibt ihm die Hand und wiederholt seinen Namen. Er ist Bertil, der Schwede aus Kiruna. Magnus kennt ihn ja bereits aus Mads' Novelle, die er vor gefühlten hundert Jahren gelesen hat. Sie rücken zusammen, damit Magnus sich zu ihnen an den Tisch setzen kann, aber er sagt, er müsse allein mit seinem Bruder sprechen.

»Ist zu Hause etwas nicht in Ordnung? Ist irgendetwas mit Marie?«, fragt Mads, als er Magnus' ernstes Gesicht sieht.

»Nein, nein, es geht ihr gut. Sie möchte nur, dass du nach Hause zurückkommst. Dass du das hier beendest.«

Mads sieht ihn an und sagt: »Habe ich es mir doch gedacht. Man hat dich geschickt.«

»Können wir nicht woanders darüber reden?«

»Lass uns einen Spaziergang machen. Ich brauche frische Luft«, sagt Mads, ergreift seine Jacke und nickt seinen Kameraden am Tisch zu. Der Schwede sagt, er übernehme die Rechnung.

Sie gehen durch das Dorf, dessen Häuser sich in der kühlen, trockenen Luft zu ducken scheinen, durch eine Wiesenlandschaft und noch ein ganzes Stück weiter bis zu einem Fluss, der sich hinter dem Dorf durch eine kleine Schlucht schlängelt. Sie hören das Geräusch von Ziegenglocken, sonst herrscht Stille. Am Schießstand wird offenbar gerade Pause gemacht. Drei schwarze Geier schweben in der Luft. Am Horizont hängen graue Wolken über den Bergen. Sie sehen den Staub, den eine Militärkolonne aufwirbelt, die irgendwo in der Ferne vorbeifährt. Magnus sieht, wie Mads den Himmel instinktiv und systematisch nach Flugzeugen absucht.

Sie wiederholen mechanisch, wie schön es sei, wieder zusammen zu sein, aber ihre Aussagen lassen die echten Gefühle ihres Wiedersehens im Café vermissen. Magnus richtet die Grüße von Svend Poulsen aus. Mads bedankt sich mit einem Lächeln, das sein Gesicht jünger wirken lässt, und erkundigt sich, wie es Svend gehe und wie er mit seinem einen Arm zurechtkomme. Magnus erzählt, dass Svend ihm geholfen habe und dass er offiziell als Journalist in Spanien unterwegs sei, aber dass Marie ihn in der Tat gebeten habe, Mads zu finden und nach Hause zurückzuholen. Mads antwortet nicht, aber sein junges Gesicht verfinstert sich. Unausgesprochene und böse Worte liegen lauernd zwischen ihnen.

Mads fragt, wie es Magnus in den USA und in Argentinien ergangen sei, und Magnus erzählt seine üblichen, halb wahren Geschichten. Vielleicht wird einmal der Tag kommen, an dem er Mads erzählen wird, wie es dort in Wahrheit zugegangen ist, aber als sie Seite an Seite am Fluss entlang spazieren gehen, ist die Stimmung zwischen den beiden Brüdern zu angespannt.

Als Magnus auf den Krieg zu sprechen kommt und erwähnt, dass er seine Novelle gelesen habe, macht Mads Ausflüchte und spielt das Ganze herunter. Er redet wie eine Propagandaschrift und schaut weg, während er mit den üblichen Floskeln verkündet, die Brigaden würden siegen, weil sie für etwas kämpften, das größer sei als sie selbst. Sie benehmen sich fast wie Eheleute, die erkannt haben, dass ihre Beziehung sich in einer Krise befindet, aber nicht den Mut haben, es einander zu sagen. Magnus wiederholt, dass Marie Mads vermisse und wolle, dass er nach Hause zurückkehre, aber Mads antwortet nicht darauf.

Sie gelangen zu einem Felsvorsprung, der aussieht wie eine kleine, von der Natur geschaffene Gartenbank. Mads setzt sich und zündet sich eine Zigarette an. »Hier sitze ich manchmal, wenn ich aus Pozo Rubio herüberkomme und meine Ruhe haben will«, sagt er. »Ich hoffe auch, endlich mal wieder ein Gedicht schreiben zu können, aber wenn ich hier alleine sitze, fällt mir einfach nichts ein.«

Magnus muss an sein Gespräch mit Svend Poulsen denken, bei dem sie auf einem umgekippten Baumstamm saßen. Zwei Flüsse. Zwei Länder. Zwei völlig verschiedene Situationen, und dennoch hängen sie zusammen. Ohne Poulsen säße Mads wohl kaum hier, und ohne Mads wäre Magnus niemals nach Spanien gereist. Schicksalsfäden ohne Sinn und Zweck. Alles ist Zufall, und es ist unmöglich, einen Sinn oder ein Muster in dem zu erkennen, was passiert, denkt er, als Mads sagt: »Ich werde nicht mit dir nach Dänemark zurückkehren.«

»Können wir nicht noch einmal darüber sprechen?«

»Sie würden mich als Deserteur erschießen.«

»Du bist doch Freiwilliger.«

»Wir erschießen jeden Tag Deserteure. Um ausreisen zu können, brauche ich einen ›salvoconducto‹, und einen solchen Passierschein werden sie mir niemals ausstellen. Glaubst du, wir machen das alles hier nur zum Spaß, Magnus? Glaubst du das?«

»Nein.«

»Es ist ausgeschlossen, dass sie mich gehen lassen, selbst wenn ich es wollte. Und soll ich etwa meine Kameraden im Stich lassen? Willst du, dass ich Bertil im Stich lasse?«

»Du brichst Marie das Herz. Sie geht bald zugrunde vor Kummer.«

Mads steht auf und dreht sich zu Magnus um: »Du darfst Marie nicht benutzen, um mich unter Druck zu setzen.«

»Ich habe ihr versprochen, dich nach Hause zurückzuholen.«

Mads lacht höhnisch: »Ihr versprochen! Was geht dich das eigentlich alles an? Und was gehen mich deine Versprechungen an? Glaubst du, ich bin immer noch der kleine Junge von früher? Du bist doch seit Jahren nicht mehr zu Hause gewesen. Ich liebe meine Schwester. Ich weiß, dass ich ihr eine große Freude machen würde, wenn ich das hier aufgäbe, aber das kann ich nicht. Ich bin nicht wie du.«

»Was willst du damit sagen? Dass ich unsere Schwester nicht liebe?«

»Warum denkst du, dass ich so bin wie du? Denkst du, ich bin ein Kujon, der seine Kameraden im Stich lässt? Ich weiß, dass du den Schwanz einziehst, wenn es brenzlig wird, aber ich nicht.«

»Was zum Teufel meinst du damit?« Magnus steht auf und spürt die Wut in sich aufsteigen. Sie stehen einander dicht gegenüber. Er nimmt gar nicht mehr wahr, dass sein kleiner Bruder erwachsen geworden ist. Er spürt das Blut in seinem Kopf rauschen, und es ist unverkennbar, dass auch bei seinem Bruder der Zorn wächst.

Mads senkt den Blick zuerst. Er tritt einen Schritt zurück, wendet sich zum Fluss um und sagt mit dem Rücken zu Magnus: »Ich denke oft an den Tag, an dem du von zu Hause weggegangen bist. Es war kalt und windig, und zwischendurch zogen Regenschauer über den See hinweg, die die Wasseroberfläche aussehen ließen, als würde Gott gerade Tausende von Silbermünzen hineinwerfen. Ich habe dich und Vater gehört. Ihr habt euch wie üblich angeschrien und euch die schlimmsten Schimpfwörter an den Kopf geworfen. Ich weiß genau, warum ihr gestritten habt. Natürlich wegen mir. Vater hatte mich mal wieder mit Stubenarrest in mein Zimmer gesperrt, und du hast gesagt, ich sei mittlerweile konfirmiert und es müsse endlich Schluss sein damit. Ich hatte gesagt, es mache mir nichts aus. Ich war es gewohnt, in meinem Zimmer alleine zu sein. Meine Einsamkeit hat mich zum Dichter gemacht. Das wusste ich damals natürlich nicht, aber so sehe ich es heute.

Du hast immer lauter wiederholt, dass jetzt wirklich genug sei. Die Tyrannei müsse ein für alle Mal aufhören. Ich stand vor der Tür meines Zimmers und überlegte, was ich bloß tun könnte, damit ihr endlich aufhört. Marie war ja nicht zu Hause, erinnerst du dich? Sie war in der Schwesternschule. Ich wäre am liebsten zu euch gegangen, aber ich traute mich nicht. Dann war es auf einmal fast still. Der Klang eurer Stimmen veränderte sich. Sie waren jetzt voller Bösartigkeit. Das war noch viel schrecklicher als eure lauten, wütenden Stimmen.

Plötzlich hörte ich einen Knall. Das war Vater, der dich schlug. Das hatte er schon seit Jahren nicht mehr getan. Du warst ja erwachsen. Stattdessen hatte er dich mit Kälte und Schweigen bestraft. Aber jetzt schlug er dich. Ich hörte mehrere Schläge, überwand meine Angst und öffnete die Tür.

Vater lag auf dem Fußboden, und sein ganzes Gesicht war blutverschmiert. Du hast ihm die Nase gebrochen, weißt du das eigentlich? Und ihm die Narbe am Ohr verpasst. Mit dem hoch erhobenen Schürhaken standest du ihm gegenüber und wolltest damit auf ihn einschlagen. Du warst im Begriff, ihm damit den Kopf einzuschlagen. Du warst bereit, ihn zu töten. Ich sah es in deinem Gesicht. Ich rief deinen Namen, mehrmals, aber ich konnte nicht zu dir vordringen. Vaters blutiges Gesicht war vor Entsetzen verzerrt.

Du hast dich zu mir umgedreht und gesagt, ich solle mich zum Teufel scheren. Du hast mich zu Tode erschreckt, Magnus. Was sollte ich tun? Ich war fünfzehn Jahre alt, schmächtig und klein. Ich konnte an deinen Augen ablesen, dass du dich in einer anderen Welt befandest – in einer Welt, in der man mordet und vernichtet, ohne darüber nachzudenken. Ich habe hier unten so viele grausame Dinge erlebt, aber jener Tag ist mir deutlicher im Gedächtnis geblieben als so vieles andere. Du hast mit dem Schürhaken nach mir geschlagen, erinnerst du dich? Ich konnte dem Schlag ausweichen, aber du hast es erneut versucht. Und plötzlich waren deine Augen voller Schmerz. Du hast dich umgedreht und den Schürhaken gegen Vaters Bein geschleudert. Er hat davon noch immer eine Narbe am Schienbein. Er brüllte vor Schmerz. Du bist wortlos an mir vorbeigegangen.

Das nächste Mal, dass ich dich sah, war bei unserem Wiedersehen vor einer Stunde. Auf einmal stehst du hier und willst, dass ich deinem Willen folge. Du hast Marie und mich verlassen. Du bist ohne ein Wort abgehauen. Ich habe beinahe jeden Tag an dich gedacht. Zwei widerstreitende Gefühle haben in meinem Inneren miteinander gerungen, Magnus. Meine große Liebe zu dir und mein tief empfundener Hass, weil du ein Feigling bist, der abgehauen ist, als es wirklich um etwas ging. Du hast in erster Linie an dich selbst gedacht.

Als Mutter starb, hatte ich Marie und dich. Ihr wart mein Halt im Leben. Nachdem du weg warst, hatte ich natürlich immer noch Marie, aber ohne dich habe ich mich wie ein Mann mit nur einem Bein gefühlt.«

Magnus spürt, wie sich ihm der Hals zuschnürt. Er sieht die Szene deutlich vor sich. Er erkennt seine eigene Stimme nicht wieder, als er sagt: »Ich habe mich nicht getraut zu bleiben …«

»Du hast mir nicht einmal Lebewohl gesagt. Seit Mutters Tod warst du der Mittelpunkt meines Lebens.«

»Ich habe mich nicht getraut zu bleiben, Mads. Ich konnte mich nicht auf mich selbst verlassen. Ich hätte ihn umgebracht, wenn ich in Dänemark geblieben wäre.«

Mads dreht sich um und sagt: »Ich verstehe das, Magnus, aber es nützt dir trotzdem nichts.«

»Begreifst du denn nicht, dass ich weggehen musste, um überleben zu können? Wäre ich zu Hause geblieben, wäre ich entweder zum Vatermörder oder zum Selbstmörder geworden. Ich bin weggegangen, um dich davor zu bewahren, einen großen Bruder zu haben, der entweder im Gefängnis sitzt oder unter der Erde liegt.«

»Das redest du dir im Nachhinein schön. Du bist einfach abgehauen, Magnus. Du hättest verdammt noch mal mit mir oder Marie reden können. Du hättest dich wenigstens verabschieden können.«

»Und was ist mit dir? Du bist ein durch und durch guter Mensch, nicht wahr? Der letzte Idealist auf der großen weiten Welt. Dir ist es wichtiger, dich für törichte Ideen zu opfern als an deine große Schwester zu denken, für die jeder Tag eine Qual ist, weil sie sich so sehr um ihren kleinen Bruder sorgt.«

»Ich habe es dir schon einmal gesagt. Benutz Marie nicht, um mich unter Druck zu setzen.«

»Deine Wut auf mich kehrt sich letztlich gegen sie.« Magnus macht einen Schritt auf seinen kleinen Bruder zu, dessen Augen vor Wut ganz schmal und hart geworden sind. »Weißt du was, Mads? Du fliehst selbst vor der Verantwortung. Vor der Verantwortung deinen Nächsten gegenüber …«

»Das ist überhaupt nicht vergleichbar.«

»Ist es nicht? Warum bist du hier? Um den Faschismus zu bekämpfen? Um die Republik zu unterstützen? Nein, du bist hier, weil das deine Art zu flüchten ist. Es ist deine Art, mich zu bestrafen, auch wenn du Marie damit viel härter triffst.«

»Du bewegst dich auf sehr dünnem Eis, Magnus.«

»Aber ich habe recht, nicht wahr?«

»Du solltest dich selbst reden hören, du egoistisches

Schwein. Zu keinem einzigen Zeitpunkt sagst du, dass ich das alles hier aufgeben soll, weil es dich glücklich machen würde. Du benutzt Marie, um mich unter Druck zu setzen. Du denkst nur an dich. Du willst dir einen Ablass erkaufen, weil du uns damals im Stich gelassen hast. Du bist ein Kujon, Magnus. Du versteckst dich hinter den Rockschürzen der Frauen …«

»Halt dein verfluchtes Maul«, brüllt Magnus und schlägt ihm mit der geballten Faust gegen die Schulter. Der Schlag ist nicht besonders hart, trifft Mads aber dennoch unerwartet, sodass er einen Schritt nach hinten taumelt. Er findet aber schnell das Gleichgewicht wieder und macht einen Sprung auf Magnus zu, sodass beide zu Boden fallen.

Magnus spürt seine Wut im ganzen Körper. Es ist die gleiche Wut, die er damals in New York empfand, als er beinahe einen von Don Giacomos Handlangern totgeschlagen hätte, weil der ihn beleidigt und einen Schlappschwanz genannt hatte. Er kennt seinen Zorn nur allzu gut. Er ist flammend und rasend, zugleich aber auch kalt und berechnend. Als befänden sich zwei Seelen in einer Brust.

Mads ist stark, gelenkig und schnell. Er taucht unter Magnus hindurch und versucht, wieder auf die Beine zu kommen, aber Magnus bekommt sein Fußgelenk zu fassen, wirft ihn am Flussufer erneut zu Boden und versucht, sein größeres Gewicht zu seinem Vorteil einzusetzen. Mads boxt Magnus zweimal in die Nieren, sodass dieser vor Schmerz laut aufheult, aber dann erwischt Magnus ihn am Arm. Sie rollen ineinander verknäult über den Boden. Um sie herum wirbelt Staub auf.

Mads kann sich befreien und steht auf. Sein Gesicht ist weiß und verzerrt. Seine zur Faust geballte Linke trifft Magnus an der Wange. Der versucht, Mads eine Rechte gegen das Kinn zu verpassen, aber Mads wehrt den Schlag ab und erwischt Magnus noch einmal mit seiner linken Geraden. Magnus wechselt seine Fußstellung und rammt seine Rechte gegen Mads' Brust, sodass der einige Schritte nach hinten machen muss, um nicht zu fallen. Mads will gerade sein Pistolenholster öffnen, als Magnus hart in ihn hineingrätscht, woraufhin beide in den Fluss stürzen.

Das Wasser ist nicht tiefer als einen halben Meter, aber das reicht aus, um sie auseinanderzubringen. Sie rollen sich zu unterschiedlichen Seiten weg und richten sich auf. Mads hat seine Pistole aus dem Holster gezogen und zielt damit auf Magnus, der spürt, wie Wut und Raserei aus seinem Körper weichen, sobald er sich ganz aufgerichtet hat.

Er sieht seinen kleinen Bruder an, der sich in einer anderen Welt zu befinden scheint. Das Wasser rinnt über sein verzerrtes Gesicht und tropft von seiner Kleidung. Wie in Zeitlupe entsichert Mads die Pistole und hält sie noch ein wenig höher, sodass sie direkt auf Magnus' Herz zielt.

Magnus fühlt sich auf einmal völlig leer und kann die Wut nicht mehr verstehen, die ihn wenige Sekunden zuvor noch zu verschlingen drohte. Mit einem lauten Platschen lässt er sich in das flache Wasser fallen und sagt mit erstaunlich ruhiger Stimme: »Verflucht noch mal, kleiner Bruder. Jetzt hören wir aber auf damit. Ich ergebe mich.«

Mads setzt sich ebenfalls mit einem Platschen in das flache Wasser. Die Pistole ruht auf seinem Oberschenkel.

So sitzen sie eine Weile da und sehen einander in die Augen, ohne ein Wort zu sagen. Das Einzige, was sie hören, sind das Zwitschern eines Vogels und ihre eigenen, schweren Atemzüge.

16

Sie sind beide erschöpft, als sie nebeneinander auf der von der Natur geschaffenen Steinbank sitzen. Der Wind hat etwas aufgefrischt, und sie spüren ihn auf ihrer nassen Kleidung. Sie schauen einander nicht an. Magnus hat eine trockene Zigarettenpackung in seiner Schultertasche gefunden und zwei Zigaretten herausgenommen. Sie vermeiden es, sich in die Augen zu sehen, als er Mads die Zigarette anzündet. Mit hängenden Köpfen und auf Abstand sitzen sie da und rauchen, während das Wasser auf die trockene Erde mit dem struppigen, versengten Gras tropft. Sie hören den Wind in den Bäumen, eine Krähe, die schreit, das Wasser, das deutlich vernehmbar durch das Flussbett fließt, und ihre Atemzüge, die sie unter Kontrolle zu bekommen versuchen. Weder können noch wollen sie Worte finden für das, was eben zwischen ihnen vorgefallen ist.

Kommunizieren Männer wirklich auf diese Weise?, denkt Magnus, steht auf, nimmt seine Tasche und setzt sich wieder hin. Er holt seinen Revolver heraus und reicht ihn Mads mit dem Schaft zuerst. Mads reicht ihm im Gegenzug seine Pistole, eine deutsche Luger mit einem braunen Schaft. Sie sitzen mit den Waffen in den Händen da, drehen und wenden sie, betrachten sie von allen Seiten und vermeiden sorgsam, sich dabei anzusehen.

»Es ist eine Parabellum«, sagt Mads und nimmt einen tiefen Zug von seiner Zigarette. »Kaliber 7.65. Acht Schuss im Magazin. Die Zuverlässigkeit in Person. Eine Deutsche eben.«

Er spricht mit sachlicher und fester Stimme, und Magnus

gewinnt den Eindruck, dass sein kleiner Bruder nicht nur Soldat, sondern auch Waffeninstrukteur ist. »Ja. Kennst du meinen? Es ist ein Smith & Wesson, Kaliber 38, wie sie in den USA sagen. Sechs Schuss. Es ist das Modell, das der Hersteller selbst entwickelt und 1905 überarbeitet hat.«

»Sechs Patronenlager. Verstehe.«

»Den ersten dieser Revolver haben sie bereits 1899 hergestellt. Das ist das Modell 10. Es ist sehr berühmt in den Staaten. Und, um genau zu sein, auch in den Ländern im Süden wie Mexiko und Argentinien.«

»Aha.«

»Aber du bevorzugst die Luger?«

»Das war alles, was der Deutsche dabeihatte.«

»Dem du sie weggenommen hast?«

»Es war Bertil, aber das spielt keine Rolle. Der Deutsche ist gestorben.«

»Okay.«

»Komisches Wort, dieses Okay, aber okay. Es ist schon einige Monate her. Ich weiß nicht …« Mads sieht weg und betrachtet stattdessen den schwarzen Revolver mit dem grauen Schaft, hebt ihn an und tut so, als ziele er über den Fluss hinweg in die leere Landschaft. Auf der anderen Flussseite stehen einige Bäume mit staubig grauen Blättern, die leicht im Wind rascheln.

»Er ist nicht geladen. Willst du ihn mal ausprobieren?«, fragt Magnus und zieht so heftig an der Zigarette, dass sie zu heiß wird.

»Es war, wie gesagt, vor ein paar Monaten hinter der gegnerischen Frontlinie. Eine der deutschen Hilfsabteilungen steckte fest. Es war zwar einer der neuen Panzer, aber mit dem Motor stimmte etwas nicht, und einer von ihnen hantierte daran herum. Die Infanterie war offensichtlich schon weitermarschiert. Sie befanden sich ja auch auf ihrem eigenen Territorium. Der Panzerschütze und der Fahrer lagen im Schatten des Panzers und schliefen. Das war natürlich sehr fahrlässig, aber sie befanden sich schließlich in ihrem eigenen Kampfgebiet. Also warum nicht? Nun ja. Es war ziemlich einfach. Ihr Kommandant stand mit dem Rücken zu uns und sah dem Mechaniker zu. Um ihn hat sich Bertil gekümmert, während ich eine Handgranate auf die beiden Schlafenden geworfen habe und Michel den Mechaniker in den Rücken geschossen hat. Bertil hat eine Beretta, daher hat er mir die Luger gegeben.«

»Okay.«

»Alright sagen wir hier.«

»Und dann?«

»Und dann? Dann haben wir den Panzer in die Luft gesprengt, das ist ja unsere Aufgabe, und sind anschließend auf die andere Seite der Front zurückgekehrt. Unsere Mission war beendet.«

»Von welcher Mission sprichst du?«

»Das tut nichts zur Sache. Außerdem kann man sich das gar nicht jedes Mal merken.«

Jetzt dreht Meyer sich zu seinem kleinen Bruder um, der den schwarzen Revolver noch immer in der Hand hält und damit zielt. Er kneift das eine Auge zusammen, vielleicht auch wegen des Zigarettenrauchs, der von dem Stummel in seinem linken Mundwinkel aufsteigt.

»Was machst du hier genau, Mads? Wo tust du eigentlich Dienst?«

»Ich weiß nicht, ob ich dir das sagen darf. Ich möchte gern mal deinen Revolver ausprobieren. Du darfst auch gern mit meiner Luger schießen. Sie ist geladen. Hier in Spanien sollte man seine Waffe immer geladen haben, Magnus.« Er zieht ein letztes Mal an seinem Zigarettenstummel und schnipst ihn dann in den Fluss.

Magnus zieht seine Schultertasche zu sich heran und holt die graue Pappschachtel mit den Patronen heraus. Er zählt sechs Stück ab und legt sie in seine geöffnete Hand, die er Mads entgegenstreckt. Mads findet den Daumenschieber und lässt die Trommel ausschwenken, legt eine Patrone nach der anderen ein und schiebt die Trommel wieder in den Revolverrahmen zurück.

»Gibt es eine Sicherung?«, fragt er. »Ich habe noch nie mit einem Trommelrevolver geschossen.«

»Nein. Wenn der Hahn nicht gespannt ist, ist ein ziemlich starker Druck auf den Abzug erforderlich. Wenn er gespannt ist, muss man nur leichten Druck ausüben.«

»Ist das nicht gefährlich beim Transport?«

»Dann legt man in die erste Kammer einfach keine Patrone ein.«

»Okay«, sagt Mads, lächelt zum ersten Mal und steht auf. Er hält den Revolver mit ausgestrecktem Arm dicht neben seinem Oberschenkel. Auf seiner Hose und seinem Hemd sind nasse Flecken zu sehen.

Magnus steht ebenfalls auf, die Luger in der Hand. Mads sieht sich um und entdeckt eine leere Konservendose. Magnus bemerkt erst jetzt, dass in einem Spalt zwischen den Steinen, der als eine Art Mülleimer zu dienen scheint, Blechdosen und Papier liegen. Die Soldaten aus Madrigueras kommen offensichtlich gern hierher und picknicken. Mads stellt die Dose knapp zehn Meter von ihnen entfernt auf einen Felsvorsprung und geht wieder zu Magnus zurück. Er spannt den Hahn des Revolvers, umfasst ihn mit beiden Händen und streckt die Arme durch. Der Schuss dröhnt durch die Luft und lässt zwei Rebhühner aus dem Gestrüpp auf der gegenüberliegenden Seite des Flusses aufflattern. An dem Staub, der neben der Dose aufgewirbelt wird, können sie erkennen, dass das Projektil einen Zentimeter zu weit links eingeschlagen ist.

»Er hat keinen besonders starken Rückstoß«, sagt Mads. »Jetzt bist du an der Reihe.« Er streckt seine Hand aus und entsichert die deutsche Pistole mit geübtem Griff, dann sichert er sie wieder und überlässt es Magnus, sie selbst zu entsichern.

Magnus stellt sich mit leicht gebeugten Knien hin, wählt den klassischen beidhändigen Anschlag, visiert das Ziel an und drückt sanft den Abzug, wie der Instrukteur es ihm seinerzeit beigebracht hat. Diesmal bringt der Schuss einige Krähen dazu, gen Himmel zu flattern. Sie können nicht erkennen, wo der Schuss eingeschlagen hat, auf jeden Fall irgendwo neben dem Felsvorsprung.

Mads stellt sich wieder in Position und schießt. Beim dritten Mal fliegt die Dose herunter. Magnus geht zu ihr hin. Er geht langsam und hat Mads den Rücken zugewandt, der den geladenen Revolver mit ausgestrecktem Arm dicht neben seinem rechten Bein hält. Er stellt die Dose wieder auf und geht zu Mads zurück. Er nimmt wieder die Schießposition ein, und diesmal fliegen Splitter von dem graugelben Felsstück. Erst beim vierten Versuch fliegt auch die Dose, die einmal gepressten Schinken enthalten hat, mit einem Sprung nach rechts.

Nachdem er sie wieder gesichert hat, gibt Magnus Mads die Luger zurück. »Die restliche Munition sollten wir lieber aufheben«, sagt er.

Mads reicht ihm seinen Revolver und fragt mit ruhiger Stimme: »Und, Bruderherz? Was wäre, wenn das keine Dose wäre? Könntest du auf einen Menschen schießen?«

»Wer sagt denn, dass ich es nicht schon getan habe?«

»Hast du?«

Magnus wendet den Kopf ab und sagt mit leiser Stimme: »In Argentinien habe ich einen Menschen mit einem Revolver getötet. Es war klar, dass nur einer von uns beiden überleben würde. Er hat mir im Morgengrauen aufgelauert, um mich umzubringen, weil ich mit seiner Schwester im Bett war. Eigentlich dachte ich, er sei mein Freund. Später stellte sich heraus, dass er mich hasste wie die Pest, weil sein Vater mich so gernhatte. Er glaubte, Don Pedro würde mich mehr lieben als ihn.

Ich habe gewusst, dass er kommen würde, und habe daher im Halbdunkel in meinem Zimmer auf ihn gewartet. Ich habe die ganze Nacht dort gesessen und auf ihn gewartet. Ich kann mich nicht mehr erinnern, woran ich in der Zeit gedacht habe. Ich habe einfach nur mit meinem Revolver in der Hand dagesessen. Bis zu dem Tag hatte ich damit nur Schlangen und Ratten erschossen. Er kam dann irgendwann zur Tür herein und feuerte Schüsse auf mein Bett ab, aber da lag ich ja nicht. Er schoss, bis beide Läufe seines Jagdgewehrs leer waren. Ich saß auf einem Stuhl in der einen Ecke des Zimmers. Er stand deutlich sichtbar wie eine dunkle Masse in der Tür, sodass es ganz einfach war. Ich schoss ihn dreimal in die Brust. Damit war die Sache erledigt.«

»War sie das?«

»In dem Moment, ja. Ich habe nichts gefühlt. Das kam erst viel später. Ich habe von ihm geträumt. Ich träume immer noch von ihm.«

»Die Toten verlassen dich nie. Sie ziehen dich immer dann zur Rechenschaft, wenn du dein Bewusstsein nicht unter Kontrolle hast.«

»Du tötest im Krieg, Mads. Das ist etwas anderes.«

»Sag das mal den Toten, wenn sie nachts kommen mit ihren schreienden, vorwurfsvollen Gesichtern. Du kannst gern versuchen, es ihnen zu sagen, aber sie hören nicht zu. Ich sage ihnen, dass sie wegbleiben sollen, aber sie antworten mir nicht. Ich weiß nur, dass Millionen von Toten in ganz Europa umherziehen werden, wenn wir den Faschismus jetzt nicht stoppen. Daran muss ich einfach glauben.«

»Bei dir ist es etwas anderes, Mads.«

Mads legt den Revolver in Magnus' Hand, bevor er sagt: »Deswegen bist du also aus Argentinien abgehauen?«

Magnus nimmt den Revolver, lässt die Trommel ausschwenken und leert sowohl die benutzten als auch die unbenutzten Patronen in seine Hand. Er spürt seine nasse Hose und das nasse Hemd und die Jacke, die an seinem Rücken klebt, wo sich das Wasser mit seinem kalten Schweiß vermischt. Er wirft die leeren Patronenhülsen in den Fluss. »Ja, Mads. Deswegen bin ich abgehauen. Ich bin nach New York geflohen, wo ich einige Monate lang für einen Gangster gearbeitet habe, der Don Giacomo heißt. Ich war sein Chauffeur, Bodyguard und Laufbursche in einer Person. Das ist eine Phase meines Lebens, auf die ich nicht besonders stolz bin. Giacomo ist wie alle Gangster in Amerika ein brutaler und niederträchtiger Kerl, von daher war es ein dreckiges und brutales, aber auch sehr gut bezahltes Leben, das ich dort geführt habe. Da drüben haben sie gesagt, ich sei ein ›made man‹. Das ist eine Auszeichnung. Ich war froh, als Marie mir schrieb, denn so hatte ich einen Grund, nach Dänemark zurückzukehren. Die Sache dort wurde nämlich allmählich etwas heiß. Also …«

»Also hast du dich aus dem Staub gemacht.«

»Ich bin nach Hause gereist, um unserer Schwester einen Wunsch zu erfüllen. Wenn du das eine Flucht nennen willst, meinetwegen. Ich will mich nicht mit dir streiten, Mads. Du bist mein kleiner Bruder, und ich liebe dich, aber du bist jetzt ein Mann. Wenn ich an Gott glauben würde, würde ich ihn bitten, seine Hand schützend über dich zu halten. Ich entschuldige mich, dass ich dich gebeten habe, deine Leute im Stich zu lassen. Ich habe es für Marie und für mich selbst getan. Wir wollen dich nicht verlieren. Wir hätten einander eben beinahe umgebracht, Mads. Verflucht noch mal, Mann! Das hätten wir. Es ist einfach entsetzlich, sich das vorzustellen.«

Mads streckt die Hand nach ihm aus. Sie stehen eng beieinander, und Magnus spürt, wie ihm die Tränen in die

Augen steigen. Er will nicht weinen, aber er kann die Tränen nicht aufhalten und zittert am ganzen Körper.

Mads steht ganz still da, und Magnus spürt seinen Atem an seinem Hals. Als Mads ihn so fest umarmt, als wolle er ihn nie wieder loslassen, merkt er, wie sich erst in seiner aufgewühlten Seele und dann in seinem ganzen Körper Ruhe ausbreitet. Es ist ein herrliches Gefühl, aber auch ein unpassendes. Schließlich ist er der Ältere. Warum also hat er nicht die Kraft, zu trösten und zu verzeihen?

17

Sie sitzen dicht nebeneinander auf dem Stein und schauen auf den Fluss, in dem das Wasser so beruhigend dahinfließt wie ein kleines Musikstück. Die Sonne hat inzwischen einige Kraft, und ihre Kleidung trocknet allmählich. Sie haben ihre Jacken und Hemden ausgezogen und sie zusammen mit ihren Strümpfen auf die Steine gelegt. Ihre Schuhe haben sie in die Sonne gestellt.

Mads ist mager, aber sehnig und stark, sein Oberkörper ist weiß, aber seine Arme sind braun wie die eines Rübenbauern daheim in Dänemark. Sie lassen ihre nackten Füße baumeln, rauchen, reden über das Land ihrer Kindheit und halten sich dabei ausschließlich an die angenehmen Erinnerungen. Sie kramen Geschichten und Erinnerungsfetzen hervor, bei denen Marie oder ihre Mutter im Zentrum steht, und sie erzählen sich die eine oder andere Anekdote mehrfach, wenn sie von einem besonders schönen Erlebnis handelt oder sie sich damit gegenseitig zum Lachen bringen können. Es ist fast so, als säßen sie an einem sonnigen Tag am heimischen Fluss, nachdem sie gepaddelt hatten oder zelten gewesen waren. Die Stimmung zwischen ihnen ist auf einmal herrlich unbeschwert, und sie legt sich wohltuend und heilend auf die schwärenden Wunden der Vergangenheit.

Diese seelische Atempause wird jedoch schnell wieder von der spanischen Kriegsrealität eingeholt, als Mads erzählt, welche Rolle er in dem Bruderkrieg spielt. Dass sie ihn unmöglich gewinnen können, will er ganz offensichtlich nicht wahrhaben.

In den vergangenen fünf Jahren ist Mads' Stimme tief

und melodisch geworden, auf eine harmonische und musikalische Weise gereift. Eine solche Stimme ist sicher ein wunderbares Instrument, wenn er den Kameraden seine Gedichte vorliest. Wie gern würde Magnus Mads einmal Gedichte vortragen hören. Mads könnte sicher eine Anstellung beim Rundfunk bekommen, dem neuen, wichtigen Medium der Zeit, wenn er nur nach Dänemark zurückkehren würde. Aber Magnus hat es aufgegeben, den kleinen Bruder überreden zu wollen. Vielleicht hat ihn auch bloß der Mut verlassen. Wie auch immer: Er muss sich jetzt nur darüber klar werden, was er Marie schreiben wird. Magnus lehnt sich zurück und blinzelt in die Sonne, während er Mads zuhört.

»Weißt du noch, als wir Kinder waren, Magnus? Wie alle anderen Jungen haben wir oft mit unseren Zinnsoldaten gespielt, aber besonders lustig war es in den Tagen um Neujahr herum, wenn wir uns Silvesterknaller beschafft hatten. Du warst zwar älter als ich, aber du hast immer gern mit mir gespielt. Du warst der beste große Bruder, den man sich vorstellen kann. Du hast mich immer verteidigt. Auf dem Schulhof hast du dich zwischen mich und die großen Jungen gestellt. Du hast mich immer ernst genommen. Du hast dich nie über meine wilden Träume lustig gemacht, ganz gleich, wie verrückt sie waren. Du hattest immer gute Ideen.

Wir haben Krieg gespielt. Wir haben gespielt, dass wir als Entdeckungsreisende im Wald und an den Seen unterwegs sind. Wir sind auf dem Fluss gesegelt und haben Wanderungen gemacht und im Zelt oder in Höhlen übernachtet, die wir selbst gebaut haben. Wir haben zusammen geangelt. Im Winter waren wir Polarforscher, die auf Skiern unterwegs waren oder mit den Schneeschuhen, die du mir gebastelt hast. Erinnerst du dich daran?

Erinnerst du dich auch an unsere Städte? Wir haben kleine Städte aus Zweigen und Blättern gebaut. Einige unserer Gebäude erinnerten an indianische Tipis, während andere eher wie kleine Blockhäuser aussahen. Wieder andere haben wir aus unseren Metallbausätzen gebaut. Wir waren sehr detailverliebt. Wir haben Wege angelegt und eine Mauer um die Stadt gezogen. Es gab eine Brücke über einen kleinen Wasserlauf, den wir ebenfalls selbst angelegt haben. Wir haben auch Geschäfte eingerichtet. Es war eine richtige kleine Gesellschaft. Dann haben wir unsere Zinnsoldaten und andere kleine Figuren aufgestellt, die wir aus Vaters Pfeifenputzern, aus Wäscheklammern und anderen Haushaltsdingen gebastelt haben. Bei denen hat Marie uns immer geholfen.

Wir haben dann einige Tage lang mit der Stadt gespielt, aber uns war die ganze Zeit klar, dass es schon bald wieder vorbei sein würde mit ihr. Am schönsten war es, wenn es geschneit hatte und die Stadt mit Schnee bedeckt war und weihnachtsweiß und strahlend dalag. Die Stadt befand sich in einer abgelegenen Ecke im Garten. Kannst du dich noch daran erinnern? Unten bei den großen Buchen hinter der Statue des Mannes, der das Sanatorium gegründet hat.«

»Ich erinnere mich sehr gut daran«, sagt Magnus und beugt sich nach vorn. Seine Handflächen brennen ein wenig auf dem rauen Stein.

»Sobald du die Silvesterknaller vom Fahrradhändler bekommen hattest, machten wir uns an die Vorbereitungen, um das Ganze schließlich in die Luft sprengen zu können. Das war keine ganz leichte Aufgabe. Es musste sehr genau vorbereitet werden. Das war immer aufregend, nicht wahr? Die verschiedenen Knallkörper miteinander zu verbinden, ihre Stärke richtig einzuschätzen, zu überlegen, in welcher Reihenfolge man sie am besten explodieren ließ. Dafür brauchten wir einen ganzen Tag. Wenn es dann Abend geworden war, zündeten wir die Lunte an und jagten das Ganze in die Luft. Du hast das mehrere Jahre nacheinander gemacht, am Ende durfte ich auch mal. Marie konnte nicht verstehen, was uns daran so viel Freude machte. Einmal wurde sie richtig sauer, als sie sah, dass einem meiner Soldaten ein Bein weggesprengt worden war. Es sind wirklich die seltsamsten Dinge, an die man sich erinnert, oder?«

»Warum erzählst du mir das alles, Mads?«

»Weil das hier in Spanien mein Auftrag ist. Ich sprenge Dinge und manchmal auch Menschen in die Luft. Bertil und ich begeben uns hinter die Front der Faschisten und sprengen ihre Brücken, Munitionslager und anderes in die Luft. Meine Einheit nennt sich ›Servicio Especial‹. Das heißt …«

»Spezialeinheit. Ich spreche Spanisch, Mads.«

»Stimmt, das tust du. Viel besser als ich, was aber nicht viel heißen will.«

»Du bist also Partisan oder Saboteur oder was weiß ich geworden, weil ich dir beigebracht habe, Zinnsoldaten in die Luft zu sprengen, als wir klein waren?«

Mads lacht laut auf, und Magnus wird ganz warm ums Herz. Er erinnert sich an Mads' helles Lachen, als sie Kinder waren. Daran, wie Mads eine bedrückte Stimmung aufheitern konnte, indem er sein fröhliches Lachen ertönen ließ. Schon als Baby schien sein Gesicht ein einziges Lächeln zu sein. Doch genauso schnell, wie er anfing zu lachen, konnte er auch in Tränen ausbrechen. Manchmal tat er sogar beides gleichzeitig, sodass man nie genau sagen konnte, wann sich das Lachen in ein Weinen oder das Weinen in ein Lachen verwandelte.

»Nein, Magnus. Das hat Bertil mir beigebracht. Bertil hatte mit Dynamit und Sprengstoff zu tun, seit er fünfzehn Jahre alt war. Und sein Vater auch schon. Bertil hat in Norwegen Tunnel in die Felsen gesprengt, und in Kiruna hat er in den Erzminen Gänge freigesprengt, bevor er hierherkam.«

»Er scheint ja ein richtiger Held zu sein, dieser Bertil.«

»Du brauchst gar nicht so sarkastisch zu sein. Bertil ist ein guter Kamerad und ein wahrer Revolutionär.«

»Das glaube ich gern. Ein echter Heiliger.«

»Jetzt hör auf damit, verdammt noch mal«, sagt Mads mit zunehmender Verärgerung in der Stimme. »Er ist ein Mensch, dem ich hundertprozentig vertraue. Er ist stark, und er ist lustig.«

»Er ist einer von Stalins Jungs, nicht wahr?«

»Ja, und?«

»Bist du auch Kommunist geworden, Mads?«

»Nein, das bin ich nicht. Aber Stalin tut mehr als viele andere. Er hilft dem kämpfenden Spanien, während Frankreich und England und unser eigenes kleines Zwergenland einfach wegschauen und sich hinter der Nicht-Interventionspolitik verstecken. Stalin unterstützt uns.«

»Er lässt es sich aber auch teuer bezahlen.«

»Wie meinst du das?«

»Er hat das spanische Gold. Damit hat man für Onkel Stalins Panzer und Flugzeuge bezahlt.«

Zu seiner großen Überraschung fängt Mads an zu lachen. Er schüttelt nachsichtig den Kopf und sagt: »Du hörst dich ja an wie Bertil. Er redet ständig von diesem spanischen Gold. Er sagt, der Großteil sei in Russland, aber ein Rest befinde sich immer noch hier. Er behauptet sogar, er wisse, wo. Er scherzt immer, dass wir, wenn wir den Krieg nicht gewinnen sollten – was wir aber natürlich tun werden –, es uns holen und damit fliehen. Bertil ist manchmal ein richtiger Tagträumer, obwohl er selbst sich für einen gestählten schwedischen Arbeiter hält.«

Magnus spürt, wie sich ihm der Hals zuschnürt, und er muss sich ein paar Mal räuspern, bevor er fragt: »Woher weiß er davon?«

»Du glaubst doch nicht etwa an diese Geschichte? Oder doch? Es ist wie bei Moby Dick. Die spanischen Goldreserven sind wie ein großer weißer Wal, den keiner gesehen hat, von dem aber alle reden. Oder wie eine Fata Morgana, die die Soldaten in den Schützengräben bei Laune hält.«

»Woher willst du das wissen, Mads? Und wo, glaubt er, befindet es sich?«

»Du nimmst das tatsächlich für bare Münze? Er hat mir nicht gesagt, wo es ist. Oder ich habe es vergessen. Das kann nicht dein Ernst sein! Bertil sagt, er habe es von einem Schwedisch-Amerikaner erfahren, mit dem er viel gesprochen hat, bevor der arme Kerl gestorben ist. Er hatte eine furchtbare Wunde am Bein, die sich mit dem kalten Brand infiziert hat.«

»Und was, wenn ich dir sage, dass die Geschichte stimmt, Mads?«

»Komm, hör auf, Magnus. Es gibt hier keinen einzigen Freiwilligen, der nicht über dieses verfluchte Gold redet. Darüber kursieren mehr Geschichten als darüber, wie man an eine Muschi rankommt – das heißt, es sind richtig viele Geschichten.«

Mads streckt seine Hand nach ihren Strümpfen und Schuhen aus. Sie sind immer noch feucht, aber Magnus folgt automatisch seinem Beispiel und zieht sich die Strümpfe an, während er erwidert: »Mads. Es ist wahr. Es ist eine wahre Geschichte. Das Gold wurde zu Beginn des Krieges nach Russland transportiert, aber ein Teil davon befindet sich noch hier im Land.«

»Du bist also auch auf der Jagd nach den großen Schätzen des Inkareiches? Das ist doch bloß Teil der faschistischen Propaganda, Magnus. Sie wollen der Welt einen Grund liefern, warum Stalin und die Sowjetunion uns im Kampf gegen den Faschismus unterstützen. Das habe ich auch schon Bertil zu erklären versucht, aber auf dem Auge ist er einfach blind. Und das ist wirklich erstaunlich, denn normalerweise folgt er den Parolen der Partei sklavisch und ohne auch nur ein einziges Wort infrage zu stellen, das aus Moskau vermeldet wird.«

»Mads. Jetzt hör mir mal zu …«

»Ich habe keine Lust mehr, darüber zu reden. Das ist

dummes Gewäsch. Ich habe wirklich an andere Dinge zu denken.«

»Okay. Wenn das so ist, bitte.«

Sie sitzen einen Moment schweigend da. Es hilft, dass jeder sich eine Zigarette ansteckt und über den Fluss auf die andere Seite und zu den verschleierten Bergen in der Ferne hinüberschaut.

Magnus sagt: »Was du und Bertil da macht, klingt ganz schön gefährlich. Davon hast du Marie nichts geschrieben, oder?«

»Nein. Und ich möchte dich bitten, ihr nichts davon zu sagen. Ich hätte es auch dir nicht erzählen dürfen. Es ist nämlich geheim, was wir da machen. Ich bin eigentlich Feldwebel, aber du siehst an mir keine Rangabzeichen.«

»Mads, zum Teufel …«

»Ich darf keinem Menschen etwas davon sagen, aber du bist mein Bruder, also …« Mads steht auf, greift nach einem Stock, wirft ihn in den träge dahinfließenden Fluss und sieht ihm hinterher. Der Stock dreht sich langsam um seine eigene Achse. Mads hat Magnus seinen nackten, schmalen Rücken zugewandt, als er sagt: »Bertil und ich und die restliche Truppe reisen morgen ab. Wir müssen weiter in Richtung Norden. Das genaue Ziel erfahren wir erst, wenn wir dort oben ankommen, aber es handelt sich bestimmt um eine Brücke oder vielleicht auch um ein Munitionsdepot hinter der faschistischen Gefechtslinie. Die Republik bereitet oben im Norden bei Teruel eine größere Offensive vor. Es ist natürlich geheim, aber alle reden von einer Weihnachtsoffensive. Sie scheint beschlossene Sache zu sein. Eine solche Offensive würde auch den Druck auf Madrid verringern, jetzt, wo das Baskenland gefallen ist.« Er dreht sich um: »So sieht es aus, Magnus. Daran lässt sich nichts ändern.«

»Aber ich habe dich doch gerade erst wiedergefunden,

Mads. Ich dachte, wir könnten wenigstens ein paar gemeinsame Tage verbringen, bevor du …«

»Vielleicht getötet wirst? Bertil sagt, es ist Zeitverschwendung, darüber nachzudenken. Wenn es eine Kugel gibt, die für dich bestimmt ist, dann gibt es sie eben.«

»Was für ein Unsinn.«

»Was weißt du schon? Ich halte mich an Bertil. Das hat mich bis jetzt am Leben erhalten. Im Übrigen habe ich größere Angst davor, invalide zu werden als zu sterben. Ein Bein zu verlieren oder einen Arm so wie Svend. Oder im Gesicht entstellt zu werden. Die Eier oder den Schwanz weggeschossen zu bekommen. Und jetzt muss ich pinkeln.« Mads dreht sich um und geht über das staubig graue Gestrüpp, das am Flussufer wächst.

Magnus steht ebenfalls auf und wird von einer quälenden Eifersucht auf diesen Bertil ergriffen, der das neue Vorbild für seinen kleinen Bruder zu sein scheint. Er stellt sich neben Mads und pinkelt ebenfalls. Er versucht, seiner Stimme einen scherzhaften Unterton zu verleihen, um seine Verzweiflung zu verbergen, als er sagt: »Du wirst aber hoffentlich nicht in den Tod gehen, Bruderherz, ohne den da zu etwas anderem als zum Pinkeln benutzt zu haben.«

»Nein, nein. Der kann auch noch andere Sachen. Das konnte er schon in Dänemark«, antwortet Mads mit seinem gewinnenden Lächeln.

»Na, ich muss schon sagen.«

»Du kennst sie sogar. Sie war auch dein erstes Mal, hat sie gesagt.«

»Nein. Das ist nicht dein Ernst. Nicht die.«

»Doch. Else aus der Wäscherei. Sie hat mir wie so vielen anderen beim Verlust meiner Unschuld geholfen.«

Magnus muss laut lachen und knöpft sich die Hose zu: »Dafür müsste man ihr eigentlich einen Verdienstorden verleihen. Aber trotzdem …«

Mads fährt mit größerem Ernst in der Stimme fort:

»Dann gab es noch ein Mädchen auf dem Gymnasium, in das ich sehr verliebt war, mit dem ich Händchen gehalten und das ich geküsst habe, aber mehr wollte sie nicht. So sind stattdessen viele Gedichte entstanden, in denen sich Herz auf Schmerz reimt. Zum Glück habe ich gleichzeitig eine andere kennengelernt, die in Kohls Fabrik gearbeitet hat. Von Gedichten hat sie nicht viel verstanden, aber dafür von anderen Dingen. Auf die Weise konnte ich das Geistige und das Körperliche miteinander versöhnen.«

»Du bist tatsächlich erwachsen geworden, kleiner Bruder.«

»Das wird man im Laufe von fünf Jahren. Und wenn du es genau wissen willst: Da war auch noch eine Hure in Barcelona, aber das war keine gute Sache. Ich habe mich richtig schlecht gefühlt danach. Ich hatte das Gefühl, mich nie wieder davon reinwaschen zu können. Und wie sieht es bei dir aus?«

»Es gab so viele, dass ich mich gar nicht an alle erinnern kann«, antwortet Magnus, den die freimütige Offenheit seines Bruders in Bezug auf Dinge, über die man eigentlich nicht spricht, etwas verlegen macht.

»Und eine, für die du getötet hast.«

»Ich glaube, es war mehr, um meine eigene Haut zu retten. So bin ich doch deiner Meinung nach.«

»Komm mir jetzt bitte nicht mit deinem Selbstmitleid, Bruderherz. Lass uns zurückgehen. Ich habe Hunger.« Mads dreht sich um, nimmt Hemd und Jacke von dem großen Stein, zieht sie schnell an und läuft los, sodass Magnus sich beeilen muss, um ihn einzuholen.

»Gibt es eine Bar, in der ich dich auf ein Mittagessen einladen kann?«, fragt er in Mads' Rücken hinein.

»In Madrigueras? Ich glaube nicht, dass du das möchtest. Sie behaupten, es sei Rindfleisch, und wenn man Glück hat, ist es Pferdefleisch, aber in der Regel stammt das Fleisch von einem sehnigen, ausgezehrten Esel, der an

Altersschwäche gestorben ist. Von den Kameraden in der Kirche können wir Linsen mit ein paar Stückchen Fleisch und ein Glas Wein bekommen. Es kann sogar sein, dass es heute auch ein Stück Brot dazu gibt. Bertil ist gut darin, Essen zu organisieren. Ich bin Befehlshaber der Spezialeinheit und bekomme dafür zehn Pesetas am Tag, aber ich kann sie hier für nichts anderes ausgeben als für Schnaps und Zigaretten auf dem Schwarzmarkt, also …«

»Na, dann sage ich vielen Dank für die Einladung.«

Mads wendet ihm sein junges Gesicht zu und sagt: »Abgemacht. Aber du kannst dir nicht vorstellen, wie sehr ich mich nach einem anständigen Essen sehne. Dabei habe ich einen Magen, der den spanischen Fraß besser verträgt als die meisten anderen. Ich habe manchmal die entsetzlichsten und zugleich herrlichsten Visionen, wenn ich an gepökelten Rinderbraten oder gebratene Scholle mit Petersiliensoße denke, an Frikadellen mit Weißkohl in Mehlschwitze, an ein anständiges Stück Brot mit Hering in Curry und Zwiebeln oder an Leberpastete mit Roter Bete auf frisch gebackenem Schwarzbrot oder an Hühnersuppe, gefolgt von Huhn in Meerrettichsoße. Oder wie wäre es mit …«

»Verflixt noch mal, Mads. Hör auf. Das geht zu weit.«

»Erinnerst du dich an den Schweinebraten unserer Köchin Signe, den mit der knusprigen Kruste, dazu den selbstgemachten Rotkohl, die weißen, genau auf den Punkt gekochten Kartoffeln, dazu die braunen, karamellisierten Kartoffeln und ihre Soße – ihre wunderbare braune Soße, Magnus, in der der Löffel fast von alleine stehen konnte.«

»Jetzt halt endlich den Mund, Mads«, grinst Magnus und klopft ihm auf die Schulter.

Mads legt seinen Arm um ihn, und sie gehen lachend weiter, während sie versuchen, einander im Beschreiben von Gerichten aus dem verlorenen Land der Kindheit zu überbieten, wobei ihnen das Wasser immer mehr im Munde zusammenläuft.

18

Die Kirche von Madrigueras ist natürlich das größte Gebäude des Dorfes. Wie eine mächtige Burg ragt sie über die niedrigen Häuser rund um den Kirchplatz, von dem die staubigen Gassen in alle Richtungen abgehen. Die Kirche wirft lange Nachmittagsschatten auf die heruntergekommenen Häuschen, an denen schon seit Jahren nichts mehr gemacht worden ist.

»Madrigueras ist eines von Spaniens unzähligen armen Dörfern, dessen Bewohner schon immer von Sonnenaufgang bis Sonnenuntergang für einen Hungerlohn gearbeitet haben. Nur der Dorfschullehrer, der Priester und der Gutsbesitzer konnten lesen und schreiben. Die Männer des Dorfes stellten sich jeden Tag im Morgengrauen auf dem Kirchplatz auf. Der Gutsverwalter wählte dann die aus, die für zwölf Stunden Feldarbeit mit gebeugtem Rücken einen bescheidenen Tagelohn bekamen. Der Hunger war ein ständiger Gast, und von der Geburt bis zum Tod war die Hoffnungslosigkeit eine treue Begleiterin. Viel zu oft sahen die Menschen ihre Kinder sterben, bevor diese auch nur ein Jahr alt waren. Die, welche überlebten, mussten zum Lebensunterhalt der Familie beitragen, sobald sie fünf Jahre alt waren. In den spanischen Dörfern begreift man sofort, worum es in diesem Krieg geht und für wen oder was da gekämpft wird. Es sind die Armen, die Unterdrückten und die Ausgestoßenen. Es geht um die Gerechtigkeit und den Traum von einer besseren Gesellschaft für alle Menschen. Eine Gesellschaft, in der alle gleich sind und den gleichen Zugang zu den wunderbaren Gütern dieser Erde haben.«

All das sagt Mads, während sie zum Dorf zurückgehen. Magnus empfindet eine merkwürdige Mischung aus Erleichterung und Verzweiflung bei den Worten, die so wohlgesetzt aus dem Munde seines kleinen Bruders strömen. Er bewundert sein Engagement und seinen Idealismus, obwohl sie ihm naiv und realitätsfern vorkommen. Er wünschte, er könnte ebenso wie Mads an das Gute im Menschen glauben, aber bisher hat ihn das Leben keineswegs gelehrt, dass der Mensch gut ist. Vielmehr sagt ihm seine Erfahrung, dass der Mensch ein egoistisches und gewalttätiges Wesen ist. Seine Misanthropie ist ihm oft zuwider, aber er empfindet sie nicht als zynisch, sondern im Gegenteil als vernünftig. Trotzdem beneidet er seinen kleinen Bruder. Er glaubt an etwas, und man kann ihm ansehen, dass das Leben für ihn einen Sinn hat, trotz der Gräuel, die er miterleben muss.

Magnus ist nur fünf Jahre älter als Mads, aber manchmal hat er das Gefühl, im Geiste schon ein alter Mann zu sein. Er wünschte, er hätte den gleichen leichten Tritt auf seinem Weg durchs Leben wie sein Bruder, fürchtet aber zugleich, dass jene Leichtigkeit zusammen mit der Utopie, an die Mads sich klammert, eines Tages seinen Untergang mit sich bringen könnte. Außerdem ist er verzweifelt, weil er weiß, dass er Mads wieder verlieren wird. Die Erleichterung darüber, ihn wiedergefunden zu haben, wird von der Gewissheit erdrückt, dass es nur für eine begrenzte Zeit ist.

Die Kirche werde nicht mehr als Kirche genutzt, seit die Landarbeiter sich im Juli 1936 gegen ihre Unterdrücker aufgelehnt und den Gutsbesitzer, die Zivilgarde und den Priester vertrieben haben, erklärt Mads, als sie bei der Kirche ankommen. Die Unterdrücker seien natürlich Anhänger Francos gewesen, aber sie hätten weder mit dem Zorn des Volkes noch mit seiner Lust und seinem Willen, sich zur Wehr zu setzen, gerechnet. Die meisten früheren

Bewohner seien nach Albacete geflüchtet. Sie hätten befürchtet, das Dorf könnte Ziel eines Luftangriffs werden, sagt Mads. Vielleicht hätten sie auch Angst vor Racheaktionen gehabt, weil sie die Freiwilligen aus dem Ausland beherbergt hätten.

Die Sonne steht tiefer, und die Luft ist kühler geworden. Ihre Kleidung ist immer noch feucht. Einige Männer in blauen Overalls sitzen am Brunnen, lehnen sich gegen eine sonnenbeschienene Mauer, rauchen und lassen einen Weinschlauch kreisen. Sie winken Mads zu, der zurückgrüßt, indem er mit der Hand kurz sein dunkelblondes, weiches Haar berührt.

»Habt ihr Bertil gesehen, Kameraden?«, fragt er auf Deutsch.

»Er ist in der Kirche. Er hat vor Kurzem ebenfalls nach dir gefragt«, antwortet ein kleiner, muskulöser Mann mit einem kurz geschnittenen Vollbart in einem runden Gesicht und einer schwarzen Baskenmütze auf dem Kopf. Seine Nase ist rot und geschwollen und von blauen Adern durchzogen. »Nimm deinen Kameraden ruhig mit hinein, Mads. Heute gibt es reichlich zu essen.«

Das Kirchenschiff ist groß, und durch die hohen Fenster dringt helles Licht. Die Kirchenbänke sind entfernt worden, stattdessen hat man dort Tische und Stühle aufgestellt. In einer Ecke steht ein Rednerpult. An den Tischen sitzen etwa fünfzig Männer und essen von Blechtellern, in der einen Hand einen Löffel und in der anderen einen Kanten Weißbrot mit einer dicken Kruste, den sie in die Soße eintunken. Es wird geredet, geraucht und geschmatzt. Magnus entdeckt Bertil oben im Altarraum. Man hat dort große Eisenschwellen auf mehreren Feldsteinen befestigt. Unter drei großen, gusseisernen Töpfen, die auf den Schwellen stehen, brennt ein munteres Feuer, und aus den Töpfen steigt ein verführerischer Duft nach Öl, Knoblauch und Lammfleisch auf. Durch ein Loch in der Decke können der Rauch und der Essensdunst abziehen.

Bertil entdeckt Mads und Magnus und winkt sie zu sich herauf. Er sagt in seinem nordschwedischen Dialekt: »Es gibt was zu essen, Mads. Wir haben doch glatt ein Schaf geschlachtet, und dann haben wir Mohrrüben, Petersilie, Kohlrabi, Linsen und Zwiebeln dazugetan. Manuel hat das alles zusammengewürfelt. Was sagst du dazu?«

»Ich sage, du und Manuel seid die wahren Helden der Revolution.«

»Dein Bruder ist natürlich ebenfalls herzlich willkommen.«

»Man dankt«, sagt Magnus.

»Was macht dein Bruder noch mal?«

»Er ist Journalist, Bertil.«

»Doch hoffentlich nicht für die bürgerliche Presse?«

»Er ist mein Bruder, Bertil.«

»Natürlich. Deshalb ist er hier auch willkommen, aber du kennst meine Meinung über bürgerliche Journalisten oder Leute, die sich vor dem Kampf drücken.«

»Wir haben Hunger, Bertil.«

Mads hat einen Blechteller, einen Löffel und eine Blechtasse in seinem Rucksack, Magnus leiht sich das Geschirr von Bertil, der offensichtlich bereits gegessen hat. Der knochige, sehnige Schwede ist einen ganzen Kopf größer als Magnus. Seine Augen sind rot gerändert, und er riecht nach Alkohol und Knoblauch. Er hält ein Wasserglas in der Hand, das halb mit Cognac gefüllt ist.

Der Eintopf duftet herrlich, und sie genießen den Anblick der verführerischen Fettaugen, die auf der Oberfläche glänzen. Das Schmorgericht köchelt vor sich hin, große Stücke Fleisch wogen sanft zwischen weißen Bohnen, in Stifte geschnittenen Mohrrüben, grob gehackter Petersilie, Zwiebelwürfeln, Linsen und kleinen Kohlrabistücken. Magnus läuft das Wasser im Munde zusammen.

Bertil lädt ihre Teller mit einer großen Kelle voll, reicht jedem von ihnen ein Stück Brot mit einer kräftigen goldbraunen Kruste und deutet auf zwei freie Plätze an einem Tisch, auf dem eine Flasche Rotwein ohne Etikett steht.

Der Wein ist kühl, aber er schmeckt Magnus ebenso wie der Lammeintopf, der zum Besten gehört, was er seit Langem gegessen hat. Sie essen schweigend, schauen einander an und trinken, nachdem sie mit den Blechtassen angestoßen haben. An ihrem Tisch sitzen auch die beiden Männer, mit denen Mads im Café gewesen war. Sie beachten sie aber nicht weiter, sondern wischen gerade ihre Teller mit dem letzten Stück Brot blank. Mads holt für Magnus und sich eine weitere Portion, die sie, ohne ein Wort zu sagen, in Angriff nehmen.

Bertil kommt zu ihnen herüber und setzt sich, zündet sich eine Zigarette an und sieht ihnen mit zufriedener Miene beim Essen zu. »Esst so viel, wie ihr mögt«, sagt er in seinem langsamen Schwedisch. »Es ist ausnahmsweise genug für alle da. Dass sie uns sowohl Möhren als auch ein ganzes Schaf schicken, bedeutet vermutlich, dass einige unserer lieben Kameraden bald sterben müssen. Aber so ist das nun mal. Hast du deinem Bruder von der Kirche und dem Brunnen hier im Dorf erzählt?«

»Nein. Das habe ich nicht«, sagt Mads mit vollem Mund. Seine kräftigen jungen Zähne kämpfen mit einem sehnigen Stück Lammfleisch, das er schließlich aus dem Mund nimmt und verwundert betrachtet, ehe er es zurücksteckt und weiter darauf herumkaut.

»Dann werde ich es tun«, sagt Bertil zufrieden. »Als Untermalung zu eurem Essen. Vielleicht kann selbst ein bürgerlicher Schreiberling in seiner Zeitung darüber berichten. Die werden da schließlich nicht nur Lügen abdrucken. Also hör zu, Magnus. Für manche Menschen ist diese Kirche vielleicht ein christliches Bauwerk, aber für mich und die guten Kameraden ist Religion der reine

Aberglaube und Opium fürs Volk, von den Machthabern erfunden, um die Menschen in Unwissenheit zu belassen. Diese Kirche ist ein klassisches Symbol für die jahrhundertealte Unterdrückung. Die katholische Kirche in Spanien ist die Kirche der Machthaber. Franco und seine Faschisten behaupten, sie befänden sich auf einem Kreuzzug gegen uns Rote. Die Kirche segnet die Kanonen der Faschisten, weil sie ein Interesse daran hat, ihre Macht und damit auch ihr vieles Geld und ihre sonstigen Güter zurückzuerlangen.«

Bertil deutet mit seiner Zigarette zu den Töpfen auf der Feuerstelle: »Als die ersten Brigaden hierherkamen, wandelten sie die Kirche in einen Versammlungsraum und Speisesaal um. Die Kameraden rissen den Altar ab und errichteten die Feuerstelle. Unten im Keller entdeckten sie einen geheimen Raum mit einem schmalen Wasserlauf aus Granit, in dem klares Wasser floss. Dort entsprang wahrhaftig eine Quelle mit reinstem, natürlichstem Wasser! Wie sich herausstellte, speiste die Quelle auch den Brunnen auf der Plaza, und der Wasserfluss ließ sich mit einem Holzpflock regulieren. Manchmal setzte der Priester den Pflock ein, woraufhin der Brunnen austrocknete. In der Regel tat er das in den wärmsten Monaten, wenn die Menschen das Wasser am dringendsten benötigten. Dann forderte der Priester die Menschen auf, zu beten und reichlich zu spenden: Geld, Schafe, Schweine, Getreide, Mais, alle möglichen guten Sachen für die heilige Margaretha, die Schutzpatronin des Brunnen. Das taten die elenden, abergläubischen, armseligen Bauern und Landarbeiter dann auch. Wenn der Priester und sein fetter Bischof unten in Albacete mit ihrer Beute zufrieden waren, zogen sie ganz langsam den Holzpflock wieder heraus, sodass das Wasser nach und nach wieder in den Brunnen sprudelte, und alle versammelten sich in der Kirche zum Gottesdienst, voller Dankbarkeit darüber, dass der Herrgott die Gebete des Volkes erhört hatte. Was sagst du zu dieser Geschichte, Magnus?«

»Die Welt will betrogen werden.«

»Ja. Und deshalb müssen wir die Welt verändern.«

»Wenn du das sagst.«

»Ich sage es nicht nur. Ich tue es. Genau wie dein Bruder. Wir verändern die Welt. Wir kämpfen für eine neue Gesellschaft, in der es keinen Platz gibt für Kirchen und andere blutsaugende Machthaber. In der das arbeitende Volk selbst über sein Leben bestimmt. Und was tust du?«

»Ich genieße dein Essen.« Magnus reibt mit seinem letzten Stück Brot den Teller aus, um jeden Tropfen Soße zu erwischen.

»Für das andere sich krummgelegt haben.«

»Du hast mich selbst eingeladen, aber ich bezahle gern dafür.« Magnus stopft sich das feuchte Stück Brot in den Mund und kaut langsam.

»Denkst du wirklich, es geht um Geld? Glaubst du das?« Der große Schwede nimmt einen Schluck Cognac. Sein Glas ist fast leer. Magnus sieht, wie Mads von Bertil zu ihm sieht und dann kaum merklich den Kopf schüttelt.

»Ich habe keine Lust, mich mit dir zu streiten«, sagt Magnus. Er spricht etwas undeutlich, weil er noch den letzten Bissen im Mund hat.

»Streiten? Wer redet denn hier von streiten? Wir diskutieren wie gute Kameraden. Ich erkundige mich nur nach deinem Gewissen.«

»Du bist nicht mein Priester.«

»Was zum Teufel meinst du damit, Däne?«

»Ich bin dir keine Beichte schuldig.«

»Du bist mir eine Antwort schuldig, was dein Gewissen dazu sagt, dass dein kleiner Bruder in den Kampf zieht, während du nur zusiehst, wie die Welt in Flammen aufgeht.«

»Es hört sich aber so an, als wärst du der Meinung, dass ich eigentlich kein Gewissen habe.«

»Du bist Mads' Bruder. Irgendein Gewissen musst du also haben.«

»Ach, tatsächlich? Außerdem wüsste ich gern, was dich das überhaupt angeht. Du bist schnell mit deinem Urteil über andere Menschen. Ein Blick auf einen Mann, und schon weißt du alles über ihn. Es geht dich überhaupt nichts an, Bertil. Lass mich einfach in Ruhe.«

»Du befindest dich im Kreise unserer Kameraden. Alles hier geht mich was an.«

»Aha. Aber eigentlich besuche ich nur meinen Bruder.«

»Das ist natürlich auch das Einfachste, nicht wahr? Zu Besuch sein. Sich aus dem Kampf raushalten. Du glaubst, man kann neutral sein. Aber das kann man nicht. Auch wenn du dich nicht für eine Seite entscheidest, beziehst du Position.«

»Wenn du das sagst.«

»Du glaubst, du kannst dich raushalten. Aber das kannst du nicht, Däne.«

»Du bist besoffen. Lass mich in Ruhe. Und vielen Dank auch für das Essen.« Magnus schaut zu Mads hinüber, der den Kopf gesenkt hat und den letzten Rest Soße mit Brot auftunkt. Magnus kennt solche Situationen. Überall, wo Männer zusammensitzen und trinken, kann eine gemütliche Stimmung ohne ersichtlichen Grund kippen und plötzlich aggressiv und gewalttätig werden. Es ist eine Art von Gewalt, die untrennbar mit Wirtshäusern verbunden ist, und diese Kirche ist ja jetzt nichts anderes als ein Wirtshaus. Er betrachtet den großen Schweden und weiß, dass er keine Chance gegen ihn hat, sollte es zu einem Kampf kommen.

Mads starrt auf den Tisch, aber die beiden Männer aus dem Café beobachten Bertil und wirken unruhig. Magnus sieht Bertils Pistole im Holster an seinem Gürtel hängen und ahnt, dass es böse für ihn endet, wenn es ihm nicht gelingt, die Situation zu entschärfen. Offenbar fürchtet Bertil, er sei gekommen, um ihm Mads wegzunehmen. Magnus' Tasche steht neben seinem Stuhl auf dem Boden, aber sein Revolver ist nicht geladen. Was hat Mads gesagt? In Spanien sollte man seinen Revolver immer geladen haben. Er schwört sich, in Zukunft immer fünf Patronen in der Trommel liegen zu haben.

Bertil hat etwas gesagt, das Magnus nicht verstanden hat. Möglicherweise wiederholt er es gerade: »Warum glaubst du, dass ich besoffen bin? Glaubst du etwa, ich vertrage keinen Cognac?«

Mads hebt den Kopf. »Bertil«, sagt er leise, aber Bertil scheint sich in seiner eigenen betrunkenen, blutgeschwängerten Welt zu befinden. Er steht auf, und sein Stuhl kippt nach hinten. Die Leute an den umstehenden Tischen schauen zu ihnen herüber.

Bertil richtet sich zu voller Größe auf und erhebt seine Stimme: »Was zum Teufel machst du eigentlich hier?«

»Ich besuche meinen Bruder.«

»Das behauptest du. Aber wer sagt denn, dass du hier nicht für die Faschisten spionierst. Du bist Journalist, sagst du. Aber bist du das auch wirklich? Oder vielleicht doch ein Spion?«

»Bertil«, sagt Mads, diesmal etwas lauter.

»Fünfte Kolonne. Ein elendes Pack. Einen Schmarotzer kann ich vielleicht gerade noch ertragen, aber einen Faschistenspion auf gar keinen Fall.«

»Bertil, es reicht jetzt«, sagt Mads.

Bertils Hand bewegt sich in Richtung Pistolenholster. Magnus schiebt seinen Stuhl zurück, und mit derselben Bewegung schüttet er dem Schweden den Wein aus seiner halb vollen Blechtasse ins Gesicht. Der stößt daraufhin einen gewaltigen Schrei aus, sodass alle in der Kirche entweder aufschauen oder sich erheben.

»Magnus. Hau ab. Das endet sonst böse«, sagt Mads flehend.

»Dann hilf mir doch.«

Bertil läuft um den Tisch herum und stürzt auf Magnus zu, der die fast leere Weinflasche vom Tisch nimmt und sie seitlich gegen Bertils Kopf schlägt. Der Schwede wankt und schüttelt den Kopf, aber entweder hat er einen unglaublich harten Schädel oder er ist zu betrunken, um Schmerzen zu empfinden. Er bringt seine Fäuste in die klassische Boxerposition.

Magnus tritt ihm mit Wucht in den Schritt, und als sich Bertils Hände instinktiv nach unten zu seinen schmerzenden Geschlechtsteilen bewegen, schlägt er ihm die Flasche auf den Kopf. Der Blick des großen Schweden verschwimmt, als er auf die Knie sinkt. Magnus stellt die Flasche auf den Tisch zurück. Sein Atem geht schnell und klingt beinahe pfeifend. Er sieht aus den Augenwinkeln, dass die beiden Kameraden aufgestanden sind und auf ihn zukommen. Mads, bleich im Gesicht, hat sich ebenfalls erhoben und versucht, die beiden zu beschwichtigen.

Magnus nimmt seine Tasche und tritt einen Schritt zurück. Bertil hebt den Kopf und versucht aufzustehen. Als Mads zu ihm hingeht und ihn am Arm fasst, um ihm aufzuhelfen, empfindet Magnus einen Schmerz, der so groß und lähmend ist, dass er sich am liebsten einfach auf den Boden setzen würde.

Bertil steht schon wieder, wenn auch ein wenig wankend. Blut rinnt von seiner Schädeldecke. Er faucht: »Verschwinde! Schmarotzer wie dich können wir hier nicht gebrauchen. Verschwinde oder ich bringe dich um! Du bist nur noch am Leben, weil du Mads' Bruder bist.«

Magnus spürt, dass der ganze Saal gegen ihn ist. Gewalt liegt in der Luft. Einer nach dem anderen haben sich die Männer erhoben und bringen sich jetzt gegen ihn in Stellung. Bertil ist ein Mann, der unverkennbar geschätzt, aber auch gefürchtet wird, und selbstverständlich sind alle auf seiner Seite. Magnus' Puls rast.

»Mads?« Seine Stimme klingt flehender, als ihm lieb ist.

»Es ist sicher das Beste, wenn du jetzt gehst, Magnus.« Mads spricht leise und hat das Gesicht von ihm abgewandt.

»Bist du etwa auf der Seite dieses Scheißschweden?«

»Ich glaube, es ist am besten, wenn du jetzt gehst.«

»Du bist mein Bruder, verdammt noch mal.«

»Geh jetzt, Magnus. Kannst du nicht einfach abhauen? Du hättest gar nicht erst kommen sollen.«

»Fuck you, Mads! Du bist mein Bruder.« Er spürt die verräterischen Tränen in seinen Augen, aber Mads schaut weg, um ihn gleich darauf mit flehendem Blick anzusehen. Magnus macht auf dem Absatz kehrt und geht schnellen Schrittes in Richtung Kirchentür. Er hört, wie hinter ihm spöttisches Gelächter einsetzt und Bertil ihm mit vor Schmerz bebender Stimme, aber laut und deutlich hinterherruft: »Flieh nur, du Kujon! Hau doch ab. Das kannst du ja eh am besten. Abhauen, wenn es brenzlig wird. Lauf nach Hause ins sichere Dänemark und überlass Spanien den richtigen Männern. Du bist doch bloß ein beschissener maricón.«

19

Ein paar Tage später sitzt Magnus am frühen Nachmittag in der Bar des Gran Hotel, traurig und zugleich auch ziemlich wütend. Joe Mercer ist immer noch nicht aus Madrid zurückgekehrt, und Irina ist nach Valencia gereist, ohne ihm eine Nachricht zu hinterlassen. Andererseits: Warum hätte sie das tun sollen? Sie ist ihm in keiner Weise verpflichtet. Sie haben sich gut unterhalten, und sie begegnet ihm mit großer Sympathie, ja vielleicht sogar Wärme. Sie können auch gut zusammen lachen, aber daraus zu schließen, dass sie in ihn verliebt ist, wäre wohl ein wenig zu weit gegriffen. Dennoch: Eine Nachricht von ihr hätte ihn aufgeheitert.

Es ärgert ihn auch, dass seine Versuche, Marie einen Brief über seine Begegnung mit Mads zu schreiben, ständig im Sande verlaufen. Er weiß nicht, wie er den Brief formulieren soll, bringt es nicht fertig, von seiner Niederlage zu berichten. Er schreibt »Liebe Marie«, starrt dann in die Luft, knüllt schließlich das Briefpapier zusammen und wirft es in den Papierkorb. Er hat Marie enttäuscht, er hat Mads enttäuscht, aber vor allem hat Mads ihn im Stich gelassen. Er ist voller Selbstmitleid und zugleich auch voller Selbstverachtung angesichts seiner eigenen Unzulänglichkeit.

Er hat einen leichten Kater und trinkt langsam eine weitere Tasse Kaffee. Der dunkle Raum, der mit einem langen, breiten Zinktresen, hinter dem ein melancholischer Barkeeper steht, und schweren Mahagonimöbeln eingerichtet ist, ist beinahe leer. Auch der Blick des Barkeepers ist leer. Er trägt ein weißes Hemd, eine schwarze

Weste und eine schwarze Hose, deren Hinterteil so blank ist wie das Glas, das er gedankenverloren trocken reibt.

Beim Kaffee hat Magnus die Zeitungen gelesen und versucht, ihre verklausulierten Umschreibungen in den zensierten Berichten über den Kriegsverlauf zu entschlüsseln. Jetzt will er ein Bier trinken und dann noch einmal versuchen, an Marie zu schreiben und nicht daran zu denken, was Mads wohl gerade macht. Dabei ist er fast krank vor Sorge um seinen kleinen Bruder, wo auch immer er sich gerade befinden mag.

Er hat Juan Montero mit dem Wagen nach Valencia zurückgeschickt. Es gibt keinen Grund, ihn noch länger zu bezahlen. Den Großteil seines Bargeldes hat er für den Chauffeur ausgegeben, aber mithilfe des Kreditbriefes von seiner dänischen Bank hat er problemlos neue Pesetas abheben können.

Er bemerkt einen schwachen Luftzug, dreht sich um und sieht zwei Männer in der Tür stehen. Der eine ist Gerhardt Pandrup aus dem Hauptquartier der Brigaden in der alten Kaserne der Zivilgarde. Er trägt seine graugrüne Kommissarsuniform mit Schulterriemen und Pistolenholster am Gürtel, halbhohe dunkelbraune Stiefel und eine schwarze Offizierskappe.

Den anderen Mann kann Magnus zunächst nicht einordnen, aber dann erinnert er sich an ihn. Es ist der Russe vom Flughafen in Valencia, bei dessen Gespräch mit Mercer er gedolmetscht hat. Diesmal trägt er keinen hellen Sommeranzug, sondern eine dunkle Hose und ein graues Uniformhemd unter einem halblangen, offen stehenden Ledermantel, seine Waffe in einem geschlossenen Pistolenholster um die Hüfte und auf dem Kopf ein dunkles Barett. Stepanowitsch heißt er und arbeitet für den neuen kommunistischen Geheimdienst.

Magnus spürt seinen eigenen Revolver, den er unter seiner Jacke in den Hosenbund gesteckt hat. Man wird ihn nie wieder ohne geladene Waffe antreffen, denkt er zufrieden, als er sieht, wie die beiden Männer auf ihn zukommen. »Guten Tag, Pandrup«, sagt er auf Dänisch.

Gerhardt Pandrup hat vor Müdigkeit Furchen im Gesicht und sieht älter aus als seine etwa dreißig Jahre. Er raucht eine dicke, selbstgerollte spanische Zigarre mit einem tiefschwarzen Tabak. »Guten Tag, Herr Meyer«, antwortet Pandrup auf Deutsch. »Darf ich Ihnen meinen Kollegen Dmitrij Stepanowitsch vorstellen, vom …«

»Vom SIM. Wir sind einander schon einmal begegnet. Aber ich wusste nicht, dass du auch für den Geheimdienst arbeitest.«

»Was meinst du damit?« Pandrup wechselt auf einmal ins Dänische.

»Du hast ihn einen Kollegen genannt.«

»Das sagt man doch so. Er ist ein Kamerad aus der großen Sowjetunion, der uns in unserem gerechten Kampf unterstützt.«

Magnus reicht erst Stepanowitsch die Hand und dann Pandrup. »Darf ich die Herren auf ein Getränk einladen?«

Sie nehmen einen Brandy, er selbst bestellt ein Bier, und sie suchen sich einen Tisch in einer Ecke. Magnus setzt sich mit dem Rücken zur Wand und mit Blick in den Raum. Als der schweigsame Barkeeper ihnen die Drinks gebracht hat, sehen sie ihm hinterher, bis er zu seiner Glasputzarbeit hinter der Bar zurückgekehrt ist.

Stepanowitsch nimmt einen Schluck von seinem Brandy und stellt das Glas vorsichtig auf den Tisch, während er Magnus unverwandt in die Augen sieht. Magnus kann das Alter des Russen schwer einschätzen, aber er muss etwa Mitte dreißig sein.

»Womit kann ich den Herren dienen?«, fragt Magnus.

»Vielleicht können Sie darüber nachdenken, nach Hause zurückzukehren«, antwortet Stepanowitsch harsch. Magnus erinnert sich an die blassen Augen in seinem schmalen Gesicht. Aus der Nähe betrachtet sind sie noch bleicher, und wie in den Augen so vieler anderer hat der spanische Alltag schwache rote Linien darin hinterlassen.

»Und warum sollte ich das tun?«

»Weil es hier anscheinend nichts gibt, worüber du dringend schreiben müsstest. Jedenfalls hast du bisher keinen einzigen Artikel nach Hause geschickt.«

»Vielleicht habe ich bisher einfach nichts entdeckt, was es wert gewesen wäre, darüber zu berichten?«

»Oder vielleicht bist du in Wirklichkeit gar kein Journalist?«

»Natürlich bin ich Journalist. Du hast doch meine Papiere gesehen.«

»Papiere? Was bedeuten die schon? Mit denen kann man sich den Arsch abwischen. Journalisten berichten. Sie schreiben. Sie stehen in Kontakt mit ihren Redakteuren. Und was tust du, Magnus Meyer?«

»Ich trinke Bier.«

Stepanowitsch lehnt sich in seinem Stuhl zurück und macht eine energische Handbewegung. »Du spielst mit dem Feuer. Du hältst das hier alles für Spaß, was?«

»Du sprichst gut Deutsch. Wo hast du das gelernt?«

»Das geht dich gar nichts an.«

»In Berlin, vermute ich. Du sprichst Berlinerisch mit russischem Akzent. In Argentinien habe ich ziemlich viele Deutsche kennengelernt.«

»Herr Meyer. Tun Sie uns den Gefallen und kehren Sie nach Dänemark zurück. Sonst …«

»Sonst was?«

»Sonst müssen wir Sie näher unter die Lupe nehmen, Sie etwa zum Verhör einbestellen. Das ist nicht immer angenehm. In unserem Kampf gegen Fünfte-Kolonne-Saboteure und Spione können wir es uns nicht erlauben, Gnade zu zeigen oder nachgiebig zu sein.«

»Aha. Und ab sofort sind wir per Sie?«

»Ja. Ich kann nichts mehr für Sie tun. Wir haben Sie gewarnt. Und wir werden Sie im Auge behalten. Vielen Dank für den Drink. Gerhardt, kommst du?«

Sie trinken beide ihr Glas aus und erheben sich.

Pandrup dreht sich halb um und sagt auf Dänisch: »Du hättest deinen Bruder nicht aufsuchen sollen. Ich hatte es dir untersagt. Worüber habt ihr gesprochen?«

»Private Dinge.«

»Das hoffe ich doch. Worüber auch immer ihr gesprochen habt, behalte es für dich. Und befolge den Rat meines russischen Kameraden. Du gehörst nicht hierher. Der gute Ruf deines Bruders hilft dir nur begrenzt weiter. Du solltest froh sein, dass du ihn hast. Sonst würdest du hier sicher nicht so friedlich beim Bier sitzen. Kehr nach Dänemark zurück, Magnus Meyer. Überlass den Krieg den richtigen Männern.«

Magnus sieht ihnen hinterher. Nach außen hin ist er ruhig, aber es fällt ihm schwer, seine Atmung zu kontrollieren. Er muss zugeben, dass sie ihm Angst machen, aber er ist auch wütend auf sie. Die beiden haben ihm gar nichts zu sagen. Er versteht auch nicht ganz, warum sie ihn unbedingt loswerden wollen, aber es hat sicher mit Mads und dessen geheimen Operationen zu tun. Plötzlich macht er sich große Sorgen. Vielleicht sind sie Mads gegenüber misstrauisch geworden. Vielleicht haben sie Mads aufgesucht. Die gesamte republikanische Seite ist wie besessen von der Furcht vor Saboteuren und Spionen, die bereits ganze Gefängnisse und Lager füllen. Und diese Furcht wird gewiss nicht abnehmen, solange an den Fronten nicht bald Fortschritte erzielt werden. Alle brauchen ihre Sündenböcke.

Magnus bleibt noch einen Moment sitzen und trinkt sein Bier aus, nimmt sein leeres Glas mit zur Bar, um dort ein neues Bier zu bestellen. Auf einmal hört er Joe Mercers Stimme: »Spendierst du einen Drink, Kumpel?«

Der große Amerikaner sieht staubig und müde aus mit seinem unrasierten Kinn unter dem großen Schnurrbart, aber sein Gesicht ist ein einziges großes Lächeln. In der einen Hand hält er seinen Hut, mit der anderen drückt er Magnus' Hand.

»Schön, dich zu sehen«, sagt Magnus und macht dem Barkeeper ein Zeichen, ihnen zwei Bier zu bringen.

»Gleichfalls.«

»Wie war es in Madrid?«

»Konstruktiv und ertragreich. Gibt es heute warmes Wasser? Ich bin mit einem Truppentransport zurückgekommen.« Mercer leert sein Glas zur Hälfte. »Bist du bereit zur Weiterreise?«

»Wann?«

»Morgen früh. Wir haben in Cartagena einen Termin mit einem Banditen.«

»Mich hält hier nichts.«

»Und dein Bruder?«

»Da gibt es nichts, was meine Anwesenheit erfordern würde, Joe.«

»Okay, aber pack deine Pistole ein, ja? Wir machen eine Reise ins Indianerland.«

Es ist eine langweilige, rumpelnde Zugfahrt von Albacetes niedrigem grauem Bahnhof bis zum Meer. Den größten Teil der Strecke dösen Magnus und Joe vor sich hin. Joe hat einige Male nach Mads gefragt, dann aber schnell akzeptiert, dass Magnus nicht darüber sprechen will. Mercer wiederum will nichts davon hören, dass das Gold nur eine Legende ist, die erschöpfte Soldaten einander erzählen, oder ein Teil der allseits bekannten faschistischen Propaganda, die Stalin diskreditieren soll.

Den Großteil ihres Gepäcks haben sie in Albacete im Hotel gelassen. Magnus verliert kein Wort darüber, aber er hofft, dass Irina da sein wird, wenn er zurückkommt.

Mercer sagt, er habe dort in ein paar Tagen eine Verabredung mit drei amerikanischen Kollegen. Die Zugverbindungen von Cartagena nach Valencia und Albacete sind ausgezeichnet. Albacete ist, wie Mercer berichtet, sehr stolz darauf, die vierte Stadt in Spanien gewesen zu sein, die eine Eisenbahnanbindung bekommen hat. Das ist einer der Gründe dafür, dass die Brigaden ihr Hauptquartier in dieser Stadt errichtet haben.

Joe ist eine wahre Goldgrube, was seltsame Informationen aller Art angeht, denkt Magnus und blickt auf seine abgewetzte Reisetasche, in der er seinen geladenen Revolver aufbewahrt. Er weiß, dass Mercer ebenfalls bewaffnet ist. Er hat ihm seine Colt-Maschinenpistole gezeigt, die er in einem maßgeschneiderten Schulterholster unter seiner locker fallenden Jacke trägt. Es ist eine Colt 9mm mit sieben Schuss im Magazin.

Magnus findet Cartagena deprimierend. Die zerstörten Gebäude und die herausgebrochenen Mauerstücke erinnern an die wiederholten Luftangriffe der deutschen Legion Condor. Es sind viele Soldaten in den unterschiedlichsten Uniformen unterwegs, aber die meisten tragen die blaue Uniform der Flotte. Hunde wühlen in Abfallhaufen, und der Gestank von Urin und Exkrementen schwebt über allem und vermischt sich mit dem salzigen Geruch des Meeres und dem unangenehm süßlichen Geruch modrigen Tangs. In den Ruinen flitzen Ratten umher.

In der Calle Mayor finden sie ein kleines Hotel in der Nähe eines Restaurants namens Columbus. Dort ergattern sie zu einem völlig überhöhten Preis zwei Spiegeleier mit weißen Bohnen in Tomatensauce. Joe Mercer kennt das Lokal offensichtlich, erklärt Magnus aber nicht, woher. An der Bar stehen zwei Männer in Marineuniformen, trinken Anisschnaps mit Wasser und streiten sich leise. Die schwarze Hose des Kellners, sein weißes Hemd und seine schwarze Weste sehen abgewetzt und ungebügelt aus.

Es riecht nach schwarzem Tabak und Männerschweiß, aber Magnus und Joe bleiben dennoch sitzen und trinken Bier. Die beiden Männer und sie sind die einzigen Gäste.

Als der Kellner mit einem weiteren Bier kommt, spricht Magnus ihn darauf an. Der Kellner betrachtet sie mit zusammengekniffenen Augen. Auf der linken Wange hat er eine Narbe, die aussieht wie ein Sägeblatt. Sein dünnes Haar ist von der Stirn aus glatt nach hinten gekämmt, sodass die fettigen Haarsträhnen fein säuberlich nebeneinanderliegen wie die Furchen eines frisch gejäteten Rübenackers. Seine Stimme ist tief und heiser, als er sagt: »Meine Herren, es herrscht Krieg. Die Leute haben kein Geld. Sie können nichts anderes tun, als zu Hause sitzen, Radio hören und darauf warten, dass der Krieg zu Ende geht. Falls sie überhaupt noch ein Haus haben, in dem sie sitzen können.«

Joe schaut ständig auf seine Uhr. Die weiße, runde Uhr des Cafés, die mit ihren römischen Ziffern und den schwarzen Zeigern über der Bar hängt, muss eines Nachmittags um 16.23 Uhr stehen geblieben sein. Draußen vor der Tür ist es dunkel geworden.

Gegen zwanzig Uhr kommt ein junger Mann herein. Er ist klein und sehr mager, und der Schatten eines dunklen Bartes zeichnet sich in seinem Gesicht ab. Er hat ziemlich lange Haare und trägt einen blauen Overall mit einem schmalen Gürtel in der Taille und die üblichen Espadrilles an den Füßen. Eines seiner Augen ist vereitert und zugeschwollen, mit dem anderen blickt er sich um. Als er Joe und Magnus entdeckt, versucht er zu lächeln. Im Oberkiefer fehlen ihm vier Zähne, und sein Unterkiefer besteht nur noch aus schwarzen Stummeln. Er geht quer durch den Raum zu ihrem Tisch, zieht einen Stuhl heran und setzt sich. »Ist einer von euch der Yankee?«, fragt er auf Spanisch.

Joe Mercer sieht Magnus an, der mit dem Kopf in Richtung Joe nickt und sagt: »Das ist Señor Mercer, aber er spricht kein Spanisch, daher bin ich ihm behilflich.«

»Muy bien, Señor. Fragen Sie ihn bitte zuerst nach dem Geld.«

»Er fragt nach dem Geld, Joe.«

»Frag den Mistkerl, ob er eine Nachricht für mich hat.«

»Mein Kamerad möchte wissen, ob du eine Nachricht für ihn hast.«

»Die habe ich.«

»Und?«

»Das Geld, Señor.«

Das versteht Joe offensichtlich. Er holt einen großen Umschlag aus seiner Innentasche, öffnet ihn halb und zeigt dem mageren, verschreckten jungen Mann die vielen Pesetascheine, die sich darin befinden.

»Don Irribarne will den Yankee morgen um Punkt neun Uhr oben auf dem Hügel treffen. Er soll alleine kommen.«

Magnus übersetzt, und Joe sagt: »Das heißt, er hat das, was ich benötige, morgen dabei?«

»Sie können Ihrem Freund sagen, Señor, dass man die Informationen beschafft hat und dass der Preis dafür wie abgemacht ist«, sagt der junge Mann, als er Meyers spanische Übersetzung gehört hat.

Joe reicht ihm den Umschlag. Der nimmt ihn gierig entgegen, erhebt sich schnell und schlüpft wie ein flinkes kleines Nagetier zur Tür heraus.

»Möchtest du mir das vielleicht erklären, Joe?«, fragt Magnus ruhig und trinkt einen Schluck von seinem Bier.

»Es gibt Dinge, die du nicht wissen musst. Du übersetzt. Alles andere kannst du beruhigt Onkel Joe überlassen.«

Magnus beugt sich vor. Eine Menge Fragen und Zweifel schwirren durch seinen Kopf, aber noch bevor er den Mund öffnen kann, heult aus dem Lautsprecher, der sich direkt vor der Tür des Cafés befindet, eine Luftschutzsirene laut auf. Der plötzliche Lärm lässt den Kellner zusammenzucken, und das große Bierglas, das er gerade abtrocknet, fällt ihm aus der Hand. Es schlägt auf dem Rand des Tresens auf und zersplittert am Boden. Doch wegen des an- und abschwellenden Sirenengeheuls hören sie es nicht klirren.

»Sie sollten lieber einen der Luftschutzräume aufsuchen, meine Herren«, sagt der Kellner. Sein Gesicht ist von Schweißperlen bedeckt. Seine Stimme klingt bemüht ruhig, aber vor allem resigniert. »Wir schließen jedenfalls.«

Magnus wirft einige Geldscheine auf den Tisch. Sein Herz schlägt schneller. Joe steht auch sofort auf.

Das durchdringende Geheul der Sirenen ertönt aus mehreren Richtungen und übertönt den Klang der eilenden Füße, die auf dem Kopfsteinpflaster ein merkwürdig kratzendes Geräusch erzeugen. Die Menschen sind nur als Schatten zwischen den weißgrauen Häusern auszumachen, während sie vornübergebeugt dicht an den Fassaden entlanglaufen, alle in dieselbe Richtung. Irgendwo stolpert eine alte Frau, aber niemand bleibt stehen, um ihr zu helfen, obwohl sie lautstark jammert. Als sie den Eingang zum Luftschutzkeller erreichen, der in den Berg gehauen ist, der sich vom Zentrum zum Hafen hin erstreckt, sind noch keine Bombenflugzeuge zu hören.

In den grob in den Stein gehauenen Räumen brennt ein fahles Licht. Die nackten Felswände sind feucht. Es sind tatsächlich so viele Menschen hier, wie Magnus befürchtet hat, aber Joe und er ergattern einen Platz auf einer Holzbank in der Nähe des Eingangs, wo es zumindest ein bisschen frische Luft gibt. Familien sitzen mit leeren Gesichtern in Grüppchen zusammen. Kinder scharen sich um ihre Mütter. Die meisten sehen ziemlich abgemagert aus und tragen abgewetzte Kleidung. Die Männer rauchen, und in einer Ecke lässt man diskret eine Flasche kreisen. Der Luftschutzraum scheint sich endlos in den Berg hinein auszudehnen. Schatten tanzen an der groben Felsendecke, deren Farbe zwischen schwarz und blassgelb changiert.

Männer in schwarzen Jacken und mit roten Armbinden gehen paarweise durch die Felsengrotten und inspizieren sie, während sie die Lichtkegel schwerer Stableuchten über die erschöpften, bleichen Gesichter gleiten lassen.

Der Geruch ist das Schlimmste, denkt Magnus. Der Gestank von Verwesung, Tod, Angst und Niederlage. »Igitt, wie widerlich«, sagt er auf Dänisch.

Joe Mercer stöhnt ebenfalls angewidert: »Ich weiß zwar nicht, was du eben gesagt hast, aber ich glaube, ich habe es trotzdem verstanden.« Er reicht Magnus eine Zigarette, zündet sie an und fährt fort: »Alle Welt hat von der baskischen Stadt Guernica gehört, aber Cartagena war die erste Stadt der Weltgeschichte, die Massenbombardements aus der Luft ausgesetzt war. Im November 1936 wurde sie von einem verdammt schweren Angriff getroffen, und viele, viele Menschen kamen dabei ums Leben. Es war eine ganze Horde von diesen verfluchten Heinkel-Flugzeugen mit gewöhnlichen Bomben und Brandbomben an Bord, und das deutsche Oberkommando wollte einfach mal ausprobieren, wie gut die eigentlich sind. Lass uns das Scheißzeug doch mal testen und sehen, was es so anrichtet. So denken diese Arschlöcher. Damals gab es noch keine Luftschutzräume, weil sich niemand vorstellen konnte, dass sie eine ganz gewöhnliche Stadt angreifen würden. Viele sind geflohen und nicht mehr zurückgekehrt. Das hier ist eine Stadt voller Angst und Gespenster, die durch die schmalen Gassen irren und sich in den Ruinen verstecken.«

In dem flackernden Licht kann Magnus Mercers Zorn und Verbitterung erkennen, als er über die Kinder und ihre ängstlichen, leblosen Augen spricht und über den

Hunger, der ein ständiger Gast in vielen Häusern ist. Sie leben von schlechtem, nährstoffarmem Brot, Eselfleisch und weißen Bohnen oder Linsen. Aber die Stadt ist die Lebensader, auf der die Hilfslieferungen aus der Sowjetunion in die bedrängte Republik gelangen. Sie muss also am Leben erhalten werden.

»So eine Art von Krieg, Magnus, haben wir noch nie zuvor erlebt. Flugzeuge gegen die unbewaffnete Zivilbevölkerung. Sie haben gerade erst erkannt, wie grausam, aber auch wie effektiv das ist. Wenn der große Krieg noch zu unseren Lebzeiten ausbrechen sollte, wirst du Städte brennen sehen, als hätte der Teufel höchstpersönlich sie angezündet. Das ist kein Krieg unter Soldaten. Das ist ein Krieg gegen Mütter und Kinder. Und das kotzt mich an.«

»Das verstehe ich, Joe. Ich wusste nur nicht, dass du so viel Mitgefühl mit deinen Mitmenschen hast.«

»Fuck, nein. Was sollte das auch bringen? Was kann man denn schon dagegen tun? Du hast recht. Es ist Zeitverschwendung, aber man sieht halt so viel Schreckliches, verdammt noch mal. Die deutschen Teufel begnügen sich nämlich nicht mit dem Hafen, Magnus. Sie bombardieren alles. Man sagt, es habe mindestens vierzig Angriffe gegeben. Sie setzen auch die neuen He-111-Bomber ein, die Junkers mit Brandbomben und die Stukas, diese laut aufheulenden Sturzkampfflugzeuge. Die Deutschen haben Pfeifen daranmontiert, sodass sie wie Wölfe heulen, wenn sie auf Städte oder Soldaten hinunterstürzen. Bei Madrid habe ich sie aus einigem Abstand gehört. Sie sind verflucht furchteinflößend. Das bedeutet auch, Bombenangriffe während der Nacht. Krieg führt man doch verdammt noch mal bei Tage, aber die kommen mit Vorliebe in mondhellen Nächten wie dieser. Aber weißt du, was das Schlimmste ist? Nein? Habe ich's mir doch gedacht. Dass ich meinen verflixten Flachmann im Hotel vergessen habe.«

Magnus muss grinsen, antwortet aber nicht. Sie sitzen schweigend da und rauchen.

Die Grotte ist angefüllt von Gemurmel und kollektivem Seufzen über die vielen Füße und Körper hinweg, die ununterbrochen kleine, rastlose Bewegungen machen, als gehörten sie zu einem einzigen großen Organismus. Das Heulen der Sirenen hat aufgehört, sodass sie die Schüsse der Luftabwehr über der Stadt hören können, jedoch nicht den Lärm von Flugzeugen oder Explosionen. Vielleicht schießen sie einfach nur, weil ihnen das ein gewisses Gefühl der Sicherheit gibt und den Eindruck vermittelt, dass sie zumindest etwas tun.

Die ersten Einschläge sind als hohles Dröhnen zu hören und als leichtes Beben der Felswände zu spüren. Einige Minuten lang kehren die Einschläge regelmäßig wieder und erschüttern die Felswände, vor allem aber die Menschenmenge, die jedes Mal, wenn es in der Ferne und doch viel zu nah kracht, zu zittern beginnt. Magnus kann sich vorstellen, woran sie alle denken. War das gerade mein Haus oder das des Nachbarn?

Dann wird es still. Magnus lehnt den Kopf gegen die Felswand hinter sich und versucht zu denken, aber in ihm ist nichts als Angst. Das Weinen eines Kindes und das Schluchzen einer Frau sind zu hören, aber sonst sind die Menschen hier eine einzige gemeinsam atmende Stille. Langsam fangen sie wieder an, miteinander zu sprechen. Es ist ein leises Murmeln, das sich vervielfältigt und sich wie ein schützender Klangteppich um die steifen Körper legt.

Joe zündet zwei neue Zigaretten an, reicht Magnus eine und sagt: »Du glaubst, es geht hier um Helden und Schurken, um Freiheit und Tyrannei. Um Sozialismus oder Kommunismus oder den beschissenen Faschismus. Aber darum geht es überhaupt nicht. Der Mensch ist ein gieriges Wesen und denkt immer vor allem an sich selbst.

Ideologien kommen und gehen, Magnus. Aber eine Sache gibt es schon seit Anbeginn der Zeit. Das ist die Kriminalität.«

»Was willst du mir damit sagen, Joe?«

»Jetzt halt mal die Klappe, Magnus, und hör zu, was ich sage. Wer war der erste Kriminelle auf der Welt? Eva, die Adam mit dem Apfel verführt hat? Oder Kain, der seinen Bruder erschlagen hat? Wessen Geschäft, glaubst du, läuft selbst während des Krieges auf Hochtouren? Das der Kriminellen. Glaubst du wirklich, die Unterwelt ist verschwunden, nur weil wir uns mitten in einem Bürgerkrieg befinden? Unser Freund von heute Abend kommt aus dieser Welt, und er wurde von einem geschickt, der dort weiter oben auf der Leiter steht. Du kennst das System, nicht wahr? Du bist selbst ein Eingeweihter. Du hast für Don Giacomo gearbeitet. Du kennst das Gesetz der omertà, und du weißt, was mit denen passiert, die gegen das Gesetz des Schweigens verstoßen.«

Magnus rückt ein Stück von ihm weg und sieht ihn mit einer Mischung aus Verwunderung und Verärgerung an, weil diverse Erinnerungen unaufgefordert in seinem Kopf auftauchen. Seine Stimme klingt seltsam, als er fragt: »Dann war unser Treffen im Flughafen von Valencia kein Zufall?«

»Ja und nein, Partner. Ich habe dich im Flugzeug gesehen und habe dich Spanisch sprechen hören und sofort gedacht, das ist mein Mann. Das ist der Dolmetscher, den ich die ganze Zeit gesucht habe. Es war, als hätte ich das fehlende Ass für meinen Royal Flush gezogen. Das passiert einem bestenfalls einmal im Leben, aber wenn sich einem die Chance bietet, ergreift man sie natürlich.«

»Ich habe dich vorher noch nie gesehen.«

»Nein, aber ich habe dich gesehen. Du warst Giacomos Bodyguard, als er ein Treffen mit meinem Boss hatte. Das war in einem italienischen Restaurant in Chicago. Kannst du dich an das Lokal erinnern? Es gab einen großen Spiegel hinter der Bar. Das war ein durchsichtiger Spiegel.«

Magnus nickt. Er kann sich an das Treffen erinnern. Giacomo und seine engsten Mitarbeiter hatten lange über die Risiken gesprochen, die diese Geschäftsgespräche in Chicago bedeuteten, aber sie hatten zufriedenstellende Garantien für ihre Sicherheit erhalten. Magnus hatte an dem einen Ende des leeren Restaurants gestanden, der Leibwächter der Chicago-Gruppe an dem anderen. Außerdem waren Geiseln ausgetauscht worden, die sich an sicheren Orten in New York beziehungsweise Chicago befanden. Magnus war nicht davon in Kenntnis gesetzt worden, worum es bei diesem Geschäftstermin ging und wer der Mann aus Chicago war. Es ging ihn auch nichts an. Es war schon immer ein guter Grundsatz gewesen, nicht mehr zu wissen als unbedingt nötig. Er musste nur bereit sein, für Giacomo zu sterben, und vor allem so aussehen, als wäre er dazu bereit.

Joe sieht ihn an und macht eine Pause, damit Magnus das Chicagoer Treffen Revue passieren lassen kann, bevor er fortfährt: »Mein Boss war sehr paranoid. Zu Recht, wie sich zeigen sollte. Sein eigener Bruder hat ihn später mit einer Klaviersaite erdrosselt, aber das ist eine andere Geschichte. Wie alle anderen haben sie es während der Prohibitionszeit zu richtig viel Geld gebracht. Das waren die fetten Jahre, bis das Arschloch Roosevelt dem Ganzen ein Ende bereitet hat. Ich stand da und betrachtete dich und habe mich erkundigt, wer du bist. Du hast tough ausgesehen. Auf eine andere Weise cool als die Dagos. Und du warst blond. Es kommt nicht gerade oft vor, dass die Spaghettifresser coole blonde Jungs einstellen, nicht wahr, Magnus?«

»Nein. Das tun sie wohl nicht. Und wer war dein Boss, Joe? Ich kann mich nicht daran erinnern.«

»Das spielt keine Rolle. Er ist, wie gesagt, tot, aber wir

haben von Chicago aus agiert. Es gab keine Meinungsverschiedenheiten mit euch, es war also ein reines Geschäftstreffen. Das hat heute keinerlei Bedeutung mehr.«

»Nicht, wenn die auch an unserem Geschäft beteiligt sind. Ich habe dich das früher schon einmal gefragt. Sind noch andere beteiligt, die dann ihren Anteil haben wollen?«

»Nein, Magnus. Außer uns ist niemand beteiligt. Die Zeiten sind vorbei.«

»Die Zeiten sind nie vorbei.«

»Diese sind es.«

»Und wie bist du dann hier in Spanien mit der ›Familie‹ in Kontakt gekommen?«

»Ich habe meine Verbindungen. Vertrau mir einfach, Partner.«

»Gerade das ist nicht so leicht, verstehst du? Was ist wahr, und was ist richtig?«

»Die Wahrheit ist die Lüge, die du zur Wahrheit machst. Was zum Teufel ist das denn für eine Frage?«

»Hör auf mit dem Mist, Joe. Wer bist du eigentlich? «

»Fuck, Magnus. Ich war Reporter. Ich bin ein ziemlich guter Journalist, auch wenn das zunächst nur als Tarnung gedacht war. Und eines Tages werde ich meinen Roman schreiben, darauf kannst du Gift nehmen. Wenn ich genügend Geld in der Tasche habe, werde ich mich in ein Haus am Pazifischen Ozean zurückziehen und einen verdammt guten Roman schreiben. Darauf kannst du dich verlassen, Partner.«

Magnus schüttelt den Kopf und sagt: »Du bist ein Mistkerl, Joe. Aber irgendwie vertraue ich dir jetzt mehr als vorher. Und morgen? Ist das auch ›Familie‹?«

»In gewisser Weise. Nicht ganz, aber doch so etwas Ähnliches.«

»Woher kennst du sie, Joe?«

»Hör mal. Sie geben Entwarnung. Hörst du? Es war

wohl kein schlimmer Angriff heute Nacht. Lass uns hier verschwinden. Du wirst schon noch verstehen, wie das alles zusammenhängt, wenn die Zeit reif ist.«

»Und darauf kann ich mich verlassen?«

»Auf Onkel Joe kannst du dich immer verlassen«, sagt er und klopft Magnus mit einer übertriebenen Geste auf die Schulter, bevor er aufsteht und sich in Richtung Ausgang schiebt, von wo das Entwarnungssignal der Luftabwehr bei den Menschen, die in diesem Schutzraum in Cartagena eingepfercht sind, eine kollektive Welle der Erleichterung auslöst.

20

Es gelingt Magnus nicht, weitere Informationen aus Joe herauszuholen, als sie im Columbus noch einige Drinks zu sich nehmen. Das Café ist jetzt gut besucht von Männern und einigen Frauen, die ebenfalls das Bedürfnis und das nötige Geld haben, sich hier von den Aufregungen zu erholen, auch wenn es vermutlich die Offiziere in Uniform sind, die die Getränke bezahlen.

Die Stadt riecht nach Sprengstoff. Ziegelstaub hängt in der Luft, aber augenscheinlich sind die meisten deutschen Bomben im Meer eingeschlagen oder am Rand der Stadt. Es riecht auch nach dem Rauch einiger Brände, die sich an den Resten der heißen Granaten der Luftabwehrbatterie entzündet haben müssen, aber der Kellner sagt, Cartagena sei in dieser Nacht glimpflich davongekommen. Joe meint, es seien nur drei oder vier deutsche Maschinen gewesen, die während des nächtlichen Bombardements eine neue Formation ausprobiert hätten. Diesmal hätten sie keine von den verfluchten Brandbomben abgeworfen, die wie funkelnde Silbersterne herabtrudelten, um am Boden zu explodieren und Phosphor um sich herum zu verbreiten.

»Spanien ist ein einziges verdammtes Kriegsexperimentierfeld«, wiederholt er fluchend bei jedem neuen Drink, den er in sich hineinschüttet.

Magnus bleibt beim Bier, während Joe Gin mit sehr wenig Tonic trinkt. Er flucht auch mehrfach darüber, dass die Luftwaffe der Republik nie zur Stelle sei, wenn man sie brauche, obwohl es nur wenige Kilometer von Cartagena entfernt einen Luftwaffenstützpunkt gebe und die

Russen dort auch zwei Versorgungsstützpunkte eingerichtet hätten. Was zum Teufel machten die da eigentlich? Er spricht laut und inzwischen auch ziemlich lallend. Die anderen Gäste sehen hin und wieder zu ihnen herüber, aber anscheinend ist Mercers unübersehbare Verzweiflung ein so gewöhnlicher Anblick in dieser kriegsmüden Stadt, dass niemand seinem Benehmen besondere Beachtung schenkt.

Magnus gibt es auf, noch irgendetwas aus dem großen Amerikaner herausholen zu wollen, der schlecht gelaunt ist und ziemlich betrunken, und so verabschieden sie sich bald voneinander.

Am nächsten Tag ist das Wetter schön und beinahe sommerlich, und Joe Mercers Laune ist deutlich besser, so als hätten die herrliche Sonne und der kräftige Geruch des Salzwassers seine Schwermut und seine Bitterkeit vertrieben. Als sie ihren dünnen Kaffee trinken und wieder ein teures Spiegelei mit weißen Bohnen in roter Tomatensoße essen, gibt er zwar nach wie vor kaum etwas preis, verrät Magnus aber immerhin, dass der Mann, den sie gleich treffen würden, Ramon Irribarne heiße, und er berichtet ihm auch einige interessante Dinge über ihn.

Sie machen sich auf den Weg zum Berg.

Je wärmer es wird, desto mehr taut Joe auf und fängt an zu erzählen. Wenn Ramon ihnen die gewünschte Information liefere, wo sich die beiden Kisten mit dem Gold befänden, bekomme er auf der Stelle die tausend Dollar, die Joe in Madrid abgehoben habe und in seiner Schultertasche bei sich trage. Danach würden mithilfe eines zertifizierten Kreditbriefes weitere zehntausend Dollar aus den USA auf ein Bankkonto in Paris transferiert. Irribarne habe nicht die geringste Chance, das Gold aus dem republikanischen Teil Spaniens herauszubekommen, und wolle daher nur ein Startkapital haben, um in Frankreich oder den USA, wo ein Verwandter von ihm lebe, noch einmal ganz von vorn anzufangen. Für ihn sei das ein Vermögen, wenn man an den unglaublich schlechten und stetig fallenden Kurs der spanischen Peseta denke.

»Er lebt von geborgter Zeit«, sagt Mercer. »Er wird in Barcelona wegen Mordes an einem Hafenwächter gesucht. Es ist ein bisschen lächerlich, dass sie ihn ausgerechnet wegen dieses Mordes drankriegen wollen, wenn man bedenkt, was er als Kopf einer Bande hier in Cartagena sonst so getrieben hat. Aber seine Leute sind stark dezimiert, und eine andere ›Familie‹ hat den Hafen inzwischen unter Kontrolle. Er hat den Machtkampf verloren, aber einer seiner Leute war dabei, als das Gold verladen wurde. Der Mann lebt nicht mehr. Das spanische Gold hat einen Hang dazu, Leute umzubringen.«

Ramon Irribarne kann sich auch mit Bestechung nicht mehr davor schützen, ins Gefängnis gesteckt zu werden, daher will er jetzt mit einigen seiner engsten Vertrauten abhauen. Irribarne hat keine andere Wahl, er muss Mercer vertrauen, und Joe zufolge ist die Ehre der Kriminellen das, was zählt, wenn es ums Überleben geht. Joe will es sich daher auf keinen Fall mit Irribarnes Verwandten in den Staaten verderben. Es hat ihn einige Mühe gekostet, an all diese Informationen über Irribarne heranzukommen, aber Joe ist davon überzeugt, dass sie sich auszahlen wird. Ramon Irribarne kann ein wenig Englisch und versteht es ganz gut, möchte aber lieber seine eigene Sprache sprechen.

Magnus erfährt all dies, während sie den Berg hinaufsteigen, der »La Conception« heißt. Er bringt Joe zum Lachen, als er ihm erzählt, dass es »Empfängnis« bedeute, aber im religiösen Sinne, also die unbefleckte Art derselben.

»Wenn er heute mal nicht Lenin- oder verfluchter Stalinberg heißt«, sagt Joe prustend.

Sie gehen einen schmalen Pfad hinauf, von wo aus sie die Luftabwehrbatterien oben auf den Hügeln auf der anderen Seite der ruhigen Bucht sehen können, die den natürlichen Hafen von Cartagena bildet. Vier graue Kriegsschiffe liegen im Hafen vor Anker. Sie sind mit Suchscheinwerfern ausgestattet. Das Klima ist hier deutlich milder als im Landesinneren, auch wenn dunkle Wolken am Horizont einen Wetterumschwung und Regen vom Meer her ankündigen. In den Bergen im Norden ist längst der erste Schnee gefallen. Vielleicht befindet Mads sich jetzt dort, und wie mag es ihm wohl gehen? Der Gedanke ist unerträglich, und Magnus versucht, ihn zu verdrängen.

In den Felsen unter ihnen befindet sich der Schutzraum, in dem sie gestern Abend Zuflucht gesucht haben. Mercer ist ziemlich außer Atem, als sie auf dem Gipfel ankommen, von wo aus sie einen Ausblick über den Hafen und das Meer und auf eine gelbe Kirche haben, die an ihrem nördlichen Ende halb eingestürzt ist. Es sieht beinahe so aus, als lehnte sie sich an den »Empfängnis«-Berg. Im Dach des viereckigen Kirchturmes ist ein Loch. Der Turm erinnert eher an den Befestigungsturm einer mittelalterlichen Burg. Große schwarze Krähen fliegen kreischend um das Loch herum. Wie in anderen Teilen des republikanischen Territoriums ist die Kirche nicht mehr in Gebrauch. Sie sieht aus, als stünde sie schon seit vielen hundert Jahren in Cartagena und sei vielleicht sogar die erste Kathedrale der Stadt gewesen.

Um die gelbe Kirche herum liegen kleine, niedrige Häuser. Magnus sieht, wie eine Frau in einem Zuber ihre Wäsche schrubbt. Zwischendurch klopft sie mit einem dicken Stock darauf. Sie hat noch immer einen kräftigen Hintern, aber ihre Kleidung wirkt ansonsten viel zu weit, so als habe sie schon lange nicht mehr genug zu essen bekommen. Ein Mann mit einem flachen Gesicht und einem dunklen Schnurrbart sitzt schweigend da und betrachtet die waschende Frau, während er an einer kleinen Pfeife zieht.

Unten im Hafengebiet ist eine Gruppe Männer dabei, ein sowjetisches Frachtschiff zu entladen. Sie werden von acht Männern der Guardia Asaltos überwacht, die mit ihren Waffen in einigen Meter Entfernung um sie herumstehen. Ein großer Kran hebt langsam einen Panzer über die Reling und setzt ihn auf dem Kai ab. Die kleineren Kisten werden von Hafenarbeitern weggetragen, die größeren auf Anhänger mit großen Holzrädern geladen, die von Maultieren gezogen werden. Es kommt Magnus so vor, als könne er hören, wie die Peitsche auf ihrem sehnigen schwarzen Rücken schnalzt, bevor der Wagen sich in Bewegung setzt. Ein Offizier des stehenden republikanischen Heeres überwacht die ganze Operation.

Magnus und Joe entdecken ihre Kontaktperson gleichzeitig.

Ein Stück von ihnen entfernt lehnt ein Mann an einem schmalen Geländer. Er ist groß und mager und trägt eine khakifarbene Uniform, die aussieht wie selbstgemacht, aber an seiner rechten Hüfte hängt eine Pistole in einem geschlossenen Holster und über seiner Brust ein Schulterriemen. Er trägt Stiefel mit langem Schaft, die in der Sonne schwarz glänzen. Sein Gesicht ist blatternarbig, aber ansonsten durchaus ansprechend mit einer geraden Nase, einer hohen Stirn unter dunklem, welligem Haar und mit markanten Wangenknochen. Er strahlt eine Mischung aus iberischer Oberklasse und lauernder Brutalität aus. Magnus ist froh, seinen Revolver zu spüren, den er sich am Rücken in den Hosenbund gesteckt hat. Irribarnes Alter ist schwer zu schätzen, aber Magnus vermutet, dass er etwa Mitte dreißig ist. Er wirkt gut trainiert und bewegt sich federnd wie ein Boxer, als er mit ausgestreckter Hand auf sie zukommt.

Mercer hat erzählt, dass ihr Kontaktmann seine kriminelle Laufbahn begonnen habe, als er dreizehn Jahre alt war. Seinen ersten Mord habe er mit fünfzehn begangen, und die Kontrolle über die »Familie« habe er übernommen, als er Anfang zwanzig war und das bisherige Oberhaupt bei einem Territorialkrieg mit einer Gruppe ermordet wurde, die aus Valencia gekommen war, um sich ihren Anteil am Schutzgeldgeschäft in Cartagena zu sichern. »Ramon ist ein tough cookie«, hat Joe mehrfach betont. Magnus glaubt es ihm aufs Wort, als er zum ersten Mal in Ramons grüne Eisaugen blickt.

Er überlegt, wo Irribarnes Bodyguard steckt. Er dürfte kaum der Typ Mann sein, der allein kommt, auch wenn er vermutlich diesen Berg als Treffpunkt gewählt hat, damit keiner von ihnen zusätzliche Männer verstecken kann. Sie sind umgeben von weitläufigen, gut einsehbaren Ebenen. Aber vielleicht kommt er auch ganz bewusst allein, weil er seine Reiseversicherung mit niemand anderem als seinen engsten Familienmitgliedern teilen möchte, mögen sie nun Blutsverwandte sein oder nicht.

Magnus entdeckt jetzt doch einen vierschrötigen jungen Mann. Er steht etwas weiter hinten in der Nähe einiger großer Büsche unter einer verkrüppelten Palme. Mit seinem blauen Overall und dem schmalen Gürtel hat er sich ebenfalls wenig überzeugend als republikanischer Milizsoldat verkleidet. Auch er trägt eine Pistole in einem Holster auf der Hüfte. Außerdem hat er ein Gewehr mit kurzem Lauf dabei, das in seiner Armbeuge ruht.

»Du hast die Artillerie mitgebracht, Don Ramon«, sagt Joe auf Englisch.

Noch bevor Magnus ein einziges Wort übersetzen kann, fängt der Spanier an, ein schnelles Spanisch mit andalusischem Einschlag zu sprechen. Es klingt ein wenig wie das Spanisch, das Magnus aus Südamerika kennt. Das ist die Sprache, die die Konquistadoren damals mit außer

Landes genommen haben, denkt er, die harten Männer aus der Estremadura oder von den sonnenverbrannten Ebenen Andalusiens. Männer mit einer Haut und einer Seele aus Leder.

»In diesen Zeiten muss man sich absichern, Don Mercer. Wer ist dein Freund?«

Magnus reicht ihm die Hand. Er spürt die raue Haut von Don Irribarnes Händen. Er geht nicht nur wie ein Boxer, er hat auch die Pranken eines Boxers. »Don Ramon Irribarne, mein Name ist Magnus Meyer. Ich bin Joe Mercers Partner und Freund und spreche Ihre Sprache. Ich habe die Ehre zu helfen, damit Missverständnisse gleich welcher Art gar nicht erst aufkommen.«

Ramon lässt seine Hand los. Seine Augen sind klein, aber erstaunlich grün und ruhig, und sie halten dem Blick seines Gegenübers ohne Probleme stand, als er sagt: »Sie sprechen ein ausgezeichnetes Spanisch, aber mit einem Akzent, als kämen sie von der anderen Seite des Meeres, was man bei einem, wie soll ich sagen, Ausländer nicht gerade erwarten würde.«

»Gringo?«

»Gringo! Warum nicht? Sehr treffend gesagt.«

»Ich habe es in Argentinien gelernt.«

»Das erklärt alles.« Ramon macht eine Pause, bevor er sich halb zu Joe umdreht und sagt, während Magnus, so gut er kann, simultan übersetzt: »Ich möchte mich für unsere Zusammenarbeit bedanken, denn uns bleibt nicht viel Zeit. Ich muss diese Stadt sehr schnell verlassen und am besten auch dieses heimgesuchte und unselige Land, in dem ich unglücklicherweise geboren wurde. Ich verkaufe meine Ware zu einem niedrigen Preis, aber es ist ein fairer Preis, wenn man an die harten Zeiten und den verfluchten Krieg denkt, in dem man nicht mehr unter anständigen Bedingungen Geschäfte machen kann. Ich weiß, dass Don Mercer ein Mann von Ehre ist, aber ich muss Sie dennoch darum bitten, mir die Barzahlung und den Kreditbrief vorab zu geben. Danach werde ich Ihnen die Ware zeigen. Beim Abtransport kann ich Ihnen leider nicht behilflich sein.«

Joe zieht seine Schultertasche nach vorn, sodass sie vor seinem Bauch hängt, und öffnet die Lederschnallen.

Magnus bemerkt, wie Ramon kurzzeitig erstarrt. Unter der coolen Oberfläche verbirgt sich ein äußerst nervöser Mann. Trotz des kühlen und zugleich milden Windes vom Meer hat er Schweißperlen auf dem Gesicht. Der jüngere Mann hat einen Schritt auf sie zu gemacht, aber Magnus sieht, wie er gleichzeitig darauf achtet, dass keine weiteren Personen den Berg der Empfängnis erklimmen. Er sichert ihre Flanke. Wieder ist Magnus froh, den beruhigenden Druck des Revolvers in seinem Rücken zu spüren.

Joe hat inzwischen seine Tasche geöffnet. Ramon betrachtet die gebündelten amerikanischen Dollarscheine. Es sind Zehn- und Zwanzigdollarnoten. Joe nickt auffordernd, und Ramon nimmt ein beliebiges Bündel und lässt die Scheine durch die Finger gleiten, um sich zu versichern, dass es wirklich Geldscheine sind und nicht etwa gewöhnliches Papier. Er lächelt und reicht Mercer das Bündel zurück.

Joe zieht aus seiner Schultertasche einen dicken, eleganten Umschlag. Darin befindet sich ein Brief, auf edlem Büttenpapier geschrieben. Als Briefkopf steht dort »Bank of America« sowie eine Adresse, es folgen ein Text auf Englisch und einer auf Spanisch, die besagen, dass der Besitzer dieses Briefes das Recht habe, zehntausend US-Dollar abzuheben. Es sind eine Kontonummer und ein Kodewort angegeben, die im Falle einer Überweisung oder der Aufnahme eines Kredits anzugeben sind. Das Papier ist in New York abgestempelt und von einem Mann unterschrieben worden, der sich »vice director«

nennt, sowie von zwei Zeugen, die Anwälte bei einer New Yorker Firma mit vielen Namen sind, und schließlich von Joe Mercer, Journalist. Es muss sich dabei um das Dokument handeln, das Joe in Madrid abgeholt hat, vermutlich bei der amerikanischen Botschaft.

Ramon studiert das Schriftstück gründlich, dreht und wendet es und versichert sich, dass es echt ist. Es ist deutlich zu erkennen, dass er nicht zum ersten Mal einen internationalen Kreditbrief in der Hand hält. Er faltet es vorsichtig wieder zusammen, steckt es in den Umschlag zurück und legt es in Mercers Tasche. »Das sieht alles sehr gut aus, und wie vereinbart ist die Eurobank nicht involviert.«

»Es ist doch selbstverständlich, dass wir die kommunistische Tarnbank nicht involvieren.«

»Alles ist genau so, wie es sein soll, Don Mercer.«

»Wir sind Ehrenmänner, Don Ramon«, sagt Joe, nimmt die Tasche von seiner Schulter und reicht sie Ramon, der die Schnallen sorgfältig zumacht, bevor er sie sich über die Schulter hängt. Er macht dem jungen Mann ein Zeichen, indem er den rechten Daumen in die Höhe reckt.

»Ist es weit von hier?«, fragt Joe, und bevor Magnus mit dem Übersetzen begonnen hat, antwortet Ramon Irribarne bereits auf Englisch mit starkem Akzent: »You are looking at it, kid.« Er winkt den jungen Mann zu sich heran, während Joe grinst, seine Zigaretten hervorholt und im Sonnenschein stehend davon anbietet.

Die Stimmung auf dem Berg der Empfängnis ist auf einmal so gut, dass der Krieg sehr weit weg und die Möglichkeiten auf der anderen Seite des blauen, weiten Meeres unendlich zu sein scheinen.

Sie gehen den Berg hinunter. Ramon Irribarne geht voran, gefolgt von Joe, dahinter Magnus, und zuletzt kommt der junge Mann, dessen Alter wie bei so vielen anderen im Bürgerkriegsspanien schwer zu schätzen ist. Er ist mager, aber auf eine sehnige und muskulöse Weise. Sein viereckiges Gesicht unter der dunklen Baskenmütze ist ausdruckslos, und über der Oberlippe ist ein Schatten zu sehen, als habe er sich heute Morgen schlecht oder gar nicht rasiert. Seine Nase scheint gebrochen zu sein. Als Meyer ihm die Zigarette angezündet hat, hat er bemerkt, dass ihm im Unterkiefer sämtliche Zähne fehlen. Der junge Mann sagt nichts, und Irribarne stellt ihn lediglich als Francisco vor. Sein Gewehr ist eines der neuen aus Russland, das nur Auserwählte bekommen.

Der Abstieg fällt ihnen deutlich leichter als der Aufstieg. Sie gelangen zur Kirchenruine am Fuße des Berges. Die Tür hängt noch halb im Türrahmen, als könne sie sich nicht entscheiden, ob es die Mühe wert ist, dort zu verharren, oder ob sie die Anstrengung lieber ganz aufgeben sollte.

Das hohe Kirchenschiff ist dunkel und riecht merkwürdig nach Schweiß und Exkrementen. Es gibt keine Kirchenbänke, sondern nur den kalten Steinfußboden und Abfallhaufen, zwischen denen fette Ratten wie schnelle Schatten umhereilen. Der Altarschmuck ist ebenfalls entfernt worden. An den groben Wänden sind Reste christlicher Ornamentik zu sehen, darüber Schriftzüge, die besagen, dass die Revolution und der Sozialismus siegen werden, und die etwas seltsame Feststellung, dass die Kommunisten Kinder des Teufels sind und dass Maria rammelt wie ein Kaninchen. Es gibt viele Einschusslöcher, und die meisten der hohen Glasfenster sind zerstört. Vom Altar ist nur noch der eine Stein übrig, der einmal sein Fundament bildete unter einer Christusfigur am Kreuz ohne Beine. Sie hängt noch immer unter einem schmalen Fenster, durch dessen kaputte Scheibe zumindest ein wenig Licht hereindringt.

Magnus fällt auf, dass sowohl Mercer als auch Irribarne sich vor der Christusfigur diskret bekreuzigen, auch wenn ihr irgendjemand die Beine abgeschlagen oder abgeschossen hat. Schatten huschen über das schmale, schmerzverzerrte Gesicht des Erlösers. Eine Ratte flieht an der Kirchenmauer entlang und verschwindet in einem Loch im Boden.

»Willkommen, Señores, in La Catedral de Santa Maria La Vieja«, sagt Ramon und geht hinter den Altar und durch eine niedrige Tür, bei der sich alle bücken müssen, um hindurchzugelangen.

Sie betreten ein schmales, dunkles Zimmer, in dem es beißend nach Urin und Exkrementen riecht. In einer Ecke befindet sich ein niedriges, unregelmäßiges Loch, das im Halbdunkel so aussieht, als sei es von Menschenhand in die massiven alten Kirchensteine gehauen worden. Neben dem Loch liegen Feldsteinreste und etwas, das an die Überreste eines Altars erinnert oder vielleicht an einen Steinsarg, der früher einmal vor dem Loch gestanden hat.

Ramon muss tief in die Hocke gehen, um durch das Loch zu passen. Kurz darauf dringt flackerndes Licht zu ihnen heraus. Der junge Mann hat sich sein kurzes Gewehr quer über den Rücken gehängt, beugt sich hinunter und verschwindet ebenfalls durch das Loch. Joe sieht Magnus an, schüttelt leicht den Kopf und bekommt seinen großen Körper nur mit Mühe hindurch.

Magnus klettert als Letzter hinein und kann zu seiner Überraschung in dem langen Gang, der in den Fels gehauen ist und ihn weiter nach unten führt, aufrecht stehen. Ramon hat zwei Petroleumlampen angezündet und geht, gefolgt von Francisco, voran. Der Gang muss von Menschen angelegt worden sein, denn er besteht aus großen, behauenen Steinquadern, die mit Sorgfalt und Präzision verlegt wurden, wie Magnus im flackernden Lichtschein der Petroleumlampen erkennt.

Zwei fette schwarze Ratten laufen an der Wand entlang, und Joe tritt angewidert nach ihnen. Magnus ist an sie gewöhnt, sie stören ihn nicht. Er erschießt sie, wenn sie ihm zu nahe kommen, und er lässt sie laufen, wenn sie es nicht tun, aber Joe zischt: »Fuck, diese Teufelsviecher. Ratten werden im Krieg immer so richtig fett.«

»Hast du Angst vor Ratten, Joe?«

»Ich habe dir doch gesagt, Partner, dass ich vor nichts Angst habe, aber diese Viecher hasse ich.«

Sie gelangen in einen größeren Raum, in dem die Wand aus steinernen Treppenstufen besteht, die wie in einem Amphitheater oder in einer Stierkampfarena nach oben hin ansteigen. Die terrassenartigen Sitzplätze sind auf der einen Seite eingestürzt, aber auf der anderen Seite ist das Theater noch relativ gut erhalten.

Ramon führt sie daran vorbei in einen Raum, der rechts von ihnen liegt. Hier zündet er zwei weitere Petroleumlampen an. Sie hängen an der Wand und werfen ein gelblich flackerndes Licht an die grob behauenen, aber durchaus schön gestalteten Wände. In die Wände sind in regelmäßigen Abständen Vertiefungen mit Steinbänken eingelassen. Eine wirklich beeindruckende Handwerksarbeit, findet Magnus.

Ramon Irribarne sagt: »Es handelt sich hierbei um ein altes römisches Theater, das unter der Kirche liegt. Hier waren früher einmal Bäder drin, in der Ecke befindet sich ein tiefer Brunnen, also seien Sie vorsichtig.«

»Was hat er gesagt?« Mercers Stimme klingt seltsam hohl und ruft ein ebensolches Echo hervor. Magnus übersetzt und macht dabei einige Schritte nach vorn.

Ramon hebt warnend die Hände. Magnus und Joe erkennen, warum. In der einen Ecke des rechtwinkligen Raumes befindet sich ein tiefes Loch mit einem Durchmesser von knapp zwei Metern. Joe geht in die Knie, hebt einen Stein auf und wirft ihn in das schwarze Loch. Sie müssen lange warten, bis der Stein schließlich mit einem leisen Geräusch auf dem Grund des Lochs aufkommt.

»Pozo Romano«, sagt Ramon Irribarne.

»Römischer Brunnen oder Quelle«, übersetzt Magnus und fährt fort: »Ist dir eigentlich klar, wie großartig das hier ist? Es ist bestimmt zweitausend Jahre alt. Wie alt ist die Kirche? Tausend Jahre vielleicht. Man hat sie einfach über dem Tempel der Heiden errichtet, oder was auch immer das hier früher einmal gewesen ist, und dann hat man das alte Bauwerk einfach vergessen. Das ist doch fantastisch, oder?«

»Das ist ein Haufen alter Steine, Magnus. Was geht mich das alles an? Ich komme aus einem Land, in dem etwas als alt gilt, wenn es fünfzig Jahre lang irgendwo herumgestanden hat. Und dann reißen wir es ab und sehen zu, dass stattdessen etwas Neues entsteht. Das finde ich sehr angenehm. Dieses ganze alte Zeug überlasse ich gern den Archäologen. Also frag unseren Freund lieber, wo er das Gold versteckt hat.«

Magnus schüttelt verständnislos den Kopf und fragt stattdessen: »Was ist das hier, Don Irribarne? Und wie sind Sie darauf gestoßen?«

»Ich sehe, dass Sie Sinn für Geschichte haben und für das, was unsere Vorfahren uns hinterlassen haben. Wie so vieles in unserem Land stammt es von den Römern. Ich bin vielleicht kein sonderlich gebildeter Mann, aber ich weiß Qualität zu schätzen. Die Römer haben so gebaut, dass es Bestand hat. Akuratesse ist das Wort, das mir dazu einfällt. Niemand wusste, dass sich das hier unter der Kathedrale befindet. Es sieht aus, als hätten sie Steine aus dem alten römischen Theater für das Fundament der Kathedrale benutzt. Dann wurden Häuser errichtet und Wege darum herum gebaut, und die Menschen, die noch etwas über die römische Vorzeit wussten, starben, ohne etwas Schriftliches hinterlassen zu haben. Ich bin, wie gesagt, kein gebildeter Mann, Señor. Aber an diesem Ort bekomme ich eine Gänsehaut, und ich spüre, wie die Geschichte in meinem Blut rauscht. Und die Gewissheit, dass nur wenige andere diesen Ort kennen, lässt das Blut in meinen Adern schneller fließen.«

Magnus hat keine Lust, dies für den ungeduldigen Joe zu übersetzen, und fragt stattdessen noch einmal, wie Irribarne diesen Ort entdeckt hat.

»Das war nicht ich, sondern Francisco. Als es unter Francos Führung zum Aufstand der Offiziere kam, wurde hier in Cartagena natürlich auch gekämpft. Die Kathedrale wurde dabei teilweise zerstört, und nachdem die Republik den Aufstand niedergeschlagen hatte, wurde die Kathedrale geschlossen. Die neue Stadtregierung nutzte sie einige Monate lang als Gefängnis für ihre politischen Gegner. Franco-Sympathisanten, Priester, Mönche und andere, von denen sie glaubte, sie seien eine Bedrohung für die Revolution, wurden hier eingesperrt und verhört. Francisco saß hier ein. Während der Verhöre hat er seine Zähne verloren. Ein alter, verwirrter Mönch hat ihm davon erzählt, dass sich unter der Kathedrale ein altes römisches Bauwerk befinde, in dem die Gespenster der Vorzeit ihr Unwesen trieben. Es liege hinter dem Sarkophag des Heiligen Andreas, aber alle, die versuchten, dorthin vorzudringen, würden einen schmerzhaften Tod erleiden und für immer in der Hölle schmoren.«

Er bekreuzigt sich und fährt fort: »Der Mönch sagte, in der Nacht könne man die Schreie der sterbenden Gladiatoren und den Jubel der Massen hören, wenn die Sklaven massakriert oder von den Löwen und anderen Raubtieren, die die Römer aus ihren afrikanischen Besitzungen importiert hatten, in Stücke gerissen und gefressen wurden. Francisco ist ein prosaischer Mensch. Die Schreie stammten nicht von toten Römern, sondern von sehr lebendigen Menschen, die von den Russen und ihren Schergen verhört wurden, meinte er, als er mir von dem Mönch erzählte, der selbst in der Kathedrale ums Leben kam. Sein Herz hielt den Überredungsmethoden des Verhörleiters nicht stand. Mögen sie allesamt in der Hölle verrotten, und möge die Milch ihrer Mütter und Schwestern viele Generationen lang vergiftet sein.«

»Wie ist es Francisco gelungen, von hier zu entkommen, sodass er dir die Geschichte erzählen konnte?«

»Bei einem der Luftangriffe wurde die Kathedrale getroffen, und während der allgemeinen Verwirrung sind Francisco und einige andere Gefangene abgehauen. Einige von ihnen wurden getötet, andere wieder gefangen genommen, und um den Rest wollte man sich nicht länger kümmern. Francisco erzählte mir die Geschichte des Mönchs, als ich ihn in meine Familie aufnahm, und sie fiel mir wieder ein, als ich überlegte, wo ich zwei Kisten mit ziemlich wertvollem Inhalt wohl am besten verstecken könnte.«

»Seid ihr bald mal fertig mit eurer Geschichtsstunde?« Joes Stimme klingt gereizt. »Wo zum Teufel ist das Gold versteckt?«

Magnus versteht nicht, warum Joe so angespannt ist. Es läuft doch alles, wie es soll, auch wenn sie noch keinen Plan haben, wie sie die Kisten von hier wegbekommen. Wenn er sich recht erinnert, wiegen sie jeweils um die fünfzig Kilogramm. Am besten ziehen sie sie hinter sich her, aber damit müssen sie natürlich warten, bis es Abend ist, denn im Dunkeln lässt sich die Beute sicherer durch die schwarzen Gassen transportieren. Vielleicht traut Mercer dem Spanier in Wirklichkeit nicht. Er wirkt auf jeden Fall sehr nervös.

Ramon Irribarne muss offensichtlich doch ganz gut Englisch können, überlegt er weiter, denn der Spanier sagt mit einem Lächeln: »Dreh dich um, Americano. Dann siehst du deinen neuen Besitz.«

Magnus übersetzt, und Joe dreht sich um.

Im flackernden Licht können sie zwei rechtwinklige

Gegenstände erkennen, die mit einem hellen, staubigen Stück Stoff bedeckt sind, sodass sie kaum von den in die Wand gehauenen Stufen zu unterscheiden sind. Joe will den Stoff schon herunterziehen, zögert dann aber einen Augenblick. Eine Ratte klettert die Wand hinauf und verschwindet in einem Loch in etwa anderthalb Meter Höhe. Joe überwindet sich und entfernt mit einem Ruck das staubige Stück Stoff.

Darunter befinden sich zwei Kisten, beide etwa so groß wie die Apfelkisten, die Magnus von früher kennt. Sie sind mit schweren Eisenbeschlägen versehen, an denen Vorhängeschlösser baumeln, die offensichtlich mit einer Zange geöffnet worden sind. Auf dem Deckel ist der Aufdruck »Banco de España« zu lesen, und ein undeutliches Siegel ist auch zu erkennen.

Joes Augen leuchten, als er die Vorhängeschlösser abreißt und den Deckel der ersten Kiste öffnet.

Die Goldmünzen funkeln und glänzen verführerisch im Schein der Lampen. Joe legt seine Hände darauf und versenkt sie vorsichtig in dem Schatz. Die Münzen klingeln leise, sie haben einen warmen, reichen Klang. »Fuck«, sagt Joe Mercer und lässt die Finger liebkosend durch die dicken Geldstücke gleiten. Es muss sich um die Kiste mit den zweiundfünfzig Kilogramm portugiesische Goldmünzen handeln, die irgendein spanischer Kapitän vor Hunderten von Jahren für das Königshaus erbeutet hat.

Irribarne und Francisco beobachten Joe. Spiegeln ihre Augen die Enttäuschung darüber wider, sich unter Wert verkauft zu haben? Magnus kann es nicht sagen.

Joe öffnet den Deckel der zweiten Kiste. Darin befinden sich ebenfalls Münzen aus Gold, aber auch einige aus Silber. Wieder liebkost Joe sie, als handele es sich um die zarte Haut einer Frau, die seine Finger behutsam streicheln, während er sie mit einem Blick voll Lust und Begierde ansieht.

Magnus betrachtet die Gold- und Silbermünzen mit gemischten Gefühlen. Er fühlt sich zerrissen zwischen dem beinahe erotischen Verlangen, den Schatz zu besitzen, und einer merkwürdigen Vorahnung, das Ganze könnte böse enden.

Magnus lehnt es entschieden ab, sein Leben von bürgerlicher Moral bestimmen zu lassen. Er ist nicht auf die Welt gekommen, um der Hüter seines Bruders zu sein, sondern um ein reiches und aufregendes Leben zu führen. Ich bin ich, und nur ich entscheide darüber, was ich erreichen will und wie ich es erreiche, hat er oft gedacht. Aber in diesen alten römischen Ruinen, beim Anblick des größten Goldschatzes, den er je gesehen hat, überkommen ihn merkwürdige Zweifel. Ist es recht und billig, dass er und Joe das Vermögen der kämpfenden spanischen Nation stehlen, auch wenn es sich dabei nur um einen Bruchteil dessen handelt?

»Ich denke, du willst mit solch altem Zeug nichts zu tun haben, Joe«, sagt er und erkennt seine eigene Stimme nicht wieder. Sie klingt heiser und flüsternd, und sie zittert wie die eines alten Mannes.

»Fuck you, Mann. Du musst es einfach mal anfassen. Hast du so etwas schon mal gesehen?« fragt Joe, und seine tiefe Stimme klingt mindestens eine Tonlage höher als sonst.

Magnus' Zweifel verschwinden, sobald seine Hände zunächst über die portugiesischen Goldmünzen und dann über die Münzen aus Silber und Gold gleiten. Obwohl es in dem alten römischen Bauwerk unter der Erde kühl ist, fühlen sich die Geldstücke warm an. Als manifestiere sich ihr Wert als eine Hitze, die sich von den Nervenenden seiner Fingerspitzen durch seinen Arm bis hinauf in das Zentrum seines Bewusstseins fortpflanzt, wo die Gier zu Hause ist. Und diese Kraft ist so stark, dass sich alle Gewissensbisse in das Rattenloch in der Wand zu verkriechen scheinen.

»Fuck. Das ist wirklich überwältigend«, sagt Magnus und beugt sich weit über die Kisten, als wolle er den Duft des Goldes in sich aufsaugen. Deshalb bemerkt er auch nicht, dass Joe Mercer einen Schritt zur Seite gemacht und mit der rechten Hand unter seine helle Lederjacke gegriffen hat. Völlig unerwartet heult es in seinen Ohren, als Joe einen Schuss abfeuert. In dem geschlossenen Raum dröhnt der Schuss gewaltig, und der Korditgestank breitet sich sofort aus und brennt in den Augen.

Magnus dreht sich um und sieht Francisco mit einem verblüfften Gesichtsausdruck in sich zusammensinken. Er hat ein kleines Loch mitten auf der Stirn und ein größeres im Nacken, wo das 9-mm-Projektil das zertrümmerte Gehirn wieder verlassen hat. Joe macht eine rasche Drehbewegung mit der Pistole. Er hält sie geübt und sicher mit beiden Händen fest. Es geht jetzt alles Schlag auf Schlag, aber Magnus erlebt es wie in Zeitlupe.

Joe schießt zwei Mal. Das eine Projektil trifft Irribarne in den Hals und durchschlägt die Hauptschlagader, sodass das rote Blut in hohem Bogen in den Raum spritzt. Das nächste Projektil trifft ihn ins linke Auge, und er bricht auf dem staubigen Steinfußboden zusammen. Auch diesmal hallen die Schüsse sehr laut wider, und es dröhnt in Magnus' Ohren. Der Pulverdampf brennt in Hals und Augen. Joe atmet heftig, aber seine Hände sind ruhig und seine Augen geradezu leblos.

Magnus spürt seinen Puls rasen und ruft: »Zum Teufel, Joe! Was soll das alles? Verdammt noch mal, was machst du hier eigentlich?« Zu seiner Erleichterung lässt Joe die Pistole ein wenig sinken und nicht in Magnus' Richtung zeigen.

»Warum sollten wir mit diesen Mistkerlen teilen? Niemand wird sie vermissen, aber ich würde meine zehntausend Dollar vermissen. Sie sind schließlich alles, was ich besitze. Warum sollte ich mein ganzes Hab und Gut an zwei spanische Kleinverbrecher verschleudern? Kannst du mir das verraten, Magnus?«

»Du hast sie umgebracht, verflucht noch mal.«

»Der Krieg bietet einfach zu viele Gelegenheiten zum Morden, nicht wahr, Magnus?«

»Und was ist mit Irribarnes Kontakten in den USA? Die werden doch Jagd auf uns machen …«

»Sie werden nicht wissen, dass ich es war. Wie ich eben schon sagte: Im Krieg kommen jeden Tag Leute ums Leben. In diesem Land gibt es bald mehr Leichen als Lebende, zwei mehr oder weniger spielen da überhaupt keine Rolle. Begreifst du nicht? Sie verschwinden einfach. Jeden Tag verschwinden hier Leute in irgendwelchen Massengräbern.«

Magnus sieht, wie sich der Ausdruck in Joes Augen verändert. Sie werden schmaler und schwärzer, und die Pistole zeigt jetzt nicht mehr zu Boden, sondern auf Magnus' Brustkorb.

Joe sagt flüsternd, aber zugleich mit einer gewissen Schärfe: »Du wirst doch nicht etwa kalte Füße bekommen, Magnus? Du lässt mich doch nicht im Stich, Magnus? Du bist nach wie vor an der Sache beteiligt. Es ist immer noch viel Geld für dich drin, selbst wenn ich meine Unkosten damit verrechne.«

Magnus spürt Angst und Kälte in sich aufsteigen, als ihm klar wird, dass er unter keinen Umständen mit dem Leben davonkommt. Joe bringt ihn mit Sicherheit um. Erst braucht er ihn allerdings noch, um die Kisten abzutransportieren. Danach wird er nicht länger von Nutzen für ihn sein, und Mercer wird sich seiner ebenso kaltblütig entledigen, wie er zuvor Ramon und Francisco liquidiert hat, deren Blut jetzt im Staub trocknet.

Magnus spürt eher, als dass er es hört, wie sich rechts neben ihm etwas bewegt. Er kann es über das Dröhnen und Sausen hinweg erahnen, das die Schüsse in seinen

Ohren hinterlassen haben. Er streckt seine Hand aus und bekommt den Körper einer Ratte zu fassen. Sie schlägt ihre Zähne in seine Hand, doch bevor sie sich richtig festkrallen kann, schleudert Magnus sie mit einem Unterhandwurf gegen Joes Brustkorb.

Aus Joes Pistole löst sich ein Schuss und lässt Steinsplitter durch den Raum fliegen. Magnus spürt den Luftzug des Projektils und ein Brennen an seinem Ohr, das anscheinend eine blutende Schramme abbekommen hat.

Magnus hockt sich auf sein linkes Knie und zieht den Revolver unter seiner Jacke hervor, spannt den Hahn, lässt seine Hand herausgleiten und feuert dabei einen Schuss ab.

Das Projektil fliegt trotz des geringen Abstands an Joe vorbei, der mit beiden Händen panisch wedelt, um die Ratte zu verscheuchen. Sie hat sich einen Moment lang am Kragen seines Hemdes festkrallen können, fällt dann aber zu Boden und läuft weg.

»Zum Teufel, Joe«, ruft Magnus, fasst seine Pistole mit beiden Händen und feuert aus geringer Entfernung zwei schnelle Schüsse auf Joes Brustkorb ab. Er spürt den Rückstoß in seiner Hand, empfindet aber nur eine kühle Leere, als er Joe Mercer nach hinten umfallen sieht und hört, wie sein Hinterkopf mit einem lauten Knall auf dem Steinboden aufschlägt. Sein Blut färbt den weißgelben Staub dunkel.

Magnus hockt sich hin und lehnt sich mit dem Rücken gegen die Wand. Sein Atem geht schnell und heftig, und seine Hände zittern noch vom Adrenalinstoß, als er versucht, eine Zigarette aus seiner Tasche zu holen und sie anzuzünden. Es gelingt ihm erst beim vierten Anlauf. Er inhaliert den Rauch tief in die Lunge und hält die Luft so lange wie möglich an. Ihm brennen die Augen, und aus seinem Magen steigt beißende Magensäure auf. Er fasst sich ans Ohr. Es blutet nur leicht. Er raucht gierig, und allmählich beruhigt sich sein Pulsschlag, wird seine Atmung wieder regelmäßiger.

Er handelt jetzt instinktiv, geht kaltblütig und systematisch vor. Er schließt die Deckel der Kisten, befestigt die Vorhängeschlösser und bedeckt sie mit dem staubigen Tuch.

Mit Francisco fängt er an. Er zieht ihn an den Rand des Brunnens, lässt ihn hineinfallen und hört, wie er auf dem Boden aufschlägt. Sein Gewehr wirft er ebenfalls hinein. Danach zerrt er den Riemen der Schultertasche über Irribarnes entstellten Kopf, schleift den großen Spanier zur Brunnenkante und lässt ihn ebenfalls in das runde Dunkel fallen.

Joe ist der Schwerste der drei. Seine Augen sind geöffnet und blicken ihn erschreckt oder vielleicht auch erstaunt an. Magnus weiß nicht, warum er es tut, aber er schließt sie. Mercers Brustkorb ist blutverschmiert, und auch Magnus' Hände färben sich rot, als er Joe unter größter Anstrengung über den Boden und bis zum Rand des römischen Brunnens schleppt. Schwer atmend bleibt er am Brunnenrand stehen. Er bringt es nicht übers Herz, Joe mit dem Kopf zuerst hineinzustoßen, daher dreht er ihn um, obwohl ihn das viel Kraft kostet. Joes Beine hängen schon halb über dem dunklen Loch. Es fehlt nur noch der letzte kleine Stoß.

Magnus steht für einen Moment unentschlossen da. Das Ganze kommt ihm vor wie ein Albtraum, aus dem er jeden Moment zu erwachen glaubt. Aber als Magnus spürt, dass er furchtbaren Durst hat, weiß er, dass dies die Wirklichkeit ist.

»Joe, du verfluchter Idiot«, sagt er leise, und seine eigene Stimme erschreckt ihn in dem leeren Raum, in dem das Licht unheimliche, unförmige Schatten an die groben Wände wirft. Er geht in die Knie, umfasst Joes Schultern mit beiden Händen und schiebt, bis der große Amerikaner im Dunkel der Tiefe verschwindet. Magnus hört den Aufprall und sieht sich um. Er holt seinen Revolver hervor, lässt die drei leeren Patronenhülsen in seine Hand fallen und wirft sie in den Brunnen. Dann lädt er den Revolver erneut. Er sieht Franciscos schwarze Baskenmütze auf dem Boden liegen und wirft sie ebenfalls in die Tiefe. Alles ist weg, Menschen und Waffen. Nur das Gold ist noch übrig.

Er nimmt eine der Petroleumlampen, hängt sich die Tasche mit den Dollarscheinen und dem Kreditbrief über die Schulter, legt seinen Revolver hinein und geht durch den Gang zurück. Die übrigen Lampen lässt er brennen, sie werden ohnehin bald erloschen sein.

Er gelangt in die Seitenkapelle und löscht die Petroleumlampe, ehe er sich im Kirchenraum umsieht. Dort ist niemand. Nur ein paar Ratten, die in einer Ecke etwas zu fressen entdeckt haben. Er geht wieder zurück und beginnt, Steine vor das unregelmäßige Loch in der Mauer zu schieben. Es ist eine harte Arbeit, bei der seine Hände blutig werden, sodass sich sein eigenes Blut mit dem von Joe vermischt. Als er fertig ist, ist er staubig und dreckig, aber statt eines Lochs in der Mauer sieht man jetzt nur noch einen Haufen Steine. Eine Ruine in der Ruine, die aussieht wie so viele andere Ruinen im zerbombten Cartagena.

Als er ans Tageslicht zurückkehrt, ist die Sonne bereits verschwunden. Er hat versucht, sich den Dreck so gut wie möglich abzuwischen, aber dann wird ihm klar, dass er jetzt aussieht wie ein weiterer zerlumpter und dreckiger Bewohner dieser leidenden Stadt, in der Menschen umherstreifen, um sich etwas Essbares zu suchen.

Niemand nimmt von ihm Notiz, als er zum Strand hinuntergeht. Es fängt an zu regnen, ein langsam dahinströmender Regen. Der Strand ist menschenleer, dahinter das graue Meer, über dem Möwen schreiend einen

Schwarm Fische jagen, der sich zu weit in Richtung Land vorgewagt hat. Magnus sieht sich um, bevor er sich bis auf die Unterhose auszieht. Mit offenen Augen taucht er in das graue Nichts. Das Wasser ist sehr kalt, aber das kann die Hitze, die in ihm lodert und seine Seele zu verbrennen droht, nicht lindern.

21

Magnus Meyer sitzt in der Hotelbar und denkt an Joe Mercer, aber vor allem an Mads. Er weiß nicht, wo er sich aufhält und was er tun kann, um ihn zu finden. Es geht Magnus nicht gut. Sein körperlicher Schmerz ist leicht zu erklären. Er hat einen Kater vom Abend zuvor, an dem er mal wieder viel zu tief ins Glas geschaut hat, als könne er auf diese Weise ein gnädiges Vergessen der Erlebnisse unter der Kathedrale von Cartagena herbeiführen. Sein seelischer Schmerz ist weitaus unergründlicher. Magnus fühlt sich verloren und verwirrt. In den ersten Tagen hat er sich ständig umgesehen, aus Angst vor der Polizei oder dem SIM oder vor wem auch immer, der in diesem verfluchten Land hinter ihm her sein mochte. Aber was bedeuteten in Spanien schon drei Tote, wo das Land doch nur so von Blut triefte?

Es ist später Nachmittag. Die Bar ist halb voll mit Offizieren und den Schwarzmarktleuten, die Albacete bevölkern. Jedes Mal, wenn die Tür aufgeht, dringt der Gestank von Schimmel und Regen herein.

Er hat den Zug nach Valencia genommen, in einem kleinen Hotel übernachtet und ist mit dem Frühzug nach Albacete weitergereist. Einmal wurde er gefragt, wo Joe wohl gerade sei, und da antwortete er nüchtern und vollkommen überzeugend, Joe sei vermutlich nach Madrid gereist, aber er habe auch von Barcelona gesprochen. Quien sabe? Joe war Journalist. Die sind hier und da und überall und lassen sich nicht an die Leine legen.

Magnus fühlt sich so unsicher wie nie zuvor in seinem Erwachsenenleben. Er weiß nicht, was er will. Er ist zerrissen zwischen dem Plan, nach Dänemark zurückzukehren oder vielleicht nach New York, und dem Wunsch, in Albacete zu bleiben und wie ein Schuljunge noch einmal auf Irina zu warten, in der Hoffnung, sie für sich zu gewinnen. Er ist rettungslos in sie verliebt. Wie idiotisch darf man eigentlich sein?

Seit er aus Cartagena zurück ist und Irina im Hotel angetroffen hat, haben sie zweimal zusammen mittaggegessen, und ein einziges Mal ist es zu einem feuchtfröhlichen Abendessen gekommen, nach dem es so aussah, als würde sie schwach werden und mit auf sein Zimmer kommen. Sie hatte ihn leidenschaftlich geküsst, aber plötzlich war ein Schatten über ihr Gesicht gehuscht, sie hatte sich losgerissen und war in ihrem Zimmer verschwunden. Dabei hatte er ihre Lust ganz deutlich gespürt. An wen oder was hatte sie so plötzlich denken müssen? Am nächsten Morgen war sie dann mit einem russischen Journalisten zu einer Reportagereise aufgebrochen.

Jetzt wartet er wieder auf sie. Draußen ist es kalt, und der Regen prasselt von einem pechschwarzen Dreckshimmel herab. Auf den Straßen schwimmen Eselpisse und Wasser aus den Kloaken.

Er kann es nicht ertragen, an Mads zu denken, tut es aber dennoch fast ununterbrochen. Er kann gar nicht abreisen. Wie könnte er Marie jemals wieder unter die Augen treten? Die Ungewissheit ist am schlimmsten. Wo steckt Mads? Wenn er es auf offiziellem Wege versucht, verweigert man ihm jegliche Auskunft darüber, wo Mads sich aufhält. Seine dänischen Kameraden wissen nichts. Außerdem sind die meisten von ihnen weiter nördlich im Einsatz und am Sturm auf Teruel beteiligt oder sie sind an die Madrid-Front geschickt worden. Pandrup ist ebenfalls nicht zu erreichen. Stepanowitsch hat er zwar gesehen, aber der will sich nicht mit ihm treffen. Tove von der Postzensur weiß nichts oder will nichts wissen oder darf ihm nichts verraten. Sie wird jedenfalls sehr nervös, wenn er das Thema anschneidet.

Er hatte sie zum Abendessen eingeladen und in einem Anfall von Verzweiflung mit auf sein Zimmer genommen und ihren mageren Körper gevögelt. Er bereut es nicht. Warum auch? Sie sind beide erwachsen. Er will deswegen kein schlechtes Gewissen haben, aber der Akt hat dennoch einen schlechten Nachgeschmack bei ihm hinterlassen. Ihr Sex ist wild und verzweifelt gewesen, als hätten sie lange keinen gehabt und fürchteten, der Tod könne sie einholen, bevor sich ihnen eine neue Gelegenheit böte. Trotzdem war es eine merkwürdig freudlose Nummer, und er hatte Schwierigkeiten, überhaupt zum Orgasmus zu kommen. Hinterher hätte er Tove am liebsten rausgeworfen, aber so ein Scheißkerl ist er dann doch nicht. Sie wirkte auf einmal so fröhlich und zufrieden, lag lächelnd in seinem Bett, rauchte seine Zigaretten und plauderte munter drauflos.

Am Morgen hat er sie noch einmal gevögelt, aber seitdem alles getan, um ihr aus dem Weg zu gehen. Es ist jetzt bald eine Woche her, sie dürfte also hoffentlich begriffen haben, dass es sich um eine einmalige Geschichte gehandelt hat. Eigentlich tut sie ihm leid, aber er will auf keinen Fall noch einmal mit ihr schlafen. Leider ist sie die Einzige, die ihm eventuell Informationen über Mads liefern kann, aber trotz ihrer gemeinsamen Nacht und der intimen Wehrlosigkeit, die sie unmittelbar danach ausgestrahlt hat, ist sie in diesem Punkt standhaft geblieben. Sie weiß nichts. Mads gehört zu den Geheimen, und nach denen zu fragen ist zu gefährlich.

Er trinkt sein Glas leer, drückt die säuerlich schmeckende Zigarette in dem vollen Aschenbecher aus und bestellt ein weiteres großes Bier. Er trinkt zu viel. Das tun in Albacete alle, aber das ist verdammt noch mal keine Entschuldigung dafür, sich so gehen zu lassen. Schließlich hat er immer voller Stolz auf die Pflicht verwiesen, sein Leben unter Kontrolle zu haben, und hat das Selbstmitleid einiger Leute als schwächlich verhöhnt.

Es gibt aber noch etwas anderes, das ihn beunruhigt. Er hat das Gefühl, dass in den letzten Tagen zweimal jemand in seinem Zimmer war. Und es war nicht das Zimmermädchen. Er weiß, wie sie aufräumt und sauber macht. Stattdessen gibt es winzige Anzeichen dafür, dass professionelle Finger seine Sachen durchwühlt haben, um Dokumente zu finden oder wonach auch immer die Kerle vom SIM auf der Suche sind. Er spürt die Überwachung wie ein Ziehen in seinem Körper, wie ein Schaudern am Rückgrat entlang, das ihm Angst macht. Wie so viele andere in Albacete weiß er, dass die Schüsse, die früh am Morgen vom fernen Hof der Zivilgarde zu hören sind, vom Hinrichtungskommando abgefeuert werden, das mal wieder einen Verräter oder einen vermeintlichen Spion an die Wand gestellt hat, um ihm seine verdiente Strafe zuteilwerden zu lassen.

Aber es sind besonders die Albträume von Joe, die bei ihm das schleichende Selbstmitleid hervorrufen, das er so verachtet. Er fürchtet sie und versucht, sie mit Alkohol fernzuhalten. Aber das nützt nichts.

Der Traum ist immer der gleiche, mit winzig kleinen Abweichungen. Joe kommt mit einem Blumenstrauß in der Hand auf ihn zu. Sie befinden sich in einer merkwürdig gelben Wüstenlandschaft. Es scheint warm zu sein, aber sie schwitzen nicht. Joe lächelt über das ganze Gesicht, trägt nur ein kurzärmeliges Hemd und seltsam aussehende Shorts, die ihm fast bis zu den Knien reichen. Joe sieht ungeheuer freundlich aus, aber Magnus hat eine Wahnsinnsangst vor ihm. Er weiß, dass Joe kommt, um ihn umzubringen, und dass die Blumen nur Tarnung sind. »Hau ab, Joe!«, will er rufen, aber es schnürt ihm die Kehle zu. Er will den Revolver ziehen, den er am Gürtel trägt, aber er kann seine Hand nicht bewegen. Seine Hände sind mit Stacheldraht gefesselt und bluten. Joes Gesicht verändert sich. Es sieht unheimlich aus und verfärbt sich rot, und aus seinen Augen trieft rötlich gelber Eiter. Der Blumenstrauß in seiner Hand wird zu einer Axt, von der Blut tropft. Joe hebt die Axt in die Höhe. Sein Gesicht ist jetzt übersät mit krabbelnden, schleimigen Maden. An dieser Stelle des Traums wacht Magnus zum Glück meistens auf. Ein paar Mal ist er aber erst aufgewacht, als Joe sein Gesicht mit den fetten eitergelben Larven über ihn gebeugt hat, als wolle er ihm einen letzten Kuss geben.

Magnus flucht in der Bar vor sich hin und trinkt einen großen Schluck Bier, bevor er sich eine neue Zigarette anzündet. Er sitzt auf seinem Stammplatz am Ende der langen Bar. Heute ist viel Betrieb, denn draußen prasselt der Regen auf die kriegsmüde Stadt nieder. Er hat Albacete in den letzten Wochen nur zu gut kennengelernt. Es ist ein Paradies für Hochstapler, Schwarzmarkthändler, Spione, Deserteure und Waffenhändler, die die vielen kleinen Wirtshäuser und Spielhöllen bevölkern. Er hat sich mit den verlorenen Seelen dieser Stadt eingelassen, und er weiß, dass es eine Flucht gewesen ist. Dasselbe gilt für die drei Artikel, die er geschrieben hat. Eine Flucht davor, endgültig abzureisen, weil er versagt hat. Eine Flucht vor seiner hoffnungslosen, kindischen Verliebtheit in Irina.

Er hat die Artikel als lange Briefe angelegt.

Der eine war eine Beschreibung von Albacete. Er geht davon aus, dass Redakteur Brodersen in der Heimatstadt die deftigsten Details über Huren und Taschendiebe herausredigieren wird, aber auf der anderen Seite passen die Sündhaftigkeit und die Unmoral vielleicht ganz gut zu dem Bild, das ein bürgerlicher Redakteur vom Hauptquartier der Internationalen Brigaden verbreiten möchte.

Außerdem hat er einen Artikel verfasst, in dem es um die Aussichten der Republik geht, den Krieg zu gewinnen. Er hat ihr keine großen Chancen eingeräumt, aber er hat die Tapferkeit der Brigaden gelobt.

Und schließlich hat er mit Toves Zustimmung ihre Geschichte niedergeschrieben und sie ihr zum Lesen gegeben. Die Geschichte musste ja die Postzensur passieren, daher war er gezwungen, sie ihr zu zeigen. Tove war gerührt und dankbar und fühlte sich geehrt, dass man jetzt in der Heimat über sie lesen würde. Dadurch werde sie ja beinahe so etwas wie eine Berühmtheit. Er hatte sie zum Abendessen eingeladen, und dann hatten sie miteinander geschlafen. Die beiden anderen Artikel hatte er einem dänischen Reporter mitgegeben, den er nachts in einer Bar kennengelernt hatte. Er war sich nicht sicher, ob sie überhaupt durch die Zensur gekommen wären.

Meyer hat inzwischen Antwort von Redakteur Brodersen erhalten. Ein Telegramm, das an Magnus Meyer, Gran Hotel, Plaza Altozano, Albacete adressiert war:

> VIELEN DANK FÜR GUTE ARTIKEL STOP.
> NUR REDAKTIONELLE ÜBEARBEITUNG
> ERFORDERLICH. STOP. ZIGARRE IST
> SCHON UNTERWEGS. STOP. BRODERSEN.

Er wusste nicht, was Brodersen mit der Zigarre meinte, bis ein dänischer Journalist, den er am Abend zuvor kennengelernt hatte, es ihm erklärte. Wenn ein Journalist einen außergewöhnlich guten Artikel geschrieben hatte, konnte es passieren, dass er in das Büro des Chefredakteurs gerufen wurde und zur Belohnung eine Zigarre geschenkt bekam. Das konnte ganz konkret gemeint sein, aber auch im übertragenen Sinne.

Magnus hatte eine kindliche Freude empfunden. Sonst hätte er damit wohl kaum vor dem Journalisten von einer der Hauptstadtzeitungen angegeben, der zum ersten Mal in Spanien war und ihn auf diverse Drinks und Zigaretten eingeladen hatte, um Hintergrundinformationen aus ihm herauszulocken. Magnus hatte sich wie ein erfahrener und besonders ausgebuffter Reporter gefühlt und den kleinen, zaghaften Journalisten auch nicht über dieses Missverständnis aufgeklärt.

Er musste sich sogar eingestehen, dass das Schreiben ein unerwartetes Vergnügen für ihn war. Die Worte flossen ihm nur so aus der Feder, und er war erstaunt darüber, wie befriedigend es war, Gedanken in Worte zu fassen, aus denen sich Meinungen und Bilder zusammensetzten.

Aber die Artikel waren trotzdem eine Flucht gewesen. Das konnte er sich ebenso gut eingestehen. Sie hatten ihm Fluchtwege eröffnet, die ihn von den quälenden Gedanken an Joe wie auch an Mads wegführten.

Das Telegramm von Redakteur Brodersen hatte ihn auf eine Idee gebracht, und er hatte Folgendes an Marie telegrafiert:

KONTAKT MIT MADS. STOP. WILL IM
MOMENT NICHT NACH HAUSE. VERSUCHE
ES WEITER. GIB DIE HOFFNUNG NICHT AUF.
STOP. ALLES IN ORDNUNG. STOP.
FROHE WEIHNACHTEN. STOP. MAGNUS.

Er hatte sich schäbig gefühlt, aber jetzt war es erledigt.

Er streckt gerade die Hand nach seinem Bier aus, als er Irinas Stimme hört, die beinahe wie das weibliche Echo von Joes Stimme aus längst vergangenen Zeiten klingt: »Spendierst du mir einen Drink, Magnus?«

Anstatt ihres üblichen breitkrempigen Hutes steht sie mit einer merkwürdigen Pelzmütze in der Hand da. Sie hat ihre Leica um den Hals hängen und trägt ihre Arbeitskleidung: das khakifarbene Hemd mit einem dunklen Pullover darüber und eine helle Hose mit einem dunklen Gürtel in der schmalen Taille. Ihre Locken ringeln sich wild um ihren Kopf, und für ihn ist sie der schönste Anblick der Welt. Über ihrem Arm hängt ein dicker Mantel aus grünem Armeestoff und mit einem dunklen Pelzkragen.

»You are a sight for sore eyes«, sagt er.

»Was bedeutet das?«, fragt sie auf Spanisch. Ihm ist aufgefallen, dass sie trotz der Zeit, die sie in London verbracht hat, nur Schulenglisch spricht. Wenn Joe und er sich schnell auf Amerikanisch unterhalten hatten, hatte sie ihrem Gespräch kaum folgen können.

»Dass du wunderschön bist und dass ich dich gern auf einen Drink einlade.«

»Ich glaube dir kein Wort, aber das macht nichts. Ich bin dreckig und verschwitzt und muss dringend baden, aber vorher brauche ich ein Bier.«

Sie kommt zu ihm herüber, stellt sich auf die Zehenspitzen, küsst ihn schnell auf beide Wangen und dann, nach einer fast unmerklichen Pause, auf den Mund. Mit ihrer Zunge berührt sie seine, zieht sie aber schnell zurück, als sie merkt, dass er den Kuss erwidern will. Sie steht so nah bei ihm, dass er ihre Brüste durch sein Hemd spürt. Ihm wird wie in der Pubertät am ganzen Körper heiß, als er eine Erektion bekommt.

»Ist Joe auch da?«

»Nein. Er wollte nach Madrid. Du kennst doch Joe«, sagt er möglichst beiläufig.

»Ja. Joe ist Joe. Das spielt auch keine Rolle. Du bist hier. Das ist viel wichtiger.«

»Wo bist du gewesen?«, fragt er und macht dem Barkeeper ein Zeichen, der Irina daraufhin ein Glas Bier einschenkt.

Sie sei erst in Valencia gewesen, sagt sie und erzählt dann von Fotoaufnahmen, die sie von einem sowjetischen Piloten gemacht habe, der drei deutsche Bombenflugzeuge der Legion Condor abgeschossen habe.

»Die ›Tass‹ ist ganz verrückt nach meinen Bildern«, erklärt sie fröhlich und trinkt gierig von ihrem Bier. Der Schaum hinterlässt einen weißen Schnurrbart in ihrem Gesicht.

Magnus streckt seine Hand aus und wischt den Schaum so vorsichtig mit seinem Zeigefinger weg, als streichle er sie. Sie senkt den Blick und zieht den Kopf ein ganz klein wenig zurück, aber erst, als er den gesamten Bierschaum entfernt hat. Er leckt seinen Finger ab und blickt ihr dabei in die Augen. »Das freut mich«, sagt er, und seine Stimme klingt heiser und unnatürlich.

Sie wendet den Blick ganz von ihm ab und sagt: »Aber jetzt komme ich gerade aus Teruel. Ich war mit Ilja zusammen dort. Es ist so teuflisch kalt in Teruel, dass ich mich wie zu Hause in Russland gefühlt habe. Es hat wie verrückt geschneit. Wir wären beinahe nicht wieder weggekommen. Aber ist es nicht großartig, wie gut es dort läuft?«

»Läuft es denn gut? Ich dachte, die Offensive wäre zum Stillstand gekommen.«

Am 15. Dezember hatten die Truppen der Republik mit dem Sturm auf die Provinzhauptstadt Teruel begonnen, die Francos Nationalisten gleich zu Beginn des Krieges eingenommen hatten. Er hatte die triumphierenden Artikel über die Offensive mit einer gehörigen Portion Skepsis gelesen, und ihm war aufgefallen, dass in den Frontberichten der republikanischen Presse in den letzten Tagen keine Beschreibungen von erobertem Territorium mehr zu lesen gewesen waren.

»Das liegt nur am Wetter. Seit Moskau habe ich nicht mehr solche Schneemassen gesehen. Die Republik hat innerhalb eines Tages einen Ring um Teruel gebildet, Magnus. Wir sind bis San Blas vorgedrungen. Ich bin mir sicher, wenn der Schneesturm vorüber ist, durchbrechen wir die Front der Faschisten und reißen sie endgültig auseinander. Es ist gleichzeitig auch ein fantastischer Propagandasieg, begreifst du das nicht? Bis das Wetter richtig schlecht wurde, haben sie sich fantastische Luftduelle geliefert. Die neuen Piloten, die in meiner Heimat ausgebildet wurden, sind fantastisch. Die deutschen Faschisten und die italienischen Piloten haben keine Chance gegen sie. Wir haben mehrere von ihren Savoia-Marchettis abgeschossen. Das sind ihre Bombenflugzeuge …«

»Ich weiß, was das für Flugzeuge sind, Irina.« Er kann ein Lachen nicht unterdrücken.

»Worüber lachst du? Es ist doch fantastisch, dass sich das Blatt endlich wendet. Dass die Republik sich jetzt in der Offensive befindet.«

»Ich lache, weil ich mich freue, dich zu sehen. A sight for sore eyes, das sagte ich doch bereits. Deine Stimme klingt wie Musik in meinen Ohren.«

»Jetzt ist es aber genug, Magnus. Sind alle Dänen so verrückte Romantiker?«, sagt sie, aber er sieht, dass sie sich ebenfalls freut.

Er zündet ihr eine Zigarette an und lässt sie erzählen. Ihm fällt auf, wie vernarrt sie in das Wort »fabuloso« ist. Sie sollte es lieber mit Bezug auf sich selbst verwenden. Denn er findet, dass sie genau das ist: fabulosa. Einfach fantastisch mit ihren lebhaften, sprechenden Händen und dem eifrigen, hübschen Gesicht mit der kleinen Nase und den kleinen Ohren und dem lockigen, kurz geschnittenen Haar, das wie ein Kranz um ihren Kopf wogt, und schließlich mit diesem Mund, den zu küssen und zu liebkosen er sich so sehr wünscht. Das Blut pulsiert in seinem Körper, und er weiß, dass sie es ebenfalls spürt, denn sie wird plötzlich ganz still.

»Hör auf, mich so anzusehen«, sagt sie dann leise. »Das macht mich ganz befangen. Und was sollen die Leute von uns denken. Erzähl mir lieber, was du gemacht hast, Magnus. Entschuldige, wenn ich das sage, aber du siehst ein bisschen müde und mitgenommen aus.«

Ohne Umschweife erzählt er ihr von seinem Tag mit Mads in Madrigueras und empfindet große Erleichterung dabei, ihr die Wahrheit zu sagen, auch wenn er selbst über seine Offenheit staunt. Er ist klug genug, Cartagena nicht zu erwähnen, aber er berichtet ihr von Mads und seiner Spezialeinheit. Er gibt ihr gegenüber zu, dass er das Gefühl hat, Mads im Stich gelassen zu haben, aber auch, dass die Art, wie sein kleiner Bruder sich von ihm verabschiedet hat, ihn verletzt hat.

Irina sieht ihn an und hört zu, ohne ihn zu unterbrechen, während sie ihr Bier in kleinen Schlucken trinkt. Ihre hellen Augen strahlen Wärme und Mitgefühl aus, und wieder hat er große Lust, ihren weichen Mund zu küssen, traut sich aber nicht. Stattdessen redet er weiter wie ein Schuljunge, der seiner Mutter sein Herz ausschüttet.

»Pobrecito. Armer kleiner Magnus«, sagt sie. »Ich kann deinen Schmerz verstehen, aber deinen Bruder verstehe ich auch. Er liebt dich, aber dieser Schwede ist sein Kriegskamerad und damit sein Schutzschild gegen die Welt. Wir reden zwar die ganze Zeit von unserem gerechten Krieg und davon, dass wir für die Freiheit und den Sozialismus kämpfen, aber ich habe mit so vielen Soldaten gesprochen, dass ich weiß, dass jeder von ihnen letztlich für den Kameraden kämpft, der neben ihm im Schützengraben liegt. In der Hitze des Gefechts kämpfst du für deinen Kameraden, nicht für die Sache. Kannst du nicht wenigstens versuchen, deinen Bruder ein wenig zu verstehen?«

»Ich versuche es, aber es hat mich trotzdem verletzt.«

Sie legt ihre Hand auf seine: »Ich sage doch gar nicht, dass es leicht ist, aber du darfst dich von deiner Enttäuschung nicht auffressen lassen. Ihr werdet euch bestimmt wieder versöhnen. Warte nur ab.«

»Wenn er überlebt.«

»Das gilt für uns alle, Magnus«, sagt sie und wird auf einmal ernst, aber sie will diese Stimmung offensichtlich gleich wieder vertreiben, indem sie ein Lächeln hervorzwingt und mit aufgesetzter Fröhlichkeit sagt: »Weißt du was? Heute Abend findet im großen Saal des Rathauses gegenüber vom Hotel ein Offiziersball statt. Oder eine Art Weihnachtsball, auch wenn Weihnachten hier offiziell abgeschafft wurde. Könntest du dir vorstellen, eine junge Dame zu diesem Ball zu begleiten?«

»Du bist gerade erst angekommen und weißt schon über diese Dinge Bescheid? Wie kann das sein?«

»So etwas weiß ich einfach. Ich bin eben eine Frau. Und Journalistin, nicht wahr? Außerdem könnte es ja Männer geben, die mich darauf hingewiesen haben, dass heute Abend zum Tanz aufgespielt wird. Die mir, gleich als ich angekommen bin, Einladungen geschickt haben. Wäre das vielleicht denkbar, Magnus?«

»Kennst du die Geschichte von dem schönen, großen Schiff namens Titanic? Das, das angeblich nicht sinken konnte. Das Orchester soll die ganze Zeit gespielt haben, während das Schiff gesunken ist. Wollen wir den Untergang der Republik feiern, indem wir die Nacht durchtanzen?«

»Hör auf, so ein verfluchter Pessimist zu sein. Das steht dir nicht, Kamerad. Jetzt habe ich schon diverse freundliche Angebote bekommen und bin auch noch so dumm, einen so langweiligen Mistkerl wie dich einzuladen. Bitte entschuldige meine Aufdringlichkeit. Ich kann mir gern einen anderen Kavalier suchen.«

»Du bist ja in Höchstform, Irina«, sagt er und fängt an zu lachen.

»Vielleicht freue ich mich einfach, dich zu sehen. Also, was sagst du? Wirst du mich heute Abend zum Galaball begleiten?«

»Mit dem allergrößten Vergnügen, Señorita.« Er nimmt

ihre Hand und gibt ihr einen Handkuss, was sie zum Lächeln bringt.

»Hast du noch etwas bessere Sachen dabei als die, die du anhast? Es ist, wie gesagt, ein Galaabend.«

»Ich dachte, Krawatten und feine bürgerliche Kleidung seien verboten.«

»Nicht bei einer Galaveranstaltung, soweit ich weiß. Wir sind ja keine Anarchisten. Es wird auch ein Minister aus Barcelona zusammen mit einigen Generälen teilnehmen. Also, hast du etwas Anständiges zum Anziehen dabei?«

»Das bekomme ich schon hin, aber hast du tatsächlich ein Kleid dabei? Ein revolutionäres Stalinpüppchen wie du?«

»Wart's ab, Kamerad. Ich war in Valencia, also lass dich überraschen. Wir treffen uns hier um zwanzig Uhr«, sagt sie und küsst ihn schnell auf den Mund, bevor sie leichten Schrittes weggeht.

Stumm betrachtet er ihre wiegenden Hüften und ihren knackigen Hintern in der engen Hose.

»Ein außergewöhnlich schöner Anblick, Caballero«, sagt der alte Barkeeper.

»Si, Señor. Sehr schön.«

»Lässt einen an andere Zeiten denken.«

»Si, Señor. Wie wahr, aber diese Welt wird nie mehr zurückkehren. Wie wäre es mit einem weiteren Bier?«

»Warum nicht?«

»Eben, Señor. Warum nicht.«

22

Sie sind in der Lobby verabredet, wo Magnus bereits auf sie wartet, und als sie die Treppe herunterkommt, ist er überwältigt. Sie ist sich der Wirkung, die ihr Auftritt hat, durchaus bewusst. Nicht nur Magnus, auch die anderen Männer in der prächtigen Lobby des Hotels starren Irina an, als sie in ihren hochhackigen Schuhen langsam und elegant die breite Treppe mit dem rot gemusterten, vom Krieg zerschlissenen Läufer herunterschreitet.

Da sich gerade so viele vornehme Leute in der Stadt und im Hotel befinden, hat es für alle warmes Wasser gegeben. Die Generäle und der Minister konnten natürlich nicht ungewaschen zum Ball gehen oder in kaltem Wasser baden, daher hatte man keine Mühen gescheut und genügend Kohlen für die große Heizanlage des Hotels besorgt, sodass das warme Wasser gratis und in ausreichenden Mengen floss. Der Geruch von Krieg und Verfall ist auf wundersame Weise durch den Duft von Seife, schwerem spanischen Rasierwasser und teuren Parfums ersetzt worden.

Magnus lag lange in der Badewanne, duschte anschließend auch noch und rasierte sich gründlich. Das Zimmermädchen mit dem biblischen Namen Maria Immaculada hatte seinen italienischen Anzug und sein einziges weißes Hemd sorgfältig gereinigt und gebügelt und seine Schuhe geputzt. Sie wurde rot vor Dankbarkeit, als er sie auf die Wange küsste und ihr ein ordentliches Bündel abgewertete Pesetas zusteckte.

Mit seiner rotblauen Krawatte und dem passenden Einstecktuch nickte er sich schließlich zufrieden in dem großen Spiegel in der Tür des Kleiderschranks zu und fühlte sich für einen Moment nach New York zurückversetzt, bevor er in die Lobby hinunterging, um auf sein Date zu warten.

Irina lächelt ihn an, und ihm wird ganz heiß. Sie trägt ein rotes, eng anliegendes Kleid, das unmittelbar über ihren zarten Brüsten abschließt. Es ist an der Seite geschlitzt, damit sie ausreichend Bewegungsfreiheit hat und ein schlanker, glatter Seidenstrumpfschenkel hervorblitzen kann. Die feinen Seidenstrümpfe verschwinden in einem Paar spitzer Schuhe. Um den Hals trägt sie eine dünne Silberkette mit einem kleinen Anker. Auf ihrem Kopf sitzt ein raffinierter kleiner Hut, wie sie in Manhattan der letzte Schrei waren, erinnert Magnus sich. Sie geht nicht die Treppe hinunter. Sie schwebt, als würde sie von den bewundernden Blicken der Männer und den missgünstigen der Frauen getragen.

Als sie zu ihm herüberschwebt und ihm gestattet, sie auf beide Wangen zu küssen, ist er unglaublich stolz und versucht gar nicht erst, es zu verbergen. Sie hat nur wenig Make-up aufgelegt. Schwarzer Lidstrich, ein wenig Rouge auf den Wangen und ein Rot auf den Lippen, das ihren makellosen hellen Teint unterstreicht. Sie duftet exotisch und verführerisch. »Ich bin überwältigt«, sagt er.

»Vielen Dank, Caballero. Es hat auch ein wenig gedauert.«

Er lacht: »Gibt eine Frau so etwas zu?«

»Es kann schon sein, dass ich heute Abend wie eine feine Dame aussehe, aber ich bin immer noch Irina aus dem Arbeiter- und Bauernstaat, und ich freue mich schon darauf, wieder in meine Hose zu schlüpfen. Aber wenn gefeiert wird, dann richtig. Würde der Herr mich jetzt bitte geleiten?«

»Mit Vergnügen, Señorita. Es ist mir eine große Ehre.«

Sie spazieren gemeinsam mit den anderen Hotelgästen

zu dem vornehmen, offiziell aussehenden Gebäude auf der gegenüberliegenden Seite der Plaza. Ein Heer von Bediensteten steht mit Regenschirmen vor der Hoteltür bereit, aber es hat schon wieder aufgehört zu regnen. Die Frauen frieren, aber sie tun es mit Anstand. Magnus sieht, dass es die schwarz gekleideten Sturmtruppen der Guardia Asaltos sind, die das Hotel bewachen. Sie halten eine Gruppe Schaulustiger auf Abstand. Die Blitzlichter der Fotografen leuchten auf. Das laute Plop-Plop der explodierenden runden Blitzlichter tönt wie Gewehrschüsse durch das klare Nachtdunkel.

Magnus denkt, dass auch dies Teil der Propaganda sein wird. Es sind vielleicht nicht gerade Bilder von der klassenlosen Gesellschaft, aber es sind Bilder von einer Gesellschaft, für die der Krieg so erfolgreich verläuft, dass sie sogar noch Zeit und Muße hat zu feiern. Ihm ist aufgefallen, dass die Regierung sich in letzter Zeit bemüht, einen verbalen Abstand zu allem Revolutionären und Kommunistischen aufzubauen, um die Westmächte für sich einzunehmen. Auf einmal schleichen sich bürgerliche Tugenden in die Propaganda der Zeitungen. Krawatten und andere Formalitäten kehren ebenso wieder zurück wie die Rangabzeichen der Offiziere, und das selbst bei den Internationalen Brigaden und den Milizen. Es ist eine seltsame Gemengelage. Die Kommunisten bauen ihre Macht aus und versuchen, die Republik nach ihren Vorstellungen zu disziplinieren, und gleichzeitig werden die Ordnung und die Gewohnheiten der früheren Gesellschaft wieder eingeführt. Die bürgerlichen Kommunisten können die Ausschweifungen und Unvorhersehbarkeiten der Anarchie nicht gebrauchen. Es ist ein Krieg an vielen Fronten, den er hier miterlebt.

Ein Offizier, der eine dicke Zigarre raucht und eine große, korpulente Frau in einem voluminösen Seidenkleid am Arm führt, schaut zum Himmel hinauf, an dem jetzt die Sterne funkeln. Magnus kann ihn deutlich über die anderen plappernden Stimmen hinweg verstehen: »Du nennst das ein herrliches Wetter, mein Engel. Ich dagegen bevorzuge den guten kastilischen Regen. Der Himmel hat aufgeklart. Jetzt herrscht wieder Flug- und damit auch Bombenwetter, mein Schatz.«

Sie schlägt ihm scherzhaft mit ihrer behandschuhten Hand auf den Arm, wirft aber gleichzeitig einen besorgten Blick zum schwarzen Himmel mit den kleinen, leuchtenden Sternenpunkten hinauf, die so deutlich über der dunklen Stadt zu sehen sind.

Unter den Ballgästen herrscht eine heitere, erwartungsvolle Stimmung. In der Wolke von Parfum und Eau de Cologne sieht Magnus sowohl Männer in Smokings und Fräcken mit weißer Binde als auch Presseleute, die er wiedererkennt und die wie er Anzüge tragen, und Offiziere aus dem stehenden Heer der Republik. Die Offiziere, die Beamten und die Politiker sind aus der Regierungsstadt Barcelona und aus Valencia hierhergekommen. Auf den Uniformen glänzen Medaillen und Orden mit dem Schmuck der Frauen um die Wette.

In einem großen Saal hat man an der Wand entlang Tische aufgestellt, ebenso in den drei angrenzenden Räumen, und ein großes Buffet aufgebaut. Überall wird geredet und geraucht und spanischer Sekt getrunken. Die Luft ist bereits sehr warm. Die nackten Frauenarme glühen. Am Buffet, an dem jede Menge Tapas, Wein und Bier serviert werden, herrscht Gedränge. Das Essen riecht gut, aber Magnus hat keinen Hunger. Irina auch nicht, aber ein Glas Sekt möchte sie gern trinken. Neben der Bühne steht der Minister mit einigen Generälen. Eine Bigband spielt, und Magnus hört zu seiner Überraschung, dass es sich dabei unverkennbar um argentinische Klänge handelt. Noch ist es keine Tanzmusik, sondern die Eingangsmusik für die Offiziere und ihre entweder sehr jungen

Ehefrauen oder – was wahrscheinlicher ist – ihre Geliebten. Die Stimmen steigen zur Decke hinauf, eine Kakophonie oberflächlichen Geplauders, und er muss unwillkürlich daran denken, dass man hier feiert, während an einer der vielen bedrängten Fronten der Republik gestorben wird.

Er spürt ein Ziehen im Magen und einen Stich in dem Teil seines Bewusstseins, in dem das schlechte Gewissen beheimatet ist. Er empfindet eine plötzliche und merkwürdige Sehnsucht danach, Joe Mercers sarkastische Stimme diesen glitzernden, oberflächlichen Galaball mitten in der Hölle des Krieges beschreiben zu hören, so, wie er damals über die Feste und die Ausgelassenheit in den Madrider Nachtclubs gesprochen hatte. Er verdrängt diese Gedanken schnell wieder und schiebt sich weiter durch das Gedränge, um den Sekt für Irina zu holen.

Als er mit dem Glas in der Hand zu ihr zurückgeht, sieht er sie in dem Gewimmel stehen. Sie zieht die Blicke der Umstehenden auf sich. Eine Frau starrt Irina hasserfüllt an, die sich davon aber nicht aus der Ruhe bringen lässt. Die kleine Frau hat eine Figur wie eine Sanduhr, ihre Lippen sind auf vulgäre Weise rot geschminkt, und offensichtlich ist sie mit einem schwarzhaarigen Mann mit großen braunen Augen unter buschigen Augenbrauen zusammen.

Er hat eine starke Ausstrahlung. Er ist nicht sonderlich groß, hat eine Zigarette im Mundwinkel und ein Glas in der Hand, und als Magnus näher kommt, hört er, dass er eine seltsame Mischung aus Englisch, Französisch und Spanisch spricht. Er redet viel, und Magnus ist überhaupt nicht erfreut darüber, weil er zugeben muss, dass er einer von diesen Männern ist, die alle auf Anhieb charmant und unterhaltsam finden. Außerdem ist unübersehbar, dass er und Irina einander gut kennen.

Irina freut sich ganz offensichtlich, diesen Mann wiederzusehen, auch wenn sie sich ihm nach den Küssen auf beide Wangen entzogen hat. Sie dreht sich zu Magnus um, als er ihr das Glas reicht: »Darf ich dir meinen Kollegen und guten Freund André Renault vorstellen. Er arbeitet als Journalist bei der französischen kommunistischen Tageszeitung ›L'Humanité‹ und bei der Zeitschrift ›Vu‹. Und das ist Magnus Meyer, ein dänischer Kollege.«

Sie reichen einander die Hand, aber André wendet sich demonstrativ von Magnus ab und redet weiter mit Irina. Sie sprechen über einen gemeinsamen Freund und rühmen den Feldzug bei Teruel. Magnus spürt, wie die Eifersucht langsam in ihm aufsteigt. Irina scheint ganz hingerissen von dem Gerede des kleinen Franzosen. Sie lächelt ihn an, streicht sich über ihre Haare und nimmt einen tiefen Zug von ihrer Zigarette. André berührt mehrfach ihren nackten Oberarm. Magnus wird von der molligen Frau gerettet, die André auf Französisch um ein weiteres Glas Sekt bittet. André ist verärgert, aber ihm bleibt nichts anderes übrig, als ihr leeres Glas zu nehmen und zur Bar zu gehen.

»Woher kennst du ihn?«, fragt Magnus gereizter, als er eigentlich beabsichtigt hat.

»Von hier und da und überall. Wir sind Kollegen«, sagt Irina und sieht André hinterher.

»Mehr als das, scheint mir!«

»Was meinst du damit?«

»Das weißt du doch ganz genau.«

»Hör auf, so ein Bourgeois zu sein, Magnus. Bist du etwa eifersüchtig?«

»Und was, wenn ich es bin?«

»Dann nichts, du gestrenger Aufpasser«, sagt sie lachend, stellt sich auf die Zehenspitzen und küsst ihn schnell auf den Mund. »André ist der Prinz vieler Betten. Er ist lustig, und mehr war nicht dabei, und es ist auch schon eine Weile her. Du brauchst dich also nicht aufzuregen.«

Er erinnert sich an Joes Worte, dass im Krieg jeder mit

jedem und überall vögelt. Das war es doch, was er gesagt hat? Magnus spürt seine Eifersucht, aber mehr noch ärgern ihn seine eigene Ohnmacht und sein kindisches Verhalten und dass sie so gelassen wirkt und seine Gegenwart als selbstverständlich ansieht. Gleichzeitig freut ihn das.

Er weiß nicht, was er sagen oder tun soll, wird aber glücklicherweise vom Minister aus dieser Situation erlöst, der soeben die Bühne betreten hat und jetzt durch das Mikrofon der Sängerin spricht. Seine Stimme klingt laut und melodisch, als er einen Gruß von Premierminister Negrín überbringt und viele Grüße vom siegreichen Heer ausrichtet, das Teruel in Bälde erobert und damit ein großes Loch in die Front der Faschisten gesprengt haben werde. Er überbringt auch Grüße von der Heldenstadt Madrid und einen speziellen Gruß vom großen Stalin und dem sowjetischen Volk, das den Kampf des demokratischen Spanien gegen die Faschisten so uneigennützig unterstütze.

»Meine sehr verehrten Damen und Herren, liebe Kameraden«, ruft er wie bei einer Wahlkampfveranstaltung. »Willkommen zu diesem Ball, der zeigt, dass die Republik sowohl zu kämpfen als auch zu feiern versteht. Wir danken Albacete für die Einladung und sind stolz darauf, in der Stadt zu Gast zu sein, die unseren Freunden und Alliierten bei den Internationalen Brigaden als Hauptquartier dient.« Er erhebt sein Glas und ruft »salud«, und die Menge klatscht. Die Bigband beginnt zu spielen, und die Tanzfläche füllt sich, während der Rauch und das Gerede zu den hohen Decken mit den großen Kronleuchtern aufsteigen.

Die nächsten Stunden vergehen wie im Flug mit Gesprächen und Tänzen. Magnus findet André immer sympathischer, je näher er ihn kennenlernt. Er flirtet zwar mit Irina, aber das tut er offensichtlich mit allen Frauen, und sie lacht bloß darüber.

André und Magnus machen sich einen Spaß daraus, einander die verschiedenen Schwarzmarkthaie und andere Geschäftemacher zu zeigen, die sie in Albacete kennen. André kann zudem noch mit eigens angereisten Waffenhändlern und Schmugglern aufwarten. Unter den Gästen sind auch wohlhabende Großschmuggler aus verschiedenen Ländern, die all das beschaffen können, was in der Republik Mangelware ist. Es sind mutige Blockadebrecher und gut gepolsterte Offiziere dabei, die ihre Rangabzeichen wohl eher gekauft als auf dem Schlachtfeld errungen haben. André sagt, sie würden nicht im Traum daran denken, sich irgendwo hinzubegeben, wo die Gefahr bestünde, dass ihre fetten Ärsche getroffen würden.

Unter den Gästen sind nicht besonders viele Russen, aber Magnus entdeckt Stepanowitsch, geht schnell zu ihm hin und versperrt ihm demonstrativ den Weg.

Stepanowitsch trägt einen hellen Anzug. Vermutlich denselben, den er anhatte, als Magnus ihm im Flughafen von Valencia zum ersten Mal begegnet ist, aber diesmal sieht er zerknittert aus und sitzt schlecht, als wäre er lange nicht gebügelt worden oder als hätte Stepanowitsch stark abgenommen. Seine dunklen Schuhe sind staubig. Die blassen Augen in dem schmalen Gesicht sehen müde aus, und seine Haare sind stumpf. Er sieht aus wie ein Mann, der ernsthafte Probleme hat.

»Na, du hast dich aber feingemacht, Kamerad Stepanowitsch«, sagt Magnus.

»Wie ich sehe, sind Sie entgegen unserer Empfehlung noch immer nicht abgereist, Señor Meyer«, sagt er in seinem überkorrekten Spanisch.

»Aber ich habe einen Artikel geschrieben.«

»Sogar mehr als einen, wie ich gesehen habe.«

»Ach, das wissen Sie also auch?«

»Es ist meine Aufgabe, gut informiert zu sein, damit ich die legal gewählte Republik bestmöglich vor den Aufständischen und den vielen anderen Feinden schützen kann, die die Demokratie bedrohen.«

»Aber selbstverständlich. Der SIM ist eine großartige Organisation. Das weiß jeder. Dann können Sie mir ja vielleicht auch verraten, wo ich Kommissar Pandrup finde.«

»Nein. Das kann ich nicht.«

»Wollen oder können Sie nicht?«

»Das tut nichts zur Sache. Pandrup ist im Dienst des Staates unterwegs.«

»Wo?«

»Das kann ich Ihnen nicht sagen. Aber vielleicht können Sie mir verraten, wo ich Ihren Freund Joe Mercer finden kann?«

Magnus hat Sorge, sein Blick könnte nervös flackern. »Nein. Das kann ich nicht«, antwortet er, und seine Stimme klingt zum Glück ganz normal.

»Dabei waren Sie doch mit ihm zusammen in Valencia. Und in Cartagena, wenn ich recht informiert bin, oder?«

»Ja. Sie sind wirklich gut unterrichtet.«

»Das ist meine Aufgabe. Was ist danach passiert?«

»Wir haben uns getrennt. Ich bin hierher zurückgekehrt. Joe wollte weiter nach Madrid oder vielleicht auch nach Barcelona. Ich bin nicht sein Aufpasser, Kommissar Stepanowitsch.«

»Nein, das sind Sie wohl nicht. Aber Sie sind sein Freund, oder?«

»Ja, als solchen betrachte ich ihn.«

»Und Sie wissen nicht, wo er ist?«

»Nein. Was wollen Sie denn von Joe?« Es ist sicher am besten, in die Offensive zu gehen, denkt Magnus. Er spürt, wie ein Tropfen Schweiß seine rechte Achselhöhle hinunterrinnt.

»Das geht Sie nichts an«, sagt der Russe.

»Ich schätze dein freundliches und einnehmendes Wesen wirklich sehr, Kamerad Stepanowitsch.«

»Und ich schätze Ihren dänischen Sarkasmus. Aber lassen Sie es mich wissen, falls Sie herausfinden, wo Joe Mercer sich aufhält. Sie sind schließlich der Letzte gewesen, der mit ihm gesprochen hat.«

»Das glaube ich kaum.«

»Er scheint jedenfalls verschwunden zu sein.«

»Spanien ist ein gefährliches Land.«

»Da haben Sie vollkommen recht, Meyer. Das sollten Sie ebenfalls nicht vergessen.«

Es ist höchste Zeit, wieder in die Offensive zu gehen: »Was ist mit meinem Bruder? Was ist mit Mads?« Er sieht dem Russen direkt in die Augen und meint, eine Veränderung, eine Unsicherheit in dessen merkwürdig hellen Augen zu bemerken. Magnus versucht, seinen Blick festzuhalten, aber diesmal sieht Stepanowitsch weg.

»Ihr Bruder ist, wo er ist und wo er gebraucht wird.«

»Sie wissen also, wo er sich aufhält?«

»Das habe ich nicht gesagt. Und jetzt muss ich leider gehen.«

Magnus hält ihn am Arm fest, der Blick des Russen verändert sich und wird so bedrohlich, dass er seinen Arm schnell wieder loslässt und ihm den Weg frei macht.

»Sie wissen, wo mein Bruder ist. Das spüre ich«, sagt er viel zu flehend. »Können Sie mir nicht wenigstens sagen, ob es ihm gut geht? Können Sie ihn nicht wenigstens von mir grüßen? Ich möchte einfach nur wissen, ob es ihm gut geht.«

»Kehren Sie nach Dänemark zurück, Señor Meyer. Sie gehören nicht hierher. Kehren Sie in Ihr beschauliches und friedliches kleines Land zurück.«

Magnus blickt ihm empört und enttäuscht hinterher und ist wütend auf sich selbst und seine Ohnmacht gegenüber dem SIM und jeder anderen mächtigen Organisation. Er schiebt sich durch das Gedränge, geht zu der langen Bar hinüber und bestellt einen großen Cognac, den er mit drei langen Schlucken austrinkt. Der Alkohol brennt ihm in der Kehle, aber er genießt den Schmerz.

Die Feier nimmt schnell an Intensität und Lautstärke zu, und Magnus kommt es so vor, als befände er sich mitten in einem verzweifelten Totentanz – ein letzter vergeblicher Versuch, den Glauben daran aufrechtzuerhalten, dass alles gut ausgehen wird.

Er schüttelt all die verfluchten düsteren Gedanken ab und zwingt sich dazu, sich zu amüsieren. Das ist nicht sonderlich schwierig. Der Alkohol fließt, und die Bigband mit einem schwitzenden, energischen Dirigenten, Musikern in roten Sakkos und schwarzen Hosen und einer Sängerin, die das Beste aus dem großen spanischen und lateinamerikanischen Repertoire herausholt, sorgt für ausgelassene und übermütige Stimmung.

Während einer kurzen Pause unterhält Magnus sich mit dem Dirigenten, der Lucius Domingo heißt und aus Buenos Aires stammt. Sie tauschen Erinnerungen an Argentinien aus, wo Domingo schon seit zehn Jahren nicht mehr gewesen ist. Für einen Moment sprechen sie miteinander wie alte Freunde. Irina kommt dazu und gibt ein wenig damit an, dass Magnus sowohl Zarzuelas als auch die beliebtesten argentinischen Lieder beherrsche und damit überall für Stimmung sorge. Dann überredet sie ihn, einen Tango aus Buenos Aires zu singen, und so steht Magnus plötzlich auf der Bühne und singt im Duett mit der Sängerin »El día de me quieras«. »Der Tag, an dem du mich lieben wirst«, singt er mit Schmalz in der Stimme und den Blick auf Irina gerichtet, die mit strahlenden Augen und einem großen Lächeln dasteht, als wäre er ihre eigene Schöpfung.

Als die letzten Töne verklungen sind, wird enthusiastisch geklatscht, was allerdings nach fast jedem Lied der Fall ist. Zur Belohnung küsst ihn die Sängerin auf die Wange, und von Irina, die ihren Sekt trinkt, als sei er Limonade, bekommt er einen langen Zungenkuss, und für einen Moment fasst ihre Hand von allen unbemerkt in seinen Schritt und drückt sanft zu. Bevor er etwas sagen oder tun kann, zieht sie ihren Mund und ihre Hand zurück und schwebt mit einem Offizier auf die Tanzfläche, der eine Uniform trägt, an der mehr Orden befestigt sind, als es Schlachten gegeben hat. Ihr kleiner, raffinierter Hut ist ihr im Laufe des Balls abhandengekommen, sodass ihre Locken sich jetzt ungehindert kringeln.

André klopft ihm auf die Schulter und sagt, er sei ein Mann nach seinem Geschmack. Und er fragt, ob Magnus sich wirklich sicher sei, dass kein gallisches Blut in seinen Adern fließe, denn er benehme sich überhaupt nicht so wie die schwermütigen und sehr betrunkenen Durchschnittswikinger aus dem kalten Norden.

Die Stimmung nähert sich dem Siedepunkt, und die Rhythmen pulsieren ekstatisch im Blut der Tanzenden und Trinkenden. Magnus und André stehen, jeder ein Glas Cognac in der Hand, nebeneinander und beobachten Irina, die mit einem britischen Korrespondenten tanzt, dem es schwerfällt, mit ihren schnellen Tanzschritten mitzuhalten. Die Bigband hat jetzt die spanische Version eines Foxtrotts angestimmt.

André nimmt einen tiefen Zug von seiner Zigarette und sagt in seiner skurrilen Mischung aus Spanisch, Französisch und Englisch: »Sie ist eine fabulosa Frau und unglaublich mutig. Ich habe sie an der Front erlebt. Merveilleux, mon ami. Sie macht auch fantastische Aufnahmen, das wahre Gesicht des Krieges, aber in ihrem Land können längst nicht alle gezeigt werden, you know. Sie sind denen nicht heroisch genug. Aber ich habe einige davon bei meinem französischen Magazin unterbringen können. Beim ›Life Magazine‹ würde man sie lieben, wenn sie dort veröffentlichen dürfte, aber das geht natürlich nicht.«

»Warum nicht?«

»Onkel Stalin mag diese Art Bilder nicht. Und erst recht nicht in amerikanischen Zeitschriften.«

»Ich dachte, du wärst Kommunist, André.«

»Man kann doch trotzdem bedauern, dass Propaganda und Idiotie der Kunst manchmal im Wege stehen, no?«

»Das ist deine Entscheidung.«

»Ist es das? Ist es das wirklich immer, mon ami?«

»Das kann ich dir nicht sagen.«

André zündet sich noch eine von seinen dicken französischen Zigaretten an. Er hat die Angewohnheit, sie in den linken Mundwinkel zu klemmen und gleichzeitig zu rauchen und zu sprechen. Vielleicht rührt daher auch sein merkwürdiger Tick, das eine Auge zuzukneifen. »Ich weiß, was du denkst. Ich bin Kommunist, also muss Stalin für mich ein Held sein, ja, ein Gott. Das stimmt aber nicht, mon ami. Wir Kommunisten müssen kritisch sein, das muss uns im Blut liegen. Aber was passiert stattdessen? Kritik ist gleichbedeutend mit Tod geworden. Und hier in Spanien? Dasselbe. Wenn du Negrín kritisierst, gilt das als Verrat. Und in Moskau sterben aufrechte Kameraden. Sie sind eine Farce, diese Terrorprozesse gegen sogenannte Volksfeinde. Irina muss also vorsichtig sein. Bei der Stellung ihres Vaters.«

»Ich weiß nicht, was ihr Vater jetzt macht. Irina hat mir erzählt, dass er Diplomat ist. Stimmt das denn nicht?«

»No. Er ist Oberst beim NKWD, Stalins Geheimpolizei. Ein sehr vornehmer Spion, der als Diplomat getarnt nach London geschickt wurde. Du bist Reporter. Du kennst das Geschäft. Heute ist er ein sehr wichtiger und großer Mann, aber das garantiert für nichts, eher im Gegenteil. Kamerad Stalin kann Rivalen nicht leiden und räumt sie aus dem Weg. An einem Tag bist du der Henker, und am nächsten Tag bist du derjenige, dem ein neuer Henker die Kugel in den Nacken jagt. C'est la vie. And it fucking stinks, mon ami.«

»Ich verstehe nicht, warum du mir das alles erzählst.«

André macht eine theatralische Geste. »Das verstehe ich auch nicht, mon ami. Vielleicht bin ich etwas zu schnell etwas zu betrunken geworden. Vielleicht auch, weil mein Vater ein verfluchter Jesuit war und ich seinen Hang zum Zweifeln geerbt habe. Vielleicht auch, weil ich dich mag. Du schaffst es irgendwie, dass ich mit dir rede wie mit einem Freund.« Er hält einen Moment inne, fährt dann aber fort: »Ich hatte einen Freund. Einen russischen Kameraden. Ich habe gestern erfahren, dass er vor zehn Tagen in Moskau als Volksfeind hingerichtet wurde. Igor als Volksfeind? Merde! Dann bin ich auch ein Volksfeind. Er war ein guter Parteikamerad. Was sind das für Menschen? Das NKWD nimmt einen Unschuldigen fest und bearbeitet ihn so lange, bis er selbst glaubt, schuldig zu sein. Es endet damit, dass der Unschuldige auf die Knie geht und für die Kugel dankbar ist, die ihm in einem Keller in Moskau in den Nacken gejagt wird. Das ist so teuflisch wie Dunkelheit am helllichten Tage.«

»Irina und ihr Vater? Ist es das, was du mir zu sagen versuchst?«

»Du solltest es wissen. Ich weiß auch nicht, warum ich dir das alles erzähle.«

»Ich glaube, du solltest dir eine andere Partei suchen.«

»Nein. Die Alternativen sind noch schlimmer. Die Ideen sind ja auch in Ordnung. Die Menschen sind die Arschlöcher. Ich glaube, ich muss darum kämpfen, dass meine Partei sich ändert. Meinst du nicht?«

»Das kann ich dir nicht sagen.«

Wieder verändert sich Andrés Gesichtsausdruck, und mit einem strahlenden Lächeln sagt er: »Never mind. Genieß Irina, solange du kannst. Jetzt ist sie hier, und dann ist sie plötzlich wieder weg. Wie ein Schmetterling bei einem plötzlichen Windstoß. Schwups. Mit Klammeraffen kann sie nichts anfangen.«

Irina gesellt sich wieder zu ihnen. Sie lächelt dem Briten freundlich zu, der sich in Tanzstundenmanier vor ihr verbeugt, und sieht André und Magnus ein wenig fragend an, als ahne sie, dass sie über sie gesprochen haben. Sie nickt mit dem Kopf in Richtung Tür und lässt die drei Männer einfach stehen, die ihr gemeinsam hinterhersehen.

Der Brite stellt sich als Winston Ruttgers vor. Magnus fragt ihn, ob er zufällig einen jungen dänischen Freiwilligen namens Mads Meyer getroffen habe, aber das hat er nicht, obwohl er mehrere Artikel über die Freiwilligen geschrieben hat. Aber es sind ja viele Tausende. Als die Musik aufhört und die Tanzenden lautstark klatschen, entsteht eine kurze Gesprächspause.

Als die Band wieder spielt, sagt André: »Ich habe Magnus erzählt, wie mutig Irina ist.«

»Ja. Sie ist eine erstaunliche Frau. Es ist wirklich zu ärgerlich, dass sie für die Bolschewiken in Moskau arbeitet. Sie könnte es weit bringen. Es ist erst ein paar Tage her, dass wir zusammen in Teruel waren. Es war so verflucht kalt, dass einem die Eier abgefroren sind. Wir waren eine kleine Gruppe von Presseleuten, darunter Irina, die zusammen an die Front gereist sind. Sie haben die ganze Stadt umzingelt, aber die Nationalisten haben sich im Zentrum verschanzt. Die Artillerie und die Panzer haben einen höllischen Lärm gemacht, und wenn die Wolkendecke aufgerissen ist, sind die Flugzeuge über uns hinweggeflogen. Irina und ein französischer Fotograf und meine Wenigkeit lagen hinter einem Zementblock, als wir sahen, wie einer der Panzer der Faschisten einige hundert Meter vor uns unter Beschuss genommen wurde. Er wollte umkehren und sich hinter die Stadtmauern von Teruel zurückziehen. Der Panzer ging in Flammen auf, nur ein Mitglied der Besatzung konnte sich nach draußen retten. Irina springt auf, als wäre der Teufel persönlich hinter ihr her, und rennt mit ihrer verfluchten Kamera auf den brennenden Panzer zu. Sie springt in ein Schützenloch und bleibt dort, während ihr die Kugeln um die Ohren fliegen. Dann streckt sie den Kopf heraus und macht Fotos. Das macht sie ein paar Mal. Die Schützen der Nationalisten haben sie entdeckt. Es vergeht etwa eine halbe Stunde, und wir fürchten schon, sie verloren zu haben, aber dann drängen die Soldaten der Republik die Nationalisten weiter zurück, und Irina taucht aus dem Loch wieder auf und winkt mit ihrer Kamera, als habe sie gerade eine Medaille bei Herrn Hitlers Olympiade gewonnen. Wenn du ihre Augen nicht sehen kannst, bist du nicht nahe genug dran, ruft sie. Sie ist verrückt. Sie hat einen Kriegskoller.«

André sagt schnell etwas auf Französisch, das Magnus nicht richtig versteht, sodass Ruttgers es ihm übersetzen muss: »Das ist eine ansteckende Krankheit hier in Spanien. Man wird high vom Krieg. Der Adrenalinrausch ist wie eine Droge. Irgendwann kommst du nicht mehr ohne aus, und am Ende bringt es dich um.«

»Das hat Joe auch immer gesagt«, rutscht es Magnus heraus.

Winston Ruttgers sagt wie zu sich selbst: »Ja. Der gute alte Joe. Wo zum Teufel steckt er eigentlich? Ich habe ihn schon lange nicht mehr gesehen. Das sieht Joe gar nicht ähnlich, sich ein Fest wie dieses durch die Lappen gehen zu lassen. Normalerweise riecht er so etwas doch meilenweit. Gratis Schnaps und massenweise Frauen. Völlig untypisch für Joe, sich das entgehen zu lassen.«

Magnus sieht weg, schüttelt den Kopf und wiederholt die Lüge, er habe gehört, dass Joe nach Madrid oder vielleicht auch nach Barcelona habe reisen wollen. Niemand ahnt etwas, aber trotzdem ist es ihm unangenehm, wenn Joes Name fällt. Es ist nicht so sehr die Angst, entdeckt zu werden. Es ist eher sein schlechtes Gewissen, das an die Oberfläche kommt. Da nützt es auch nichts, dass er sich damit zu trösten versucht, dass er in Notwehr gehandelt hat.

Irgendwann nach Mitternacht tanzt Irina endlich wieder mit ihm. Es ist ein langsamer Tanz, und Irina schmiegt sich an ihn und legt ihren Kopf auf seine Schulter, und er nimmt den Duft ihres Haares wahr.

»Macht der Krieg dich high, Irina?« Sie schnurrt wie eine zufriedene Katze, und er fragt nochmals: »Wirst du high davon?«

»Du tanzt einfach wunderbar, Magnus. Wirklich.«

»Ist die Gefahr eine Droge, von der du immer mehr brauchst, damit sie wirkt?«

»Nein, so ist es nicht.«

»Aber du wirst high davon, stimmt's? Es geht ins Blut, gefährlich zu leben.«

Sie nimmt ihren Kopf von seiner Schulter und schaut ihm in die Augen: »Wenn man in der Nähe des Todes war, fühlt man sich hinterher so unglaublich lebendig. Kannst du das nicht verstehen? Du könntest es, wenn du es schon einmal erlebt hättest.«

»Man muss einen hohen Preis dafür zahlen.«

»Das habe ich keineswegs vor. Tanz einfach weiter mit mir. Und jetzt genug geredet. Du redest einfach zu viel.«

»Und du bist betrunken.«

»Freu dich doch darüber.«

»Warum sollte ich?«

»Weil ich mich dann traue, dir zu sagen, dass du mich jetzt nach oben ins Bett begleiten sollst. Ich hatte mir geschworen, mich nicht wieder zu verlieben. Das ist viel zu schmerzhaft, aber du hast mich so weit gebracht, dass ich das Versprechen, das ich mir selbst gegeben habe, breche.«

23

»Du bist so wundervoll. Ich glaube, ich liebe dich.«

Magnus ist von seinen eigenen Worten überrascht, aber weil das Blut wie ein angenehmer, lauwarmer Fluss durch seinen Körper strömt, redet er, ohne darüber nachzudenken. Zusammen mit dem Alkohol und der großen Befriedigung, die er in jeder Faser seines Körpers spürt, macht die ganze Situation ihn offen und wehrlos. Er sagt diesen Satz und denkt im selben Augenblick, dass er den gleichen Satz in Argentinien zu Dolores gesagt hat. Während Irinas Reaktion nur in ihrem katzenartigen Schnurren besteht, hatte Dolores angefangen zu weinen, sein Gesicht mit Küssen und Tränen bedeckt und nach jedem Kuss gesagt: »Ich dich auch, mein Geliebter. Ich dich auch, mein Geliebter.«

Irina liegt auf ihm, sein Gesicht ist nah an ihrem, und er ist noch immer in ihr. Sie hat kleine Schweißperlen über ihren hellen Augenbrauen, und ihre Lippen sind gerötet und ein wenig geschwollen. Ihre Haut fühlt sich glatt und weich an, als er seine Hände langsam über ihren Rücken gleiten lässt, um sie auf ihre nackten Pobacken zu legen. Es ist warm im Zimmer, und die Lampe, die sie über dem Schreibtisch hat brennen lassen, taucht es in ein schönes, gedämpftes Licht.

Sie waren schließlich in ihrem Zimmer gelandet. Das Bett sei größer, hatte sie gesagt und ihn zu sich herangezogen und mit leidenschaftlichem Begehren geküsst. Sie hatten es nicht erwarten können. Das erste Mal hatte er sie noch halb bekleidet an der Wand genommen und ihr den Mund zugehalten, um ihre Schreie zu ersticken, und war mit einer Wucht gekommen, dass ihm schwarz vor

Augen wurde. Hinterher im Bett hatten sie sich langsamer und hingebungsvoller geliebt, und er konnte sich nicht daran erinnern, dass es jemals eine solche Wonne gewesen wäre. Die Welt existierte nicht mehr, wenn er ihren weißen, geschmeidigen Körper liebte, und er war dankbar dafür, dass er sich so lebendig fühlte. Dankbar dafür, genau in diesem Moment an diesem Ort zu sein, in diesem Bett, in diesem warmen Zimmer in einer Stadt, aus der der Krieg ausgeschlossen, und zusammen mit einer Frau, die jetzt die Seine war.

Magnus findet nicht die passenden Worte für seine Gefühle. Er trägt sie in sich, aber er bringt nichts als Banalitäten heraus. Also wiederholt er noch einmal den banalen Satz, dass er sie liebt.

»Mmmmm ...«, schnurrt sie.

»Und du?«

»Was meinst du?«

»Liebst du mich denn nicht?«

»Das fragt man nicht. Habe ich es dir nicht gerade gezeigt?«

»Doch.«

»Und ich tue es auch gerne noch einmal, Liebster.«

»Jetzt hast du es auch gesagt.«

»Nein. Habe ich nicht. Du hast doch auch nur gesagt, dass du es glaubst, stimmt's? Dass du *glaubst*, dass du mich liebst. Du bist in mich verliebt. Und ich in dich. Das weiß ich. Ich wusste bereits, dass es so enden würde, als ich dich zum ersten Mal gesehen habe. Die Art, wie du gelächelt hast. Die Art, wie du dagestanden hast, wie du dich bewegt hast und wie du deine Zigarette geraucht hast. Ich wusste, du würdest gut im Bett sein. Dass wir gut zusammenpassen würden. Aber das ist etwas anderes, nicht wahr? Was heißt es, jemanden zu lieben? Das ist schwer zu verstehen, wenn man es auf Spanisch sagt und hört. Auf Russisch klingt es anders und viel besser.«

Sie sagt schnell etwas in ihrer eigenen Sprache. Er versteht es nicht, aber ihm gefällt der musikalische Klang des Satzes. Russisch klingt exotisch und fremdartig, wie ein tiefer Gesang aus dunklen Bergen und zugefrorenen Flüssen.

Sie spricht auf Spanisch weiter: »Ich habe meine Mutter auf die russische Weise geliebt und war sehr traurig, als die Tuberkulose sie dahingerafft hat, aber meinen Vater liebe ich ganz besonders, auch wenn man das nicht sagen soll. Mein Papa ist der beste der Welt. Er ist so klug und stark. Als kleines Kind und junges Mädchen war es das Allerschönste für mich, wenn Papa Zeit hatte und mit mir in unserer Datscha spielte. Das ist eins von diesen Schrebergartenhäusern, wie wir Russen sie lieben. Es reichte mir vollkommen, dass er mit mir zusammen war und mir Märchen von Bären und Trollen erzählte, die im Wald wohnten, während meine Mutter das Essen vorbereitete. Aber Papa hatte immer viel zu tun. Und das hat er nach wie vor. Die Revolution ist noch jung und verlangt viel von den höchsten Parteikadern. Du weißt, was ein Kader ist, oder?«

Er nickt, sagt aber nichts, denn er will nicht, dass sie aufhört zu reden. Er würde sie am liebsten nach ihrem Vater und seiner Arbeit für die Henker beim NKWD fragen, aber er will die gute Stimmung nicht zerstören. Er fragt stattdessen, wo in Moskau sie wohne. Sie habe doch etwas von einem großen Haus am Fluss erzählt. Er liebt ihre melodische Stimme, die die spanischen Ausdrücke auf eine ganz spezielle Weise ausspricht, wie er sie noch nie zuvor gehört hat.

Sie rollt von ihm herunter, legt sich auf die Seite und sieht ihn, auf den Ellenbogen gestützt, an. Ihre eine Brust ruht warm auf seinem Arm. Sie streichelt seinen kaum behaarten Brustkorb und sagt mit einer etwas anderen, tieferen Stimmfärbung: »Es ist ein großes, großes Haus, das mit Blick auf den Kreml an der Moskwa liegt. Es ist ein großes Haus mit vielen, vielen Wohnungen. Es sind schöne, große Wohnungen, in denen die wichtigsten Männer der Partei und einige der bedeutendsten Künstler des Landes wohnen, Dichter und Komponisten. Es ist ein großes Privileg, in diesem Haus eine Wohnung zu bekommen. Wir haben acht Zimmer, und unsere Möbel wurden vom Kreml geliefert. Es gibt eine kleine Küche und zwei Badezimmer. Wir haben das ganze Jahr über warmes Wasser und nicht nur im Winter, wie es sonst in Moskau üblich ist. Wir wohnen mit Aussicht auf den Fluss und den Kreml, und auf der anderen Seite schauen wir in einen der Innenhöfe. Die Wohnung ist so groß, dass dort immer ein Zimmer für mich und meinen Bruder hergerichtet ist. Für unsere Haushälterin, die Papa von der Partei gestellt bekommt, ist dort ebenfalls Platz. Das Haus am Fluss dient als Modell für die Häuser, die später in der ganzen Stadt errichtet werden sollen. Das ist die Zukunft, sagen sie. Das Haus ist beinahe eine eigene kleine Stadt. Es gibt dort ein Theater, ein Kino, ein Gastronom, das ist ein Lebensmittelgeschäft, Kindergärten, eine Bank und eine Post. Ich wünschte, ich könnte es dir eines Tages zeigen.«

»Das glaube ich dir gern. Du bist eine schreckliche kleine Patriotin, meine Schöne«, sagt er.

Sie boxt ihn scherzhaft in die Seite, beugt sich über ihn, küsst ihn und sagt: »Ich liebe mein Land. Das stimmt. Es heißt jetzt UdSSR. Das ist auch völlig in Ordnung, aber wenn ich sage, dass ich mein Land liebe, dann meine ich Russland. Und zwar alles daran. Die Landschaft. Die Sonne. Die heißen Sommer. Die schönen Winter mit dem vielen Schnee. Die Sprache. Puschkins wundervolle Gedichte. Maxim Gorkis Dramen, die so einzigartig sind. Er ist leider letztes Jahr gestorben. Liebst du dein Land denn nicht, Magnus?«

»Dänemark? Nein. Eigentlich nicht. Dänemark hat mir

nie sonderlich viel bedeutet. Wenn ich das je von einem Land behaupten wollte, dann würde ich sagen, dass ich Argentinien liebe. In Argentinien könnte ich mir vorstellen, zu leben und zu sterben. Oder vielleicht in Spanien, wenn hier irgendwann einmal der Frieden Einzug halten sollte.«

»Das tut mir ein bisschen leid für dich. Du musst dich ja ganz entwurzelt fühlen. Und der Mensch braucht Wurzeln, um sich verändern zu können, sagt Papa immer. Bei mir ist es vielleicht anders. Ich habe von klein auf gelernt, Russland und den großen Stalin zu lieben, der so viel für uns tut.«

»Das ist auf jeden Fall etwas anderes.«

»Vielleicht. Aber das muss man eben.«

»Stalin lieben?«

»Ja, natürlich. Das tun alle Menschen. Natürlich nicht persönlich. Denn ich finde ihn, ehrlich gesagt, hässlich.«

»Bist du Stalin jemals begegnet?«

»Ein einziges Mal. Mein Vater spielt eine wichtige Rolle für die Revolution und kennt Stalin persönlich. Sie haben zusammen im Untergrund gegen den Zaren und seine Geheimpolizei gekämpft. Mein Vater hat sogar einmal Lenin höchstpersönlich getroffen. Das war in Petrograd, aber er kannte ihn nicht so gut, wie er Stalin kennt. Papa hat mich einmal mitgenommen, als ich fünfzehn war, damit ich ihn kennenlernte.«

»Und wie ist er so, dein großer Führer?«

»Hässlich, das habe ich doch schon gesagt. Er ist klein und hat jede Menge Aknenarben im Gesicht, außerdem hat er einen merkwürdig herunterhängenden Arm und stinkt fürchterlich nach altem Pfeifenrauch. Ich hatte fast ein bisschen Angst vor ihm, obwohl er eigentlich freundlich zu mir war und mich in die Wange gekniffen und gesagt hat, ich sei ein hübsches kleines Ding.«

»Zu Recht.«

»Was? Dass ich hübsch bin? Ich war eine Bohnenstange mit flachen Brüsten. Ich habe immer weggeschaut, so schüchtern war ich.«

»Das war es nicht, was ich meinte«, sagt er und streichelt ihre Wange, bevor er seine Hände hinter dem Nacken verschränkt und sie ansieht.

»Ich weiß. Du meinst, dass ich Angst hatte? Darüber spricht man nicht. Aber ja, es stimmt schon. Alle haben Angst vor ihm, und gleichzeitig lieben wir ihn natürlich, weil er unser Führer ist. Ich habe ein bisschen Angst bekommen, weil er so hässlich war und so alt gerochen hat und weil Vater so großen Respekt vor ihm hatte. Stalin roch nach altem Mann. Du darfst aber niemandem verraten, dass ich das gesagt habe, ja?«

Er grinst und sagt: »Ehrenwort. Wenn ich Señor Stalin begegne, werde ich ihm nicht erzählen, dass du findest, dass er aussieht wie ein hässlicher alter Messerverkäufer aus Albacete.«

»Schon gut, mein Lieber. Es ist typisch für euch Ausländer, so zu reden. Schau dir meine Arme an. Ich bekomme eine Gänsehaut, wenn ich seinen Namen nur erwähne. In meinem Land nimmt man seinen Namen nicht einfach so in den Mund. Das tut man nicht. Vergiss nicht, dass ich gelernt habe, Kamerad Stalin auf die russische Weise zu lieben. Und jetzt will ich, dass du mich in deinen Sprachen liebst, oder wie immer du das Unbeschreibliche nennst, was du mit mir machst, und dann werde ich dir zeigen, dass du für mich in diesem Augenblick das Allerbeste auf der großen weiten Welt bist.«

Hinterher liegen sie wieder nebeneinander und dösen vor sich hin. Sie setzt sich auf, wobei sie ihm halb den Rücken zuwendet. Er lässt seine Hand ihren nackten Rücken heruntergleiten, bis zu den Pobacken und von da aus langsam weiter zu ihrem weichen Bauch und über ihre Brüste, wo seine Liebkosungen ihre Brustwarzen hart werden lassen. Sie beugt sich nach vorn und genießt eine Weile seine Zärtlichkeiten, streckt sich über ihn hinweg aus, wobei ihre Brüste über seine Brust gleiten. Aber als er sie wieder an sich ziehen will, nimmt sie das Zigarettenpäckchen, schüttelt zwei Zigaretten heraus und zündet beide an. Eine davon steckt sie ihm in den Mund, entfernt einen kleinen Krümel Tabak von ihrer Unterlippe und raucht gierig.

»Soll ich dir eine traurige und zugleich sehr schöne Geschichte erzählen, die ich in Aragonien gehört habe?«, fragt sie. »Sie nennen sie die Geschichte der Liebenden von Teruel.«

»Wenn du mich hinterher noch einmal liebst.«

»Wirst du denn niemals müde? Müssen wir nicht irgendwann einmal schlafen?«

»Du machst mich jedenfalls nicht müde. Und schlafen können wir, wenn wir alt sind.«

»Wer sagt denn, dass wir überhaupt alt werden.«

»Ich sage das. Wir können hier in Spanien zusammen alt werden, wenn der Krieg erst einmal gewonnen ist. Du möchtest doch gern in Spanien leben, oder?«

»Ach, das sind ja ganz neue Töne. Auf einmal heißt es, *wenn* der Krieg gewonnen ist, und nicht mehr, *falls* der Krieg von uns gewonnen wird.«

»Da siehst du mal, was du mit mir machst.«

»Jetzt sei endlich still und hör dir meine Geschichte an, auch wenn sie so traurig ist.« Sie lehnt sich zurück und stützt sich auf einer Hand ab, pustet den Rauch in Richtung Decke und erzählt mit ihrer leisen, sinnlichen Stimme.

»Es war einmal ein hübsches Mädchen, das hieß Isabel Segura und lebte vor vielen hundert Jahren in Teruel. Sie war die Tochter einer sehr vornehmen und reichen Familie, und sie war ein glückliches kleines Mädchen. Ihr bester Freund hieß Diego Marcilla und war der Sohn einer anderen vornehmen und reichen Familie aus Teruel. Sie wuchsen gemeinsam auf und waren unzertrennlich und verliebten sich unsterblich ineinander. Als sie das Alter erreicht hatten, in dem man sich vermählen darf, wollten sie heiraten. Aber Diegos Familie war in finanzielle Schwierigkeiten geraten und schließlich völlig verarmt, sodass Isabels Vater, der reichste Mann von Teruel, sich weigerte, der Vermählung zuzustimmen. Diego bat so inständig darum, sich als würdig erweisen und anschließend um Isabels Hand anhalten zu dürfen, dass sein Flehen schließlich erhört wurde. Isabels Vater stimmte zu, dass Diego Teruel für fünf Jahre verließ und versuchte, sein Glück zu machen. Wenn es ihm im Laufe dieser fünf Jahre gelänge, zu Reichtum zu kommen, würde er Isabel zur Frau erhalten.«

Irina drückt ihre Zigarette aus und dreht sich zu ihm um. Ihr Blick ist fern, und ihre Augen glänzen ein wenig feucht, als sie weitererzählt.

»Diego brach auf, und von da an wurde Isabel von ihrem Vater gedrängt, einen der vielen Verehrer zu heiraten, die zu ihnen ins Haus kamen. Aber Isabel weigerte sich. Gott wolle, dass sie Jungfrau bleibe, bis sie zwanzig sei, und Frauen müssten lernen, wie man einen Haushalt führe, bevor sie heirateten, verteidigte sie sich. Denn sie liebte nur Diego.

Der Vater liebte seine Tochter sehr und ließ sie gewähren, aber als man fünf Jahre lang nichts von Diego gehört hatte, vermählte er seine Tochter mit einem reichen Mann namens Don Pedro. Die Hochzeit fand genau an dem Tag statt, als die fünf Jahre um waren. Unmittelbar nachdem der Priester sie zu Mann und Frau erklärt hatte, entstand große Unruhe an einem der Stadttore von Teruel. Es war Diego, der mit Reichtümern beladen nach Hause zurückgekehrt war, um sich mit seiner geliebten Isabel zu vermählen. Es war zu spät.

Er war todunglücklich, und während der Hochzeitsnacht schlich er sich in das Schlafzimmer von Isabel und Don Pedro. Er weckte Isabel sanft und flüsterte: ›Küss mich, sonst sterbe ich.‹ Isabel weigerte sich und sagte: ›Gott erlaubt es nicht, dass ich meinen Ehemann hintergehe. Ich bitte dich in Gottes Namen, dir eine andere Frau zu suchen und mich zu vergessen. Denn wenn unsere Liebe unseren Herrgott nicht erfreut, kann sie auch mich nicht glücklich machen.‹ Diego flehte sie erneut eindringlich an, ihm einen letzten Kuss zu geben, aber sie weigerte sich standhaft. Diego brach es vor Trauer das Herz, mit einem letzten Seufzer starb er und sank vor seiner geliebten Isabel zu Boden.«

»Das ist wirklich eine traurige Geschichte, meine Geliebte«, sagt Magnus und muss über den naiven Ernst in ihrer Stimme lachen.

»Sei still. Es geht noch weiter. Als Isabel klar wird, dass ihr Herzallerliebster tot ist, fängt sie am ganzen Körper an zu zittern. Sie weckt ihren Mann und sagt, sein Schnarchen mache ihr Angst. Sie habe ja noch nie mit einem Mann in einem Bett geschlafen. Sie sagt, er solle ihr eine Geschichte erzählen, damit sie wieder zur Ruhe komme. Das tut er, und im Gegenzug bittet er sie, ihm ebenfalls eine Geschichte zu erzählen. Isabel erzählt ihm von Diego und dass er jetzt tot neben dem Bett liege. ›Oh, du grausames Weib. Warum hast du ihn denn nicht geküsst?‹, fragt der verzweifelte Ehemann. ›Ich wollte meinen Mann nicht hintergehen‹, antwortet Isabel.

Don Pedro bekommt Angst, man könne ihn anklagen, an Diegos Tod schuld zu sein. Daher beschließen sie, ihn heimlich in einer kleinen Kirche in der Nähe zu beerdigen. Als sie den armen Diego Marcilla am folgenden Tag beisetzen, trägt Isabel ihr Brautkleid. Sie tritt an den offenen Sarg, um ihrem Geliebten den Kuss zu geben, den sie ihm nachts verweigert hat, aber als sie ihn küsst, fällt sie tot um und stürzt auf Diego, der seine Geliebte nun endlich umarmen kann.«

»Das ist wirklich sehr traurig. Da muss ich dir recht geben.«

»Ja, nicht wahr?« Sie beugt sich über ihn und küsst ihn lange, aber als er versucht, sie an sich zu ziehen, lässt sie ihn los, setzt sich auf und sagt sehr ernst und mit einer Melancholie im Blick, die ihm Angst macht: »Diese traurige, aber zugleich sehr romantische Geschichte rührte die Einwohner von Teruel zutiefst. Sie wollten, dass diese beiden, die einander zu Lebzeiten nicht bekommen konnten, Seite an Seite begraben werden, damit sie im Tode für immer vereint sind. Die Kirche lehnte dies zunächst ab, Isabel und Diego waren ja nicht verheiratet. Aber schließlich beugte sich die gestrenge Kirche der Liebe und dem Willen des Volkes, und die Liebenden von Teruel wurden gemeinsam begraben und sind auf die Weise seit jenem Tag für immer vereint. Wenn die Stadt bald wieder befreit sein wird, kannst du in Teruel ihr Grab besuchen.«

»Amen«, sagt er, aber ein Schatten huscht über ihr Gesicht.

»Hör auf, dich darüber lustig zu machen.« Ihre Stimme klingt seltsam ausdruckslos.

Er setzt sich ebenfalls auf: »Hat diese Geschichte für dich möglicherweise noch eine andere Moral?«

»Vielleicht. Kennst du das nicht? Man hat sich gerade so wunderbar geliebt, und dann wird man plötzlich ganz traurig. Es kommt mit einer solchen Wucht wie ein plötzlicher Bombenangriff, und dann ist es schon wieder vorbei, bevor es überhaupt richtig angefangen hat.«

»Was willst du mir damit sagen? Du meinst doch noch etwas anderes, das mit uns zu tun hat.«

»Vielleicht.«

»Und was?«

»Dass man den Augenblick ergreifen und das genießen

soll, was ist, und nicht auf das warten, was vielleicht noch kommen wird.«

»Westen ist Westen, und Osten ist Osten, und diese beiden Größen können einander einen Moment lang begegnen, aber nicht an eine gemeinsame Zukunft denken. Ist es das?«

»Etwas in der Art.«

»André meint, du könntest Klammeraffen nicht leiden.«

»Ich halte dich auch nicht für die Sorte Mann, die Wurzeln schlägt und sich ein Nest baut.«

»Vielleicht wäre ich bereit, es auszuprobieren, wenn mir die Richtige begegnet.«

»Gibst du mir bitte eine Zigarette?«

»Es ist wegen deines Vaters, nicht wahr? Ich weiß, was er macht.«

»Halt meinen Vater bitte da raus.«

»Es könnte schwierig werden, weil er doch Oberst beim NKWD ist, nicht wahr? Was macht man da, Irina? Dein Vater reitet auf einem Tiger, und das weißt du nur zu gut. Du liest ja auch die Zeitungen. Du liest ebenfalls über die Säuberungsaktionen und die Hinrichtungen und Deportationen in Moskau.«

Sie spricht mit unterdrückter Wut, und ihre Stimme klingt eiskalt: »Du sollst meinen Vater da raushalten, habe ich gesagt. Als wäre mein Vater ein Volksfeind. Wie kannst du so etwas glauben? Papa kennt Stalin persönlich, verflucht noch mal. Er bekämpft die Volksfeinde. Und ich finde, du solltest jetzt nach drüben in dein Zimmer gehen.«

»Irina, zum Teufel. Was ist denn auf einmal mit dir los?«

»Das hörst du doch. Jetzt hau endlich ab.«

»Was hast du denn bloß?«

»Dieses ganze verfluchte Gerede über die Liebe. Liebe tut weh, verdammt noch mal. Du vögelst gut, mehr muss es doch nicht sein, oder? Du wirst morgen schon ein anderes Bett finden. Was willst du denn noch von mir?«

»Das weißt du ganz genau.«

»Jetzt hau verflucht noch mal endlich ab.«

Aber dann ist sie es, die aufsteht. Er sieht Tränen in ihren Augen, kann aber nicht erkennen, ob es Zornestränen sind oder vielleicht doch etwas anderes, denn in ihrem Blick liegt zugleich ein großer Schmerz. Ihr Stimmungswechsel hat sich vollkommen unverhofft und mit unglaublicher Geschwindigkeit vollzogen. Von intimer postkoitaler Behaglichkeit zu diesem traurigen Wutanfall. Sie steht mitten im Zimmer, ihr Gesicht ist verzerrt, und sie stampft mit dem rechten Fuß auf wie ein trotziges Kind.

Er steht vom Bett auf und macht ein paar Schritte auf sie zu, aber wieder kommt sie ihm zuvor, stürzt völlig unverhofft auf ihn zu und schlägt ihm mit der Faust gegen die Wange. Sie schickt noch einige Schläge hinterher, bevor er ihre Arme zu fassen bekommt und sie festhält. Sie weint jetzt heftig. Ihr selbstsicherer Panzer ist verschwunden, und er weiß nicht, wie er sie trösten soll.

Sie ist stark, aber sie kann sich nicht losreißen. Sie spuckt ihn an, aber er lässt ihre Arme nicht los, bis er merkt, dass sie aufhört, Widerstand zu leisten. Ihr Gesicht ist eine hässliche, verzerrte Fratze, und ihre Augen sind rot und geschwollen. Er spürt ein Brennen unter seinem rechten Auge, wo ihr erster Schlag ihn getroffen hat.

Als er sie loslässt, überrascht sie ihn wieder. Sie sinkt auf der Stelle in sich zusammen, als wäre ihr Körper eine mit Luft gefüllte Hülle, aus der die Luft jetzt viel zu schnell entweicht. Sie dreht sich einmal um ihre eigene Achse und geht dann in die Hocke, wobei sie die Arme um ihren Körper schlingt und dabei lautlos weint.

Er weiß nicht, was er tun soll. Er hat noch nie einen Menschen auf diese unwirkliche und verletzliche Weise in sich zusammensinken sehen. Handelt es sich vielleicht um ein Kriegstrauma, das jetzt plötzlich aufbricht? Wenn er es doch nur wüsste. Er weiß nicht, was sie auf dem Schlachtfeld gesehen hat. Oder war es etwas, das er gesagt hat? Waren es seine Worte über den Vater, die das Ganze ausgelöst hatten? Er kann nicht begreifen, dass sie immer noch derselbe Mensch ist, der sich ihm vor wenigen Minuten in leidenschaftlicher Ekstase hingegeben hat. Er sieht auf den zitternden, nackten Körper hinunter und wird von großer Zärtlichkeit erfüllt, die über die heftige Wut siegt, die wie üblich sofort in ihm aufgestiegen war. Irina sitzt da wie ein kleines Kind.

Er beugt sich zu ihr hinunter und zieht sie sanft nach oben, sodass er sie unter den Beinen und den Schultern zu fassen bekommt. Er hebt sie hoch und trägt sie zum Bett hinüber. Sie leistet jetzt keinen Widerstand mehr. Ihr Kopf hängt erst schlapp herunter, dann legt sie ihn auf seine Schulter. Er spürt ihre Tränen, aber sie weint vollkommen lautlos. Er legt sie auf das Bett und breitet das Laken und die Wolldecke über sie, bevor er sich neben sie legt, sie umarmt und sie vorsichtig an sich drückt. Er weiß nicht, wie lange sie so daliegen, aber es fühlt sich an wie eine Ewigkeit, weil er noch immer nicht begreift, was eigentlich passiert ist.

Zuerst zittert sie unkontrolliert, und ihr verschwitzter Körper ist eiskalt. Aber langsam kehrt die Wärme wieder in sie zurück. Sie hat die Augen geschlossen und liegt ganz still da. Er glaubt, sie sei eingeschlafen, aber dann sagt sie flüsternd und beinahe tonlos, ohne den Kopf zu heben oder die Augen zu öffnen: »Es ist wegen meines Bruders. Es ist wegen Sascha. Vor einer Woche habe ich einen Brief von ihm bekommen. Wie du dich vielleicht erinnerst, ist mein großer Bruder Offizier bei der Roten Armee. Er leistet seinen Dienst in Rostow. Dort ist ein Militärflugplatz, und einer seiner Kameraden, der jetzt nach Spanien geschickt wurde, um die Kämpfenden zu unterstützen, hatte einen Brief für mich dabei. Es war ein schrecklicher Brief, Magnus.

Sascha ist Patriot und Mitglied der Partei. Sascha ist dem großen Stalin treu ergeben, aber in diesem Brief, der ja nicht durch die Zensur muss, schreibt er die furchtbarsten Dinge. Seine Offizierskameraden verschwinden. Sie werden verhaftet und schon am nächsten Tag hingerichtet. Man beschuldigt sie, Volksfeinde zu sein. Das genügt bereits. Das ist ein Todesurteil. Was ist aus unseren sozialistischen Idealen der Rechtssicherheit geworden? Er schreibt mir jetzt, weil sein bester Freund Loscha tot ist. Ich habe Loscha gut gekannt. Er ist mit uns zusammen aufgewachsen. Er war ein großer sowjetischer Patriot und stolz, ja, so unglaublich stolz, als er Offizier wurde.

Eines Morgens holten sie Loscha ab und brachten ihn nach Moskau. Drei Tage später hat er gestanden, eine Meuterei in seiner Kompanie und ein Attentat auf Stalin geplant zu haben. Das ist vollkommen absurd. Loscha würde so etwas niemals tun. Er wurde im Keller der Lubjanka erschossen. Das ist das Hauptquartier des NKWD, falls dir das nichts sagt. Loscha ist tot. Ich begreife es nicht. Es ist unfassbar und unerträglich. Sascha hat Vater aufgesucht. Er wollte zu Loschas Gunsten aussagen, aber Vater hat nur gesagt, das sei keine gute Idee. Sie hätten sich gestritten, schreibt er. Vater sei bleich und verschlossen und abweisend gewesen, als sei er dem Teufel persönlich begegnet. Als sei nicht einmal er noch sicher.

Nachts kommen die schwarzen, geschlossenen Wagen zum Haus am Fluss und nehmen Leute mit, die man dann nie wieder sieht. Niemand unternimmt etwas dagegen. In den Wohnungen brennt Licht, aber es lebt dort niemand mehr. Die Überlebenden verhalten sich ruhig und wagen nicht, irgendetwas zu sagen oder zu tun. Sascha schreibt, dass dies vermutlich das Letzte sei, was ich von ihm hören würde. Er geht davon aus, dass auch er bald von einem schwarzen Wagen abgeholt wird, und dann ist es vorbei. Ach, Magnus. Es ist so entsetzlich.«

Sie beginnt wieder zu weinen. Magnus sagt nichts, sondern hält sie nur im Arm und lässt sie weinen. Er spürt, wie ihr Weinen und ihr Zittern langsam schwächer werden, und als sie wieder ruhig daliegt, fragt er leise: »Wie lange hast du das schon gewusst, Irina?«

»Ich habe es in Wirklichkeit schon seit Langem geahnt. Ich habe es nur verdrängt. Das ist das Einfachste.«

»Aber so etwas kann man doch nicht mit sich selbst ausmachen. Das wächst doch in dir wie ein Krebsgeschwür.«

»In meinem Land machen das Millionen von Menschen mit sich aus, weil wir diese Geschichten nicht glauben wollen. Wir erfinden immer wieder neue Entschuldigungen. Das ist bürgerliche Propaganda, das ist übertrieben, sie erhalten nur ihre gerechte Strafe, es wird bald wieder aufhören, sagen wir uns. Stalin weiß nicht, was da in seinem Namen passiert, geben wir einander ohne Worte zu verstehen. Wir machen uns alle zusammen etwas vor. Sieh mich doch an. Ich bin die lustige und wagemutige Irina, die den Tod nicht fürchtet. Ich kann trinken und tanzen und herumvögeln und eine schlagfertige Bemerkung nach der anderen abfeuern, aber das ist nur Fassade. Innen drin bin ich die ganze Zeit nichts anderes als ein kleines Mädchen, das weint und Angst hat, weil es weiß, dass das Ganze so fürchterlich aus dem Ruder läuft. Es hat nichts mehr, woran es glauben kann, es kann nicht mehr an den Sozialismus glauben. An all das, woran zu glauben es erzogen wurde. Das ist sehr schmerzhaft.

Mein Bruder hat einmal zu mir gesagt, dass es absurd sei, eine Revolution machen zu wollen, indem man die bestehenden Regeln befolge. Erst müsse alles beseitigt werden. Die Revolution hat viele Feinde, nicht wahr? Wir lesen in der ›Prawda‹, dass ein neuer Volksfeind hingerichtet wurde, und wir klatschen vor Begeisterung in die

Hände, weil wir lesen dürfen, dass er seine Verbrechen gegen den Staat gestanden hat, während es uns innerlich vor Entsetzen schaudern lässt. Im Moment geht es um ausländische Verschwörungen gegen die Revolution. In meinem Land wimmelt es anscheinend nur so von ausländischen Agenten und Provokateuren. Es gibt niemanden, der es wagt, etwas zu sagen oder zu unternehmen. Nicht einmal Papa. Es ist genau so, wie Sascha schreibt. In den Bussen in Moskau hängt ein Schild an den Fenstern. Bitte nicht hinauslehnen, steht dort. So verhalten wir uns auch unter Stalin. Bitte nicht den Kopf herausstrecken, sonst wird er abgeschlagen. Es ist einfach nur hoffnungslos, Magnus.«

Jetzt versteht er besser, warum sie sich so anders benommen hat, seit er aus Cartagena zurück ist. Unter der hartgesottenen Oberfläche, die alle Presseleute als Image ihres Berufes pflegen, als sei sie Teil einer unsichtbaren Uniform, hat es bei ihr eine Unterströmung unterdrückter Angst gegeben. Sie ist auch exaltierter als sonst gewesen und hat viel mehr getrunken. Sie verträgt eine Menge, aber ihr Trinken hat etwas Verzweifeltes gehabt, denkt er und erinnert sich daran, wie aufgedreht und hektisch sie während des Galaabends gewesen ist. »Du kannst bei mir bleiben«, sagt er.

»Ich kann Papa nicht im Stich lassen, verstehst du das nicht?«

»Doch, aber deshalb kannst du doch trotzdem bei mir bleiben. Ich kann auf dich aufpassen.«

»Das weiß ich. Deswegen ist das Ganze ja so hoffnungslos. Ich weiß, dass du mich liebst. Das spüre ich. In einem anderen Leben könnten wir heiraten, aber nicht in diesem. Ich kann keinen Ausländer heiraten, sonst landet Papa im Gefängnis. Wir können unsere Liebesmomente miteinander teilen, aber das ist alles, wovon wir träumen dürfen. Die Liebe tut so verdammt weh. Ich habe mir geschworen, mich nie wieder ernsthaft zu verlieben, aber jetzt habe ich es doch getan, und es tut so entsetzlich weh, Magnus. Es fühlt sich an, als würde meine Seele in tausend Stücke gerissen.«

»Ich lasse dich nicht los.«

»Ich weiß, mein Geliebter. Aber das wirst du müssen. Wir müssen die Zeit genießen, die wir zusammen haben, und hoffen, dass sie lang ist. Ich glaube es zwar nicht, denn wir leben von geborgter Zeit, aber das ist alles, worauf wir in diesem Leben hoffen können.«

24

Die nächsten Tage verschwimmen in Magnus' Wahrnehmung, weil sie beinahe die ganze Zeit zusammen sind. Sie essen und lieben sich und reden. Manchmal hat ihr Sex etwas Verzweifeltes, aber meistens ist er voller Zärtlichkeit und Nähe und großer Leidenschaft. Sie reden viel miteinander, als müssten sie etwas Versäumtes nachholen, von dem sie aber gar nicht wissen, was es eigentlich ist. Sie entdecken einander jeden Morgen aufs Neue, glücklich darüber, nebeneinander aufzuwachen. Er ist sich nicht sicher, wie sie es empfindet, aber er hat so etwas noch nie erlebt. Es ist nicht nur der gute Sex, sondern es sind auch das Gefühl von Zusammengehörigkeit und ihre Gespräche, die ihn so froh und ungeahnt zufrieden machen.

Er kann ihr auf eine ehrliche Weise, die neu für ihn ist, von Mads und Marie und ihrer schrecklichen, angsterfüllten Kindheit erzählen. Er hat nie zuvor mit einem anderen Menschen so offen über sein Leben gesprochen. Und sie erzählt ihm von ihrer Sorge um das Schicksal ihres Vaters und ihres Bruders im fernen Moskau und von ihrer wunderbaren Kindheit, in der das Leben ihr wie ein einziger langer Sonnentag vorkam, ganz gleich, ob die Sonne geschienen oder ob es geschneit hat. Er kann sich nicht genug über das paradoxe Verhalten ihrer Väter wundern. Sein Vater ist Arzt und ein angesehener und geschätzter Heiler kranker Menschen und ihres Gemüts, aber seine eigenen Kinder hat er körperlich und seelisch misshandelt. Irinas Vater ist der geheime Sicherheitsoffizier, der die Feinde der Revolution gewiss mit viel Blut an den Händen bekämpft hat, während dieselben Hände seine Kinder zärtlich gestreichelt haben, wenn er aus den kalten Büroräumen oder vielleicht auch aus dem Folterkeller nach Hause kam.

Magnus wagt nicht, laut zu sagen, was er denkt. Irinas Vater und seine Situation sind ein Thema, auf das Irina so empfindlich und aggressiv reagiert, dass er jedes Mal fürchtet, sie könnte explodieren, wenn er es anschneidet. Wenn von dem NKWD-Oberst die Rede ist, wählt Irina ihre Worte mit Bedacht, und sie sind nicht immer klar und logisch. So ist es eben. Er muss erkennen und akzeptieren, dass sie beide Geheimnisse mit sich herumtragen, die sie in den hintersten Winkeln ihrer Herzen eingeschlossen haben, und dass sie noch nicht bereit sind, einander die Schlüssel dazu zu geben.

Sie erzählt davon, wie sie bei der Arbeit als Kriegsfotografin ihre Angst überwunden habe. Sie habe sich dazu gezwungen, mutiger und kühner aufzutreten als ihre männlichen Kollegen. Ihr Vater habe ihr immer eingebläut, dass ein wahrer Kommunist weder jammere noch Furcht zeige. Sie habe solche Angst gehabt, dass sie meinte, sterben zu müssen, aber nicht durch die Gewehrkugeln, sondern vor Angst. Das habe sie nie gezeigt und bisher nie zugegeben. Die harte Fassade diene ihr als Schutzschild. Sie schmiegt sich an ihn und genießt die schonungslose Offenheit, die sie sich in seiner Nähe erlaubt.

Sie vergessen den Krieg. Er ist ihnen gleichgültig. In einer kalten Zeit, in der die Frontberichte vor sich hin welken, leben sie in ihrem eigenen kleinen Kokon. Sie denken nur an sich und daran, zusammen zu sein. Das größte Tabu zwischen ihnen ist die Gewissheit der geborgten Zeit, die – obwohl Magnus es nicht wahrhaben will – die Grundlage ihrer Beziehung darstellt und die – das weiß Magnus – für Irina ein wesentlicher Bestandteil ihres leidenschaftlichen Glücks ist.

Er erzählt ihr nicht von Joe Mercer und dem Geheimnis der römischen Ruinen in Cartagena. Irgendetwas hält ihn zurück. Vielleicht sein schlechtes Gewissen. Vielleicht weil er ahnt, dass dieses Wissen sie nur unglücklich machen würde. Ein paar Mal ist er kurz davor, diese schleimige Schlangengrube zu öffnen, aber im letzten Moment bremst er sich selbst, und sie bemerkt nichts davon.

Sie verlassen das Bett eigentlich nur, um zu essen und in der tristen Stadt ein wenig frische Luft zu schnappen. Die Winterkälte ist über die iberische Halbinsel hinweggezogen und hat ihre klammen Finger auch auf Albacete gelegt, aber in ihrer Höhle im Hotel ist ihnen das vollkommen gleichgültig. Maria Immaculada und Alfonso, der an der Rezeption steht, schenken ihnen stets ein freundliches, einverstandenes Lächeln und schicken ihnen etwas zu essen und zu trinken aufs Zimmer und sorgen dafür, dass sie warmes Wasser haben und ihre Heizung funktioniert. Ihre Liebe scheint den Menschen mitten im grauen Kriegswinter Freude und ein Lächeln zu schenken. Großzügige Trinkgelder tragen sicher ebenfalls dazu bei, dass ihnen sowohl diese Bedienung als auch die gewünschte Ungestörtheit zuteilwird. Jedes Mal, wenn Magnus sich von Joes Geld bedient, versetzt ihm sein schlechtes Gewissen einen Stich, aber er bezahlt trotzdem weiterhin damit.

Sie feiern Silvester, ohne das Hotel zu verlassen. Sie nehmen ein relativ gutes Abendessen zu sich, das ein Vermögen kostet, weil die Zutaten vom Schwarzmarkt stammen. Im Speisesaal hat man runde Tische in verschiedenen Größen aufgestellt. Sie bekommen einen kleineren für sich allein. An den anderen Tischen in dem halb leeren Saal sitzen Offiziere und Schwarzmarkthändler im Smoking und Politiker, die ihre Frauen weitgehend ignorieren und sich stattdessen wissend über die Intrigen in Valencia und Barcelona unterhalten sowie über die unsichere Situation in

Madrid. Alle scheinen sich einig zu sein, dass in den Städten, so auch in Albacete, Tausende von Menschen nur darauf warten, Franco willkommen zu heißen. Diese Verräter bilden eine gefährliche Fünfte Kolonne in ihrer Mitte und müssen aufgespürt und beseitigt werden. Die ersten vorsichtigen Andeutungen, es könnte möglicherweise ein Waffenstillstandsabkommen geben, werden mit diplomatischer Distanziertheit ventiliert. Denn der Sieg steht ja schon vor der Tür, nicht wahr? Aber dennoch? Sollte man vielleicht doch beginnen, neu über die Zukunft nachzudenken?

Trotz des vielen Alkohols kommt die Stimmung nicht richtig in Schwung. Außerdem ist es ziemlich kühl in dem Ballsaal mit den hohen Decken.

Magnus hält nach Pandrup Ausschau und fragt einen schwedischen Kommissar nach ihm, erfährt aber nur, dass er zwar nach Albacete zurückgekehrt, im Moment jedoch nicht zu sprechen sei.

Tove ist auch da. Sie begrüßen einander freundlich, aber der Blick, mit dem sie Irina ansieht, sagt alles, und sie sprechen nicht weiter miteinander, auch wenn er nichts lieber täte, als nach Mads zu fragen und ob sie nicht doch eine Ahnung habe, wo er sich befinde. Tove ist in Begleitung eines norwegischen Freiwilligen, der schon nach einer Stunde völlig betrunken ist.

Nach dem Essen wird getanzt. Es spielt ein kleines, eher zurückhaltendes Orchester. Dennoch tanzen Magnus und Irina lange im Kreis herum, während die Uhr auf Mitternacht zugeht und alle mit Champagner anstoßen. Irina trinkt zu viel Champagner und stolpert beinahe, als sie nach oben in ihr Bett gehen, um sich betrunken zu lieben, während der Lärm vor ihrem Fenster immer lauter wird.

Auch wenn es verboten ist, heißt man das neue Jahr 1938 mit Gewehrschüssen in den kalten grauen Himmel willkommen.

Und einige Tage nach Neujahr explodiert der Himmel über der Stadt dann richtig.

Magnus hat das Hotel verlassen, um bei seinem festen Lieferanten, dem einbeinigen Messerverkäufer, Schwarzmarktzigaretten zu besorgen, als die Sirenen mit ihrem gellenden steigenden und fallenden Ton die Luft zerschneiden. Er hört, wie unten am Bahnhof die ersten Luftabwehrbatterien das Feuer auf die Flugzeuge eröffnen, die in Bomberformation aus Richtung Westen angeflogen kommen.

Irina wollte nicht mitkommen, was ihn ein wenig gewundert hat. Normalerweise liebt sie ihre gemeinsamen Spaziergänge durch die Stadt, aber seit dem gestrigen Tag ist sie in einer merkwürdig rastlosen Stimmung. Sie murmelte irgendetwas von Frauendingen, die ihn nichts angingen, und verschwand im Badezimmer, ohne ihn zum Abschied zu küssen. Er muss dringend Zigaretten holen. Sonst haben sie bald keine mehr, und dann ist sie erst recht gereizt.

Magnus hat sein Geschäft mit dem Schwarzmarkthändler vor der Stierkampfarena abgeschlossen und die Zigarettenpäckchen in seine Schultertasche gestopft, als er die deutschen Maschinen über die Stadt fliegen sieht. Es sind neue schwere Junker-52-Bomber aus der Legion Condor. Er kann sich vorstellen, wie die Piloten während des Anflugs über die flache kastilische Steppe schon aus weiter Entfernung den Turm der Kathedrale, die niedrigen Häuser, den Bahnhof, die hohen Gebäude im Zentrum und die vielen kleinen Handwerksbetriebe sehen, die über die ganze Stadt verstreut sind. Über den Bombern kreisen die Jagdflugzeuge, die sie beschützen, aber die Luftwaffe der Republik glänzt wie immer durch Abwesenheit, auch wenn im Luftwaffenstützpunkt Los Llanos wenige Kilometer südlich von Albacete Jagdflugzeuge stationiert sind. Vermutlich hat man die meisten von ihnen nach Aragonien geschickt, um die Offensive bei Teruel zu unterstützen.

Magnus beginnt aus Angst um sich selbst und um Irina zu rennen. Als die ersten Bomben vor ihm explodieren und die Welt in einer Wolke aus Rauch, Staub und Munitionsgasen verschwindet, die in der Kehle brennen, und er sich in einer Lärmhölle befindet, der das menschliche Ohr kaum standzuhalten vermag, bereut er zutiefst, Irina allein im Hotel zurückgelassen zu haben. Eine schwefelgelbe, stinkende Rauchsäule erhebt sich über der Stadt. Die Erde bebt unter seinen Füßen, und er fällt in den Staub. Wenige Meter vor ihm platzt ein Wasserrohr, und ein Wasserstrahl schießt hoch in die Luft. Ein Mann, der beide Beine verloren hat, liegt vor der Wand eines Hauses, dessen Dach eingestürzt ist, während sein Maultier, das mit Gerätschaften aus einem der kleinen Handwerksbetriebe beladen ist, mit halb aus dem Bauch heraushängenden Gedärmen neben ihm liegt.

Magnus richtet sich langsam auf. Es dröhnt in seinen Ohren, und er hat Schwierigkeiten, sich zu orientieren. Er hustet stark wegen des Staubs und des Rauchs von einem der brennenden Gebäude weiter unten in der Straße. Er sieht mehrere Leichen und hört die verzweifelten Hilfeschreie der Verletzten, als etwas weiter weg die nächste Bombe explodiert.

Er wirft sich hinter einem Haufen Ziegelsteine zu Boden und spürt die Druckwelle über seinem Kopf. Hoffentlich hat Irina im Luftschutzraum unter der Plaza Altozano Zuflucht gesucht, aber viel wahrscheinlicher ist, dass sie, mit ihrer Kamera bewaffnet, auf dem Weg durch die zerstörte Stadt ist. Er ist so krank vor Sorge um sie, dass die Angst um sein eigenes Leben vollkommen dahinter zurücktritt. Die früheren Bombardierungen von Albacete waren Kinderkram im Vergleich zu diesem Angriff, bei dem er über den Bombenlärm hinweg das beständige

Brummen der vielen Flugzeuge am Himmel über der Stadt hören kann.

Er steht wieder auf. In all dem Rauch und Staub kann er fast nichts sehen. Die Leute irren ziellos umher, ihr Blick ist leer vom Granatenschock. Eine Mutter und ihre zwei kleinen Kinder, die sie noch zu beschützen versucht hat, liegen tot vor ihm. Ein paar Schritte weiter liegt sein Schwarzmarkthändler. Sein Kopf ist nur noch eine blutige Masse. Sein Bauchladen mit den Messern ist von der Druckwelle in seinen Brustkorb gepresst worden, und Magnus spürt eine heftige Übelkeit in sich aufsteigen.

Er hört die Luftschutzsirenen und jetzt auch die ersten Löschfahrzeuge der Feuerwehr. Er orientiert sich vorsichtig, tastet nach seinem Revolver, der sich noch immer in seiner Jackentasche befindet, steigt über eine weitere Frauenleiche hinweg, fängt an zu laufen und gelangt aus dem Rauch hinaus, den der Wind von ihm wegtreibt.

Er hört mehrere Bomben explodieren, diesmal weiter weg, in der Nähe des Bahnhofs oder vielleicht auch bei der Kaserne der Zivilgarde. Der Weg vor ihm ist von einer zum Teil in sich zusammengestürzten Häuserzeile versperrt, sodass er gezwungen ist, in eine andere kleine Gasse einzubiegen. Auf wundersame Weise kommen aus den zerstörten Gebäuden immer noch Menschen. Sie halten sich ihre verletzten Arme, humpeln auf zerfetzten Beinen oder versuchen, sich das Blut von ihren zerschmetterten Gesichtern abzuwischen. Einige von ihnen wirken äußerlich unversehrt, sehen aber verstört aus. Anderen rinnt Blut aus den Ohren. Alle sind mit Staub bedeckt, was sie wie Gespenster aus dem Totenreich aussehen lässt. Ein Vater trägt seinen kleinen Sohn auf dem Arm. Der Kopf des Jungen schlenkert haltlos hin und her, aber der Vater scheint es gar nicht zu bemerken. Er geht wie in Trance durch die Staubwolken.

Magnus kennt die Gasse nicht, durch die er gerade geht,

und stolpert beinahe über einen toten Hund, der neben einem alten Mann mit offenen, erstaunten Augen und ohne Unterkörper liegt.

Etwas weiter vorn gelangt er zu einer Allee, die er kennt. Der Lärm der Explosionen nimmt wieder zu und lässt die Erde beben, und viele Menschen suchen ebenso wie er das Weite, aber wo sollen sie hin? Vielleicht in den nächstgelegenen Luftschutzraum, aber es gibt viel zu wenige davon, und wo befinden sie sich eigentlich? Er weiß es nicht. Er hat sich nie darum gekümmert. Außerdem will er zurück ins Hotel und zu Irina.

Er hat den Rauch hinter sich gelassen. Die Menschen rennen vor und zurück wie verwirrte Ameisen in einem Ameisenhaufen, in dem jemand mit einem großen Stock herumgestochert hat. Zwei Männer wollen ihn aufhalten. In dem Lärm versteht er nicht, was sie sagen. Sie sehen ängstlich und bedrohlich zugleich aus und strecken die Hände nach ihm oder seiner Tasche aus. Er zieht seine Pistole hervor und fuchtelt damit herum, und sie machen ihm Platz. Er weiß nicht einmal, ob sie ihm überhaupt etwas Böses wollten, aber er geht lieber kein Risiko ein. Über sich hört er Flugzeuge und schaut nach oben.

Die Granaten der Luftabwehr explodieren am Himmel über ihm, aber zwei schwarz angestrichene Maschinen fliegen unbeschadet über die grauweißen Explosionswolken hinweg und werfen ihre Fracht ab. Es sind viele aluminiumfarbene Kapseln, die wie kleine, lebendige Wesen in Richtung Erde wirbeln und zu Feuerbällen werden, wenn sie explodieren. Die Panik und die Verzweiflung nehmen zu, als der weiße Phosphor an der Kleidung und der Haut der Menschen haften bleibt und dann in Flammen aufgeht. Ein schwarzes Maultier, das mit einem Bündel Zweige beladen ist, hat Feuer gefangen und läuft schreiend davon. Sein Besitzer, ein älterer Mann, dessen Kleidung lichterloh brennt, wird dabei über den Boden geschleift. Magnus hat so etwas noch nie gesehen. Er hat nicht damit gerechnet, den Feuersturm des Jüngsten Gerichts auf Albacetes armseligen Straßen mitzuerleben.

Endlich verschwinden die deutschen Maschinen in Richtung Steppe und hinterlassen eine Spur des Todes, die sich quer durch die Stadt zieht, wo Feuerwehrleute, Sanitäter und Freiwillige von den Internationalen Brigaden verzweifelt versuchen, der Katastrophe Herr zu werden. Die Männer von der Guardia Asaltos und Polizisten sind bemüht, eine gewisse Ordnung wiederherzustellen. Gewehrsalven ertönen. Vermutlich erschießen sie die Leute, die das allgemeine Chaos für Plündereien ausnutzen wollten. Magnus tastet nach seinem Revolver und umschließt ihn in seiner Jackentasche mit der Hand.

Eine Frau, deren Gesicht aussieht wie eine blutige Maske, streckt ihre Hand nach ihm aus, und er schreckt vor ihr zurück, als wäre sie der Teufel persönlich. Sie sagt etwas, aber er kann das Spanisch nicht verstehen, das aus ihrem zerschmetterten Mund kommt. Mit schlechtem Gewissen macht er einen Bogen um die verwirrte, verwundete Frau, bleibt dann aber stehen und geht zu ihr zurück. Er hakt sie unter und begleitet sie bis zu einer Straßenecke, an der er mehrere Bahren, einen Mann im weißen Kittel und zwei Frauen in blauer Schwesterntracht stehen sieht.

Er versteht kein Wort von dem, was die verwundete Frau sagt. Als er sie vorsichtig auf den Boden setzt, will sie seinen Arm nicht loslassen, und so ist er gezwungen, ihre mageren Finger anzufassen und einen nach dem anderen von seinem Arm zu lösen. Es ist kalt, trotzdem schwitzt er. Er zupft eine der Krankenschwestern am Ärmel. Ihr Gesicht ist weiß und verängstigt, eine ihrer Wangen blutverschmiert. Sie sieht ihn ungehalten an. Er deutet auf die Frau mit dem zertrümmerten Gesicht, und die Krankenschwester nickt mit gehetztem Blick. Er geht schnell weiter.

Der Luftangriff hat insgesamt nur zwölf Minuten gedauert, aber als Magnus sich in einem Bogen zurück in Richtung Plaza Altozano und Gran Hotel bewegt, ist er wütend und empört über die Zerstörungen und die vielen Brände, über die Toten und Verwundeten.

Eigentlich mochte man meinen, Gott hätte Albacete für immer verlassen und die Menschen müssten ihm zürnen. Doch zu seinem Erstaunen sieht Magnus viele auf den Straßen beten. Offiziell gibt es in der Stadt keine Priester mehr, und die Kirchen sind geschlossen oder abgebrannt worden. Aber die Leute müssen Rosenkränze und Kruzifixe in ihren Schubladen versteckt haben, denn jetzt knien sie allein oder in kleinen Gruppen nieder und beten mit geschlossenen Augen vor den zerstörten Wohnhäusern. Andere sind bereits dabei, in den Ruinen nach Angehörigen zu suchen. Sie schieben die Ziegelsteine mit bloßen Händen beiseite.

Die Männer der Guardia Asaltos und andere uniformierte Beamte patrouillieren jetzt wieder gemessener durch die Stadt. Die offiziellen Bergungstruppen sind ebenfalls im Einsatz. Das Löschen der Brände wird jedoch dadurch erschwert, dass eine der Hauptwasserleitungen von einer Bombe getroffen worden sein muss. Überall riecht es nach Rauch, Urin und Kot und nach verbranntem Fleisch. Über das Knistern der Flammen hinweg hört er die Sirenen, die signalisieren, dass der Bombenangriff überstanden ist. Für dieses Mal.

Wie ein Schlafwandler und beinahe taub und blind gegenüber den Schreien der Verwundeten und der stummen Anklage der Toten geht er durch die zerstörte Stadt. Wie die Menschen, denen er auf seinem Weg begegnet, ist auch er grauschwarz von Staub und Asche, und es dröhnt und rauscht in seinen Ohren. Wie durch ein Wunder ist er unverletzt geblieben. Sein Körper fühlt sich an, als hätte er gegen einen Schwergewichtsboxer gekämpft, aber er hat nur einige oberflächliche Schrammen an der linken Hand und einen nicht sonderlich tiefen Riss über dem rechten Auge. Immer wieder betastet er seine Gliedmaßen, um sich zu vergewissern, dass er tatsächlich unversehrt geblieben ist.

Als er auf der Plaza Altozano anlangt, ist es bereits später Nachmittag. Einem Gebäude in der hinteren Ecke des Platzes fehlt der Giebel, aber ansonsten ist die Plaza ungeschoren davongekommen. Nach und nach strömen die Menschen aus dem Luftschutzraum unter der Plaza und schauen sich mit furchtsamen Augen um. Irina ist natürlich nicht unter ihnen.

Alfonso steht auf seinem üblichen Platz an der Rezeption und wirkt so ungerührt, als wäre es ein ganz gewöhnlicher Arbeitstag. Er reicht Magnus den Schlüssel, sagt dann aber doch: »Es freut mich, dass Sie unverletzt geblieben sind. Soweit ich das unter dem Ruß erkennen kann.«

»Danke. Ich bin tatsächlich mit heiler Haut davongekommen, aber es gibt viele Tote und Verletzte.«

»Kein Wunder. Diese verfluchten Flugzeuge. Es ist ja nicht der erste Luftangriff, aber diesmal soll es besonders schlimm gewesen sein.«

»Ja, das war es wirklich.«

»Diese Form von Krieg ist eine einzige Schweinerei. Es ist überhaupt nichts Ehrenhaftes mehr dabei.«

»Nein. Ist Señorita Irina zufällig auf ihrem Zimmer?«

»Nein. Sie hat das Hotel bereits vor einigen Stunden verlassen. Genau genommen, kurz nachdem Sie gegangen sind.«

»Hatte sie ihre Kamera dabei?«, fragt Magnus, denn er versteht nicht, warum sie weggegangen ist. Wenn sie wie eine Verrückte losgerannt wäre, kurz nachdem die ersten Bomben fielen, hätte ihn das nicht überrascht. Aber warum war sie kurz nach ihm losgegangen?

»Ja, das hatte sie. Die Señorita geht ja nirgendwo ohne ihre Kamera hin.«

»Das stimmt.«

Sie schweigen beide. Magnus hat den Eindruck, dass Alfonso ihm etwas verheimlicht. Auf seinem markanten Gesicht liegt ein schwermütiger Zug. Seine Augen sehen aus, als hätten sie schon alles gesehen, sie sind schwer zu deuten und wirken sonderbar leblos. Sein Alter ist schwer zu schätzen, irgendwo zwischen vierzig und sechzig. Er trägt wie immer einen dunklen Anzug und ein weißes Hemd mit einer dunklen Krawatte. Die schlechten Zeiten lassen sich vor allem am ausgefransten Hemdkragen und den abgewetzten Ellbogen seiner Jacke ablesen. Irina ist vermutlich noch unterwegs, weil sie wie so viele andere von dem Bombenangriff überrascht wurde und anschließend gleich mit ihrer Arbeit begonnen hat. Sobald es dunkel wird, wird sie ins Hotel zurückkehren und ihre Fotos im Badezimmer entwickeln, es sei denn, sie kann einen ihrer Kollegen überreden, die Filme nach Valencia ins Labor mitzunehmen. Magnus sieht Alfonso an, der seinen Blick ruhig erwidert, aber er wird den Gedanken nicht los, dass die dunklen Augen irgendetwas vor ihm verbergen.

»Um wie viel Uhr, sagten Sie, hat Fräulein Irina das Hotel verlassen?«

»Darüber habe ich nichts gesagt, aber es war heute Morgen gegen halb zehn.«

Magnus selbst hatte das Hotel um halb neun verlassen. Jetzt war es schon fast siebzehn Uhr, und die Dunkelheit brach bereits mit Wintergeschwindigkeit herein. Irina würde bald zurückkommen. Sie war ja schon ein großes Mädchen. Sie kam auch in schwierigen Situationen allein zurecht. Er würde einen Drink mit in die Badewanne nehmen und auf sie warten, dann könnten sie zusammen zu Abend essen. »Ich hätte gern den Schlüssel.«

»Den habe ich Ihnen doch bereits gegeben.«

»Für das Zimmer des Fräuleins.«

Alfonso dreht sich zum Schlüsselbrett um und sagt: »Das Fräulein muss ihn mitgenommen haben. Sie müssen also mit Ihrem eigenen Zimmer vorliebnehmen, bis sie zurück ist.«

»In Ordnung. Gibt es warmes Wasser?«

»Erstaunlicherweise ja. Die Welt ist aus den Fugen, aber warmes Wasser haben wir. Dafür habe ich gesorgt.«

Magnus nickt und schiebt einige Scheine über den Tresen. Sie verschwinden mit einer geübten Handbewegung in Alfonsos Jackentasche. Was verbirgt er vor ihm, und warum lauert die Angst in seinen dunklen Augen?

Auf seinem Zimmer schenkt Magnus sich ein großes Glas spanischen Aguardiente ein und dreht den Warmwasserhahn über der Badewanne auf. Er steht nackt vor dem mannshohen Spiegel in der Tür des braunen Kleiderschranks und erkennt das verschmierte Gesicht mit den blutunterlaufenen Augen beinahe nicht wieder, das ihn aus dem Spiegel anstarrt. An den Knien und am Ellbogen hat er einige Hautabschürfungen und am Körper mehrere Blutergüsse. Sein Puls schlägt nach wie vor ziemlich schnell. Er ist so erschöpft, als wäre er einen Marathon gelaufen.

Aus der Stadt dringen Sirenengeräusche und Rufe zu ihm herauf, aber in seinem warmen Zimmer fühlt er sich sicher. Zwar sind die Deutschen auch früher schon mit einer weiteren Ladung Bomben zurückgekehrt, aber sein Gefühl sagt ihm, dass es diesmal nicht so sein wird. Natürlich können sie die Stadt auch nachts bombardieren und die Brände als Orientierungsmarken benutzen, aber darüber will er sich jetzt keine Gedanken machen. Er ist zu müde.

Er lässt sich ins Wasser gleiten, das er so heiß wie möglich hat einlaufen lassen, nimmt noch einen Schluck von dem bitteren Branntwein und schließt die Augen.

Er wacht auf, als er zu frieren beginnt. Das Wasser ist eiskalt, er hat einen steifen Nacken und fühlt sich insgesamt so mitgenommen, als wäre er an einer Massenschlägerei beteiligt gewesen und hätte den Großteil der Schläge einstecken müssen. Er leert das Glas mit dem Branntwein und steht auf. Sein Mund ist trocken, und er trinkt Wasser aus einer Flasche, die auf seinem Nachttisch steht.

Er hat einen merkwürdigen Traum gehabt, in dem er über eine ausgedörrte Landschaft hinweggeflogen ist, die mit Kinderleichen übersät war. Irina ging zwischen ihnen umher und machte Fotos. Sie hatte ein grellgelbes Kleid an und hohe schwarze Stiefel und lachte die ganze Zeit unbeherrscht. Er versuchte, ihr etwas zuzurufen, aber aus seinem Mund kam kein Ton heraus. Er wachte auf, als er im Begriff war abzustürzen und als er zu seinem Entsetzen bemerkte, dass all die toten Kinder aussahen wie Mads, als er acht Jahre alt war.

Magnus ist verwirrt und sehr müde. Er setzt die Flasche mit dem Aguardiente an den Mund und nimmt einen großen Schluck. Sein Kopf fühlt sich an, als wäre er voller Watte und Sand. Er hat das Gefühl, irgendetwas tun zu müssen, aber er weiß nicht, was. Seine Hände zittern, und kurz darauf zittert sein ganzer Körper. Er trinkt noch einen Schluck. Im Zimmer ist es warm, aber er friert. Er kriecht unter die Decke, zieht sie hoch bis zum Kinn und schläft sofort ein, obwohl er unkontrolliert zittert.

Mitten aus einem weiteren unangenehmen Traum wird er von einem Klopfen an der Tür geweckt. Das ist bestimmt Irina, denkt er froh, auch wenn das Klopfen lauter klingt als ihres.

»Einen Augenblick, Schatz!«, ruft er, steigt aus dem Bett und hüllt sich in den dunkelblauen Morgenmantel des Hotels. Es geht ihm viel besser. Er ist hungrig und durstig, sicher ein gutes Zeichen, und leert das Wasserglas, das auf dem Schreibtisch steht. Es ist dunkel im Zimmer, denn die schweren Gardinen sperren das Tageslicht aus, aber aus dem Badezimmer dringt ein Streifen Licht. Er schaltet die Deckenlampe ein und schaut auf seine Uhr. Fünf Uhr morgens. Er hat zehn oder elf Stunden geschlafen. Es klopft noch lauter. Mit Sicherheit ist es nicht Irina, die in dieser Lautstärke gegen die Tür hämmert.

Er öffnet die Tür.

Draußen steht Gerhardt Pandrup. Er hat seine lange Kommissarsjacke an, sie ist aufgeknöpft, sodass man den Schulterriemen über seinem Hemd und das Pistolenholster am Gürtel sehen kann. Die grüne Armeehose hat er in seine schwarzen Militärstiefel gesteckt. Er riecht nach dem Rauch und Ruß der Stadt, und seine Augen sind gerötet und müde. Hinter ihm stehen zwei Männer der Guardia Asaltos in ihren schwarzen Uniformen.

»Guten Morgen, Magnus Meyer«, sagt Pandrup auf Dänisch.

»Was zum Teufel wollen Sie von mir?«

»Mit Ihnen reden.«

»Um diese Zeit?«

»Sie werden es wahrscheinlich nicht glauben, aber ich bin hier, um Ihnen einen Gefallen zu tun. Um Ihnen vielleicht das Leben zu retten. Im Übrigen haben Sie nach mir gefragt, oder?«

Eine eisige Kälte legt sich um Magnus' Herz. »Geht es um Irina? Oder um Mads? Ist es das?«

»Darf ich reinkommen?«

»Ist es das? Was zum Teufel ist passiert, dass du mitten in der Nacht hierherkommst?«

Seine Stimme muss aggressiv und drohend geklungen haben, denn die beiden Leibwächter von der Guardia Asaltos machen einen Schritt auf ihn zu. Pandrup hebt besänftigend die Hand, und Magnus tritt zur Seite. Mit einer anderen Handbewegung gibt Pandrup den beiden Kerlen zu verstehen, dass sie vor der Tür warten sollen.

Magnus holt seine Zigaretten und zündet Pandrup eine an. Er setzt sich auf die Bettkante, gießt ein wenig Branntwein in sein Glas und hält Pandrup die Flasche hin, der mitten im Zimmer steht und dankend ablehnt.

»Jetzt sag schon«, sagt Magnus resigniert.

»Ich bin hier, um Sie zu bitten, nein, Ihnen zu befehlen, Albacete und Spanien zu verlassen.«

»Es hat also nichts mit Irina zu tun? Das erleichtert mich wirklich sehr, Pandrup. Jetzt lass uns doch endlich zum Du übergehen, auch wenn du nicht mit mir trinken willst.«

»Dein Sarkasmus hilft dir jetzt auch nicht weiter, Meyer.«

»Und warum soll ich diesmal abreisen?«

»Weil sie dich im Laufe des Tages oder spätestens morgen verhaften werden, um dich zum Verschwinden von Joe Mercer und eines berüchtigten Kriminellen namens Irribarne zu verhören.«

Magnus leert sein Glas. Er ist wie gelähmt. Es ist auf einmal sehr kalt im Zimmer. Er steht auf, geht ins Bad und pinkelt, während er versucht, seine Gedanken und seine Mimik unter Kontrolle zu bringen. Als er ins Zimmer zurückkommt, hat Pandrup sich auf einen Stuhl gesetzt und sich doch einen Daumenbreit Branntwein in ein Zahnputzglas gegossen.

»Was habe ich damit zu tun?«, fragt Magnus mit ruhiger Stimme.

Jetzt steht Pandrup auf. »Das werden die Verhöre zeigen, aber man hat dich mit ihnen zusammen in Cartagena gesehen. Es sieht so aus, als wärst du der Letzte gewesen, der mit den beiden Herren zusammen gewesen ist. Jedenfalls hat sie niemand mehr gesehen, seit ihr auf dem Berg der Empfängnis miteinander geplaudert habt.«

»Ich weiß nicht, wovon du redest«, sagt Magnus, dem die genaue Angabe, wo Joe und er sich mit Irribarne getroffen haben, gar nicht gefällt. Der SIM hat offenbar lange Ohren und viele Kontakte.

»Nein? Das Gedächtnis kann einen ja mal im Stich lassen, aber mein Kollege Stepanowitsch ist unschlagbar darin, Leuten auf die Sprünge zu helfen.«

Magnus spürt, wie die Angst in ihm aufsteigt. Er sieht Joe und Irribarne vor seinem inneren Auge, und dieses Bild gefällt ihm ganz und gar nicht. Die Gedanken und Bilder, die Pandrups Worte über Stepanowitschs Methoden in ihm hervorrufen, verursachen ihm größtes Unbehagen.

»Ich weiß nicht, was ich Stepanowitsch getan haben soll.«

»Er ist ein gewissenhafter Kamerad.«

»Ja, und ich bin General Franco.«

Pandrup seufzt und nippt an seinem Glas: »Jetzt hör mir mal zu. Ich tue dir einen Gefallen. Du bist ein Landsmann von mir. Stepanowitsch ist überzeugt, dass du als Spion für die Faschisten arbeitest. Er will dich einsperren und mit rabiatesten Methoden verhören. Er hat nichts gegen dich in der Hand, und es schadet dem Ruf der Republik, wenn wir Presseleute in den Kerker werfen, aber du hast dir mit deiner Verbindung zu Joe Mercer und Irribarne, der ein sehr bekannter Krimineller ist oder vielleicht war, die Schlinge selbst um den Hals gelegt. Jetzt kann man dich unter dem Verdacht festnehmen, dass … Ja, was genau eigentlich? Schwarzmarkthandel? Oder Mord? Denn wo sind Joe Mercer und Irribarne? Stepanowitsch und ich haben überall nach ihnen gesucht und haben zusätzlich gute Leute auf die Sache angesetzt. Die beiden sind von Spaniens Erdboden verschwunden. Und der Mensch, der sie zuletzt gesehen hat, bist du. Das reicht. Wenn Stepanowitsch dich einsperren lässt, weißt du, was passiert, nicht wahr? Also pack bitte deine Sachen. Mach dich auf den Weg, bevor es zu spät ist.«

»Warum tust du das alles?«

»Du bist mein Landsmann.«

»Da steckt doch noch mehr dahinter, Pandrup. Wo ist Irina? Weißt du es?«

Pandrup blickt demonstrativ auf seine Uhr. »Ich vermute, Irina sitzt im Moment in Valencia und wartet darauf, an Bord eines russischen Flugzeugs zu gehen, das sie nach Moskau bringen wird. Oder noch wahrscheinlicher ist es, dass das Flugzeug sich längst in der Luft befindet.«

Pandrup sagt das in einem so kühlen und nüchternen Ton wie alles andere, was er Magnus bisher mitgeteilt hat, aber Magnus kommt es auf einmal so vor, als schaukele das Zimmer wie bei starkem Seegang. Er lässt sich schwer auf die Bettkante plumpsen.

Er kann und will den niederschmetternden, tonlosen Worten aus dem kleinen Mund des Kommissars keinen Glauben schenken. Sie hat sich nicht von ihm verabschiedet. Sie haben einander heute Morgen nicht einmal einen Abschiedskuss gegeben. Gestern Morgen. Vor hundert Jahren. Sie würde ihn niemals auf so schäbige Weise verlassen. Möglicherweise hatten sie nur von geborgter Zeit gelebt, aber ihn ohne ein Wort zu verlassen, ohne die geringste Vorwarnung, ohne irgendeine zärtliche Geste, das bringt er in keiner Weise mit der Leidenschaft und den Liebeserklärungen der letzten Tage zusammen.

Pandrup greift in die Innentasche seiner Lederjacke und zieht einen geöffneten Briefumschlag hervor, den er Meyer reicht: »Er ist auf Spanisch, ich kann ihn also nicht lesen, aber ich weiß in groben Zügen über seinen Inhalt Bescheid.«

Magnus nimmt den Umschlag. Darin befindet sich ein einzelner Briefbogen mit Irinas Handschrift, die ein wenig kindlich aussieht, weil sie die lateinischen Buchstaben so ordentlich aufs Papier malt. Er hat gesehen, mit welch elegantem Schwung und wie viel erwachsener sie dagegen die kyrillischen Zeichen schreibt. Er liest den Brief mehrmals, auch wenn er den Sinn der Worte schon beim ersten Lesen erfasst hat.

Mein lieber Magnus,

die Tage und Nächte mit Dir gehören zu den glücklichsten meines Lebens. Sie werden immer in einem besonderen Glanz erstrahlen, der sich mit dem warmen Licht messen kann, das für alle Zeiten über den Erinnerungen an meine Kindheit liegen wird. Ich will und kann Dich niemals vergessen, aber ich möchte Dich darum bitten, mich zu vergessen und Dein eigenes Leben weiterzuführen. Ich habe nicht den Mut, Dir Lebewohl zu sagen. Ich würde Dich so gern küssen und Dich ein letztes Mal lieben. Dich berühren. Deine Stimme hören. Deine starken Arme spüren. Über Deine albernen Bemerkungen lachen. Aber dann würde ich anfangen zu weinen, und die letzte Erinnerung, die Du an mich hättest, wäre ein verheultes und hässliches Gesicht. Das möchte ich Dir nicht antun, mein Geliebter.

Kamerad Stepanowitsch hat mich nach Moskau zurückbeordert. Mein Bruder und mein Vater sind als Volksfeinde festgenommen und des Hochverrats angeklagt worden. Das ist natürlich eine falsche Anklage, und ich kann hoffentlich dazu beitragen, Licht in die Angelegenheit zu bringen. Ich habe vor, mich mit Kamerad Stalin persönlich in Verbindung zu setzen. Wenn er von diesem Missverständnis erfährt, wird sich alles klären lassen, davon bin ich überzeugt.

Ich habe es gestern Abend erfahren. Es ist mir schwergefallen, es vor Dir geheim zu halten und die Komödie der Verstellung zu spielen, aber ich hatte nicht den Mut, Dir zu erzählen, dass ich abreisen muss und mit Sicherheit nie mehr nach Spanien zurückkehren werde.

Kamerad Stepanowitsch wird mich mit dem Zug nach Valencia begleiten. Er hat mich auf mein Zimmer geschickt, damit ich meine Sachen packe, daher schreibe ich dies in großer Eile. Dein Landsmann Gerhardt Pandrup hat die Güte gehabt, mir zu versprechen, dass er Dir diesen Brief aushändigen wird, obwohl Kamerad Stepanowitsch dagegen war.

Pass auf Dich auf, mein Geliebter. Ich werde Dich niemals vergessen. Wir Russen sind ein sentimentales Volk, das eine Schwäche für lange, schöne und auch tragische Gedichte hat. Vielleicht wird irgendwann in ferner Zukunft ein Troubadour ein Lied über Dich und mich dichten und es ›Die Liebenden von Albacete‹ nennen. Denn das waren wir, als wir in Spanien gemeinsam jung und frei waren.

In Dankbarkeit für immer
Deine Irina

Er spürt seine Tränen. Er spürt seine Wut und seine Verzweiflung und eine tiefe Enttäuschung, die ihm die Kehle zuschnürt. Warum tut sie das? Sie reist nach Hause in den sicheren Tod. Das muss ihr doch klar sein. Niemand, der bei den Moskauer Prozessen angeklagt ist, wird freigesprochen. Ihr Vater und ihr Bruder werden sie mit in den Untergang ziehen. Zugleich ist er verletzt. Sie hat ihre Wahl getroffen und sich für ihren Vater entschieden. Das Einzige, was ihn davon abhält, sie für diese Entscheidung zu hassen, ist ihre Wortwahl. Sie schreibt, dass sie von Stepanowitsch nach Hause beordert worden sei, den er mit einer derartigen Inbrunst hasst, dass er froh ist, dass der Russe ihm in diesem Moment nicht gegenübersteht.

Als könne er seine Gedanken lesen, sagt Pandrup: »Irina hatte keine Wahl. Entweder sie ging freiwillig mit, oder sie wäre ebenfalls als Volksfeindin festgenommen worden.

Stepanowitsch hat zu ihr gesagt, entweder sie kooperiert oder er bringt ihre Affäre mit dir – einem bekannten imperialistischen Spion – ins Spiel, und dann sind sowohl sie als auch die Familie für immer erledigt.«

»Das sind sie doch in jedem Fall. Man wird Irina sicher ebenfalls anklagen.«

»Vorerst hat man sie nach Hause bestellt, damit sie aussagt. Sie soll einen antisowjetischen Brief von ihrem großen Bruder erhalten haben. Man will einen öffentlichen Prozess daraus machen. Ihr Vater ist ein wichtiger Mann. Man will ein Exempel statuieren. Dass alle, unabhängig von ihrem Stand und Rang, dem Gesetz unterworfen sind.«

»Ihr Urteil ist doch schon gefällt. Das weißt du doch. Es ist eine Farce.«

»Die Revolution kann es sich nicht leisten, Verrätern und Volksfeinden gegenüber Gnade walten zu lassen.«

»Jetzt hör endlich mit diesem Scheiß auf, Pandrup.«

»Bitte mach dich jetzt auf den Weg. Sobald Stepanowitsch aus Valencia zurück ist, wird er mit drei Agenten vom SIM herkommen und dich festnehmen.«

»Wie ist es dir gelungen, ihn zu überreden, dass du mir den Brief aushändigen darfst?«

»Obwohl er Russe ist, habe ich den höheren Rang von uns beiden.«

»Welchen Rang hast du denn?«

»Das ist ein Staatsgeheimnis.«

»Gott bewahre.«

Pandrup lächelt ganz leicht und sagt: »Du kannst dich bei Svend Poulsen bedanken, wenn du nach Hause kommst. Ich habe ihm nämlich versprochen, auf dich aufzupassen.«

»Ich dachte, Svend wäre ein Abtrünniger.«

»Svend ist mein Freund.«

»Meinetwegen, aber ich frage dich trotzdem noch einmal: Warum hilfst du mir? Was ist mit Mads? Weißt du, wo er steckt? Wo ich ihn finden kann?«

Magnus bemüht sich, nach außen hin ruhig zu bleiben, aber sein Inneres ist in Aufruhr, und ihm ist, als würde das Zimmer jeden Moment anfangen, Purzelbäume zu schlagen.

Pandrup nimmt eine von seinen eigenen Zigaretten. Es ist eine merkwürdig dicke Zigarette, die in einem Pappröhrchen steckt, und Magnus weiß, dass das die Sorte ist, die die Russen bevorzugen. Sie ist mit bitterem schwarzem Tabak gefüllt, der in seiner Nase beißt, als Pandrup sie anzündet und sagt: »Ich habe Irina versprochen, dir zu helfen. Ich habe Irina sehr gemocht. Sie hat mich überredet, dich zu warnen, weil sie mir geschworen hat, dass du kein Spion bist. Sie schwört es bei Kamerad Stalins Namen, hat sie gesagt. Ich glaube ihr. Ich tue dir also diesen Gefallen, weil ich ein Mann bin, der seine Versprechen hält.«

»Wo ist Mads?«

»Ich weiß es nicht, Magnus. Das ist die Wahrheit, aber ich helfe dir auch, weil ich es deinem Bruder schuldig bin. Er war ein Mensch, den ich sehr geschätzt und respektiert habe … Er war zwar kein Parteimitglied, aber …«

Es dauert einen Moment, bis Magnus begreift, was Pandrup gerade gesagt hat. »Wie meinst du das? Was zum Teufel meinst du damit? ›Den ich sehr geschätzt habe.‹ Ist Mads tot?«

»Ich weiß es nicht.«

»Was zum Teufel meinst du dann, Mann? Rede endlich Klartext mit mir!«

Pandrup steht da, als verhandle er mit sich selbst, was er sagen soll und was nicht. Er nimmt einen tiefen Zug von seiner Zigarette und sagt dann leise, aber mit mehr Gefühl in der Stimme: »Magnus. Ich weiß es nicht. Ich würde es dir erzählen, wenn ich es wüsste. Das schwöre ich dir. Ich darf dir das alles gar nicht sagen, aber ich tue es trotzdem, weil ich es deinem Bruder schuldig bin. Dein Bruder hat dich vergöttert. Wusstest du das? Er hat es dir vielleicht nicht gesagt, aber er hat dich geliebt und hat nicht verstanden, warum du ihn verlassen und im Stich gelassen hast.«

»Was zum Teufel ist mit Mads passiert, Gerhardt? Kannst du es mir nicht einfach sagen?« Magnus kann die Verzweiflung und die Niedergeschlagenheit in seiner eigenen Stimme hören und nimmt Pandrups weitere Worte wie durch einen Vorhang aus Watte wahr, gedämpft, aber immer noch viel zu deutlich.

»Mads war bei einer unserer Spezialeinheiten. Ein paar Tage vor der Offensive gegen Teruel wurde er in Aragonien mit seiner Truppe hinter die feindlichen Linien geschickt. Das hat, wie du weißt, bereits Mitte Dezember stattgefunden. Es war eine wichtige Aufgabe. Dabei ist irgendetwas schiefgelaufen, auch wenn sie ihren Auftrag allem Anschein nach ausgeführt haben. Oder zumindest teilweise.«

»Was war das für ein Auftrag?«

»Das spielt hier eigentlich keine Rolle, aber es war ein Sprengeinsatz.«

»Was soll das heißen, es spielt keine Rolle? Es hat ihn das Leben gekostet!«

Pandrup fährt fort, ohne sich aus der Ruhe bringen zu lassen: »Wir haben nichts mehr von der Gruppe gehört. Ich weiß nicht, was ihnen zugestoßen ist. Sie sind als vermisst gemeldet, aber wir müssen davon ausgehen, dass sie allesamt ums Leben gekommen sind. Wir haben keine Mitteilung vom Roten Kreuz darüber erhalten, dass sie sich in Kriegsgefangenschaft befinden. Das ist auch nicht wahrscheinlich.«

»Warum nicht?«

»Weil die Faschisten sie als Spione ansehen und sie auf der Stelle erschießen, wenn sie sie erwischen.«

»Nachdem sie sie gefoltert haben, stimmt's?«

»Ja, das ist häufig der Fall. Es tut mir leid. Es tut mir wirklich leid.«

»Das glaube ich dir sogar. Ich kann es dir ansehen. Warum? Du bist doch ein knochenharter Politkommissar. In diesem Krieg kommen jeden Tag Menschen ums Leben. Was für eine Rolle spielt für dich schon ein Menschenleben mehr oder weniger?«

»Ich bin kein Unmensch. Ich habe Gefühle, auch wenn ich meine Pflicht erfülle.«

»Du hast Mads in den Tod geschickt, stimmt's? Das ist es, was dich quält. Habe ich recht?«

»Ich habe Mads und seiner Gruppe den Auftrag erteilt. Das stimmt. Das ist meine Aufgabe. Das ist meine Pflicht.«

»Du hast ihn also in den Tod geschickt, und jetzt quält dich dein schlechtes Gewissen.«

»Wenn du so willst.«

Magnus steht auf. Er fühlt sich innerlich vollkommen leer. Es ist, als wäre er Teil eines Schauspiels oder als befände er sich inmitten eines Traums. Er hofft, im nächsten Moment zu erwachen und Irinas Stimme zu hören, und absurderweise malt er sich für einen lächerlichen und schmerzhaften Augenblick aus, sie würde mit Mads zusammen zurückkommen. Er schüttelt den Kopf. Sein Hirn ist voller Spinnweben, aber er hört Pandrup dennoch sagen:

»Jetzt zieh dich an, Magnus. Du musst nach Dänemark zurück. Ich habe ein Flugzeug in Los Llanos stehen, das heute früh abhebt, sobald es hell wird. Es bringt einige wichtige Menschen nach Marseille, und ich habe dafür gesorgt, dass für dich dort ebenfalls Platz ist. Mein Wagen wartet unten auf der Straße. Es gibt keinen Grund, warum du auch noch sterben solltest. Geh also bitte freiwillig mit. Sonst muss ich dich mithilfe der Guardia Asaltos an

Bord bringen lassen. Denn du musst auf jeden Fall von hier weg. Hast du das verstanden?«

»Das habe ich verstanden, Pandrup. Warum sollte ich auch hierbleiben wollen? Die beiden Gründe, die ich hatte, mich in diesem verfluchten Land aufzuhalten, existieren nicht mehr. Also verrate mir bitte, warum zum Teufel ich noch länger in diesem Land bleiben sollte?«

Es ist Magnus egal, dass seine Stimme bricht, und es ist ihm auch gleichgültig, dass Pandrup seine Tränen sieht. In diesem Moment würde er am liebsten seinen Revolver nehmen und dem Ganzen ein Ende setzen. Aber er will den Revolver doch lieber auf Stepanowitsch richten, falls er dazu noch einmal Gelegenheit hat. Er zieht sich also an und packt schnell seine Reisetasche. Er weint immer noch, und Pandrup schaut diskret weg.

25

Ich heiße Bertil Johansson. Ich wurde 1911 in Kiruna in Schweden geboren und arbeite in den Minen dieser Stadt. Das habe ich den größten Teil meines Lebens getan, unterbrochen von Perioden der Arbeitslosigkeit, von Arbeitsaufenthalten in Norwegen und den Jahren, in denen ich in Spanien gegen Francos Faschisten und für die Freiheit und den Sozialismus gekämpft habe. Ich bin verheiratet, habe zwei erwachsene Kinder und führe ein beschauliches Leben in der Stadt, in der ich geboren wurde. Ich habe meine Geschichte dem Dänen Magnus Meyer erzählt, weil er der Bruder eines der besten Menschen ist, die ich gekannt habe. An seiner Seite habe ich auf Spaniens ausgedörrtem Boden gekämpft, dessen rote Farbe nicht nur eine Laune der Natur ist, sondern in hohem Maße vom Blut treuer Kameraden herrührt. Der Sozialismus wurde in Spanien verraten, und ich glaube nicht mehr an den Kommunismus, aber damals hat es mir sehr viel bedeutet, für etwas zu kämpfen, das größer ist als ich selbst. Ich habe mich dafür entschieden, meine Geschichte zu erzählen, um Mads Meyers Andenken zu ehren.

Ich habe physische Narben von diesem Kampf davongetragen. Spanien ist bei den meisten schnell wieder in Vergessenheit geraten, aber ich habe nichts vergessen, auch wenn ich meiner Frau und meinen Kindern nie von meinen Erlebnissen erzählt habe.

Ich erzähle sie jetzt freiwillig. Ich bin im Vollbesitz meiner geistigen Kräfte, und das großzügige Honorar, das Herr Meyer mir angeboten hat, geht in voller Höhe an den Wohlfahrtsfonds der Minenarbeiter von Kiruna. Ich erinnere mich an alles, als wäre es gestern gewesen, und ich fange immer noch beinahe an zu weinen, wenn ich an die Zeit zurückdenke, auch wenn Weinen weder die Welt verändert noch eine schlagkräftige Waffe im Kampf für die Gerechtigkeit ist, den wir ausgetragen haben, als wir jung waren und die Welt noch neu und voller Möglichkeiten war.

Bertil Johansson, Kiruna, den 10. Juni 1958

Bertils Erzählung über Mads Meyer

Der Wind war eiskalt. Er kam aus nördlicher Richtung und trieb harte Graupelkörner heran, als wir zu einem Auftrag aufbrachen, der von vornherein selbstmörderisch wirkte, aber es war genau die Art Aufgabe, für die wir »Especiales« ausgebildet worden waren.

Der dänische Politkommissar Pandrup hatte uns losgeschickt. Die Brigaden sollten eigentlich nicht in die bevorstehende Großoffensive gegen Teruel involviert werden, aber auf die Unterstützung von uns Partisanen war man wie üblich trotzdem angewiesen.

Pandrup und der Russe Stepanowitsch waren die Politkommissare der Spezialeinheit. Dass man uns einen Russen zugeteilt hatte, zeigte, wie wichtig wir waren. Pandrup führte in der Regel das Wort, während Stepanowitsch, der ein merkwürdiger Kerl war, sich im Hintergrund hielt.

Teruel war eine ziemlich trostlose und arme Provinzhauptstadt in Aragonien, aber die Republik würde die Faschisten jetzt von dort vertreiben, die aragonische Front durchbrechen und so zugleich den Druck auf Madrid verringern. Das reorganisierte republikanische Heer sollte Teruel mithilfe von neuen russischen Waffen zur ersten Provinzhauptstadt machen, die von der Republik erobert wurde, während die Internationalen Brigaden als Reserve zurückbehalten wurden. Einige von uns glaubten, andere hofften, dass eine erfolgreiche Offensive Verhandlungen über einen Waffenstillstand ermöglichen würde.

Ich weiß nicht, woher sie diese Hoffnung nahmen.

Pandrup hielt die übliche Sonntagspredigt über internationale Solidarität und über den gerechten Kampf für

Demokratie und Sozialismus, aber in Wahrheit wirkte er, als glaube er selbst nicht mehr daran. Er betonte vor allem, welch strategische Bedeutung es habe, wenn es uns gelinge, den Auftrag erfolgreich auszuführen. Wir sollten uns hinter die faschistischen Linien begeben und einen Eisenbahntunnel in die Luft sprengen, sodass Franco keine Verstärkung mehr aus dem Norden heranholen konnte.

Die Spione der Republik berichteten, dass ein großer Teil der nationalistischen Truppen in der Nähe von Saragossa aufmarschiert sei. Uns blieben nur noch wenige Tage. Das Datum für den Beginn der Offensive war natürlich ein großes Geheimnis, aber wir konnten uns leicht ausrechnen, dass man Mitte Dezember damit beginnen würde. Es gab Gerüchte, man würde sie ohne vorhergehende Artilleriebombardements einleiten, um die Faschisten vollkommen unvorbereitet zu treffen.

Pandrup und die anderen Verantwortlichen hatten uns erst losschicken wollen, um eine Brücke in die Luft zu sprengen, aber die Brücken über die Flüsse und in den Bergen wurden viel zu gut bewacht. Mads machte stattdessen den Vorschlag, einen Tunnel zu sprengen. Wenn man den blockiere, wäre das ebenso effektiv. Es würde Tage oder sogar noch länger dauern, ihn zu räumen, und der Eisenbahnverkehr würde vollkommen zum Erliegen kommen. Es war typisch für Mads, solche Überlegungen anzustellen und bereits wenige Stunden, nachdem er die Landkarte studiert hatte, derart einleuchtende Ideen zu präsentieren, auf die sonst niemand kam.

Mads und ich arbeiteten sehr gut zusammen, wir besaßen das gleiche Talent, uns weit hinter die gegnerischen Linien zu schleichen, Dinge in die Luft zu sprengen, uns wieder davonzuschleichen und wie graue Diebe in der Nacht zu verschwinden.

Ich kannte ihn, seit er als Freiwilliger nach Albacete gekommen war. Wir hatten bei einer Offensive Seite an Seite gekämpft und waren gemeinsam in der Kunst der Sabotage ausgebildet worden. Er hatte keine besonders kräftige Statur, aber er war verdammt mutig und ein großartiger Soldat. Oder anders ausgedrückt: Dieser kleine Däne mit den verräterisch sanften Augen hatte ein großes Talent zum Töten.

Für unsere Mission in Aragonien hatten wir Verstärkung erhalten. Anfang Dezember machte Teruel seinem Ruf als Spaniens kältester Ort alle Ehre. Als Nordschwede war ich Kälte ja gewöhnt, aber unsere beiden spanischen Kameraden kamen nicht so gut mit dem Frost und dem beißenden Wind zurecht, obwohl wir von den Russen eine Winterausrüstung bekommen hatten. Sie waren Katalanen, hießen Federico und Vincente und sahen aus wie Brüder. Sie waren beide Mitte zwanzig, klein und unglaublich stark. Mads und ich hatten uns entschieden, außerdem noch Henri und Karl-Heinz mitzunehmen. Wir hatten früher schon einmal mit ihnen zusammengearbeitet. Henri war Belgier und Maschinengewehrschütze – ein verlässlicher und besonnener Mann mit seltsamen roten Haaren und grünblauen Augen. Karl-Heinz war ein deutscher Freiwilliger und als Mitglied der kommunistischen Partei vor Hitlers Nationalsozialisten geflohen. Leute wie ihn nannten wir »Tote auf Urlaub«. Sie hatten jedenfalls kein Land, in das sie zurückkehren konnten.

Karl-Heinz war ein guter Kletterer, er war viel in den Alpen gewandert und Ski gefahren. Außerdem war er ein sicherer Schütze, und es war gut, ihn an unserer Seite zu haben. Er war über dreißig, aber er und Mads waren sehr gute Freunde geworden und sprachen Deutsch miteinander, was Mads perfekt beherrschte. Ansonsten mussten wir uns mit etwas Spanisch und Französisch behelfen, das die Katalanen ein wenig sprachen und das Henri fließend beherrschte, obwohl er Flame war. Mads und Karl-Heinz unterhielten sich oft über Kunst und Literatur, hat mir

Mads erzählt. Aber eigentlich hielten wir uns nie lange mit Worten auf. Jeder wusste, was er zu tun hatte.

Mads war etwas niedergeschlagen und mutlos, seit er seinen Bruder in Madrigueras wiedergesehen hatte, wo wir uns nach dem Ausbildungslager in Pozo Rubio einige Tage lang aufgehalten hatten. Das Treffen der beiden war nicht gut verlaufen. Begegnungen mit Zivilisten verliefen selten gut, sie brachten das empfindliche Gleichgewicht der Gruppe durcheinander. Denn plötzlich fiel einem wieder ein, dass es ein Leben außerhalb der Hölle gab, in der man zurzeit lebte. Natürlich glaubten wir daran, für eine Idee zu kämpfen, die größer war als wir selbst, aber wenn es hart auf hart kam, kämpften wir doch nur für den Mann neben uns. Für den Freund. Für den Kameraden. Man hatte höllische Angst davor, zu sterben oder ernsthaft verletzt zu werden, und wusste, dass man nur überleben konnte, indem man auf seinen Nebenmann vertraute.

In der Kirche von Madrigueras war ich mit seinem Bruder in Streit geraten. Der Cognac hatte mich dazu getrieben, aber ich musste mir auch eingestehen, dass ich so beleidigend und unverschämt gewesen war, weil ich Angst hatte, Magnus Meyer könne seinen kleinen Bruder dazu überreden, mit ihm nach Dänemark zurückzukehren.

Ich redete mir ein, das verhindern zu müssen, weil unsere Brigadeführer niemals zulassen würden, dass Mads abreiste. Man würde ihn als Verräter oder Deserteur erschießen. Außerdem wollte ich einfach nicht, dass er abreiste. Ich war nur wenige Jahre älter als Mads, aber ich fühlte mich ihm gegenüber oft wie ein Vater oder großer Bruder, der auf ihn aufpassen musste. Eigentlich war er ziemlich unerschrocken, auch wenn er so feine und hübsche Gesichtszüge hatte und die Frauen ihm zu Füßen lagen, wenn er ihnen nur einmal kurz zublinzelte.

Es war nicht zu übersehen, dass er darunter litt, in

Madrigueras mit seinem Bruder im Streit auseinandergegangen zu sein. Seit ich ihn kannte, hatte er oft von seiner großen Schwester erzählt, aber nie von seinem Bruder. Der überstürzte Abschied machte ihm ganz offensichtlich zu schaffen, aber wir sprachen nicht darüber, und als der Lastwagen uns und die Ausrüstung in der dunklen aragonischen Nacht kurz vor der Front ablud, schien es, als habe er zu seiner alten Professionalität und Kaltblütigkeit zurückgefunden. Das war eine seiner besonderen Fähigkeiten. Sich auf die anstehende Aufgabe zu konzentrieren und alle anderen Gedanken zu verdrängen, die es ihm möglicherweise erschweren könnten, hinter den feindlichen Linien zu überleben.

Der Lastwagen brachte uns entlang des dünn besetzten Frontabschnitts zu den niedrigen Bergen im Norden. Am Abend zuvor hatte Pandrup dafür gesorgt, dass wir noch eine anständige Mahlzeit bekamen. Das war eine echte Seltenheit. Sie hatten uns ein Ochsenschwanzragout mit jeder Menge dicken Ochsenschwanzstücken und viel Gemüse gekocht. Ich habe keine Ahnung, wo sie den Ochsen oder Stier herhatten, aber es war ein nach Knoblauch duftendes und wohlschmeckendes Gericht, und es gab reichlich davon. Dazu konnten wir so viel Brot essen, wie wir wollten, und das restliche Brot durften wir sogar mitnehmen. Pandrup aß mit uns und forderte uns auf, bei dem aragonischen Bauerngericht kräftig zuzulangen, damit wir gegen die Kälte gewappnet wären. Hinterher gab es echten Kaffee mit so viel Zucker, wie wir wollten.

Wir aßen, bis wir kurz davor waren zu platzen. Vielleicht hätten wir da schon begreifen können, warum man uns gemästet hatte, als wären wir Schlachtvieh. Denn genau das war es, wozu man uns in Wirklichkeit auserkoren hatte.

Wir waren ziemlich bepackt, als wir uns zu Fuß auf den Weg machten. Die kleinen, sehnigen Katalanen waren unsere Packesel. Außer ihren russischen Gewehren schleppten sie in zwei großen weißen Rucksäcken noch das Dynamit und die Sprengsätze und einige der Werkzeuge für die Arbeiten im Tunnel. Henri trug ein neues Maschinengewehr, das wir von den Deutschen erbeutet hatten, außerdem Munition und Granaten, während Mads und ich etwas Proviant und Munition für unsere Karabiner in unseren Rucksäcken hatten sowie Seile und anderes Bergsteigerzubehör, um uns auf die Bahngleise abseilen zu können. Außerdem hatten wir alle Decken und dicke Schlafsäcke dabei, die die Russen nach Spanien geliefert hatten. Normalerweise waren es schlechte und alte Sachen, die man an die Leute der Republik verteilte, aber wir »Especiales« wurden immer gut ausgestattet.

Obwohl wir ziemlich bepackt waren, waren wir immer noch sehr mobil. Wir mussten kein Wasser mitschleppen. Es gab jede Menge Gebirgsbäche, aus denen wir uns Wasser holen konnten. Das ersparte uns viele zusätzliche Kilo Schlepperei. Für den Anfang konnten wir uns mit einer Feldflasche für jeden begnügen.

Der Führer, der uns den Weg durch die Berge zeigen sollte, war ein kleiner, wortkarger Mann, der den Eindruck machte, stundenlang laufen zu können. Ich weiß nicht, wie alt er genau war, vielleicht Mitte vierzig, auf jeden Fall ein ganzes Stück älter als wir. Er gab uns die Hand und sagte, er heiße Rafael. Seine Kleidung war dick und warm, aber auch alt, doch der zähe Hirte aus Aragonien sah nicht so aus, als könne die Kälte ihm etwas anhaben. Seine Stiefel schienen immerhin fest und gefüttert zu sein. Er war halber Katalane und sprach mit Vincente und Federico Katalanisch. Während einer Pause erzählten sie uns später, dass seine Frau und seine beiden Söhne zu Beginn des Krieges in der Stierkampfarena von Burgos von den Faschisten erschossen worden seien.

Er hatte nur einen kleinen, zerschlissenen Rucksack dabei, in dem sich Brot, Wurst und Zwiebeln, Ziegenkäse und zwei kleinere Weinschläuche befanden, von denen einer mit Wasser und der andere mit Rotwein gefüllt war. Seine einzige Waffe war ein altmodisches doppelläufiges Jagdgewehr, dessen Schaft vom langjährigen Gebrauch ganz abgenutzt war. Wir gaben ihm einen weißen Overall, unter dem er seine schwarze Hirtenkleidung verbergen konnte und der ihn außerdem wärmen sollte.

Der Wind heulte in den Bäumen, und es war bitterkalt, als wir im Dunkeln die Frontlinie der Faschisten überquerten. Der Frontabschnitt war nur dünn besetzt, und die Wachtposten kauerten unten in den Schützengräben, um sich vor dem starken Wind und den feinen Eiskristallen zu schützen, die die Erde schon mit einer dünnen weißen Schicht bedeckt hatten. In unseren winddichten russischen Kampfuniformen, die Stalin für Kriegseinsätze während des strengen russischen Winters hatte entwickeln lassen, machte uns das nichts aus. Wir hatten unsere Waffen in Stoff eingeschlagen, damit sie nicht schepperten.

Wir zogen uns unsere Schals bis über die Nase, gingen im Gänsemarsch durch die Nacht und gelangten unbemerkt hinter die feindlichen Linien. Von dort aus marschierten wir in die Berge hinauf, wo wir kurz vor der Morgendämmerung in einer Höhle Rast machten, die uns zwei Pfadfinder auf der Karte gezeigt hatten und zu der Rafael uns geradewegs hinführte. Er schien jede Biegung und jeden Stein des schmalen Pfades zu kennen, der sich still und gleichmäßig zu den Gipfeln hinaufschlängelte. Um uns herum herrschte dichte Dunkelheit, aber dank der dünnen Schneeschicht auf der Erde und dank der Sterne, die am Himmel zu sehen waren, wenn die Wolken sich hin und wieder auflösten, konnten wir uns trotz allem einigermaßen orientieren.

Für einen Krieg, in dem sonst vieles schiefging, verlief diese erste Nacht vollkommen reibungslos. Die Höhle befand sich genau dort, wo man sie uns auf der Karte gezeigt hatte. Auf wundersame Weise lag sie auch noch in der richtigen Richtung, sodass der Wind dort nicht direkt hineinpfiff. In der Höhle war es herrlich trocken und warm.

Ich untersuchte die Kameraden auf Frostbeulen, aber alle sahen gut aus. Ich erlaubte ihnen zu rauchen. Bei den Spezialeinheiten unterschieden wir nicht nach Dienstgraden, aber ich war derjenige, der das Kommando hatte. So war es einfach.

Wir holten Wasser aus einem Gebirgsbach, der am Rand bereits zuzufrieren begann, und aßen unser Brot mit kaltem Schaffleisch und einige Oliven, die wir dabeihatten, teilten uns Rafaels Ziegenkäse und einen Becher Wein und tranken jeder einen Cognac aus der Flasche, die ich an Pandrup vorbeigeschmuggelt hatte. Vincente überließen wir die erste Wache, während wir anderen uns in unsere Schlafsäcke und Decken wickelten und uns dicht nebeneinanderlegten, um ein wenig zu schlafen. Da wir uns nur fünfzehn Kilometer hinter den feindlichen Linien befanden, wagten wir nicht, Feuer zu machen. Wir waren alle furchtbar erschöpft und schliefen auf dem harten Höhlenboden schnell ein.

Den nächsten Tag verbrachten wir in der Höhle, wechselten uns mit dem Wachehalten ab und versuchten, mit unseren Zigaretten hauszuhalten. Im Laufe des Tages begann es richtig zu schneien, gleichzeitig wurde es wieder wärmer. Die großen weißen Flocken tanzten in dem grauen Tageslicht, trudelten zu Boden und verwischten unsere Fußabdrücke, wenn wir gezwungen waren, die Höhle zu verlassen, um pinkeln zu gehen. Einmal sahen wir unten im Tal einen kleinen Konvoi feindlicher Lastwagen, der langsam auf der Landstraße dahinfuhr. Wir hörten keine Flugzeuge. Wegen des Wetters konnten sie vermutlich nicht starten.

Die Dunkelheit brach schnell über uns herein, gleichzeitig hörte es auf zu schneien. Wir aßen noch etwas, dann setzten wir unsere strapaziöse Kletterpartie die Berge hinauf fort. Wir sprachen nicht miteinander, sondern konzentrierten uns ganz darauf, einen Fuß vor den anderen zu setzen und unserem Vordermann zu folgen. Rafael ging mit nach wie vor unerschütterlicher Sicherheit voran. Wir konnten die Sprengsätze nicht im Dunkeln verlegen, daher hatten wir es so geplant, dass wir im Morgengrauen bei dem Eisenbahntunnel ankommen würden.

Der Pfad, auf dem Rafael uns führte, verlief oberhalb einer kurvigen Schotterstraße. Zweimal musste ich den Kameraden befehlen, stehen zu bleiben, und wir zogen uns so weit wie möglich an den Berghang zurück. Noch bevor wir sie sehen konnten, hörten wir vom Tal herauf Lastwagen. Wir vermuteten, dass es sich um Truppentransporte handelte, die die Ablösung zur Front brachten. Die Soldaten saßen unter der Persenning, die sie ganz zugezogen hatten. Sie fuhren mit abgeblendeten Scheinwerfern, um unsere Nachtjäger nicht auf sich aufmerksam zu machen. Der erste Konvoi bestand aus sechs Lastwagen, der zweite aus vier.

Mads flüsterte, und sein Atem war in der Frostluft zu sehen: »Hoffentlich haben sie nicht von unserer Offensive Wind bekommen, oder warum karren sie hier mitten in der Nacht Leute an?«

Ich sog Luft durch die Nase ein, wie ich es daheim in Schweden immer tat, um festzustellen, ob es Schnee geben würde, und sagte: »Vielleicht liegt es daran, dass sie mit sehr viel Schnee rechnen, und dann sind die Wege irgendwann dicht. Deshalb sind die Truppentransporte jetzt schon unterwegs und nicht erst, wenn es hell ist.«

»Vielleicht. Aber es gefällt mir trotzdem nicht.«

Irgendwann entdeckten wir direkt unterhalb unseres Weges die Eisenbahnlinie. Rafael hatte den Katalanen während einer unserer Pausen erklärt, dass wir auf einem alten Schmugglerpfad gingen, der hinauf in die Pyrenäen und über den Pass nach Frankreich führte. Der Pfad verlief genau über dem Tunnel, der unser Ziel war.

Als ein Zug in Richtung Front vorbeifuhr, hielten wir an, auch wenn sie uns wohl kaum sehen konnten. Der Zug bestand unter anderem aus vier Tiefladern mit Artilleriestücken und vier geschlossenen Güterwaggons, die möglicherweise Munition enthielten. Wir konnten den fetten Kohlenrauch riechen, der aus dem Schornstein puffte. Ganz hinten war ein offener Waggon angehängt, auf dem eine Gruppe Nationalisten hinter ihren Maschinengewehren kauerte, aber sie hatten die Köpfe so weit wie möglich gesenkt, um sich vor dem Wind zu schützen, und kamen bestimmt nicht auf die Idee, nach oben zu schauen. Knapp zehn Meter über ihnen standen wir im Schneetreiben.

Mads' Augen lächelten, und er tat so, als ließe er Handgranaten auf den Zug fallen. Es war eine unbedeutende kleine Geste, und dennoch spürte ich, wie sich dadurch die Stimmung besserte. Die Kälte machte sich immer mehr bemerkbar. Die Erschöpfung ebenso. Als der Zug vorbeigefahren war, ließ ich die Cognacflasche kreisen und nickte Rafael zu, uns noch das letzte Stück zu führen. Es beeindruckte mich, dass der ältere Mann ein so konstantes und hohes Tempo halten konnte.

Wir kamen beim Tunnel an. Ich gab den Befehl, einige hundert Meter davon entfernt anzuhalten und uns in unsere Decken zu hüllen. Es war dunkel, aber durch den Schnee entstand ein schwaches Licht, sodass man die Bahngleise erkennen konnte, die jetzt vier bis fünf Meter unter uns verliefen. Als das graue Tageslicht wie ein ungewöhnlich reiner und zarter Nebel langsam emporstieg, schickte ich Mads zusammen mit Rafael voraus. Nach einer Viertelstunde blinkte er dreimal schnell mit seiner

Taschenlampe, und der Rest unserer Gruppe ging vorsichtig auf dem schmalen Pfad zum Eisenbahntunnel hinunter, den man oberhalb der Landstraße, die weiter unten in lang gezogenen Haarnadelkurven verlief, in den Berg gesprengt hatte. Das Licht brach über dem leeren weiß gesprenkelten Tal durch, und es kam uns so vor, als wären wir die einzigen Menschen auf der Welt, so still war es.

Karl-Heinz bereitete ein Seil vor, und Mads und ich seilten uns vor der Tunnelöffnung ab. Karl-Heinz und Henri bezogen vor den beiden Tunnelöffnungen ihre Verteidigungsposten, wo sie freie Sicht auf die Bahnschienen und die Landstraße hatten, die eigentlich nichts weiter als ein schmaler, vereister Schotterweg war. Vincente und Federico seilten ihre Rucksäcke auf die einsame Bahnlinie ab, bevor sie ebenfalls ihre Verteidigungsposten einnahmen. Mads und ich konnten die Sprengsätze ohne Probleme allein anbringen. Ich hatte als Dreizehnjähriger angefangen, in den Minen zu arbeiten, und meinen ersten Sprengkurs hatte ich mit sechzehn besucht. Das Dynamit begleitete mich also schon mein halbes Leben.

Es drang nicht viel Licht in den Tunnel, aber es reichte aus, um mithilfe meiner Taschenlampe vier Stellen auszumachen, an denen die Felsstruktur brüchig war. An einer Stelle hatte man die Tunneldecke verstärkt. Das war ein geeigneter Ort, um einen Teil des Dynamits zu befestigen, auch wenn es ein wenig mühsam werden würde, dort hinaufzugelangen. Es kam vor allem darauf an, die Dynamitstangen und die Zündsätze so anzubringen, dass die Wände durch die Abfolge der Sprengungen am Ende tatsächlich zum Einsturz gebracht wurden. Nach einer Weile wusste ich, wie es am besten funktionieren würde: Wir mussten die Sprengsätze an vier Stellen auf der einen Seite anbringen und an zwei auf der anderen.

Ich sagte Mads, was zu tun war, und wir begannen mit unserer Arbeit. Die trockene Kälte verlangsamte die Prozedur erheblich, weil wir immer wieder die Handschuhe anziehen mussten, um unsere Finger aufzuwärmen. Wir schlugen Haken, wie Bergsteiger sie benutzen, in die Wand, damit wir sie als Stufen zum Abstützen nutzen konnten. Mit dem Hammer trieben wir Stemmeisen in Risse im Fels, um sie größer und tiefer zu machen, sodass wir die Dynamitstangen dort hineinpressen konnten. Ich versuchte mir die verschiedenen Sprengungsabschnitte vorzustellen und mir auszumalen, wie die Druckwelle sich auf die Strukturen im Berg auswirken würde, sodass die Decke, wenn ich Glück und gut gearbeitet hatte, am Ende über den Schienen einstürzen würde.

Mads und ich wollten so viel Schaden wie möglich anrichten. Daher brauchten wir eine ganze Weile, und ich merkte, dass Mads langsam unruhig wurde und sich fragte, ob nicht doch ein Zug kommen würde. Trotzdem arbeitete er konzentriert und sicher im Schein des Tageslichts, das durch die Tunnelöffnung hereindrang und ein dunkles Dämmerlicht entstehen ließ. Für die Feinarbeit benutzten wir dann unsere Taschenlampen. Unsere Kameraden passten auf uns auf, und ich kannte Karl-Heinz und Henri gut genug, um zu wissen, dass sie ihre Verteidigungsposten so gesichert und getarnt hatten, dass man sie vom Weg aus nicht sehen konnte.

Deshalb traf es uns auch völlig unvorbereitet, als wir die Schüsse hörten. Es war das ungewohnte Geräusch des modernen deutschen Maschinengewehrs, das vom anderen Ende des Tunnels zu uns herüberdrang, außerdem die Detonationen von zwei Handgranaten. Was zum Teufel passierte da? Mads hing mit einer Hand an einem Seil, das er zwischen zwei Eisenhaken gespannt hatte, während er mit der anderen Dynamit in eine der Felsspalten stopfte, die er zuvor vergrößert hatte. An dem Tunnelende, in dessen Nähe wir uns befanden, waren jetzt ebenfalls Schüsse zu hören, das bellende Geräusch von Vincentes und Federicos russischen Gewehren. Der Feind kam eindeutig von beiden Seiten.

Mads sprang herunter und hob sein Gewehr auf. Ich tat dasselbe. Am anderen Ende des Tunnels sahen wir Karl-Heinz geschmeidig auf dem Boden aufkommen, seine Silhouette zeichnete sich im Gegenlicht ab. Er lief erst gebeugt im Zickzack auf uns zu, richtete sich dann auf und rannte, das Gewehr in der Hand, so schnell er konnte. Wir hörten Henris Maschinengewehr, mit dem er unerschrocken immer wieder kurze Salven abfeuerte.

»Was zum Teufel ist hier los?«, rief Mads auf Deutsch, und Karl-Heinz antwortete wortreich, wovon ich allerdings kaum etwas verstand. Er war weiß im Gesicht und rang nach Luft. »Es ist Rafael«, sagte Mads auf Dänisch. »Er ist weg. Er hat uns verraten. Es sind Fremdenlegionäre. Sie haben die ganze Nacht auf uns gewartet. Sie haben sowohl Vincente als auch Federico beseitigt, sagt Karl-Heinz.«

Vor Francos Fremdenlegionären hatten wir Respekt. Das waren keine gewöhnlichen Rekruten, sondern gedungene, brutale Teufel, die keine Gnade kannten. Die Legion setzte sich aus verschiedenen Nationalitäten zusammen, aber den Großteil machten die Spanier aus. Viele von ihnen waren ehemalige Kriminelle. Die Legionäre und die marokkanischen Hilfstruppen der Afrika-Armee hatten bereits seit dem Aufstand im Juli 1936 auf Francos Seite gekämpft, und auch wenn wir sie hassten wie den Teufel persönlich, mussten wir zugeben, dass sie ausgezeichnete und furchtlose Soldaten waren.

Karl-Heinz sagte, dass es sich ohne Zweifel um einen Hinterhalt handle. Sie konnten den einen Verteidigungsposten von einem Vorsprung aus beschießen, der sich direkt über uns befand. Die Scharfschützen hatten die Katalanen erwischt. Die Fremdenlegionäre rückten auf beiden Seiten des Tunnels an den Schienen entlang vor.

Unten auf der Landstraße hielten vier Lastwagen mit weiteren Trupps, und sie waren dabei, einen der deutschen Granatenwerfer in Position zu bringen. Die ganze Aktion musste geplant gewesen sein. Ob das Hauptquartier uns verraten hatte oder Rafael, spielte keine Rolle. Wir waren erledigt.

Die Schüsse nahmen zu. Mads schaute mich an. Ich schaute auf die Dynamitstangen, die wir bereits angebracht hatten. Sie würden den Tunnel kaum zum Einsturz bringen, aber sie würden auf jeden Fall das Vorrücken der Legionäre auf der einen Seite verlangsamen. Ich verband die Leitungen miteinander, so schnell ich konnte, während Mads und Karl-Heinz sich zum Tunneleingang begaben und auf die vorrückenden Faschisten schossen. Henri musste die andere Seite sichern. Die Schüsse dröhnten im Tunnel, während ich an den Schienen entlang und zwischen den Bahnschwellen Dynamitstangen so auslegte, dass sie mit den Stangen verbunden werden konnten, die wir an den Tunnelseiten angebracht hatten. Wir hatten es nicht mehr geschafft, die entscheidenden Dynamitstangen oben an der Decke zu befestigen, aber die Bahnlinie würde in jedem Fall in die Luft gesprengt werden.

Ich setzte die Zündsätze ein, befestigte eine Zündlunte mit einer Brennzeit von weniger als zwei Minuten und zündete sie mit meinem Luntenfeuerzeug an. An den Schusssalven konnte ich hören, dass Henris Verteidigungsposten jetzt intensiver beschossen wurde, und es war befremdlich, sich im Inneren des Tunnels zu befinden und nicht sehen zu können, was sich draußen abspielte. Karl-Heinz und Mads schossen ebenfalls.

Es war typisch für die Legionäre, immer furchtlos anzugreifen. Sie pflegten einen Todeskult, bei dem sich alles um Blut und Ehre drehte. »Lang lebe der Tod«, war ihr Wahlspruch. Feigheit wurde sofort bestraft, und die, die nicht mit Freude töteten, wurden ausgeschlossen oder auf der Stelle hingerichtet. Es war also nicht verwunderlich, dass unsere Herzen rasten. Alle haben im Krieg Angst, und nur weil wir unsere Angst besser kontrollieren können, werden wir von den anderen als tapfer bezeichnet. Aber eine Wahnsinnsangst haben wir trotzdem alle miteinander.

Ich brüllte nach Mads und Karl-Heinz. Letzterer richtete sich ganz auf und warf eine Handgranate auf die Gleise draußen. Die Legionäre mussten sich unmittelbar in unserer Nähe befinden. Mads warf ebenfalls eine Granate, bevor er hinter Karl-Heinz herrannte.

Sie liefen ein Stück auf mich zu. Ich machte auf dem Absatz kehrt und lief ihnen auf den Bahnschwellen entgegen in die Richtung, wo mir die Tunnelöffnung knapp hundert Meter weiter vorn entgegenleuchtete. Dort ging ich auf die Knie und spähte nach draußen. Mads und Karl-Heinz gingen an der gegenüberliegenden Tunnelwand in Stellung. Ich hielt mir die Ohren zu und presste meinen Körper gegen die kalte, raue Felswand. Das Dynamit explodierte, und wir spürten die Druckwelle, aber der Großteil der Energie entlud sich auf der anderen Seite. Ich wusste nicht, wie groß der Schaden war. Ich hoffte, dass einige der Legionäre bereits vor der Explosion in den Tunnel eingedrungen waren und sich jetzt auf dem Weg in die Hölle befanden. Der Tunnel hinter uns füllte sich mit Rauch und Gesteinsstaub. Selbst die Legionäre würden jetzt kaum noch versuchen, ihn zu passieren.

Ich schaute hinaus. Es sah nicht gut aus. Die Fremdenlegionäre wurden zwar noch von Henris Maschinengewehr ferngehalten, aber es war nur eine Frage der Zeit, bis seine Munition aufgebraucht war. Auf den Schienen vor uns lagen drei getötete Legionäre in ihren grünen Uniformen. Die Seile, mit denen wir uns abgeseilt hatten, hingen an der Felswand herunter, aber es wäre selbstmörderisch, wenn wir versuchen würden, zu Henri hinaufzuklettern. Wir wollten ihn natürlich mitnehmen, aber wie? Wir mussten ihm irgendwie Deckungsfeuer geben, aber wie konnte ich ihm am besten zu verstehen geben, dass er zu uns herunterkommen sollte? Diese Frage erwies sich jedoch bald als überflüssig.

Der Granatenwerfer begann jetzt, Granaten auf das Plateau abzufeuern. Wir zogen uns instinktiv in den Tunnel zurück, dann hörten wir die Explosionen über uns. Es regnete Felsbrocken, Grasnarbenstücke und Steine auf die Schienen vor uns. Henris zerfetzter Körper wurde über die Bahngleise und bis nach unten auf die Landstraße geschleudert. Der Granatenwerfer feuerte drei weitere Schüsse ab, dann wurde es still. An den Präzisionsschüssen erkannten wir, dass es deutsche Hilfstruppen sein mussten, die dieses neue und höchst effektive Artilleriestück bedienten. Das Einzige, was noch zu hören war, war das Sausen in unseren Ohren.

Es war Karl-Heinz, der den Entschluss fasste. Er sprach leise und eindringlich mit Mads, der immer wieder den Kopf schüttelte. Schließlich packte Karl-Heinz Mads am Kragen, presste ihn gegen die Wand und redete noch eindringlicher auf ihn ein, wobei sich sein Gesicht unmittelbar vor dem von Mads befand. Es sah verbissen aus, und er hatte Tränen in den Augen. Vielleicht vom Pulverrauch oder vom Explosionsstaub. Schließlich nickte Mads, Karl-Heinz ließ seinen Kragen los und deutete mit einer Kopfbewegung in den Tunnel hinein, sodass auch ich verstand, was er auf Deutsch zu Mads gesagt haben musste. Wir durften uns nicht ergeben. Wenn wir Glück hätten, würden sie uns auf der Stelle erschießen, aber das Risiko, dass sie uns zuerst foltern würden, war groß und flößte uns natürlich gewaltige Angst ein.

Es war unsere einzige Chance. Wir würden durch den gesprengten Tunnel zurückgehen, weil wir darauf hofften und damit rechneten, dass die Legionäre sich nach unten auf die Landstraße zurückgezogen hatten, um auf der anderen Seite des Tunnels beim Sturmlauf auf uns dabei zu sein. Sie wären schön dumm, sich durch den Rauch und den Staub zu quälen, wo wir doch wie die Ratten am anderen Ende in der Falle saßen. Vielleicht würden sie ein paar Mann vor dem gegenüberliegenden Tunnelausgang aufstellen, aber wohl kaum einen ganzen Trupp. Mads und ich sollten vorangehen, Karl-Heinz würde den Großteil unserer Munition und unserer Granaten nehmen und so tun, als wären es mehrere Männer, die seinen Posten verteidigten. Das würde uns einen Vorsprung verschaffen. Dann würde er hinter uns herkommen. Daran glaubten weder Mads noch ich, aber das blieb unausgesprochen.

»Vielleicht ist der Durchgang versperrt. Vielleicht ist die Decke eingestürzt«, versuchte Mads einzuwenden.

»Dann könnt ihr ja einfach wieder zurückkommen«, sagte Karl-Heinz. »Die Welt braucht Dichter. Und du brauchst Bertils Hilfe, um zurechtzukommen. Also ab mit dir.« Seine Stimme klang ruhig, und er wirkte gefasst, als er zuerst Mads und dann mir die Hand reichte. Und um jeden weiteren Einwand zu unterbinden, drehte er sich um, verteilte die Handgranaten auf dem Felsboden hinter sich, ging in die Knie und feuerte ein Magazin seines Gewehrs auf die Legionäre ab, die sich gerade auf allen vieren die leichte Steigung emporarbeiteten, die zum Tunnel hinaufführte. Sie ließen sich zurückfallen, aber einer von ihnen blieb laut jammernd liegen.

Ich fasste Mads an der Schulter und schob ihn neben mir her. Er drehte sich noch einmal um und blickte zu seinem Freund zurück, woraufhin ich noch energischer an ihm zerrte. Aber bereits nach wenigen Metern konnte man vor lauter Staub und Rauch im Tunnel die Hand nicht mehr vor Augen sehen. Wir zogen uns unsere Schals vors Gesicht und gingen vorwärts. Ich ging voran. Mads hielt sich an meinem Gürtel fest wie ein kleines Kind, das sich auf einem überfüllten Bahnsteig an seinem Vater festklammert. Auf dem Boden lagen Felsbrocken, aber die Tunneldecke hatte anscheinend standgehalten. Das war zwar schlecht für die Republik, aber gut für uns. Hinter uns hörten wir Schüsse und das dumpfe Geräusch explodierender Handgranaten. Wir näherten uns dem Ausgang. Zumindest die Schienen waren gesprengt worden und lagen zerrissen und zerstört auf dem Boden herum.

Mads ließ meinen Gürtel los, schnallte sich seinen Karabiner auf den Rücken und zog seine Pistole. Ich entsicherte mein Gewehr, und wir gingen langsam auf die Tunnelöffnung zu. Durch den umherwirbelnden Staub konnten wir sie als einen schwach leuchtenden Fleck erkennen. Wir tasteten uns an der Tunnelwand entlang, gingen auf die Knie und krochen auf allen vieren voran.

Vor dem Tunneleingang standen nur drei Männer und rauchten. Zwei von ihnen sahen auf die Straße hinunter, während sich der dritte seinen Kameraden zugewandt hatte und sich mit ihnen unterhielt. Ihre Waffen hielten sie nachlässig in der Hand. Die Lastwagen, die unten auf der Landstraße gehalten hatten, waren an das andere Ende des Tunnels gefahren. Die Legionäre bereiteten sich auf ihren Sturmlauf vor.

Mads streckte zwei Finger in die Luft und deutete nach rechts und auf sich selbst.

Wir erhoben uns gleichzeitig, als wir hörten, wie die Schusswechsel am anderen Ende des Tunnels an Intensität zunahmen. Ich schlug mit dem Gewehrkolben auf den Kopf des Legionärs ein, der mit dem Rücken halb zu uns dastand. Er trug nur ein Barett, sodass der Gewehrkolben seine Schädeldecke zerschmetterte und ich eine Gewehrkugel sparte. Der Legionär, der in den Tunnel hineinschaute, starrte uns für einen Moment völlig verblüfft an, als wir uns erhoben hatten und wie zwei Dämonen in dem gelben, flackernden Licht vor ihm aufgetaucht waren. Mads hielt seine Pistole mit beidhändigem Anschlag und schoss ihm aus zwei Meter Entfernung ins Auge. Den anderen traf er mitten in die Stirn und in die Brust. Sie sanken beide zu Boden.

Ich trat in das graue Winterlicht hinaus. Es war niemand zu sehen. Auch die Landstraße unter uns war leer. Ein Stück weiter weg konnte ich den Granatenwerfer erkennen, aber die Artilleristen blickten alle zum anderen Ende des Tunnels. Ich hörte Schusssalven und explodierende Granaten, als ich, gefolgt von Mads, begann, dicht am Berghang entlangzulaufen, während ich versuchte, nicht an Karl-Heinz zu denken. Unser Selbsterhaltungstrieb drängte uns vorwärts und verlieh uns Kraft. Ich hoffte, Karl-Heinz würde jetzt in den Tunnel hinein- und hinter uns herlaufen, aber im Grunde glaubte ich nicht daran. Er hatte keine Heimat mehr, und vielleicht war das der Grund, warum er sich für uns opferte.

Wir liefen einen halben Kilometer weiter bis zu einem Felsvorsprung, den die Schienen in einem leichten Bogen umrundeten. Wir atmeten schwer, aber allmählich kehrte mein Glaube daran zurück, dass wir es schaffen konnten, wenn wir nur eine Möglichkeit fänden, von der Bahnlinie weg- und den Berg hinaufzugelangen.

Wir folgten der Kurve, und da stand Rafael. Er starrte uns so verblüfft an, wie dies mit seinem unergründlichen, regungslosen Gesicht überhaupt möglich war. Sein Jagdgewehr ruhte geöffnet in seiner Armbeuge, als käme er gerade von einer friedlichen Hasenjagd.

Mads reagierte blitzschnell, stürzte sich auf ihn und schmetterte ihm seine rechte, behandschuhte Faust ins Gesicht, sodass Rafael nach hinten gegen die Felswand knallte. Trotz des Baretts machte sein Hinterkopf ein dumpfes Geräusch, als er auf einem spitzen Felsstück aufschlug. Mads hörte nicht auf, sondern riss sich den Handschuh ab und schlug immer wieder mit der nackten Faust auf ihn ein. Rafaels Augenbraue bekam einen Riss, und seine Nase brach. Mads hielt Rafael mit der linken Hand fest und zog mit der rechten seine Pistole hervor.

Ich weiß nicht, ob er sie als Knüppel benutzen wollte oder ob er Rafael kaltblütig als den verräterischen Hund erschießen wollte, der er war, denn in dem Moment glitten vier Legionäre in ihren staubig grünen Uniformen vom Felsvorsprung über uns herunter. Ich versuchte, meinen Karabiner in Schussposition zu bringen, fiel aber um, als einer von ihnen mir seinen Gewehrkolben in den Bauch rammte. Als er anfing, mich zu treten, rollte ich mich wie ein Embryo zusammen, sah aber noch, wie Mads einen Schlag in die Nieren und einen in den Nacken bekam, sodass er wie eine kraftlose Puppe neben Rafael zu Boden sank, der mit leblosen Augen langsam den Felsen herunterglitt. Sie traten nach Mads. Ein Unteroffizier brüllte etwas auf Spanisch, das zu bedeuten schien, dass sie aus dem Weg gehen sollten, dann zog er eine Luger aus seinem Pistolenholster und richtete sie auf Mads, als auf einmal eine andere tiefe und gutturale Stimme ertönte, die irgendetwas auf Deutsch rief.

Ich schaute auf und sah einen großen blonden Mann mit dem typischen Helm der Deutschen, einer schweren grünen Offiziersjacke und edlen Lederhandschuhen. Er hatte ebenfalls eine Luger in der Hand, aber sie war auf die Legionäre gerichtet. Er rief wieder etwas. Es war ein Befehl, und ich verstand zumindest, dass die Idioten die Saboteure und Spione verdammt noch mal nicht töten sollten, bevor man sie verhört hatte. Selbst mit meinen geringen Deutschkenntnissen war das nicht misszuverstehen.

»Verdammte Idioten!«, wiederholte er, während ich mir in meinem schmerzvollen Zustand beinahe wünschte, dass die Legionäre uns auf der Stelle erschossen hätten. Zwar waren wir noch am Leben, aber unsere Aussichten waren nicht gut, das wussten wir.

Sie fesselten uns die Hände auf dem Rücken, schmissen uns hinten auf einen Lastwagen und fuhren mit uns die Bergstraße hinab. Es war eiskalt, und ich hatte großen Durst. Jedes Mal, wenn wir versuchten, ein Wort miteinander zu wechseln, bekamen wir einen Legionärsstiefel zu spüren. Der deutsche Offizier saß vorn. Mads war zwar wieder bei Bewusstsein, wirkte aber, als habe er eine Gehirnerschütterung. Er war verwirrt und stöhnte, was aber auch bedeuten konnte, dass er gerade wieder den Stiefel an seinem Körper oder im Gesicht zu spüren bekam.

Wir rumpelten sehr lange in dem Lastwagen dahin, aber es war immer noch hell, als wir schließlich anhielten. Die Persenning wurde zur Seite gezogen, wir wurden hochgerissen und auf die frostharte Erde geworfen. Wir befanden uns in einem Klosterhof in einer Stadt. Man musste uns nach Teruel gebracht haben, wo die Faschisten ein altes Kloster am südlichen Ende der Stadt in eine Mischung aus Kommandozentrale und Gefängnis umgewandelt hatten. Einige einfache Nationalistensoldaten zwangen uns auf die Beine, stießen uns ihre Gewehre in den Rücken und führten uns in ein niedriges Gebäude. Wir gelangten in einen langen Gang, an dem sich auf beiden Seiten schwere braune Türen aus Holzplanken befanden. Sie lösten Mads die Fesseln. Seine Hände waren weiß und blutleer. Sie zogen ihm seine Winterjacke aus, öffneten eine der Türen und schubsten ihn hinein.

Mit mir machten sie dasselbe. Meine Hände schmerzten, als das Blut in sie zurückkehrte. Wenn Mads' Zelle ebenso war wie meine, war sie etwa fünf Quadratmeter groß, und es befanden sich ein schmales Bett mit einer Decke und ein Eimer in einer Ecke darin. Die Wände bestanden aus grob behauenen Steinen. Ganz oben in der einen Wand war ein einzelnes kleines Fenster angebracht, das man aber nicht erreichen konnte. Es waren die alten

Mönchszellen, die man jetzt als Gefängniszellen nutzte. Ich hatte großen Durst, und wo die Legionäre mich getreten hatten, taten mir die Rippen weh. Die Zelle war düster, und während der Stunden, die man uns dort schmoren ließ, wurde es schnell sehr dunkel.

Die Nationalsozialisten und ihre Handlanger hatten ihre ganz eigenen Methoden. Sie waren nicht sonderlich raffiniert. Ich wusste bestens über sie Bescheid. Wir hatten uns ja oft genug darüber unterhalten. Erst kocht man das Opfer weich, dann befragt man es, bevor man zu den ausgefeilteren Verhörmethoden übergeht.

Mitten in der Nacht kamen drei Männer in meine Zelle. Sie hatten Knüppel bei sich und dicke Stiefel an den Füßen. Es waren drei große spanische Kerle, die mich windelweich prügelten und nur ab und zu ein Grunzen von sich gaben, wenn sie sich ein wenig anstrengen mussten. Dann ließen sie mich in meinem eigenen Blut und Erbrochenen zurück, bevor sie quer über den Flur gingen und Mads die gleiche Behandlung angedeihen ließen. Ich konnte seine Schmerzensschreie hören, die sich zu einem Brüllen steigerten, ebenso wie er meine gehört haben musste. Sie verstanden sich nämlich darauf, einem in einer Weise Schmerzen zuzufügen, dass man trotzdem bei Bewusstsein blieb.

Im Laufe der Nacht dämmerte ich immer mal wieder vor mich hin. Ich wusste, dass der Tag begonnen haben musste, als ein schwaches Licht durch das Fenster oben unter der Decke hereindrang. Als die Tür sich öffnete, verkroch ich mich in einer Ecke der Zelle. Ein fetter Mann mit einem dünnen Schnurrbart kam herein. Er sagte kein Wort, sondern stellte nur einen Blechteller mit einem Kanten Brot und einen Becher mit bräunlichem Wasser vor mich auf den Boden.

Eine Stunde später kamen die drei Kerle, um mich zu holen. Ich konnte kaum stehen, aber sie packten mich unter den Achseln und schleiften mich durch den langen Gang, quer über den Hof und in das hinein, was früher einmal die Residenz des Priors gewesen sein musste. Es war wieder ein kalter Morgen, und ich spürte, dass Schnee in der Luft lag. Ich ging davon aus, dass dies der letzte Morgen meines Lebens war, und auf einmal verspürte ich eine absurde Sehnsucht nach richtigem Schnee und empfand große Trauer darüber, dass ich nie wieder erleben würde, wie es schneite.

Es war ein großer, kahler Raum mit einer hohen Decke mit freigelegten Dachbalken. Darin stand ein breiter alter Schreibtisch mit einer grünen Lampe und davor ein Stuhl mit einer hohen Lehne, der am Boden festgeschraubt war. Hinter dem Schreibtisch saß der deutsche Offizier. Er war vermutlich um die dreißig, mit blondem, kurz geschnittenem Haar und einem spitzen Kinn, das das ohnehin schon lange Gesicht noch mehr in die Länge zu ziehen schien. Seine Uniform war schwarz. Er trug seine Luger am Gürtel. Hinter ihm standen zwei Soldaten in gewöhnlichen Uniformen, und die drei Schläger blieben hinter mir an der Tür stehen. Der Offizier hatte ein Blatt Papier vor sich.

»Sprechen Sie Deutsch?«, fragte er in ebenjener Sprache.

»Nur ein bisschen.«

»Dann Englisch?«

»Gar nicht.«

Er sah mich mit seinen blauen Augen an, die tief in den Höhlen lagen, und fuhr in einem sehr langsamen Deutsch fort: »Du bist also ein Idiot. Dein Name und deine Nationalität, Spion.«

»Bertil Johansson. Schwede. Soldat im Thälmann-Bataillon, 4. Kompanie.«

»Glaubst du, ich bin auch ein Idiot? Du bist ein Spion und Saboteur, und du wirst hingerichtet werden.«

Er sagte etwas in einem sehr schnellen Spanisch, das ich nicht verstand. Einer der Kerle, die an der Tür standen, antwortete. Der Offizier legte seinen Bleistift hin, strich sich mit einer müden Geste über das Gesicht und sagte: »Wie ich höre, spricht dein Kamerad aber Deutsch. Er hat auf Deutsch geflucht, verstehst du?«

Ich sagte nichts.

»Du bist ein Idiot. Ich spreche später mit dir.«

Er sagte erneut etwas auf Spanisch. Diesmal verstand ich es. Er sagte, sie sollten den anderen Spion holen, aber zuerst sollten sie dafür sorgen, dass die idiotische Schwuchtel hier den Ernst der Lage begriff. Und dann sollten sie, wenn möglich, einen Fremdenlegionär auftreiben, der eine der nordischen Sprachen sprach.

Sie zerrten mich in die Zelle zurück, nahmen mich erneut in die Mangel und ließen mich wieder in meinem Blut, Erbrochenen und Kot auf dem Boden zurück, aber die Tatsache, dass ich außer meiner nordschwedischen Muttersprache keine andere Sprache richtig beherrsche, hat mir zweifelsohne das Leben gerettet.

Ich hörte, wie sie Mads abholten. Und ich hörte auch, wie sie ihn zurückbrachten. Seine Füße schleiften über den Boden, aber ich konnte ihn nicht sehen. Mich ließen sie in Ruhe.

Ich bekam noch einen Becher Wasser und eine dünne Suppe. Die Nacht brach herein, und abwechselnd lag ich wach und schlief – es waren lange und schwere Stunden. Dann wurde es wieder Morgen. Der fette Wärter brachte mir wieder einen Becher Wasser, aber diesmal kein Brot. Ich hörte erneut, wie sie Mads abholten, und ich war verzweifelt und aufgewühlt und vollkommen hilflos.

Eine Stunde später ging das Ganze dann los.

Später erfuhr ich, dass die Republik am 15. Dezember 1937 mit ihrer Offensive gegen Teruel begonnen hatte. Trotz der Folter hat Mads offensichtlich nichts verraten, denn die Offensive traf Franco völlig unvorbereitet. Über einhunderttausend reorganisierte republikanische Soldaten gingen zum Angriff über, umzingelten Teruel im Laufe des Tages und brachten den Höhenzug La Muela de Teruel unter ihre Kontrolle, von wo aus sie die Stadt beschießen konnten. Die Faschisten wurden eingekesselt und mussten sich von ihren Stellungen vor der Stadt nach Teruel selbst zurückziehen, das von der Republik aus der Luft bombardiert wurde, wenn das Wetter es zuließ, und außerdem permanent von der Artillerie beschossen wurde.

Ich war anscheinend, von meinen Schmerzen ermattet, eingeschlafen. Es war jedenfalls mitten am Tag, als das ganze Gebäude von einer gewaltigen Explosion erschüttert wurde, sodass die halbe Wand hinter mir einstürzte und die Zellentür durch den Druck aufsprang.

Ich rappelte mich auf. Ich war benommen, aber ich ergriff meine Chance. Drei andere Männer traten ebenfalls in den Flur hinaus. Dem einen lief Blut aus den Ohren. Vor mir lag der fette Wachmann und stöhnte laut. Er hatte seine Pistole im Holster stecken. Ich entsicherte sie, schoss ihm in den Kopf und machte den drei anderen ein Zeichen. Der Mann, dem das Blut aus den Ohren rann, wirkte vollkommen konfus und lief in die falsche Richtung, aber die beiden anderen begriffen, was ich meinte. Ich nahm dem fetten Wärter seinen Schlüsselbund ab und warf ihn meinem vordersten Mitgefangenen zu, dessen Gesicht ebenso wie meines von alten und neuen Narben übersät war. Schnell öffnete er alle Zellentüren. Sechs oder sieben Männer kamen heraus und blickten sich verwirrt um. Die Tür zu Mads' Zelle war offen. Sie war leer. Auf dem Boden schwammen Blut, Erbrochenes und Exkremente, und der Anblick tat mir in der Seele weh, aber jetzt ging es nur noch darum zu überleben.

Wir liefen durch den Rauch und den Staub in den Hof hinaus, der mit Toten und Verletzten übersät war. Die

Granate oder die Flugbombe musste mitten im Innenhof eingeschlagen haben. Ich hörte Flugzeugmotoren am Himmel, und ein Stück weiter weg explodierte eine Bombe. Noch weiter von uns entfernt hörte ich sowohl die Artillerie als auch Gewehr- und Maschinengewehrfeuer.

Das Dach des alten Klosters brannte. Einer meiner Mitgefangenen hob ein Gewehr auf, das neben einem toten Soldaten lag, dem bei der Explosion ein Bein abgerissen worden war. Es herrschte ein einziges Gebrüll und Geschrei und vollkommenes Durcheinander. Durch den vielen Rauch und Steinstaub konnte man kaum etwas sehen. Ein verwundeter Nationalistensoldat wollte zu seinem Gewehr hinrobben, wurde aber von einem der entwischten Kameraden erschossen.

Ich lief, so schnell ich konnte, zur Tür des Verhörraumes hinüber. Sie hing nur noch halb im Rahmen. Direkt hinter der Tür lagen zwei meiner Schlägerfreunde auf dem Boden. Der eine stöhnte lautstark vor sich hin. Der deutsche Offizier hatte sich von seinem Schreibtischstuhl erhoben und sah überrascht und verwirrt aus, als wäre er bewusstlos gewesen und käme erst jetzt wieder zu sich. Das Dach war eingestürzt, und anscheinend war er von einem kleineren Balken erwischt worden.

Ich hob die Pistole, und er hob abwehrend die Hände, aber die konnten die beiden Projektile, die ich auf seine Brust und sein Gesicht abfeuerte, natürlich nicht aufhalten. Ich machte ein paar Schritte nach vorn und erschoss zur Sicherheit auch noch die beiden Männer, die halb liegend, halb sitzend neben Mads auf der Erde kauerten und sich vor Schmerzen wanden. Ich warf die italienische Pistole auf den Boden und nahm die Luger des Deutschen, bevor ich mich umdrehte und versuchte, die Seile aufzuknoten, mit denen sie Mads an den Stuhl gefesselt hatten.

Sein Gesicht war nicht mehr zu erkennen. Seine Zähne

waren ausgeschlagen, sein Kiefer mit den wenigen verbliebenen Zahnstümpfen blutete, seine Augen waren geschlossen, er hatte keine Nägel mehr, und es sah aus, als hätten sie ihm beide Arme gebrochen, denn sie hingen in einem unnatürlichen Winkel an ihm herunter. Er war nackt, und überall auf seinem Körper waren Brandnarben von den Zigaretten der Henker zu sehen.

Ich steckte die Luger in meinen Hosenbund. Meine Hände zitterten, und ich bekam seine Fesseln nicht auf. Ich fluchte und weinte gleichzeitig, aber ich bekam sie einfach nicht auf, wie sehr ich es auch versuchte. Die Knoten ließen sich nicht lösen. Ich zerrte heftig an den Seilen und heulte noch mehr, als ich sah, wie das Seil in seine misshandelten Arme schnitt.

Ich spürte eine Hand auf meinem Arm, drehte mich um und hob schon meine Hand, um zuzuschlagen. Es war einer der anderen republikanischen Gefangenen.

»Muerto«, sagte er leise. »Tu compañero está muerto. Vamos, hombre.«

Dieser Satz hallte in den folgenden entsetzlichen Tagen in meinem leeren Inneren wider. *Tot. Dein Kamerad ist tot. Lass uns gehen.*

Das hier ist nicht meine Geschichte, daher ist ihr nicht mehr viel hinzuzufügen.

Wir flohen hinaus in den allgemeinen Tumult, dann auf die Straßen von Teruel und in die Keller hinein. Die Stadt war umringt und belagert, aber die Faschisten gaben nicht auf. Wir versteckten uns, und es gab Menschen, die uns halfen, weil das Schicksal sie in die Stadt verschlagen hatte, obwohl ihr Herz für die Republik schlug. Es gab nichts zu essen, und es waren die kältesten Tage seit Menschengedenken. Mir froren zwei Zehen ab.

Vier Tage lang tobte ein Schneesturm, der dafür sorgte, dass zwei Armeen stecken blieben. In Teruel kämpften sich die Faschisten wie die Berserker Haus für Haus vorwärts, bis ihre Essens- und Munitionsvorräte aufgebraucht waren. Am 29. Dezember ließ der Schneesturm nach, und nach heftigem Artilleriebeschuss und Flugzeugbombardierungen ging Franco zur Gegenoffensive über. In Teruels kalten Kellern wussten wir nichts davon, aber wir hörten den Schlachtlärm, während wir versuchten, uns mit Rattenfleisch am Leben zu halten. In der ganzen Stadt waren keine Katze und kein Hund mehr aufzutreiben. Erst am 8. Januar 1938 ergaben sich die letzten Nationalisten, und der Kommandant und der Bischof der Stadt wurden gefangen genommen. Sie hätten sie erschießen sollen, warfen sie aber stattdessen ins Gefängnis.

Wie blinde Ratten tauchten wir Überlebenden aus den Ruinen auf. Ich hatte mich mit Ruhr infiziert. Dennoch wollte ich ins Kloster zurück. Es war wie die gesamte Stadt nur noch ein in Grund und Boden gebombter Ruinenhaufen. Ich stützte mich auf den spanischen Kameraden, den ich in einem Keller kennengelernt hatte. Wir hatten einander in den langen, schrecklichen Tagen während der Belagerung beigestanden und geholfen, bis dann endlich die Befreiung kam. Er hieß Manuel und war Maurer von Beruf. Das ist alles, was ich über ihn weiß. Ich habe ihn nie wiedergesehen und weiß auch nichts über sein weiteres Schicksal.

Vor der Klosterruine sagte ich in meinem schlechten Spanisch: »Mi hermano está muerto.«

Ich wiederholte den Satz noch einige Male. Mein Bruder ist tot. Als spräche ich ein Gebet, obwohl ich nie an Gott geglaubt habe. Es tat einfach nur gut, es zu sagen.

Ich habe Mads nie wieder gesehen. Ich weiß nicht, was sie mit seiner Leiche gemacht haben. Vermutlich ist sie in einem der vielen spanischen Massengräber gelandet, oder er wurde unter den Ruinen begraben.

Ich wurde in einem überfüllten Krankentransport in ein Lazarett in Tarragona gebracht und von dort aus nach

Schweden zurückgeschickt, als ich so weit wiederhergestellt war, dass ich mithilfe von Krücken umherhumpeln konnte. Meine körperlichen Verletzungen sind gut verheilt, die seelischen habe ich in meinem Inneren abgekapselt.

Ich lag auf meinem Krankenlager in Tarragona, als sich der Anfang vom Ende der Republik abzuzeichnen begann. Es wurde ein langer und blutiger Rückzug aus Aragonien und Teruel, der damit endete, dass Francos Nationalisten das Mittelmeer erreichten und die Nation in zwei Teile spalteten. Denn die Offensive, die Mads das Leben kostete und meines rettete, war die letzte Erfolgsgeschichte der Republik, und sie war von kurzer Dauer.

Im November 1938 wurden die Internationalen Brigaden aufgelöst und nach einer Abschiedsparade in Barcelona nach Hause geschickt.

Ich habe die Parade in einem kurzen schwarzweißen Filmausschnitt in der Wochenschau zu Hause in Kiruna im Kino gesehen. Ich war dankbar für die Dunkelheit im Kinosaal, denn so sahen die anderen Zuschauer und meine Verlobte nicht, wie ein großer Minenarbeiter, der seine frühere körperliche Stärke beinahe zurückgewonnen hatte, lautlos über die ungerechte Sinnlosigkeit des Lebens weinte.

3. Teil

Russland, Winter und Frühjahr 1938

Die Geschichte kennt kein
Schwanken und keine Rücksichten.
Sie fließt, schwer und unbeirrbar,
auf ihr Ziel zu.
An jeder Krümmung lagert sie
Schutt und Schlamm und die
Leichen der Ertrunkenen ab.

Arthur Koestler: Sonnenfinsternis

26

Magnus Meyer liegt in dem rumpelnden russischen Expresszug wach, der auf seiner langen Reise von Berlin nach Moskau durch die Nacht schaukelt. Er hört Svend Poulsens Schnarchen, das die Geräusche des Zuges übertönt. In dem bleichen Licht ihres Zweierabteils sieht er dessen Armstummel auf der Bettdecke liegen. Nachdem sie die Grenze ohne Probleme überquert haben und dort niemand ihr Gepäck sehen wollte, sodass auch der in seine Einzelteile zerlegte Revolver ganz unten in seiner Reisetasche unentdeckt blieb, befinden sie sich jetzt irgendwo in Russland. Die Fahrt durch Weißrussland war lang und eintönig gewesen. Jetzt nähern sie sich Moskau.

An der polnisch-sowjetischen Grenze waren sie in einen anderen Zug umgestiegen. Svend hatte ihm erklärt, dass die russische Spurweite breiter sei. Es ist ein schöner alter Zug, in dem sie jetzt fahren. Ihr Abteil wirkt geradezu viktorianisch in seinem vorrevolutionären Stil mit den roten samtbezogenen Sitzen, die auch als Betten dienen, einem Waschbecken aus Messing und weißen gehäkelten Gardinen, die man nachts vor die großen Fenster ziehen kann. Im Speisewagen und auf den Gängen gibt es immer ausreichend Platz. Nur privilegierte Sowjetbürger oder wohlhabende Ausländer mit harter Währung können es sich leisten, auf der berühmten Strecke von Berlin über Warschau nach Moskau im vornehmsten Expresszug des Landes zu reisen.

Draußen ist alles weiß, und eine große Stille scheint über der eingefrorenen Landschaft zu liegen. Er denkt daran, dass es Nacht ist, aber der Morgen nähert sich ruhig und zuverlässig, und mit jedem Stoß, den die Räder an jeder Bahnschwelle zu ihm hinaufschicken, kommt er Irina und der großen Ungewissheit, wie sie ihm wohl begegnen wird, unaufhaltsam näher. In regelmäßigen Abständen hört er das warnende Tuten der Dampflok, wenn sie eine Straße kreuzen. Aber wer wird in einer so kalten und unwirtlichen Nacht schon unterwegs sein?

Die Menschen haben dicke graue und schwarze Kleidungsstücke übereinandergezogen. Die Männer tragen entweder Schiebermütze und Schal, den sie bis über beide Ohren geschlungen haben, oder große, dicke Pelzmützen, die Svend »Schapkas« nennt. Magnus ist dankbar, dass er Svends Rat gefolgt ist und sich in Berlin, wo es auch schon kalt war, aber doch harmlos verglichen mit der eisigen russischen Kälte, warme Oberbekleidung gekauft hat.

Die russischen Frauen sehen noch unförmiger und unattraktiver aus mit ihren hohen schwarzen Stiefeln und den Kopftüchern. In dem tiefen Schnee kommen sie nur mühsam voran, aber sie drehen sich dennoch um und starren dem langen Zug hinterher, der sich wie eine fremdartige schwarze Schlange in all dem Weiß ausnimmt.

Er ist noch nie irgendwo gewesen, wo die Kälte derart schneidend war, und es tut ihm leid zu sehen, wie verzweifelt sein Freund Svend angesichts der bitteren Armut ist, die hier auf dem Land herrscht. Man hat Svend zwar aus der kommunistischen Partei Dänemarks ausgeschlossen, aber wie alle Exkommunizierten klammert er sich an die reine Lehre. Er ist unglücklich über das, was er hier sehen muss.

Seine Augen seien noch dieselben, aber sie sähen nicht mehr dasselbe wie früher, hatte er traurig zu Magnus gesagt, als sie im warmen, hell erleuchteten Speisewagen beim Abendessen saßen und einen halbwüchsigen Jungen betrachteten, der von draußen auf ihre Mahlzeit starrte, während ihm der Rotz wie ein gelber Strom aus beiden

Nasenlöchern lief. Sein sehnsuchtsvoller Blick und sein apathisches Einverständnis mit seinem traurigen Schicksal hatten ihnen beiden den Appetit verdorben. Sie waren erleichtert, als sie das Pfeifen des Schaffners hörten, dicke Rauchwolken aus dem Schornstein der Lokomotive aufstiegen und der Zug seine Reise gen Osten über die unendliche weiße Steppe mit den nackten Birken und den Kieferngruppen fortsetzte, die als dunkle Flecken auf dem Weiß zu sehen waren.

Magnus kann nicht schlafen.

Seit Spanien ist die Schlaflosigkeit sein allzu treuer Begleiter geworden, und im Dunkeln kreisen die Erinnerungen an die chaotischen Ereignisse wieder und wieder in seinem Kopf. Wenn er die Augen schließt, sieht er die Toten und Verletzten des Bombenangriffs auf Albacete so deutlich vor sich, als wäre es gestern gewesen.

Er grübelt oft darüber nach, ob er Irina hätte aufhalten können, wenn er nicht losgegangen wäre, um Zigaretten zu kaufen, wenn er nicht Kaffee getrunken und Zeitung gelesen hätte, wenn der Bombenangriff ihn nicht daran gehindert hätte, zum Gran Hotel zurückzukehren. Wenn er aufmerksamer gewesen wäre und die Zeichen zu deuten gewusst hätte und wenn er Alfonso bei seiner Rückkehr ins Hotel zum Reden gebracht hätte. Er hatte ja das Gefühl gehabt, dass dieser etwas vor ihm verbarg – nämlich, dass Irina das Hotel mit ihrem Gepäck und in Begleitung von Stepanowitsch verlassen hatte. Ob Alfonsos Zunge sich mit Geld hätte lösen lassen? Aber vielleicht hatten sie ihn unter schwersten Drohungen zum Schweigen gezwungen. Immer gibt es mehr Fragen als Antworten.

Seine Gedanken drehen sich im Kreis.

Es gelingt ihm nur selten, den Gedankenstrom zu unterbrechen. Irina hätte nur eine sehr kurze Zeitspanne zum Verschwinden gehabt, wenn er sofort zurückgekommen wäre. Hätte er dann nicht die Möglichkeit gehabt, sie einzuholen? Vielleicht hätte sie der Mut verlassen, wenn er ihr gegenübergestanden und sie in die Arme genommen hätte, und sie wäre nicht aufgebrochen.

Er versucht, nicht an Mads zu denken. Er hat ein schlechtes Gewissen. Er wünschte, er hätte anders gehandelt, weiß aber nicht, was genau er hätte tun sollen. Er sieht Maries sorgenvolles Gesicht vor sich und kann in ihren Augen die Enttäuschung und die Verzweiflung deutlich sehen. Er hat Mads in einem Winkel seines Herzens untergebracht, in dem er ihn bis an sein Lebensende mit sich herumtragen wird, und er hat stillschweigend akzeptiert, dass er vielleicht niemals erfahren wird, wie Mads ums Leben gekommen ist.

Wenn in Spanien irgendwann einmal Frieden herrschen sollte, wird er, das hat er Marie versprochen, herausfinden, was mit Mads passiert ist, und sein Grab ausfindig machen, auch wenn es nur ein Massengrab sein sollte, damit sie es besuchen können, und er dort Buße tun und sie über das vertane Leben weinen kann.

Sie hat keine Träne vergossen, als er ihr berichtet hat, was Pandrup ihm über Mads und seine Mission erzählt hatte, aber er kennt seine große Schwester und weiß, dass sie, sobald sie in ihrem Hotelzimmer allein war, um Mads und all das geweint hat, was er nicht mehr erreicht hat. Marie ist davon überzeugt, dass Mads ein sehr begabter Dichter war. Sie trauert nicht nur um das, was sie persönlich betrifft, sondern auch darum, dass die Welt einen guten Menschen und einen großen Dichter verloren hat. Dass der Welt sehr viel Schönes vorenthalten bleiben wird, weil Mads irgendwo in Spanien getötet worden ist.

Sie hatte es auf eine merkwürdig tonlose und verschlossene Weise formuliert: »Das Tragische ist, dass er gestorben ist, bevor er seine Saat aussäen konnte, während wir anderen, die wir viel gleichgültigere Menschen sind, vermutlich hundert Jahre alt werden.«

Er hatte nichts darauf erwidert, sondern sie bloß im Arm gehalten und auf ihr Weinen gewartet, das nicht kam.

Er denkt an die Zeit, die vergangen ist, und an die, die kommen wird, und er ist voller Hoffnung und bodenlos verzweifelt zugleich. Er ist froh, dass er sich dafür entschieden hat, Irina aufzusuchen. Er will sie sich nicht aus dem Kopf schlagen, und er weiß, dass sie am Leben ist.

In Moskau beginnt bald der Prozess gegen ihren Vater und ihren Bruder, sie sind also noch am Leben. Zumindest so lange, wie der Prozess dauert. Er will zu verhindern versuchen, dass sie von ihnen in den sicheren Tod mitgerissen oder ins ferne ungastliche Sibirien deportiert wird, wo die Menschen in riesigen Lagern verschwinden, in denen sie sich, wie man hört, zu Tode schuften müssen.

Magnus ist dankbar für die Hilfe, die Redakteur Brodersen ihm erneut hat zuteilwerden lassen. Er hat ihn als Journalisten bei den Prozessen in Moskau akkreditiert, hat ihm die erforderlichen Papiere und Empfehlungsschreiben ausgestellt und ihnen Zimmer im vornehmen Hotel National besorgt, das gegenüber vom Roten Platz ganz in der Nähe des Gebäudes liegt, in dem jeden Tag die Gerichtsverhandlungen stattfinden.

Brodersen war nach Kopenhagen gekommen. Er hatte gesagt, er habe dort noch andere Termine, sodass es ihm keine Umstände mache, aber Magnus ist sich nicht sicher, ob das stimmt.

Svend Poulsen ist als Assistent und Dolmetscher von Redakteur Meyer akkreditiert. Magnus weiß, dass Svend außerdem noch eigene Pläne verfolgt. Er will versuchen, von der Komintern rehabilitiert zu werden, in deren Macht es steht, seinen Ausschluss aus der dänischen Kommunistischen Partei rückgängig zu machen, aber Magnus ist ihm trotzdem zutiefst dankbar, dass er ihn begleitet und ihm hilft.

Svend hatte keine Sekunde gezögert. »Du bist mein Freund. Natürlich helfe ich dir. Das bin ich auch Mads schuldig«, hatte er gesagt. Den Großteil von Joe Mercers Geld gibt Magnus Svend als Honorar, damit dessen Familie Geld zum Leben hat, während er weg ist. Vom Rest bezahlt er unter anderem das Hotel. Um seine Finanzen muss er sich nach wie vor keine Sorgen machen.

An Joes blutiges Ende versucht er ebenfalls möglichst wenig zu denken. Es gibt viele Dinge, die er verdrängt, auch wenn er weiß, dass er sich später einmal damit wird auseinandersetzen müssen. Ab und zu denkt er an das Gold und das Vermögen, das es darstellt. Es steht bei allem, woran er denkt, nicht an erster Stelle, und außerdem ist es möglicherweise längst von anderen entdeckt worden, aber hin und wieder kommt ihm in den Sinn, ob es ihm wohl irgendwie gelingen könnte, es sich zu beschaffen.

Er hatte nicht den Mut und erst recht keine Lust gehabt, in seine Heimatstadt zurückzukehren.

Von Marseille aus war er nach Paris geflogen und von dort mit dem Zug nach Berlin weitergefahren. Von Berlin aus hatte er Marie ein Telegramm geschickt, und nachdem er sich einige Tage in der Stadt herumgetrieben und sich so müde gelaufen hatte, dass er schlafen konnte, hatte er sich auch mit Svend Poulsen in Verbindung gesetzt. Einige Tage später hatten sie sich dann zu dritt in Kopenhagen getroffen. Ihre Begegnung war angespannt gewesen, denn es fiel Marie schwer, die Enttäuschung über sein Versagen zu verbergen. Die Angespanntheit zwischen Marie und Svend war ebenfalls nicht zu übersehen. Trotzdem vermutete er, dass Marie nach ihrem gemeinsamen Abendessen in der Stadt mit auf Svends Zimmer gegangen war.

Magnus hatte offen über das gesprochen, was passiert war, und nicht versucht, seinen Part zu beschönigen. Er hatte nichts ausgelassen und nüchtern über seinen Zusammenstoß mit Mads in der Kirche in Madrigueras berichtet. Marie hatte versprochen, den Chefarzt über Mads' Schicksal zu informieren, allerdings glaubte sie nicht, dass dieser den Verlust verwinden würde. Stattdessen würde er sich nur noch weiter zurückziehen. Sie machte sich ernsthaft Sorgen um die seelische Gesundheit ihres Vaters und wurde wütend auf Magnus, als der demonstrativ alles ignorierte, was sie sagte. Die Tage in der Hauptstadt waren anstrengend gewesen und hatten Magnus ausgelaugt.

Jetzt ist es bereits Anfang Februar, und der Zug fährt gleichzeitig zu langsam und zu schnell, denn Magnus fürchtet sich vor dem Unbekannten, das ihn in Moskau erwartet.

Auf dem Sitz neben ihm liegen deutsche Zeitungen, die auf der Titelseite davon berichten, dass die Nationalisten in Spanien endlich die letzte Phase der Gegenoffensive bei Teruel eingeleitet hätten und dass es nur eine Frage der Zeit sei, bis sie die republikanischen Linien durchbrächen. Die Nationalisten haben das größte Aufgebot an Panzern, Artillerie und Flugzeugen, das die Welt je gesehen hat, für den spanischen Feldzug mobilisiert, und die prahlerische Siegesgewissheit in den deutschen Zeitungen, die er sich in Berlin gekauft hat, ist unverhohlen.

Svend und er haben auch die Berichte über die jüngsten Prozesse gegen Volksfeinde in Moskau gelesen. Darin werden Irinas Vater und ihr Bruder namentlich erwähnt: Oberst Nikolai Sergejewitsch Schapatowo vom NKWD und der Offizier der Roten Armee Anatoli Nikolajewitsch Schapatowo sind des Hochverrats, der Spionage, der versuchten Meuterei und der Verschwörung gegen die sowjetische Führung angeklagt.

Es heißt, Oberst Schapatowo sei der fünfthöchste Mann innerhalb des sowjetischen Geheimdienstes. In einer der Zeitungen verleiht der Staatsanwalt seiner großen Zufriedenheit Ausdruck, dass es gelungen sei, jenen hinterhältigen Plänen auf die Schliche zu kommen, die sich gegen den großen Führer des Landes, Kamerad Stalin, richteten. Der Fall zeige, dass permanente Wachsamkeit und ein prinzipientreues Festhalten an den Richtlinien, die der große Lenin und der große Stalin ausgegeben haben, dafür sorgen, dass der Gerechtigkeit Genüge getan wird.

Es gibt noch mehrere Artikel in diesem Stil, die Magnus mit zunehmender Verwunderung und Abscheu liest. Die deutsche Presse berichtet wesentlich mehr über die Prozesse in Moskau als die dänischen Zeitungen, die er in Kopenhagen gelesen hatte. Svend tut das meiste davon als bürgerliche oder nationalsozialistische Propaganda ab, aber er scheint sich seiner selbst und der Sache nicht mehr so sicher zu sein wie früher.

Das ist doch interessant, denkt Magnus. Svend war einem instinktiven Zugehörigkeitsgefühl gefolgt und aufgrund seines sozialen Hintergrunds zum revolutionären Kommunisten geworden. Die Partei war frühzeitig auf seine Intelligenz aufmerksam geworden und hatte ihn ausgebildet und geschult. Er hatte seine eigene Intellektualität entdeckt und sich der Welt der Bücher verschrieben. Magnus sieht ihn selten ohne ein Buch in der Hand. Er verschlingt die Bücher förmlich. Inzwischen aber sind ihm die Parolen der Partei zu simpel geworden. Mit zunehmendem Wissen hat der Zweifel begonnen, wie ein frecher Wurm in ihm zu nagen, der seine Weltanschauung immer mehr ins Wanken bringt. Er verdankt der Partei seinen Zugang zur Welt der Bücher, aber die Partei hat ihm damit auch eine Büchse der Pandora an Fragen eröffnet.

Während der Reise hatten sie über die Kollektivierung der sowjetischen Landwirtschaft gesprochen, die laut Brodersen Millionen von Menschen das Leben gekostet hat und Hungersnöte in der Ukraine und Weißrussland und selbstverständlich auch in Russland selbst verursacht hat. Als sie sich in Kopenhagen begegnet waren, hatte

Brodersen Magnus erzählt, dass es sich dabei um eine aufgezwungene Hungersnot handle, die die Bauern in die Knie zwingen solle. Parteikader, Soldaten und Schlägertrupps der Geheimpolizei beschlagnahmten Getreide und andere Feldfrüchte, um sicherzustellen, dass die Stadtbevölkerung genug zu essen habe. Die Menschen aus den armen ländlichen Gebieten strömten in die Städte, um Arbeit zu finden. Das neue Proletariat, ideologisch betrachtet die herrschende gute Klasse, brauche etwas zu essen, während die Bauern das Rückständige und Reaktionäre verkörperten. Die Bauern würden als Kulaken, als wohlhabende Großbauern, beschimpft.

Brodersen hatte an seiner Zigarre gezogen und gesagt: »Es ist eine Art umgekehrter Darwinismus, Meyer. Stalin und seine Banditen haben die klügsten, besten und tüchtigsten Bauern ausgerottet und die schwachen und folgsamen haben sie leben lassen. Sie werden zu großen Staatskollektiven zusammengeschlossen, in denen sie als Lohnsklaven und Funktionäre leben. Ich bin davon überzeugt, dass diese Massenausrottung eines ganzen Standes und einer ganzen Berufsgruppe in den nächsten Jahrzehnten weitreichende Konsequenzen für die Sowjetunion haben wird. Sie wird sich nie wieder davon erholen. Der russische Bauer ist das Sinnbild der russischen Seele, des ewig Russischen, der orthodoxen Kirche. Er verkörpert alles, was russisch und ursprünglich ist. Stalin wusste, wenn es ihm gelingt, die Bauern zu vernichten, dann kann er auch die russische Geschichte und die russischen Traditionen und Sitten zerstören und damit den Weg frei machen für seinen neuen Menschen, den *homo sovjeticus*. Deshalb konnte er auch keine Rücksicht darauf nehmen, dass bei diesem Experiment leider unzählige Menschen ums Leben kamen.«

Sie hatten in einem Restaurant am Kongens Nytorv zu Mittag gegessen, und Brodersen hatte sich Zeit genommen, um Magnus mit dem geheimnisvollen Land vertraut zu machen, in das er bald reisen sollte.

Magnus berichtet Svend von Brodersens Einschätzungen, der sie als bürgerliche Propaganda und vollkommen übertrieben abtut, aber Magnus nimmt eine gewisse Halbherzigkeit bei seinem Freund wahr. Wie ein Pfarrer, der vom Glauben abgefallen ist und der sich deshalb an den immer gleichen abgedroschenen Phrasen festhält.

Er denkt oft, dass sich hinter der Fassade eines Arbeiters, die Svend mit seiner groben Kleidung und der zerschlissenen Schiebermütze aufrechterhält, ein Intellektueller verbirgt. Trotz seiner groben Hände – oder genauer: trotz seiner ihm verbliebenen groben Hand – ist Svend Poulsen ein kluger Kopf. Wäre er in eine andere Klasse hineingeboren worden, hätte er mit Sicherheit als bedeutender Akademiker von sich reden gemacht.

Magnus selbst hatten alle Möglichkeiten offengestanden. Der Chefarzt hätte ihm mit Freude ein Studium bezahlt, aber es sollte wohl nicht so sein. Marie war auch klug, aber sie war ein Mädchen, daher reichte es, wenn sie eine Ausbildung zur Krankenschwester machte, fand der Chefarzt. So war sie bis zur Heirat sinnvoll beschäftigt. Mads hätte vielleicht sein Literaturstudium wieder aufgenommen, wenn er überlebt hätte, aber wer weiß das schon? Vielleicht hätte er auch Bücher über das geschrieben, was er wusste und konnte. Auf Magnus selbst hatte die akademische Welt nie eine besondere Anziehungskraft ausgeübt. Dafür war er viel zu rastlos.

Svend dagegen hatte gar nicht erst die Chance bekommen, weil er in dem kleinen Zimmer einer Melkerin zur Welt gekommen war. Die Welt ist ein verflucht ungerechter Ort. Magnus ist sich durchaus darüber im Klaren, dass er im Vergleich zu Svend nur ein kleines Licht ist, obwohl er sich auch nicht gerade für dumm hält.

Er legt sich hin und faltet die Hände unter dem Nacken. Draußen vor den gehäkelten weißen Gardinen ist es stockfinster. Svend schnarcht laut, hört dann für einen Moment damit auf und stöhnt stattdessen im Schlaf. Magnus fängt an, die Bahnschwellen zu zählen, und sinkt endlich in einen unruhigen Schlaf, aus dem er erwacht, als Svend sich hereinschlängelt und ein Glas mit dampfendem Tee auf den kleinen Klapptisch stellt, der sich zwischen den beiden Betten befindet. Svend pustet in seinen Tee, den er aus dem Samowar am Ende des Waggons geholt hat, bevor er vorsichtig einen kleinen Schluck trinkt. Magnus hofft, dass der Tee stark und süß ist, und das ist er zum Glück auch.

»Hast du ein bisschen schlafen können?«, fragt Svend.

»Ein bisschen.«

»Du siehst aus wie ausgewrungen.«

»So fühle ich mich auch. Gut beobachtet, Svend.«

»Wir müssen dringend was dagegen tun, bevor du deine geliebte Irina wiedersiehst.«

»Sag mal, machst du dich etwa über mich lustig?«

»Würde ich niemals wagen, Magnus. Ich habe großen Respekt vor der komplizierten Angelegenheit, die man Liebe nennt. Moskau ist bloß eine ganz andere Welt, und deshalb kann es sein, dass Irina dort ein anderer Mensch ist als der, den du in Spanien gekannt hast.«

»Du sprichst aus Erfahrung, was? Spielst du damit auf Marie an?«

Svend nickt. Magnus betrachtet die grünen Augen unter der hohen Stirn seines Reisebegleiters. Svends Haare sind noch immer tiefschwarz. Normalerweise schlägt er den rechten Jackenärmel auf der Höhe seines Armstumpfs um und befestigt ihn mit einer Sicherheitsnadel. Im Moment trägt er nur ein weißes Unterhemd, und Magnus kann das rote Narbengewebe unten am Stumpf und die langen weißen Narben am Oberarm sehen. Er hat sich längst an Svends Kriegsverletzung gewöhnt, und Svend selbst ist kein bisschen schamhaft und lässt sich von seiner Behinderung nicht einschränken. Mit seiner Linken schüttelt er zwei Zigaretten aus dem Päckchen und zündet sie für sich und Magnus an.

»Vermutlich. Es ist nicht leicht, sie zu lieben«, sagt er dann.

»Aber du tust es?«

»Was weiß ich? Ich bin ziemlich verrückt nach ihr, aber was bedeutet es denn, einen anderen Menschen zu lieben? Dass man sich wünscht, ihn zu besitzen? Das tue ich nicht. Das ist es nicht, was ich von Marie will. Wir könnten niemals miteinander verheiratet sein. Wir sind viel zu verschieden. Es würde bestimmt mit Mord und Totschlag enden. Außerdem habe ich auch eine Verantwortung meiner Frau und meinen Kindern gegenüber. Ich wäre ein richtiger Schuft, wenn ich mich, so, wie die Lage derzeit ist, scheiden ließe. Ich erfreue mich an den gestohlenen Augenblicken und dem Genuss und der Zeit, die Marie mir schenkt. Mit Klammeraffen kann deine Schwester sowieso nichts anfangen.«

»In Albacete hat jemand das Gleiche über Irina zu mir gesagt – er hat genau die gleichen Worte gebraucht.«

»Da kannst du mal sehen. Aber vielleicht kommst du ja zur Ruhe, wenn du sie erst wiedergesehen hast. Das wäre doch immerhin etwas.«

»Und vielleicht kannst du in deine Partei zurückkehren? Das wäre doch auch etwas.«

»Falls ich das überhaupt will.«

»Ich dachte, darum ginge es dir.«

»Das tut es vielleicht auch, aber die Sache ist kompliziert, und ich habe eigentlich keine Lust, mit dir darüber zu diskutieren. Du bist nicht der richtige Mann für politische Gespräche, aber um es kurz zu machen, ich finde, die Partei ist auf dem falschen Weg. Die ersten Zweifel sind mir schon in Spanien gekommen, und sie sind von der Politik Stalins und der Komintern dort und hier in der Sowjetunion nur noch verstärkt worden. Die Prozesse haben überhandgenommen.«

»Die Politik Stalins? Eurer Bibel zufolge ist er doch unantastbar. Wie kannst du da an ihm zweifeln?«

»Da kannst du mal sehen. Man hat Stalin zum Gott erhoben. Weder Marx noch Lenin haben mit unfehlbaren Göttern operiert. Stalin ist ein Mensch. Das scheinen die Parteikameraden auf der ganzen Welt vergessen zu haben. Menschen machen Fehler, und Fehler müssen durch kameradschaftliche Diskussionen aus der Welt geschafft werden.«

»Du fängst langsam an, mich zu langweilen, Svend. Vergiss endlich diese Partei, wenn sie nun mal nichts mit dir zu tun haben will. Fang endlich an, selbst zu denken. Das tut nicht weh.«

»Das tue ich doch längst. Ich denke in Wirklichkeit viel zu viel nach.«

»Du bist ein guter Mensch, mein Freund«, sagt Magnus grinsend auf Deutsch. »Und jetzt lass uns in den Speisewagen gehen und frühstücken, während du mir mehr von deinem alten Mekka Moskau erzählst. Vielleicht kannst du mir auch ein bisschen Russisch beibringen. Nur für den Hausgebrauch. Guten Tag. Auf Wiedersehen. Und: Ich liebe dich.«

»Gut so, Magnus. Wenn du lächelst, siehst du gleich viel besser aus.«

27

Auf dem Bahnsteig, unter dem gewölbten Dach wimmelt es von Menschen. Die große Lokomotive steht nach ihrer langen Reise da wie ein altes, müdes Pferd und schnaubt. Der Lokomotivführer lehnt sich aus dem Fenster und raucht eine der dicken schwarzen Zigaretten, die Magnus noch aus Spanien kennt und die Svend sich unbedingt besorgen will. Zwei Kohlenschaufler, deren Gesichter schwärzer sind als die Lokomotive selbst, stehen zwischen der Lokomotive und dem Kohlenwagen und rauchen ebenfalls, während sie den Passagieren zusehen, die sich in einem dichten Strom auf das Bahnhofsgebäude zubewegen – ein großes grünes Gebäude mit vielen Türmchen und Spitzen und allen möglichen Verzierungen und Ornamenten. Im Schnee strahlt es wie neu.

Auf dem gegenüberliegenden Bahnsteig steigen die Leute in einen langen Zug, der sich zur Abfahrt bereit macht. Vorne an der Lokomotive sind ein großer roter Stern und Hammer und Sichel angebracht. Dicker Rauch steigt aus dem Schornstein auf, als könnte die Maschine es kaum erwarten, loszufahren. Für einen Moment würde Magnus am liebsten einsteigen und in Richtung Westen zurückfahren, weil ihm seine Mission so unvorhersehbar und unmöglich erscheint.

Ein Gepäckbursche, der einen Karren mit zwei großen Rädern vor sich herschiebt, bietet ihnen seine Dienste an, und sie überlassen ihm ihr Gepäck. Es riecht nach Kohle und bitterer Kälte, einer besonderen Note, von der Magnus nicht weiß, wo sie herkommt, die aber in der Moskauer Luft schwebt und sich als Geschmack auf der

Zunge festsetzt. Der Himmel ist bleigrau, und die Wolken sehen aus, als würden sie gleich auf die Häuserreihen und die Fahrbahnen stürzen und alles unter sich begraben.

Sie fahren mit einer schwarzen Autodroschke in Richtung Hotel. Die Straßen sind sehr breit, und es herrscht nur wenig Verkehr, aber trotz des Wetters wimmelt es nur so von Fußgängern. Sie sind in dicke Mäntel, Tücher und Pelzmützen gehüllt. Überall sind Gruppen von Frauen damit beschäftigt, den Schnee von den Gehwegen und Fahrbahnen zu räumen. Sie benutzen große Harken und Schaufeln und lustige kleine Bastbesen, mit denen sie die letzten feinen Schneeflocken wegfegen.

Die wenigen Cafés und Restaurants, an denen sie vorbeikommen, sind gut besucht. Vor einigen Geschäften haben sich kurze Schlangen gebildet, aber er kann nicht erkennen, was dort verkauft wird. Die Häuser wirken massiv und verschlossen. An den Dachvorsprüngen hängen dicke Eiszapfen. Die Straßenbahnen rumpeln über die Bahnschwellen hinweg, und immer wieder leuchten Schaltfunken an den Oberleitungen auf. Magnus bemerkt, dass es meistens Frauen sind, die die Straßenbahnen und Busse fahren. Sie tragen große Tücher oder Strickmützen auf dem Kopf.

Sie verlassen den Leningradski Prospekt und setzen ihre Fahrt auf einem breiten Boulevard fort, auf dem es teure Boutiquen, Restaurants und Cafés gibt. Svend erzählt ihm, dass die Gorki-Straße eine der wichtigsten Einkaufsstraßen in Moskau sei. Die Häuser sind hier besonders imposant mit Verzierungen an den Dachvorsprüngen und hohen Fenstern, durch die die beiden im Vorüberfahren in die stuckverzierten Wohnräume hineinschauen können.

Schließlich deutet Svend auf ein großes Gebäude und erklärt, dort seien die Komintern und die Kameraden untergebracht, und Magnus meint, eine Sehnsucht nach den guten alten Zeiten in seiner Stimme zu hören.

»Es heißt Hotel Lux«, sagt er. »Es ist nicht besonders luxuriös, aber man wohnt dort angenehm, in schönen großen Zimmern, und auf jedem Flur gibt es ein Bad und eine Gemeinschaftsküche und unten ein großes Restaurant, in dem man günstig essen kann. Ich habe dort gewohnt, als ich an der Internationalen Lenin-Schule meine Ausbildung gemacht habe. Ich habe dort viele schöne Stunden verbracht.«

Magnus sieht ihn an und erwartet eine Fortsetzung, aber Svend schaut weg. Das Hotel Lux ist groß, und zu beiden Seiten des Eingangs stehen Säulen. Vor dem Eingangsportal drängen sich die Menschen, dazwischen ein Portier.

Der Chauffeur hält alle fünf Minuten an, um den Schnee von der Windschutzscheibe zu entfernen. Es gibt offensichtlich keine Scheibenwischer. Magnus ist froh über seine Handschuhe und seine gefütterte Mütze; trotzdem spürt er die beißende Kälte an seinem Körper und an den Ohren. Er muss zusehen, dass er sich eine von diesen Schapkas besorgt, die hier alle tragen. Svend hat seine alte Schapka mitgebracht, die er mit hochgebundenen Ohrenklappen auf seinem Kopf platziert hat.

Der erste Eindruck, den Moskau auf Magnus macht, ist überwältigend. Er ist sich auf einmal gar nicht mehr sicher, was er eigentlich in der Sowjetunion will, obwohl er sich natürlich alles genau zurechtgelegt hat.

Sein Plan läuft darauf hinaus, vor Ort zu sein, wenn der Schauprozess, wie Brodersen das Gerichtsverfahren konsequent genannt hatte, gegen Irinas Vater und Bruder in einigen Tagen beginnt, sofern man sich auf die Angaben in den deutschen Zeitungen verlassen kann. Dann will er weitersehen. Er hat auch überlegt, Irina aufzusuchen, aber er kennt ihre genaue Adresse nicht, und da er fest davon ausgeht, dass sie beim Prozess zugegen sein wird, will er dort mit ihr Kontakt aufnehmen. Svend meint, sie könnte eventuell als Zeugin geladen sein, aber er ist nicht so gut informiert wie Magnus, der die gesamte deutsche Presse studiert hat. Svend verspricht ihm, einige russische Zeitungen zu besorgen und sich ein bisschen umzuhören, falls es noch Kameraden geben sollte, die bereit sind, sich mit ihm zu unterhalten. Er weiß, dass einige skandinavische Parteikameraden im Hotel Lux wohnen.

Das Hotel National, in dem sie selbst absteigen, ist ein stattliches Gebäude. Es geht auf den Roten Platz hinaus, wie Brodersen es ihm beschrieben hat, aber der etwas heruntergekommene klassizistische Bau hat seine besten Zeiten unverkennbar bereits hinter sich. An mehreren Stellen bröckelt die Farbe von der imposanten Fassade ab, und das Haus strahlt etwas Vergängliches aus, das Magnus melancholisch stimmt. Von hier aus kann er die Türme des Kreml sehen, die lange rote Mauer, dahinter die gelben Gebäude mit den grünen Dächern und die seltsamen zwiebelförmigen Kirchtürme des geheimen Machtzentrums.

Im Inneren ist es zum Glück warm.

Die Anmeldung an der Rezeption verläuft reibungslos. Svend kümmert sich um die Verständigung, und Magnus regelt das Finanzielle. Sie müssen ihre Pässe und die Visa abgeben, da diese bei der Polizei vorzulegen sind, aber man teilt ihnen mit, dass sie sie in spätestens zwei Tagen zurückbekommen. In der Zwischenzeit können die Herren ihre Zimmerkarten als Ausweisdokumente benutzen, falls die Ordnungshüter sie kontrollieren sollten.

Da Magnus in ausländischer Währung bezahlt, erhalten sie zwei schöne Zimmer mit Blick auf den Kreml. Warmes Wasser gibt es dort ebenfalls. Sie verabreden, ein Bad zu nehmen und sich in einer Stunde im Restaurant zum Mittagessen zu treffen.

Das Hotel ist etwas heruntergekommen, aber opulent, und über eine monumentale Treppe gelangt man in die erste Etage mit verschiedenen Restaurants und Bars. Ihre

Zimmer in der sechsten Etage sind groß und mit schweren Möbeln und dicken roten Samtgardinen und jeder Menge vergoldeter Verzierungen ausgestattet. Aber es wirkt alles ein wenig ausgeblichen, so als fehlte es an Geld, um das Hotel richtig in Schuss zu halten. Es verfällt vor den Augen der Gäste und des Personals. Wie eine vornehme und wohlhabende Dame, die bessere Zeiten gekannt hat, aber immer noch alles tut, um die Fassade aufrechtzuerhalten, auch wenn es ihr von Tag zu Tag schwerer fällt.

Das gilt auch für das Restaurant, in dem man ihnen einen Tisch in der Ecke des kleineren Speisesaals zuweist, wo es dunkel und stickig ist und trotz der hohen Decken nach Kohl stinkt. In einer Ecke spielen einige Musiker in schwarzen Anzügen und mit versteinerten Mienen klassische Musik.

Svend spricht fließend Russisch, wie Magnus bemerkt, als dieser die Bestellung aufgibt. Er bestellt eine Rote-Bete-Suppe, die er Borschtsch nennt, Buchweizenpfannkuchen mit dem berühmten russischen Kaviar und Hühnchen, das eines der beiden warmen Gerichte ist, die das Restaurant an diesem Tag anzubieten hat, obwohl die Speisekarte endlos lang ist.

Magnus hört, dass an den umstehenden Tischen eine ganze Menge Journalisten sitzen, die sich über den bevorstehenden Prozess unterhalten. Sie kommentieren ihn sowohl auf Französisch als auch auf Deutsch und Englisch. Redakteur Brodersen hat offensichtlich gewusst, wo die ausländische Presse abzusteigen pflegt.

Magnus' Artikel aus Spanien hatten Brodersen sehr gut gefallen, und er hofft, dass Magnus auch aus Moskau etwas für ihn schreiben wird.

»Man muss seine Tarnung pflegen«, hatte er gesagt. »Ich beneide Sie um diese Reise. Russland ist ein erstaunliches Land, das sich mit keinem anderen vergleichen lässt. Brutalität und Kultur gehen dort Hand in Hand. Es ist ein Land, in dem man sich höchst lebendig fühlt, so lange es einem gestattet ist. Passen Sie also auf sich auf und berichten Sie von dort. Sie haben eine gute Schreibe.«

Svend bestellt noch eine Karaffe mit Wodka und erzählt Magnus, dass man ihn hierzulande in Gramm bemesse. Er scheint froh zu sein, wieder in der Sowjetunion zu sein, aber auch ein wenig unsicher und beklommen angesichts der neuen Situation, in der er sich auf einmal befindet.

Sie haben inzwischen so viele Tage gemeinsam auf Reisen verbracht, dass sie sehr entspannt und ruhig miteinander umgehen. Sie fühlen sich wohl in der Gesellschaft des anderen, auch wenn ihr Leben bisher so unterschiedlich verlaufen ist. Spanien und der Krieg sind Themen, die sie beide beschäftigen, und so unterschiedlich sie auch sein mögen, so unterhalten sie sich doch viel über den Bürgerkrieg und über die persönlichen Erfahrungen, die sie dort gemacht haben.

Svend war ziemlich überrascht zu hören, dass Mads Saboteur gewesen ist, aber es hat ihn vor allem getroffen, dass Mads tot ist. Er benutzt das Wort, ohne zu zögern. In Spanien verschwindet man nicht einfach auf dem Schlachtfeld. Schon gar nicht, wenn man Partisane ist. Entweder man liegt verwundet in einem Lazarett oder man ist tot. Bei dem Auftrag, den Mads auszuführen hatte, ist es ausgeschlossen, dass er in einem Kriegsgefangenenlager gelandet ist. Magnus weigert sich, die letzte Hoffnung aufzugeben, auch wenn er im Grunde weiß, dass Mads weg ist, und zwar für immer.

Svend schenkt ihnen Wodka ein. »Prost, Magnus«, sagt er, »und willkommen im ersten Arbeiter- und Bauernstaat der Welt.«

»Komm, wir trinken darauf, dass wir beide unser Ziel erreichen.«

»In Ordnung.«

»Bist du froh, wieder hier zu sein?«

»Ich glaube schon. Mal sehen, wie es läuft. Mal sehen, wie es den Menschen hier geht. Es ist ja noch alles so neu, Magnus. Das hier ist eine Stadt von Bauern erster und zweiter Generation, nicht wahr? Die Revolution ist ja erst zwanzig Jahre alt. Das ist nicht viel. Hier herrscht große Hoffnung, aber sicher auch große Verzweiflung.«

Der Wodka ist stark und brennt im Hals. Svend leert sein Glas, als wäre es dänischer Branntwein, auch wenn die Gläser sehr viel größer sind. Magnus tut es ihm gleich, und ein warmes Gefühl durchströmt seinen Körper.

»Russischer Schnaps schmeckt gut«, sagt er.

»Wodka schmeckt nach Russland. Sobald ich das erste Glas getrunken habe, weiß ich, wo ich mich befinde. Er tut einfach gut. Und er hält die Kälte des Winters von einem fern.«

Alles hier ist seltsam, findet Magnus. Der Ort und das Klima. Das befremdliche Gefühl, in einer ganz anderen Welt gelandet zu sein. Das Essen ist auch sehr fremdartig, aber es schmeckt gut. Magnus mag die kräftige Rote-Bete-Suppe mit den Fleischstücken und ist ganz verrückt nach dem delikaten schwarzen Kaviar auf den Pfannkuchen, die Svend Blinis nennt.

Magnus hat noch nie zuvor Kaviar probiert, aber es soll nicht das letzte Mal gewesen sein. Die kleinen Kügelchen zerplatzen in seinem Mund und hüllen seine Geschmacksknospen in ein wunderbar salziges Wohlbehagen. Er sagt nichts, aber Svend, der den Kaviar ebenfalls mit großem Genuss verspeist, kann ihm ansehen, dass er mit seiner Bestellung ins Schwarze getroffen hat. Svend sieht ihn stolz an, als wäre er es höchstpersönlich gewesen, der den Stör gefangen und ausgenommen hat.

Es ist ihm wichtig, dass sein sozialistisches Vaterland einen guten Eindruck macht, denkt Magnus, aber er will seinen Reisekameraden nicht damit aufziehen. Er wirkt zu besorgt und unruhig, als dass er ihn noch zusätzlich provozieren will. Das Hühnchen schmeckt trocken und langweilig, aber mit hundert Gramm Wodka, der seinen Körper wohlig kribbeln lässt, bekommt er es doch hinuntergespült.

Als Svend mit seiner Schapka und Magnus mit seiner gefütterten Mütze auf dem Kopf und beide mit ihren dick gefütterten Mänteln, warmen Stiefeln und Handschuhen das Hotel verlassen, hat es aufgehört zu schneien. Magnus kann nicht länger warten. Er will das Haus sehen, in dem Irina wohnt.

Es ist kalt, aber der Wind hat sich gelegt, sodass die Kälte einigermaßen auszuhalten ist. Trotzdem ist er noch nie irgendwo gewesen, wo es so eisig war wie in Moskau. Er friert schon wieder und begreift nicht, wie die Moskowiter diese Temperaturen ganz normal finden können. Ein Stück weiter die Straße hinauf liegt das Bolschoi-Theater neben einem vornehmen Gebäude, in dem Irinas Vater und Bruder bald vor Gericht gestellt werden, erzählt Svend. Es ist ein schönes dreistöckiges Haus, das pastellgrün gestrichen ist und dessen Eingangstür von vier schlanken weißen Säulen umrahmt wird. Ganz oben befindet sich eine Art Kuppel. Svend erklärt ihm, dass es sich dabei um das Haus der Gewerkschaften handle und dass der tote Lenin dort im Kuppelsaal aufgebahrt sei.

Sie gehen zum Roten Platz hinüber, den Svend Magnus unbedingt zeigen will. Magnus dagegen hat nur den einen Wunsch, Irina gegenüberzustehen und aus ihrem Mund zu hören, dass sie ihn nicht mehr liebt und dass sie nicht mit ihm fortgehen will. Dass sie selbst und niemand anders diese Entscheidung getroffen hat. Daher hört er auch nur mit halbem Ohr zu, als sie den imposanten Platz erreichen. Sie sind keineswegs die Einzigen dort. Er sieht eine lange Reihe geduldiger Menschen, die an der Kremlmauer entlang und bis hin zum Roten Platz Schlange stehen.

Das Kopfsteinpflaster ist rutschig unter der dünnen Schneedecke. Sie spazieren über den Platz zu einer Kirche mit vielen bunten Kuppeln, die aber ganz verfallen ist. Hinter ihr steigt in einiger Entfernung schwarzer Rauch aus drei großen Industrieschornsteinen auf. Er spürt die beißende Kälte an den Oberschenkeln und an den Wangen. In ein großes Gebäude links vom Platz strömen Menschen. Es ist das GUM, das größte Warenhaus der Stadt, das immer sehr gut besucht ist, vor allem von Menschen aus den fernen Provinzen, die zum Einkaufen nach Moskau gekommen sind.

Vor der Kremlmauer auf der rechten Seite steht ein niedriges viereckiges Gebäude. Eine lange Schlange wartender Menschen windet sich in einem weichen S, um hinter einer Ecke zu verschwinden. Die Schlange bewegt sich nur langsam vorwärts, schiebt sich nach und nach in das rote Granitgebäude hinein. Die Leute stampfen gegen die Kälte mit den Füßen auf. Magnus hört keine einzige Stimme. Selbst die halbwüchsigen Kinder, die in ihren Mänteln und Mützen wie unförmige Kleiderbündel aussehen, sind still. Die Menschen in der Schlange wirken wie Marionetten, die ein erfahrener Puppenspieler fein säuberlich aufgestellt hat.

Zwei steif gefrorene Soldaten in grauen Uniformen halten Ehrenwache vor einer schwarzen Flügeltür, die in den roten Marmor eingelassen ist. Die Soldaten stehen reglos in der Kälte und sind vom beißenden Frost ganz weiß im Gesicht. Ihre Augen blicken ins Leere, als hätten sie sich in ihr Inneres zurückgezogen, um dort auszuharren, bis die Wachablösung kommt.

Svend nimmt seine Pelzmütze ab und senkt kurz den Kopf.

»Lenins Mausoleum«, sagt er. »Der Vater des Sozialismus und Gründer des Staates liegt einbalsamiert dort. Ich habe ihn einmal gesehen. Es ist ehrfurchteinflößend, einem so großen Mann von Angesicht zu Angesicht gegenüberzustehen, auch wenn er tot ist.«

»Das glaube ich gern. Der reinste Pharao. Oder vielleicht ein heidnischer Gott?«, sagt Magnus trocken.

»Du willst den großen Lenin also nicht sehen? Als Ausländer musst du dich nicht einmal in der Schlange anstellen«, erwidert Svend und setzt sich die Pelzmütze wieder auf.

»Nein, danke. Kein Bedarf. Er ist nicht mein Heiliger.«

Svend will etwas erwidern, schluckt es dann aber hinunter.

Von der Turmuhr vor ihnen sind Glockenschläge zu hören, drei Soldaten marschieren aus dem Eckturm heraus und bewegen sich langsam im Stechschritt an der Kremlmauer entlang. Der Offizier marschiert voran, und hinter ihm folgen zwei Soldaten mit den Gewehren stramm auf der Schulter wie beim Exerzieren. Svend und Magnus betrachten das eigentümliche Ritual des Wachwechsels, bei dem die Soldaten die Gewehre synchron herumschwenken und mit ihren hohen Stiefeln taktsicher und lautstark aufstampfen, während die kurzen Kommandos des Offiziers über den Platz hallen. Als die durchgefrorenen Soldaten in der warmen Wachstube angekommen sind und die neuen einander reglos vor der Flügeltür gegenüberstehen, gehen Svend und Magnus weiter.

»Auf die Weise ehrt man Lenin«, sagt Svend. »Stalin hat beschlossen, dass Lenin für alle Zeiten hier ruhen soll. Es war nicht Lenins eigener Wunsch. Tausende von Menschen haben Stalin geschrieben und flehentlich darum gebeten, den großen Lenin so zu konservieren, dass auch kommende Generationen ihn sehen können. Irgendwann – hoffentlich erst in vielen Jahren – wird Stalin neben Lenin zur letzten Ruhe gebettet werden, damit diese großen Kämpfer der Menschheitsgeschichte für immer unter uns bleiben.«

»Manchmal klingst du wirklich wie ein katholischer

Priester, Svend«, sagt Magnus und geht jetzt schneller. Svend liegt eine Entgegnung auf der Zunge, aber er schweigt und deutet in Richtung des Flusses, der vor ihnen liegt.

Die Moskwa ist von weißgrauem Eis bedeckt, das sich an manchen Stellen zu merkwürdigen Formationen aufgetürmt hat. Eine Brücke führt auf die andere Flussseite hinüber, und weiter hinten wird gerade eine neue Brücke errichtet. Auf der Brücke sind einige schwarze Autos, mehrere Pferdegespanne und ein dichter Fußgängerstrom unterwegs, aber Svend biegt nach rechts ab, geht weiter an der Kremlmauer entlang. Der zugefrorene Fluss liegt jetzt zu ihrer Linken. Drei Männer sitzen vor Löchern im dicken Eis und angeln. Das Ufer ist von dicken Steinen gesäumt, an denen das Eis hinaufzuklettern scheint.

Sie steigen eine Treppe hinauf, bleiben auf der Brücke stehen. Svend zeigt zu einem wuchtigen grauen Gebäude hinüber. Die kleineren Häuser daneben scheinen sich geradezu schamhaft verstecken zu wollen. Das Gebäude erinnert an eine Art moderne Festung mit vier Türmen, die jeweils zwölf Stockwerke haben. Bis zur sechsten Etage sind sie miteinander verbunden und umschließen so einen großen gemeinsamen Innenhof. Der gesamte Komplex muss riesig sein.

»Man nennt es das Regierungshaus«, erklärt Svend. »Es hat Hunderte von Wohnungen. In einer von ihnen befindet sich vielleicht Irina.«

»Aber wo?«, sagt Magnus und spürt trotz der Kälte, die ihn in einen Eiszapfen zu verwandeln droht, auf einmal Wärme in sich aufsteigen.

»Das weiß ich nicht. Ich war noch nie drinnen. Dafür bin ich nicht fein genug. Es ist ein Haus, in dem nur die höchsten Kader der Partei und die größten Künstler des Landes wohnen dürfen. Es gibt dort wirklich alles. Es muss großartig sein. Ein Sieg des Sozialismus.«

»Lass uns hinübergehen.«

»Wenn du willst.«

»Du zögerst?«

»Es stehen bestimmt Wächter davor, und die Aufzüge werden mit Sicherheit kontrolliert. Wenn wir kein offizielles Anliegen nachweisen können, werden wir den Hof gar nicht betreten dürfen, und das Gebäude selbst erst recht nicht. Außerdem werden wir beobachtet. Seit wir das Hotel verlassen haben, habe ich dieselben beiden Männer jetzt schon viermal gesehen. Dreh dich nicht um. Der eine steht hinter uns und der andere wartet vor uns auf der anderen Seite der Brücke. Er muss den Fluss beim Roten Platz überquert haben.«

Magnus schaut nach vorn. »Was glaubst du, wer das ist?«, fragt er und wünscht sich, er hätte seinen Revolver mitgenommen. Aber das hat er sich in dieser fremden Stadt trotz allem nicht getraut. Die Waffe liegt noch immer in ihre Einzelteile zerlegt in seiner Reisetasche.

»Männer vom NKWD, vermute ich. Du bist ein neuer Journalist in der Stadt. Sie wollen vermutlich überprüfen, ob du nicht doch ein imperialistischer Spion bist.«

»Leidet dein Arbeiter- und Bauernstaat an Verfolgungswahn, Svend, oder was ist hier los?«

»Die Sowjetunion hat viele Feinde. Das ist ein ganz gewöhnlicher Vorgang.«

»Und was machen wir jetzt?«, fragt Magnus mit gesenkter Stimme. Aber wer sollte hier schon Dänisch verstehen?

»Wir drehen um«, schlägt Svend vor und seine Stimme bebt ein wenig, aber Magnus kann nicht erkennen, ob ihm irgendetwas Angst macht oder ob es wegen der Kälte ist. »Ich werde ins Hotel Lux hinübergehen und sehen, ob ich dort ein paar alte Kameraden antreffe, du wirst also eine Weile allein zurechtkommen müssen.«

»Ich bin schon ein großer Junge.«

»Das bist du. Vielleicht sehen wir uns ja auch erst morgen früh wieder. Ich werde versuchen, etwas herauszubekommen. Und es ist sicher am besten, wenn ich das allein tue. Du fällst einfach zu sehr auf.«

Magnus wirft noch einen letzten Blick zu dem Gebäude hinüber. Irina ist auf einmal so nah und doch so unerreichbar. Wenn Svend nicht gewesen wäre, hätte er bestimmt versucht, sie zu finden, aber er muss sich gedulden. Es ist furchtbar, zu wissen, dass sie in derselben Stadt ist, vielleicht sogar in dem Haus vor ihm, und doch kann er sie nicht in die Arme schließen und mit ihr schlafen.

Am Abend geht Magnus in die Hotelbar und trinkt zusammen mit drei müden Journalisten, die sich hier zu Tode langweilen, ihm für ein paar Drinks aber gern einiges an Informationen und ihre Theorien über den bevorstehenden Prozess sowie über frühere Gerichtsverhandlungen weitergeben, über die sie für ihre Zeitungen berichtet haben. Im Gegenzug erzählt Magnus ihnen von Spanien, wo die drei nach dem bevorstehenden Prozess als Nächstes hinsollen. Die sowjetische Presse hat ihn die Schapatowo-Verschwörung getauft und viel über die angeblichen Verbrechen der beiden Männer geschrieben, die inzwischen in vollem Umfang geständig sind, wie die Zeitungen triumphierend vermeldet haben.

Einer der Journalisten, ein Brite, stellt sich als Ian Fleming von der Agentur Reuters vor. Er ist ein großer, schlanker Mann mit schwarzen Haaren und einem schmalen aristokratischen Gesicht. Er raucht eine Zigarette nach der anderen, die er in eine lange Zigarettenspitze aus gelbem Elfenbein steckt. Er hat eine vornehme englische Diktion, die Magnus an Internate und Eliteuniversitäten denken lässt, aber auf eine leicht arrogante Weise wirkt er trotzdem recht sympathisch. Er vertritt eine zerstreut weltfremde Haltung zum Dasein im Allgemeinen und zu Moskau im Besonderen.

Er sitzt auf einem zerschlissenen Sofa neben einem der beiden Amerikaner, dessen Namen Magnus nicht verstanden hat. Der Amerikaner sagt nicht viel, dafür trinkt er, wie Fleming auch, ruhig und konzentriert seine Wodka-Martinis, gerührt und nicht geschüttelt, während Magnus und der andere Amerikaner, Paul Keenan, sich an den Bourbon halten, den die gut sortierte Hotelbar ebenfalls im Angebot hat. Die Bar befindet sich in der ersten Etage und ist von Presseleuten und einigen russischen Damen mit viel Make-up bevölkert, die vorgeben, etwas anderes zu sein, als sie sind.

Keenan schreibt für die New York Times, und da er in den letzten Jahren über eine Vielzahl von Terrorprozessen berichtet hat und offensichtlich Russisch spricht, führt vor allem er das Wort:

»Ich sage Ihnen, Meyer. Das Ganze ist eine sorgfältig geplante Zirkusnummer, auf die sie sich in dieser Stadt ja besonders gut verstehen. Ein abgekartetes Spiel. Man macht sich gar nicht erst die Mühe, so zu tun, als handle es sich um eine faire Gerichtsverhandlung. Nur, warum erschießt man sie dann nicht gleich? Das würde doch einiges an Mühe ersparen. So macht man es doch sonst auch mit den Angeklagten. Im Keller des Hauptquartiers Lubjanka jagt man ihnen eine Kugel in den Kopf. Das ist gar nicht weit von hier, so ein Riesenkasten. Sie können ihn nicht übersehen. Bis zur Revolution war es der Hauptsitz einer Versicherungsgesellschaft. Jetzt ist es das Hauptquartier eines der brutalsten und effektivsten Geheimdienste, die die Welt je gesehen hat. Und unglaublich geheimnisvoll! Die Angehörigen werden nie erfahren, warum ihre Lieben hingerichtet worden sind oder in welches Massengrab man sie geworfen hat. Das ist ein Staatsgeheimnis. Aber ab und zu entscheidet man sich dafür, einen Schauprozess wie diesen durchzuführen. Man bittet Journalisten aus aller Welt um ihr Erscheinen, damit sie sich davon überzeugen können, wie hier der kommunistischen Gerechtigkeit Genüge getan wird. Stalin verlangt in regelmäßigen Abständen nach einem Prozess, damit er ein Exempel statuieren kann. Vater und Sohn Schapatowo eignen sich gut als Exempel, nicht wahr? Der Vater ist Oberst beim NKWD, auf die Weise kann Stalin dort mal wieder aufräumen und Angst verbreiten. Vielleicht ist Oberst Schapatowo ja zu einer Gefahr für Stalins Oberschergen, den Volkskommissar und NKWD-Chef Nikolai Jeschow, geworden. Wenn man den Namen nur leise flüstert, löst er bei den Kameraden in diesem gepeinigten Land schon Durchfall aus. Stellen Sie sich das vor.«

Keenan schaut in die Runde und trinkt einen Schluck, genießt offensichtlich seinen Vortrag und die Aufmerksamkeit, die zumindest Magnus ihm schenkt. »Der Sohnemann ist Offizier beim Roten Heer«, fährt er dann fort, »wo Stalin gerade große Teile des Offizierskorps säubert, von denen er annimmt, dass sie Bonapartisten und darauf aus sind, sich die Revolution unter den Nagel zu reißen, so, wie der gute alte Napoleon sich damals die Französische Revolution geklaut hat. Offizier Schapatowo ist keine große Nummer und steht in der Hierarchie auch nicht besonders weit oben, sein Vater dagegen schon. Und jetzt müssen alle, die jemals mit dem Herrn Offizier in Kontakt gewesen sind, zittern und beben, denn allein die Tatsache, ihn gekannt zu haben, reicht schon aus, um verhaftet, verhört und erschossen zu werden. Es geht hier um Macht, Meyer. Um nichts anderes. Es geht darum, dass Stalin jetzt ein Diktator ist und die verbleibenden Rivalen und ihre Getreuen bis ins letzte Glied verbannen oder noch besser aus dem Weg räumen will. Manchmal glaube ich, dass der gute Führer Stalin erst dann sicher ist, dass niemand gegen ihn konspiriert, wenn er der letzte Mann ist, der in der ganzen fucking UdSSR noch übrig ist.«

Keenan trinkt erneut einen großen Schluck von seinem

Whiskey, genießt das Lachen seiner Trinkbrüder und schielt zu zwei Männern hinüber, die in einer Ecke sitzen und an ihrem Wodka nippen.

»Da drüben sitzen zwei NKWD-Männer und tun so, als verstünden sie kein Wort Englisch. Ignoriert sie einfach. Uns Gentlemen der Presse wagen sie nicht so einfach festzunehmen, aber wenn es um ihre ausländischen Kameraden bei der Komintern geht, sind sie nicht so zimperlich. Die verschwinden ebenfalls in dem großen weißen Nichts. Wir haben gehört, dass es weit im Osten, in Sibirien, große Gefangenenlager geben soll, aber man erlaubt uns natürlich nicht, dorthin zu reisen. Wir haben auch gehört, dass Tausende von Menschen zur Zwangsarbeit verpflichtet werden und Kanäle graben müssen, bis das Blut spritzt. Diese neue schicke Metro, die Stalin in Moskau in Rekordzeit bauen lässt, wird ebenfalls mithilfe von Sklavenarbeit errichtet. Der Bau schreitet schnell voran, und da spielt es dann auch keine Rolle, dass die Armen, die die Arbeit machen, wie die Fliegen sterben – Hauptsache, die neuen Fünfjahrespläne werden erfüllt. Wie Stalin neulich so schön gesagt hat: Der Mensch ist nur ein winziges Rädchen im Getriebe der Revolution.«

Paul Keenan ist ein alerter, schlanker Mann mit den Gesichtszügen und der Diktion eines New Yorker Juden. Er spricht leise, aber eindringlich und wedelt mit seiner Zigarre herum, wenn er etwas besonders hervorheben will. Magnus findet ihn wie auch andere amerikanische Reporter, die er kennengelernt hat, zynisch und desillusioniert, gleichzeitig aber auch intelligent und eigenständig in seinen Gedanken.

»Ich habe in der deutschen Presse zwar einiges darüber gelesen«, sagt Magnus und trinkt einen Schluck, »aber ich habe trotzdem nicht richtig verstanden, was man den Schapatowos genau vorwirft.«

»Es geht um Artikel 58«, erklärt Keenan. »Der wurde 1927 eingeführt, und Kamerad Stalin hat ihn letztes Jahr erneuert. Das ist so ein Gummiparagraph, der die Leute mit dem Tod oder Zwangsarbeit oder Verbannung bestraft, wenn man ihnen terroristische Handlungen gegen Mitglieder der Sowjetführung oder gegen die Sowjetunion als solche nachweisen kann. Und was könnte da zum Beispiel alles dazugehören, Meyer?«

Der Amerikaner beantwortet sich die Frage selbst und zählt die einzelnen Vergehen an den Fingern ab, während er sie herunterleiert: »Der Artikel 58 umfasst vierzehn Unterpunkte. Soll ich Ihnen ein paar nennen? Da wäre zum Beispiel Hochverrat. Bewaffneter Aufstand. Spionage. Sabotage. Kontrarevolutionäre Propaganda – was auch immer das sein soll – und Kontakt zu kontrarevolutionären Organisationen. Das können Leute wie Sie und ich sein, also erwarten Sie nicht, dass es leicht sein wird, überhaupt jemanden zu finden, der mit Ihnen reden will. Und schließlich reicht sogar schon der Verdacht der Spionage aus, um jemanden zu verurteilen. Wenn man erst einmal auf der Anklagebank sitzt und einem der Artikel 58 vorgehalten wird, dann steht der Ausgang der Geschichte ohnehin schon fest. Man ist schuldig. Das Strafmaß kann unterschiedlich ausfallen. Sofortige Hinrichtung oder Arbeitslager und interne Verbannung. Verbannung ist ja ein bewährtes Mittel in diesem Land.«

»Sie haben keine Chance. Ist es das, was sie damit sagen wollen?«

»Exakt. Hat man sie erst einmal festgenommen, dann sind sie erledigt. Sie können genauso gut gleich ein Geständnis ablegen. Das erspart allen eine Menge Zeit und ihnen eine Menge Schmerzen. Und das tun sie dann auch – jedenfalls viele von ihnen.«

»Sie legen ein Geständnis ab, obwohl sie gar nichts verbrochen haben?«

»Sie werden natürlich gefoltert. Dann gestehen Menschen alles. Danach richtet man die armen Kerle, so gut es geht, wieder her, damit sie nicht allzu schrecklich aussehen, und setzt sie auf die Anklagebank. Und das Schuldeingeständnis liegt bereits vor. Der Verbrecher gibt sein Vergehen zu und kann seinem Schöpfer mit reinem Gewissen gegenübertreten.«

»Aha«, sagt Magnus, der ein unbehagliches Gefühl in sich aufsteigen spürt und einen großen Schluck von seinem Drink nimmt, bevor er Keenan weiter zuhören kann.

»Es ist die reinste Gehirnwäsche. Das müssen Sie sich klarmachen, Meyer. Stalin macht auch vor den Parteimitgliedern nicht halt, die zu ihm aufschauen, als wäre er ein Gott. Es endet dann damit, dass sie selbst glauben, begangen zu haben, was ihre Quälgeister ihnen zur Last legen. Letztes Jahr habe ich miterlebt, wie ein hochrangiges Parteimitglied gestanden hat, ein Verbrecher zu sein, obwohl er gleichzeitig jede einzelne Straftat geleugnet hat. Sie haben ihn noch am selben Morgen erschossen. Wir haben es hier mit einem Land zu tun, in dem Stalin morgens beim Frühstück gern hundert Todesurteile unterschreibt, bevor er ins Büro geht. Ein scheußliches Land.«

»Und ein ziemlich gefährliches«, wirft Ian Fleming ein. »Hier ist es sinnvoll, immer mal wieder einen Blick über die Schulter zu werfen, Mr Meyer. Und jemanden bei sich zu haben, der einem den Rücken freihält. Hier herrscht das Recht des Stärkeren, und es gibt kaum Möglichkeiten, Einspruch einzulegen.«

»Aber das gilt doch wohl kaum für uns?«

»Seien Sie sich da mal nicht zu sicher. Stalins gedungene Mörder sind ebenso effektiv und rücksichtslos wie die organisierten Verbrecherbanden und Familien daheim in Mr Keenans New York. Es kann einem nur zu leicht ein Unglück zustoßen. Ich habe schon oft gedacht, dass das hier ein gefundenes Fressen für einen Romanautor sein müsste. Gestatten die Herren, dass ich die nächste Runde übernehme?«

Als Magnus später im Bett liegt, muss er an Flemings Worte denken. Er fühlt sich in Moskau nicht wohl. Es ist eine bedrohliche und fremde Welt, in der er weder die Sprache noch die Umgangsformen versteht. Auf ihre Weise ist sie ebenso brutal und blutig wie das Spanien, das er so überstürzt verlassen hat. Er kann trotzdem gut verstehen, dass Irina gern in Spanien leben würde. Allein schon wegen der Sonne und des Essens lohnt es sich, dorthin zu ziehen, wenn dort erst einmal der Frieden Einzug gehalten hat. Sie könnten in Spanien glücklich werden, wenn es Irina gelänge, sich aus jener Zwangsjacke zu befreien, die sie an Russland bindet.

Schließlich fällt er doch in einen unruhigen Schlaf. Er träumt von Irina. Es ist ein seltsamer Traum, in dem er versucht, sie zwischen unförmigen meterhohen Eisformationen auf der Moskwa zu fangen. Sie verschwindet immer wieder hinter neuen Eiswällen, um ihn dann mit einem verführerischen Lächeln auf dem Gesicht zu sich heranzuwinken. Er kann sich kaum rühren, bewegt sich mit bleiernen Beinen vorwärts, scheint auf dem Eis festzukleben. Er will etwas rufen, bekommt aber keinen Ton heraus. Seine Stimmbänder sind eingefroren. Auf einmal taucht Joe Mercer auf. Er fischt gerade in einem Eisloch, steht dann aber auf. Sein Mund ist wie der eines Zirkusclowns geschminkt. Er lacht laut und gellend und zieht an einem großen Fleischerhaken einen Kopf aus dem schwarzen Wasser. Es ist Magnus' eigener Kopf, dessen Gesicht zu einem wahnsinnigen Lachen oder einem Schrei verzerrt ist. Der Kopf lebt, auch wenn Unmengen Blut aus dem abgehackten Hals herausströmen.

Er wacht schweißgebadet auf und zittert am ganzen Körper. Er liegt eine Weile einfach nur da, bis sein Herzschlag wieder zur Ruhe gekommen ist, dann steht er auf, um ein Glas Wasser zu trinken.

Er schiebt die Gardine ein wenig zur Seite. Draußen ist es stockdunkel. Ein großer geschlossener Wagen mit abgeblendeten Scheinwerfern fährt auf dem Platz vor dem Hotel vorbei. Wie hatten die Kollegen in der Bar diese Autos noch mal genannt? Woronka hatten sie dazu gesagt. Das bedeutet Krähe, erinnert er sich, weil sie schwarz sind und in der Nacht oder ganz früh am Morgen kommen und die Leute aus ihren Wohnungen abholen. Es klopft plötzlich an der Tür, und wenn man Glück hat, darf man noch schnell auf Wiedersehen sagen und eine kleine Tasche packen, bevor man von schweigenden Männern in Zivil nach unten gebracht wird. Die Verhafteten müssen während der Fahrt in kleinen Maschendrahtverschlägen stehen, in denen sie fast nichts sehen und sich nicht bewegen können. Die, die zuerst abgeholt wurden, müssen stundenlang darin ausharren, während die Krähe ihre gefürchtete nächtliche Runde dreht.

In den dunklen Wohnungen schlafen die Menschen nicht, sondern warten und lauschen auf die Fahrstühle. Auf welcher Etage hält er diesmal an? An welcher Wohnungstür klopfen sie heute Nacht? Sie sind erleichtert, wenn sie hören, wie die Schritte im Hausflur an ihrer Wohnungstür vorübergehen und vor der des Nachbarn stehen bleiben. Jeder Mensch kämpft hier für sich allein. Das Unglück des Nächsten bedeutet vielleicht das eigene kurze Glück. Denn die Krähe fliegt jede Nacht, und keiner weiß, wo sie landet.

Die Verhafteten dürfen nicht miteinander sprechen. Männer in langen Mänteln bringen die Festgenommenen in den Hof der Lubjanka, in ihre Gefängniszelle, wo sie im Verhörraum des Kellers Ungewissheit und Folter erwartet und schließlich der letzte Gang in den sicheren Tod.

So hatten es ihm die Männer am vergangenen Abend in der Bar beschrieben, und es war auf einmal kalt geworden, so als dränge der Winter durch die dicken Gardinen herein, die man vor die Fenster gezogen hatte. Magnus wünschte, er könnte mit Svend sprechen, um dessen Wohlergehen er sich plötzlich Sorgen macht, aber als er zu später Stunde in Richtung Bett gewankt war, hatte Svends Schlüssel noch am Schlüsselbrett gehangen.

Die Woronka mit den zwei dunklen Gestalten im Inneren biegt um eine Ecke und verschwindet im Schein der wenigen Straßenlampen, die ein fahles Licht auf den Asphalt und die verschlossene dunkle Stadt werfen.

Es schaudert ihn, und er legt sich wieder unter seine Decke, wo er am ganzen Körper zu zittern beginnt. Er zittert nicht vor Kälte, denn es ist warm im Zimmer. Er bebt vor Angst. Er weiß nicht, warum, aber er spürt, dass das, was ihn erwartet, unangenehm und schrecklich werden wird. Er versucht, die schwarzen Gedanken beiseitezuschieben, indem er an Irina und ihren wundervollen Körper denkt. Aber es gelingt ihm nicht, denn die zerstörerischen Gedanken verdrängen die schönen Bilder und ängstigen ihn beinahe zu Tode.

28

Svend Poulsen kehrt erst am nächsten Vormittag ins Hotel zurück, wo er sich im Restaurant zu Magnus an den Tisch setzt und sich aus einer Kanne schwarzen Tee in ein hohes Glas mit einem silberfarbenen Henkel einschenkt. Er gießt kochendes Wasser aus dem Samowar dazu und bestellt beim Kellner Brot, Wurst und ein gekochtes Ei. Dann gibt er in russischer Manier einen Löffel Marmelade in den dunkelbraunen Tee und rührt mit einem grauen Blechlöffel geistesabwesend darin um.

Er wirkt mitgenommen. Sein Gesicht sieht verknittert aus, als hätte er kaum geschlafen, und er riecht nach Wodka. Magnus geht es auch nicht besonders gut. Er hat einen trockenen Mund, es pocht in seinem Schädel, und er spürt, dass sein bleierner Körper darum kämpft, den restlichen Alkohol loszuwerden. Er hat etwas Brot gegessen und starken Tee und Unmengen von Wasser getrunken, und es geht ihm schon ein wenig besser. Er hofft, die Schlacht gegen den Kopfschmerz und den heftigen Durst gewinnen zu können.

»Wo zum Teufel hast du gesteckt?«, fragt er. »Du siehst grauenhaft aus.«

»Überall und nirgends, aber die meiste Zeit war ich mit einigen alten Parteikameraden zusammen.«

»Wie ich sehen und riechen kann, habt ihr euer Wiedersehen ordentlich gefeiert.«

»Es gibt nichts zu feiern, Magnus. Nicht das Geringste.«

Magnus mustert seinen Freund an und sieht, dass dieser nicht nur unter einem Kater, sondern auch unter seelischen Qualen leidet. Er wirkt wie jemand, der jegliche Orientierung verloren hat, weil ihm sein politischer Kompass abhandengekommen ist. Leise und erschüttert berichtet er von seinen Begegnungen.

Svend war die Gorki-Straße zum Hotel Lux hinaufgegangen. Es war ihm gelungen, an dem Wächter vorbeizuschlüpfen, der dort in der obligatorischen Uniform des Parteiwächters, dem blauen Anzug und dem Schlips unter dem dicken schwarzen Mantel, immer vor der Tür steht. Eine alte Freundin, die Svend draußen auf der Straße getroffen hatte, hatte ihn mit hineingenommen. Sie war blass und nervös gewesen und zunächst nicht sonderlich begeistert davon, ihn hineinzuschleusen, aber Verliebtheit und Erotik knüpfen starke Bande, sodass es ihm schließlich gelungen war, sie zu überreden. Dabei konnte er seine Verwundung als eine Art Tapferkeitsmedaille ins Feld führen. Er hatte seinen Arm für die Sache geopfert. Das musste sie doch einsehen und akzeptieren – ja, vielleicht sogar bewundern –, und möglicherweise erinnerte sie sich ja auch an wunderbare gemeinsame Zeiten? Ja, das tat sie, wie er ihr ansehen konnte, als sie sehr kleidsam errötete und seinen heilen Arm berührte. Svend besaß wirklich ein großes Talent, seinen Willen durchzusetzen. Er konnte seinen Charme nach Belieben an- und ausknipsen. Sie nahm ihn auf ihrem eigenen Passierschein, ihrem Propusk, mit. Und so gelangte er hinein.

Im Hotel quartierte die Komintern Kommunisten aus der ganzen Welt ein, die zur Bewegung gehörten. Hier versammelte sich die Elite, die die Theorien von der Volksfront mit den progressiven Kräften im Kampf gegen die Faschisten formulierte und die Strategie für den Einsatz in Spanien und die Verbreitung des Sozialismus auf der ganzen Welt ausarbeitete. Hier wohnten geheime kommunistische Agenten, Geldkuriere, Agitatoren, Autoren und Ausbilder der Lenin-Schule. Es war damals ein

Hotel, in dem man stolz darauf war, Teil einer kämpfenden Elite zu sein, die eine Sache vorbereitete und umzusetzen suchte, die bedeutsamer war als der einzelne Mensch.

Das Hotel aber, das Svend als einen heiteren und lebendigen Ort in Erinnerung hatte, an dem in vielen Sprachen diskutiert wurde und wo sie miteinander tranken, feierten und sich liebten, hatte sich in ein düsteres Mausoleum verwandelt, das von verschreckten Menschen bevölkert wurde, die wie Katzen herumschlichen. Und es gelang ihnen nicht, ihre Angst zu verbergen, auch wenn sie nicht darüber sprachen. Es war zu gefährlich oder zu unerträglich, und man tat besser so, als gäbe es die nächtlichen Besuche und die versiegelten Zimmer der Verräter und Volksfeinde nicht.

Dabei wurde Svend ständig damit konfrontiert, als er durch das Hotel streifte, um alte Kameraden aufzusuchen. An zu vielen Türen klebt ein schwarzes Siegel des NKWD mit dem Emblem der Geheimpolizei, das besagt, dass hier einmal ein Mensch gewohnt hat, Sowjetbürger und ausländischer Kamerad gleichermaßen, der mittlerweile im Gefängnis sitzt.

Svend nahm die große Stille in den leeren Fluren wahr. Angst ist lautlos, ging es ihm durch den Kopf. Dafür riecht diese unsichtbare Angst ekelerregend und widerlich. Es ist still, und trotzdem kommt es ihm so vor, als halle das Geräusch stummer Schreie in seinem Kopf wider. In der Gemeinschaftsküche war niemand. Es roch nicht mehr nach frisch gekochtem Essen, das nach Rezepten verschiedener Nationen und Kulturen zubereitet worden war. Er hatte plötzlich einen Kloß im Hals, als er sich an einen Abend erinnerte, an dem er zusammen mit einer dänischen Frau ein köstliches Essen zubereitet hatte. Hühnchen im Schmortopf mit Soße und Kartoffeln und Gurkensalat. Sie hatten sogar eine Flasche Wein besorgt und ein deutsches Paar zu diesem Festmahl eingeladen.

Mit den Menschen verschwinden auch die Wohlgerüche, dachte Svend.

Nicht ein einziges Paar Seidenstrümpfe hing mehr zum Trocknen auf der Leine im Badezimmer und rief fröhliche Gedanken und große Lust auf glatte Frauenbeine hervor. In dem großen Restaurant saßen nur wenige Leute, die das billige Essen aßen, das man den Kadern servierte, damit sie gestärkt in ihren unermüdlichen Kampf für die Gerechtigkeit ziehen konnten. Die Tische standen verloren in dem großen Raum herum, weil nur noch vereinzelte Kameraden übrig waren.

Die gesichtslosen Agenten des NKWD kommen nachts mit ihren Haftbefehlen und bringen den Festgenommenen zur Lubjanka oder ins Butyrka-Gefängnis, das an der Hauptstraße liegt, die in Richtung Norden aus der Stadt herausführt. Svend kennt das Gefängnis. Als er das erste Mal in Moskau war, hatte er es einmal besucht, weil er sehen wollte, wie die Revolution die antisowjetischen Verbrecher einsperrte. Das Gefängnis stammt aus dem Jahre 1879. Im Winter ist es dort eiskalt und im Sommer brütend heiß. Inzwischen sind zwanzigtausend Gefangene darin untergebracht, auch wenn es ursprünglich nur für einige Hundert gedacht war. Einst hausten dort die Verbrecher und die politischen Gegner des Zarenreichs. Heute sind es die guten Parteikameraden, die in den kleinen, düsteren Zellen eingesperrt sind. Wie ist das möglich? Warum frisst die Revolution ihre eigenen Kinder? Er begreift es einfach nicht.

Niemand protestiert, weil alle wissen, dass nichts wichtiger ist als Disziplin und Gehorsam, weil alle wissen, dass die Partei in ihrer Weisheit unfehlbar ist und das NKWD von tüchtigen und prinzipientreuen Ermittlern bevölkert wird, die es als ihre vornehmste Aufgabe ansehen, den Sozialismus zu verteidigen. Wenn sie Menschen festnehmen, die man eigentlich für gute und loyale Parteikameraden gehalten hat, dann wird es dafür schon einen Grund geben.

Svend schüttelt den Kopf und zündet sich eine Zigarette an, nur um sie gleich wieder in den Aschenbecher zu legen und ein Stück Weißbrot mit Wurst und hart gekochtem Ei zu verschlingen. Er spült es mit Tee hinunter, greift nach der Zigarette und zieht gierig daran.

Schweigend trinkt Magnus seinen Tee und mustert dabei seinen Freund. Er lässt ihn erzählen. Svend wirkt wie ein zweifelnder Gläubiger, der die Beichte ablegt. Es tut ihm gut, alles zu erzählen und seine Ohnmacht und Verzweiflung zu benennen.

Für Svend ist es sehr merkwürdig, dass die dänischen Kameraden, mit denen er gut befreundet gewesen war, nicht mit ihm sprechen wollten. Sie hatten natürlich davon gehört, dass man ihn aus der Partei ausgeschlossen hatte, aber sie wussten auch, dass sein Fall noch nicht endgültig abgeschlossen war. Alle hatten ihn gemieden, als wäre er ein persönlicher Abgesandter des landflüchtigen Trotzki.

»Ich verstehe es einfach nicht, Magnus. Was passiert hier?«, sagt Svend und fährt fort, ohne eine Antwort abzuwarten. »Es gibt einen großen dänischen Parteikameraden. Arne Munch-Petersen heißt er. Ich kenne ihn noch von früher. Von ihm hatte ich mir erhofft, dass er sich für mich einsetzen würde. Er ist Mitglied des Zentralkomitees und der Parteiführung in Dänemark und kennt natürlich auch Aksel Larsen sehr gut. Larsen ist unser Vorsitzender. Da du die letzten Jahre im Ausland gelebt hast, ist er dir vermutlich kein Begriff. Arne ist ein großer Agitator und Ausbilder, und wir haben viele schöne Stunden zusammen verbracht. Von ihm habe ich viel über die theoretischen Aspekte des Marxismus-Leninismus und das stalinistische Denken gelernt. Er ist ein hochintelligenter Mann. Er hat mit seiner Frau zusammen in Zimmer 241 im zweiten Stock gewohnt. Im Lux gab es viele, die einen Decknamen trugen, weil sie in illegale Aktivitäten involviert waren. Arnes Frau war eine von ihnen. Ich gehe also zu Arnes Zimmer hinauf, aber die Tür ist versiegelt. Das NKWD hat Arne festgenommen. Ich brauche eine Weile, um herauszubekommen, was genau passiert ist. Schließlich erfahre ich, dass Arne bereits letztes Jahr im Juli festgenommen wurde. In der Nacht, bevor er nach Dänemark zurückkehren wollte. Seitdem hat niemand mehr von ihm gehört, und keiner weiß, wo er steckt. Seine Frau soll für die Partei in Spanien gewesen sein, als es passiert ist. Er ist nicht vor Gericht gestellt worden. Entweder ist er tot oder er schimmelt im Butyrka-Gefängnis vor sich hin. Arne ist verflucht noch mal ein guter Mann, Magnus. Er ist kein Volksfeind!«

»Das ist er bestimmt nicht, aber das tut hier leider nichts zur Sache.«

»Dich betrifft das ja alles nicht.«

»Was diesen konkreten Fall angeht, hast du recht. Aber daraus schließen zu wollen, dass alles andere ebenfalls in Ordnung ist, ist ein großer Irrtum, mein Freund.«

Sie sitzen eine Weile schweigend da.

»Ich möchte dich natürlich nicht im Stich lassen«, sagt Svend schließlich, »aber ich glaube, es ist das Beste, wenn ich Moskau verlasse. Ich fühle mich hier nicht sicher.«

»Dann kannst du also letztlich froh sein über deinen Parteiausschluss?«

»Vielleicht.«

»Du bist als mein Assistent akkreditiert. Du hast ein Visum, aus dem genau das hervorgeht. Damit wäre es eine Angelegenheit zwischen Dänemark und der Sowjetunion, wenn sie dich festnehmen würden. Außerdem kannst du wohl kaum parteischädigend wirken, wo man dich doch ausgeschlossen hat.«

»Wie gesagt, die finden immer etwas. Begreifst du das nicht?«

»Wer hat dir letzte Nacht im Hotel Lux solche Angst eingejagt?«

»Der Ort selbst, aber auch ein alter Kamerad, mit dem ich eine Flasche Wodka geleert habe. Das löst die Zunge. Er ist Deutscher, und ich habe ihm 1935 aus Deutschland rausgeholfen, als die Nazis hinter ihm her waren. Ich bin mit einem falschen Pass nach Hannover gereist. Für ihn und seine Familie hatte ich ebenfalls falsche Pässe. So konnte ich sie nach Dänemark bringen. Das war nicht ganz ungefährlich, daher meinte er wohl, mir etwas schuldig zu sein. Er hat mir von Arne und anderen gemeinsamen Bekannten erzählt. Arne ist im Auftrag der Komintern oder der Partei unterwegs. Aksel Larsen sagt das auch. So ist es einfach. Aber es ergibt alles keinen Sinn. Sie haben jetzt sogar angefangen, Spanienveteranen zu verfolgen. Das NKWD ist ein Staat im Staat. Niemand kann sich mehr sicher fühlen. Denk nur mal an Irinas Vater. Ein beschissener Oberst beim NKWD, und jetzt soll er auf einmal selbst vor Gericht gestellt werden. Das bedeutet, dass wirklich niemand mehr sicher ist.«

»Stalin vielleicht.«

»Vielleicht nicht einmal er. Vielleicht weiß Kamerad Stalin gar nicht, was da vorgeht.«

»Vielleicht steckt Stalin aber auch hinter dem Ganzen?«

»Das kann ich mir nicht vorstellen, aber ich weiß nicht mehr, was ich noch glauben soll. Es ist einfach nichts mehr sicher. Alles scheint den Bach runterzugehen. Es ist unerträglich. Es ist, als ginge mitten am Tag die Sonne unter.«

»Und was hat das alles mit dir zu tun?«, fragt Magnus und muss daran denken, dass André in Spanien beinahe die gleichen Worte benutzt hatte.

»Als ich heute Morgen ins Hotel zurückkam, habe ich nach unseren Papieren gefragt. Deine liegen für dich bereit. Du kannst sie an der Rezeption abholen, aber meine sind noch nicht von der zuständigen Behörde zurückgekommen. Das gefällt mir gar nicht.«

»Mir auch nicht.«

»Mein deutscher Freund hat mir erzählt, dass ich überwacht werde. Dass das NKWD noch überlegt, wie es mit mir umgehen soll. Es ist bewundernswert, dass er sich überhaupt traut, mir das zu sagen. Es kann ihn das Leben kosten, mich zu warnen, aber er hat es getan. Für ihn ist alles noch viel schlimmer. Er kann ja nirgendwo anders hin. Wenn er in seine Heimat zurückkehrt, nimmt ihn die Gestapo auf der Stelle fest. Er hat keine andere Wahl, als in Moskau zu bleiben und das Beste zu hoffen. Es war wirklich mutig, dass er mir das alles erzählt hat. Er hat gesagt, dass das NKWD mich für einen Spion hält. Ich hätte die Seiten gewechselt. Ich hätte meine Seele an die Kapitalisten verkauft. Und Spione darf man ja wohl noch festnehmen, nicht wahr? Das tut man doch überall auf der Welt. So ist es doch, Magnus. Alle Länder haben Spione und alle Länder haben Gesetze, die Spionage verbieten. Ich sitze verdammt noch mal in der Falle.«

»Aber warum haben sie dir dann überhaupt ein Visum erteilt?«

»Darüber habe ich auch schon nachgedacht. Vielleicht, um mich in die Falle zu locken. Und du hast ihnen eine günstige Gelegenheit dazu geliefert. Sonst hätten sie mich vielleicht zu einem kameradschaftlichen Gespräch hierher eingeladen. Vielleicht wollen sie mich gegen Arne verwenden. Ich glaube, das ist es, was dahintersteckt, wenn sie mich festnehmen sollten. Wenn Arne tatsächlich parteischädigendes Verhalten oder Antisowjetismus oder Trotzkismus zur Last gelegt wird, dann wird man auf jeden Fall gegen ihn verwenden, dass er mich kennt – ja, mich vielleicht sogar als seinen Freund ansieht. Als ich jung war, habe ich ihn sehr bewundert, obwohl er gar nicht so viel älter ist als ich. Arne ist 1904 geboren, aber er ist der Sohn eines Professors, und das merkt man ihm an. Er ist ein Mann des Wortes. Wir waren Verbündete und haben in den Diskussionen oft dieselbe Meinung vertreten. Auch wenn es um Spanien ging und darum, wie wichtig es ist, an der Volksfrontstrategie festzuhalten. Und Arne ist in Dänemark mehrfach mit Aksel Larsen aneinandergeraten. Aksel kann es gar nicht leiden, wenn man seine eigene oder die Politik Stalins kritisiert. Ich befinde mich hier also in der Höhle des Löwen. Verstehst du?«

»Ja, klar. Wir müssen zur dänischen Botschaft gehen, bevor es zu spät ist. Die Botschaft muss dir neue Papiere ausstellen. Geld spielt keine Rolle. Das weißt du.«

»Magnus, du kennst dieses Land nicht. Eines der allerersten Wörter, die man auf Russisch lernt, ist das Wort Propusk. Es bedeutet so etwas wie Genehmigung. Die Genehmigung, irgendwo zu wohnen, die Genehmigung, in einem bestimmten Geschäft einzukaufen, die Genehmigung, in einem bestimmten Abteil in einem bestimmten Zug zu fahren, die Genehmigung, in diesem Hotel abzusteigen, die Genehmigung umzuziehen, die Genehmigung zu heiraten, seine Arbeitsstelle zu wechseln, zur Kur zu fahren, einen Pass oder eine Wohnung zu bekommen, Urlaub zu machen oder was weiß ich. Und vor allem natürlich die Genehmigung, in die Sowjetunion ein- oder auszureisen. Die dänische Botschaft kann mir einen neuen Pass ausstellen, aber sie kann mir nicht den Propusk geben, das Land zu verlassen.«

»Ich muss dem NKWD wirklich recht geben, Svend. Du klingst immer antisowjetischer.«

»Darüber macht man keine Witze, Magnus. Das ist überhaupt nicht lustig. Und du solltest dich übrigens auch nicht allzu sicher fühlen.«

»Was meinst du damit? Meine Papiere sind doch in Ordnung, oder?«

»Ja. Du hast einen Pass. Und du hast ein Visum, aber

damit hast du nicht automatisch auch den Ausreise-Propusk. Den bekommst du erst später, falls du ihn überhaupt bekommst. Die Ausreisegenehmigung muss in deinen Pass gestempelt werden. Und das geschieht nicht, ohne dass das NKWD seine Zustimmung dazu gibt. Ich weiß nicht, was genau du in Spanien gemacht hast, aber mein deutscher Kamerad meinte, dass das NKWD meinen Reisebegleiter und Redakteur ebenfalls sehr interessant findet. Hat man da nicht läuten hören, dass er genau in dem Moment aus dem republikanischen Spanien abgehauen ist, als man ihn festnehmen wollte, weil er als Spion für die Faschisten tätig war?«

»Und das erzählst du mir erst jetzt?«

Svend sieht ihn nur an, ohne zu antworten.

»Stimmt es denn?«, fragt er schließlich, und Magnus sieht den Zweifel in seinen grünen Augen.

»Nein. Ich habe dich nicht angelogen. Ich habe dir alles von Spanien erzählt. Dass es eine persönliche Sache war. Es geht um Mads und Irina. Das weißt du doch.«

»Ja, das hast du mir gesagt. Und wenn ich dir nicht vertrauen kann, dann weiß ich nicht, wem überhaupt.«

»Du kannst mir vertrauen, aber dein alter Parteikamerad weiß erstaunlich viel«, erwidert Magnus leise. Svends Nervosität ist ansteckend. Die Kopfschmerzen, die sich schon auf dem Rückzug befunden hatten, kehren mit neuer Intensität zurück.

»Oder man hat ihn gebeten, uns etwas zu erzählen«, sagt Svend zögernd, als käme ihm dieser Gedanke erst jetzt.

»Glaubst du das?«

»Ich weiß nicht, was ich glauben soll. Ich weiß nicht mehr, wer Freund oder Feind ist oder wer einfach nur eine Höllenangst hat.«

»Warum, Svend? Was zum Teufel ist hier los?«

»Auf die Weise spannen sie uns auf die Folter. Ich habe keinen Pass. Du hast einen Pass und unseren Zugangs-

Propusk für die morgige Gerichtsverhandlung. Auf die Weise befinden wir uns in einem permanenten Zustand der Verwirrung und Angst. Und das ist vermutlich Sinn und Zweck des Ganzen. Vielleicht hoffen sie, dass wir irgendeine Dummheit begehen, die ihnen das Recht gibt, uns zu verhaften, ohne dass die dänische Gesandtschaft dabei etwas mitzureden hat.«

»Und was zum Teufel machen wir jetzt?«

»Das, was man in diesem Land zu tun pflegt. Wir warten. Ich habe den Verdacht, dass noch etwas anderes dahintersteckt. Irgendetwas ist hier nicht so, wie es sein sollte. Über das Politische hinaus, das ja vor allem mich betrifft. Denn ich verstehe nicht, warum wir beide überhaupt ein Visum bekommen haben. Warum wollten sie, dass wir ins Land kommen? Oder genauer, wer wollte, dass wir ins Land kommen? Und wer von uns beiden hat den anderen sozusagen mit hineinbefördert, weil wir unser Visum gemeinsam beantragt haben. Ich durchschaue es einfach nicht, und das macht mir Sorgen. Vielleicht sind wir in den nächsten Tagen schlauer, aber du solltest deinen Revolver laden. Ich fürchte, du wirst ihn noch gebrauchen können.«

29

Magnus ist überrascht, als er zusammen mit Svend und den übrigen Presseleuten in den Saal geführt wird, in dem die Verhandlung gegen die Volksfeinde stattfinden soll. Er hatte sich einen düsteren Raum mit niedrigen Decken vorgestellt, aber das Gericht ist im Säulensaal im Haus der Gewerkschaften neben dem Bolschoi-Theater einberufen worden, wo ein großes Plakat anzeigt, dass man in diesen Zeiten auf das Sichere und Unschuldige setzt und ein weiteres Mal »Schwanensee« auf die Bühne des Nationaltheaters bringt.

Magnus steht neben Svend und bewundert das Gebäude, und Svend erzählt ihm, dass er vor einigen Jahren schon einmal mit einer Gruppe Jungpioniere zu einem Konzert hier gewesen sei. Paul Keenan gesellt sich zu ihnen und macht eine große, einladende Geste, als wäre er persönlich der Urheber dieser Pracht.

Magnus hat den Großteil des gestrigen Tages mit ihm zusammen verbracht, während Svend erst seinen Kater ausgeschlafen hat und dann in dieser geheimnisvollen Stadt verschwunden ist, die ihn offensichtlich gleichermaßen anzieht und einschüchtert. Magnus hat den ganzen Nachmittag mit Keenan, Fleming und einigen anderen britischen Korrespondenten Poker gespielt, bevor er und Keenan einen Spaziergang durch die weiße, kalte Stadt gemacht und anschließend zusammen zu Abend gegessen haben.

Keenan ist ein interessanter Gesprächspartner, weil er intime Kenntnisse über Russland hat, die nicht nur in seiner journalistischen Laufbahn begründet sind. Seine Familie handelt seit drei Generationen mit russischen Pelzen und Kaviar, und als Kind und Jugendlicher hat er mit seiner Familie in Russland gelebt, die dann aber während des Bürgerkrieges vor dem Roten Heer fliehen musste.

Keenan ist der Erste, der das Familienunternehmen verlassen hat, um Journalist zu werden, aber sein älterer Bruder importiert noch immer Zobelpelze vom inzwischen staatlichen sowjetischen Handelsministerium. Dollar sind Dollar, wie er zu sagen pflegt. Auch wenn die Familie nicht mehr im Land leben kann und will, hat sie keine Probleme damit, mit den Bolschewiken Handel zu treiben. Das Geschäft mit dem Kaviar verläuft auch wieder in geregelten Bahnen, die das schwarze Gold direkt in einige der besten Restaurants New Yorks, Bostons und Chicagos exportieren. Es mag schon sein, dass sich die Weltwirtschaft in einer Krise befindet, aber es gibt nach wie vor viele sehr Reiche, die ihre Frauen in russische Pelze hüllen, um sie anschließend in einem vornehmen Restaurant mit den delikaten Eiern des Störs zu verwöhnen.

Die Brodersen-Familie aus Dänemark ist Keenan natürlich ein Begriff, da sie ebenfalls im internationalen Pelzgeschäft tätig war und außerdem Anteile an der Großen Nordischen Telegrafen-Gesellschaft besaß, die das Telegrafenkabel quer durch Russland verlegte. Das kleine Dänemark erlebte damals goldene Zeiten im großen Russland, weil es dem Zaren eine Ehefrau geliefert hatte. Magnus kommt zwar aus Dänemark, aber Keenan weiß sehr viel mehr über die dänisch-russischen Beziehungen als er selbst.

Er weiß zu berichten, dass der Großvater und der Onkel von Redakteur Brodersen vor 1917 häufig am Zarenhof zu Gast waren. Magnus war sehr verwundert gewesen, dass sie gemeinsame Bekannte in Dänemark hatten.

»Du wirst noch merken, Magnus«, hatte Keenan gesagt, »wie klein die russische Welt ist. Wir, die wir Russophile und keine Kommunisten sind, sind eine kleine, handverlesene Schar. Brodersen ist einer von uns – und seine Familie ist ein Teil der Geschichte aus jener Zeit, bevor die Welt aus dem Lot geriet. Ich habe übrigens gerade heute ein Telegramm von ihm bekommen. Er bittet mich darin, seinem Reporter schöne Grüße auszurichten. Er nennt dich einen talentierten jungen Mann und bittet mich, dir behilflich zu sein, wenn ich kann. In jeder Hinsicht.«

Und dann hatte er Magnus mit einem ironischen Blick angesehen, während er zufrieden seine kubanische Zigarre paffte.

Daran muss Magnus denken, während er sich umsieht. Der Saal, in dem sie sich befinden, ist ein stuckverziertes Prachtstück mit vier dorischen Säulen an jeder Seite. Zwischen den Säulen hängen große Kronleuchter. Die Wände sind sehr hoch und offensichtlich gerade erst in einem eleganten Hellblau gestrichen worden. Etwa dreihundert Menschen haben auf den unbequemen Stühlen Platz genommen, die man wie für eine Theateraufführung mit einem Gang in der Mitte aufgestellt hat.

An der Stirnseite des Saals hat man vor den vier schlanken Säulen auf einem Podest ein langes Richterpult aufgebaut, darauf eine Lenin-Büste. Hinter dem Pult steht eine Reihe leerer Stühle, die auf die Richter warten. Hinter zwei langen dunklen Tischen quer zum Richterpult stehen ebenfalls Stühle. Auf den beiden Tischen mit dunkelroten Tischdecken stehen Lampen und Mikrofone. Für die Angeklagten und ihre Verteidiger steht ein kleiner Tisch bereit.

»Normalerweise finden die Gerichtsverhandlungen im Oktobersaal statt«, sagt Keenan mit seinem breiten amerikanischen Akzent. »Diesmal haben sie den Festsaal gewählt, damit die vielen eigens einberufenen sowjetischen Bürger und unsere Journalistenschar Platz finden. Sieh dir doch nur Mr Fleming und die anderen armen Journalisten von den Nachrichtenbüros an.«

Magnus, Svend und Paul Keenan sind zusammen mit den anderen Presseleuten in zwei Stuhlreihen auf der rechten Saalseite platziert worden. Viele von ihnen haben allem Anschein nach einen Dolmetscher neben sich sitzen. Auf der anderen Seite des Mittelganges sitzen die sowjetischen Journalisten, die über den Prozess berichten. Sie sitzen mit ihren Blöcken und Bleistiften in der Hand da.

»Warum arm?«

Keenan sieht ihn erstaunt an. »Du bist doch Journalist, oder? Dann weißt du doch, dass die Jungs von den Nachrichtenbüros sich darum prügeln, der Schnellste zu sein. Und das ist nicht leicht. Sie müssen ihr Telegramm erst in zweifacher Ausfertigung beim Zensor abliefern, der hier im Gebäude sein Büro hat, und hoffen, dass er von der freundlichen Sorte ist und heute auch noch seinen netten Tag hat und ihnen ihren Durchschlag ohne allzu viele Korrekturen abstempelt. Denn ohne seinen Stempel darf das Telegramm nicht abgeschickt werden. Danach müssen sie zum Post- und Telegrafenamt oben auf der Gorki-Straße sausen. Dort sitzen junge Damen und warten darauf, die begnadete Prosa einzugeben, aber es gibt nur eine Telegrafenverbindung ins Ausland, und es heißt, immer schön der Reihe nach, mein Freund. Es kommt also nicht nur darauf an, der Erste zu sein, sondern man muss auch noch beliebt sein, daher werden die Damen von den dankbaren Reportern gerne mal mit Schokolade und Parfum beglückt, weil sie hoffen, dass sie es mithilfe von Geschenken und Komplimenten ganz nach vorne in der Warteschlange schaffen können. Und das natürlich immer im Dienste des Lesers, aber auch für Ruhm und Ehre, nach denen wir alle streben, nicht wahr? Die Zensoren gehen übrigens auch nicht hungrig nach Hause. Du und ich können es dagegen ruhig angehen lassen und unsere Meisterwerke an unsere Zeitungen schicken, wenn das Rattenrennen längst vorbei ist.«

»Ich dachte, Trinkgeld ist in Stalins Reich nicht erlaubt«, hakt Magnus ein.

»Nenn es meinetwegen Trinkgeld. Aber Geld regiert überall auf der Welt, auch hier. Es geht nur darum, die richtigen Leute und den richtigen Preis zu kennen, dann kannst du dir alles kaufen. Und wie machst du es gleich mit der Sprache? Hast du einen Dolmetscher, der dir während des Prozesses hilft?«

Magnus nickt, dreht sich zu Svend um und stellt ihn Keenan vor, der ihm unbeholfen die Hand drückt. Svend spricht kein Englisch, aber da sie sich auf Russisch unterhalten können, sind sie schon bald in ein angeregtes leises Gespräch vertieft, dem Magnus nicht folgen kann. Sie setzen sich und reden weiter.

Magnus bleibt stehen und schaut sich um. Er kann Irina nirgendwo entdecken, aber vorne in der ersten Reihe sind noch einige Plätze frei. Die anderen Zuschauer sitzen ganz still da. Einige von ihnen schielen zu den Presseplätzen hinüber, aber sobald sie bemerken, dass Magnus zu ihnen hinübersieht, schauen sie erschreckt weg. Blickkontakt mit Fremden ist etwas, das man in Moskau möglichst vermeidet, hat er inzwischen gelernt.

Aber wo steckt Irina?

Er war sich sicher, dass sie beim Prozess gegen ihren Vater und ihren Bruder dabei sein würde, aber er kann sie nirgendwo entdecken, obwohl er den Blick immer wieder über die Reihen der Sowjetbürger schweifen lässt. Es handelt sich zweifelsohne um gezielt ausgewählte Zuschauer, sonst hätten sie sicher keinen Propusk für diesen Prozess bekommen. Es herrscht eine nervöse, erwartungsvoll aufgeheizte Stimmung. Die meisten der Zuschauer sind Männer aller Altersgruppen. Sie tragen dunkle Anzüge mit Weste und Krawatte oder die üblichen khakifarbenen Uniformen, die bis oben hin zugeknöpft sind und fast den ganzen Hals bedecken. Ihr sowjetisches Erscheinungsbild soll sich in den Zeitungen und Wochenschauen der Kinos besonders gut ausnehmen. Zwei große Filmkameras stehen bereit, um das Ereignis festzuhalten. Auch die Kameramänner und ihre Assistenten warten geduldig. Selbst die kleinsten Details scheinen Teil der Inszenierung zu sein, denkt Magnus.

Plötzlich stockt ihm beinahe der Atem, als er Irina durch eine Tür hereinkommen sieht, die vorne in die linke Wand eingelassen ist. Sie wird von einer großen schlanken Frau begleitet, die ihre Zivilkleidung wie eine Uniform trägt, und von einem stämmigen Mann in einem blauen Anzug und einem weißen Hemd mit straff gebundener Krawatte. Er ist nicht nur stämmig, sondern in jeder Hinsicht stattlich wie ein Gewichtheber oder Ringer oder wie einer der starken Männer im Zirkus. Sein Bizeps und seine Oberschenkel sind so übermäßig ausgebildet, dass er nur sehr breitbeinig und mit abgespreizten Armen gehen kann. Sein Sakko ist an den Schultern bis zum Äußersten gespannt, und sein umfänglicher Bauch droht die Anzugjacke mit den drei Knöpfen zu sprengen. Er hat ein rundes Gesicht und eine Glatze.

Er sieht mongolisch aus, findet Magnus. Sein Schnurrbart ist buschig und groß, auch darin erinnert er an einen starken Mann im Zirkus.

Ohne ihre forsche Ausstrahlung, an die Magnus sich erinnert, wirkt Irina nur noch zerbrechlich klein und zart. Sie hat einen albernen runden Hut leicht schräg auf ihrem Kopf sitzen, was keck aussehen soll, aber nicht darüber hinwegtäuschen kann, wie glanzlos ihr helles Haar ist, in dem sich kaum noch eine Locke kringelt. Trotz ihres züchtigen Rocks samt passender Kostümjacke und des diskreten Tuchs um den Hals sieht er, dass sie abgenommen hat.

Sie ist nur noch ein schwacher Abglanz der kessen Frau in Hemd und Hose, die verführerisch eine Zigarette zwischen den hübschen roten Lippen stecken hat. Von den kräftigen Farben Spaniens ist nichts mehr übrig. Sie ist so weiß im Gesicht wie der frisch gefallene Moskauer Schnee. Ihre geliebte Leica hat sie auch nicht bei sich. Natürlich nicht, und trotzdem ist es seltsam, sie ohne Kamera zu sehen. Es schmerzt ihn besonders, weil sie sie immer wie ein Schmuckstück um den Hals getragen hat – wie etwas, das untrennbar mit ihr verbunden war, das sie überallhin begleitet hat, als ein Teil ihrer Identität und als Statussymbol.

Sein Herz weint um sie. Magnus weiß nicht, wie er sie dazu bringen kann, zu ihm herüberzusehen. Er sieht, wie schlecht es ihr geht, und er sieht auch, dass von ihrer erotischen Aura nur noch ein schwaches Glimmen übrig ist, das bald ganz verglüht sein wird. In den wenigen Wochen, die seit Spanien vergangen sind, hat sie sich unglaublich verändert. Er spürt, wie sehr das Ganze sie quält, und es schmerzt ihn ungemein. Magnus kann sich nicht erinnern, in seinem Leben je einen derartigen Schmerz empfunden zu haben. Er fürchtet, seine Sehnsucht nach ihr und seine Ohnmacht angesichts dessen, was seine Geliebte quält, könnten ihn körperlich krank machen.

»Irina. Ich bin es«, ruft er auf Spanisch. Alle drehen sich zu ihm um, aber es kümmert ihn nicht, und er ruft noch einmal. Ihre Blicke begegnen sich, aber sie lächelt nicht. Stattdessen schüttelt sie beinahe unmerklich den Kopf, presst sich die zur Faust geballte Hand vor den Mund und sieht weg. Die Frau neben ihr fasst sie am Arm, drückt sie auf ihren Stuhl. Irina sieht nicht zu ihm herüber.

»Ist sie das?«, fragt Svend.

»Ja.«

»Sie ist sehr schön, Magnus, aber es scheint ihr nicht besonders gut zu gehen.«

»Nein. Sie hat ihr Strahlen verloren. Sie hat sich selbst verloren.«

»Kann ich irgendetwas tun? Soll ich …?«

»Leider nein. Wir müssen abwarten, was passiert. Aber sie darf uns nicht entwischen.«

Gedanken rasen durch seinen Kopf. Wie soll er mit ihr Kontakt aufnehmen, wenn sie sie zur selben Tür wieder hinausführen, durch die sie sie hereingebracht haben? Hat man sie etwa festgenommen oder ist sie bloß eine Zeugin? Oder doch nur eine gewöhnliche Zuschauerin? Oder wollen sie sie nur vor dem Zorn der Zuschauer beschützen?

Die Feindseligkeit im Saal, die sofort herrschte, als sie hereingeführt wurde, muss auch sie spüren. Als würden sich die sowjetischen Zuschauer wundern, dass sie, eine Angehörige der Angeklagten, nur als Zuschauerin anwesend und nicht gemeinsam mit ihrem Vater und Bruder, diesen beiden Verrätern, angeklagt ist.

Eine Minute später werden die beiden hereingeführt, und im Saal bricht lautes Gebrüll und Getrampel los. Keenan sieht Magnus an und lächelt ironisch. Er hat mit einem solchen Ausbruch offenbar gerechnet, der so gar nicht zu der stoischen Passivität der Sowjetbürger passt. Magnus erkundigt sich bei Svend, was sie rufen.

»Verräter, Schweine, Schurken, abscheulicher Abschaum, Imperialistenfreunde«, flüstert ihm dieser ins Ohr. »Erschießt die dreckigen Hunde! Diese Zerstörer des sozialistischen Friedens und des Volkseigentums.«

Magnus versteht, warum Irina noch blasser wirkt, als sie diese hasserfüllten Rufe hört.

Wie die anderen Reporter hat Svend seinen Notizblock und seinen Bleistift gezückt. Magnus versucht gar nicht erst, seine Rolle zu spielen, auch wenn er weiß, was eigentlich von ihm erwartet wird. Svend klemmt den Notizblock mit seinem Armstumpf fest und stenografiert in rasantem Tempo mit.

Magnus betrachtet die beiden Angeklagten und ist entsetzt, obwohl er bereits mit dem Schlimmsten gerechnet hat. Irinas Vater wirkt ausgezehrt und schwach. Sein brauner Anzug ist ihm viel zu weit. Er hat ein markantes Gesicht mit kurzen grauen Haaren, die früher blond gewesen sein mögen. Seine Augenbrauen sind buschig und weiß. Er sitzt mit im Schoß gefalteten Händen da und starrt auf die rote Tischdecke vor ihm. Magnus spürt, dass die Stärke und Selbstsicherheit dieses Mannes irgendwo in seinem Inneren noch verborgen sind. Seine Augen aber wirken leblos. Seine Haut ist grau und schweißbedeckt, und es ist mühelos vorstellbar, wie sein Körper aussieht und dass die Wunden und Narben der Folter nur durch die Kleidung verhüllt sind.

Der Sohn sieht aus wie die jüngere Version seines Vaters, hat die gleiche gedrungene Statur. Aber Magnus erkennt auch die Ähnlichkeit zwischen ihm und Irina. Zwar hat er dunklere Haare, dafür aber dieselben slawischen Wangenknochen, die so markant hervortreten. Er trägt ebenfalls einen braunen Anzug, und auch seine Augen sind glanzlos, sein Blick resigniert.

Magnus kann kaum ertragen, zu sehen, wie Irina mit den Tränen kämpft. Ihre Augen sind weit aufgerissen vor Entsetzen. Vermutlich sieht sie ihre Familie das erste Mal seit Monaten wieder. Erst war sie in Spanien, und dann hat man ihr nicht erlaubt, sie im Gefängnis zu besuchen, hat Keenan ihm erzählt. Wenn er sie doch nur in den Arm nehmen könnte. Wenn er sie doch nur an sich ziehen und trösten und ihr sagen könnte, dass er sie liebe und von hier wegbringen werde.

Alle erheben sich geräuschvoll von ihren Stühlen, als der Richter eintritt und sich hinter das Richterpult setzt. Mit ihm zusammen betreten vier Männer in Uniform den Saal. Es sind die braunen Uniformen mit dem Lederriemen über der Brust und dem hochgeschlossenen Kragen, die hier alle zu tragen scheinen. Am Kragen sind die roten NKWD-Insignien zu erkennen. Sie setzen sich jeweils zu zweit rechts und links neben den Obersten Richter, der einen kleinen Stapel Papiere vor sich auf den Tisch legt.

Als sich alle wieder hingesetzt haben, wird es still im Saal.

Der Richter, ein Mann mittleren Alters, hat eine hohe Stirn und eine Glatze und trägt einen dunklen Umhang. Er setzt sich eine schmale Brille auf die Nase, nimmt das erste Blatt Papier auf und beginnt, mit monotoner Stimme die Prozessordnung und die Bedingungen der sowjetischen Gerichtsbarkeit zu verlesen, wie Svend leise für Magnus übersetzt. Dann erteilt er dem Staatsanwalt das Wort, einem alerten, rundlichen Mann in einem dunkelgrauen Anzug mit Weste und Krawatte. Er trägt eine runde Brille und hat das Haar in der Mitte gescheitelt. Seine Stimme ist hell und so durchdringend, dass das Mikrofon beinahe überflüssig ist.

Svend stenografiert mit und übersetzt, während der Staatsanwalt die Anklage verliest. Beide Männer werden nach Artikel 58 angeklagt. Der frühere Oberst des Volkskommissariats für Interne Angelegenheiten, des NKWD, Nikolai Sergejewitsch Schapatowo, werde angeklagt, mit dem Ziel konspiriert zu haben, eine trotzkistische Zelle innerhalb der Reihen der Tschekisten zu bilden. Er sei vom imperialistischen britischen Geheimdienst angeworben worden, als er bei der sowjetischen Gesandtschaft in London angestellt war. Sein Plan habe vorgesehen, zunächst Volkskommissar Jeschow zu stürzen, von dem jeder wisse, dass er ein unermüdlicher und selbstloser Vorkämpfer der Revolution ist. Und wenn der Verräter sich erst einmal die Macht im NKWD, dem revolutionären Nachfolger der Tscheka angeeignet habe, wolle er Kamerad Stalin ermorden, das größte Genie der Menschheit, unseren Vater und Lehrmeister, den großen Führer des sowjetischen Volkes. So sehe der Plan des Schurken aus. Nur durch die außerordentliche Wachsamkeit aufseiten des NKWD habe dieses Komplott verhindert werden können.

Der Staatsanwalt blickt in die Menge und wartet, bis der Beifall sich gelegt hat. Das heftige Klatschen überrascht Magnus, aber auf Svend und Keenan scheint es keinen Eindruck zu machen.

»Offizier Anatoli Nikolajewitsch Schapatowo ist der Sohn dieses Schurken, für den das Volk alles gegeben und der persönlich Seite an Seite mit unserem großen Führer, Kamerad Stalin, die Geschicke unseres Staates gelenkt hat, während er die ganze Zeit die brennende Fackel des Verrats in seinem Herzen verborgen hat, die von dem gemeinen Schuft Trotzki entflammt worden war und von einem unstillbaren Hass auf das sowjetische Volk genährt wurde.«

Wütende Rufe ertönen, und geballte Fäuste werden drohend in die Luft gestreckt. Über das Gesicht des Staatsanwalts huscht wieder ein listiges kleines Lächeln, er blickt von seinen Papieren auf und wartet geduldig, bis die Unmutsäußerungen der Zuhörer verebbt sind.

»Dieser ehemalige Offizier unserer glorreichen Armee«, fährt er dann fort, »ist der Anführer einer Verschwörung in seiner Kompanie, seinem Regiment und seiner Division gewesen, die darauf abzielte, unser sowjetisches Gesellschaftsmodell gewaltsam umzustürzen. Genährt vom Geier Trotzki, aus dessen Mund blutige Galle trieft, hat der Offizier gemeinsam mit seinem Vater das Ziel verfolgt, unsere prächtige, junge sozialistische Blüte durch Sabotage mitsamt ihren Wurzeln auszureißen und den Kapitalismus wiedereinzuführen, den Kamerad Lenin und Kamerad Stalin besiegt haben. Das NKWD hat diese Verräter und Volksfeinde überführt. Das Volk hat sie angeklagt. Der Wille des Volkes geschehe. Unser gerechtes sowjetisches Rechtssystem möge nun urteilen.«

Wieder entsteht Unruhe im Saal. Schließlich wendet sich der Staatsanwalt der Ausführung der Anklagen in zahllosen Paragraphen und Unterpunkten zu.

Magnus blickt zu Irina hinüber, die wie versteinert dasitzt. Er versucht, sie durch die Kraft seiner Gedanken dazu zu bringen, ihn anzusehen, aber sie vermeidet es nach wie vor. Svend notiert sich fleißig die juristischen Details, die der Staatsanwalt vorliest, und auch Keenan schreibt eifrig mit.

Der Staatsanwalt verwendet einige Zeit darauf, darzustellen, wann die beiden Verräter sich unter dem Vorwand familiärer Zusammenkünfte getroffen hätten, wobei es sich in Wahrheit um konspirative Treffen mit dem Ziel gehandelt habe, die Erweiterung ihrer Verräterzelle voranzutreiben. Dies habe das NKWD durch sein schnelles Eingreifen glücklicherweise verhindern können.

Erneut wogt begeistertes Klatschen durch den Saal. Wenn Magnus alles richtig verstanden hat, liegt für die erhobenen Anschuldigungen kein einziger Beweis vor. Es gibt noch nicht einmal Indizien. Und falls im Rahmen dieser großen Verschwörung noch weitere Personen festgenommen worden sein sollten, verliert der Staatsanwalt darüber jedenfalls kein Wort, der Vorwurf aber, mit den beiden konspiriert zu haben, lässt sich sicher auch in Zukunft noch verwenden, wenn neue Sündenböcke für Stalins unverkennbaren Verfolgungswahn benötigt werden.

Die beiden Angeklagten versuchen, einander nicht anzusehen. Sie haben jeder einen eigenen Verteidiger, zwei Männer mittleren Alters, die in den gleichen billigen Anzügen dasitzen und aussehen, als langweilten sie sich zu Tode und könnten es kaum abwarten, bis die Sache endlich überstanden ist. Sie mischen sich jedenfalls nicht in das Prozessgeschehen ein.

Der Staatsanwalt geht zum Richterpult hinüber und

übergibt dem Richter das Blatt Papier. Dieser studiert den Schriftsatz mit gewichtiger Miene, bevor er den Blick hebt.

»Bürger Anatoli Nikolajewitsch Schapatowo«, sagt er. »Haben Sie die Anklagepunkte gehört und verstanden?«

Irinas Bruder erhebt sich nicht. Magnus hat den Verdacht, dass er vollkommen geschwächt ist. Als er und sein Vater hereingekommen waren, waren sie so langsam gegangen wie alte, gebrechliche Menschen, und sie mussten jeweils von zwei Wächtern gestützt werden.

»Jetzt kommt's, Magnus«, flüstert Keenan. »Das Juwel des sowjetischen Rechtssystems: das Geständnis. Das erspart allen eine Menge Zeit.«

Magnus sieht, wie Irinas Bruder nickt, aber der Richter wiederholt seine Frage, und Anatoli antwortet leise. Der Oberste Richter sieht seine Richterkollegen bedeutungsvoll an.

»Was haben Sie zu den Anklagepunkten vorzubringen, Bürger Schapatowo? Wie verhalten Sie sich dazu?«

»Ich gestehe meine Verbrechen und bitte das Volk um Vergebung.«

Seine Stimme klingt erstaunlich sicher, und zum ersten Mal sieht er zu seinem Vater hinüber, dessen Blick aber nach wie vor auf die gefalteten Hände in seinem Schoß gerichtet ist. Dann sieht Anatoli zu seiner Schwester hinüber, die ebenfalls auf ihre Hände schaut.

Der Richter nickt wieder bedeutungsvoll und fragt: »Ist dieses Geständnis, das in den Verhörprotokollen enthalten ist, die dem Gericht als Anlage der Staatsanwaltschaft übergeben wurden, freiwillig und ohne Zwang abgelegt worden?«

»Ja. Ich gestehe aus freien Stücken alle meine Verbrechen als Volksfeind und Trotzkist. Die Verhöroffiziere des Volkskommissariats für Interne Angelegenheiten haben sich mir gegenüber untadelig und mit sozialistischem

Anstand verhalten. Ich habe das Verhörprotokoll freiwillig unterzeichnet.«

Svend übersetzt mit monotoner Stimme. Wie früher in der Schule, wenn man aufstehen und den Gesangbuchvers aufsagen musste, den man auswendig gelernt hatte. Man hatte keine Ahnung, was die Worte, die man gerade herunterleierte, eigentlich bedeuteten, aber das spielte keine Rolle. Hauptsache, man trug sie fehlerfrei vor. Als eine kleine Pause in Svends Übersetzungsfluss entsteht, will Magnus etwas sagen, aber Svend hebt warnend seinen Armstumpf und gibt ihm wortlos zu verstehen, dass er an Kommentaren zu diesem Schauprozess nicht interessiert ist.

Wieder nickt der Richter bedeutungsvoll. Er stempelt den Bogen Papier mit drei verschiedenen Stempeln ab und legt ihn mit einer vorsichtigen, beinahe femininen Handbewegung zur Seite. Dann nimmt er ein weiteres Dokument auf, das er sorgfältig zu studieren vorgibt, bevor er Irinas Vater fragt, ob dieser die Anklageschrift verstanden habe. Das hat er. Er antwortet laut und deutlich mit Ja. Er hat eine tiefe und melodische Stimme. Vielleicht hat Irina ihre Musikalität von ihm geerbt.

Magnus erinnert sich plötzlich daran, wie glücklich sie zusammen gesungen hatten, als sie mit dem Auto auf dem Weg nach Albacete gewesen waren. Es kommt ihm vor, als wäre es eine Ewigkeit her, dass Irina, Joe und er so unbekümmert das Lied der Brigadisten gesungen und die beiden ihn anschließend überredet hatten, ihnen einen argentinischen Tango vorzusingen. Magnus sieht Irinas Haare in dem milden spanischen Wind vor sich und ihren roten Mund, der lächelt, während ihre Augen ihm und Joe neckend zuzwinkern, weil sie es genießt, wie die beiden sie anhimmeln. Er hätte niemals gedacht, dass das Unglück ihnen schon hinter der nächsten Ecke auflauern könnte.

»Bürger Nikolai Sergejewitsch Schapatowo. Wie verhalten Sie sich zu den Anklagepunkten?«, fragt der Richter jetzt.

»Ich bin mit den Anklagepunkten einverstanden. Ich gestehe meine Verbrechen. Ich gestehe, von den imperialistischen Geheimdiensten in London angeworben worden zu sein. Ich gestehe, gegen Kamerad Stalin konspiriert zu haben und, inspiriert vom Ungeheuer Trotzki, unser sozialistisches Vaterland schlechtgemacht und die Entscheidungen kritisiert zu haben, die Kamerad Stalin als unser großer unfehlbarer Führer getroffen hat. Ich gestehe, gegen Artikel 58 verstoßen zu haben.«

»Wird dieses Geständnis freiwillig und ohne Zwang abgelegt?«

»Dieses Geständnis wird freiwillig und ohne Zwang abgelegt. Die wachsamen und vorbildlichen Männer des NKWD, dem ich selbst gedient habe, bis Trotzki und die Mitläufer dieses Kryptofaschisten mich auf Abwege gelockt haben, haben sich mir gegenüber diszipliniert, höflich und mit dem Anstand verhalten, den unsere sowjetische Rechtsordnung vorschreibt.«

»Haben Sie, Bürger Schapatowo, Ihre Verbündeten bei dieser grausamen Verschwörung offengelegt?«

»Nein. Es gibt keine weiteren Verbündeten in unserem Land. Aufgrund des schnellen Eingreifens der Tschekisten ist es mir nicht gelungen, Mitstreiter für meine trotzkistischen Putschpläne zu gewinnen.«

»Verstehe«, sagt der Richter und blickt abwartend in die Runde, als hätte er damit gerechnet, dass der Bürger noch mehr auf dem Herzen haben müsste.

Magnus hat noch nie Menschen gesehen, die man so gründlich zerstört hat wie diesen Vater und seinen Sohn, die er hier sitzen sieht. Oberflächlich betrachtet sehen sie aus wie Menschen, aber es sind in Wahrheit Menschen ohne jeden Willen. Es sind zwei Gestalten aus Fleisch und

Blut, die man so programmiert hat, dass sie noch einige letzte Worte sprechen, bevor der Tod sie von ihren Qualen erlöst.

Irina kann ihre Tränen nicht länger zurückhalten, aber sie weint tonlos. Die missmutige Frau und der Riese, die neben ihr sitzen, blicken starr vor sich hin. In dem großen Saal herrscht nahezu vollkommene Stille, sodass jedes kleine Geräusch deutlich zu hören ist. Ein Husten, ein Räuspern, Füße, die auf dem Boden scharren, ein Niesen. Alle warten geduldig und trotzdem gespannt.

»Möchten Sie dem noch etwas hinzufügen, Bürger Nikolai Sergejewitsch?«, fragt der Richter schließlich.

Irinas Vater blickt von seinen Händen auf und sieht für einen Moment verwirrt aus. Er lässt seinen flackernden Blick durch den Saal schweifen, und Magnus sieht, dass er seine Tochter entdeckt hat, denn seine graue Haut wird auf einmal ganz weiß. Für einen kurzen Augenblick leuchten seine Augen, dann aber blickt er wieder nach unten auf seine Hände. »Kamerad Richter, Kamerad Staatsanwalt, Kameraden im Saal, verehrte ausländische Gäste unserer Stadt«, sagt er tonlos, als trüge er einen auswendig gelernten Text vor, »ich weiß, dass ich nicht länger das Recht habe, euch Kameraden zu nennen, weil ich euch und Kamerad Stalin verraten habe, das größte Genie der Menschheit und den Wohltäter des sowjetischen Volkes, aber ich tue es aus Respekt vor euch. Ich verdiene eure Gnade und eure Vergebung nicht, aber ich bitte euch dennoch darum. Nicht so sehr für mich selbst, sondern für meinen Sohn, den ich vom rechten Weg abgebracht und auf den hasserfüllten Weg Trotzkis und seiner Mitläufer, der Schurken Bucharin, Rykow und Rakowski, gelockt habe. Lasst meinem Sohn gegenüber Gnade walten, auch wenn ihr sie mir nicht erweisen könnt. Lasst uns unsere Schuld dem Volk gegenüber sühnen und unsere Schuld unserem Vaterland gegenüber durch harte Arbeit für dieses Vaterland abtragen. Schickt uns an den härtesten und strengsten Ort. Das ist nur recht und billig. Das sind meine letzten Worte. Ich vertraue bedingungslos auf die sowjetische Rechtsprechung des Volksgerichthofs.«

Im Saal entsteht Unruhe. Die Menschen sehen einander verwirrt und unsicher an. Sie hatten nicht damit gerechnet, dass man dem Angeklagten zugestehen würde, um Gnade zu bitten, ohne dass der Staatsanwalt oder der Oberste Richter einschritten.

»Was ist los?«, fragt Magnus, aber Svend schüttelt nur den Kopf. Keenan beugt sich nach vorn und sagt etwas auf Russisch.

»Paul sagt, dass hier irgendetwas nicht stimmt«, übersetzt Svend. »Es muss einen Kuhhandel gegeben haben. Vielleicht hat es damit zu tun, dass der Oberst trotz allem ein persönlicher Bekannter von Stalin ist, auch wenn das anderen vor ihm nichts genützt hat. Paul kann sich nicht erklären, was hier gerade passiert. Nur dass das Gericht jetzt ein Schlupfloch hat, wenn es sich wider Erwarten nicht zur sofortigen Hinrichtung entschließt. Das Ganze ist sehr merkwürdig.«

Der Oberste Richter klopft ein paar Mal mit seinem Hammer auf den Tisch, und unter den Zuschauern, die offensichtlich auch nicht wissen, wie sie das Geschehen deuten sollen, kehrt wieder Ruhe ein. Der Richter erteilt den Verteidigern das Wort. Sie erheben sich einer nach dem anderen und lesen von einem Blatt Papier ab.

Der Text ist identisch. Das Gericht wird gebeten, Gnade walten zu lassen, weil die beiden Angeklagten trotz allem mit den zuständigen Behörden kooperiert haben und ihre Verbrechen bereuen. »Lasst sie ihre Schuld beim russischen Volk durch harte körperliche Arbeit zum Nutzen des Vaterlandes in den fernen sibirischen Provinzen abtragen. Die harte körperliche Arbeit wird sie jeden Tag daran erinnern, dass sie den falschen Weg eingeschlagen haben und dass der sowjetische Volksgerichtshof nicht von Rachsucht getrieben ist, sondern vom Wunsch nach Gerechtigkeit.«

Wieder ist dieser seltsame Unterstrom von Unruhe in der Versammlung zu spüren, als würde die einstudierte Theatervorführung anders ablaufen, als das Textbuch es verlangt. Niemand klatscht, obwohl das wohl eigentlich vorgesehen wäre. Der Richter wirkt ebenfalls ein wenig konsterniert, aber als niemand zu klatschen beginnt, erteilt er dem Staatsanwalt das Wort.

Der kleine Mann erhebt sich und setzt zu einer Schimpfkanonade an, die die Versammlung erleichtert aufatmen lässt. Seine Stimme gewinnt immer mehr an Intensität, als er den Tod dieser Verbrecher fordert, die ihre grausamen Taten vor dem Volk zu verbergen suchten: »Tod diesen Repräsentanten des rechtstrotzkistischen Blocks! Sie sind wie stinkendes Aas, sie sind widerliche Schädlinge, sie sind die Kettenhunde des Imperialismus. Sie benehmen sich wie tollwütige Hunde. Sie sind nichts anderes als eine ekelerregende Mischung aus Schweinen und Ratten. Es führt kein Weg daran vorbei: Man muss diese Schädlinge mit harter Hand beseitigen, damit ihr kranker Hass auf unser sozialistisches Vaterland und unseren großen Führer Kamerad Stalin, unseren Vater und Lenker, für immer und ewig von unserer geliebten mütterlichen Erde ausradiert wird. Sie sind Unkraut, das man mitsamt den Wurzeln ausreißen muss, damit von ihnen nichts in der Erde zurückbleibt.«

Der Staatsanwalt macht einen Schritt nach vorn und brüllt so laut, dass seine Stimme beinahe ins Falsett kippt: »Das Einzige, wofür ihr elenden Verräter zu gebrauchen seid, ist als Dünger für unsere sowjetischen Äcker.«

Von mehreren Zuschauern sind Beifallrufe zu hören, die aber übertönt werden, als alle bis auf die ausländischen Journalisten noch lauter als bisher zu applaudieren beginnen. Das Klatschen brandet dem Staatsanwalt entgegen, der aussieht wie der zufriedene Direktor eines kleinen Provinztheaters, dem endlich einmal ein Kassenschlager gelungen ist. Er verneigt sich jedoch nicht, sondern lächelt bloß. Der Oberste Richter tut es ihm gleich und nickt seinen Richterkollegen zu, die zurücknicken. Vater und Sohn rühren sich nicht. Sie sitzen einfach nur da und betrachten die Hände in ihrem Schoß.

Ian Fleming und seine Kollegen von den Nachrichtenagenturen springen auf und stürmen aus dem Saal, um ihre Neuigkeiten als Erste außer Landes zu bringen. Einige der sowjetischen Journalisten stehen ebenfalls auf, setzen sich aber wieder hin, als der Oberste Richter mit einigen wenigen Hammerschlägen um Ruhe bittet. Er teilt mit, dass die Richter sich zu einer gründlichen Beratung zurückziehen und ihr Urteil am nächsten Vormittag um zehn Uhr verkünden würden. Er erhebt sich, rafft seinen Umhang zusammen und geht die Treppe hinter dem Richterpult hinunter. Er verlässt den Saal durch eine Tür zu seiner Rechten. Alle erheben sich.

Magnus versucht, Irina im Blick zu behalten, verliert sie aber aus den Augen. Er will nach vorn gehen, aber die uniformierten Wächter, die während des gesamten Prozesses zu beiden Seiten des Richterpults gestanden hatten, hindern ihn daran.

»Irina«, ruft er. »Irina. Wo bist du?«

»Es hat keinen Sinn, Magnus«, sagt Svend. »Der Mensch zieht hier immer den Kürzeren, lass es also einfach sein.«

Magnus sieht ihn an.

Svend ist ganz grau im Gesicht, und sein Blick verrät inneren Schmerz. Er hält Magnus am Ellbogen fest, aber auf einmal lockert er den Griff. Magnus spürt, dass hinter ihm etwas vor sich geht. Er kann es an Svends Pupillen erkennen, die sich plötzlich weiten. Magnus dreht sich um. Irinas Aufpasser schiebt sich wie ein Nashorn durch die Menge. Er flüstert einem der NKWD-Wächter etwas ins Ohr, der daraufhin zur Seite tritt. Und so reicht der Mann Magnus einen zusammengefalteten Zettel und sagt etwas auf Russisch. Dann dreht er sich um und schiebt wie ein großes Schiff durch das Menschenmeer davon.

»Was hat er gesagt, Svend?«, fragt Magnus und faltet den Zettel auseinander. Er kann die kyrillischen Buchstaben nicht lesen, aber er erkennt einige Zahlen. Es sieht aus wie eine Adresse.

»Er hat gesagt, du kannst Irina heute Abend um neunzehn Uhr treffen. Das hier ist die Adresse«, sagt Svend. »Sie wohnt anscheinend immer noch im Regierungsgebäude. Das kommt mir seltsam vor, aber das ist die angegebene Adresse. Und er hat noch etwas gesagt, was ich nicht ganz verstanden habe. Ein Bekannter aus Spanien würde dir diesen Gefallen tun. Ein sowjetischer SIM-Agent, den du dort kennengelernt hast.«

»Stepanowitsch?«

»Er hat keinen Namen genannt. Er meinte, du wüsstest schon, um wen es sich handle. Aber es ist auf jeden Fall jemand, den du kennst.«

»Dann kann es niemand anders sein, aber er ist mir nichts schuldig.«

»Er ist da offensichtlich anderer Meinung. Aber, Magnus …?«

»Vielleicht hat es etwas mit Mads zu tun?«

»Das weiß ich nicht. Magnus, hör mir jetzt bitte zu.«

»Ja.«

»Es ist entscheidend für das weitere Schicksal von Irina und ihrer Familie, dass du kommst, und zwar allein, hat er gesagt.«

»In Ordnung.«

»Ich möchte dich gern begleiten.«

»Tu das lieber nicht. Wir halten uns an die Bedingungen.«

»Das habe mir gedacht, aber dann nimm bitte deinen Revolver mit.«

»Zu einem Rendezvous, Svend?«, sagt Magnus und fühlt sich in dem ganzen Elend auf einmal geradezu glücklich.

»Wenn man hier zu einem Rendezvous geht, ist es immer gut, für alle Eventualitäten gerüstet zu sein. Warum nennt man es wohl russisches Roulette, wenn ein Mensch mit dem Tod spielt?«, sagt Svend mit einem Lächeln, das seine Augen jedoch nicht erreicht.

30

Es liegt Schnee in der Luft, als Magnus das Hotel National verlässt, nach rechts abbiegt und am Manege-Platz und der westlichen Mauer des Kreml vorbeigeht. Er mischt sich in den Strom der Fußgänger, die in dem kalten Winterdunkel vorwärtseilen, während die kleinen Schneeflocken, die durch die Luft wirbeln, wie winzige Nadeln in sein ungeschütztes Gesicht stechen. Magnus sieht aus wie all die anderen dunklen Schatten in der nur spärlich beleuchteten Stadt. Er trägt einen dicken schwarzen Mantel und eine dunkelgraue Schapka. Beides hat er am Tag zuvor gekauft, als er mit Keenan einen Spaziergang gemacht und so gefroren hat, dass ihm trotz seines neuen Berliner Mantels die Zähnen klapperten.

Keenan kannte einen kleinen Laden in der obersten Etage des GUM, wo es gegen harte Währung größere Auswahl und bessere Qualität gab als sonst in den halb leeren Regalen. Magnus hat dort auch ein Paar feste Winterstiefel, gefütterte Handschuhe und dicke Strümpfe gekauft.

Mit seiner tief über die Ohren gezogenen Pelzmütze friert er nicht zwischen all den schweigenden Menschen, die mit gesenktem Kopf auf die Schlaglöcher in den Gehwegen achtgeben. Innerlich ist ihm warm – die Wärme entsteht durch seine Vorfreude, allerdings gepaart mit Angst und Unsicherheit, die er beim Gedanken an die Begegnung mit Irina empfindet.

Bevor er das Hotel verlassen hat, hat er seinen Revolver sorgfältig zusammengesetzt und geladen. Er spürt ihn in seiner Jackentasche, und das gibt ihm ein Gefühl von Sicherheit.

Er geht zügig.

Schwarze Autos fahren über den Platz, und die kleinen Schneeflocken tanzen im Licht der gelben Scheinwerfer. Die Kremlgebäude sind beleuchtet. In der Ferne kann er den Spasski-Turm erkennen, um dessen roten Stern die größeren Schneeflocken wie ein Schwarm Fliegen herumschwirren. Der Alexandergarten liegt dunkel und leer da.

Hier gibt es keine Geschäfte, und als er in die kleinen Gassen schaut, die zum alten Arbat-Viertel führen, das Keenan ihm gezeigt hat, sind dort an diesem kalten Abend nur wenige Menschen unterwegs. Oder ist Moskau zu einer Stadt geworden, in der sich nach Anbruch der Dunkelheit niemand mehr auf die Straße wagt? Wo nur noch die schwarzen Krähen unterwegs sind, um nächtliche Beute zu machen, damit die sorgsam ausgearbeiteten Fünfjahrespläne zur Beseitigung von Volksfeinden auch eingehalten werden?

Der Arbat ist ein Gewirr von kleinen Straßen und Gassen mit alten Holzhäusern, deren Fassade zum Teil mit einer dünnen Schicht Putz versehen worden ist. Früher wohnten hier Kaufleute, angesehene Künstler und Adlige in großen Wohnungen, die nach der Revolution jedoch in viele kleine Unterkünfte aufgeteilt wurden, deren Bewohner sich die Küche und das Bad teilen müssen. Wie hatte Keenan sie doch gleich genannt? Kommunalka? Gemeinschaftswohnungen. Auf diese Weise sollte Platz geschaffen werden für die Millionen von Bauern, die in die Städte strömten. Es sind Zwangsgemeinschaften, aber Keenan hatte auch gesagt, dass es sich dabei um ein sehr russisches Phänomen handle und dass es bereits hervorragende literarische Darstellungen des dramatischen Lebens gebe, das einander fremde Menschen in diesen beengten Verhältnissen führten.

»Was würden wir Menschen tun, wenn wir die Literatur nicht hätten, um uns zu bereichern und zu trösten?

Hier wohnen noch immer begabte Dichter und Maler, die ihr Leben trotz Stalin und seiner gehorsamen Männer zu genießen verstehen. Die Lebensfreude mitten in der Tragödie macht mir die Russen sympathisch. Trotz allem«, hatte er gesagt und Magnus eine seiner kubanischen Zigarren angeboten.

Der Duft des edlen Tabaks hatte sich mit den strengen Gerüchen von Kohl, Speck, Koks und Ofenrauch vermischt, die ihnen aus den Häusern entgegenwehten. Allerdings wurden die intensiven Gerüche häufig vom Gestank der vielen Plumpsklos überlagert, die wie kleine Wachhäuschen im platt getretenen Schnee der engen Hinterhöfe standen. Sie hatten Radios spielen und Menschen sich streiten hören, und die Klänge eines Akkordeons waren aus einem Dachfenster zu ihnen gedrungen.

Keenan hatte Magnus nur angelächelt und mit einer große Geste angedeutet, dass das Moskauer Leben in seiner Vielfalt gar nicht so leicht zu erfassen sei.

Magnus denkt über Russland nach. Eine unglaubliche Stille liegt über dieser gefrorenen Stadtlandschaft, deren Boden leicht bebt, wenn einer der neuen Metrozüge dicht unter der Oberfläche entlangfährt. Normalerweise werden die Metrotunnel tief in die Erde gegraben, damit sie auch als Luftschutzräume genutzt werden können, wenn der Krieg kommt, mit dem hier alle rechnen, weil ihre junge Revolution so viele Feinde hat. Was tut er bloß in dieser ungastlichen, abweisenden und furchteinflößenden Stadt? Er will von hier weg. Die Sehnsucht und das Verlangen nach Irina sind der einzige Grund, weshalb er noch nicht zu den Behörden gegangen ist und sich seinen Ausreisestempel besorgt hat.

Er geht um den Kreml herum auf die Brücke, bleibt einen Moment stehen und sieht zu dem großen Haus am anderen Ufer des Flusses hinüber. Ihm fällt auf, dass das Haus auf beiden Seiten von Eis umgeben ist. Wie ein großes dunkles Frachtschiff auf einem erstarrten Meer. In zahlreichen Fenstern brennt Licht, aber ebenso viele sind dunkel und abweisend. Aus einer roten Fabrik, die neben dem gewaltigen grauen Koloss liegt, in dem Irina hinter einem der vielen Fenster auf ihn wartet, strömt der süßliche Geruch von Schokolade.

Er tastet nach seinem Revolver, geht weiter über die Brücke und von dort zum Eingang des Gebäudes. Auf der linken Seite liegt ein Geschäft, dessen Fenster noch erleuchtet sind. Drinnen laufen Menschen umher. Es scheint ein Lebensmittelgeschäft zu sein, aber in den Regalen liegen nur wenige Waren.

Es sind keine Wächter zu sehen, aber man hat ihm gesagt, dass es an jedem Eingang einen Pförtner gebe, der den Zugang zu den Fahrstühlen kontrolliert. Er solle dem Pförtner den Zettel zeigen, den der Mann ihm im Säulensaal gegeben hat, dann werde man ihn mit dem Fahrstuhl in den sechsten Stock fahren lassen.

Er betritt den Hof.

Zu seiner Rechten liegt ein großes Theater. Er kann nicht lesen, welche Vorstellung auf dem Plakat annonciert wird. Er geht weiter. Der Wind pfeift eisig um eine Ecke und beißt ihn in die Wangen, als wäre er mit Stopfnadeln bewaffnet. Im Hof sind einige schwarze Wagen geparkt. Auf den ersten Hof folgt noch ein zweiter. Dort befinden sich einige Büros, die aber geschlossen sind. Vor einer der Türen hängt ein schweres Schloss. Hier sind die Geräusche der Stadt nicht mehr zu hören. Obwohl die Höfe ziemlich groß sind, beschleichen ihn klaustrophobische Gefühle, als beugten sich die hohen Mauern mit den vielen schwarzen Fenstern über ihn und drohten, über ihm einzustürzen und ihn unter sich zu begraben.

Der gesamte Gebäudekomplex erinnert ihn an eine mittelalterliche Burg mit Türmen an allen vier Ecken und einem Innenhof, der die einzelnen Gebäudeteile miteinander verbindet. Er stellt sich vor, dass hier im Sommer ein munteres Treiben herrscht, dass Menschen picknicken, Wodka oder Bier trinken oder einfach nur plaudern, während die Kinder unter dem blauen Himmel spielen.

Im Winterdunkel ist alles in verschiedene Nuancen von Schwarz getaucht. Vereinzelte Lampen verbreiten ein schwaches gelbliches Licht, aber in den Ecken ist es dunkel. Dort kann sich alles Mögliche verbergen. Er dreht sich um, als er etwas hinter sich zu spüren meint, aber da ist nichts. Nicht einmal eine Katze. Oder eine Ratte. Er fasst wieder von außen gegen seinen Mantel und spürt den Revolver. Ihm ist viel zu heiß in seinen neuen warmen Wintersachen, aber er weiß, dass ihn etwas anderes zum Schwitzen bringt.

Er muss Korpus 4 finden. Wohnung 637.

Suchend sieht er sich um, muss zurückgehen. Schließlich entdeckt er die Nummer an der Ecke des ersten Gebäudes. Von der schweren Tür blättert die Farbe ab, aber sie lässt sich leicht öffnen. Er betritt eine Vorhalle und klopft sich den Schnee von den Stiefeln. Links von der Tür sitzt ein alter Mann in einem kleinen Verschlag. Seine kleine Pförtnerloge ist geöffnet. Magnus kann sein Radio hören. Es spielt klassische Musik, unterbrochen von einer lauten Männerstimme.

Der Pförtner schaut auf. Er trägt einen grünen Mantel und hat sich länger nicht rasiert. Seine Augen sind leicht gerötet, und sein Atem riecht nach Wodka. Er raucht eine dicke Zigarette. Magnus reicht ihm den Zettel. Der Mann liest ihn nach wie vor schweigend und deutet auf die beiden Fahrstühle, die sich auf der gegenüberliegenden Seite befinden.

Im Fahrstuhl stinkt es nach Urin. Er ist nicht besonders groß und mit Holz vertäfelt und hat eine Innentür. Magnus schiebt sie zu und drückt auf die Zahl 6. Rumpelnd und knarrend fährt der Fahrstuhl langsam nach oben. Magnus' Puls schlägt viel zu schnell. Er knöpft seinen Mantel auf, setzt seine Pelzmütze ab und fährt sich mit der Hand durchs Haar. Er trägt seinen grauen Anzug, aber keine Krawatte. Vorhin im Hotel hat er sich noch gründlich rasiert. Er versucht, über sich selbst zu lachen, weil er sich wie ein Teenager vor seinem ersten Rendezvous fühlt, aber es gibt nichts zu lachen. Es geht ihm, ehrlich gesagt, nicht gut, und er hat nicht die geringste Ahnung, was ihn hier erwartet.

In der sechsten Etage steigt er aus. Es gibt dort nur zwei Wohnungen. Beide Türen sehen gleich aus, braun und massiv und mit geschnitzten Verzierungen. Auf dem Boden liegt schönes solides Parkett, die Wände sind beige gestrichen und sehen im Licht der edlen Kronleuchter sehr gepflegt aus. Der Eingang unten schien eher in ein Elendsviertel zu passen, hier aber, kaum dem Fahrstuhl entstiegen, betritt man eine andere Welt.

Er blickt nach links. Er blickt nach rechts.

Eine breite Treppe führt zur fünften Etage hinunter und auf der anderen Seite zur siebten hinauf. Sie ist aus Holz und so neu, dass sie noch gar nicht abgetreten ist. Er stellt sich vor die Tür mit der Nummer 637 und holt tief Luft. Es gibt einen Türklopfer, mit dem er dreimal anklopft. Das Geräusch hallt durch das Treppenhaus und setzt sich in dem Raum hinter der massiven Tür fort. Er hört keine Schritte, sondern nur, dass der Schlüssel plötzlich im Schloss umgedreht wird, als hätte sie hinter der Tür gestanden und auf ihn gewartet.

Die Tür geht nach innen auf. Sein Herz rast, und er hat einen Kloß im Hals, als er das zarte Wesen mit der blassen Haut, den roten Lippen und den toten Augen vor sich stehen sieht. Es ist Irina, sie versucht zu lächeln. Er steht mit seiner Pelzmütze in der Hand da und weiß nicht, was er tun oder sagen soll.

Irina nimmt ihm die Schapka ab und fordert ihn mit einer winzigen Kopfbewegung auf, hereinzukommen.

Er betritt den hohen Flur, der mit einem edlen Parkettboden ausgestattet ist. An der Wand befinden sich ein großer Spiegel und eine Garderobe, an der ein Pelzmantel und zwei weitere Mäntel hängen, die aussehen, als gehörten sie Männern. Sie streckt ihm die Hand entgegen, zittert ein wenig. Er zieht seinen Mantel aus, und sie hängt ihn auf einen Bügel. Als sie sich umdreht, fällt ihm auf, wie dünn sie in ihrer dunklen, viel zu weiten Hose aussieht. Die zwei obersten Knöpfe ihrer Hemdbluse sind geöffnet, sodass er ihr Dekolleté zumindest erahnen kann, als sie sich wieder zu ihm umdreht und mit gesenktem Blick vor ihm steht, als schämte sie sich. Der Anblick droht ihm das Herz zu zerreißen.

Er macht einen Schritt nach vorn und zieht sie zu sich heran. Als sie ihren Kopf vorsichtig auf seine Schulter legt und seufzt, glaubt er, ein kleines Kätzchen im Arm zu halten. Ihr Haar riecht nur ganz leicht nach Shampoo, ansonsten duftet sie wie ein kleines Kind. Sie schließt die Augen. Zuerst hängen ihre Arme schlaff an ihrem Körper herunter, aber nach einer Weile schlingt sie sie um ihn und hält ihn fest, und er spürt, wie sie sich an seinen Körper presst und lautlos weint.

So stehen sie lange in dem stillen Flur, bis sie ihn loslässt und sich die Tränen abwischt.

»Willkommen, Magnus«, sagt sie auf Spanisch. »Das muss ich wohl sagen, auch wenn ich es vielleicht nicht meine. Ich habe nicht damit gerechnet, dich jemals wiederzusehen. Das war auch nicht so abgemacht. Du hättest nicht herkommen sollen. Was willst du hier?«

»Dich von hier wegbringen.«

»Magnus, Magnus, Magnus. Du begreifst wirklich überhaupt nichts. Du verstehst mich nicht. Und du verstehst mein Land nicht.«

»Doch. In der kurzen Zeit, die ich hier bin, habe ich mehr als genug mitbekommen.«

»Was weißt du schon? Du kommst aus einem kleinen, sicheren Land. Du hast keine Ahnung. Du hättest nicht kommen dürfen.«

»Du hast mich doch selbst gebeten zu kommen, oder etwa nicht?«

Die Atmosphäre ist angespannt.

»Ja, das habe ich. Komm rein. Tritt ein in das, was einmal ein glückliches Zuhause war, aber vorher musst du bitte deine Stiefel ausziehen. Das macht man so in Russland. In dem Bastkorb da drüben liegen Pantoffeln. Du kannst dir welche aussuchen. Wir hatten früher viel Besuch. Jetzt kommt niemand mehr, du hast also freie Wahl.«

Ihre Stimme klingt plötzlich geschäftsmäßig und hat zugleich ein wenig von der alten Lebendigkeit, die er so gut in Erinnerung hat. Er nimmt ein Paar Filzpantoffeln aus dem Korb, die denen ähneln, die Irina trägt. Sie sind warm und bequem. Er stellt seine Stiefel ordentlich neben den Korb.

Sie dreht sich um und geht mit schnellen Schritten voran. Er folgt ihr. Die Wohnung muss riesig sein. Sie liegt in einem der Türme, der auf den Kreml und den Fluss hinausgeht. Von dem Flur, in dem sie sich gerade befinden, gehen im rechten Winkel zwei weitere Flure mit unzähligen Türen ab. Die Decken sind hoch und stuckverziert. Kronleuchter verbreiten ein weiches und angenehmes Licht. Sie betreten ein Zimmer, von dem zwei weitere abgehen. Durch die hohen Fenster kann Magnus auf der anderen Seite des Flusses die beleuchteten Türme und die rote Mauer des Kreml sehen, die gelben Regierungsgebäude und die goldenen Kuppeln der Kirchen. Er kann auch die große Baustelle ein Stück weiter weg sehen, die von grellen Scheinwerfern angestrahlt wird. Unten auf der Straße, die am Fluss entlang verläuft, fährt einer der schwarzen Kastenwagen durch das Schneetreiben.

»Möchtest du etwas zu trinken, Magnus? Ich habe leider nichts zu essen da. Ich esse nicht so viel.«

Sie kichert albern und gekünstelt.

»Gern, Irina. Was hast du denn anzubieten?«

»Wodka natürlich. Das kleine Wasser. Darauf greifen wir Russen immer zurück, wenn wir uns trösten oder etwas vergessen wollen.«

Sie klingt leblos, als säße sie in einem Klassenzimmer und hätte das alles bloß auswendig gelernt. Ihr Spanisch ist grammatikalisch korrekt, aber es liegt kein Gefühl oder Leben darin.

Sie nimmt eine Flasche von einem Tisch am Fenster, gießt Wodka in zwei kleine Gläser und reicht ihm das eine. Sie nippt an ihrem Glas, während er die klare Flüssigkeit in einem Zug austrinkt, sodass sie ihm in der Kehle brennt. Er reicht ihr das Glas, und sie füllt es erneut. Diesmal trinkt er es nur zur Hälfte aus, während er überlegt, was er sagen könnte, um die merkwürdige Stimmung aufzulösen, die zwischen ihnen herrscht.

Der große Wohnraum ist hübsch eingerichtet mit einem Esstisch aus Mahagoni und gepolsterten Stühlen mit hohen Lehnen. An einer Seite steht ein Glasschrank, darin zartes, mit Blumen verziertes Porzellan sowie Wein- und Biergläser. In den beiden angrenzenden Räumen, die durch breite Bögen vom Esszimmer abgetrennt sind, stehen niedrige Tische mit bequemen Sesseln. Es gibt ein Radio und ein Grammofon. Magnus entdeckt Bücherschränke, in denen dicke Lederbände hinter Glas stehen, das dringend einmal geputzt werden müsste.

An einer Wand des Esszimmers hängt ein Gemälde, darauf eine russische Winterlandschaft mit Birken und Kiefern, an der anderen Wand ein riesiges Ölgemälde, das einen geschönten Stalin zeigt. Die Augen über seinem kräftigen Schnurrbart blicken streng, und es wirkt, als sähe er den Betrachter ein wenig schief an. Er trägt ein helles russisches Bauernhemd ohne Kragen und hält eine kleine gebogene Pfeife in der Hand.

Magnus nimmt einen weiteren Schluck.

Irina folgt ihm mit den Augen. Er überlegt, ob sie vielleicht verrückt geworden ist. Verzweifelt sucht er nach Worten. Er leert das Glas und stellt es auf den Tisch neben die Wodkaflasche, geht zum Esstisch hinüber und lässt seine Hand über dessen glatte Tischplatte gleiten. Seine Fingerspitzen nehmen eine Unebenheit in der Tischplatte wahr. Er beugt sich hinunter und sieht, dass kyrillische Buchstaben in den Tisch eingraviert sind.

»Was steht da, Irina?«, fragt er, und seine Stimme klingt in dem unbelebten Raum ganz seltsam.

»Gehört dem Kreml.«

»Wie bitte?«

»Da steht, dass der Tisch dem Kreml gehört. Alles in dieser Wohnung gehört dem Kreml. Die Wohnung gehört dem Kreml. Wir besitzen nichts. Wir sind Kommunisten, Magnus. Der Kreml gibt und der Kreml nimmt. Denn dem Kreml und dem da an der Wand gehört alles. Unser Tisch, mein Bett und meine Seele. Alles hier ist von seinen Gnaden, und er ist uns nicht länger gewogen. Das hast du heute selbst erlebt.«

»Irina.«

»Wir können nichts dagegen tun, Magnus. Du hättest niemals nach Russland kommen dürfen.«

»Man kann immer etwas tun.«

»Bitte kehr nach Dänemark zurück, Magnus. Du verstehst mein Land nicht.«

»Es gibt immer eine Lösung. Man darf nicht aufgeben. Und du hast dich eben beinahe religiös angehört. Glaubst du etwa neuerdings an Gott? Soll er uns etwa zu Hilfe eilen? Gnade! Stalin und Gnade, das passt nicht zusammen.«

Er versucht, heiter zu klingen, aber es wirkt gekünstelt.

Er möchte so gern die ungezwungene, humorvolle Stimmung wiederbeleben, die in Spanien zwischen ihnen geherrscht hatte. Er möchte so gern zu ihr vordringen. Er wünscht sich so sehr, dass das alles nur ein böser Traum ist und dass sie gleich zusammen in ihrem Bett im Gran Hotel in Albacete aufwachen und über alles lachen können, um sich dann in der Morgendämmerung zu lieben.

Sie sieht ihn mit ihren seltsam toten Augen an.

»Ich glaube nicht an Gott«, sagt sie tonlos. »Das darf ich nicht. Meine Großmutter hat an ihn geglaubt. In den russischen Familien sind die Babuschkas sehr wichtig. Selbst Papa konnte sie nicht davon abhalten, von Gott zu sprechen. Ich darf es nicht, aber ich kann es nicht lassen, an Ihn zu denken, weil ich viel an Babuschka denken muss. Manchmal ist ihr geblümtes Tuch das Einzige, woran ich mich noch erinnere. Es war rot und es duftete so herrlich nach sonnenwarmem Gras und Honig. Ich weiß nicht …« Sie hält inne und sieht ihn verwirrt an.

»Wann ist deine Großmutter gestorben?«

»Es fühlt sich an, als wäre es schon sehr lange her. Ich war in Spanien. Sie war sehr alt und krank, sodass es wohl eine Erlösung für sie war. Trotzdem war ich sehr traurig. Sie würde mir verzeihen, glaube ich. Hoffe ich. Ich glaube, sie würde Bibu vergeben und sagen, dass es nicht meine Schuld ist. Ich glaube …«

Wieder diese beklemmende Pause. Sie sieht Magnus an, als müsste sie erst überlegen, wer er überhaupt ist und was dieser fremde Mann in ihrem Wohnzimmer zu suchen hat, während draußen der Schnee fällt und den Kreml in eine weiße Decke hüllt.

»Komm mit mir mit, Irina. Ich liebe dich. Heirate mich. Ich kann dich aus diesem Albtraum befreien, in dem du lebst. Ich kann dich aus deinem Gefängnis befreien. Ich liebe dich, Irina. Komm doch bitte mit. Hier hält dich doch nichts mehr.«

Sie sieht ihn an. Ihre Augen sind feucht. Sie ballt die Hand zur Faust, hält sie sich vor den Mund und beißt in die Fingerknöchel. Das ist eine scheußliche neue Angewohnheit von ihr. Sie hat Schorf an den Knöcheln, und die Nägel sind abgekaut.

Sie antwortet nicht, sondern geht zum Fenster und stellt sich mit dem Rücken zu ihm hin. Ihr Rücken ist zart und wehrlos wie der eines jungen Vogels. Er geht zu ihr und nimmt ihre Hand, streichelt über die roten Stellen an ihren Fingerknöcheln. Sie lässt die Geste zu, ergreift seine Hand jedoch nicht.

»Es kann nichts werden, daran besteht kein Zweifel. Es musste so kommen«, bricht es plötzlich aus ihr heraus.

»Was meinst du.«

»Wir Russen sind sehr abergläubisch. Am Silvesterabend schauen die unverheirateten Frauen in eine Schale mit klarem Wasser. Um einen kurzen Blick auf ihren zukünftigen Ehemann werfen zu können. Falls du im neuen Jahr heiraten wirst, taucht er gegen Mitternacht darin auf. Wenn du aufmerksam und nicht zu betrunken bist, hast du vielleicht Glück und kannst einen kurzen Blick auf ihn werfen, sodass du weißt, nach wem du Ausschau halten musst.«

»Dann hättest du also mich sehen müssen.«

»Ich habe nicht hineingeschaut.«

»Das wäre aber …«

»Ich war in Spanien. Erinnerst du dich nicht? Wir haben den ganzen Abend zusammen getanzt und hinterher haben wir uns geliebt. Hast du das etwa schon vergessen?«

»Nein, natürlich nicht, Irina.«

Er betrachtet ihr Profil, die edle gerade Nase und die hohen Wangenknochen. Sie ist nicht geschminkt, und wieder überrascht es ihn, wie zerbrechlich und zart sie aussieht. Er entdeckt eine dünne blaue Ader unter ihrem Auge. Er sucht nach Worten und verflucht sich selbst, weil er sich der Situation nicht gewachsen fühlt.

Will Irina ihn davon abzuhalten, über ernsthafte Dinge zu sprechen? Oder ist sie verrückt geworden und versucht die Dämonen, die sie quälen, fernzuhalten?

Sie zeigt zur Baustelle hinüber. »Da war früher einmal eine Kirche, hat meine Großmutter gesagt. Eine riesige Kathedrale. Sie hieß Christ-Erlöser-Kathedrale. Papa hat sie natürlich hierher eingeladen, als wir diese vornehme Wohnung zur Verfügung gestellt bekamen. Er wollte ordentlich angeben damit. Babuschka war überhaupt nicht beeindruckt. Sie ging einfach nur zu diesem Fenster, bekreuzigte sich und flüsterte: ›Der Antichrist ist gekommen. Der Antichrist wird Unheil bringen. Der Antichrist wird schließlich in der Hölle verbrennen.‹ Und dann machte sie mit der rechten Hand das Teufelszeichen, als wollte sie die bösen Geister verscheuchen.«

»Wann war das?«

»Was?«

»Dass dort eine Kathedrale stand?«

»Es muss vor 1931 gewesen sein. Denn 1932 sind wir hier eingezogen, und da hatte man bereits mit dem Bauvorhaben begonnen, das du jetzt da draußen siehst. Meine Großmutter sagte, Mineure des Roten Heeres hätten die Kathedrale in die Luft gesprengt. Der Mann da an der Wand hasste es, dass er die Küppeln von seinem Büro aus sehen konnte. Alle möglichen anderen Kirchen wurden ebenfalls abgerissen und die Klöster geschlossen. Die Religion hatte man ja bereits abgeschafft, also bloß weg mit der Christ-Erlöser-Kathedrale. Sie war ohnehin nur im Weg. Peng! Und schon war sie weg. Meine Großmutter erzählte, dass eine Gruppe Priester sich geweigert hatte, die Kirche zu verlassen. Und so war es auch mit ihnen aus. Es hieß, wenn sie nicht herauskommen wollten, dann seien sie selbst schuld, und man sparte sich die Kosten für ihre Beerdigung.«

»Und was wird da gebaut, Irina?«, fragt er, damit sie

nicht aufhört zu sprechen. Denn es wirkt trotz allem, als löse sich etwas in ihr, wenn sie spricht.

»Jetzt? Sie bauen einen neuen Obersten Sowjet. Es wird das höchste Haus der Welt, sagt Papa. Höher als das Empire State Building in New York. Über vierhundert Meter. Ganz oben soll dann eine hundert Meter hohe Lenin-Statue stehen. Sein ausgestreckter Arm soll dreißig Meter lang sein, sagt Papa. Stell dir das mal vor. Dreißig Meter. Allein der Daumen soll schon sechs Meter lang sein. Was für ein Finger, nicht wahr? Babuschka hat darüber nur gelacht. Sie sagte, daraus werde niemals etwas werden. Es werde niemals fertig werden. Gott werde das nicht zulassen. Es hat tatsächlich schon viele Schwierigkeiten gegeben. Sie sind jetzt schon seit sieben Jahren mit dem Bau beschäftigt, aber es strömt immer wieder Wasser aus dem Fluss hinein, sodass sie wieder von vorn anfangen müssen. ›Das ist Gottes Strafe‹, sagte Babuschka. Aber der Mann an der Wand gibt nie auf. Mit ihm hat sie nicht gerechnet. Und wenn es hundert Jahre dauert, er wird immer weiter bauen. Ich denke vor allem an etwas ganz anderes. Wenn Lenin erst einmal seinen Platz dort oben eingenommen hat, werden die armen Menschen, die jedes Jahr im Sommer im Fluss schwimmen, in Zukunft im Schatten schwimmen müssen.«

Er dreht sie langsam zu sich um. Ihr Blick ist fern. Er fasst sie zart am Kinn, möchte so gerne, dass sie ihm in die Augen sieht. Er möchte zu ihr vordringen und ihre blutende Seele verstehen. Sie leistet keinen Widerstand, sondern lässt ihn scheinbar willenlos ihren Kopf halten, bevor sie ihm urplötzlich den Boden unter den Füßen wegzieht.

»Warum sagst du nicht einfach, wo es ist, Magnus?«, fragt sie nüchtern. »Warum verrätst du nicht einfach, wo das Gold ist, damit die Sache endlich erledigt ist und wir alle nach Hause gehen können? Das wäre doch viel einfacher.«

»Was redest du da, Irina? Was weißt du darüber?«, sagt Magnus völlig konsterniert.

»Das fragst du wirklich?«

»Du meinst das spanische Gold? Darüber haben wir in Spanien nie gesprochen.«

»Haben wir nicht? Komisch, ich dachte, das hätten wir. Hast du nur mit Joe darüber gesprochen? Was ist eigentlich aus Joe geworden? Er war auf einmal weg.«

Magnus ist erschüttert. Das Ganze trifft ihn vollkommen unvorbereitet. Er kann sich nicht vorstellen, dass Joe Mercer zu irgendeinem Zeitpunkt mit Irina über ihr verfluchtes gemeinsames Vorhaben gesprochen hat. Er hat Joe nicht vergessen, aber er hat ihn wie Mads in einem Winkel seines Herzens versteckt. Es gelingt ihm inzwischen immer öfter, nicht an den toten Amerikaner zu denken, der unter den römischen Ruinen in Cartagena liegt.

»Was zum Teufel meinst du, Irina?«, sagt er jetzt mit härterer Stimme. »Was soll ich verraten und wem?«

Er muss sich beherrschen, um sie nicht zu fest am Kinn zu packen, und zieht seine Hand zurück. Sie wendet den Blick sofort von ihm ab und sieht wieder in die Ferne.

»Es wäre doch viel einfacher, nicht wahr, Magnus? Wenn du mir einfach erzählen würdest, wo du das Gold versteckt hast, dann könnten wir alle nach Hause gehen und niemand müsste mehr leiden. Auf die Weise ließen sich viele Probleme lösen.«

Er schüttelt den Kopf. »Ich habe keine Ahnung, wovon du sprichst.«

»Du weißt also nicht, wo das Gold ist?«

»Nein, das weiß ich nicht.«

»Würdest du es mir verraten, wenn du es wüsstest?«

»Ja, Irina. Das würde ich. Ich würde dir erzählen, wo es ist, wenn ich wüsste, wo es versteckt ist, aber ich weiß es nicht.«

Magnus verachtet sich für seine Lüge, dafür, wie leicht

sie ihm fällt, aber er hat es hier mit einer Kiste voller giftiger Schlangen zu tun, die er nicht öffnen will, weil er nicht einschätzen kann, welche Konsequenzen das hätte. Für den Moment reicht es ihm vollkommen, verkraften zu müssen, dass sie überhaupt auf dieses grauenhafte Thema zu sprechen gekommen ist.

»Es spielt vermutlich ohnehin keine Rolle mehr«, erwidert Irina resigniert. »Es ist sicher schon zu spät. Der Schwan ist bereits gestorben, und deshalb ist wahrscheinlich auch nichts mehr zu machen.«

»Ich habe keine Ahnung, wovon du sprichst.«

»Es ist ganz einfach. Wenn in der Silvesternacht ein weißer Schwan stirbt, dann ist das ein sehr schlechtes Omen. Dann wartet das Unglück schon auf einen. Das hat Babuschka immer gesagt. Und in der Silvesternacht ist ja ein weißer Schwan gestorben. Er ist um zwei Minuten nach Mitternacht im Zoo gestorben. Alle wissen es, auch wenn sie im Radio oder in den Zeitungen nicht darüber berichtet haben, aber niemand unternimmt etwas deswegen.«

»Irina, meine Geliebte. Ich verstehe dich nicht. Ich weiß nicht, wie ich dir helfen soll. Ich weiß nicht, was ich sagen oder tun soll.«

»Gut, dass ich es weiß, Señor Meyer«, ertönt in diesem Moment eine Stimme aus dem Nebenzimmer. »Ich weiß genau, was du sagen sollst. Und ich finde, du solltest es jetzt tun!«

Magnus erkennt den Akzent wieder, ist aber dennoch zutiefst schockiert, als Stepanowitsch mit einem sarkastischen Lächeln auf den Lippen und einer schweren Pistole in der Hand im Durchgang zwischen den beiden großen Räumen erscheint.

31

Magnus lässt Irinas Hand los. Er ist vollkommen perplex, dass Stepanowitsch sich ebenfalls in der Wohnung befindet. Im selben Moment übermannt ihn die Wut, weil Irina nicht im Geringsten verwundert zu sein scheint, dass der Russe gerade wie ein Gespenst vor ihnen aufgetaucht ist. Sie hat die ganze Zeit gewusst, dass Stepanowitsch da ist. Man hat ihn in eine Falle gelockt.

»In Señor Meyers rechter Jackentasche findest du einen Revolver, teuerste Irina. Der ruiniert den Schnitt seines Anzugs. Nimm ihn heraus und geh ein Stück von deinem geliebten Meyer weg. Wir wollen doch nicht, dass dir etwas passiert, wenn sich hier ein Schuss löst.«

Er bewegt seine Pistole langsam auf und ab.

Magnus sieht Irina an.

Ihr Blick wirkt verschleiert, als hätte sie ein Betäubungsmittel genommen. Aber die größte Erniedrigung ist, dass Stepanowitsch sich bedingungslos auf sie zu verlassen scheint. Sie steckt die Hand in seine Jackentasche und nimmt seinen Revolver heraus, hält ihn mit sicherem Griff fest und tritt zur Seite. Er sieht, dass sie nicht das erste Mal eine Waffe in der Hand hält.

In diesem Moment tritt der stattliche Mann aus dem Säulensaal in die Tür. Er hat sich also ebenfalls irgendwo in dieser riesigen Wohnung aufgehalten. Mit seiner bloßen physischen Präsenz gibt er Magnus zu verstehen, dass es kein Entrinnen für ihn gibt.

Irina durchquert das Zimmer und stellt sich neben Stepanowitsch, der ihr zulächelt. Sie lächelt nicht zurück, sondern sieht zu Boden. Stepanowitsch nimmt ihr den

Revolver ab. Routiniert schiebt er die Trommel heraus und vergewissert sich, dass sich in der ersten Kammer kein Projektil befindet, bevor er ihn auf dem Rücken unter seinen Gürtel schiebt. Zu Magnus' Überraschung sichert er auch seine eigene Pistole und steckt sie in das Schulterholster, das er unter seiner Jacke trägt.

»Die brauche ich nicht, Meyer. Sie war nur eine Art Requisit in einer Theatervorstellung. Zu Beginn der Vorstellung gehörte sie gewissermaßen dazu. Du hast keine Chance, an meinem Freund vorbeizukommen. Er heißt Torokul und ist kirgisischer Meister im Freistilringen. Alle Tricks sind erlaubt, und es wird so lange gekämpft, bis einer der Gegner nicht mehr aufsteht. Ich habe ihn im Moskauer Staatszirkus entdeckt und war natürlich hingerissen von seiner Kraft, aber ganz besonders von der Freude, mit der er anderen Menschen Schmerz zufügt. Ich ziehe ihn hinzu, wenn ich Leuten richtig Angst einjagen will. In der Regel genügt es, wenn sie ihn nur zu sehen bekommen. Und sonst haben ein paar Schläge seiner Fäuste noch jeden zum Reden gebracht. Du kannst ganz offen sprechen. Torokul versteht kein Wort Spanisch – er spricht noch nicht einmal anständig Russisch.«

Magnus wird aus Stepanowitsch nicht schlau. Er redet mit ihm, als machten sie bei einem Empfang oder bei einer zufälligen Begegnung in einer Bar höflich Konversation miteinander, aber seine Augen sind so kalt wie der Frost draußen. Sie sind jetzt also per Du.

»Wollen wir nicht nach nebenan gehen und es uns bequem machen?«, schlägt der Russe vor und fasst Irina am Ellbogen.

Er begleitet sie zu einem Stuhl mit hoher Lehne und deutet auf den Stuhl daneben. Magnus setzt sich gehorsam und versucht, die widerstreitenden Gefühle unter Kontrolle zu bekommen: Ohnmacht, Wut, Enttäuschung, Verwirrung, Fassungslosigkeit, beinahe so etwas wie Trauer. Alles wirbelt durcheinander, und er ist nicht in der Lage, einen klaren Gedanken zu fassen.

Stepanowitsch setzt sich Irina und Magnus gegenüber.

Der stattliche Kirgise kommt mit der Wodkaflasche und den drei Gläsern und stellt sie auf den niedrigen schmalen Tisch vor ihnen, bevor er einige Schritte zurücktritt, sodass sein gewaltiger Körper den Bogen zwischen den beiden Zimmern ausfüllt. Stepanowitsch lächelt, aber es ist kaum mehr als ein leichtes Zucken um die Mundwinkel. Er gießt Wodka in drei Gläser und reicht erst Irina eines, die es mechanisch in Empfang nimmt, und dann Magnus.

Er erhebt sein Glas. »Auf den glücklichen Ausgang unseres gemeinsamen Geschäfts. Und ich möchte mich hiermit vorstellen: Mein richtiger Name ist Oberstleutnant Dmitrij Jewgenjewitsch Kawerin. Ich bin Offizier bei der GPU, der militärischen Abteilung des NKWD. Ich bin mehrere Jahre als Agent und Führungsoffizier der Komintern im Einsatz gewesen, und in dieser Funktion haben wir einander auch in Spanien kennengelernt. Mein oberster Chef hängt drüben im Esszimmer an der Wand, aber meinen unmittelbaren Vorgesetzten siehst du hier auf der rechten Seite direkt neben dir, Meyer.«

Magnus dreht sich nach rechts um und sieht ein kleines Schwarzweißfoto, das in einem zarten Silberrahmen an der Wand hängt. Das Bild zeigt einen Mann von etwa vierzig Jahren mit einem markanten Gesicht unter einer hohen Offiziersmütze. Er hat volle Lippen und tief liegende dunkle Augen. Auf seinem Uniformkragen und der Offiziersmütze kann man den fünfzackigen Stern erkennen. Auf seinem Gesicht ist ein schwaches Lächeln zu erahnen, das er aber zu unterdrücken scheint. Es ist ein düsteres, dennoch anziehendes Gesicht.

»Das ist Nikolai Jeschow. Er ist der jetzige Chef des NKWD. Er wurde vor zwei Jahren ernannt, als sein Vorgänger einen plötzlichen Tod sterben musste, weil der oberste Boss kein Vertrauen mehr zu ihm hatte. Die Bekanntschaft zwischen Kamerad Jeschow und mir reicht jedoch schon viele Jahre zurück. Wir haben in Leningrad eng zusammengearbeitet. Jeschow ist kein großer Mann. Er misst nicht mehr als einen Meter fünfzig und er hinkt. Das hat im Laufe der Jahre so manchen Kameraden dazu verleitet, ihn zu unterschätzen und Zwerg zu nennen. Diesem Spitznamen haben sie häufig noch wenig schmeichelhafte Attribute hinzugefügt. Der giftige Zwerg. Oder der blutige Zwerg. Die meisten von ihnen sind nicht mehr am Leben. Ich dagegen habe seinen Mut und seine Rücksichtslosigkeit schon immer bewundert und habe ihn nie unterschätzt. Ich habe miterlebt, wozu er fähig ist, als er als stellvertretender Landwirtschaftsminister dafür gesorgt hat, dass die sturköpfigen Kulaken endlich begriffen, dass die Kollektivierung etwas ist, das durchgeführt werden muss. Und sie wurde dann ja auch durchgeführt. Es hat zwar einige Millionen Menschenleben gekostet, aber heute haben wir unsere sozialistische Landwirtschaft, es hat sich also gelohnt. Warum diese Sentimentalität? Jedes Jahr sterben Millionen von Menschen infolge von Epidemien oder Naturkatastrophen. Niemand regt sich darüber auf. Wenn wir als Teil der Weltrevolution, dieses wahrhaft bedeutenden Experiments, die Parasiten ausrotten, dann fangen die zarten Seelen an zu heulen. Die Natur ist nicht so zimperlich. Warum sollen wir Menschen es also sein, wenn wir mit unseren Taten einer guten Sache dienen? Kamerad Stalin versteht diese Dialektik, und Jeschow ebenfalls. Er ist mein Chef und mein Partner. Darauf stoßen wir an.«

Der Mann, der sich jetzt Dmitrij Kawerin nennt, leert sein Glas. Magnus tut es ihm widerwillig gleich, aber er braucht jetzt unbedingt etwas zu trinken. Der Wodka brennt lange in seinem Hals und scheint seine Denkfähigkeit wieder in konstruktivere Bahnen zu lenken. Oder liegt es daran, dass der Schock sich allmählich legt?

Irina nippt an ihrem Glas und hält es danach mit beiden Händen auf ihrem Schoß fest. Magnus begreift nicht, was mit der selbstsicheren, verführerischen Frau passiert ist, die er in Spanien erlebt hat. Was haben sie mit ihr gemacht? Hat der Kirgise sie misshandelt? Äußerlich ist ihr nichts anzusehen, und sie bewegt sich auch normal.

»Warum erzähle ich dir das alles? Dafür gibt es zwei Gründe. Der eine ist, dass ich dir ein für alle Mal zu verstehen geben will, dass es sehr dumm ist, mich und meinen Chef zu unterschätzen. Wir haben die Macht in diesem Land. Der andere Grund ist, dass ich dir den größeren Zusammenhang verdeutlichen will, damit du begreifst, dass es von entscheidender Bedeutung ist, dass du mir die gewünschten Informationen gibst. Ich hoffe, es wird nicht nötig sein, Torokul hinzuziehen, um dich zu überzeugen. Weißt du, die Wohnung, die rechts neben dieser liegt, ist leer und versiegelt. Dasselbe gilt für die Wohnungen über und unter uns. Niemand kann uns hören. Ich gehe davon aus, im Laufe des Sommers selbst hier einzuziehen, wenn der Boss mir die Erlaubnis dazu erteilt. Es gibt genügend Wohnungen zur Auswahl. Allein in diesem Gebäude haben wir siebenhundert Volksfeinde verurteilt. Parteikameraden, Offiziere und sogenannte Künstler, die sich als Lakaien des Kapitalismus erwiesen und die Prinzipientreue des NKWD und insbesondere von Kamerad Jeschow unterschätzt haben. Nicht wahr, Irina? Wie dein Vater und dein Bruder zum Beispiel.«

»Ja, Dmitrij. Da hast du bestimmt recht«, sagt sie, ohne ihn anzusehen.

Der magere Russe beugt sich über den Tisch und tätschelt Irina zu Magnus' großem Zorn väterlich die Hand, bevor er fortfährt. »1936 wurde mir die Verantwortung dafür übertragen, das spanische Gold nach Moskau zu bringen. I speak English as well, but let us stick to Spanish«, sagt er mit einem so überzeugenden amerikanischen Akzent, als wäre er als Kind oder Jugendlicher in die Staaten eingewandert.

Er fährt auf Spanisch fort, während Magnus darüber nachdenkt, dass Stepanowitsch ihm auf dem Flughafen von Valencia also verheimlicht hat, dass er Englisch sowohl versteht als auch spricht, als Magnus dazugekommen war, um für Joe Mercer zu dolmetschen.

»Als wir die Operation eingeleitet haben, habe ich mich Robert Jackson genannt und als Repräsentant der Amerikanischen Nationalbank ausgegeben. Es war wichtig, dass weder die Vertreter der spanischen Regierung noch die anderer Länder darüber Bescheid wussten, dass die Sowjetunion hinter der Goldtransaktion steckt. Aber das war nur eine von vielen Desinformationskampagnen, die wir im Zusammenhang mit dem Goldtransport durchgeführt haben. Ich weiß nicht, wie viel Joe Mercer dir erzählt hat?«

Er sieht Magnus an, der sich bemüht, seine Mimik unter Kontrolle zu behalten, als er Joes Namen hört. Woher kennen sich Kawerin und Joe? Er kann unmöglich über Joes Schicksal informiert sein. Die Einzigen, die in den Ruinen unter der Kirchenkrypta dabei waren, waren er selbst, Irribarne, der andere Spanier namens Francisco und Joe. Und alle drei sind tot.

Magnus schwitzt, allerdings nicht nur, weil es in der Wohnung warm ist. Er versucht, etwas Zeit zu gewinnen, zieht sein silberfarbenes Zigarettenetui hervor und bietet Irina eine Zigarette an, die sich mechanisch bedient. Auch Kawerin nimmt eine der amerikanischen Virginia-Zigaretten, die Magnus in Berlin gekauft hat. Kawerin gibt ihnen Feuer und legt das Streichholz in den großen Aschenbecher, der mitten auf dem Tisch steht. Er atmet den Rauch genüsslich ein und lässt ihn durch die Nase wieder entweichen.

»Okay«, sagt er dann. »Wir kommen später noch einmal darauf zurück, welche Rolle Joe Mercer in dieser Angelegenheit gespielt und was das Ganze mit deinem Bruder Mads zu tun hat, den zu kennen und zu befehligen ich die Ehre hatte.«

»Was soll das heißen? Was hat das mit Mads zu tun?«

Magnus versucht gar nicht erst, seine Erregung zu verbergen. Das würde ihm ohnehin nicht gelingen. Er schreit und ist schon halb aus dem Stuhl aufgesprungen. Aber Kawerin sieht ihn nur mit einem schiefen Grinsen an. Magnus spürt zwei schwere Hände auf den Schultern, die ihn brutal auf seinen Stuhl zurückpressen, sodass sein Rücken schmerzt. Torokuls Hände fühlen sich an wie zwei Betonklötze, und Magnus kann seinen Schweiß riechen. Er ist erleichtert, als die Hände ihren harten Griff lockern und sich zurückziehen. Er spürt, dass der stattliche Kirgise einige Schritte zurücktritt, aber auch, dass er in seiner Nähe bleibt.

»Alles zu seiner Zeit, Meyer. Alles zu seiner Zeit«, sagt Kawerin. »Bist du jetzt fertig mit deinem Ausbruch, sodass wir unser Gespräch wie Gentlemen fortsetzen können. And a lady, of course?«

Mit Mühe beherrscht sich Magnus, und Kawerin fährt im Plauderton fort, als unterhielten sie sich über das Wetter oder die letzte langweilige Oper im Bolschoi-Theater.

»Wie gesagt, ich habe keine Ahnung, was Joe Mercer dir erzählt hat, aber hier hast du die Geschichte in kurzen Zügen – die wahre Geschichte. Es gibt viele Gerüchte über das spanische Gold. Es war ja eine riesige Menge. Die viertgrößte Goldreserve der Welt, wie du vielleicht schon gehört hast. Das Ergebnis der Beutezüge einiger tüchtiger Konquistadoren in Lateinamerika. Die Aufgabe wurde mir am 13. September 1936 vom damaligen Finanzminister Juan Negrín übertragen, der sich mit Stalin und Außenminister Molotow abgesprochen hatte. Ich sollte das spanische Gold in die Sowjetunion bringen, damit die Republik sich Waffen kaufen konnte. Madrid konnte jederzeit fallen, entweder an die Faschisten oder an die Anarchisten. Ich witterte meine Chance, als ich die Transportpapiere und das Verzeichnis der Güter sah. Jeschow und ich hatten oft darüber gesprochen, dass das Leben an der Spitze der Sowjetunion ziemlich riskant ist, und wenn man sich irgendwie finanziell absichern könnte, wäre das sicher keine schlechte Idee. Unser Boss ist nicht immer leicht zu verstehen. Und wie du weißt, haben wir als Kommunisten keinen eigenen Besitz. Alles gehört dem Staat und der Partei, und sie leihen uns unsere Wohnungen, Autos und unsere Privilegien nur. Jeschow erkannte die Chance also ebenfalls und hatte Stalin in puncto Jagoda schon fast auf seiner Seite, denn dieser wurde seiner allmählich überdrüssig. Jagoda leitete das NKWD, aber Stalin hatte Kamerad Jeschow 1934 als dessen Vizechef ernannt, um Jagodas Macht einzuschränken. Und das war ihm auch gelungen. Am 16. September stürzt Jeschow Jagoda und lässt ihn erschießen. Am 26. September ernennt Kamerad Stalin Jeschow zum neuen Chef des NKWD, wir haben die Organisation also unter Kontrolle. Und ihren Papierkram ebenfalls. Verstehst du, worauf ich hinauswill?«

»Ihr plant einen Raub.«

»Was für ein hässliches Wort. Wir sind auf eine Versicherungsprämie aus, auf einen Rentenfonds, falls die Zeiten sich ändern sollten. Ich bin in Spanien, aber ich bleibe mit der Heimat in Kontakt. Am 15. September wird das Gold zum Atocha-Bahnhof in Madrid gebracht und dort in einen Spezialzug verladen. Es sind über zehntausend Kisten mit Gold und Silber, insgesamt über sechshundert Tonnen. Die Soldaten wissen nicht, was sie da bewachen. Offiziell handelt es sich um Regierungsdokumente. Ich musste einige Personen einweihen, die ich persönlich ausgewählt habe. Die Zugfahrt verlief ohne

Zwischenfälle. In Cartagena, das du ja gut kennst, lagerten wir den Großteil des Transports in einer großen Höhle zwischen, während wir einen Teil davon sofort auf ein Frachtschiff verladen ließen, das nach Marseille in See stach. Und von dort aus ging es dann weiter nach Paris. Den Rest brachten wir am 25. Oktober mit dem Schiff nach Odessa und von dort aus mit dem Zug nach Moskau. Der Großteil davon liegt jetzt im Keller des Kreml. Damit werden die Waffen bezahlt, die wir unseren kämpfenden Kameraden liefern. Die Dokumente der spanischen Nationalbank stimmen vollkommen mit dem Wert des Goldes überein, den man bei der Entgegennahme in Moskau quittiert hat. Wir haben gute Fälscher beim NKWD. Allerdings konnten wir den Kameraden danach natürlich nicht am Leben lassen. Nach ein paar Stunden in Torokuls Gesellschaft hat er seine trotzkistische Gesinnung und seine konspirativen Tendenzen gestanden. Er wurde noch am selben Morgen erschossen. Kannst du mir noch folgen, Meyer?«

»Ich kann dir folgen. Ein gut durchdachter Raub.«

»Nicht ganz. Im Unterschied zu gewöhnlichen Verbrechern waren wir nicht gierig. Wir haben die Beute geteilt. Der größere Anteil war für unser Vaterland. Der kleinere für uns. Das Gold, das in Paris ankam, brachten wir auf eine Bank, die Banque Commerciale pour L'Europe du Nord heißt. Im Alltagsgebrauch kurz Eurobank genannt. Ihr Name klingt sehr französisch und vornehm, aber die Bank gehört dem NKWD. Sie ist gewissermaßen unsere Front. Sie ist unsere kleine Privatbank im Herzen des Kapitalismus. Wir haben das Gold und das Silber in harte Währung konvertiert und das meiste Geld an unsere Freunde im republikanischen Spanien zurückgeschickt. Einen kleineren Teil haben wir auf ein Konto in der Schweiz eingezahlt, auf das Jeschow und ich zugreifen können, aber nur, wenn wir gemeinsam erscheinen und jeder seine Hälfte der Kontonummer mitbringt. Raffiniert, nicht wahr?«

Kawerin betrachtet ihn eindringlich. Magnus sieht weg. Denn er weiß nur zu gut: Sein Blick würde verraten, dass er entsetzliche Angst hat, weil er weiß, dass er das hier nicht überleben wird. Kawerin spricht viel zu offen mit ihm. Oder es macht ihm Spaß zu prahlen. Einiges spricht dafür. Es gefällt ihm ganz offensichtlich, seine durchtriebene Raffinesse zur Schau zu stellen. Schau her, scheint er zu sagen. Ich bin klüger als du und ich habe dir dein Mädchen ausgespannt.

Kawerin leert sein Glas. Irina sitzt noch immer mit dem halb vollen Glas in den Händen da. Sie blickt zu Boden, und Magnus kann nicht einschätzen, ob sie überhaupt zuhört.

»Aber das ist noch nicht alles«, fährt Kawerin jetzt fort, während er seine Zigarette ausdrückt. »Ich will dich nicht mit Details belasten, aber einen Teil der Goldreserven in Spanien – aufs Ganze gesehen nur einen winzigen Teil, aber dennoch eine ansehnliche Summe, muss ich sagen – habe ich aus der Höhle in Cartagena verschwinden und die Bescheinigung der Bank entsprechend anpassen lassen. Unsere Bank in Paris konnten wir nicht länger nutzen. Das wäre zu riskant, weil die Westmächte kurz davor waren, ihre verfluchte Nicht-Interventionspolitik umzusetzen, und damit gab es für uns keinen Grund mehr, Valutareserven in Paris anzulegen. Die Briten und die Franzosen würden ohnehin keine Waffen an die Republik verkaufen. Und hier kommt dein Freund Joe Mercer ins Spiel. Er verfügt über gute Verbindungen in den USA und in Argentinien, das ebenfalls ein großzügiges Land ist, wenn es um Bankgeheimnisse und große Bankschließfächer geht. Er war bereit, uns zu helfen. Selbstverständlich gegen ein gewisses Entgelt.«

»Woher kanntest du Joe?«

»Kanntest? Interessant, dass du die Vergangenheitsform verwendest. Denn wo steckt er bloß, unser guter Joe? Ich habe intensiv nach ihm gesucht, bevor ich nach Moskau aufbrechen musste. Er ist wie vom Erdboden verschwunden. Merkwürdig, oder? Wir hatten schließlich eine Abmachung. Joe Mercer ist ein Verbrecher, der für Geld alles tun würde.«

»Dann war das in Valencia also alles nur gespielt?«

»Nicht ganz. Ich habe dort auf Joe gewartet, aber er hat mir ein Zeichen gegeben, dass wir so tun sollten, als würden wir einander nicht kennen. Später habe ich dann begriffen, dass es deinetwegen war, weil er dich brauchte. Stimmt doch, dass er dich gut gebrauchen konnte, oder?«

»Vielleicht.«

»Joe hat die Ware jedoch nicht geliefert. Denn wo ist das Gold?«

»Joe wusste es nicht«, sagte Magnus. »Um das herauszufinden, brauchte er mich. Ich sollte dolmetschen. Er wusste, dass ich ›a made man‹ bin, wie man in den USA sagt. Man kann sich auf mich verlassen. Ich kann meinen Mund halten und ich kann Spanisch. Das konnte Joe nicht. Oder konnte er es vielleicht doch?«

»Nein. Das konnte Joe nicht. Und ja. Ich habe einen Fehler gemacht. Ich habe alle aus dem Weg räumen lassen, die mit unserem Teil des Goldes zu tun hatten. Es ist zu gefährlich für mich, Menschen um mich zu haben, die zu Feinden werden könnten. Ich diene einem rachsüchtigen Boss. In Spanien war es leicht. Die Leute sterben dort wie die Fliegen. Leider kam der Einzige, der das Versteck des Goldes noch kannte, bei einem Luftangriff ums Leben, daher habe ich Joe angeheuert, um das Gold ausfindig zu machen. Ich konnte mich nicht selbst darum kümmern. Dein Landsmann Pandrup machte einen reichlich misstrauischen Eindruck auf mich. Er ist ein fürchterlicher Idealist. Und ich hatte viel zu tun, als der Krieg für die

Republik immer schlechter verlief. Ich habe nicht gewagt, dich in Spanien unter Druck zu setzen. Ich musste dich also irgendwie nach Moskau locken. Hier kann ich tun und lassen, was ich will. Und unsere liebe Irina hat mir geholfen. Ich wusste, dass du wie ein Rüde, der hinter einer läufigen Hündin her ist, mit hängender Zunge angerannt kommen würdest.«

»Du hast ihren Vater und ihren Bruder benutzt.«

»Dafür hat Jeschow gesorgt. Er hat meinen Plan verstanden. Außerdem war Oberst Schapatowo dabei, zu selbstbewusst zu werden. Er musste wieder Demut lernen. Jeschow hat eine Vorgabe, wie viele Menschen pro Nacht abgeholt werden müssen. Nichts ist so wirksam, um Aufruhrbestrebungen zu unterdrücken, wie die nackte Angst, und da spielen ein paar Menschen mehr oder weniger wahrlich keine Rolle.«

In diesem Moment schüttet Irina Kawerin vollkommen unerwartet den Inhalt ihres Glases ins Gesicht. Dieser reagiert schnell und verpasst ihr eine heftige Ohrfeige. Magnus springt von seinem Sessel auf, da trifft ihn ein lähmender Schlag an der Schulter und schleudert ihn zu Boden. Er hat sich halb wieder aufgerichtet, als eine Faust seine Flanke trifft und ihm die Luft nimmt. Eine Rippe muss gebrochen sein und schmerzt fürchterlich. Magnus sackt zusammen, während er nach Luft ringt.

Irina schluchzt. Sie hat die Arme um den Körper geschlungen, ihre Wange ist feuerrot. Kawerin sagt etwas auf Russisch. Sie schüttelt den Kopf und beißt so fest in ihre Fingerknöchel, dass sie zu bluten beginnen.

Torokul hebt Magnus ohne Anstrengung vom Boden auf und schleudert ihn in den Sessel zurück, wo er versucht, normal zu atmen, während er sich die schmerzende Rippe hält. Kawerin fischt in Magnus' Jackentasche nach dessen Zigarettenetui, öffnet es, nimmt sich eine Zigarette, schließt das Etui wieder und steckt es nonchalant zurück, bevor er sich die Zigarette anzündet, tief ausatmet und sich in seinem Sessel zurücklehnt.

»Ich wünschte, du würdest endlich aufhören, dich so theatralisch zu benehmen. Es führt zu nichts und schiebt das Unvermeidliche bloß auf.«

Magnus richtet sich auf, zieht sein Zigarettenetui aus der Tasche und versucht, es zu öffnen, aber seine Finger zittern zu sehr. Kawerin streckt den Arm über den Tisch, öffnet das Etui und bietet ihm eine Zigarette an. Magnus schluckt seine rasende Wut hinunter, nimmt sich eine Zigarette und lässt sie sich von Kawerin anzünden, bevor er sich vorsichtig zurücklehnt und den Russen anstarrt.

»Wenn Blicke töten könnten«, sagt Kawerin mit leiser Stimme, »dann hättest du jetzt gesiegt. Aber das können Blicke nicht. Ich dagegen kann durchaus töten, und Torokul ebenfalls. Lass uns das hier also zu Ende bringen. Ich will wissen, wo das Gold ist.«

»Und was habe ich davon?«

»Du kannst danach abreisen und unsere gemeinsame Freundin mitnehmen. Ich habe sie ohnehin satt. Sie ist längst nicht mehr so lebhaft im Bett. Ich bevorzuge Frauen frisch und jung und unbenutzt. Sie werden schnell vorhersehbar, wenn es um Sex geht, findest du nicht?«

Magnus zieht so heftig an seiner Zigarette, dass sie heiß wird und bitter schmeckt.

»Warum hast du das gemacht, Irina?«, fragt er, fasst nach ihrer noch immer geballten Faust und legt sie vorsichtig neben die andere in ihren Schoß. »Warum, Irina?«

»Wegen Papa natürlich. Und wegen Nikolai. Warum sonst? Außerdem habe ich dir doch gesagt, dass du nicht nach Russland kommen solltest. Das habe ich dir doch gesagt. Es war vor allem wegen Papa. Ich wollte Papa helfen.«

»Indem du mit dem da gevögelt hast?«

»Es ist ganz einfach, Meyer«, mischt Kawerin sich ein. »Wenn sie es aus dir herausholt oder du es mir von dir aus erzählst, dann werden der Oberst und sein Sohn morgen nicht direkt nach der Urteilsverkündung hingerichtet. Im Moment läuft das Urteil auf fünfundzwanzig Jahre Arbeitslager in Kolyma hinaus, natürlich unter strenger Aufsicht, aber man lässt ihnen zumindest ihr schäbiges Leben. Aber wenn ich den Richter heute Abend anrufe und ihm dazu rate, Strenge walten zu lassen, wird man sie zum Tode verurteilen, abführen und auf der Stelle hinrichten. Das weiß Irina. Und jetzt weißt du es auch. Es liegt bei euch.«

»Und das sollen wir dir glauben?«

»Ihr habt keine andere Wahl.«

»Und was, wenn ich nicht weiß, wo das Gold sich befindet?«

»Meyer. Ich habe wirklich keine Lust, dir zu drohen. Mein Plan sah eigentlich vor, dass unser gemeinsamer kleiner Liebling dich zum Sprechen bringt, aber ihr mentaler Zustand ist, gelinde gesagt, nicht der stabilste.«

»Nein. Was hast du mit ihr gemacht?«

Kawerin beugt sich nach vorn. Magnus weiß, dass er es genießt zu erzählen, dass er es genießt, ihn und Irina wehrlos vor sich sitzen zu sehen.

»Ich habe ihr nichts angetan. Außer sie zu befriedigen, nicht wahr? Aber ich habe sie in die Lubjanka mitgenommen, damit sie sehen kann, wie wir mit Volksfeinden und Verrätern umgehen. In der ersten Nacht hat sie die Behandlung ihres Bruders miterlebt. In der zweiten Nacht war es der Vater, der für das Unterhaltungsprogramm gesorgt hat. In den Kellern der Lubjanka verfügen sie über äußerst raffinierte Methoden, und sie durfte sich ein umfassendes Bild davon machen.«

»Du bist eine Bestie.«

»Nein, Meyer«, erwidert Kawerin mit tiefer Stimme.

»Ich bin ein Mensch. Ich bin keine Bestie. Und so nennst du mich nicht noch einmal. Verstanden? Ich will die Wahrheit wissen, aber ich würde dir gern die härteren Überredungskünste ersparen. Und Irina erspart sich und ihrer Familie unnötiges Leid. Sie hat versprochen, bedingungslos mit uns zusammenzuarbeiten, und daraufhin haben wir die Verhöre sofort eingestellt. Die beiden mussten ihre Verbrechen gestehen und ihr Geständnis vor Gericht öffentlich wiederholen, sonst hätte man Irina dieselbe Behandlung angedeihen lassen wie ihnen. Eine ganz einfache Geschichte. Die Entscheidung fiel ihnen nicht schwer. Sie waren zwei harte und stolze Männer, aber sie knickten ein. Am Ende knicken sie alle ein. Denk daran, Meyer. Alle! Es gibt keine Ausnahmen.«

»Du bist ein Schwein.«

Kawerin nickt dem großen Kirgisen zu, und obwohl Torokul noch nicht einmal voll ausholt, schwankt Magnus, als der Schlag ihn an der Wange trifft. Aus seiner Nase tropft Blut. Niemand sagt etwas. Magnus richtet sich auf. Irina beugt sich zu ihm herüber und wischt das Blut vorsichtig mit dem Ärmel ihrer Bluse weg.

»Lernt ihr in Dänemark eigentlich nie aus euren Fehlern?«, sagt Kawerin mit müder Stimme. »Begreift ihr gar nichts? Ist diese Dummheit Teil eures Nationalcharakters? Dein Bruder war jedenfalls nicht so.«

Magnus würde ihn am liebsten auf der Stelle umbringen.

»Ich werde schweigen, wenn du mir nicht erzählst, was mit meinem Bruder los ist. Da kann dieser Gorilla mit mir machen, was er will.«

»Wie du meinst, aber lassen wir das. Dein Bruder, den ich als tapferen Soldaten sehr geschätzt habe, war eine Art Kollateralschaden. Ich musste den Befehlshaber seiner Truppe erwischen, irgend so einen Schweden, der von dem Gold Wind bekommen hatte. Ich weiß nicht, wie, aber er hat jedenfalls die falschen und vor allem zu viele Fragen gestellt.«

Magnus fühlt sich vollkommen leer. Kawerins Worte tun ihm weh.

»Was ist mit Mads passiert?«

»Ich weiß es nicht. Ich würde es dir erzählen, wenn ich es wüsste, aber ich weiß es nicht. Pandrup und ich haben ihn zu einer Mission hinter die feindlichen Linien geschickt. Es war nicht das erste Mal. Eine wichtige Mission im Zusammenhang mit der Offensive bei Teruel. Sie müssen in einen Hinterhalt geraten sein. Sie sind jedenfalls nie von diesem Auftrag zurückgekehrt. Das tut mir sehr leid. Wirklich. Dein Bruder war ein großer Idealist. Ein guter Mensch. Und ein wertvoller Soldat im Kampf für unsere Sache.«

»Warum sind sie in den Hinterhalt geraten?«

»Wer kann das schon sagen? Im Krieg passiert so viel ...«

»Der Feind wusste, dass sie kommen würden. War es so?«

»Vermutlich. Die Faschisten haben gute Spione.«

Der Wunsch, dem Russen an die Gurgel zu gehen, ist so übermächtig, dass Magnus die Hände fest unter seine Oberschenkel klemmen muss, um nicht aufzuspringen, sich auf ihn zu stürzen und darauf zu hoffen, dass ein harter Schlag gegen den Kehlkopf diesem Verräter ein Ende machen würde, bevor der furchteinflößende Kirgise zum Zuge käme.

Magnus ist zutiefst aufgewühlt. Und gleichzeitig wird er ganz ruhig. Er hat seinen Entschluss gefasst. Kawerin, Stepanowitsch oder wie er auch immer heißen mag, muss sterben. Magnus ist sich sicher, dass er selbst ohnehin nicht mit dem Leben davonkommen wird. Und Irina auch nicht. Er muss alles daransetzen, den Russen aus dem Weg zu schaffen, bevor Torokul ihn in die Mangel nimmt. Mit der Wodkaflasche? Dem schweren Aschenbecher? Ihn mit seiner Krawatte erdrosseln? Sterben muss er. Das steht fest. Die Frage ist nur, wie.

»Die Milch deiner Mutter muss sauer und verdorben gewesen sein, als du an ihren Hurentitten gesaugt hast«, sagt Magnus mit schneidender Stimme, denn er braucht irgendein Ventil für seine ohnmächtige Wut, will er nicht vollends den Verstand verlieren.

Kawerin lacht. »Ah ja. Die spanische Sprache und ihr hinreißendes Arsenal an Beschimpfungen. Du solltest Russisch lernen. Unsere große Sprache verfügt über weit mehr Beleidigungen. Aber es kümmert mich nicht, Meyer. Ich habe keine Lust, mit dir zu diskutieren. Ich habe auch keine Lust, mit dir zu streiten. Wenn ich will, kann ich dich morgen erschießen lassen, aber ich könnte dich und deine kleine Freundin, die mir, wie ich gern zugebe, großes Vergnügen bereitet hat, auch noch mal davonkommen lassen. Wenn du – und das meine ich vollkommen ernst –, wenn du mir hier und jetzt erzählst, wo Joe Mercer dir mein spanisches Gold gezeigt hat, dann lasse ich euch mit dem Leben davonkommen.«

»Wer sagt denn, dass er es mir überhaupt gezeigt hat?«

Kawerin hebt die Augenbrauen.

»Es stimmt schon, er hat es mir gezeigt«, sagt Magnus schnell. »Ich werde dir alles erzählen.«

»Das ist klug von dir. Dann lass mich mal hören.«

Magnus erzählt ihm die Geschichte genau so, wie sie sich zugetragen hat. Er verschweigt weder, was sich in der Ruine der zerbombten Kathedrale Santa Maria la Vieja in Cartagena zugetragen hat, noch, dass Kawerin die beiden Kisten mit den Gold- und Silbermünzen unter der Krypta finden kann, falls sie in der Zwischenzeit kein anderer entdeckt hat. Die Leichen lägen im Brunnen. Es sei Notwehr gewesen.

Kawerin sieht ihn an und drückt seine Zigarette aus.

»Ich glaube dir, aber nur bis zu einem gewissen Grad.

Du bist clever. Du gibst zu, dass du Joe erschossen hast. Du erzählst mir, dass sich das Gold in der Krypta befindet. Du weißt, dass ich deine Angaben von hier aus nicht überprüfen kann, und auf die Weise verhinderst du, dass ich dich töte. Was aber, wenn du mir nicht die Wahrheit erzählt hast? Was, wenn du dir das alles nur ausgedacht hast?«

»Ich habe es mir nicht ausgedacht.«

»Meinetwegen, aber dann bitte jetzt raus mit der Sprache.«

»Mehr habe ich nicht zu erzählen.«

»Wo ist das restliche Gold? Glaubst du etwa, Jeschow und ich hätten diesen ganzen Aufwand wegen zwei jämmerlichen Kisten betrieben?«

»Ich weiß wirklich nicht, wovon du sprichst. Ich habe nur zwei Kisten gesehen.«

»Ich glaube dir kein Wort, du Hurensohn. Wir haben fünf Prozent des Goldes aus der Höhle in Cartagena mitgehen lassen und an Bord eines Fischkutters gebracht, den ich angemietet hatte. Der Mann, der bei dem Luftangriff auf Cartagena ums Leben kam, war der Kapitän des Kutters. Ich weiß nicht, wo seine Besatzung abgeblieben ist. Das Schiff ist verschwunden. Ich war völlig überrascht, als der Kapitän wieder aufgetaucht ist, und ich habe bis heute keine Ahnung, warum er an den Tatort zurückgekehrt ist. Vielleicht weil er in den Wirren des Krieges einen Hehler brauchte, nicht wahr? Denn bevor Joe ihn erwischen konnte, kam er ums Leben. Oder vielleicht doch nicht? Ich zweifle nämlich langsam daran, dass der gute Joe mir die Wahrheit erzählt hat. Vielleicht ist die gesamte Besatzung des Kutters noch am Leben. Es deutet vieles darauf hin, dass er es war, den Joe mit deiner Hilfe aufgespürt hat. Fünf Prozent klingt vielleicht nicht besonders viel, aber fünf Prozent von zehntausend Kisten sind trotz allem fünfhundert Kisten voll mit dem wertvollsten Gold und Silber, das es auf der Welt gibt. Wohin hat er es verschifft? Wo befindet sich das Schiff oder zumindest die Fracht?«

Magnus lacht hysterisch, er kann nicht anders.

»Darf man mitlachen?«, fragt Kawerin.

»Es sieht ganz so aus«, sagt Magnus und schüttelt ungläubig den Kopf, »als wären die Diebe von anderen Dieben bestohlen worden. Wie es auf Englisch heißt: You have been had, you son of a bitch. Findest du das nicht auch unglaublich komisch?«

»Überhaupt nicht. Außerdem glaube ich dir nicht. Ich werde Torokul hinzuziehen müssen. Torokul!«, brüllt er, und Magnus weiß, dass entsetzlicher Schmerz auf ihn wartet.

Obwohl er aus New York einiges gewöhnt ist, überraschen ihn Torokuls Brutalität und Effektivität. Der große Kirgise hebt ihn vom Stuhl hoch und hält ihn mit dem rechten Arm über der Brust fest. Es fühlt sich an wie in einer Schraubzwinge. Torokul schließt seine linke Hand um Magnus' kleinen Finger und bricht ihn mit einem trockenen Knacken. Magnus schreit seinen Schmerz heraus. Irina presst sich beide Hände vor den Mund.

»Das ist eine Spezialität von Torokul«, erklärt Kawerin trocken, »die er in der Lubjanka perfektioniert hat. Er bricht dir einen Knochen nach dem anderen. Er fängt mit den Fingern an und arbeitet sich dann vor. Es ist unglaublich, wie viele Knochen in so einem Körper stecken. Und es ist unglaublich, wie langsam ein Mensch trotz der entsetzlichsten Schmerzen stirbt. Ich frage dich also noch einmal: Wo ist der Rest des Goldes? Ich glaube dir die Geschichte mit den beiden jämmerlichen Kisten einfach nicht.«

»Ich schwöre bei Gott, ich weiß es nicht«, sagt Magnus und seine Stimme zittert, so sehr schmerzt ihn sein Finger. Er stellt sich gerade darauf ein, den nächsten Finger gebrochen zu bekommen, als Irina einen animalischen Schrei ausstößt und Kawerin den vollen Aschenbecher mit beiden Händen gegen den Kopf schleudert. Asche fliegt Kawerin in die Augen und er stöhnt laut auf. Irina ist aufgesprungen und greift nach der Wodkaflasche auf dem Tisch, die sie Kawerin mit Wucht ins Gesicht schlägt. Blut spritzt. Sie lässt die Flasche los und brüllt irgendetwas auf Russisch, während sie über den Tisch kriecht und sich auf Kawerin stürzt. Mit ihren Händen versucht sie, ihm die Kehle zuzudrücken.

In diesem Moment sieht Magnus am äußeren Rand seines Blickfeldes, wie Svend den Raum betritt, eine der Stehlampen ergreift und damit auf Torokuls Rücken eindrischt.

Brüllend geht Torokul etwas in die Knie. Er lässt Magnus los, dreht sich um und verpasst Svend einen kräftigen Schlag gegen die Schulter. Svend fliegt durch das Zimmer und stürzt zu Boden. Magnus dreht sich einmal um seine eigene Achse und drischt mit der Faust auf Torokuls Nase ein. Sie bricht mit einem Knirschen, aber Torokul verzieht keine Miene, obwohl Blut in seinen dicken Schnurrbart tropft. Magnus versucht, seinen Gegner am Kehlkopf zu treffen, was ihm nicht gelingt. Denn Torokul stößt ihn so heftig weg, dass er mit Schwung rückwärts gegen die Wand knallt. Ihm bleibt die Luft weg.

In diesem Augenblick brüllt Kawerin etwas auf Russisch. Er scheint auf einmal der Unterlegene zu sein, denn er kann noch immer nicht sehen. Irina sitzt auf Kawerin und zerkratzt ihm wie eine Furie das Gesicht, versucht, ihm die Augen auszustechen. Torokul gehorcht aufs Wort. Mühelos reißt er Irina von Kawerin weg, umfasst mit seiner rechten Hand ihren Kopf, der in seiner großen Pranke beinahe verschwindet. Dann drückt Torokul zu und bricht ihr das Genick, als wäre sie ein kleines, zerzaustes Huhn.

Magnus stürzt sich auf ihn, ein Faustschlag von Torokul aber wirft ihn rückwärts gegen Kawerin. Jetzt nutzt Svend seine Chance und rammt dem Riesen die Stehlampe in den Nacken. Torokul wendet sich von Magnus ab, reißt Svend die Stehlampe aus der Hand und schleudert sie quer durch den Raum.

Irina liegt entsetzlich verdreht auf dem Boden. Magnus bemerkt, dass Kawerin sich unter ihm herauszuwinden versucht, und dreht sich auf die Seite, schlägt ihm erst in das eine und dann in das andere Auge. Da sieht er seinen eigenen Revolver auf dem Boden liegen. Er verpasst Kawerin noch einen Schlag und greift nach dem Revolver, spannt den Hahn und sieht die Patrone nach vorne gleiten. Er ist blind vor Wut und Verzweiflung. Er zielt gerade auf den blutenden Kawerin, als er Svends gequälte Stimme hört.

»Magnus, zum Teufel«, schreit dieser auf Dänisch. »Hilf mir. Schaff mir verflucht noch mal diesen Gorilla vom Hals.«

Jetzt erst bemerkt Magnus, dass Torokul Svend in den Schwitzkasten genommen hat und fest zudrückt. Es ist nur eine Frage von Sekunden, bis er Svends Rippen eine nach der anderen brechen hören wird. Torokul hat Magnus zum Glück die Seite zugewandt, als der seinen Revolver mit beiden Händen umfasst und abdrückt. Er trifft Torokul in den Oberschenkel. Torokul heult laut auf und lässt Svend los, der jammernd zu Boden gleitet. Ein zweiter Schuss hallt durch den Raum, der aber in die Wand eindringt.

Magnus ist vollkommen ruhig und nüchtern. Alle Geräusche klingen auf einmal gedämpft und so, als kämen sie aus großer Entfernung. Er lässt Torokul einen Schritt auf sich zu machen, bevor er ihm ins Auge schießt. Auf dem Gesicht des Kirgisen zeigt sich für einen Moment ein erstaunter Ausdruck, dann sinkt er auf die Knie. Magnus steht ruhig da und beobachtet, wie Torokul langsam vornüberkippt und wie ein Stier in der Arena stirbt.

Magnus dreht sich um.

Kawerin hat sich aufgerappelt, kann mit dem einen Auge wieder sehen. Auf dem Boden sitzend versucht er, seine Pistole aus dem Schulterholster zu ziehen. Magnus empfindet noch immer vollkommene Furchtlosigkeit. Er spürt zwar das Pochen in seinem gebrochenen Finger, dennoch ist seine Konzentration bis zum Äußersten gespannt. Er macht in aller Ruhe einen Schritt nach vorn und tritt Kawerin mit voller Wucht ins Gesicht.

»Lass gut sein, Magnus. Lass gut sein. Vielleicht brauchen wir ihn noch.«

Svends Stimme dringt zwar zu ihm vor, aber er beachtet sie nicht. Vielmehr hält er Kawerin die Pistole vors Gesicht.

»Mach dich bereit für die Hölle, du Hurensohn. Das hier ist für Mads und Irina«, sagt er und schießt ihm aus einem halben Meter Entfernung genau zwischen die Augen. Kawerin rutscht zur Seite weg, hinterlässt eine feuchte Spur von Hirnmasse und Blut auf dem hellen Teppich, bis er schließlich reglos liegen bleibt.

Magnus steckt den Revolver in seinen Gürtel und setzt sich neben Irina auf den Boden. Dann legt er ihren Kopf vorsichtig in seinen Schoß.

»Kannst du Keenan im Hotel anrufen, Svend? Ich glaube, wir brauchen seine Hilfe«, sagt er und hört seine eigene Stimme, als gehöre sie zu jemand anderem. Behutsam schließt er Irinas Augen, bevor er ihr sanft über das Haar streichelt, während sich seine Tränen mit ihrem Blut vermischen.

Epilog

Die folgenden Tage sind in meiner Erinnerung umnebelt wie sonst kaum etwas in meinem Leben. Mithilfe von Svend Poulsen, der mir das Leben gerettet hatte, habe ich sie einigermaßen rekonstruieren können. Svend versuchte, mich zu trösten, indem er behauptete, Irina habe uns beide durch den plötzlichen Angriff auf ihren Peiniger gerettet, obwohl sie sich darüber im Klaren gewesen sein musste, dass sie damit ihr Leben aufs Spiel setzte. Svend vertrat die Auffassung, dass sie gar nicht mehr habe leben wollen, aber ich habe ihm diesen offenkundigen Versuch, mich zu trösten, nie wirklich abgekauft.

Svend und ich hatten während der zehn Tage dauernden Zugreise von Moskau nach Wladiwostok an der Küste des Pazifiks reichlich Zeit, die Ereignisse zu rekapitulieren.

Die transsibirische Eisenbahn brachte uns in Sicherheit. Wir reisten Tausende von Kilometern durch das vollkommen vereiste Land, während andere Menschen in geschlossenen Viehwagen unterwegs waren, und zwar dorthin, was die Welt viele Jahre später als GULAG kennenlernen sollte. Es ist eine merkwürdige Vorstellung, dass Irinas Vater und Bruder zusammen mit anderen Verurteilten in einem der Güterwaggons direkt vor uns oder, was wohl wahrscheinlicher war, direkt hinter uns herfuhren.

Wir waren noch einmal davongekommen, aber in den Minuten unmittelbar nach den gewaltsamen Ereignissen in der Moskauer Wohnung fiel es mir schwer, einen Weg zu erkennen, wie wir dieser Hölle jemals entrinnen sollten. Ich war nicht mehr Herr meiner Sinne und ließ mich wie eine willenlose Puppe von Svend und Keenan abführen, der in der Wohnung aufgetaucht war und jene Führungsqualitäten an den Tag gelegt hatte, die ich später noch näher kennenlernen sollte, als wir uns während des Krieges wieder begegneten.

Svend Poulsen war mir gefolgt, als ich das Hotel National verlassen hatte. Er hatte weder meinem Geisteszustand noch Irina über den Weg getraut. Er war von Natur aus ein misstrauischer Mensch und seit seiner Zeit in der Kommunistischen Partei verfügte er über einen sechsten Sinn, der Verrat schon aus größter Entfernung witterte.

Er hatte den ohnehin schon angetrunkenen Pförtner noch betrunkener gemacht und ihm dann einen Schlag auf den Kopf verpasst, sodass er einfach umgekippt war. Dann hatte er ihn mit dem Kopf auf den Armen und einem umgekippten Wodkaglas neben sich in seiner Loge drapiert. Anscheinend kein ungewöhnlicher Anblick. Svend wusste, dass die Pförtner in Moskau Ersatzschlüssel für alle Wohnungen haben. So verlangte es die Feuerpolizei, selbst in einer so noblen Wohnanlage.

Als er dann Torokul begegnet war, hatte er sich selbst verflucht. Er hätte eine Waffe mitnehmen sollen. Svend hatte uns eine Weile belauscht und versucht, herauszufinden, worum es eigentlich gerade ging. Irina hatte ihm schließlich die Entscheidung abgenommen. Indem sie auf Kawerin zugestürzt war, hatte sie Svend gezwungen, sich ebenfalls in den Kampf einzumischen.

Als Paul Keenan eintraf, saß ich noch immer mit Irinas Kopf in meinem Schoß da. Ich weinte nicht mehr, aber ich sah wahrscheinlich genauso entsetzlich aus, wie ich mich fühlte. Keenan verlor keine Zeit mit Sentimentalitäten, sondern forderte mich auf, mich gefälligst zusammenzureißen. Ich reagierte nicht. Er verpasste mir eine kräftige Ohrfeige, und es war, als befreite er mich damit aus meiner Apathie. Ich bettete Irinas Kopf vorsichtig auf den Teppich, stand auf und zündete mir eine Zigarette an.

»Und jetzt erzähl mir, was hier eigentlich passiert ist, aber bitte die Kurzfassung«, sagte Keenan und zündete sich ebenfalls eine seiner Zigarren an. Die Leichen schienen ihn nicht sonderlich zu beeindrucken. Später begriff ich, dass er schon viele Tote gesehen und als Agent ein abgeklärtes Verhältnis zum Töten anderer Menschen hatte.

Ich erzählte ihm in aller Kürze, dass Irina mich in die Wohnung gelockt habe, weil Oberst Kawerin Informationen von mir haben wollte, die ich aber gar nicht besaß. Er sei es gewesen, der Irinas Familie aufgrund falscher Anschuldigungen hatte einsperren lassen. Das Ganze sei aus dem Ruder gelaufen, als Irina sich auf ihn gestürzt hatte und Svend mir zu Hilfe gekommen war. Jetzt müssten wir irgendwie außer Landes kommen, aber wie? Merkwürdigerweise zweifelte ich nicht eine Sekunde daran, dass Keenan uns helfen würde, und ich fragte mich auch nicht, warum er das eigentlich tat. Gewisse Dinge weiß man eben instinktiv.

»Was machen wir mit den Toten?«, fragte ich.

»Lassen sie hier liegen, was sonst«, antwortete Keenan. Ich schüttelte den Kopf und übersetzte für Svend, der überraschenderweise zustimmend nickte.

Sie waren davon überzeugt, dass uns mindestens eine Woche, vielleicht sogar noch mehr Zeit bliebe. Das System arbeitete in diesem Fall für uns. Die Gesellschaft war von Angst geprägt. Jede Nacht verschwanden Menschen spurlos, wenn die Krähen durch die leeren, kalten Straßen fuhren. Man fragte nicht, wohin, und erst recht nicht, warum. Sowohl Reiche als auch Arme waren von einem Tag auf den anderen einfach nicht mehr da. In den Wohnungen oder in den Hotelzimmern hing ihre Kleidung noch in den Schränken, das Waschzeug war im Badezimmer deponiert, ein Buch lag aufgeschlagen da und wartete auf seinen Leser. Er oder sie kehrte jedoch nie mehr zurück. Er oder sie war wie vom Erdboden verschluckt. Die Menschen verriegelten ihre Tür und beteten verbotenerweise, die Schergen des NKWD mögen an der eigenen Wohnungstür vorübergehen, wie der Engel des Todes an den Türen der Israeliten in Ägypten vorübergegangen war.

Die drei Leichen würden unbemerkt daliegen, bis der Gestank irgendwann so fürchterlich wäre, dass irgendeiner seine Furcht überwinden und darum bitten würde, dass man die Wohnung öffnete. Aber nicht einmal das ließ sich mit Sicherheit sagen. Möglicherweise würden sie auch einfach vertrocknen. Und das konnte dauern. Die Angst war nicht mehr nur unser Feind, sondern auch unsere beste Waffe.

Keenan schickte Svend los, um ein NKWD-Siegel aufzutreiben. Mit seiner Kleidung und seinem Auftreten ging Svend mühelos als Sowjetbürger durch. Eine Viertelstunde später kam er mit einem der schwarzgrauen Siegel mit dem Emblem des NKWD zurück. Er hatte es vorsichtig von einer der Wohnungen im zweiten Hof abgezogen.

Vollkommen schockiert begriff ich, was sie vorhatten. Aber ich konnte Irina nicht einfach auf dem Boden liegen lassen. Und so trugen Svend und ich sie zu einem Bett. Ich musste es tun, obwohl meine Rippen und mein kleiner Finger höllisch schmerzten. Ich legte ihren Kopf auf dem Kissen zurecht, verschränkte ihre Arme über der Brust und breitete die Decke über sie. Svend verließ das Zimmer.

Ich kann mich nicht mehr an die Worte erinnern, die ich sprach, auch wenn ich es im Laufe der Jahre immer wieder versucht habe. Ich glaube, ich sagte, dass wir uns wie die Liebenden von Teruel irgendwann auf der anderen Seite des Dunkels wiedersehen würden. Aber das kann auch reines Wunschdenken sein. Ich weiß, dass ich sie auf die Stirn küsste und das Licht löschte, bevor ich das Zimmer verließ.

Svend gelang es, einhändig das NKWD-Siegel an der Wohnungstür anzubringen. Niemand würde es wagen, das gefürchtete Symbol der Macht zu zerstören und verbotenes Gebiet zu betreten, es sei denn, er wäre sehr dumm oder sehr mutig. An der Pforte hängte Svend den Schlüssel an das Brett an der Wand. Der Pförtner lag laut schnarchend mit dem Kopf auf seinen Armen. Er würde sich hüten, irgendjemandem etwas zu erzählen, wenn er später mit dröhnenden Kopfschmerzen aufwachte. Zudem hatten wir berechtigte Zweifel daran, dass er sich überhaupt an uns erinnerte.

In jener Nacht hatten wir Keenan versprochen, niemals zu verraten, wie es uns gelingen konnte, die Sowjetunion auf illegalem Wege zu verlassen. Aber sowohl Keenan als auch die Sowjetunion sind seit Langem tot, daher breche ich jetzt mein Versprechen. Für einen Dollar bekam man offiziell nur zwei Rubel, aber auf dem Schwarzmarkt konnte man einen Dollar gegen zweihundert Rubel eintauschen. Stalins Sowjetunion war ein entsetzlicher Polizeistaat, aber es war zugleich auch ein entsetzlich korrupter Polizeistaat.

Wie sich jetzt herausstellte, war Keenan Geheimdienstmitarbeiter, und als solcher verfügte er natürlich auch über Kontakte zum kriminellen Milieu Moskaus. In einer kleinen Wohnung, in der es nach Kohl, Tabak und Wodka stank, tauschten wir bei einem Mann eine große Summe Dollar um. Er war ein kräftiger, finsterer Mann, an beiden Händen und am Hals tätowiert, der nur Russisch sprach.

Er gehörte zur russischen Mafia, die Svend und Keenan »Wory w Zakone« nannten. Diebe im Gesetz. Es handelte sich um eine kriminelle Bruderschaft, die sich geschworen hatte, niemals mit den Behörden zusammenzuarbeiten, ganz gleich, ob man sich in Freiheit befand oder im Gefangenenlager, niemals Geld durch ehrliche Arbeit zu verdienen und niemals einen anderen Menschen an die Repräsentanten des Staates zu verraten. Es handelte sich um einen losen Zusammenschluss von Mitgliedern mit einem strengen Kodex – einem Gesetz, daher rührt auch der Name der Organisation –, zu einer Bruderschaft, die Verrat mit Misshandlung und Tod bestrafte. Ihre Brutalität war um vieles größer als die jener Organisation, die die Welt später mit der amerikanischen Mafia kennenlernen sollte.

Vierundzwanzig Stunden später bestiegen wir im Jaroslaw-Bahnhof den Zug. Wir waren gezwungen, diesen langen Weg außer Landes zu nehmen, weil unser Mann von der Wory w Zakone in Wladiwostok über die nötigen Kontakte verfügte, die uns an Bord eines Frachtschiffes mit Kurs auf Yokohama in Japan bringen konnten. Von dort aus gab es eine Verbindung nach Hawaii, das bekanntlich zu Amerika gehört.

Es wurde eine lange, nicht sonderlich angenehme Reise. Der Kohlegeruch des Samowars, der am Ende des Waggons stand, mischte sich mit dem Gestank ungewaschener Körper. Diesmal reisten wir nicht erster Klasse. Es gab keinen viktorianischen Luxus mit Plüsch, Waschbecken und feinen Schlafkojen, den wir im Zug von der polnischen Grenze bis nach Moskau hatten genießen dürfen.

Aber wir waren frei.

Die Angst steckte uns zwar noch in den Knochen, aber sie legte sich immer mehr, je weiter wir uns von der Hauptstadt und den drei Leichen in der versiegelten Wohnung entfernten. Hin und wieder flackerte sie noch einmal auf, wenn wir durch die verschmierten Fenster schwere Güterzüge sahen, die auf einem Nebengleis hielten. Die toten Augen hoffnungsloser Menschen blickten durch die geöffneten Türen. Männer, Frauen und Kinder in zerschlissener Kleidung standen zusammengepfercht da wie Vieh. Die Fracht des Todes, die über die endlosen Steppen bis zu den großen Lagern in Sibirien transportiert wurde.

Keenan hatte recht behalten. Niemand hatte es gewagt, das Siegel zu brechen. Die Angst hatte alle fest im Griff. Als wir den Ural ohne Zwischenfälle passiert hatten, atmeten wir erleichtert auf und konnten endlich wieder schlafen.

Wir hatten nichts zu lesen, und so fing ich an, Svend meine Geschichte zu erzählen, und zwar von dem Moment an, als ich in meiner Geburtsstadt aus dem Zug gestiegen war, bis hin zum Blutbad in der Wohnung am Fluss. Es tat gut, mir alles von der Seele zu reden. Svend schrieb in seiner ordentlichen Stenoschrift mit, benutzte die Reporterblöcke, die ich in Berlin für uns besorgt hatte. Sie liegen hier neben mir. Sie sind vergilbt, und ich kann die Schatten von Tee- und Wodkaspritzern und einen verblassten roten Fleck von Marmelade erkennen, die Svend für uns gekauft hatte. Denn er war es, der uns, wenn der Zug in den Bahnhöfen haltmachte und prustend und eingehüllt in den wogenden Dampf im eisigen Frost dastand, etwas zu essen besorgte. Es dauerte Jahre, bis ich seine Stenozeichen dechiffriert und ins Reine geschrieben hatte, aber an Zeit mangelte es mir ja nicht.

Ich rieche an dem Papier und vermisse meinen Freund, sein ansteckendes Lachen und den Idealismus, der ihn sein ganzes Leben lang gequält hat. Svend wollte an das Gute im Menschen glauben, obwohl die Menschen ihn ständig verrieten.

Keenan hatte uns zum Bahnhof gebracht und sich per Handschlag von uns verabschiedet. Es hatte eine besondere Spannung in der Luft gelegen – eine zitternde Nervosität. Ich hatte ihn gefragt, warum er uns geholfen habe, und erinnere mich noch genau an seine prophetischen Worte:

»Ich bin Brodersen einen großen Gefallen schuldig. Jetzt bist du mir etwas schuldig, und eines Tages werde ich dich bitten, den Schuldschein einzulösen.«

Wir kamen planmäßig in Wladiwostok an, wo ein weiterer Mann jener merkwürdigen russischen Unterwelt mit Papieren bereitstand, die uns zu holländischen Seeleuten machten. Wir heuerten auf einem japanischen Frachtschiff an, das uns nach Yokohama brachte – in die offene Hafenstadt des japanischen Inselstaats.

Erleichtert verließen wir die sowjetischen Gewässer. Svend kehrte nie mehr in das Land zurück, das für ihn einmal das Paradies auf Erden gewesen war.

Ich kehrte erst 1986 dorthin zurück, als der neue Regierungschef, Michail Gorbatschow, ernsthaft mit Reformen begonnen hatte, die Stalins Reich schließlich zu Grabe tragen sollten. Man hatte mich als Ehrengast eingeladen und behandelte mich in jenem Klima von Zusammenarbeit und Versöhnung, das neuerdings zwischen Ost und West herrschte, außerordentlich zuvorkommend. Ich war Sponsor eines Fotowettbewerbs. Ein Komitee aus dänischen und sowjetischen Fotografen sollte erstmals den Irina-Schapatowa-Preis an den besten sowjetischen Nachwuchsfotografen verleihen, der den Wind der Veränderung, der über der Sowjetunion wehte, am prägnantesten festgehalten hatte. Ich hatte den Preis gestiftet und kam für alle damit verbundenen Kosten auf. Außerdem eröffnete ich eine Ausstellung mit Irinas Fotos aus dem Spanischen Bürgerkrieg. Sie lagen gut erhalten in den Archiven, entweder als Abzüge, die sie in die Heimat geschickt hatte, oder als Negative. Die Ausstellung wurde sehr passend und symbolträchtig am 18. Juli 1986, dem fünfzigsten Jahrestag von Francos Aufstand gegen die legal gewählte Republik, eröffnet.

All mein Geld aber half mir nicht, herauszufinden, was mit Irinas Leiche passiert war. Vielleicht hat man sie einfach in eines jener Massengräber geworfen, von denen im ehemaligen sowjetischen Reich immer wieder neue entdeckt werden. Die von mir eingesetzten Ermittler wurden in den Archiven jedenfalls nicht fündig.

Vielleicht ist es besser so. Ich kann nämlich ein ziemlich sentimentaler Narr sein. Und vielleicht hätte ich erwogen, meinem Leben in Moskau ein Ende zu machen, um mich an ihrer Seite bestatten zu lassen.

Mitte der neunziger Jahre suchte ich das vornehme Gebäude am Fluss noch einmal auf. An der Mauer hatte man inzwischen Gedenktafeln mit den Namen und Gesichtern der berühmten Personen angebracht, die dort gewohnt hatten. Fast alle waren zwischen 1937 und 1939 weggezogen.

Gegenüber dem Gebäude wurde gerade eine neue Erlöser-Kathedrale errichtet, die diejenige ersetzen sollte, die man unter Stalin in die Luft gesprengt hatte, und ich musste an Irinas Großmutter denken. Sie hatte recht behalten. Stalins neuer Oberster Sowjet wurde niemals fertiggestellt. Es hatte ein böser Fluch auf ihm gelegen. Stattdessen hatte sich an der Stelle, an der das große Symbol der Sowjetmacht eigentlich hätte stehen sollen, viele Jahre lang ein riesiges Freibad befunden, aber jetzt erhob sich dort wieder eine Kirche.

Ich konnte sie von der Wohnung aus sehen.

In der Wohnung waren natürlich keine Spuren des dramatischen und blutigen Abends mehr zu finden. Ein bekannter sowjetischer Komponist hatte dort als Staatskünstler viele Jahre lang gelebt, aber inzwischen war die gesamte Anlage in Eigentumswohnungen der Luxusklasse umgewandelt worden. Der neue Besitzer der Wohnung war ein kettenrauchender junger Mann, der über nichts anderes als Geld reden konnte. Er hatte sich die Wohnung gekauft, weil sie so unglaublich schick und so begehrt und so teuer war und weil sie genau zu seinem Lebensstil passte.

Er hatte sie mit einer geschmacklosen Mischung aus teuren skandinavischen Möbeln und nachgemachtem französischem Rokoko in den Wohnräumen eingerichtet, in den Badezimmern gab es goldene Wasserhähne, an den Wänden hing moderne Kunst neben russischem Kitsch.

Er war ein neureicher Emporkömmling, der dort mit einer mageren Blondine mit langen Beinen und großen Brüsten zusammenwohnte. Die Frau rauchte eine schmale Filterzigarette nach der anderen, während sie sich einen amerikanischen Videofilm ansah.

Er hatte mich empfangen, weil er mein Unternehmen und meinen guten Ruf kannte. Ich bat meinen russischen Dolmetscher, ihm einfach nur zu sagen, dass ich mir gern einmal eine der Wohnungen in dem Gebäude ansehen wolle, das in den dreißiger Jahren berühmt gewesen sei, und dass es wegen eines Romans sei.

Ich stand in dem Zimmer, in dem ich zwei Menschen getötet hatte. Am liebsten hätte ich noch zwei weitere umgebracht. Ich war kurz davor, den Kommunismus zu vermissen. Ich ließ sie in ihrem schlechten Englisch daherreden und dachte an Irinas Familie.

Denn was mit ihrem Bruder und ihrem Vater passiert ist, weiß ich.

Sie wurden in das Arbeitslager am Kolyma-Fluss gebracht, in das Land des weißen Todes. Irinas Vater starb am ersten Weihnachtstag 1942. Es herrschten Temperaturen von mehr als vierzig Grad minus, und er kehrte von seiner Arbeit als Baumfäller nicht mehr zurück. Auch an den Weihnachtsfeiertagen war ein Arbeitspensum von sechzehn Stunden zu erfüllen. Irinas Bruder hielt bis zum 18. Mai 1946 durch, dann starb er an Tuberkulose. Das NKWD verfügte über eine tadellose Buchführung. Ihr Urteil war in den Dokumenten, die ich einsehen durfte, ebenso vermerkt wie Todestag und Todesursache. Der letzte Akteneintrag aus dem Jahr 1957, also nur vier Jahre nach Stalins Tod, dokumentiert ihre Rehabilitierung. Darin wird festgehalten, dass sie ab sofort wieder als Bürger in die Union der Sozialistischen Sowjetrepubliken aufgenommen sind und dass ihre Kinder nicht länger als Nachkommen von Staatsfeinden anzusehen sind. Sie verfügen über alle Rechte als Bürger der Sowjetunion.

Ich spürte ihre Gräber auf und bezahlte dafür, dass man dort schöne Grabsteine errichtete und fortan dafür sorgte, dass ihre Grabstätte gepflegt und dort zu Ostern nach russischer Sitte ein Wodka getrunken wurde. Dabei goss man für den Verstorbenen einen Wodka auf das Grab. Weder Irina noch ihr Bruder hatten Kinder. Die Familie ist mit ihnen ausgestorben.

Svend nahm auf seine Weise Rache. Er verfügte noch immer über wichtige Kontakte und berichtete offensichtlich an einflussreicher Stelle über Nikolai Jeschows doppeltes Spiel. Ich weiß es nicht mit absoluter Sicherheit, ich habe ihn nie danach gefragt, aber im April 1938 ernannte Stalin einen neuen Vizechef des NKWD, Lawrenti Beria. Jeschow wurde im Laufe des Sommers festgenommen und verschwand. Beria hatte seinen Posten bis zu Stalins Tod 1953 inne, dann wurde er selbst hingerichtet.

Was mit jenem Mann passiert ist, den man den blutigen Zwerg nannte, vermag niemand mit Sicherheit zu sagen. Jeschow verschwand einfach, und die gängige Meinung ist die, dass er gefoltert, von einem heimlichen Standgericht verurteilt und schließlich hingerichtet wurde.

Aber ich greife dem Gang der Ereignisse vor.

Wir verbrachten einige Zeit in der japanischen Hafenstadt, erholten uns von den Moskauer Erlebnissen und ließen uns von einem tüchtigen japanischen Arzt behandeln. Mein Finger war nicht mehr ganz wiederherzustellen, auch wenn er ihn mir noch einmal brach und neu zusammensetzte. Seitdem habe ich einen steifen und krummen Finger, der mich immer an Moskau erinnert. Ich telegrafierte nach New York und ließ mir Geld schicken, dann nahmen wir das nächste Passagierschiff nach Honolulu auf Hawaii.

Ich schrieb an Marie, hatte aber keine Lust, nach Dänemark zurückzukehren. Svend dagegen schon, er wollte nach Hause zu seiner Frau und seinen Kindern. Ich sorgte also dafür, dass er nach San Francisco kam und von dort aus weiter nach Europa und Dänemark. Ich drückte ihm die Hand, und wir sahen einander in die Augen. Wir rechneten beide nicht damit, uns jemals wiederzusehen. Dennoch verzichteten wir auf sentimentale hohle Floskeln.

»Take care«, sagte er nur, und sein starker dänischer Akzent war selbst dabei nicht zu überhören.

»You too, buddy« antwortete ich, als unsere Hände sich voneinander lösten.

Er hängte sich seinen Seesack über die Schulter und ging an Bord. Ich hatte einen Kloß im Hals, als ich den Menschen, den ich als meinen besten Freund ansah, die Gangway hinaufgehen sah, ohne dass er sich noch einmal umdrehte. Er hob bloß seinen Armstumpf und wedelte ein wenig damit herum. Er wusste, dass er mich damit zum Lachen bringen würde. Und das kam nur noch selten vor.

Ich ließ mich auf der Insel Kauai nieder und heuerte auf einem Walfangschiff an. Die Arbeit dort lief gut, sie war hart, aber ertragreich, sodass ich einen Anteil an dem Schiff erwarb und mit einer der einheimischen Frauen zusammenzog, die akzeptierte, dass ich sie nicht heiraten wollte. In dem Sommer wurde ich sechsundzwanzig Jahre alt und überlegte ernsthaft, ob mein Leben überhaupt lebenswert war.

Im Herbst 1938 las ich in der Zeitung über die Abschiedsparade der Internationalen Brigaden in Barcelona und dachte an Mads und Irina. Im März 1939 las ich über die Niederlage der Republik und Francos Sieg und dachte an Mads und Irina. Ich wurde Vater, aber das Kind starb mit nur vier Monaten an einem rätselhaften Virus. Wir versuchten es erneut, aber wir hatten kein Glück. Ich stach in See, und als wir im Hafen vor Anker lagen, las ich über den Angriff auf Polen am 1. September 1939 und die Siege der Nationalsozialisten in Europa, aber es schien mir alles sehr weit weg zu sein. Europa war eine andere Welt, die ich längst hinter mir gelassen hatte. Ich beantragte und erhielt die amerikanische Staatsbürgerschaft.

Ich las über die Besetzung Dänemarks im April 1940 und schrieb an Marie. Das tat ich ohnehin jeden dritten Monat, gleichgültige, banale Briefe. Sie schrieb zurück, es sei merkwürdig, in einem besetzten Land zu leben, denn eigentlich gehe alles so weiter wie immer. Im April 1941 bekam ich wieder einen Brief von ihr. Unser Vater war ganz plötzlich an Herzversagen gestorben. Sein Tod berührte mich nicht sonderlich, aber er ließ mich wieder an Mads und unsere Kindheit denken.

Ich lebte, ich verdiente Geld, ich war ein angesehener junger Mann auf der Insel. Meine Lebensgefährtin und ich lebten uns auseinander, aber ich fand eine neue Frau, die ebenfalls akzeptierte, dass ich nicht heiraten wollte. Es spielte keine große Rolle. Es spielte auch keine Rolle, dass ich mit einer Farbigen zusammenlebte. Hawaii war ein Ort, an dem man entspannt mit den Dingen umging. »Hang loose« nannten sie dieses Lebensgefühl, das mir sehr entgegenkam. Ich hielt mich mit Schwimmen und Tauchen und der harten Arbeit auf dem Walfangschiff in Form. Ich war meiner Lebensgefährtin oft untreu, besonders wenn wir unseren Fang auf den japanischen Inseln ablieferten.

Ich war am Leben, aber lebte ich auch?

Der japanische Angriff auf Pearl Harbour im Dezember 1941 riss mich aus meiner Langeweile. Wir lagen auf

Kauai im Hafen, brachen aber sofort mit Kurs auf Honolulu auf, wo ich mich als Freiwilliger bei der amerikanischen Flotte meldete.

So gelangten meine Papiere in Keenans Büro. Er war immer auf der Suche nach neuen Talenten, erzählte er mir später. Nach jungen Männern, die europäische Sprachen beherrschten. Ich beherrschte drei. Nach nur einem Monat Rekrutenausbildung wurde ich ohne jede Erklärung nach San Diego beordert, wo Keenan auf mich wartete. Er wollte mich für den neu gegründeten Geheimdienst OSS anwerben und mich nach Europa zurückschicken. Er war jetzt Major Paul Keenan.

Ich war sehr überrascht, als ich sein Büro betrat, und salutierte unwillkürlich vor dem stattlichen Mann in der Uniform mit dem Majorsabzeichen auf dem Kragen, der noch immer seine kubanischen Zigarren rauchte.

»Habe ich es damals nicht gesagt, Meyer«, sagte er lächelnd, während er mir, dem gewöhnlichen Soldaten, die Hand reichte, »dass wir uns wiedersehen werden? Jetzt möchte ich gern meinen Schuldschein bei dir einlösen. Du sollst für mich arbeiten.«

Alles Weitere ist bekannt und wurde in den Festreden anlässlich meiner runden Geburtstage gern wiederholt. Selbstverständlich wird es auch die Nachrufe prägen, die auf mich verfasst werden. Angesichts meines hohen Alters sind sie natürlich längst geschrieben und liegen zur Veröffentlichung bereit. Es fehlt nur noch die letzte entscheidende Aktualisierung: mein Sterbedatum.

Major Keenan nahm mich mit auf die Britischen Inseln und bildete mich dort zum Agenten und Saboteur aus. Im Oktober 1943 wurde ich mit einem Fallschirm in der Nähe von Viborg abgeworfen, denn ich sollte mithelfen, den schleppenden dänischen Widerstandskampf anzukurbeln. Ich traf meinen alten Freund Svend wieder, der zusammen mit Brodersen eine Widerstandsgruppe gegründet hatte.

Svend war noch immer eine Art zweifelnder heimatloser Kommunist, auch wenn die Partei ihn im Juli 1941 in Gnaden wieder aufgenommen hatte. Brodersen war nach wie vor ein unverbesserlicher konservativer Nationalist, aber im Krieg kommt es zu den erstaunlichsten Liaisons.

Vor allem waren sie beide viel bessere Menschen als ich, aber das Leben ist nicht gerecht. Brodersen wurde im Herbst 1944 geschnappt und zwei Wochen später im Rypark hingerichtet. Svend erwischte denjenigen, der Brodersen verraten hatte, wurde aber im Januar 1945 selbst festgenommen und starb drei Monate später kurz vor der Befreiung im KZ Neuengamme. Es war eine Frau, die ihn an die Gestapo verraten hatte. Mein bester Freund war immer ein Frauenheld gewesen, und er war so versessen auf Sex, dass er dafür unnötige Risiken einging. Ich hatte ihn immer damit aufgezogen, dass nicht die Deutschen oder ihre dänischen Handlanger seinem Leben ein Ende machen würden, sondern ein eifersüchtiger Ehemann oder eine verschmähte Geliebte. Es war schlussendlich eine eifersüchtige Frau und Landesverräterin.

Ich schoss ihr zweimal in den Kopf, als sie, zu neuen Schandtaten bereit, aus einem Friseursalon kam.

Ich überlebte den Krieg. Mein Los ist es zu überleben, während die Menschen, die mir etwas bedeuten, um mich herum sterben. Pandrup war kein Freund, im Gegenteil, aber auch er starb früh. Bei den letzten verzweifelten Angriffsversuchen der Republik wurde er bei der Überquerung des Ebro getötet.

Das, wovon ich im Folgenden noch erzähle, wird in den Porträts über mich nie erwähnt und kann auch in die Nachrufe keinen Eingang mehr finden.

1948 hob ich den Großteil meines Geldes von der Bank ab und brach mit zweien meiner alten Kontakte aus New York zu einer Expedition auf. Für Geld waren sie bereit, alles zu tun und darüber zu schweigen. Das Gesetz der

Omertà war für diese Sorte Menschen von der Cosa Nostra noch immer heilig. Wir reisten nach Spanien.

Wir fuhren mit dem Schiff durch die Sommerwärme bis nach Cartagena. Der Großteil Europas außerhalb von Dänemark war von der Trostlosigkeit und Armut der Nachkriegszeit geprägt. Die Städte waren Ruinenhaufen. Cartagena war da keine Ausnahme. Und die verfluchte Kirche auch nicht. Die Kathedrale von Cartagena war 1939 in der letzten Phase des Bürgerkriegs noch mehr beschädigt worden. Ein Luftangriff hatte den Turm an der Nordseite einstürzen lassen und die römischen Ruinen vollkommen verschüttet.

Der Hunger war omnipräsent, und in der Stadt wimmelte es von mageren Kindern mit aufgeblähten Bäuchen. Die Leute schliefen, wo immer sie einen Schlafplatz fanden, und aßen Gras und Wurzeln, um zu überleben. Überall herrschte Furcht. Francos siegreiche Truppen hatten unter dem Deckmantel des Krieges in einem wahren Blutrausch Tausende von Menschen hingerichtet. Obwohl der Hafen wieder genutzt wurde, war Cartagena eine Geisterstadt. Die Bevölkerung schien sich noch immer im Zustand eines Granatenschocks zu befinden.

Ich fühlte mich in Spanien nicht wohl. Ich konnte die gleichgültigen Sieger und ihre Brutalität und die Rückkehr der schwarzen Priester nicht ertragen. Sie gingen erneut Hand in Hand mit den Gutsbesitzern und dem Bürgertum und forderten die Sünder auf, ihr Haupt vor Gott und der Obrigkeit zu neigen. Cartagena erinnerte mich an die vielen sinnlosen Opfer und daran, dass es einmal Menschen gegeben hatte, die an mehr als nur ans Geld und den Augenblick geglaubt hatten.

Aber wir fanden die Kisten wieder.

Nachdem ich die Hafenpolizei, die ebenso habgierigen gewöhnlichen Polizeibeamten und die Zivilgardisten bestochen hatte, damit sie sich von uns fernhielten, fand ich in der Dunkelheit der Nacht den Eingang hinter dem Altar wieder. In der ersten Nacht gruben wir uns bis zum Eingang der Krypta vor. In der nächsten Nacht gelangten wir zu den römischen Ruinen hinunter. Die Kisten standen noch genauso da, wie ich sie knapp zehn Jahre zuvor zurückgelassen hatte. Sie waren mit einer dünnen Staubschicht bedeckt, aber von Menschenhand unberührt. Eine Ratte huschte in ihr Loch. Eine ihrer Vorfahren hatte mir das Leben gerettet, daher ließ ich sie von freundlichen Gedanken begleitet davonkommen.

Ich schaute bewusst nicht in den Brunnen hinunter.

Wir schafften die beiden Kisten hinaus und fuhren mit dem Schiff davon. Ich werde hier nicht darauf eingehen, wie ich das Gold und die Inkaschätze zu Geld gemacht habe, denn das könnte meinen Nachkommen bei ihren geschäftlichen Unternehmungen schaden. Keenan hatte mir jedenfalls eine gute Ausbildung in illegalen Aktivitäten zuteilwerden lassen. Es gab genügend habgierige Menschen, die gerne dafür bezahlten, Zugang zu materiellen Werten zu erhalten, die überall auf der Welt gültig waren. Die Nationalsozialisten verloren den Krieg, aber deswegen gingen sie noch lange nicht alle ohne Geld aus dem Krieg hervor. Das spanische Gold legte den Grundstein für meine Unternehmerkarriere und schickte Meyer Industries auf ihren globalen Siegeszug in den Bereichen Schifffahrt, Handel und internationale Produktion. Vielleicht hätte ich es auch ohne das Gold so weit gebracht, aber wohl kaum so schnell.

Wir schaufelten den Eingang zu den Ruinen wieder zu. Die Kirche lag danach viele Jahre lang verlassen da. Die römischen Ruinen wurden erst 1987 entdeckt, als man mit der Restaurierung der Santa Maria begann.

Ich las in der spanischen Tageszeitung El País darüber, die ich abonniert hatte. Der Journalist ging vor allem auf das sensationelle römische Amphitheater ein, das tausend

Jahre lang verschüttet gewesen war, aber er berichtete auch, dass man bei den Ausgrabungen in einem alten römischen Brunnen auf die Skelette dreier Männer gestoßen sei. Sie seien von Gerichtsmedizinern untersucht worden, die festgestellt hätten, dass die drei Toten aus der Zeit des Bürgerkriegs stammen müssten und es sich also nicht um ein Verbrechen jüngeren Datums handle, auch wenn sie mit zwei verschiedenen Waffen erschossen worden seien. Eine der Waffen hätte man ebenfalls in dem Brunnen gefunden.

Die Leichen konnten nicht identifiziert werden. Das spielte aber keine Rolle. Zehn Jahre nach Einführung der Demokratie war Spanien erst allmählich dabei, sich mit den Schrecken des Bürgerkrieges auseinanderzusetzen und mit der erforderlichen Aufarbeitung der eigenen Geschichte zu beginnen. Massengräber wurden gefunden und wieder zugeschüttet. Die drei Skelette aus dem Brunnen wurden auf dem Friedhof von Cartagena unter einem weißen Kreuz bestattet. Auf dem glatt polierten Stein steht: Unbekannte Opfer des Kriegsirrsinns. Möge Gott ihren Seelen gnädig sein. Ich weiß das, weil ich vor einigen Jahren einen Blumenstrauß auf ihr Grab gelegt und Joe einen letzten Gruß geschickt und ihn um Verständnis gebeten habe, während ich ein Glas Whisky auf die trockene, steinige Erde gegossen habe.

Auf meine alten Tage bin ich wirklich ein sentimentaler Narr geworden.

Ich habe viel Geld und Mühe darauf verwendet, herauszufinden, was mit Mads passiert ist. Erst 1958, als meine Ermittler Bertil in Schweden gefunden hatten, habe ich endlich Klarheit darüber erhalten, wie er gestorben ist.

Zwei Jahre später fanden meine Ermittler Rafael in einem Pflegeheim außerhalb von Barcelona, aber er war an Alzheimer erkrankt und konnte sich an nichts erinnern. Ich hatte eigentlich vor, ihn töten zu lassen oder es sogar selbst zu tun, ließ es aber sein, als ich ihm begegnete. Er war ein alter, gebrochener Mann, der in seinem Rollstuhl vor sich hin sabberte. Sein Leben war schlimmer als der Tod. Außerdem hatte Bertil wohl kaum recht. Rafael war möglicherweise ein Werkzeug gewesen, aber Kawerin war der eigentliche Schuldige, und er schmort hoffentlich noch immer in der Hölle, in die ich ihn befördert habe.

Rachsucht ist eine schlechte Eigenschaft, aber sie hat mir stets Freude gemacht.

Ich habe natürlich in Teruel nach Mads gesucht, aber er wurde dort nie gefunden oder identifiziert. Es gibt jedenfalls keine Papiere, die mit ihm in Zusammenhang stehen. Er ist nur einer von vielen, die in jenem Winter bei der blutigen Schlacht um Teruel getötet wurden. Seine vermutlich pulverisierten Knochen ruhen für immer in der Erde der modernen Hauptstadt von Aragonien. Vielleicht befindet sich sein Grab unter einem Parkplatz, einem Bürogebäude oder einem Wohnblock. Oder einer gemütlichen Plaza, auf der die Touristen in der Nachmittagssonne einen Drink nehmen, nachdem sie das Mausoleum bei der Sankt-Peters-Kirche besucht haben, wo sie sich die Legende angehört und die letzte Ruhestätte der Liebenden von Teruel bewundert haben.

Im Sommer 1977 wurde Spanien wieder eine Demokratie, und ich konnte offen Nachforschungen anstellen, ohne Gefahr zu laufen, dass meine Ermittler oder ich selbst festgenommen wurden. Aber es war nichts zu finden.

Ich benutzte meinen guten Namen, um in die spanischen Medien zu kommen, weil ich hoffte, auf Leute zu stoßen, die mir mit Informationen weiterhelfen konnten. Aber es meldeten sich nur ein paar Kleinkriminelle, die Geld witterten. Ich musste mich damit abfinden, dass mein kleiner Bruder das Schicksal viel zu vieler anderer teilt und für immer im großen unbekannten Grab der Erde verschwunden bleiben wird.

Ich suchte auch nach Kawerins verschwundenem Schiff und den fünfhundert Kisten mit dem geraubten Inkagold. Dafür heuerte ich nur die besten Ermittler an, aber sie fanden nichts. Das Einzige, was wir in Erfahrung bringen konnten, war die Tatsache, dass ungefähr zu dem Zeitpunkt, als das Goldschiff vermutlich in See gestochen war, ein Kutter in Brand geschossen worden und im Mittelmeer gesunken war. Eine Notiz des deutschen Oberkommandos bestätigt den Angriff. Es ist also durchaus eine Möglichkeit, aber ich glaube nicht daran. Ich glaube, die Kisten sind in einer der unzähligen spanischen Höhlen versteckt und warten darauf, dass irgendwann ein Glücklicher über sie stolpert. Wenn sie nicht auf dem Meeresgrund liegen, wo sie ein glücklicher Amateurtaucher eines Tages funkeln sehen wird.

Ich träume von dem Gold. Ich bin ein reicher Mann, aber das hat noch niemanden davon abgehalten, sich noch mehr und immer mehr von dem funkelnden Gold zu wünschen.

Marie hat nicht mehr erfahren, was mit Mads passiert ist. Sie hat ihn nie vergessen. Aber sie hat nur noch selten über ihn gesprochen und mich schließlich von meinem Versprechen entbunden. Ich musste mein Leben nicht mehr darauf verwenden, sein Schicksal aufzuklären. Wir mussten unser eigenes Leben leben. Nichts würde uns Mads zurückbringen.

Ich erzählte ihr nie im Detail von meinen eigenen Erlebnissen in Spanien oder Moskau und gestand ihr nie, dass ihr Bruder ein Mörder war.

Marie hat nie geheiratet, und es scherte sie auch nicht, dass in der Heimatstadt über die jungen Männer getuschelt wurde, die sich in regelmäßigen Abständen trotz ihres offensichtlich robusten Gesundheitszustands im Sanatorium einquartierten. Nach dem Tod des Chefarztes führte sie die Kuranstalt weiter. Der Vater hatte das einzig Richtige getan und dafür gesorgt, dass sie alles erbte und nur ein kleiner Teil an den verlorenen Sohn fiel. Marie machte das Sanatorium zu einem florierenden Unternehmen, das sowohl in Dänemark als auch im Ausland hohes Ansehen genoss, als der Krieg erst einmal beendet war. Sie hatte die Tüchtigkeit und die Effektivität des Chefarztes geerbt. Leider hatte sie auch sein schwaches Herz geerbt.

Vielleicht starb sie glücklich? Ich weiß es nicht.

Ihr letzter Geliebter – ein Kopenhagener Dichtertalent von gerade mal fünfundzwanzig Jahren – war dagegen am Boden zerstört und zu Tode erschrocken, als sie in seinen Armen starb. Aber er bemerkte bald, dass ihrem Dahinscheiden eine gewisse poetische Kraft innewohnte. Sein Beitrag dazu, dass ihr Herz so schwer belastet wurde, ließ sich ja durchaus als makabres Kompliment für seine potente Lebenskraft auslegen. Das berühmte Gedicht »Der Liebesritt des Todes« dieses jungen Poeten gehörte jahrelang zum Lernstoff im Gymnasium, ist heute aber wohl ebenso vergessen wie der Dichter selbst.

An jenem Tag trieb Gott sein Spiel mit uns.

Marie starb am 10. Juni 1958. Das war der Tag, an dem Bertil mir die Geschichte von Mads und seinem Ende im zerstörten kriegskalten Teruel erzählte und ich endlich Gewissheit und ein wenig inneren Frieden erlangte.

Außerdem ist der 10. Juni auch mein Geburtstag.

Ich wünschte, ich würde an die nordischen Götter und ihre Worte glauben, dass Feinde und Freunde einander in Walhalla bei einem ewig währenden Festmahl wiederbegegnen, aber die Gabe habe ich nicht.

Ich denke an das Grab in Teruel, wo die Liebenden in zwei Sarkophagen nebeneinander ruhen. Auf den Sarkophagdeckeln sind die beiden Liebenden als hübsche Reliefs abgebildet. Sie trägt ein elegantes Kleid. Er ist teilweise von einem Tuch bedeckt, das vorteilhaft über seinen muskulösen Körper fällt. Sie sehen jung und schön aus in ihrem ewigen Tod. Die beiden Sarkophage sind durch einen kleinen Abstand voneinander getrennt, über den sie sich ihre Hände entgegenstrecken.

Auf den ersten Blick sieht es aus, als hätten sie einander im Tod endlich an den Händen fassen können, aber das ist eine Illusion. Denn wenn man genau hinsieht, bemerkt man, dass ihre Hände durch einen winzig kleinen Spalt voneinander getrennt sind. Nicht einmal im Tode sind sie vereint.

Ich strecke meine Hand nach Irina aus, wie ich es im Traum häufig tue. Sie steht in ihrer Khakihose und ihrem Hemd mit der Kamera um den Hals in einer ausgedörrten gelben spanischen Landschaft und lacht und streckt ihre Hand nach mir aus. So stehen wir gemeinsam da, bis sie in einem ewigen Dunkel verschwindet. In dem ewigen Dunkel, das mich jetzt erwartet, hoffe ich, endlich meine Hand in ihre legen zu können.

Denn mein heutiger Geburtstag wird mein letzter sein. Die Nachrufe können in den Druck gehen. Magnus Meyer weilt schon bald nicht mehr unter den Lebenden.

Hintergrundinformationen und Danksagung

Seit meiner Jugend habe ich mich für den Spanischen Bürgerkrieg interessiert und unzählige historische Darstellungen, Erinnerungen, Romane und journalistische Berichte über ihn und die Internationalen Brigaden gelesen. Es begann 1967, als ich unterschreiben musste, dass ich nicht Mitglied des Thälmann-Bataillons oder anderer kommunistischer Deckorganisationen gewesen bin, um als Austauschschüler ein Visum für die USA zu bekommen.

Die spanischen Goldreserven und die Frage, was aus ihnen geworden ist, haben mich schon immer fasziniert. Es sind immerhin die viertgrößten Gold- und Silberreserven der Welt, die vom spanischen Territorium verschwunden und schließlich in Moskau gelandet sind. Sind sie das wirklich? Und wenn ja, waren sie auch vollständig?

Es würde zu weit führen, hier alle Bücher zu nennen, die ich im Laufe der Jahre gelesen habe, aber ich möchte einige wenige anführen, die bei der Recherche für diesen Roman besonders hilfreich waren und die möglicherweise Lust machen, mehr über den Spanischen Bürgerkrieg zu lesen.

Unter den allgemeinen Darstellungen des Spanischen Bürgerkrieges bevorzuge ich persönlich Hugh Thomas' Klassiker ›The Spanish Civil War‹.[1] Eine andere allgemeine Einführung, die weniger detailliert, aber ebenfalls sehr

[1] Deutsche Ausgabe: Hugh Thomas: Der Spanische Bürgerkrieg. Aus dem Englischen von Walter Theimer. 2. durchgesehene Auflage. Berlin/Frankfurt/Wien: Ullstein Verlag 1964.

lehrreich ist, ist Antony Beevors Buch mit demselben Titel.[2]

Was die etwa fünfhundert dänischen Spanienfreiwilligen betrifft, habe ich mich auf drei Bücher gestützt. Das erste ist ›De danske spaniensfrivillige‹[3] des dänischen Freiwilligen Leo Kari. Leo Kari hat außerdem noch einen Roman mit dem Titel ›Bag Spaniens bjerge‹[4] verfasst, in dem er in fiktiver Form seine Erlebnisse in Spanien schildert.

Außerdem habe ich das Buch ›Fra Bjelkes Allé til Barcelona. Danske frivillige i Spanien 1936–39‹[5] des Historikers Carsten Jørgensen benutzt. Es enthält viele Auszüge aus Briefen, die die dänischen Freiwilligen nach Hause geschrieben haben.

Zwei neuere Bücher haben mir ebenfalls sehr geholfen. Sie sind beide von Ole Sohn verfasst worden. Das eine ist seine Biografie des dänischen Topkommunisten Arne Munch-Petersen, das andere ein kleines, aber feines Buch über den Dichter Gustaf Munch-Petersen. Gustaf Munch-Petersens kurzes Leben und seine Gedichte haben mich interessiert, seit ich ein Teenager war, von daher freue ich mich, dass ein Buch über sein Künstlerleben und sein unbekanntes Schicksal vorliegt, denn niemand weiß genau, wie er in Spanien ums Leben gekommen ist.

Ein Klassiker über die Freiwilligen aller Nationen und die internen Streitigkeiten zwischen den Kommunisten und den anderen linken Gruppen und Parteien in der Re-

[2] Deutsche Ausgabe: Antony Beevor: Der Spanische Bürgerkrieg. Aus dem Englischen von Michael Bayer u. a. C. München: Bertelsmann Verlag 2006.
[3] Dt. Die dänischen Spanienfreiwilligen.
[4] Deutsche Ausgabe: Leo Kari: Hinter Spaniens Bergen. Geschichte einer Niederlage. Rostock: Ingo Koch Verlag 2001.
[5] Dt. Von der Bjelkes Allee nach Barcelona. Dänische Freiwillige in Spanien 1936–39.

publik ist George Orwells ›Homage to Catalonia‹[6], das seine Zeit in Barcelona und an der Front in Aragonien schildert.

Ich habe mir auch den Film ›Land and Freedom‹ von Ken Loach aus dem Jahr 1995 noch einmal angesehen, in dem es um dieselben Konflikte geht. Den Film habe ich mir aus dem Internet heruntergeladen, wo es sehr viel Material unterschiedlichster Qualität über den Spanischen Bürgerkrieg und die Internationalen Brigaden gibt. Ich habe auch Bücher herangezogen, die in den letzten Jahren in Spanien erschienen sind, unter anderem ›Guerra Civil Española. Fotografías Inéditas‹. Darin sind unzensierte Fotos vom Leben an und hinter der Front abgebildet, wie sie eine Irina hätte machen können. Dramatische Aufnahmen aus dem Spanischen Bürgerkrieg tragen häufig Robert Capas Signatur. Manche von ihnen sind aber auch von seiner jungen Geliebten Gerda Taro gemacht worden, die 1937 bei einem Fotoauftrag in Spanien ums Leben kam.

Im Laufe der Jahre habe ich unzählige Bücher und Berichte über Stalin und sein Regime gelesen, dessen Bosheit wohl niemals aufhören wird, die Nachwelt zu faszinieren und zu erschrecken.

Ich möchte einen Roman hervorheben, den ich im Zusammenhang mit meiner Arbeit an ›Die Wahrheit stirbt zuletzt‹ erneut gelesen habe. Es handelt sich dabei um Arthur Koestlers monumentales und ergreifendes Werk ›Sonnenfinsternis‹[7]. Es erzählt mehr als viele gelehr-

[6] Deutsche Ausgabe: George Orwell: Mein Katalonien. Bericht über den spanischen Bürgerkrieg. Aus dem Englischen von Wolfgang Rieger. Zürich: Diogenes Verlag 2000.

[7] Deutsche Ausgabe: Arthur Koestler: Sonnenfinsternis. Roman. Einzige autorisierte Übersetzung aus dem Englischen, vom Autor überarbeitet. Ungekürzte Sonderausgabe mit einem Nachwort des Autors. Bern und Stuttgart: Scherz Verlag 1960.

te Werke darüber, was überzeugte Kommunisten wie Arne Munch-Petersen zu ihren absurden Geständnissen veranlasst oder was sie dazu gebracht hat, einen Brief nach dem anderen an Stalin zu schreiben, weil sie davon überzeugt waren, dass alles gut werden würde, wenn man ihn erst einmal davon in Kenntnis setzte, was in den Folterkellern der Lubjanka eigentlich vor sich ging.

Koestler selbst war bis 1938 überzeugter Kommunist. Seine Desillusionierung begann, als er miterleben musste, wie viele seiner Kameraden erst auf der Anklagebank im Haus der Gewerkschaften und später mit einer Kugel im Nacken im Lubjanka-Gefängnis landeten.

Ich habe mir einige wenige historische Freiheiten erlaubt. Der schlimmste Luftangriff auf Albacete fand im Februar 1937 statt, knapp ein Jahr früher als in meinem Roman. Ein britischer Korrespondent der Nachrichtenagentur Reuters mit Namen Ian Fleming ist nicht 1938 in Moskau gewesen, sondern bereits 1933, als er über einen Prozess im Haus der Gewerkschaften berichtete und im Hotel National wohnte und vielleicht die erste Inspiration für seinen Romanhelden James Bond erhielt.

Albacete ist heute eine schöne und ansprechende Provinzstadt, die auf jeden Fall einen Besuch wert ist. Die Stierkampfarena gibt es immer noch, der Bahnhof befindet sich jetzt an anderer Stelle, die Kaserne der Zivilgarde ist umgebaut worden, und das Kleinhandwerk der Messerverkäufer ist durch die Industrie abgelöst worden.

Aber das Gran Hotel liegt immer noch an Ort und Stelle, und man kann in einem Straßencafé auf der Plaza Altozano einen Kaffee trinken und vielleicht das kleine Museum in dem ehemaligen Luftschutzraum unter der Plaza besuchen. Und warum nicht die knapp dreißig Kilometer nach Madrigueras fahren, um sich die hübsch restaurierte Kirche anzuschauen?

Dasselbe gilt für Cartagena, wo die römischen Ruinen heute eine der großen Sehenswürdigkeiten der Stadt sind. Unter dem Berg der Empfängnis, in dem Joe Mercer und Magnus Meyer Zuflucht suchen, befindet sich in dem ehemaligen Refugio ein sehr gutes Museum über den Spanischen Bürgerkrieg. Nach dem Museumsbesuch kann man wie Joe und Magnus zum Essen ins Restaurante Columbus in der Calle Mayor gehen. Die Tapas und der Wein, die man dort heute serviert, sind deutlich besser als die Spiegeleier mit Bohnen, die Meyer und Mercer aufgrund der Lebensmittelknappheit während des Krieges zu sich nehmen mussten. In Teruel in Aragonien haben die Liebenden von Teruel ein eigenes neues Museum bekommen, in dem man sich die spanische Version der Legende von Romeo und Julia ansehen und anhören kann.

Ich möchte mich beim freundlichen Personal des Heimatmuseums der Stadt Give bedanken, das mir gestattet hat, die Briefe und Bilder einzusehen, die es über das ungewöhnliche Freibad in der Nähe des Tinnet Krat gesammelt hat, wo noch heute die Überreste dieses Projektes an der Quelle des Gudenå zu sehen sind. Im Grunde war es ein Besuch im Gehölz Tinnet Krat, über das meine Frau Ulla gelesen hatte, aus dem die erste Idee für diesen Roman geboren wurde.

Mein ganz besonderer Dank gilt auch diesmal meiner Frau Ulla, die viel gelesen und mich beraten hat und mir wie immer eine wunderbare und inspirierende Reisebegleiterin nach Spanien und Moskau gewesen ist, wo das große Haus am Fluss, dessen Dach heute ein Mercedesstern ziert, mit Gedenktafeln an eine blutige Vergangenheit erinnert. Das Hotel National ist mittlerweile eines der teuersten Hotels Moskaus und sehr schön restauriert und modernisiert worden. Das Haus der Gewerkschaften gibt klassischen Konzerten, die sowohl im Oktober- als auch im Säulensaal stattfinden, einen passenden Rahmen.

Ich möchte Ulla außerdem sehr herzlich dafür danken, dass sie meinen Vorträgen über den Spanischen Bürgerkrieg, die dänischen Spanienfreiwilligen und die Schauprozesse in Moskau während unserer Reisen so geduldig gelauscht hat, obwohl sie vieles davon im Laufe unserer dreißig gemeinsamen Jahre schon früher zu hören bekommen hat.

Ein großes Dankeschön an Otto Lindhardt dafür, dass er sich auch diesmal die Zeit genommen hat, das Manuskript mit der üblichen Genauigkeit zu lesen, und an meinen Lektor, Hans Henrik Schwab, der nicht nur ein guter Leser, sondern auch ein geduldiger Mensch ist, der weiß, dass man seinen Autor niemals drängen darf, sondern ihn sein eigenes Tempo finden lassen muss.

Für mögliche Fehler und Mängel bin ich allein verantwortlich. Die Geschichte über das spanische Gold entspricht der Wahrheit, aber ihre Deutung im Roman ist ein Produkt meiner Fantasie, ebenso wie die Figuren fiktiv und Ähnlichkeiten mit realen Personen nicht beabsichtigt sind, es sei denn, sie tragen die Namen historisch verbürgter Personen.